U0840494

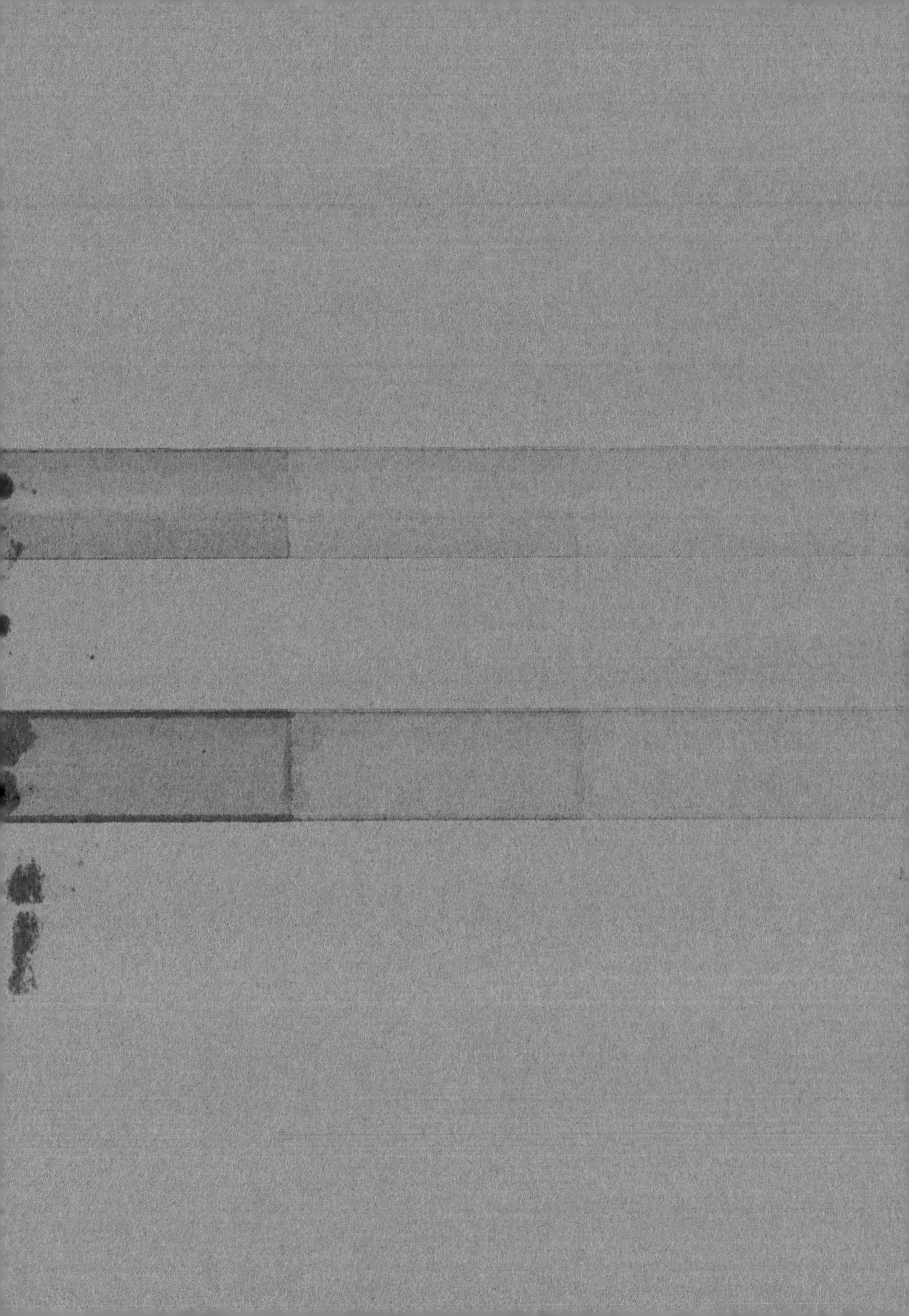

《文学创作论》

春风文艺出版社　1987

《审美形象的创造》

海峡文艺出版社　2000

《文学创作论》

海峡文艺出版社　2003

《文学创作论》

海峡文艺出版社　2004

《文学创作论》

海峡文艺出版社　2009

孙绍振文集

文学创作论

海峡出版发行集团｜海峡文艺出版社

图书在版编目(CIP)数据

文学创作论/孙绍振著. —福州:海峡文艺出版社,2025.6
(孙绍振文集)
ISBN 978-7-5550-3009-6

Ⅰ.①文… Ⅱ.①孙… Ⅲ.①文学创作—创作理论 Ⅳ.①I04

中国国家版本馆 CIP 数据核字(2023)第 072229 号

文学创作论

孙绍振 著
出版人 林 滨
丛书统筹 林可莘
责任编辑 任心宇
出版发行 海峡文艺出版社
经 销 福建新华发行(集团)有限责任公司
社 址 福州市东水路 76 号 14 层
发行部 0591—87536797
印 刷 上海盛通时代印刷有限公司
厂 址 上海市金山工业区广业路 568 号
开 本 787 毫米×1092 毫米 1/16
字 数 710 千字
印 张 35.25 **插页** 1
版 次 2025 年 6 月第 1 版
印 次 2025 年 6 月第 1 次印刷
书 号 ISBN 978-7-5550-3009-6
定 价 180.00 元

出版说明

孙绍振先生是我国著名的文艺理论家、文学评论家、语文教育理论家、作家，是“闽派批评”的旗帜性人物。

他学贯中西、思通古今，全面梳理中国传统文艺理论中的重要命题，对当代西方文论进行了系统的分析和批判。他的文学研究贯穿着“实践真理论”的世界观和辩证方法论。他以一个“文学教练”的矫健身手，在“文学创作论”和“文学文本解读学”的坚实理论基础上，进行海量的经典文本分析，洞察小说、诗歌、散文等文类的艺术奥秘。由此，他建构了富有原创性的中国特色文学理论话语体系，在理论和实践结合方面发出中国声音。

他以先锋姿态投入“朦胧诗”大论战，业已留下重要的历史文献；以创新思维和精准表达，体现文学批评的力量与高度。

在语文教育改革中，他以犀利的思想拨乱反正，为语文教育的学科建设做出独特的贡献。其成就不仅深刻影响祖国大陆语文教育学界，还辐射至宝岛台湾，有力助推两岸学术、文化与教育交流。

作为一个作家，他钟情于诗歌、散文创作，产出丰硕的成果。其演讲体散文，卓尔成家。

为了全面展示孙绍振先生的研究成果和学术成就，我社组织出版“孙绍振文集”（20 册），汇编其迄今为止的全部代表性学术著述和文学作品，涵盖文学理论建构、文艺评论、演讲、语文教育、文学创作等诸方面内容。希望这套文集能全面展示孙绍振先生的理论成就、评论成果和文学创作的整体风貌，呈现中国学派崛起的绰约风姿及其在世界学术话语体系中日渐突出的自主地位。

海峡文艺出版社

二〇二五年六月

目　录

第一章

假定论

第一节　逼真的幻觉

为什么真实的生活不能直接成为艺术呢？这是因为，生活的真实，虽然是艺术形象结构的要素之一，但是生活的结构并不等于艺术的结构。生活的真实与艺术的真实在根本上有统一的方面，但这种统一是矛盾的统一。市场上一筐筐真虾，并不是艺术，而齐白石的笔下，一条条用水墨画出来的虾，明明是假的，却是艺术。在战场上真刀真枪地打仗，不是艺术，没有什么人会买了票去欣赏，但在京戏舞台上那种绝对没有死亡的可能、保证不会流血的、把舞蹈和杂技结合起来的武打，却是艺术，它甚至能打动对中国古代生活一窍不通的欧洲人，把他们弄得在剧场里欢呼跺脚。中国戏曲的脸谱，希腊戏剧的面具，古代埃及雕刻把人体程式化，中世纪东欧派和波斯壁画把人物不自然地延长或缩短，古典诗歌的押韵，现代绘画的变形……这些都说明艺术与生活是矛盾的统一，而不仅仅是统一。

把反映生活、创造形象误解为按生活描红，是许多生活经验丰富的人不能进入艺术境界的最基本的原因。[①]闻一多在《冬夜评论》中说："绝对的写实主义便是艺术的破产。"西方古典文论中有"逼真不等于真实"的说法，很有道理。简单地照搬生活的逼真场景，并不能达到艺术真实的高度，有时反倒给人一种既不真实又不艺术的感觉。莱辛在《拉奥孔》的前言中说得好：艺术是"逼真的幻觉"[②]。不能因为追求生活的逼真，就热衷于照相

---

① 这里暂时不对"生活"的内涵加以定义，但是，可以肯定地说，原生的素材不是文学创作学意义上的生活，至少应该是经过作家主体化了的，与文学形式发生关系的才是文学创作意义上的生活。

② 莱辛著，朱光潜译：《拉奥孔》，人民文学出版社 1979 年版，第 1 页。

式地罗列生活。歌德说："艺术不该和现实一样，和自然毫无二致是不能体现艺术的。"拜伦在《致约翰·墨雷书》中说："如实的、单纯的、赤裸裸的自然是不会使人成为任何一种艺术家的，尤其是诗人，他的本质使他成为艺术家中最不自然的一个。"要使生活变为艺术形象就不能满足于像镜子一样的逼真。据说，一次斯坦尼斯拉夫斯基选择一个演跛子的演员，有一个人演得很逼真，但是后来了解到这人本来走路就跛，斯坦尼斯拉夫斯基就不要他了。传说有一次在普希金家里举行了一次扮演普希金的比赛，结果普希金本人只得了第三名，第一名、第二名都给假普希金拿去了。正因为有假定才有真实，老托尔斯泰才称赞契诃夫的作品"真实到了虚幻的程度"，这是因为艺术的目的并不是模仿生活，艺术不管怎样模仿都不可能像生活本身那样生动而丰富。正是因为这样，英国文学家、批评家罗斯金才说，再好的艺术品也不及一个健康的英国少女。车尔尼雪夫斯基也说，不管多美的大理石雕像也不及彼得堡大街上的少女那么动人。艺术如果纯粹以自己逼肖于生活作为存在的理由，它就可能在"写生活"的竞赛中被淘汰。正是在这个意义上，黑格尔才在《美学》中把纯粹以复制生活为目的的艺术看成是"多余的"，他说："靠单纯的模仿，艺术总不能和自然竞争。它和自然竞争，那就像一只小虫爬着去追大象。"①

艺术的目的是真实与虚拟的统一，认识与娱乐的统一。用中国古典诗话的语言来说就是"以无为有，以虚为实，以假为真"②。

艺术的创造性和娱乐性使它必须突破模仿的局限。要创造就不能满足于逼真，就不能不加入幻想、想象，就不能没有假定，就必须以想象的、假定的形态来创造艺术的真实形象，达到既具认识又具娱乐功能的目的。纯粹的模仿与艺术的目的是不相容的。不假定就没有自由，不在想象中自由地创造就不能引起销魂荡魄的惊异，就没有艺术的魅力。康德在《判断力批判》中说到过这一点：某一店主人为吸引顾客，暗叫一个人藏在丛林里模仿夜莺的鸣啭，十分逼真，深得顾客赞美。但当人们发现这鸣声是人的模仿，而毫无模仿者的创造时，就感到这声音讨厌了。③

没有假定、没有创造也就没有娱乐作用了。黑格尔谈到这个故事时也嘲笑这种呆头呆脑的模仿。他说：

> 人们用自己的工作、熟练技巧和勤勉去复制原已存在的东西，固然也可借此得到一些乐趣，但是仿本愈酷肖自然的蓝本，这种乐趣和惊赏也就愈稀薄，愈冷淡，甚至于变成腻味和嫌弃……

① 黑格尔著，朱光潜译：《美学》(第一卷)，商务印书馆 1981 年版，第 52—54 页。
② (清)黄生：《一木堂诗麈·诗家浅说》(卷一)。
③ 康德著，宗白华译：《判断力批判》(上卷)，商务印书馆 1987 年版，第 147—148 页。

我们绝不指望人的自由创造力就产生这样一种音乐，这种音乐，例如夜莺的歌声，只有从莺自己生命的源泉中不在意地自然流露出来，而同时又酷似人的感情时，才能使人感到兴趣。①

由此可见，逼真不能产生强烈的感染力。逼真之所以不能产生强烈的感染力，是由于只能酷似夜莺，而不能“酷似人的感情”，而有了人的感情的逼真和夜莺鸣啭的逼真，二者统一起来，就不再是单纯的模仿了，而是一种艺术的假定了，在这假定境界中，达到了艺术的真实。因此，在艺术的真实中就包括两个要素：一个是生活的真实，一个是情感的真诚。二者达到和谐的统一时，就形成了一个结构，感染的效果就大不相同了。

第二节 生活真实和作家真知、真情的统一结构

艺术对生活的各个部分并不像镜子那样一视同仁、来者不拒。各种生活现象在艺术中并不是一律平等的，作家在生活面前并不是照相机或录音机。镜子反映生活是表面的、冷漠的、没有倾向的、没有感情的，而艺术则要带着感情汇合生活真实，探求其内在真谛。正因为这样，生活到了艺术之中，它经过作家的情感和理性的吸收、消化、分解、排泄、重组，就发生了变化。它是生活在艺术家心中的变体，是艺术家按照自己思维的秩序、艺术风格的逻辑重新安排的世界，是生活的面貌和作家心灵的肖像的化合。所以艺术中表现出的生活，一方面仍然是生活，另一方面又是作家的认识、作家的艺术个性。作品中的真实既是生活的真实，又是作家的真知、真情的感受。达·芬奇把艺术形象叫作“第二自然”，因为它已经和作家的个性和风格化合成一种更高级的真实。马克思把它叫作“人化的自然”。石涛也认为他笔下的山水，已经不完全是客观的自然物，而是客观真实和艺术家主观真知、真诚的统一。他说：“山川使予代山川而言也。山川脱胎于予也，予脱胎于山川也。搜尽奇峰打草稿也，山川与予神遇而迹化也。”②艺术形象在表现生活与表现作家个性中融合，二者“神遇而迹化”。生活的客观真谛和作家主观的真情贵在统一。有时，艺术虽然表现了生活的某种真实，但作家不真诚、言不由衷，那么艺术仍然是苍白的。当然，即使作家真诚，但如果他违反了生活真理，那么艺术形象也不会有生命力。

① 黑格尔著，朱光潜译：《美学》（第一卷），商务印书馆 1987 年版，第 54 页。

② （清）石涛：《苦瓜和尚画语录·山川章·第八》。

第三节　真与假的相互制约[①]

要使客观与主观结合，在生活本身是不可能的。在生活中只有特殊的逼真，而概括的真实并不是直接的存在，它是人脑加工的结果。有了概括的真实，还需要作家真诚的感情。一个艺术家画一个苹果，不单包含对这个苹果的认识，更包含他对许多苹果的理解。同时，还表现了他对苹果的特殊感情，对生活的特殊态度，对艺术形式的特殊理想。这么多成分的统一只能在假定性的模拟形态中才能实现。这种假定性的模拟形态，对生活的逼真来说，有它假的一面，但在本质上来说它是更真实的。表面上看来，生活的逼真经过了加工、改造、渗入、抽出，遭到了破坏，但是实际上它不但有着更广泛、更普遍的真实性，而且有着生活所缺少的真诚的感情。

艺术的真实不是一种形而上学的“真”，它不是绝对不掺一点“假”，相反，只有在假定形式中，它的真实性才能得到更充分的发挥。

生活不经过一番改造是不能成为艺术形象的。创作劳动主要就集中在改造这一点上。白石老人画虾，不止一次地减少了其腹下节足的数量；米开朗琪罗放在美第奇的墓上的青年男子的雕像超比例地延长了弯曲的腰身和手臂，二者不但没有导致虚假，反而达到更高的真实。白石老人关于绘画艺术有过名言：“妙在似与不似之间，太似则媚俗，不似则欺世。”俄国伟大画家苏里科夫学素描时，他的老师契斯恰科夫对他说：“要尽可能地接近实物，可是绝不能一模一样，因为要一模一样，结果反而弄得不像。”[②]齐白石和契斯恰科夫在绘画上对于真实的追求差异非常之大，但是在根本的一点上他们是一致的。20 世纪 60 年代初，周恩来在广州歌剧、话剧创作会议上说：“话剧要演得不像人们在台下讲话就好了。”艺术的辩证法就是这样奇妙，为了使艺术更像生活，就要敢使艺术不像生活。艺术是假定性与真实性的统一。李卓吾在评点《琵琶记》时说：“戏则戏矣，例须是假，若真者，反不妨似戏也。今戏则太戏，真者亦太真，俱不是也。”梅兰芳说假戏真做，但是不能假戏假做。假戏假做就虚假了，这就是李卓吾批评的“戏则太戏”，完全是演戏，一点不真了，艺术就完了。当然，李卓吾还说也不能“真亦太真”，不能忘记了艺术，特别要注意舞台艺术的假定性。忘了假定性，可能要闹笑话。中华人民共和国成立初期，有个地方剧团片面地

① 于真和假的关系，我这样的论述和思路是当年的选择。如今，也可以用符号学能指与所指。文化学，主体渗入任何客体思路去论述。现在看来各有所长，各有不足。为保存历史原来面貌起见，故不作改动。

② 转引自索洛维耶夫等编著《素描教学》，人民美术出版社 1992 年版。

迷恋生活的逼真，在演《牛郎织女》时，让真牛上台，结果那牛并不能理解牛郎的激动心情，弄得牛郎不能专心向织女献殷勤，一直处在提心吊胆的尴尬状态。正在这时，真牛竟留下一堆粪便，扬长而去。这种真牛反而不如一条没有实用价值的、装饰着彩色流苏的牛鞭子来得真实。

作家的劳动对象就是生活中逼真的素材，作家的劳动实践就是要把生活的逼真改造为艺术的真实。

生活的素材不同于工厂、实验室的原料那种有形的物质，对它的改造不能采用直接接触的方法，只能在假定性的想象领域中进行。莱辛在《拉奥孔》的前言中把艺术形象归结为"逼真的幻觉"。有人把艺术分为两类，一类是逼真的幻觉，也就是写实性的；另一类是假定性的，也就是虚幻性较强的。前者如话剧，后者如戏曲。这种划分是风格学上的分类。我们所说的是艺术的普遍规律，是另一个层面上的概括。歌德则明确地说："每一种艺术的最高任务即在于通过幻觉，产生一种更高真实的假象。"[①]艺术的假定性在文学创作中表现为虚构。高尔基说："艺术创作永远是一种虚构、臆造，或者说得正确一些，是一种'臆测'。"[②]莫泊桑也说："写真实就要根据事物的普遍逻辑给人关于'真实'的完整'臆想'。"[③]文学创作的真实是一种虚构的真实。文学要把普遍分散存在的逼真改造成为特殊的、具体的人物情景和过程，就不能不突破真人、真事、真物的局限。所以曹雪芹要把真事隐去（甄士隐）而公然声明自己所写的是"满纸荒唐言"，是假语村言（贾雨村）。这可以充分说明在艺术作品中生活的真实性受到艺术的假定性制约，没有了艺术假定，也就不再有生活的本质。

要获得文学创作的能力，就是要获得艺术地进行真实的虚构的能力，而不是照搬生活的能力。初学写作者如果被生活的原始素材逼真的森严性吓住了，不敢突破真人、真事、真物的局限，他的才能就可能受到束缚，他的想象、他的感情就很难自由地发挥。

世界文学史画廊中最伟大的典型都不完全是生活的逼真实录，它们都有"臆造""臆测""臆想"的特点，都是一种"逼真的幻觉"，表面上看来都有一点不现实，畸形、怪诞、不像话，不像真正存在过的。堂吉诃德、奥勃洛摩夫、浮士德、高里奥、哈姆雷特、玛丝洛娃、贾宝玉、阿Q……好像都有不现实的"臆造"的特点，但这恰恰又是最能叫人着迷的魅力所在。就像中国画中的泼墨画，不能作细节的追求，但又能给人以淋漓尽致的艺术享受。相反，过分拘泥于生活逼真，过分照搬现实场景的，例如《官场现形记》《二十年目

---

① 歌德：《诗与真》，《西方文论选》（上卷），上海译文出版社1979年版，第446页。

② 高尔基：《谈谈我怎样学习写作》，三联书店1950年版。

③ 莫泊桑：《谈"小说"》。

睹之怪现状》这样的作品和那些“极镂绘之工”的咏物诗一样，反而显得艺术格调不高，不及《红楼梦》中那些带着神秘色彩的太虚幻境、通灵宝玉、和尚、道士之类的吸引人，甚至不及《聊斋志异》中的狐媚鬼道动人。丹麦的许多现实性小说也不及安徒生的童话动人。艺术如果完全排除了假定性就不成为艺术了。真正的艺术常常带有写意的色彩，写意就是不太拘泥于形，让客观生活与主观思绪融合起来，沿着形式的轨道酣畅地运行，也就是《文心雕龙·神思》所说的“神与物游”。搞文学创作，光有“物”（生活）不免粗糙，光有“神”则太抽象，把二者结合起来才可能有一种自由酣畅的笔墨。这种笔墨的气韵不光来自生活，也来自作家，它不为生活所拘，不过分贴紧生活，而是在与生活保持一定距离的轨道上飞旋。艺术之所以能围绕着生活的太阳公转，是由于它本身还以自己为中心进行自转。

没有一点臆测的勇气和能耐，就没有写意的效果。李瑛在《一月的哀思》中，写周总理逝世后北京人民悼念的情景：“多少家庭的多少窗子，此刻都一齐打开，只为要献给你由衷的敬意。”有读者写信问：“当时时值深冬，写成‘打开窗子’，是否不真实了？”李瑛答信：“是的，论季节，当时是深冬，这是生活的真实。但这里却是艺术表现的真实，如果在艺术表现上写成‘门窗紧闭’倒反而是不真实的了。生活的真实，不等于艺术的真实。”[①]

正是在这个意义上，亚里士多德总结希腊的史诗和戏剧的创作规律时，这样说：“一桩不可能发生而可能成为可信的事，比一桩可能发生而不可能成为可信的更可取。”[②]我国许多当代作品之所以缺少经典作品那样持久的动人力量，原因之一是缺乏生活的深度和广度，甚至歪曲了生活，产生了一些虚假的作品。原因之二是跟生活贴得太紧，太拘泥于生活的逼真，产生了一些软弱的作品。论情节，它们缺乏雨果、大仲马、施耐庵那种大开大合的气魄；论人物，它们没有莎士比亚、托尔斯泰、曹雪芹、鲁迅那样强烈的个性。长期以来，我们过分强调艺术要围绕着生活公转，相当程度上忽视了艺术必须围绕自己的圆心或焦点自转。因而，现在普遍存在的倾向是，艺术家缺乏艺术的魄力，为谨小慎微的生活细节所困，缺乏大艺术家那种淋漓尽致的敢于假定的气魄。

应该看到，不但生活的真实性受到艺术假定性的制约，而且艺术的假定性也受到生活的真实性的制约。它们之间的对立，在表现生活和作家自我心灵的条件下，在形式规范中得到统一。真实性和假定性这二者一旦发生背离，就可能导致分裂。

---

① 当然，李瑛的话也有片面性，关上窗子，也可以是另一种严酷的虚拟。

② 亚里士多德著，罗念生译：《诗学》，人民文学出版社 1962 年版，第 89—90 页。

第四节　假定性和逼真性在不平衡中发展

假定性和逼真性的矛盾是艺术形象的内在矛盾。像一切矛盾一样，二者是不平衡的。几乎没有一种形象是四平八稳绝对平衡的，平衡了就僵化了，就没有发展了。这种不平衡正是推动艺术形象发展的内在动力。艺术发展的历史表明，有两种相反相成的倾向推动着艺术发展，那就是不断精确地表现生活和不断花样翻新地创造超脱于生活的具体形态的艺术形式和流派。前一种倾向表现在从原始的，在内容上、节奏上与劳动联系在一起的诗歌到自然主义的小说中，细节愈来愈逼真，愈来愈与生活的本来形态接近，到了现代电影中，甚至产生了“没有表演的表演是最好的表演”的主张。后一种倾向表现在从远古的神话直到荒诞派戏剧中，形象乃至逻辑愈来愈与生活的具体形态发生歧异。这是因为远古那种假定性压倒生活真实性的神话，它的生活真实性赶不上后世越来越精确化的认识。在认识生活这一点上，它落伍了，但是它不虚假，因为它至少提供了人类对生活真谛的一种真诚追求的片段记录。它假定性的幻想，将生活大幅度地变幻的手段和形式有相对独立的艺术价值，仍然能带给我们艺术的享受。随着艺术认识功能的发展，假定性的优势逐渐让位于生活逼真性的优势，于是产生了一种规律性的趋向：即假定性的递减和真实性的递增。但这只是历史总的趋势、主导方面，另一方面是艺术假定性并未停滞，它仍在曲折地发展，时时占据局部的暂时优势。在中国文学史上，写实性为主的《诗经》四言诗曾让位于假定性为主的楚辞，白描直抒的五言古诗让位于想象性更强的近体诗。我国宋朝有了院体画，在西欧达・芬奇、伦・勃朗等人把绘画的空间关系精确化以后，又产生了假定性更显著的文人的写意画和印象派等绘画。在产生了易卜生、契诃夫和比莎士比亚更现实的舞台剧以后，又出现了荒诞派戏剧，在斯坦尼斯拉夫斯基进入客观规定情景的体验派表演体系之后，又出现布莱希特主张间离效果的表现派表演体系。纷纭的流派，走马灯似的变幻，自然有其社会历史缘由，但是社会原因不能不通过艺术形象的内存矛盾起作用，社会原因是转化的条件，艺术形象的真实与假定的固有矛盾才是内在根据，社会原因不过起催化、诱导和选择作用。

每当逼真性过分制约了假定性，而且成为一种稳定的倾向时，就会产生艺术境界不高，形象粗糙的问题，或者出现自然主义倾向。由于这种倾向会引起厌倦情绪，又必然促使与之相反的倾向产生，这就使假定性逐渐上升，并很快占了优势，最后必然导致假定性过分冲击生活的真实性，诱发了形式主义的、生活内容贫乏的作品大肆泛滥。艺术上新流派、新形式的崛起，常常发生在艺术假定性与生活真实性正进行探索性调整的历史阶段。艺术上某些流派的没落常常是因为假定性与真实性关系发生了破裂。有时是脱离生活或者拘于生活的倾向不能得到有效的抑制，有时是耽于幻想（想象）或是不能开辟通向新的想象境界的道路。

艺术的假定性的价值常常遭到漠视，原因是不了解某种艺术形式的成就常常是集中在它所独具的假定性境界之中。而后人要获得表现生活真实的能力，首先得从这种假定境界中去师承。

第二章

形象论

第一节　生活的主要特征和作家的主要情趣的猝然遇合

一、在生活和情趣的契合点上化合

艺术形象是再现生活和表现作家自我的统一。[①]这种统一是有限的，不是绝对的，因为无限的生活受到作家有限心灵和艺术形式有限表现力的限制。因而生活不但选择了作家，生活内容不但选择了艺术形式，而且作家有限的心灵也选择了与之相契合的生活，艺术形式也选择了与之相适应的内容。经过筛选的生活意象在进入艺术形式的假定熔炉以后，和作家个性化的情趣化合成为创造性的形象，形成一个不可分割的统一体，诚如克罗齐所说："艺术把一种情趣寄托在一个意象里，情趣离开意象，或者意象离开情趣都不能独立。"《文心雕龙・神思》把这种规律性现象说得很生动，叫作"神与物游"。作者在《物色》中说道，形象构成的因素，并不是光有物象也不是光有心象，而是二者的结合："写气图貌，既随物以宛转；属采附声，亦与心而徘徊。"王昌龄说："目击其物便以心击之。"[②]这与克罗齐讲的同样是心灵与对象之间的感应对称关系。

情趣与意象的化合，不是全面的，而是在有限的、互相适应的范围内的化合，我们把它叫作契合点。"契合点"以外的，不能化合为艺术的形象。朱自清的《荷塘月色》，写的

① 这是一个粗浅的说法，严格说来，生活和自我的统一只能产生形象的胚胎，在形式的审美规范作用下，胚胎才能化为真正的形象。

② 引自《文镜秘府论》南卷。

是清华园内月下的荷塘一派幽僻宁静的景色。在实际生活中，荷塘并不完全是宁静的，朱自清在文中还写道：

这时候最热闹的，要数树上的蝉声和水里的蛙声；但热闹是它们的，我什么也没有。

这喧闹的蝉声与蛙声，因为与作家特殊的情趣（隐约地感到孤寂的美妙）不相适应，故而被排除在契合点以外。《荷塘月色》创造的是幽僻与孤寂的境界，而蝉噪、蛙鸣的喧闹完全是相反的气氛。在契合点上的生活意象，一般在性质上与作家的情趣相当，大凡不相当的就不能化合，也就不能构成形象。如李白的《早发白帝城》：

朝辞白帝彩云间，千里江陵一日还。

两岸猿声啼不住，轻舟已过万重山。

“彩云间”写的是“高”，“万重山”写的是“远”，“一日还”“啼不住”写的是“快”。这里特别强调表现的是高而远，迅速转化为轻而快。但是这种轻快并非当年江上航行的全部特点：当年江上航行的“险”，为什么被排除了呢？[①] 因为这与诗人内心轻快之感不相符合，因而就不能进入形象的契合点。据考察，这首诗是李白因入永王幕府，被流放夜郎遇赦以后顺江而下时写的，长江航道上的险恶风波与解除了政治压力的轻快心情不相适应，就不在这个暮年的浪漫诗人眼下了。[②]

这首诗动人的秘密之一就在于它渗透着一种轻快之感；之二是他不直说自己轻快，而说是船轻快。

正因为情趣与物象之间的互相选择，同一对象才可能有多种属性与不同的心灵分别化合。比如杨朔笔下的蜜蜂（平凡而伟大，所求取者少，所贡献者多），就和古代诗人笔下那种空忙（“采得百花成蜜后，为谁辛苦为谁甜 ”）有根本的不同。同一对象的不同特点，也不仅仅是被动地被选择，同时也能激发起与之相当的情趣，或者说，他也部分地决定了情绪的属性和强度。范仲淹在《岳阳楼记》中这样写道：

若夫淫雨霏霏，连月不开，阴风怒号，浊浪排空；日星隐曜，山岳潜形，商旅不行，樯倾楫摧；薄暮冥冥，虎啸猿啼。登斯楼也，则有去国怀乡，忧谗畏讥，满目萧然，感极而悲者矣。至若春和景明，波澜不惊，上下天光，一碧万顷；沙鸥翔集，锦鳞游泳；岸芷汀兰，郁郁青青。而或长烟一空，皓月千里，浮光跃金，静影沉璧，渔

① 当年长江三峡中的礁石尚未被炸掉，船愈轻，则愈捷，则愈险。刘白羽在《长江三日》中对此有过生动的想象。

② 在另一种心情下，在写《早发白帝城》的同年，李白又写了《上三峡》：“巫山夹青天，巴水流若兹。巴水忽可尽，青天无到时。三朝上黄牛，三暮行太迟。三朝又三暮，不觉鬓成丝。”此外还有《自巴乐舟行经瞿塘峡登巫山最高峰晚还题壁》：“月色何悠悠，清猿响啾啾。辞山不忍听，挥策还孤舟。”这是完全不同的艺术感觉了。

歌互答，此乐何极！登斯楼也，则有心旷神怡，宠辱偕忘，把酒临风，其喜洋洋者矣。

不同的物象引起不同的感情，物象和感情才能达到契合的程度。所谓乐景生乐，悲景生悲，指的就是这种现象。当然，这里范仲淹说得简单了一些，有一点机械论的味道，但是作为问题的一个方面，他是讲出了道理的，虽然这个道理并不全面，因为他没有考虑到心情与物象是可以通过矛盾达到统一的。

二、感情和物象在性质和程度上的平衡和不平衡

严格地说，凡进入形象契合点的，或多或少都是和作家感情相通的或者经过作家感情同化的。在形象的契合点上，生活不但要同作家的感情和性质相应，而且要在程度上相当，形象才能和谐。李白笔下江上航行的轻快正是他心灵的轻快，朱自清笔下的环境和心境也是这样，因为他的美好的忧愁是恬淡的，因而环境中的一切都是恬淡的了。

微风过处，送来缕缕清香，仿佛远处高楼上渺茫的歌声似的。这时叶子也有一丝的颤动，像闪电般，霎时传过荷塘那边去了。叶子本是肩并肩密密地挨着，这便宛然有一道凝碧的波痕。叶子底下是脉脉的流水，遮住了，不能见一些颜色，而叶子却更是风致了。

月光如流水一般静静地泻在这一片叶子和花上。薄薄的轻雾浮起在荷塘里，叶子和花仿佛在牛乳中洗过一样，又像笼着轻纱的梦。虽然是满月，天上却是一层淡淡的云，所以不能朗照，但我以为这恰是到了好处……

朱自清在《荷塘月色》中创造了散文的意境，主要得力于他自己说破了的“恰是到了好处”，那就是表现情趣和环境的意象在性质和程度上恰到好处的和谐。分寸感很强的艺术家的直觉帮助了朱自清：那风是“微微”的，清香是“缕缕”的，歌声又是“远处”而且“渺茫”的，叶子与花的颤动是“一丝”的，月光是“静静的”，雾是“薄薄的”，梦是“笼着轻纱的”，云是“淡淡的”——这一切都不强烈，恰到好处地烘托了他淡淡的、恬静的心绪。艺术形象的构成也像药方那样讲究量的准确性。

但是，客观对象和主观情趣二者性质如此相当、程度如此均衡地统一，这并不是很普遍的。如果二者永远存在着定比关系，艺术就变成匠艺了，形象就可以凭着固定的配方去炮制了。应该说，二者并不均衡的情况并不少见。把在性质上不相当、在程度上不相近的成分作别出心裁的配比，是艺术家的任务。这是因为，在客观对象和主观情绪之间，主观情绪常常是处在主导地位，比之客观对象，它有更强的主动性。如果它失去主导性和主动性，陷于被动，就不能不陷于呆板的描摹。一旦陷于描摹，作家的创造性就会非常有限。所以在面临客观对象时，作家应该珍惜他那自由的、活跃的感情的潜在能量。他应该像崔

莺莺送别张生时那样：

晓来谁染霜林醉，总是离人泪。

眼泪所表示的痛苦和红枫的色彩所显示的热烈，在通常意义上并不相当。但是，在这里眼泪变成了酒，变成了送行人的感情，是这样的感情，使得枫叶都醉了。感情和物象在色彩上，在通常意蕴上本来并不相当，但是在这里都构成了和谐的形象。关键是情趣起了改造物象的作用。同样的霜叶，在杜牧的特殊感情作用下就与这里很不相同，杜牧觉得“霜叶红于二月花”，性质和程度都与原来物象相当；而在舒婷笔下，木棉的红花既像“英雄的火炬”，又是“沉重的叹息”。

由此可见，在情趣和意象融合为形象的时候，情趣常常是占着主导地位，同样一个物象可因情趣的不同而产生不同的形象。例如：一辆破自行车，破到用侯宝林的话来说，“除了铃不响，什么都响”。如果这是爱情的信物，可能是“除了铃不唱歌，什么都会唱歌”；如果是爱情破裂的遗物，可能是“除了铃不叹息，什么地方都叹息”。

有时，作家的情趣还有更大的主动性，它能将事物的特征改造得与自己的情趣相近、相当。例如：一个善于以幽默对待生活矛盾的作家对于一个消极现象，不用简单的否定语气去评述，而是用一种调侃性的语气去评述，可能产生强烈得多的艺术效果。如一个丈夫爱打老婆，因为他觉得老婆爱他爱得不够。直接用世俗的态度去评述，可以说，这家伙真蠢，越打，她越不爱你。这就谈不上形象性了，因为既无特殊性的细节，也无有特点的感情。契诃夫在他的《札记》中这样写：“凡不能用接吻来博得女人的心的男子，也不会用殴打来博得女人的心。”这就有鲜明的形象性了。这里作家的特殊情趣突破了现场的描摹，用概括的手法选择了动机与效果矛盾尖锐的方面，特别夸张了适得其反的效果，揭示出挥拳的荒谬。这里对细节的选择，着重在动机与效果显而易见的背离上，此外的种种表现，均因与含笑的幽默情趣不合而被排除在外了，连严重的殴打都被作家的幽默感改造得轻松了。情趣有这样大的自由，为形象的独特性提供了广泛的选择余地。形象独特性的追求，决定了进入契合点的生活必须是有特点的生活，渗入文学形象契合点的感情也必须是有特点的感情。二者发生奇妙的化合，就是形象不可重复的创造性的体现，也就是形象自发感染力的根据。

第二节　以生活的主要特征统率可感细节

一、最起码的“形象思维”就是以有特点的细节进行思维

形象，本来是相对于抽象而言的概念，它不同于自然科学、社会科学的逻辑概括。科学以排除感性的具体形态，综合、概括事物的普遍属性为特点，文学则表现个别的看得见的、摸得着的、具体可感的事和情。例如用抽象的语言来讲，这个人笑得可恶；用形象的语言来讲，则可以说：这个人一笑露出了 32 颗金牙。用抽象的语言说，这孩子笑得很可爱；用形象的语言则可以说：这孩子笑起来脸红得像苹果，不过比苹果多了两个酒窝。高尔基说：“真正的语言艺术是非常生动如画的，而且几乎是肉体可以感触得到的。应该使读者看到语言所描写的东西，就像可以看到可以触摸的实体一样。”“可恶”“可爱”，是抽象的，看不见、摸不着的，缺乏可感性的，而有了“金牙”“酒窝”，就成看得见、摸得着的了。关键还在于，这些细节并不是生活中的细枝末节。《苏联大百科全书》中对细节下这样的定义：“细节是整体（这里指艺术作品）的一个小小的部分，是生活中的细枝末节，是局部。”①光是生活中的细枝末节还不是艺术的。艺术的细节是带着假定性的，其中交融着生活和作者的感情，不是一般的生活，而是生活的特征。高尔基还说过：“当他（按作家）在任何一个人身上，找到指出和强调谈话、手势、姿态、相貌、微笑、眼神等独特的特点的时候，这些人物在他笔下就是活生生的。”②

没有特点的细节是平庸芜杂的，缺乏艺术表现力的。细枝末节有了特点，才有可能进入艺术的境界。苏联作家安东诺夫有一篇在 20 世纪 50 年代著名的短篇小说《在电车上》，据他自己说就是从一个细节的发现开始的。原文为：“她从行驶着的电车上向车门口走去，就像走过河上的独木桥。”电车上的地板很宽，由于车子在行驶，摇摆不定，所以走路的女人就变得像在独木桥上那样显得不稳定，时时有失去平衡的危险。这就有了特点了。一有特点就把整个环境相当突出地表现出来了。这样的细节就不再是生活的细枝末节，不再是生活的毛坯，而有一点艺术的味道，能帮助作者从生活进入艺术的想象境界了。

艺术形象的细节虽然来自生活的细枝末节，但它是其中少量的、精粹的、有特点的一部分，它是表现对象所特有的，而不是相邻的、同类对象所共同的。它是作者在生活中的发现，它是作者从生活到艺术概括的第一个阶梯，是作者个性和生活特征的第一个契合点。

---

① 转引自安东诺夫：《细节》，原文见《苏联文艺》1984 年第 3 期。

② 高尔基：《论文学》，人民文学出版社 1983 年版，第 227 页。

形象，特别是不太复杂、比较单纯的形象，是从有特点的细节开始的。普希金说过："好的细节，能使被忽略过去的琐事，大放光芒。"普希金所说的"好的细节"，自然是有特点的，是作家在琐碎的细枝末节中发现的，它表现了作家的个性，帮助作家摆脱抽象概念思考的惯性，促使作家的感情投胎成为形象。

最起码的"形象思维"就是以细节进行思维。作家最起码的修养就是用细节来说话。这要求作者在生活中发现。明末清初的张岱在《陶庵梦忆·柳敬亭说书》中记载当时著名的说书艺人柳敬亭说《武松打虎》时，这样说：

> 武松到店沽酒，店内无人，蓦地一声吼，店中空缸空瓮，皆嗡嗡有声。

只用了一个细节就相当充分地表现了武松精神、体魄的特点。

初学写作者，乃至有一定写作经历的人常常为细节而苦恼。不善于捕捉细节，生动的场景和人物往往就失去神采，正如苏联作家巴乌斯托夫斯基所说："缺乏细节描写的作者会失去生命力。"要提高"形象思维"的能力就得把自己训练得善于选择、发现、提炼细节。不论是静止地描写人物和场景，还是渲染环境，构成气氛，精致的细节往往是形象的细胞核。因此，应该对细节的特性作更深入的考察。

二、有特点的细节能以局部更好地表现整体

抽象的概括是全面的、普遍的，如"好看""讨厌"是总的效果，但细节却不是全部，而是局部。"酒窝"和"金牙"只是可感的细节的一部分，其余部分被大量地舍弃了，但这并没有在根本上影响艺术地表现总体的效果。为了臻于完美，必须刻画细节。米开朗琪罗说："细节能够创造出完全，完全不能创造出细节。"完整的故事可以虚构，细节却很难虚构。

好的细节蕴含着比表面上多得多的能量。一般来说，细节大致分为两种，一种直接取自表现对象，如我们前面所说的在电车上走路像过独木桥；另外一种不取自表现对象本身，而是取自表现对象以外，往往以效果的形式出现。中国古典诗歌中写美人罗敷，写了效果，同时也暗示了原因。好的细节以局部的特点出现时就强调了整体，它以物象的实体出现，同时包含着作者的个性，主体形式的出现同时也表现着环境。它既是平常的，又是出人意料的；它既是人熟悉的，又是第一次被发现的。

细节的功能，并不在于表现细节本身，如果光表现细节本身，就成为细枝末节了。细节之所以为艺术，就在于它能超越细节的有限性，表现出整体、过程、环境等。有时一篇小说构思的成功，完全依仗于核心细节。如爱伦堡用烟斗这个细节一共写了七篇短篇小说，这样的细节潜在能量就更大。细节也可以成为戏剧冲突的焦点。易卜生的《玩偶之家》的

整个冲突都集中在一个细节上，那就是娜拉为了丈夫偷偷在借据上签了字；鲁迅的《药》的冲突集中在人血馒头上；莫泊桑的《项链》集中在一条假项链上；巴尔扎克笔下的守财奴葛朗台临终弥留，因看见神父的金十字架而跃起拥抱而死；而高布赛克自己的金币掉在地上，却因为怕人知道自己有钱而拒绝承认金币是自己的。这说明细节的功能不但可以显示局部，而且可以成为艺术整体的核心。

这是为一般艺术的规律性所规定的，尤其为语言艺术的属性所决定的。

事物的性质由它的总体决定，抽象的语言要无限地逼近这个整体。但是语言由于它本身的局限，不可能穷尽事物的全部属性。它是一种声音符号系统，不直指关涉对象，却能唤起人由经验转向关涉对象。正因如此，我们不能指望用语言去穷尽一切生活的细节。例如，为了把“春天来了”化为形象，我们不能把设想一一写上：油菜花开、麦苗滴翠、布谷声声、蚕豆花香、燕子衔泥、清明细雨、谷雨风暖等。一来，这并未穷尽事物的全部可感细节；二来，这样的罗列、堆砌反而降低了形象的质量，使读者的想象因不堪重负而疲倦。只要人像李白那样写上“寒雪梅中尽，春从柳上归”，就足以刺激读者，唤醒早春的经验了。

形象的生动性与鲜明性是密切不可分的，一旦芜杂，必然导致模糊。

刘勰在《文心雕龙》中总结《诗经》的特点时，称赞其形象能“以少总多，情貌无遗”，批评“长卿之徒”“模山范水，字必鱼贯”。中国汉赋很快走向没落，原因就在于它把罗列繁复的细节现象当成了文学的任务。这种遗风在后世的文学作品中，一直没有肃清。在白话小说兴起以后，这种赋体还钻到叙事写人的作品中去：有时人物出场或景物初现，常用词赋或唱词来罗列人物或景物的外在细节。在这方面，《水浒传》十分有幸，流行的七十一回本把这类词赋韵语删去了大半。这是过分铺陈细节遭到历史淘汰的一例。

铺陈求全是一个世界性的历史现象，因为这是从细节的有限性与生活的无限性的矛盾中产生的。有时，我们读巴尔扎克的杰出长篇和曹雪芹的辉煌巨著也不无遗憾之处。巴尔扎克在小说开头部分对建筑、家具静止而冗长的描摹，常常引起读者的厌烦。丹纳在《巴尔扎克论》中说：“如果描写某一特点或某一种颜色，长到十二三行，想象也会失去作用，人们将说不出这个人形态究竟是温和的、壮伟的还是娇小的。”相比之下，曹雪芹这样的毛病要小得多，只是在人物服饰外貌的描写上有时失之烦冗。例如贾宝玉的肖像描写：

> 头上戴着束发嵌宝紫金冠，齐眉勒着二龙抢珠金抹额，一件二色金百蝶穿花大红箭袖，束着五彩丝攒花结长穗宫绦，外罩石青起花八团倭锻排穗褂，登着青缎粉底小朝靴。面若中秋之月，色如春晓之花，鬓若刀裁，眉如墨画，面如桃瓣，目若秋波，虽怒时而若笑，即瞋视而有情。项上金螭璎珞，又有一根五色丝绦，系着一块美玉。

其实这里除了对眼睛的描写（“虽怒时而若笑，即瞋视而有情”）有唤醒大量经验和记忆以外，其他从头到脚的描写都是罗列现象。大量的罗列细节，使得形象钝化。这种现象在世界文学史上不乏其例。莱辛在《拉奥孔》中批评古罗马诗人维吉尔，引用了他描写一头适于生殖的母牛的诗行：

母牛要显得顽强凶恶，头壮颈粗／喉下胃囊要从双腮垂到双腿／双腿要又长又宽，膘满力壮／腿要大，耳要粗，蹄要宽。／皮毛黑得发亮，白点斑斑，／驾轮时要挣扎，要用角触人，／面相像公牛，走路时昂首阔步／用尾端横扫地上的足迹……[①]

这里开头说母牛顽强凶恶，但后面大部分诗句都离开了这一点，说的是体力充沛，这样，顽强凶恶就未能制约住后面的细节，因而不统一了。莱辛说：“对物体的详细描绘……会被最好的批评家看成一种枯燥的戏法，用不着什么天才，顶多只需用很少的天才，就可以办到。”莱辛还举德国诗人哈勒的《阿尔卑斯山》为例说明罗列众多细节不能构成生动的艺术形象。莱辛说：“我们每个字里只能看到卖力气的诗人，但是看不到那对象本身。”事实上，我们读莱辛批评的那个诗人的作品，不能不深深为那个诗人惋惜。这个诗人是个植物学家，他过多地运用了植物学家科学的观察成果，而又不知节制，对于诗来说，许多细节成了累赘。如：

高贵的龙胆花在那里昂首挺立／远远超出了一丛平凡的杂草／在它的旗帜下群花听命服役／蓝色的弟兄们向它们俯首致敬／灿烂的花朵金光四射／戴着金冠、披着灰裳，耸立在枝头／洁白的叶透出深绿的条纹／闪耀着五色缤纷的露珠／最正直的规律啊，刚劲婀娜／在美的身躯里住着更美丽的灵魂／这里蜷伏着一棵小草，像一片灰雾／大自然把它的叶子安排成十字形／它的秀丽的花朵伸出两片镶金的唇／像绿玉雕成的小鸟嘴上的喙／那里荡漾着一片油绿的指状的叶／在一条清溪上投射出它的绿影／花像温润的雪，上面染着线红／裹着一条条放白光的星星／翠绿和玫瑰红点缀着踏过的灌木原／峻峭的山崖披上深红的衣裳。

这样纷繁并列的细节使形象变得复杂，缺乏有机的统一性、完整性。而形象之所以不同于现象就是因为它是统一完整的，因而才是明朗生动的。莱辛在同一著作中还举了荷马的史诗与之对照，他说：“在荷马的诗里，一只船是一只黑色的船，一只空阔的船，一只快船，至多也不过是一只划得好的黑船。不过只是就荷马的一般手法来说的，荷马偶尔也加上第三个形容词，例如圆的、黄铜的、八条幅的车轮。”乃至第四个形容词“磨得精光，美丽的、黄铜的、打得很平整的盾”。荷马这样节约他的形容，并未使他的形象减色，因为这符合文学形象的一个普遍规律，那就是形象不能穷尽事物的全部特点，它只能突出事情一个

① 莱辛著，朱光潜译：《拉奥孔》，商务印书馆 1980 年版，第 92 页。

或少量特点。

这在心理学上有根据。人的大脑皮层在接受外界信息时会引起兴奋，局部的兴奋，意味着其他部分的抑制。当一系列的形象细节输入大脑的相关部位，如果是统一的，那么就集中在此处。相关部位的兴奋会形成一个优势兴奋中心，其他部位的兴奋会受到优势兴奋中心的抑制。如果形象细节是纷乱的、多元的，在大脑中引起的兴奋点就不是集中的，而是分散的，分散的兴奋中心意味互相抑制，不可能形成一个优势的兴奋中心，因而在读者的心理上无法形成一个统一的、压倒一切的印象。正因为这样，文学形象要有一个统一的、集中的特点统率。这个特点必然是有限的，但这正是它比生活更鲜明、更动人、更有启发性的原因。贺拉斯在《诗艺》中说："最劣等的工匠也会把人像上的指甲、卷发雕得纤微毕肖，但是作品的总效果却很不成功。"①丹纳在《艺术哲学》中说：

> 卢浮美术馆中有一幅但纳的画。但纳用放大镜工作，一幅肖像要画四年，他画了皮肤的纹缕、颧骨上细微莫辨的血筋，散在鼻子上的黑斑，逶迤曲折，伏在表皮底下的细小至极的血管，他把脸上的一切都包罗了。眼珠的明亮甚至把周围的东西都反射出来。你看了简直会发愣，好像是真的人头，大有脱框而出的神气。这样成功，这样耐性的作品从来没见过，可是，梵·代克一张笔致豪放的速写就比但纳的肖像有力百倍。②

烦琐地罗列一切细节，以为每一个细节都重要，其结果是在大脑皮层引起多中心，即无中心的兴奋点，互相抑制，互相干扰，正因为这样，但纳的烦琐不及梵·代克简洁的速写，故契诃夫说"简洁是天才的姐妹"。

三、构成形象的任务首先是表现事物的主要特征

心理学的规律决定了形象突出的只能是生活中有限的部分。丹纳在《艺术哲学》中继续说：

> 艺术力求形似的是对象的某些东西，而非全部。
>
> 艺术的目的是表现事物的主要特征，表现事物某个凸出而显著的属性，某个重要观点，某个重点状态。③

主要特征是相对于次要特征而说的，这就是说，即使是特征，也并不是一律平等地进入艺术形象的有限领域的。文学所表现的特征是经过选择、强调，被安排在主要地位上的，

① 贺拉斯：《诗艺》，《西方文论选》（上卷），上海译文出版社1963年版，第99—100页。
② 丹纳著，傅雷译：《艺术哲学》，人民文学出版社1981年版，第17—18页。
③ 丹纳著，傅雷译：《艺术哲学》，人民文学出版社1981年版，第19、23页。

并且是富于刺激力的，对读者的想象有启发性，能让读者联想那与细节相联系的更广泛的生活。契诃夫说过：“为了着重表现那个女请托人的穷，不必花很多的笔墨，也不必描写那可怜的不幸的外貌。只要带过一笔，说她穿着褪了色的外套就行了。”有了这一个雄辩的细节，那女人的贫困就是完全可以想象的了。这样的例子在中外古典和现代文学名著中比比皆是，不过契诃夫在理论上特别强调这一点，他认为简洁是天才的姐妹。在旧俄罗斯，一个内地剧院上演契诃夫的《万尼亚舅舅》，把万尼亚演成一个落魄地主，周身肮脏，蓬头散发，穿着涂油的靴子。“他应该是什么样子？”有人问契诃夫。“可是，我的剧本里写得很详细啊。”他回答说。这所谓的详细，就是在剧本的说明里，指出万尼亚打着绸领带，在契诃夫看来，一条绸领带就是已暗示出万尼亚风度的主要特征了。[①]

主要特征是靠少量有启发性、雄辩性的细节来显示的。细节不是整体，但显示主要特征的细节能更好地表现整体。形象思维首先就是用那启发性、雄辩性的细节来思维。屈原写湘夫人之美，并没有把她从头写到脚，只是写了她的眼睛的神态，“目渺渺兮愁予”，却成了千古神品。在荷马的史诗《伊利亚特》中，写海伦之美，也没有罗列大量的细节，而是让她走到特洛亚元老院的会场去，让那些显贵的老人看见海伦，彼此私语起来：“没有人会责备特洛亚人和希腊人，说他们为这女人进行了长久的、痛苦的战争。她真像一位女神啊。”

雄辩的细节之所以能“以少总多”，常常是因为它的细节所表现的或者是事物有特征的局部，或者是事物的总体效果。在世界文学史上，运用效果性的细节是很常见的。这与我国汉代李延年的“北方有佳人，绝世而独立。一顾倾人城，再顾倾人国”有异曲同工之妙。

形象的可感性并不是一切细节可感性的总和，而是其中表现了主要特征，起着统率作用的那一部分。正是这样的细节调动了读者的记忆，推动读者用他的生活补充了作者的描绘，在想象中形成完整的形象。

文学形象始于优选的细节。优选细节的能力，从反面来说就是排除大量其他细节的魄力，关键在于养成对细节暗示性的鉴别力。不但要善于从许多细节中排除那些暗示力不强的，而且要敢于排开那些虽有暗示力，但已被长期使用而失去光泽的细节。要避俗，要求新，要让细节使读者的心眼突然发亮，启示他们回忆起他们忽视了的珍贵情景，使他们在日后的生活中目光变得更敏锐，耳朵变得更警觉。有时在正面的细节受到充分注意的情况下，不妨从侧面开始。如果把细节安排在事情即将发生以前取得了成效（如许浑“山雨欲来风满楼”为了写雨，先写楼上的风），那么也可以考虑一下在事情发生以后提炼细节（如巴乌斯托夫斯基“要给人一个下大雨的概念，只要写出雨点啪嗒、啪嗒地打散在窗下的报

① 石尔：《外国名家创作经验谈》，浙江人民出版社1981年版，第312页。

纸上就够了”）。有时，在视觉感知的范围内难以有新的发现了，你可以到听觉和触觉领域中探求新的细节，或者把听觉、视觉等五感全部动员起来去表现一种声音，像《老残游记》中写王小玉说书的那样。郭风先生曾经提倡作家要“五官开放”，这是艺术家的经验之谈。余光中先生在写雨的时候，就调动了全部的感官：“雨不但可嗅、可亲、更可以听。”实际上他笔下的雨还可以能摸到寒冷：“听听那冷雨。”当然也可以看：“雨天的屋瓦，浮漾湿湿的流光，灰而温柔，迎光则微明，背光则幽暗，对于视觉是种安慰。”接着则是触觉、听觉视角的交融：“下雨了，温柔的灰美人来了，她冰冰的纤手在屋顶拂弄着无数的黑键啊灰键，把晌午一下子奏成了黄昏。”

四、细节共同体要互相呼应、互相制约

在表现一些复杂事物和过程时，细节就不可能再是单纯的了，它必须是一系列的、众多的。这时特别要注意它们的统一性。我们来看老舍在《骆驼祥子》中写北京的酷热（括号内为作者按）：

> 街上的柳树像得病似的，叶子在枝上打着卷（这是写由于热而干燥，有生命的绿叶也缺乏水分），无精打采地低垂着，马路上一个水点也没有，干巴巴地发着白光（这是写阳光异常强烈）。便道上尘土飞起多高，跟天上的灰色联结起来，结成一片恶毒的灰沙，烫着行人的脸。处处干燥，处处烫手，处处憋闷，整个老城像烧透了的砖窑使人喘不过气来（这是由视觉转入触觉，写热的特点）。狗趴在地上吐出红舌头，骡马的鼻孔张得特别大，小贩们不敢吆喝（热在不同对象身上的不同效果）。柏油路晒化了，甚至铺门前的铜牌好像也要晒化了（极端的夸张、变异的感觉）。街上非常寂静（这是一笔反衬，以静衬托下面的闹和热），只有铁铺里发出使人焦躁的一些单调的叮叮当当（这是转以听觉来表现燥热造成的烦躁之感）。

这段文章的好处倒不完全在于每一个细节都是有特点的，关键在于它不是纷纭细节的罗列，而是统一在一个主要特征上的，那就是由于干热而引起的烦躁的感觉。这个感觉是潜在的，没有直接写出来，但正是它管住了这么多细节。严格地说每一个细节都是客观外在特征和主观知觉特征的统一。外在特征的统一是容易的，写天热谁不会？要内在的知觉统一，就不那么容易了。这里的统一，就统一在干燥而憋闷的感觉上。如果有一个细节的感觉不是干而闷，就不统一、不和谐了。

复杂的形象要求它众多的、纷纭的细节统一在内在的主要知觉上，正是这种内在的知觉特征选择了事物的主要特征。而表现事物的主要特征的细节共同体应该互相呼应、互相依存、互相制约、互相补充，形成一个完整的共同体，它是这样精密，容不得任何与之不

相当的成分。它不但不能互相干扰，而且还不能容忍过分地互相并列。细节常常是错落分布在不同的方面和层次上，又很自然地统一在同一个焦点上。丹纳在《艺术哲学》中说：“主要特征是一种属性，所有别的属性，至少是许多别的属性都是根据一定的关系从主要特征中引申出来的。”这和生活不同，这是经过重新创造的世界。丹纳在同一著作中说：“在现实界，特征不过居于主要地位；艺术却要使特征支配一切。”[①]艺术之所以不同于生活的描红，就在于主要特征支配一切，凡是与主要特征不统一的都要被排除，排除得越彻底，艺术的境界越能顺利地完成。

对于统一性的追求就是对于艺术性的追求。形象细节之间统一性的不足就是艺术性不足。

并不是每一个艺术家的任何追求都能达到高度的统一的。例如，郭沫若在《银杏》中就表现出这样的缺点。在一首小小的散文诗中，郭沫若先是写银杏的生物学特征：最古老的有花植物。写它的姿态：挺立着唱着凯歌。后来又写它的象征性：东方的圣者，中国文化有生命的纪念塔。接着写银杏真、善、美：枝条蓬勃精巧，巍峨的云冠为劳苦人撑出清凉的华盖。作者还想象，天上的众神会在月下来此聚会，然后说梧桐不及它的坚牢，白杨没有它的端庄，它没有令人掩鼻的江湖气，它不避风霜，嶙峋而又洒脱，有如高僧，超然而又不隐遁。接下去又讲它的用途：木质可做器材，叶可做燃料，但是它却被人们遗忘了，没有什么诗人、画家来赞美它。因而作者要思念它，希望大家爱慕它，以免它消失在中国，听不到赞美生命的欢歌。只要拿这篇文章和茅盾的《白杨礼赞》一比较就可以看出，它不如茅盾的《白杨礼赞》主要特征集中。茅盾始终只强调一个特征，并以之统率一切其他特征，那就是挺拔、伟岸、力争上游。正因为这样，茅盾的《白杨礼赞》成为历史名篇，而作于同一历史时期的《银杏》却为读者遗忘了。

为什么茅盾能将白杨的主要特征如此高度集中地表现出来，而郭沫若的《银杏》却没有呢？这是因为茅盾并不是被动地作全面的说明，而是以自己选定的主要特征去同化了白杨的非主要特征——“一律向上”“绝无旁枝”“绝无横斜逸出”“片片向上”——一切与挺拔、伟岸、力争上游不相当的特征不是被排除了就是被同化了。主要特征对于非主要特征如果不能以征服者的姿态出现，艺术形象就可能流产。

五、主要特征同化非主要特征

主要特征常常是隐秘的，被许多其他特征所掩盖。它不仅有与事物的表面现象统一的一面，又有与事物表面现象矛盾的一面；它是深刻的，又是与肤浅的假象混杂在一起的；

① 丹纳著，傅雷译：《艺术哲学》，人民文学出版社1981年版，第23、25页。

它有单纯的一面，又难免不与紊乱的现象交织纠缠；它是必然的，又是经常被许多偶然性歪曲了的。因此，作家重新塑造生活就成为一种极其复杂而艰巨的劳动。

艺术之所以是创造，是因为它是作家对应备特征加以删节、改造、突出统一的产物，作家的才华就在这里表现出来。契诃夫在他的《札记》中记着这样一条："蒙特卡罗的妓女；那地方的整个调子是卖淫；棕榈树好像是妓女，小鸡子也像是妓女……"这里明显是用卖淫业的发达这一社会特征，去同化了当地的棕榈和小鸡的自然特征。这里显而易见的是特征的扩展和转移，可以说，主要特征对于自身和对与之相联系的事物会起一种同化作用。高尔基在《我的大学》中写一个胖乎乎的少女：

> 差不多每天清早五六点钟的时候，总有一个矮腿的姑娘出现在作坊临街的窗口；她全身是由各种大小不同的半圆球拼凑起来的，很像一个装满西瓜的布袋子。
>
> 她戴着一块花头巾，头巾下面露出淡黄色卷发，那卷发就像一个个小圆环儿被挂在她那红红的、圆绷绷的脸上和扁平的前额上，遮盖住她那睡意惺忪的眼睛。她懒懒地用两只小手从脸上把头发撩开，她的手指好像新生婴儿那样可笑地伸张着。

这个女孩的形象的主要特征是肥胖，以至于她的身体，她的卷发，她的小手都是统一于圆弧形的。正是这种圆弧形扩展开来同化了各部分的外形，表现了作家对这个女孩子痴憨的怜惜和慵倦的揶揄。托尔斯泰在《复活》中写在沦落为妓女以前的少女喀秋莎的形象也用这种"同化"来强调统一性。

> 她还是跟从前一样，只是越发妩媚了。她那对含着笑意的、纯洁的，微微斜睨的黑眼睛仍旧那么稍微低着而往上看人。她身上也跟从前一样，仍旧系着干净的白色围裙。她从她姑姑那儿拿来一块刚刚拆掉包皮纸的香皂和两条毛巾，一条俄国式的大浴巾和一条毛茸茸的浴巾。不论是那块没有动用过的，刻着字的香皂也罢，那两条毛巾也罢，一律都干净、新鲜、整齐、招人喜欢。

这里写的虽然是香皂、毛巾、浴巾给人的印象，实际上主要是这个天真纯洁美好的姑娘给人的印象，香皂、毛巾、浴巾的特征不过是因为与姑娘的特征相同才得到这么突出的强调。这种方法为欧美文学大师所常用：我们可以看到奥布洛摩夫的漠不关心的神情，"从他的脸上移到全身的姿势上，甚至于转到睡衣的褶皱里"；我们可以看到老葛朗台连"姿势、举动、走路的功架，他身上的一切都表示他只相信自己，这是生意上左右逢源养成的习惯"。但这并不是说要求把描写对象的众多特征统一为主要特征是一件轻而易举的事。即使我们读文学史上大师的作品，也难免有些遗憾之处。比如雨果在《悲惨世界》中这样描写珂西特：

> 珂西特体瘦面黄，她已经快满八岁了，看上去却还像个六岁的孩子。两只大眼睛，

深深地隐在一层阴影里，已经失去了光彩，这是由于经常哭泣的缘故。她嘴角的弧线显示着长时期的内心痛苦，叫人想起待决的囚犯和自知无救的病人。她的手，正如她母亲猜想过的那样，已经断送在冻疮里了。当时炉火正照着她，使她身上的骨头显得格外突出，显得她瘦得令人心酸。由于她经常冷得发抖，她已经得了紧紧靠拢两个大膝盖的习惯。她所有的衣服只是一身破布，在夏季会教人见了可怜，冬天人见了都难受。她身上只有一件布满了窟窿的布衣，绝无一寸毛织物。四处都露出她的肉，浑身都看得出德纳第婆娘打出来的那种青块。两条光腿，又红又细。锁骨的窝叫人见了心痛。那孩子，从头到脚，她的态度、她的神情、说话的声音、语言的迟钝、望人的神气，见了人不说话，一举一动都表现和透露一种心情：恐惧。

对这个孩子“从头到脚”的描写，是欧洲古典文学传统的静止描述的办法，在欧洲现代文学家看来可能失之烦冗。这么多的细节中缺乏有启发性的骨干细节，缺乏核心，而显得有些重复，虽然勉强统一于表现这个孩子的贫困与饥寒，但最后作者的概括却说这孩子“一举一动都表现和透露一种心情：恐惧”，这二者并不很统一。在雨果的作品中乃至欧洲古典文学中，这种静止的描写失去控制的例子，并不是偶然的、个别的，任何一个描绘能力强大的作家只要稍稍忽略了生活的无限性和形象的有限性的矛盾，忘掉了主要特征的概括和统率作用，都有写出败笔的危险。每一个作家都得学会挑选和改装他所描绘对象的众多细节。曹雪芹在这方面无疑有过丰富的经验，他在《红楼梦》四十二回，借薛宝钗之口说：

这园子都是画儿一般，山石树木、楼阁房屋，远近疏密，也不多，也不少，恰恰的是这样。你若是照样儿往纸上一画，是必不能讨好的。这要看纸的地步远近，该多该少，分主分宾，该添的要添，该藏减的要藏减，该露的要露。这起了一个稿子，再端详斟酌，方成一幅图样。

这里虽然没有提出主要特征的概念来，但在添、藏、减、露这些方面和《艺术哲学》的说法是一致的。

第三节　以主要情趣汇合主要特征

一、主要情趣选择主要特征，同化次要特征

生活特征是纷繁的，确定主要特征并改变它与其他诸特征之间的关系，不完全以事物本身为准则，这要看作家此时占优势的情趣的性质。丹纳说：“艺术家改变各个部门的关系，一定是向一个方向改变，而且是有意改变的，目的在于使对象的某一个‘主要特征’，

也就是艺术家对那对象所抱的主要观念，显得特别清楚。”[①]在这里丹纳已经接触了主要特征与主要观念之间的关系，但很可惜，他多少有点轻视主要观念，包括主要感情的作用，因而没有展开，所以《艺术哲学》留下了很明显的片面性。如果说，生活的主要特征是文学形象的母亲，那么作家的主要观念，确切地说是作家的主要情趣，就是文学形象的父亲。作家的情趣、作家对生活的选择性不是绝对自由的。作家的情趣，要尽可能地与生活的主要特征契合。如果在根本上发生分裂，就可能歪曲了生活。或者二者虽未分裂，但不能水乳交融地化合，而是充满扞格的化合，那就会大大影响艺术形象的感人力量。

在进入创作过程之时，作家的情趣起着明显的推动作用。在同样的生活面前，缺乏情趣的心灵，根本不可能捕捉住生活的主要特征。

正因为这样，在确定主要特征和非主要特征之间关系的时候，作家的主要观念，包括作家独有的情趣就成了“同化”的标准。主要特征之所以能成为主要的，就是因为它是和作家的主要观念、情趣一致的，正因为是一致的，才能把其他特征向这个方向引导。严格来说，纯粹客观地描写主要特征是不可能的，生动的描写总是在作家的观念和情趣诱导之下进行的。从这个意义上说，不带主观情趣的描写也是不可能的。当生活与感情汇合时，感情显然更自由，更有能动性。列夫·托尔斯泰说过：“描写一个人本身是不可能的，但可以描写他给我的印象。”[②]写人物给作者的印象，就带着作者自发的感情和趣味了。同样一个对象，作家的情趣不同，可以选择其中不同的特征。就是相同的特征，也可因与作家不同的情趣化合成不同的主要特征。

二、艺术形象的感染力主要取决于感情的独特性

对文学形象来说，作家的感情趣味的特殊性不是可有可无的，而是形象创造性的因素之一。一个作家不但要善于捕捉客观对象的主要特征，而且要善于分析自己感情趣味的主要特征。作家不但要了解生活，而且要了解自己，要分清自己心灵中什么是独特的，什么是平庸的。在列夫·托尔斯泰看来，感情的独特性对于艺术形象感染力的大小起着决定的作用。他在《什么是艺术》中说：

> 艺术感染力的大小决定于下列三个条件：(1) 所传达的感情具有多大的独特性；(2) 这种感情的传达有多么清晰；(3) 艺术家的真挚的程度如何，换言之，艺术家自己体验他所传达的感情时的深度如何。
>
> 所传达的感情越是独特，这种感情对感受者的影响就越大，感受者所感受的心

① 丹纳著，傅雷译：《艺术哲学》，人民文学出版社 1981 年版，第 22 页。

② 托尔斯泰著，戴启篁译：《列夫·托尔斯泰论创作》，漓江出版社 1982 年版，第 139 页。

情越是独特，他所体验到的欣喜就越大，因此也就越发容易而深刻地融合在这种感情里。[①]

托尔斯泰这种说法自然有些偏颇，他没有注意到感情与感知的关系，离开了感知，感情就成了不可感的幽灵；他也忽略了感情与理智、思想的关系，没有智性的深度，感情就成了肤浅的滥情。除此以外，托尔斯泰还忽略了情感与艺术形式的关系。在这一点上，后来者卡西尔说得很明确：

他（按：托尔斯泰）说不仅情感是感染的艺术标志，而且感染的程度是艺术价值的唯一标准。然而很容易知道这种理论错在何处。托尔斯泰忽视或轻视的是诗歌最根本的因素和主旨：形式因素。[②]

他的理由是，在阅读观赏莎士比亚的戏剧时，人们并没有受剧中人物的“激情”，包括麦克白的“野心”、理查三世的“残酷”和奥赛罗的“妒忌”的影响，人们享受的是一种如华兹华斯所说的“在平静中回忆的情感”。即使在哈姆雷特式的激情的“惊涛骇浪、暴风骤雨”中，人们也感到一种“节制”，而这种节制我们只有在形式的领域才能赢得。[③]

艺术形象中的感情是要受到形式节制的，但是，卡西尔所说的“节制”还是抽象的，关键在于如何节制，这是需要层层深入地分析的。本书将提出“形式规范”范畴，将形象确定为情感特征、生活特征和形式特征三维结构。对于形式规范的作用将衍生出普遍规范、特殊规范，特别是诗歌、散文、小说等亚特殊规范，本书将以数章的篇幅详尽地展开。

一个艺术家要善于在客观事物的众多特征中找到与自己特殊情趣相一致的潜在的共鸣点，或者反过来说：一个艺术家要善于从自己特殊的情趣出发，在客观对象的众多特征中进行选择。从客观对象中得到独特的感受是作家才华的标志。情人眼里为什么能出西施呢？因为情是有特殊性的。同样一个人，在仇人眼中呢？她的主要特征就可能变成妖媚。对形象来说，这二者都是生动的。每一个作家都得从别人早已写腻了的对象中找到新的感情的激发点。如果年年写春风，年年写出来的都是一样，那就是文学的不幸了。

就是同样一种特征也以所寄托的情感的不同者为上。屠格涅夫描写一个老太婆死亡，只选取了一个细节：“一只苍蝇从她泛蓝的眼膜上从容地爬了过去。”这不仅是细节的精致，而且还是情感的平静。苏联诗人特瓦尔多夫斯基在《瓦西里·焦尔金》中写在卫国战争中

---

① 托尔斯泰：《什么是艺术》，《西方论文选》（下卷），上海译文出版社 1979 年版，第 439—440 页。

② 卡西尔：《语言与艺术》，《德语美学文选》（上卷），华东师范大学出版社 2006 年版，第 407 页。

③ 卡西尔：《语言与艺术》，《德语美学文选》（上卷），华东师范大学出版社 2006 年版，第 407 页。

牺牲的战士："俄罗斯的雪花落在他蓝色的眼膜上，再也不会融化了。"这样的细节中的情感特点就不是平静的，而是充满着痛惜之情的。

作家的情趣与生活的表象并不是绝对平衡的，作家的情趣占优势是常有的事。在诗歌中，特别是在进行直接抒发时（而不是描绘时），在强调心理真实性的意识流小说中，在大幅度心理描写和渲染中，乃至在抒情性的散文中，客观对象的特征，有时会有某种变形的特点，独特情趣的真实比之物象的真实更真实。如张洁在《哪里去了，放风筝的姑娘》中写一个心灵美丽的姑娘，她像牲口被卖一样地被嫁了出去，而在婚礼的宴会上，她的亲人们却兴高采烈地大吃大喝，她的丈夫也发出了笑声。张洁通过一个小女孩的特殊心灵去感受这种笑声，它的特点是"叫人心惊肉跳""震耳欲聋"的。王维在《山中与裴迪秀才书》中写他那特殊宁静的感觉："深巷寒犬，吠声如豹。"这里客观对象的主要特征如果不和主观情趣的特征结合起来理解，就可能令人产生怀疑：笑声难道会使人"心惊肉跳""震耳欲聋"？犬声与豹声有根本不同，王维难道不知这二者之间显著的差异吗？其实，在这里动人的正是作者的情趣特征。陈祖芬在《美》中写体操运动员做屈体空翻两周的那段文字，不说身体旋转，而说他"轻轻巧巧地就把整个体育馆转了两个圈儿"。这是不准确的描摹，但是很准确的生活与感情的契合。客观事物的特征不那么准确，甚至有点"歪曲"，反而使情趣特征更准确了。不是真的有"白发三千丈"，而是"缘愁似个长"。也就是有如此真实的感情特征，非如此不足以表现，不是真的有"一个昏黄的、方方的大月亮"，而是闷罐车里的一种感情的错觉。读到《春之声》（王蒙）的第二段，读者自然会明白，这是因为车窗是方的，外面亮里面暗。遇罗克烈士身上的弹孔中流出来的是血，可是北岛却写："从星星般的弹孔中，流出了血红色的黎明。"这是很有特征的，其准确性首先表现在感情（还有其深处的智性）上，其次才是它与弹孔的某种特征的重合，血红转化为黎明的霞光。

当然，这种情趣占优势的倾向，也不是无限度的。情趣总得与生活表象在某一点上相同，如果完全忽略相同点，就可能弄得人莫名其妙了。情趣与生活表象的结合，越惊险、越特殊，就越能产生强烈的心理效果。

形象的新颖和特殊不但在于生活表象和心理感受的新颖独特，而且在于二者契合点的独特。这里有非常广阔的天地供作家的想象驰骋。安徒生在《海的女儿》中这样写海里的情景：

> 在海的远处，水是那样蓝，像最美丽的矢车菊花瓣，同时又是那么清，像最明亮的玻璃。然而它是很深很深，深得任何锚链都达不到底，要想从海底一直达到水面，必须有许多教堂的塔尖一个接一个地连起来才成。

作家形容的海的特征，它的颜色、它的深度都是美的，但是这种美是在儿童美感经验范围之内的，因而显得单纯、稚拙，有点天真。这样就不仅仅是海的特点，而且显示出童心的特点。动人就动人在这二者是如此巧妙地契合了。

> 不过人们千万不要以为那儿只是一片铺满了白沙的海底。不是的，那儿生长着最奇异的树木和植物。它们的枝干和叶子是那么柔软，只要水轻轻地流动一下，它们就摇动起来，好像它们是活着的东西。所有的大小鱼儿在这枝干中间游来游去，像是天空的飞鸟。

如果安徒生直截了当地描述海水中有水藻轻柔地漂动，鱼在其中自由地游来游去，就不会这么生动了。这里之所以异样地动人，是由于海藻浮动同鱼儿游泳的特征是带着儿童式的天真幼稚想象的情趣的。海藻的动态（轻柔地漂动）、鱼儿浮游（像天空的鸟，说明海水的透明）的特征和儿童想象的特征（海底一片美妙的光明）十分贴切地契合在一起了。海底的这种情景本来应该是通常所理解的样子，但是这里的想象却不同，这就在心理上引起了惊异，读者不自觉被童心的美迷住了。

作家能把平常的景象描写得十分神妙，这常常得力于情趣的独异。作家有了独特的情趣，就不难从生活的图景中找到与之相契合的因素，然后使这种因素与情趣化合，作家就是这样把自己的生命赋予客观事物，客观事物的特征就是这样成为作家灵魂的投影的。苏联现代作家拉斯普京在《给玛莉亚借钱》中，写一个农村售货员丢失了1000卢布，如果不赶快补足，便会去坐牢。她的丈夫到处借钱，总是不顺利。作者通过她丈夫的感觉去写火车站上的“风”：

> 这风刚出家门就开始刮，一直就没停过。这里，车站上，薄铁皮屋顶被风刮得轰轰乱响，大街上，纸屑、烟头飞旋打转，人们小跑着，可搞不清楚是风在推着他们转呢，还是他们究竟压倒了风，自己在跑向该去的地方。广播员在报告火车到站出站的时间，声音被风吹得时断时续，七零八落，难以分辨。调动机车的汽笛，电力机车的呼啸，听起来都那么尖厉刺耳，使人心惊肉跳，仿佛是一种信号，警告随时都有可能发生危险。

客观事物的一部分特征被主人公的情绪选中。主人公自己那种茫然若失、不由自主的感觉，在风中的行人身上得到了表现。其实，行人并不一定就真的是完全失去了自制。主人公内心深处的隐隐的危机感也在广播员的声音和机车的声音中找到了契合点（心惊肉跳，可能发生危险），并且把声音情绪化得这么自然。艺术形象最可宝贵的就是这种主观情绪对象化的自由。在这里，作家以情绪驾驭客观对象的能力是关键的，但情绪常常并不能孤立地起作用。列夫·托尔斯泰说：

> 构成一部真正艺术作品的基础的东西，必须是全新的思想或全新的感情，但要表

现它们又必须真正做到描写最微小的生活细节的准确性。[①]

生活细节的准确与感情的准确应该是统一的，光有感情的准确性，缺乏“最微小的生活细节”与之配合，描写就可能变得空泛。

三、情趣特征的强化、变异和注入

作家的笔不能光听生活细节的指挥，也不能光听感情的指挥。光听生活细节的指挥，就是生活的模仿，谈不上创造了；光听感情的指挥，可能歪曲了生活。在艺术创作的过程中，二者平衡的时候是很少的：有时生活的准确性占优势，感情的作用成次要的；有时则相反，感情的作用占了优势。这时，不但生活细节的具体形态有所改变，而且感情的具体形态也发生了某种变异。契诃夫在他的《札记》中写过：“有一个女士，样子像是一条倒立的鱼。她的嘴像是一条缝，引得人恨不能往那里丢进一个小钱去才好。”本来，人的形态已经因强调一个主要特征有点变异了，接下来的，是感觉情趣的变异，干脆把想象中的人的特征当成物的实际功能了。

这是一种情趣特征的引申，这种引申，并不是一种准确的再现，而是一种喜剧性的夸大，主要是为了喜剧的风格而作的虚拟性变异。这种情况，可以称之为感觉和知觉的风格化。契诃夫的《札记》中还有这样一条：“谷仓里有一股难闻的气味。十年前有个割草的人在那里住过一夜，从此以后就有臭气了。”这是一种感觉的极度变异，但是，正是感觉和知觉喜剧化的技巧，在不合理中又有合情之处。在构成形象时，知觉、情绪、趣味应该有相当的自由，如果知觉、情绪、趣味很拘谨，则很难有高度的艺术感染力。要构成有特点的形象，对于情趣也不能作简单的摹写。作家应该敢于追求风格化的情趣，在情趣变异的多种可能中进行选择，对于情趣只敢作照相式的摹写常常是幼稚的表现。有时一个平淡的细节也能变得生动而深邃，关键在于作家敢不敢大幅度地强调它所引起的特殊知觉和情绪，甚至发生某种程度的变异。鲁迅的《狂人日记》中充满了这种变异的乃至歪曲的知觉。《狂人日记》是一篇思想锋芒犀利的小说，这篇小说之所以并不是像有些人说的那样是一篇杂文，关键在于，主人公的感知采取了一种表面看来对物象“歪曲”的方式，而他的感情自然也发生了变异：

> 今天全没月光，我知道不妙。早上小心出门，赵贵翁的眼色便怪，似乎怕我，似乎想害我，还有七八个人，交头接耳的议论我，又怕我看见，一路上的人都是如此。其中最凶的一个人，张着嘴对我笑了笑，我便从头冷到脚跟，晓得他们布置都已妥当了……

① 托尔斯泰：《列夫·托尔斯泰论创作》，戴启篁译，漓江出版社1982年版，第95页。

最奇怪的是昨天街上那个女人，打他儿子，嘴里说道："老子呀！我要咬你几口才出气。"他眼睛却看着我。我出了一惊，掩遮不住，那青面獠牙的一伙人，便都哄笑起来。

形象的生动性正是产生于这种明显是"歪曲"的幻觉中。这里有一种独特的感情，其中包含着两种因素，互相矛盾，又互相统一——那就是疯狂中的清醒，清醒中的疯狂。如果完全清醒，都是智性的议论就缺乏感情的特殊性了；如果完全疯狂，那就完全是狂人的病理档案，一派胡言而已。狂人不管怎样疯，从根本上来说，还是十分清醒的，非常睿智，有高度机警的生活洞察力，不过这种智性和洞察力，又以一种变异的感受形式表现出来：

凡事总得研究，才会明白。古来时常吃人我也还记得，可是不甚清楚。我翻开历史一查，这历史没有年代，歪歪斜斜的每页上都写着"仁义道德"几个字。我横竖睡不着，仔细看了半夜，才从字缝里看出字来，满本都写着两个字是"吃人"。

总的来说，这是非常深刻的，但是从具体的描述来说，这种知觉和情绪又是变异了的。形象的生动性，不能完全靠深刻的智性，它同时还依赖奇异的知觉和情绪。当然《狂人日记》所包含的情趣的独异性不是单层次的，这里有主人公独异感情和作者的讽刺性的愤激的交融，是一种多层次的统一体。这一点，我们下面还要讲到。①

安徒生在《丑小鸭》中形容一座破房子：

到天黑时候，他来到一间简陋的农家小屋。它是那么残破，它不知道应该向哪一边倒才好——因此也就没有倒。

这里的因果关系是奇异的：不知道该倒向哪一面，而没有倒。好像倒不倒完全是主观意愿决定的，而不是由力学原理决定的。这是一种主观感情色彩很特别的解释。这里不仅仅有客观事物的特征（残破到极点），而且有主观感情的特征（一种不可能存在的原因，使它暂时没倒）。在这里，形象的生动性主要来自幽默，而幽默正是正常感情的变异的结果。

在文学形象中，情趣的变异，正如物象的变异一样，为形象的创造性开拓无限广阔的天地。

敢于不敢于、善于不善于对情趣作变异的表现，是对作家才华的一种考验。如果只善于对情绪作正剧式的再现，而不敢作喜剧的变异，鲁迅就只能写出祥林嫂死亡的悲惨而写不出阿 Q 死亡的可笑了。

① 在这里充分强调了情感独特的重要性，但是对于与情感关系在一起的深邃的智性的论述不足。情感的深层的智性，应该是审美情感的一个重要基础，这一点是我过了好些年才想清楚的。修订本书时，在第三章"智能论"的第七节（十五）"从审美走向审智"中有所补充。2000 年注。

四、捕捉细节对情趣的独特刺激点

作家的自我训练，应当包括找寻生活细节与激发出来的感情的关系的训练，这种关系应当不是一般的而是很有特点的。海明威曾经这样回答作家如何训练自己的问题，他举钓鱼为例：

> 如果你在鱼跳的时候兴奋起来，你就回想一下，使你产生这种感情的确切动作是什么，是钓丝从水面上浮起来，是它像琴弦似的绷紧，水开始滴下来，还是它跳的时候猛撞泼水的动作。回忆当时的声响，说了些什么话。找到当时产生感情的东西，找到使你激动的行动，然后写下来……
>
> 你进了一间屋子，出来的时候应当能够知道你在屋子里看到的一切东西，而且还要超过这一点：如果那间屋子叫你产生某种感觉，你应当弄准确，知道什么东西使你产生这种感觉。①

海明威在这里强调的是观察和感觉的契合。钓鱼的兴奋，不是在整个过程中都兴奋，而是在其中某一个关节点上兴奋，使你“产生这种感情的确切动作”时的特别心态。一间屋子引起作家兴奋的关节点不是客观的全部，而是与作家的感情相契合的那一点。由于作家个性不同，他所发现的关节点也不应相同，相同了就没有特点了。作家要找寻属于自己的感情契合点，只有找到了，感情才可能强化，显出特点来，这时作家对客观对象特点的选择和分离功夫便成了关键。欧阳修在《醉翁亭记》中这样写自己：

> 太守与客来饮于此，饮少辄醉，而年又最高，故自号曰醉翁也。醉翁之意不在酒，在乎山水之间也。

太守（欧阳修）和客人在一个风景区饮酒，风景和酒都是美的，但与作者心灵契合的并不是全部，而是二者之一。酒虽然也叫人醉，但最打动他的，最使他陶醉的，却是风景。这样，作家的感情就有特点了，这样的情趣就比对酒和景同样加以赞美要高超得多了。②

---

① 董衡巽：《海明威研究》，中国社会科学出版社 1985 年版，第 92—93 页。

② 在写到这一点以后一两年，我才在理论上为此找到了解释。饮酒主要是生理刺激，更多是实用价值；而观景是情感享受，更多的是审美价值。故此句甚美。2000 年注。

第四节　直接诉诸心灵的非五官可感的形象

一、非五官可感形象的超重内涵

形象是有特点的生活细节与有特点的感情的汇合。二者互相依存，互相制约，但并不是永远同时存在的：有时是互相渗透的，分不清二者的界限；有时不是并存在统一体中的，而是先后承续的。英国古典美学家伯克说过：描写具体事物时，插入一些抽象或概括的字眼，会产生包罗一切的雄浑气象。例如弥尔顿写地狱里阴沉惨淡的山、谷、湖、沼等（按：这是具体的生活意象），而总结为“一个死亡的宇宙”（auniverse of death）。那是文学艺术独具的本领，断非造型艺术所能仿效的。[①]这里“一个死亡的宇宙”就是我们先前所说诗人特殊的情绪，它与前面具体描绘的山、谷、湖、沼互相依存。光有山、谷、湖、沼，会缺乏统一的情绪和智性特征；光有“死亡的宇宙”又失之朦胧，不可捉摸，二者前后呼应就互相促进了。但这并不是说但凡构成形象都得有具体可感的细节，有时，纯情绪性的语言也能构成生动的形象。例如鲁迅《秋夜》中著名的一节：

> 在我的后园，可以看到墙外两株树，一株是枣树，还有一株也是枣树。

这里的生动就在于强调了怪异的单调之感。又如高尔基在回忆列宁的文章中有这样的描写：

> 我在柏林看见了一些文学家、美术家、文艺鉴赏家和其他的人，他们彼此之间的区别只是自满和自我欣赏的程度有所不同而已……没有一个了解俄国革命的全部深刻意义。我觉得大家把俄国革命看作“欧洲生活中的偶然事件”和这个国家里的普遍现象，照一个“同情社会主义”的“漂亮女士”的说法，“在这个国家里，通常不是霍乱，就是革命”。

这里动人的是一种幽默的情趣，而不是可感细节。高尔基如果说那些文艺界人士之间没有真正的区别，那就没有什么形象了。他说有区别，但这种区别实质是差不多没有区别，这种自相矛盾的判断突出了他们之间的共同点，同时表现了高尔基对这些人的轻喜剧式的嘲弄。同样，下面提及的那个“同情社会主义”而且“漂亮”的女士，她的见解一点也没有同情社会主义的味道，而且一点也不漂亮。高尔基不着痕迹地点出她把革命和霍乱看成同样的混乱是多么可笑。这里动人的正是那种面对否定的现象，不采取简单反对的态度，而采取貌似肯定的态度的做法，这种态度既不是完全的愤怒，也不是严峻的讽刺，这就显出

① 钱锺书：《旧文四篇》，上海古籍出版社1979年版，第32页。

感情的宽松和微妙，因而有特点了。正是这种有特点的感情构成了动人的形象。

可感的形象细节之所以动人，主要原因倒不在于它能刺激五官，而在于它能通过五官，引起联想，激起人特别的感情。形象的动人之处，并不限于五官，也不止于五官，关键在于能否引起感情的特殊潜在量。如有，则动人，如无，则虽有五官直接可感的逼真性，仍然是干巴巴的、没有风格的、趣味平庸的。艺术形象必须通过生活的再现表现作家个性化的感情。情不特殊，不能动人，但虽特殊却无深度，叫作情调不高，也很难动人。有一首写下雪的打油诗：

天地一笼统，井上一窟窿。

黄狗身上白，白狗身上肿。

不能说细节没有统一在主要特征之中，但是与这种特征结合在一起的情趣却是油滑的，满足于罗列现象的怪异，既无对大自然的热爱，也无对生活的沉思。这样的情就太薄、太浅，就不能动人。

这里有一个情趣内涵的深度问题。在形象构成的过程中，对于细节的优选是很讲究的，对于情和趣的提炼，则更讲究。优秀的形象中所包含的情和趣，不但是有特征的，而且是相当深厚的。它在奥妙地或强烈地变幻之间被揭示出来。它不应该只限于对现场、即景的刺激做出反应，而应该在时间和空间上大大超越现场即景的总和，把同类或有关的生活过程中全部的内心经验都囊括进来，形成一种高密度的“超重内涵”[①]。

张洁在《沉重的翅膀》中这样写爱情的萌芽——郑圆圆第一次考虑到她对莫征的感情的性质：

爱他吗？不知道。只是愿意支使他，看到他的服从，这是一种占有的欲望，也许占有便是爱吧。

这里并没有把看不见、摸不着的“爱”转化为可感的细节（在同一作品中，作者曾把爱转化为并肩站在窗前观看雨中的落叶、树枝上的积雪，为了一对偎依在一起的鸽子而会心地微笑）。这里把爱定义为“支使”“服从”“占有”，在理性逻辑上是不准确的，但是在这个姑娘的感情上是很独特的、是深刻的。

① 这里“超重内涵”的说法是含糊不清的。这个问题要到后来我写《审美价值结构及其升值和贬值运动》时才明确起来。这种不直接诉诸感觉的情感，只有在逻辑上发生了超越常规的“变异”，才能动人。这在中国古典文论中叫作“无理而妙”，如：“假如冬天来了，春天还会远吗？”参阅拙作《美的结构》，集中论述了审美的情感逻辑与理性逻辑（包括形式逻辑和辩证逻辑）之间的不同。2000年注。

二、人物情趣和作家情趣的统一和错位

形象的感性特征由两方面的因素构成：其一是作品所描绘的对象本身的特殊感性色彩，其二是作家贯注于字里行间的情调和趣味。这二者当然在根本上是统一的，但是又包含着内在的差异。这种统一中的差异越大，形象的情趣内涵就越深，越经得起欣赏。如果只有统一，没有差异，就比较单调。例如在李准的小说《李双双小传》中，李双双说，听说公共食堂是恩格斯首先想出来的。她丈夫却觉得这样高深的知识，男人应该知道得更多。喜旺出于这样的主观愿望，说“是马克思”。当李双双表示有限度的怀疑时，喜旺却由此得到鼓舞而坚定起来：“是姓马。”这样情趣就丰富了，不单调了。这里的情趣至少包含着三个因素的复合。第一，是喜旺大男子主义的不高明，但喜旺却很得意。第二，对于这种不高明，李双双并未在意，并未引起严重的后果，喜旺对自己智慧的自信得到加强，而李双双对丈夫的信赖并未动摇。第三，作家在这里故意让错误的说法明显到荒谬的程度又让它占了上风，让大男子主义的坚定自信与智慧的不足产生显而易见的矛盾，这就构成了作者对喜旺的揶揄（让他出洋相）。总的说来，这种幽默的情绪和喜剧性心理之所以动人，是因为它包含着三种因素之间的差异：在喜旺是错误而盲目地自信，在双双是正确却缺乏自信，在作者是明知是非而不给点破。感情错位了，色彩才丰富。如果让李双双和喜旺争个水落石出，弄得喜旺认了输，则作者和人物理智上的是非、感情上的是非都统一了，便没有差别了，情趣没有内在的层次差别了，形象也就缺少感性的深度了。

在比较复杂的艺术形象中，特别是叙事性的文学作品中，情趣常有这种复合的性质。情趣与智性的是非并不简单地直接地统一，而是相当复杂地统一，包含着曲折的矛盾和丰富的错位。首先，智性在这种情况下只能作总体效果的后盾，不能直接统一人物之间的情绪交流。其次，人物的情绪与作者的倾向，不简单统一。再次，人物之间的情绪不轻易达到一致。在《霓虹灯下的哨兵》中，春妮第二次来到南京路，与陈喜和好了。当房间里只剩下他们两个人，春妮轻轻地捶了一下陈喜：“我恨死你了。”这是一种感性的激发。按智性来说，她的话说得并不准确，至少应该是“我过去恨过你，但基本上还是爱的，现在更爱你了”，或者类似的话才对。春妮如果真的这样讲，她的语言就没有感情的复杂性了，作家的情趣就没有表现的余地了，这场戏可能就要砸锅。按春妮与陈喜的关系，在此时此地说“我恨死你了”，就有高度的准确性。对作家的情趣也一样，故意突出这种表面夸张的言辞，以显示爱的危机已经过去，同样很准确。作家把这种语言与实际感情不相符合的矛盾不露声色地用放大镜一样的效果凸显在观众面前，让观众心领神会地看到在“恨”后面的

“爱”，体会到在语言以外的感情的奇妙变化。这样，作者、春妮、陈喜的感情色彩就有了区别，统一的幽默效果就有了内在的层次差异，就丰富起来了，就显出特殊性了。

王朝闻认为，“他愉快地笑了”写得太一般了，这有道理。因为高兴而笑没有特点，光有普遍性，在文学中就是抽象的。如果说他痛苦地笑了，他恐惧地笑了，他笑得比哭还难看，他笑得叫人毛骨悚然，就有特点了。要表现出这些特点来，首先得构思出造成这些特点的关系和过程来，也就是形成一个结构。例如，曹操在华容道上的笑，是有生动的形象性的，因为它与形成它的特殊关系过程紧密联系在一起。在现场，有那么多若惊弓之鸟的残兵败将，在过去有兵败赤壁的记忆，在未来，就有束手就擒的可能。这个笑，一般人是笑不出来的。这一笑，笑出了曹操一时没有看到伏兵的自信，笑出了曹操乐于看到自己比敌手（战败了自己的敌手）智慧更高的傲气，显示出了曹操的性格——与一时的惨败相比，才华更为重要。这就是非常杰出的形象了。[①]

托尔斯泰在《安娜·卡列尼娜》中这样描写渥伦斯基：

> 渥伦斯基是特别幸福的，因为他有一套明确规定了什么事该做，什么事不该做的规范……这些规范绝对地规定，该付清赌博骗子的赌债，却不必偿付裁缝的账项；不可以对男子说谎，对女子却可以；决不可以欺骗任何人，欺骗丈夫却可以；决不能饶恕人家的侮辱，却可以侮辱人，诸如此类。

如果孤立地说，应该还清赌博骗子的债，不可以说谎、欺骗，不能饶恕人家的侮辱，这可能是抽象的逻辑语言，这从语言上说是完整的，但是对于形象来说还不完整，它的形象的感性特征存在于这一切和与之相反的（不还裁缝的账，可以欺骗丈夫，可以侮辱别人）的规定之中，这二者的结合才显出渥伦斯基的感情逻辑，它包括在理性上互相否定、在感情上却很统一的两方面，这正好能表现渥伦斯基这个人的深刻特征。[②]

三、全部效果的统一和集中

胚胎形态的形象是单纯的，成熟形态的形象则是丰富的。不论作家情感还是人物情感都是复合的，此时它们之间的关系应该遵循一种什么样的准则呢？狄德罗在《论绘画》中说：“一齐指向同一效果，有力地而且简单明确地指向同一效果。”[③]复杂的形象要求各部门的效果高度集中。后来丹纳在《艺术哲学》中把狄德罗的说法又加以发挥：

> 作品的各个部分通力合作，表现特征，不能有一个元素不起作用，也不能用错力

① 这是我后来所提出的“审美情感逻辑变异”的很好的例子，也是古典文论“无理而妙”的最好说明，可是我当时还未抽象到理论的高度。

② 这里已经讲到了“渥伦斯基的”情感逻辑，很可惜没有升华到价值论的高度去。

③ 狄德罗：《论绘画》，“文艺理论译丛”（第4辑），人民文学出版社1958年版，第52页。

量，使一个元素转移人的注意力到旁的方面去。换句话说，一幅画，一个雕像，一首诗，一所建筑物，一曲交响乐，其中所有的效果应当集中。集中的程度决定作品的地位。①

全部效果的统一和集中，是作家爱伦·坡追求的艺术理想。除了特别强调冲破传统艺术规范的后现代先锋作品，一般现实主义和浪漫主义作品的共同倾向是：在复杂的关系和过程中，保持主要特征和感情特征的优势地位，不管是多么复杂的性格，总得有个突出的性格核心；不管多么丰富的感情，总得有个感情核心，在情节的发展和场景的描绘中起决定作用，任何时候淹没了它，便有损于效果的集中。只要能做到效果集中，细节能够互相制约，互相依存，就能奇迹似的产生艺术感染力。有时孤立地看一些细节，毫无动人之处，但是当一系列细节在统一的感情渗透下构成了统一的效果，就显得光彩夺目了。契诃夫在《美人》中（也许并不自觉地）流露出对统一效果的透彻理解：

画家也许会说，这个阿尔明尼亚姑娘的美是古典的、严谨的。也正是这样的美，才会使你一看就深信（上帝才知道为什么）：您看见那嘴、那脖子、那胳膊、那年轻的身体的每一个动作合成一个完整而和谐的调子，大自然连一个最小的细节都没有做错。

契诃夫用形象的语言说出了狄德罗和丹纳用抽象语言所说出的话。对于这一点，契诃夫可能认为非常值得强调。在同一篇文章中，他又写道：

要是照通常那样把她的相貌和五官一样一样描写起来，那么她真正美丽的地方只有她那一头像波浪样的浓密的金发，它披散下来，用一根黑丝带箍在头上，至于其他的一切，就都不整齐或者很普通了。她那双眼睛总是眯着，要么就是因为卖弄风情而养成特别的习惯，要么就是因为近视；鼻子微微向上扬起，带点犹豫不决的样子；嘴很小；侧影显得软弱无力；肩膀窄得配不上那年纪。

把一个对象的各部分孤立起来看，并不都美，但这些都不美的部分和谐地结合起来，就变得非常美了。这里因为所有各部分有一种内在的统一性，在这个姑娘身上发育尚未充分的妩媚，对这种美，女孩子自己似乎已觉察，而又似乎忽略了，叙述者隐隐约约感觉到，然而又捉摸不透。所有这一切统一起来很能唤醒读者在美的对象面前的感受的记忆，因而显得生动。正因为这样，契诃夫才强调：

可是姑娘仍旧使人觉得真正美丽；我瞧着她，不能不相信俄国人的脸是用不着严格整齐端庄就能够显得美丽的；甚至如果她那向上扬的鼻子换了另外一个端端正正塑造得完美无缺的鼻子……那她的脸倒仿佛会因此失去所有的妩媚似的。

这说明局部即使美，如果与整体效果不和谐，就会破坏美，破坏形象的感染力。正因

① 丹纳：《艺术哲学》，人民文学出版社1984年版，第394页。

为这样，即使在散文中也要追求和谐的意趣。例如，朱自清把自己对父亲的全部怀念高度地集中在对父亲背影感受之中。在小说的情节、戏剧冲突中，在各类叙事文学的人物性格的刻画中，突出统一的效果，使各种矛盾冲突在一个焦点上会合，使丰富的人物性格在一个特点上发光，这正是近代文学历史发展过程中愈来愈鲜明的趋向。

亚里士多德早就发现了“整体大于它的各部分总和”的规律，而系统论更是突出了这种整体的功能。只要各个要素组成一个系统结构，那么这个结构的功能就大大超过了各个要素的总和。离开了这个整体，功能便不存在。这个姑娘每一个部分不太美，但这些不太美的要素形成统一的结构，变成一个整体，就很美了，这就是有机结构的功能。艺术所主要追求的并不是细节，而是细节系统的这种结构功能。

第三章

智能论

第一节　作家智能的特殊性

要探究作家的智能，不能不着眼于审美特殊性。皮亚杰的心理学和老夫卡等人格式塔心理学的成果有利于这种特殊性的深入探究。格式塔心理学有一个很大的贡献，那就是对人的知觉整体性的肯定，在这方面，它和皮亚杰的心理学理论殊途同归。这些理论证明，人的感觉、知觉绝不是在完全被动的低级水平上接受信息，而是在感知中同时综合了人的期望、动机、感情、兴趣等高级心理活动。格式塔学派说的是一般的感知，但似乎更适用于文学的感知。作家在感知生活时，不光用五官，同时用心灵，其中渗透着感情和理智，同时还激发自己的个性。由此可见，形象胚胎的产生有一个发生学上的动态过程。

物我化合是动态的。同一个生活对象，在化合过程中因受到空间和时间的影响而发生差异。从空间来说，有民族的不同，地域的不同，阶级的不同；从时间来说，有时代的不同，有人生阶段的不同，等等。因而同样的生活对象，乃至同样的生活特征，在文学创作过程中可以发生层出不穷的变异。反过来说，同样的感情，也可因不同地域、民族和不同时代、年龄，产生不同的形象，因而形象的形成其实是一个生活与感情互相选择、互相局部地化合的过程。这是众多的生活特征和丰富的感情因素，在时间和空间的作用下产生一种变化万千的运动。

这里起关键作用的是作家的大脑机能。作家心灵的具象活动存在两个互相排斥的倾向：外在的生活特征被“内化”，为作家心灵所吸收；作家心灵的元素“外化”，成为艺术的假定形态，并通过语言表达，化为形象。

在这个过程中，外来的生活表象和作家心灵中贮存的经验、记忆和情感体验中最活跃、最有特点那一部分，就在“动力定型”的惯性作用下，产生表象的变异作用，通过联想的三条渠道（相似、相近、相反），生活和心灵的表象在情感和理性的诱导下发生分解和汇合、凝聚和扩张、变形和变质。

第二节　作家的心理素质

一、主体机能及其反应形象刺激的能力

形象是主体心理受外界生活刺激的反应，但是并不像美国行为主义者所想象的那样凡有外部刺激就一定能产生反应。这还要看作为反应主体的作家，他的心理机能如何。瑞士著名心理学家皮亚杰说：“一个刺激要引起某一特定反应，主体及其机体就必须有反应刺激的能力。”① 每一个人的大脑中都有某种认识客体的“格局”（scheme），当外界刺激能够纳入人的已有的“格局”中时，用皮亚杰的术语来说，就是刺激能被固有的“格局”“同化”（assimilation）时，它才能做出反应，否则，就不能做出反应。

只有当作家的大脑中具备着构成形象的“格局”，生活才能被“同化”，作家才能进入创造形象的境界。

艺术创作可以说是一种认识。皮亚杰说：“认识既不是起因于一种有自我意识的主体，也不是起因于业已形成的（从主体角度来看），会把自己烙印在主体之上的客体；认识起因于主客体之间的相互作用。”② 皮亚杰不满足于大脑反映客体这一最后结果，他研究了产生这个结果的动态结构和曲折过程，在这一点上它符合认识的、辩证的、实践的特点。他强调认识的发生过程。他认为客体作用于主体，主体要产生一种特殊的“活动”，也就是“图式”不断扩大、丰富的过程，他把这叫作“调节”（accommodation）。在这一点上，他做了大量的系统的观察，积累了大量的经验材料。皮亚杰讲的是一般认识（主要是科学的认识），尚且不能忽略主体的作用，至于形象的认识，就更不能忽略了。对于一个没有形象修养的人来说，生活中的形象因素是不能感知的，因为他缺乏“同化”生活的形象“格局”（或图式）。李清照有一首《如梦令》是这样的：

昨夜雨疏风骤，浓睡不消残酒。试问卷帘人，却道海棠依旧。知否？知否？应是

① 皮亚杰著，王宪钿等译：《发生认识论原理》，商务印书馆 1985 年版，第 60 页。

② 皮亚杰著，王宪钿等译：《发生认识论原理》，商务印书馆 1985 年版，第 21 页。

绿肥红瘦。

雨后的海棠，在那卷帘的侍女看来，几乎没有变化，还是老样子，而李清照却感到：花稀少了，零落了，叶子茂盛了。这是因为李清照对风雨后花的飘零，有深刻的美感经验，心理上早就存在一种“格局”。花的飘零意味着青春的消逝，这种固有的“格局”使她对花和叶的变化，有某种选择性倾向和优势的亲和力，或者叫作“同化”优势，因而她对之特别敏感。敏感就是同化作用的惯性。

同化，严格说来还只是感知的普遍规律，作家自然要受这种规律的制约。但是，作家的同化还有其特殊性。作家的同化作用，并不像科学家那样是被动的，作家的美感经验，并不仅仅是接受外来信息的容器，它不是静止的，相反是异常活跃的，时时处于主动的运动状态。一旦外界信息与它发生契合，它就被激起，对生活信息施加影响，把自己的形态赋予客观对象，其中自然也包括作家的感情气质。这就是文艺心理学上常常提起的“移情作用”。移情作用就是作家的同化作用的特殊表现形式。作家感知生活是以感情的外化为特点的，这种外化是主动的。这种主动外化就造成了外在物象和内在心象的融合。融合的结果使物象不但在形态上而且在性质上发生了变异。《文心雕龙》所谓“登山则情满于山，观海则意溢于海”，正说明了感情的同化作用。茅盾看见白杨，觉得这是抗日民主根据地守卫家园的子弟兵的形象，这就是把自己的感情和生命赋予了白杨。艺术家的心理特点就在于特别易于把自己的感情寄托在客观事物上。这种心理素质使得一朵花、一滴泪、一座山、一阵风在文学家心目中都有了自我的、特殊的灵气。这种移情作用的特点使物我之间本来很清楚的界限消失了。在普通人身上，这种界限是十分清楚的，但在艺术家身上，这种界限消失了。[①] 在普通人身上，这种界限十分清楚，是脑功能正常的表现，但在艺术家身上，这种界限经常模糊则是“艺术细胞”发达的表现。乔治·桑在她的《印象和回忆》中说：

> 我有时逃开自我，俨然变成一棵植物。我觉得自己是草，是飞鸟，是树顶，是云，是天地相接的那一条水平线，觉得自己是这种颜色或是那种形体，瞬息万变，去来无碍。我时而走、时而飞、时而潜、时而吸露，我向着太阳开花，或栖在叶背安眠。天鹅飞举时，我也飞举；蜥蜴跳跃时，我也跳跃；萤火和星光闪耀时，我也闪耀。总而言之，我们栖息的天地，仿佛全是由我自己伸张出来的。[②]

这正是文学家最表面的心理特点，他的移情作用使他经常进入这种物我同一的境界，不是文学家就很难进入这种境界。《庄子·秋水》中有一段这样的文字：

---

① 在原始人和小孩子身上也有这样的情况，列维·布留尔在《原始思维》中把这归结为“互渗律”。

② 转引自《朱光潜美学文集》(第一卷)，上海文艺出版社1982年版，第43页。

庄子与惠子游于濠梁之上。庄子曰："鲦鱼出游从容，是鱼之乐也。"惠子曰："子非鱼，安知鱼之乐？"庄子曰："子非我，安知我之不知鱼之乐？"

在哲学家那里，连对鱼的心理作那样简单的推测都要遭到非难，而对文学家说来，把自己化为鱼，让自己的情感成为鱼的感情，正是他的职业心理特点。没有这种移情、同化气魄的人，注定成不了作家。

二、对人生奥秘的特殊洞察

既然形象胚胎是生活的主要特征和作家主要感情、主要观念（或叫特殊感受）的猝然遇合，那么，善于构成文学形象的人必然是在生活经历上和感情、思想经历上很丰富、很有特点的，很有个性的人。作家最理想的素质是，既有奇特生活的丰厚积累，又有思想的执着追求和感情的独异体验。在这两方面都很丰富的人，就有了成为大作家的可能。但并不是所有的作家都有这样全面的素质的，多数作家在这两方面并不平衡。有些作家在生活经历上比较曲折，有传奇色彩，但是思想欠深刻，感情也不够丰富多彩，缺乏对人的生存状态独异的、深邃的见解。这些作家有时可能以题材的特异和曲折的情节取胜，写出某些轰动一时的作品来，但是由于思想情趣比较平庸，艺术上缺乏创造性，作品的生命力就难免受到影响。另外一些作家生活经历可能平淡些，生活的圈子也相对小些，但是他们对于生活的思考很深邃，感情的体验比较丰富别致，写出来的作品可能在思想上和艺术上都有一定特点。这类作家如张爱玲、冰心，美国女诗人劳威尔等，心灵的丰富是她们最大的本钱。王国维将这类作家称为"主观之诗人"，可以"不必多阅世"。不管这两类作家在这两个方面有多么显著的不平衡，但是在具体的作品中，在作品所写到的生活范围内，作家的任何成功都得力于这两个方面的相对统一。在艺术形象比较饱满的地方，生活的丰富和思想的深邃、感情的微妙总是相对地、和谐地交融着的。凡是能称得上创造的作品，总是或多或少地表现了作者对生活奥秘、人生真谛比较深邃的洞察力。他对于他所表现的生活肯定是有过特别的钻研、长期的思考、非同凡响的发现，同时又是相当突出地寄托了他的个性的。鲁迅在纪录片上看到日俄战争中中国人为俄国人当探子而遭处决，而中国人却漠然地当观众。这在一般人可能是无动于衷的事，而鲁迅却因此想到对群众进行思想启蒙教育的重要性，以后他在一系列作品中都揭示了思想麻木给群众带来的损害，缺乏觉悟留在国民精神上的创伤。屠格涅夫在火车上遇到巴枯宁，猝然发现，俄国知识阶层，哪怕是其中的佼佼者，也有"语言的巨人、行动的矮子"的倾向，因而悄然动容，神思飞跃起来，感到了别人没有感到的东西，想到了别人没有想到的去处，写出了别人做梦也写不出的《罗亭》。另外，最突出的恐怕要数列夫·托尔斯泰了，他自己在《日记》中这样写：

1857年7月7日在琉森地方的许多阔人下榻的瑞士大饭店门前，有一个行乞的流浪歌手弹着吉他，唱着歌曲，足有半个小时。有一百来人听他歌唱，歌手三次请求给他施舍点什么，没有一个人打发他，许多人对他嘲笑……

这件事，我们时代的历史学家应当用不可磨灭的火样的文字记录下来。这件事跟着那些记载在报刊上和历史书中的事实相比，更加意味深长，更加严肃，更具有深刻的含义。

以下，列夫·托尔斯泰说到当时英国侵略军屠杀中国人，法国殖民军队屠杀阿尔及利亚人，拿破仑第三为做皇帝辩解，列夫·托尔斯泰把这一切拿来和歌手得不到施舍的事相比，得出这样的结论：

所有这一大堆文字，只不过是掩饰或者证实早已众所周知的事情罢了。7月发生在琉森的那件事，我觉得是十分新鲜和奇怪的，它跟人性的永恒丑恶方面无关，而跟社会发展的某个时期相关联。这个事实不是人类活动史的资料，而是进步和文明史的资料。

托尔斯泰非常显著地表现出他作为一个作家的心理素质的特点——那就是对触动他的生活，具有特别深邃的见解，他能从一件看来微不足道的、司空见惯的小事上看出为资产阶级文明和进步所掩盖着的冷酷和自私，而他认为这种冷酷自私比公开屠杀和复辟有更深刻的历史意味。

具有作家心理素质的人，在他所选定的生活领域中，他的思想总是那样深刻而精辟，总是那样洞察幽微、发人深省。（如张洁说：“人只知道丑是一种不幸，并不知道美也是一种不幸。”）在这样的领域，他的精神是如此活跃而丰富，有如行云流水，汪洋恣肆。狄德罗说：“精神的浩瀚，想象的活跃，心灵的勤奋，就是天才。”不管是思想深邃奇警，还是精神富足，都是精神劳动勤奋的结果。狄德罗讲的是一般的思想家、科学家，而我们所要探求的是文学家。如果文学家的思想深刻等同于思想家，那么，他就可能走向概念化。

一个大作家，不能不是一个思想家，但他不是抽象思维的富豪，而是生活奥秘的洞察者。一个大作家，必须对生活有独立思考的能力，他不能习惯于随便接受现成的观点，除非这种观点帮助他领会了他经历的生活的真谛。他的思想是坚定的，而不是随风倒的，因为他的思想是他的人生体验的结晶，而不仅仅是从权威的理论和流行的观点中批发来的。对人生真谛的严肃探求和对生活奥秘的深刻洞悉几乎是一切伟大作家共同的倾向。他们不但对于社会生活而且对于人的感情世界见多识广。隐蔽的思想和感情的微波，很难逃脱他的目光。即使对那些恍惚迷离的变幻莫测的潜台词、潜意识，他们也有细致的识别力，善于通过外在的动作去想象潜在感情的变幻，能对感情的性质、程度做出准确的评定乃至预测。

三、强烈而奇异的感情活动

社会的动荡、人生的变幻并没有使所有人都成为作家，成为作家的只是其中极少的一部分。成为作家的那部分人，不同于其他人之处，在于他们心理素质的特殊性。根据朱光潜先生的说法，人对外界万物的态度有三种方式：实用的，科学的，审美的。这三者有相通的一面，常人却把这三方面的不同漠视了。科学的态度满足于客观的抽象，实用的态度满足于狭隘的物质需要，二者过分强大，会有碍于审美心理的充分发展。[①]作家常常是不满足于像常人那样从实用的、有效性或科学的客观性角度去看待生活，判定其价值，作家着重于从感情的价值去观照生活。从实用的有效性来说，眼泪之于逆境的改变是无济于事的，但作家没有眼泪却是损失。从科学性来说，梦是虚幻的，但作家没有梦是损失。送一个朋友，用不着“十八相送”，但从审美的或感情的角度来说，这十八相送比一送就归去价值大得多。作家在生活的概括方面当然不能太弱，但是，成其特点的是他的感情活动特别强烈和丰富。

巴甫洛夫按心理素质把人分为三种类型：艺术型、思维型和中间型。[②]巴甫洛夫认为艺术型的特征是第一信号系统占优势。第一信号系统以对事物的表象的完整感知为特点，事物的形态、生动的表象还没有转化为抽象的第二信号系统——语言。但是，作家是通过语言反映现实的，“语言是文学的第一要素”（高尔基）。语言、抽象思维是更高级的大脑机能，艺术型心理素质的人，第二信号系统（语言）和第一信号系统的生动印象能够和谐地融合，而不会互相排斥。金开诚在他的《文艺心理学论稿》中把这称之为“自觉表象”。

对于客观事物的完整知觉是大家都有的，不过艺术型的人特别强罢了。但光有这一点还不能算是具备了作家的心理素质，因为第一信号系统在人的大脑机能中还处于低级阶段。具有作家心理素质的人还要有特别灵活丰富的感情和活跃的思想，一般的知觉和感受受到

① 写作这本书的时候，我还没有读过康德的《判断力批判》的原文，只是从朱光潜先生的著作中间接地接受了康德、克罗齐的审美价值与实用、科学价值的区分。2000年注。

② 一般讲人的气质都要提到多血质、胆汁质、抑郁质和黏液质，这是古希腊医学家希波克拉底（前460—前370）提出的。这种分类得到后世心理学家基本肯定。巴甫洛夫以条件反射理论对它重新做了解释，但这是生理学的分类，并不是从构成形象的感情的角度提出问题的。比如多血质、胆汁质的人情感大抵都是活跃而易变的，而黏液质感情也可能是丰富的，只是活动迟滞，不太形之于外。抑郁质者多愁善感，只是不耐挫折。这样的分类不是以感情的质和量为标准的，感情的区分相当模糊又不大统一，因而我们很难毫不牵强地把一个具体的人归入四种类型中之一种。巴甫洛夫说：“为了充分地和清楚地理解人的正常的以及病态的行为的变异起见，就必须对于与动物所共有的这些类型，再补充几个纯粹属于人类的类型，就是我们所熟悉的思想型、艺术型和中间型。”（杨清《心理学概论》，吉林人民出版社1981年版，第586页）这就是我们用思想型、艺术型、中间型，而不用胆汁质、多血质、黏液质和抑郁质来说明作家气质的原因。2000年注。

占优势的感情的诱导和思想的制约，才能产生种种联想和变幻，引起非同凡响的连锁反应。杰克·伦敦在他的自传体小说《马丁·伊登》中这样描写将要成为作家的主人公心理活动：

他这肌肉发达的身子里，是一团打着哆嗦的，感觉敏锐的神经。哪怕外界对他的知觉稍微地一碰，他的思想、感觉和情绪就会像明灭不定的火焰似的跳动、摇曳起来。

杰克·伦敦说这是“夫子自道”。正因为作家的感觉、知觉、感情是这样活跃，他的内心体验才变化多端，因而同样一种感知在不同感情的作用下就可能产生不同的结果。如一般人看到蝉可能并没引起多少特点的知觉和感觉，但是对于一个有艺术气质的人来说，他的知觉、感觉就因感情的活跃而向特殊方向发展。清人施补华在《岘佣说诗》中说：

同一咏蝉，虞世南“居高身自远，端不借秋风”（按：虞世南《咏蝉》），是清华人语；骆宾王“露重飞难进，风多响易沉”（按：骆宾王《在狱咏蝉》），是患难人语；李商隐“本以高难饱，徒劳恨费者”（按：李商隐《蝉》），是牢骚人语。

不仅感觉、知觉受到灵活多变、丰富多彩的感情的引导，而且这种被引导的感觉、知觉又通过回忆、联想、想象，引起了一连串新的感情。这种一触即发、连锁反应式的感情活动常常是作家素质的可贵征兆。在托尔斯泰早年的日记中，我们看到这样的自白：“对于我，一个北方人，南方的大自然是有害的——它过分地使我激动。”“在孔采沃的路上，自然的风光使我高兴地掉泪。”托尔斯泰对美好风景的感觉和知觉，在他欢乐的感情诱导下，引起了这么曲折的心理变化，以致勃发了一种似乎是与欢乐性质相反的感情。具有作家心理素质的人的感情活动是这样奇妙而强烈，在一般人眼中产生美好知觉、感觉的，竟然能引得他们哭泣起来。这自然不是个别的、偶然的怪癖，我国女作家冰心也有类似的情况。她在《寄小读者》（通讯十）中回忆母亲向她讲述童年那种“弥漫了痴和爱”的往事，她“在听时和写时都重新起了呜咽”。

具有作家素质的人在外在感觉、知觉的刺激下，其内心活动总是分外的奇妙，他们的感情发展方式变幻莫测。他们善于把内心细微的常常被普通人忽略了的变化加以放大延长，使之变慢，使直线的感情曲折了，使平面的感情活动显示了丰富的层次。张洁在《白玉兰》中写到她第一次见到白玉兰的时候，她对白玉兰的描写并未显出多大特色，“牙黄色的花”“如她的芳香一样典雅”，但是她的感觉、知觉引起的欢乐情绪的层次确实很惊人。

这该不算一见倾心吧？

高兴之余，不知道为什么有点幽怨，好像难得地遇见了一个可爱的朋友，遗憾着为什么没有早点儿认识她。

活到这一把年纪，才知道有这么美的花，我有点可怜自己，我的心情忽然变得暗淡。

一般人第一次见到玉兰花也许就只是很高兴而已，张洁自然也很高兴，但是她的高兴却有这么丰富的层次和奇异的变幻：“高兴”——“幽怨”——“遗憾”——“可怜自己”——“暗淡”。

一个人只要有了强烈而奇异的感情，就具备成为作家的可能，哪怕他的生活并不太丰富。第二次世界大战期间，一个13岁的德籍犹太女孩安娜·弗兰克，死在法西斯的集中营中，后来她的日记被发现，被当成文学作品传播，译成了30多种文字，改编成电视剧、电影、戏剧。一个13岁的孩子为什么能打动世界上那么多人呢？主要靠她那奇异的感情活动。她13岁那年为躲避法西斯，从德国逃到荷兰，可是德军又占领了荷兰。她家和另一家犹太人躲进了安娜父亲办事处的后楼，开始了与世隔绝的密室生活。八个人挤在小小两间屋里，堵死门窗，悄悄说话，轻轻走路，连咳嗽都可能带来危险。她在日记中这样写：

> 我们常常情绪低落，可是从未绝望过。我把我们这种隐匿生活看成一场惊险的充满浪漫情趣的冒险事业……每天我都觉得内心在成长，觉得自由临近了，大自然美极了，我身边的人好极了，我们的冒险生活有趣极了。

一个13岁的孩子，在极端恐惧之中，居然产生“充满浪漫情趣”“有趣极了”“大自然美极了”这样的感情，这不能不说是非常奇特的。也许，这对于通常人来说是荒谬的，但对于作家来说却是非常可贵的。安娜的内心很丰富，她妒忌受宠的姐姐，她崇敬父亲，为自己得不到关注而忧郁。她鄙视常常提起裙子卖弄风情的邻居太太，同时又为父亲的无动于衷而深感骄傲。对痴心爱他的小男孩她大惑不解，甚至大为恼火。对于妈妈们，她为她有种种不足而苦恼，她希望妈妈更像妈妈。她在日记中虚构了一个叫作凯蒂的朋友，她经常向她诉说这一切。

高尔基在《致沙勃连科》（1901年）的信中说：“感情丰富是达到顺利写作的最好手段。”即使你生活领域很宽广，经历很丰富，如果没有相应丰富的感情，那么你很可能不觉得生活有什么可贵之处，你还不能从艺术家的角度去鉴别其潜在的价值。王蒙甚至认为：“一种非常复杂的感情……可以说是短篇作家的本钱。”①王蒙这里说的是短篇小说家，其实，对于一切作家也都一样。王蒙对此做过比较具体的说明，他强调感情不能简单化，要“比较复杂”才好，既有喜悦又有点留恋，“既有一点惋惜又有一点希望，又有一点怀疑，怀疑一会儿之后，一想还要执着地追求下去”。作家的感情不能像平常人一样单调平庸，有丰富的感情才会有丰富的感觉和知觉。王蒙在同一篇文章中还说：“人们的感觉在什么情况之下比较敏感、比较丰富呢？这和他的情感分不开。对自己的孩子爱得比较深，往往感觉得比较细致；对另外一个孩子你漠不关心，你就不会有这么丰富、这么细腻、这么具体的感觉，

① 王蒙：《谈谈短篇小说的创作》，《写作》1982年第5、6期。

甚至他从你的眼前走过去了，你还没有注意。”王蒙归结起来说，写小说“最大的窍门，就是对生活的爱”。托尔斯泰说得更彻底：“才华嘛便是爱，谁会爱，谁就有才华。你看那些恋爱的人，全部才华横溢。”

从根本上来说，成为一个作家的心理气质就是多情，就是对生活有自己特有的观念感情、感觉、知觉。一个女作家和丈夫一起去看西山的红叶，她陶醉于红叶之美，可是丈夫却想要到山底去买鱼。这在通常上是不会引起多大冲突的，可是在作家，却可能是造成感情裂痕的原因。一个小伙子带一个姑娘到小吃部去吃馄饨，小伙子发现馄饨少了一个，便和服务员吵起来。在通常情况下，这像西方人说的“茶杯里的风波”，不算什么事。可如果这个女朋友是个有作家气质的人，就可能引起感情裂痕。从世俗眼光来看，这位女作家有一点怪异，但是这里却有着价值观念上的不同。把山底下买好鱼和馄饨的多少看得比妻子的情绪更为重要，这是一种实用价值观念，而把情绪看得比实用价值更为重要则是一种审美价值观念。关于这一点，康德在《判断力批判》中说得非常清楚，但是说得更为通俗而亲切的则是柏格森。他这样说：

> 人必须生活，而生活要求我们根据我们的需要来把握外物。生活就是行动。生活就是仅仅接受事物对人有用的印象。以便采取相应的行动，而其他一些印象就必然变得暗淡，或者模糊不清……我的感官意识显示给我的现实只不过是实用的、简化了的现实。感官和意识为我提供的关于事物和我自己的印象中，对人无用的差异被抹杀了，对人有用的类同之处被强调了。我的行为应该遵循的道路就被预先指出来了。[①]

作家与通常人的根本不同就在于他们更看重情感的价值。情感是不实用的，而实用价值却是人类生存的首先条件，因而在生活中，实用价值总是占着优先的地位。艺术的本性则是表现情感的，更准确地说，是表现以情感为中心的智性和感性的神奇关系的。一般人为了生存，不得不把实用价值放在第一位，但是在满足了实用价值以后，又不能不自发地向往着超越实用境界，进入审美的情感境界。只有那些把实用价值观念看得很淡的，情感的审美价值观念占着压倒优势的少数人才具有艺术家的气质。

从量的方面考察，感情越是丰富，生活被调动的可能性越大。相反，感情越贫乏、越平庸，生活被调动、被赋予个性的可能性就越渺茫。因而，等量的生活转化为形象的比率往往取决于感情。

懂得了生活与感情关系是不平衡的，就不难解释许多生活非常丰富的人为什么并没有创造出丰富的作品，而生活相对贫乏的人却创造出许多动人的形象。这转化的关键就是感

① 柏格森著，徐继曾译：《笑——滑稽的意义》，中国戏剧出版社 1980 年版，第 92 页。

情的丰富程度和个性的深度。[①]

四、艺术家心理素质的后天熏陶

作家这种珍贵的心理素质自然与人的自然机体有关，与某些先天性的条件分不开。曹丕甚至认为先天的“气”虽在父兄，不能传之于子弟，但是这种先天性的生理与心理条件只是一种可能性，如果没有后天的生活实践与审美实践的熏陶，这种可能性也许会消失。相反，先天心理素质较差的，如果在后天得到的感情培育与熏陶比较多，艺术作品的潜移默化比较得法，则人的心理素质也可能发生变化。本来很小的可能性，也许变得很大；本来很弱的种子，也许变得很强。

这种后天的熏陶和培训主要在两方面，一是生活实践，二是艺术的审美实践。

后天的生活实践当然可以有意识、有计划地进行，但是，事实上很少有这样的人，他们一生下来就有计划、有目的地进行生活实践，以培育、发展作家的心理素质。从世界文学史上大量的现象看，后天的生活实践往往是环境逼出来的。杜甫总结出来了一个很有趣的现象：“文章憎命达。”坎坷的生活道路逼迫作家心灵活跃。生活太顺利于作家素质的培养不利，那会使作家缺乏感情的激烈动荡和思想的紧张探求。《英国社会科学》（1981 年 9 号）上一篇文章谈到一个很有趣的统计数字，说的是生活于 1835—1940 年间的诺贝尔科学奖和文学奖获得者早年生活的不同。文学奖的获得者有的经受双亲的离异，有的经历父亲的破产而贫困；而科学奖的获得者遭受这样的混乱和早年生活悲剧的则较少。一般说来，成功的科学家往往来自上升的、稳定的家庭背景。这是因为科学只是理智地观察世界，排斥感情，而且得有相当的物质条件才能进行科学实验。海明威在回答“一个作家最好早期训练是什么”时说：“不愉快的童年。”[②]童年、少年时期生活发生动荡，必然引起他思想感情的动荡，动荡的感情当然比较容易显得特殊。以不同寻常的感情去领略生活的甘苦，则可能对生活的奥秘、人生的真谛有比较深刻的领悟。同时，生活的冲击也可能使作家的思想发生变化，以变化着的眼光去看待哪怕是不变的生活，是更有利于揭示那被习惯掩盖了的生活真相的。鲁迅说过：“有谁从小康之家坠入困顿的吗？在这里他可以看到人世的真面

---

① 正因为这样，传统的文学理论很难解释以下这些现象：没有经历过真正战争的李存葆、莫言描写战争比经历了几十年战火考验的魏巍、刘白羽在艺术上更有成就，苏童、余华那么年轻却生动地表现了他们出生以前的社会生活和人物心理。这不仅仅因为感情，而且因为感情和智性联系在一起构成一种审美价值观念。莫言的《红高粱》就是以一种新的带着对传统的价值观念的颠覆性去重新审视一个抗日游击队长的。在莫言笔下，他既是抗日英雄，又有土匪气。正是新的审美价值观念使得莫言、苏童、余华的作品在艺术上达到一个新的历史水平。这一点是我后来在理论上明确的。2000 年注。

② 董衡巽：《海明威研究》，中国社会科学出版社 1985 年版，第 92 页。

目。”正因这样，每当社会发生动荡，作家和他所属的阶级、阶层一起经历了生活的浮沉以后，文学就可能有比较显著的发展乃至突破。这是因为旧的意识形态大厦崩溃了、动摇了，人的思想情感获得了解放，生活的和心灵的新大陆不断被发现。第一次世界大战以后产生了海明威那样对战争感到幻灭的“迷惘的一代”。十月革命以后产生了肖洛霍夫、奥斯特洛夫斯基、马雅可夫斯基、帕斯捷尔纳克、阿赫玛托瓦等作家。20 世纪 30 年代资本主义危机使聂鲁达、洛尔伽的创作进入了新高潮。五四运动、“文化大革命”则造就了整整两代中国作家。唐诗兴盛的原因自然很多，但其中很重要的是初盛唐时期的知识分子突然感到灿烂的希望和安史之乱以后的失望。社会大变动不但给作家提供了丰富的、有特点的生活，而且使作家的思想和感情发生了动荡。许多作家在经历了某种生活变动的当时，并不一定写出好作品来，常常要到另一个生活阶段，思想感情发生了较大变化，才能写出好作品来。这一方面是由于思想变化而变得有特点了，另一方面思想变化使作家对过去的生活感受不一般了。那些平常的不起眼的生活变得像李后主讲的那样“别是一番滋味”了。写童年、写乡土生活产生了那么多好的作品，原因就在于“别是一番滋味”在形象构成中的作用。茹志鹃说过，生活积累要有一个发酵过程。常常有这样的情况，不经过这样一个发酵过程，对自己经历的感受可能是比较平淡的。

除了生活的熏陶以外，对作家心理素质培养起决定作用的还有后天的艺术鉴赏的潜移默化。鲁迅说过，他之所以作起小说来，大抵依仗医学知识和百余篇外国小说。这也许说得有点不够准确，但是外国小说的鉴赏对于鲁迅作为作家的心理气质的成熟，无疑起了相当重要的作用，因为外国小说的鉴赏改变了鲁迅青年时代传统的艺术情趣。

初学写作者常有一种幼稚的误解，以为阅读文学作品就是为了学习技巧，其实这是次要的，最主要的是接受感情的审美的熏陶。有志于创造的人要像有志于训练自己的表达力那样训练自己的感情。要有意识地使自己原始的、粗糙的、蒙昧的、麻木的感情进入一种艺术的、净化的、发达的、灵敏的、个性化的境界。要养成感情的自我检验的习惯，使自己的感情丰富、充满着自我再生的机能，这就不但要善于研究世界文学名著的社会内容，而且要从中体验大作家的感情世界的丰富色彩。

第三节　作家的观察力

一、组织感官信息和超越感官信息

具备了艺术型的心理素质，有了发达的感觉，有了个性鲜明的感情还不一定能成为作家，这些感觉和感情，如果直接表述出来是很难成为形象的，它还得让生活赋予它形态。因此，作家观察生活的能力是很关键的。作家的观察力强，善于识记、保存、再现生活的特征，并且善于让这些特征与他的特殊感情化合，这个作家构成形象的能力就很强，反之，就很弱。

从这个意义上来说，作家成功的秘诀之一就是不倦地观察生活。要成为文学的内行，就得成为观察的内行。雨果说，西方艺术从中世纪到文艺复兴，其基本特征是："从教条过渡到观察。"巴尔扎克的朋友达文在《〈哲学研究〉导言》中说：

> 巴尔扎克先生每到一个家庭，到每一个火炉旁去寻找，在那些外表看来千篇一律、平稳安静的人物身上进行挖掘，挖掘出好些既如此复杂又如此自然的性格，以致大家都奇怪这些如此熟悉，如此真实的事，为什么一直没有被人发现。这是因为，在他以前，从来没有小说家像他这样深入地考察细节和琐事，以深刻的观察力把这些东西选择出来，加以表现，以老螺钿工匠的那种耐心和手艺把它们组合起来，使它们构成一个统一独创、新鲜的整体。①

当时 30 多岁的巴尔扎克之所以能描绘出他职业和经历以外的种种人生图画，并不完全靠天才的想象，主要应该得力于他孜孜不倦的观察。

自然，作家的观察并不局限于用视神经接受信息，其中还包含着人的一切感觉器官对外部刺激的反应，因而观察事实上也是一种"官察"。在人的感官接受生活信息的过程中，起作用的也不仅是感觉和知觉，其中还包含感情、想象、思维。没有感情的活跃、理性的诱导和想象的跃迁，作家的观察只能陷于生活的表面现象。张承志在《黑骏马》中这样代替经过一番感情和生活坎坷的主人公白音宝力格重新观察着他仍然爱着的索米娅："我长久地观察着她的一举一动。我觉得自己似乎看见了她过去的日子，也看清了她未来还要继续度过的生活。"这里字面上是"看"（观察），实际上主要是在感情诱导下的想象的跃迁，严格说来并不仅仅是观察。作家的观察主要是从生活中获得感官信息，而感情的同化属于作家的另一种智能——感受范畴，同化的过程则要使观察得来的信息发生变异，这种变异是作家智能的又一个要素——想象在起作用。现在有些同行在论及作家观察时把观察和感受、想象混为一谈，以至于把李白的"两岸猿声啼不住，轻舟已过万重山"也当作纯粹是观察成功的表现，这就把观察的内涵和外延扩大了。

但是说观察与感受、想象有别并不等于说观察的仅仅限于色、香、声、味那样感官的直接效应的感应范围。观察的功力往往在那些看不见摸不着的地方，表现出一种超越感官

---

① 达文：《〈哲学研究〉导言》，《欧美古典作家论现实主义和浪漫主义》（二），中国社会科学出版社 1981 年版，第 146 页。

的综合性。观察的难处就是要去发现附着在感性信息上，特别是感性信息以外的属于心灵特性的东西。按格式塔学派的说法，外来刺激是无组织的、各自独立的，我们之所以能知觉外界事物的整体特征，完全是因为神经系统有一种组织的作用。格式塔派用物理学“场”的概念来说明，他们称之为“场组织作用”。鲁迅在《祝福》中写到祥林嫂在贺老六死后又回到了鲁镇，鲁迅用单独一行写道：

大家还叫她祥林嫂。

这里并没有五官直接可感的东西，但是很深刻。祥林嫂改嫁贺老六，大家本应该考虑一下叫老六嫂，可大家还是叫祥林嫂。心理习惯是这样强大，以致大家仍然认为她属于第一个丈夫。这种观察之所以成功，就在于神经的场组织作用使它借助感官信息又超越感官信息。

二、通过外在信息透视内在信息

每一种职业的观察都是既离不开感官信息又要超越感官信息，只是选择和超越的原则是不尽相同的。每一种职业眼光只能选择与其目的性相符的那一部分信息，因而同样的事物在不同的职业眼光下分化为不同的特征。文学家的眼光，固然也集中于事物的一部分信息上，例如人的心灵与事物属性的关系，但由于人的多样性和生活的丰富性，因而文学家的观察带有综合的特点。他把许多学科、许多职业从不同角度怀着不同选择目的进行观察的能力综合起来，用来为观察心物关系服务，因而文学家神经系统的场组织作用更为突出。以巴尔扎克为例，他并不是一下子像司汤达所说的那样直接观察人的心灵。丹纳在《巴尔扎克论》中说：

他先描写城市，然后描写街道和房屋。他解释房屋的门面，石墙的窟窿，门窗的构造和木料，柱子的基座，苔藓的颜色，窗栏上的铁锈，玻璃上的裂口。他解说房间分布，壁炉的式样，壁衣的年岁，家具的种类和位置，然后过渡到衣服和用品。到了描写人物的一章，他还要指出手的结构，脊骨的曲直，鼻梁的高低，骨头有多厚，下巴有多长，嘴唇有多阔，他细数他手动过多少次，眼瞥多少下，脸上有几个肉丁。他弄清他的家世，他的教育，他的生平，他有多少田产，有多少进款，他出入什么社交场合，和什么人来往，花多少钱，吃什么菜，喝什么酒，他的厨子是跟谁学的手艺，总而言之，形成而且渲染人性和人生表里的一切，纵横交织，繁不可数的情况。在他身上有一个考古学家，一个建筑师，一个织毡匠，一个成衣匠，一个化妆品商人，一个评价专员，一个生理学家和一个司法公证人；这些角色按次先后出台，各人宣读他最详细精确的报告；艺术家一丝不苟地专心致志地听着，等着这一大堆文件堆积如山，形成火源，他的想象才燃烧起来。[①]

在这方面曹雪芹能和巴尔扎克比美。曹雪芹在《红楼梦》中似乎在有意炫耀，在园林建筑、衣饰古玩、琴棋书画、病理药物、人情风俗、男女情欲、官制礼仪、金玉首饰、佛家经典、纺织品的工艺水平、僧尼的生活制度等方面，上至宫闱奢华赐品，下至市井斗筲小民的柴米油盐，他无不进行悉心的、内行的观察，似乎具有典当的朝奉，加上御史、太医、诗人、画家、长舌妇等不同人的精确眼光。

只有具备这样广泛的生活知识，作家在观察各种不同环境中不同职业、不同气质的时候，才有可能透过外行极易忽略过去的、细微莫辨的、意味深长的、稍纵即逝的、瞬息万变的情境、气氛等表面的信息，从而超越它，轻而易举地摄下人们灵魂的肖像。

要进入艺术创造之门，就得学会准确地摹写现实，这要求作家把自己的五官和手训练得比较听话，达到歌德所说的那样："以最准确的笔触忠实而勤奋地摹写自然的形状和色彩。"这一点，就像素描是进入绘画艺术的第一步，但就是学会这最起码的一步，也不是那么轻松的。即使杰出的作家，也难免有观察的失误。高尔基自己当过面包房的工人，他在《二十六个和一个》中写了面包房里的生活，可是列夫·托尔斯泰向他指出："你写的炉灶放得不对。烘面包圈的炉灶的火光，是不会像作品里写的那样照着人脸的。"高尔基还说，他写过"一个醉汉倚着路灯的柱子，微笑着看自己的影子，影子在颤动"。其实，在那时月夜是不点路灯的。而且，没有风，火光不会动，影子也不会颤抖。高尔基苛刻地责备自己说："这种'笔误'和'失言'，几乎我的每篇小说里都可以遇到。"

有趣的是，这些"失误"似乎并没有严重地影响高尔基小说的艺术价值。如果怀着这样严格的、苛刻的态度去推究任何一篇散文作品的细节和场景，几乎都可以挑出这样那样的毛病。就是《水浒传》《三国演义》《红楼梦》那样的杰作，也不是挑不出细节上的"失误"的，但是这些杰作的艺术成就并未因此在根本上动摇。关于这一点，列夫·托尔斯泰曾经有过相当精辟的见解。他说："好的作家也常常碰到一些不可饶恕的疏忽。"他举柯罗连科的书中一段描写："当响起晨祷钟声的时候，一轮明月照耀得如同白昼一般。"而复活节时不可能有满月。托尔斯泰认为这个例子"没有什么了不起"，读者"不过是失望罢了"。他补充道：

但是当犯了心理上的错误，当小说中的人物做了那种按照他们的精神气质不可能做的事情的时候，那就非常可怕了。[②]

---

① 泰纳：《巴尔扎克论》，《外国文学评论选》（上册），湖南人民出版社1982年版，第405—406页。

② 列夫·托尔斯泰：《列夫·托尔斯泰论创作》，漓江出版社1982年版，第136页。

细节的真实性属于认识层次，而性格的特殊性多属于审美层次。在创作过程中，细节如果不是情节的关键，即使有失误，虽然是不可饶恕的，却并不一定引起广泛的批评，而人物心理逻辑的错误，最能惹起苛刻的责难。

这启示我们，作家的观察虽然有综合的特点，但这个特点还是比较表面的。比之职业上分门别类的外在信息的准确性来说，超越外在信息的准确性的、作家眼光的内在准确性更重要。各种职业眼光的外在准确性必须导向人物内心精神面貌的准确性。离开了作家透视人物心灵的准确性，各种职业眼光的准确性就失去了意义。丹纳在《巴尔扎克论》中论及巴尔扎克的观察力时这样写道：

> 它（按：巴尔扎克的大脑）能在一个姿态里窥见一种性格，一个人的整整一生，把它们和时代结合起来，从而预见到它的未来，用画家、医生、哲学家的眼光，渗透它们的底蕴，展开一张不需要意志推动的测度的罗网，包举了全部思想和事实。①

这里，医生、画家、哲学家的眼光，所提供的信息是为作家的观察、判断、想象服务的。作家观察的目标必须集中在人的内心世界的准确性上，外部生活的观察最终只能在对人的心灵的观察（用丹纳的话来说是“测度”）起推动作用才会集中，才不至于陷于芜杂和琐碎。正是从这个意义上来说，文学家观察的综合性不过是初级现象，它的内在本质在于它所追求的是那看不见摸不着的人的心理。他所探索的对象是在社会条件作用下的人的心灵与心灵之间的变幻莫测的关系。作家观察的过程就是从外部世界到内心世界，又从内心世界到外部世界不断互相说明、互相揭示的过程。从这个意义上来说，文学家是货真价实的人的心理信息学家。

三、从寻求人物的心理区别开始

同样是以人的内心生活、人的内在信息为研究对象，心理学家与文学家不同。心理学家研究一个人，收集一个人的资料，目的是为了得到关于人的心理的普遍规律。他们用抽象的办法，排除具体特殊的成分，追求人的心理的共同性。而文学家则不能满足于这样的共同性，他所追求的首先是人的心理的信息的区别，个别的特征。在心理学中，人，所有的人由同一条科学规律毫无例外地管辖着，即使专门研究心理的个体差异，也是从大量差异中概括出差异的规律性来。而文学家要观察的，首先是每一个人各有什么不同的感情信息，透过一个个心灵世界相同的外表，揭示出每个人都在按不同的逻辑行动思索的规律。高尔基在《给康·谢·斯坦尼斯拉夫斯基》的信中非常生动地讲到这一点：

> 假定在您面前有五个男人，五个女人，这就是说，您面前有十个关于人们想怎样

① 泰纳：《巴尔扎克论》，《外国文学评论选》（上册），湖南人民出版社 1982 年版，第 398 页。

生活的未经过研究的不同观念，十个所愿望的事物的模糊轮廓——十个不同的对您个人的态度。

五个男人中每人有自己所愿望的女人的观念，每一个女人也有自己对所愿望的男人的幻想。

五个男人中有一人觉得悭吝人不过是节俭的人，另一人觉得他本性上就是令人讨厌的，第三个人认为他是可怜的和不幸的，第四个人觉得他在一切方面是滑稽可笑的，第五个人把他比作泼留希金，以此感到满足，第五个人将是最平庸的人。

一个女人以为她爱上了一个禁欲者，并战胜了他的禁欲主义；另一个女人爱上一个淫荡者，并用自己的爱情使他变得高尚起来；第三个女人以为，造化既然把她生成女人，就是对她的嘲弄，所以她就不爱男人，而嫉妒他们的自由；第四个女人光想结婚做母亲，对这个使命理解得独特、深刻，但是不知为什么她不能为这一使命服务；第五个女人把生活看得单纯，毫不考虑什么，她使别人痛苦，却真心感到惊讶，这是怎样发生的？

十个人当中，每个人都看过许多的马车夫、小铺老板、母亲和演员，每个人的心灵中都有一种关于马车夫、小铺老板、母亲和演员的特点的观念，这种观念是他在不知不觉中形成的，也许对他说是模糊不清的——这是一种关于这群或那群人的典型观念，这种观念是必须按照自己的方式加以阐明、唤起和形成的。

您面前的这十个人就是像您所看到他们的那样，就是像他们看到自己和彼此看到的那样，最后，就是像他们每个人愿意看到自己的那样。

最后，您面前有十个虚荣心很重的人，他们每个人都愿意在生活中尽可能地超群出众。①

高尔基道破了文学家观察生活的一个根本性秘密——他注意到，在同样的条件下，对同样的观念，每个人实际上持有不同的逻辑，而这些不同的逻辑正是这些人物之所以有生命的原因。如果把五个男人和五个女人看得差不多，或者虽有差异，但并不很大，那就是和文学观察生活的基本规律背道而驰。这是因为文学家的观察所遵循的是审美价值，而通常人则自发地为实用的功利所制。正是因为价值观念的不同，人的观察力和动物有所不同。

柏格森说：

狼的眼睛是不大可能会区别小山羊和小绵羊的，在它眼里，二者都是同样的猎获物，因为它们同样易捕获，同样好吃。我们呢？我们能区别山羊和绵羊，然而我们能把这只山羊和那只山羊，这只绵羊和那只绵羊区别开吗？当事物和生物的个性对于我

① 高尔基：《文学书简》（上册），人民文学出版社 1962 年版，第 426—427 页。

们没有物质上的利益的时候，我们的眼睛看到的也不是个性本身，即形式与色彩的某种独特的和谐，而只是有助于我们的实用性的认识的一两个特征罢了。[①]

作家观察生活之难，不但在于这一切在表面上看来是差不多的，而且在于，这些人本身对于他们之间的区别也是模糊的，有的还隐没在潜意识之中。他们是自发地、不假思索地对马车夫、小铺老板、母亲和演员有了不同的看法，他们自己没有明确意识到正是这些不同，推动着他们发生冲突，走向不同的结局。作家智能的杰出就在于他能超越外在的似乎相同的信息，洞察他们灵魂深处最根本的动力是如此之不同。契诃夫在一个短篇小说《儿童》中写了五个在赌博的孩子，刻意表现他们之间的不同。九岁的葛里夏"打牌完全是为了钱""担心赢不成的那份恐惧嫉妒""不容他安安静静地坐着""他局促不安，倒好像坐在刺草上似的。他一赢，就贪心地把钱抓过来"。而他八岁的妹妹阿尼雅"也怕别人会赢，她的脸红一阵白一阵"，但是她和她哥哥不一样，她紧张地盯住别人，不是为了钱，"钱不钱，她倒不放在心上，对她说来，赌赢了，是面子问题"。另一个妹妹索尼雅又有不同之点，"她是为玩牌而玩牌"，她根本不关心输赢的问题，"不管谁赢了，她总是拍手笑"。最小的弟弟阿辽沙的不同之处是既不贪钱，也不好面子，更不是一般地凑热闹。他在那里与其说是为了玩牌，不如说是为了看人家起纠纷，"要是有人打人，或者骂人，他就十分高兴"。第五个孩子是厨娘的儿子安德烈，他的特点是迷迷糊糊，自己赢了也好，别人赢了也好，他都不关心，他一心注意的是这种牌戏的数学原理："这世界上能有多少不同的数字呵？它们怎么会算不出错？"这种几乎没有任何戏剧性情节、研究心理病态的作品之所以动人，主要得力于契诃夫把五个孩子内心对于赌钱的不同看法放在纲领性地位上。对文学家观察力理解得肤浅的作家容易满足于五个孩子外表的区别，而不能超越这种外表信息的差异。契诃夫之所以是巨匠，具有点石成金的才华，就在于能轻松自如地把握他们心灵深处的差异，外表的信息差异只是一种索引。

当然，这并不是说作家的观察目的仅限于这种区别，作家的任务并不是把这种区别绝对化。把人看得没有任何共同点，会妨碍生活真谛的显示。作家从寻求区别开始，并不停留在区别上，作家观察的深刻还在于他最终能发现这不同的心灵轨道在另一个层次上又属于一个更大的共同轨道。用哲学的语言来说，作家的观察过程是从严格的特殊走向广泛普遍性的过程。所以高尔基在描述了十个人多方面的不同之后，又特别点明：他们在"虚荣心很重"，希望"超群出众"这一点上又是没有区别的。契诃夫笔下那五个赌博的孩子后来都睡着了，他们所热衷的赌具和钱都被遗弃在桌上，散乱着，在这一点上，他们又是共同的。这时，作家的观察与心理学家显示出有限的共同点——如果每一颗心都像卫星那样有

① 柏格森·《笑——滑稽的意义》，中国戏剧出版社1982年版，第93页。

各自不同的轨道，那么所有的卫星还大致围绕着同一颗行星按着共同的焦点一起运行。

文学家的观察对象毕竟不像自然科学那样是稳定性很强的大自然，而是瞬息万变的人的心灵，加之文学家的眼睛并不像科学家那么客观，所以文学家的观察比之科学家的观察有着特别不能忽略的复杂性。

四、有意注意和无意注意的互相交织

观察要求持久的、有目的注意，如果无目的，而且不持久，观察就成为一般性的观看了。

注意是各种心理活动（感知、想象、记忆、思维等）对特殊对象或特殊属性的集中定向。所谓集中定向，就是有选择地指向某一对象或某一属性，而不注意其他方面。从脑科学的生理机制来说，注意就是大脑两半球内信息刺激作用的相应部位形成了最优越的兴奋区。在这最优越的兴奋区域内，新的条件反射最容易形成，对于其他刺激信息引起的负诱导性抑制也较易于养成。这种神经过程有中等程度的兴奋，它比较倾向于集中，而过分强烈的兴奋和过分微弱的兴奋都不利于集中。

心理学上有一个很著名的实验：40 名观察能力很强的心理学家在西德哥廷根开会，突然有两个人破门而入。一个黑人持枪追赶一个白人。接着两人厮打起来，一声枪响，一声惨叫，两人又追逐而去。前后经过只有 20 秒，另有高速摄影机记录。会议主席宣布："先生们不必惊惶，这是一次测验，现在请大家把目睹的情况写下来。"测验的结果是相当有趣的：42 名专家，没有一个人完全正确，只有 1 个人错误在 10% 以下，14 个人错误达到 20% 到 40%，12 人错误为 40% 到 50%，13 人错误在 50% 以上。有的简直是一派胡言。40 位心理学家的观察力为什么不顶事了呢？因为，第一，缺乏目的性，在事前没有宣布这次观察的具体目的。观察只有在有目的的情况下，注意点才比较集中，比较单纯，因而容易识记。当观察在无目的情况下进行时，事物本身多方面的复杂属性会将人的感知、识记、想象、理解等方面平均分配，注意到的往往是客观对象多种属性中极其有限的一小部分。没有目的，注意就分散，自然，应该注意之点就被不该注意之点掩藏了，观察者当然难以有较深的记忆。第二，即使有目的，有时也要持续性地注意，甚至反复地端详和思考，才能使感知、想象、理解集中起来。

观察的基本要求是有意且持久。在表面看来，观察仅仅运用人的知觉，实际上，它还同时调动思维和想象协同作用，因而观察也被称为"思维的知觉"。思维有一个从感知到理解的过程，因而是反复曲折的过程。正因为这样，福楼拜才告诉年轻的莫泊桑说："才能就是持久的耐性。对你所要表现的东西，要长时间很注意去观察它，以便能发现别人没发现过和没有写过的特点。”[①]

观察要有目的，目的是一种有限的选择标准。观察的最后任务是要在整体上把握住主要特征，但是观察的进程却不能不从一个片面的、有限的局部开始，因为任何事物都是多种差别的统一体，我们无法一次观察无遗。一览无余、一目了然、过目不忘是一种幻想。只有通过不同的角度、不同的中介，多次地、反复地去积累观察的成果，才可能逐步全面地去把握事物的特征。即使这样，我们还是不可能完全做到掌握事物的全部属性，只能无限地去接近它。这是概念本身的局限性，也是大脑机能的局限性。从心理学来说，人对某一对象的某种特征的注意力越是集中，在大脑皮层的相应部位就越能引起优势兴奋中心，这就是集中注意的效果。在这里，旧的暂时联系容易抑制，新的暂时联系容易形成，因而能保证刺激信息能充分被感知。被感知的信息引起的大脑皮层相应部分的兴奋，对于同时可能兴奋起来的其他部位来说是一种抑制。兴奋程度强的占了优势，压倒兴奋程度弱的，使之处于抑制状态，这就是心理学上所说的“负诱导作用”。优势兴奋中心越是持久，越是强化，其他兴奋部位就越是弱化，越是抑制。一个人对于事物的某一特征越是注意，越是能获得清晰的信息，对于事物其他方面属性的感知就越是模糊。如果观察者对几个方面都注意，结果是几个兴奋中心互相抑制，变成了盲目的观看，很可能什么也没有看到。十个指头按十个跳蚤还不如一个指头一个指头地按，其道理就在这里。

由于心理学上的这个规律，真正有效的观察必须有一个注意中心，也就是明确的目的性。为了强化这个注意中心，就要有一定的持久性。

这就是心理学上的有意注意。有意注意的实质是把事物的局部属性当作全部属性。事物的属性是无限的，而有意注意的“意”是有限的。观察面临的基本矛盾就是这样，观察也就是在这一对矛盾的相互制约和相互转化中不断深化的。

正是由于有意注意的“意”是有限的，因而有意注意的优越性也是有限的。由于不了解有意注意的“意”，也就是目的，它比之事物本身来说是狭隘的，人们常常为心理习惯所囿，对有意注意之点观察得很仔细，而对此外的更丰富的属性就视而不见、听而不闻。中国古书上有这样一个故事，一个人丢了把斧子，怀疑是邻居偷的，便对邻人进行有意注意，越看越像是他偷的。后来斧子找到了，又对邻人进行有意注意，越看越不像是他偷的。从这里可以看出有意注意的局限性，不但是在“意”以外的信息不易被感知，就是在注意范围以内的往往也容易先入为主，心灵内在的信息阻断了外来信息的输入。这在心理学上叫作“定式效应”，就是说大脑在接受外界信息以前，由于以往神经反射的准备状态，影响或

① 莫泊桑：《小说》，《欧美古典作家论现实主义和浪漫主义》（二），中国社会科学出版社 1981 年版，第 237 页。

决定同类后继心理活动的趋势。这就可能造成错觉，他所感知的信息并非来自外界，而来自他主观上的一种心理习惯。更重要的是，即使你对客观对象有意地注意了，有时用福楼拜的“持久的耐性”也很难奏效。对同一对象观察的持久性到了一定限度就会发生“熟视无睹”的现象。巴甫洛夫根据实验证明，凡是微弱、单调而且重复的刺激，都会引起大脑皮层内部有关神经细胞的抑制过程。而且，即使是比较强烈的刺激，如果单调而重复，同样会引起有关神经细胞的抑制过程。入鲍鱼之肆，久而不闻其臭；入芝兰之室，久而不闻其香；在炮火连天的战场，久而不觉其闹，都说明注意的效果和持久性有一定程度的矛盾。持久的刺激会使有意注意变成无意注意。黑格尔多次说过：“熟知非真知。”黑格尔在《精神现象学》序言中还说：“熟知的东西所以不是真正知道的东西，因为它是熟知的。”这是因为反复、单调的刺激即使强，也会使神经感受器官迟钝，而一个新鲜的刺激，即使缺乏强度也容易激发优势兴奋中心的形成。

由于对新鲜感受的抑制作用，持久耐心的观察往往不能有所发现。莫泊桑在《小说》一文中引用福楼拜的话，说：

> 人们用眼睛（按：应该包括视觉以外的其他一切感官）看事物的时候，只习惯于回忆起前人对这事物的想法。[①]

当然，这也包括自己现成的想法。这是皮亚杰曾经强调过的心理学上同化作用的消极性。对现成观察成果或现成观念的自发依附性使人们的长期有意的注意容易变得狭隘而且容易僵化。关于这一点，朱光潜先生在《文艺心理学》中有过解释：

> 一般的事物对我们都有一种常态，所谓“常态”就是糖是甜的，屋子是居住的，女人是生孩子的之类的意义，都是在实用的经验中积累的。这种“常态”完全占住我们的意识，我们对于“常态”以外的形象便视而不见，听而不闻。经验日益丰富，视野也就日益狭隘。所以有人说，我们对于某事物见的次数愈多，所见到的也就愈少。[②]

这种“常态”的现成观念往往就是持久的观察使感知器官钝化的结果。由于这种常态意识的凝固性，有意注意就逐渐转化为无意注意，好像还没有去注意观察，现成的感觉、知觉、联想就沿着固定的路线产生了。有一个初学作者进行观察练习，题目是《给好友画像》：

> 他那双使劲握着报纸的手在颤抖，紧蹙着的眉峰使前额显出一道深深的与年龄不相称的沟纹。凝神的双眼深情地望着窗外春光明媚的田野，眼角闪现令人难以觉察的泪痕。他的嘴巴紧闭，上牙使劲地咬住下唇，仿佛是一道封锁满腹愁肠的闸门。

---

① 莫泊桑：《小说》，《欧美古典作家论现实主义和浪漫主义》（二），中国社会科学出版社 1981 年版，第 237—238 页。

② 朱光潜：《文艺心理学》，《朱光潜美学文集》（第一卷），上海文艺出版社 1982 年版，第 22—23 页。

他就是我的同室好友，一个右派的儿子，一个套着沉重精神枷锁的年轻人。

这是1981年写的。很显然，作者在他的好朋友面前简直成了盲人。泪痕、咬唇的细节是虚构的，生活中的人是正常的，不可能老是这么神经质，他的精神负担不可能这样全面突出地罗列在脸上。这里写的，很明显是许多文学作品中描写过的，不过被作者不高明地综合成这不三不四的样子。这个右派儿子的肖像，不是作者的视神经传达给大脑的，而是作者把大脑中现成的臆象传达给视神经的。这是心理学上的“定式效应”在捣鬼。观察客观对象或观察自我体验之前，已经构成了对已知信息的倾向。这种倾向是如此之强大，以致使外界丰富新鲜的信息往往为已知的贫乏观念所阻挡，神经系统甚至在新的信息面前丢失了反应能力。

要具备作家的观察能力，最起码的条件就是在有意注意的过程中使自己的神经感受器官和分析器官富于职业敏感性。当这种敏感性相对定式效应处于优势地位的时候，作家的观察效应就大有希望了，作家的心灵在生活面前就可能不断接受形象的信息。

观察过程中的大敌就是现成的观念和现成的图景，它像一座山一样使作者与生活隔离。这是因为现成观念和现成图景都不能阻挡他的视线，他的心灵有一种特殊的亲和力，能够直接从生活感受现成图景、现成观念以外的信息，而没有这种能力的人就是缺乏观察力或观察力很弱的人。这种现象，就是左拉所说的“视觉瘫痪症”：

有些小说家甚至在巴黎生活了20年，却仍然是个外省人。他们在对自己乡土的描绘方面是出色的，但一接触到巴黎的场景，便寸步难行了。他们总是不能对某一种环境加以准确的描绘，虽然他们在这个环境里已经生活了好些年。这是第一种情形，即部分地缺少真实感的情形。在这种情况下，童年时期的印象无疑是更强烈的。视觉吸收了最先触动他的图景以后，瘫痪症就来了，于是眼睛白白地瞧着巴黎，只是视而不见，而且是永远视而不见。[①]

左拉提出了一个很深刻的问题，有意地注意巴黎，长达20年却视而不见，视觉（当然也包括其他一切感官）瘫痪了。童年的生活，乡土的情景，已离开20年，却记忆犹新。20年前在童年时代是没有怀着观察的目的去注意过的，写起来却是出色的。有意栽花花不发，无心插柳柳成荫的现象在观察中屡见不鲜。

无意注意、无目的的观察比有意的观察还有效，这一点带着深刻的规律性。许多作者带着收集材料的目的去体验生活，却写不出像样的东西来；而另外一些作家并未有意去观察生活，却写出了动人的作品。最明显莫过于那些写了自传性作品的作家了。从鲁迅到高

---

① 左拉：《论小说》，《欧美古典作家论现实主义和浪漫主义》（二），中国社会科学出版社1981年版，第218页。

尔基，从狄更斯到杰克·伦敦，他们对生活的最佳观察是在无意中进行的。更能说明问题的是高晓声，他是在遭到错误的处置，当了20多年标准的农民以后才取得了创作上的成功的。在这20多年中，他是“死了创作这条心的”。“20多年来，我从未有意地去体验他们的生活，倒是无意识地使他们的生活变成了我的生活。”①

在通常情况下，无意注意可能导致观察记忆的空白，但是在特殊情况下无意注意却有比有意注意更大的优越性。成功的条件就是怀着独特、新异感情的有利于形象的记忆。不过这种记忆不像在有意注意中那样浮现在意识的表层，可以由意识进行调动。这种无意注意的记忆和情感联系在一起，像情感一样并不完全受人的意识控制，它积淀在人的意识的深沉结构之中，用精神分析学派的语言来说就是沉淀在一种无意识的领域之中。高度错综复杂的感情活动都是在无意识领域中完成准备的，弗洛伊德甚至假设“每一种心理过程最初都是处于一种无意识的状态或时相”。这种假设也许极端了，但无意识领域肯定是存在的。虽然在通常条件下它不为意识所感知，但是，它的潜在量却相当大，而且保存的时限有时还超过了为意识所感知的观察信息。来自法国外省的作家所描写的乡土生活，有他童年的感情溶于其中。高晓声笔下的农民生活是与他的特殊感情化合在一起的，用他自己的话来说：“半生生活活生生，动笔未免也动情。”这时虽然没有有意地观察，没有有意注意那种立竿见影的效果，但是也没有有意的“意”那样的狭隘性和凝固性，这是因为它虽然没有有意识的识记在起作用，但与他的感情联系在一起的无意识却非常活跃地把有意注意的界限以外的丰富信息，自发地保存在意识的底层。无意注意所承受的生活信息不但丰富，而且由于特殊的感情作用，往往带着独异的色彩，这提高了信息进入形象机制中的竞争活力。特别值得注意的是，高晓声和法国乡土作家的作品是在他们离开乡土和农村以后写出来的。当他们的感情有变化，用另一种眼光去回忆，去审察，在感情的变异中去回味当年的生活时，当时无意注意的模糊印象就“发了酵”（像茹志鹃所说的那样），就显出别人没有表现过的特征，就带上了别人没有染上过的感情色彩了。这实际上是由于新的感情活动牵动了当年的感情，形成了一种感情的特异结构，调动了当年积淀在无意识领域中的生活信息，无意识通过强烈的感情的结构上升到意识领域，无意注意的特殊优越性就这样表现出来了。

在无意识信息向意识领域转化的过程中，无意注意所获得的纷纭复杂的信息并不是一拥而上，全部进入意识领域，它必须经过有意注意的“前庭”（借用弗洛伊德的比喻），受到有意注意的整理、淘汰和注解才能构成形象的元素。这时，无意注意实际上已经在向有意注意转化了。

---

① 《文艺报》1982年第10期。

在作家观察的过程中，有意注意和无意注意并不完全像我们前面所讲的那样是先后承续的，有时它们是同时共生的，互相交织、互相补充的。有意注意要得到无意注意的补充，无意注意得到有意注意的鉴定。当有意注意限制了观察的范围时，无意注意则来冲破这种限制；当无意注意提供的信息陷于迷乱时，有意注意会对之加以注释和梳理。

文学观察的对象并不像科学观察的对象那样可以听从科学家的意志摆布。自然科学家可以用加温、加压、密封、燃烧、模拟实验等的办法去检测研究对象，而文学家却没有这些威力强大的手段。但是文学家不但可以运用有意注意而且可以运用无意注意去获得信息，不但可以发挥意识的力量，而且可以调动无意识的力量，这是他比科学家优越的地方。如果我们漠视无意注意，回避无意识的作用，无异于放弃了文学家智能结构中非常重要的一环，更重要的是，这种自弃意味着对作家观察特殊规律和特殊优越性的亵渎。真正的作家是不会这样傻乎乎的。海明威说："如果一个作家停止观察，那他就要完蛋了。但是，他不必有意识地去观察，也不必去想它怎样才会有用。"[①] 严文井在《我，观察过么？》中说："作家要了解的东西，最重要的是人，人的内心，而这些东西偏偏不是在你想观察的时候，仅用观察这个办法就能得到的。可能正相反，当你并未打算观察的时候，他们忽然自动跳到你面前来了。我的有心观察，常常是毫无所得，虽有所得我又不都用来写作品。"文学家的观察有它特殊的规律，它不仅仅是在纯客观的有意过程中进行的，还需要一种最佳兴奋的心理状态，这时才能调动意识和无意识一起协同起作用。这种最佳兴奋状态与特殊的感情优势诱导有关。只有这样，想象、联想和记忆的库存才能活跃起来，才能产生瞬间的共鸣，才能孕育灵感和顿悟。作家对于生活，不能采取公事公办的观察态度，而应把感情投入到生活中去，热情地投入、卷入其中。徐迟、茹志鹃等作家提倡介入生活，就是这个道理。只有当你卷入了、介入了，即使无意去观察，你的心灵所感应的信息量也是充分的。由于无意识润物细无声的作用，生活的奥秘在不知不觉中和你的感情猝然遇合了，这时形象受孕的概率比任何时候都要高。

观察的最佳心理状态就在有意无意之间，要达到这种状态，不仅仅要凭主观的意志，在主客体之间感情打破隔膜上，还有所谓"达于化境"的说法。这种"化境"，并不神秘，就是在想象中主观心灵的储存和客观生活的特征能够自由地交流，就像巴尔扎克在《法齐诺·加奈》的前言中描述的：

当我观察一个人的时候，我能够使自己处于他的地位（按：这里指郊区的工人），过着他们的生活……听着这些人谈话，我就能（深深地）体会他们的生活，仿佛自己身上就穿着他们那身破旧不堪的衣服，脚上就穿着他们那双满是窟窿的鞋子；他们的

① 董衡巽：《海明威研究》，中国社会科学出版社1985年版，第92页。

欲望，他们的需求，这一切都深入我的心灵，我的心灵和他们的心灵已经融而为一了。[①]

这里说的“心灵融而为一”是很深刻的，因为这不仅仅是思想与思想相通，而且是感情与感情相融，而感情并不是完全属于意识的领域，也包括无意识的领域。感情相融就意味着意识与无意识都能互相渗透，想象才能毫无阻滞，进入一种自由的天地，只有这样的作家才不仅仅是在观察而且是在体验。到了这种境界，巴尔扎克才能“自己脱离自己的一切习惯，变为另外一个人”。当然，这“另外一个人”，毕竟是巴尔扎克的意识和无意识领域之内的另外一个人。要与这样的人“心灵融而为一”，光凭主观感情和无意识的调动还不够，还得有许多客观条件，如巴尔扎克在《驴皮记初版序言》中说的，还得有一定的生活阅历，包括心灵的阅历：“写书之前应该分析过各种性格，体验过全部风尚习俗，跑遍整个地球，感受过一切激情，或者，这些激情、国土、风尚、性格、自然的偶然现象、精神的偶然现象——都在他的思想里面出现。”这里说的是为了调动无意注意力的积极性能，必须具备有意注意的坚实基础，二者是互相依存的，没有有意注意的基础，全凭无意注意达到“心灵融而为一”，只能是一种幻想。

五、观察的客观性和主观色彩的统一

观察的对象是客观存在的，观察的目的是为了抓住事物和事情的客观特点。列宁在《哲学笔记》中把“观察的客观性”列为辩证法十六要素之一。这是观察的基本特点，科学家和文学家也不能违背。但是由于观察的对象、途径不同、要求不同，又产生了科学的观察和文学的观察的不同特点。对于科学来说，观察要力求客观，尽可能排除一切可能的主观色彩。起初，自然科学和文学一样依靠人的感觉和知觉，但是由于人的感觉器官的局限性或者由于感觉器官的性能往往要受到客观环境、主观心理、生理病理特殊条件的影响而容易不稳定，乃至产生错觉，科学家就要求借助仪器等手段排除错觉，避免产生虚伪的观察成果。有时由于无意识根据头脑中固有的经验知识，填补了观察的空白，也可能出现观察的主观性错误，这就要通过随机抽样、反复核对等方法加以防范。正是在这一点上，文学家的观察与科学家的观察发生了分化。巴尔扎克似乎不大了解这一点，他在《〈夏娃的女儿〉和〈玛西米拉·道尼〉初版序言》中夸耀他对人物生理特点的观察能得到“伟大的著名医生”的称赞，甚至对人的生理特点的描写会被科学家认为是对“最严重问题的认真研究”。这种说法有片面性，虽然它强调了科学家和作家在观察上相同的一面。为了肯定作家的观察就把他说成和科学家一样，这并不一定是对作家的抬举。事实上，巴扎尔克受过19

① 《译文》1958年第1期。

世纪自然科学的熏陶，过多运用了自然科学的方法，因而对于人物环境静止的描写未免失之冗长。文学家的观察真像科学家的观察一样客观，并不一定是成功之道。事实上就连科学的观察也不是绝对纯粹客观的。科学的观察，总是在一定的理论指导之下，同时又总是带着主观目的性的。掌握观察方法最重要的是正确处理观察的客观性和理论的指导作用之间的关系。没有任何理论指导和没有任何目的的观察一样，只能是茫然地观看。当然，在错误理论指导之下，也可能导致观察的错误。

文学家的观察不但像科学那样要有理性的向导，而且更重要的是要有感情的诱导。文学形象是客观和主观的统一，又是感情和理智的统一。文学是通过感情去吸纳生活信息的，因而文学形象反映生活的同时，其中的感情成分又反映了作家自我。作家的感情如果是肤浅的，他吸纳到的生活也是肤浅的；作家的感情如果是从深厚的历史潮流中吸取来的，那么，他吸纳到的生活，也可能是具有深厚历史内涵的。科学家在观察时，他的眼睛必须和大家的一样，是一种标准的眼睛；而作家却不同，他除了要有科学家那样带普遍性的眼睛外，还得有自己的眼睛，用带有鲜明个性特色的眼睛去观察生活，使观察的结果染上个性的、感情的色彩。张洁在《方舟》中说："人和人的眼睛是不同的。每个人的瞳仁，实际上是长在自己的心灵上，他们只能看见各自心灵所给予他们的那个界限之内的东西。"这里讲的是作家的眼睛。当然，科学家的眼睛所能接受的信息，也不是无限的。按照瑞士心理学家皮亚杰的同化理论，一切外界刺激只有为主体既成的"格局"所同化，才能被正确感知。科学家的"格局"和文学家的"格局"是不一样的，因而能同化的范围和属性也不同，自然，感知的有效范围也不同。当外界信息被主体的"格局"主观地同化的时候，这种同化对于科学家来说是一种错误，但是对于文学，却可能是给你个性的色彩。一个心情愉快的人听到打铁的声音，觉得这是音乐，从声学来说就是主观感情对客观事实的歪曲，但如果他刚刚与失散多年的母亲、妻子相会，从文学来说，这可能正是形象生动之处。

即使十分强调观察的客观性，从自然科学家那儿借用了观察方法的福楼拜和莫泊桑，口头上并不强调感情，但实际上却不能避免感情的作用。莫泊桑这样记述福楼拜是如何教他观察人的：

> 当你走过一位坐在自己家门前的杂货商的面前，走过一个吸着烟斗的守门人面前……请你给我画出这个杂货商和这守门人的姿态，用形象化的手法描绘出他们包藏着道德本性的形体外貌，要使得我不会把他们和其他杂货商、其他守门人混同起来……[①]

① 莫泊桑：《小说》，《欧美古典作家论现实主义和浪漫主义》（二），中国社会科学出版社 1981 年版，第 238 页。

从科学的观察来看，光经过杂货商门口一下，是不可能看透他的“道德本性”的。艺术家观察人之所以能超越生活的外在信息，就是因为他能把自己从这个杂货商以外的人们身上得到的理解，以及自己一贯对这类人的感情投射到这个人身上去。这就得通过艺术的想象。而艺术的想象是受着占优势的感情引导的，因而文学的观察如果要深入内心，那就不可能不染上作家的感情色彩。因此，巴尔扎克在《驴皮记》初版序言中说：

作家……心中应有一面难以明言的把事物集中起来的镜子，变幻无常的宇宙就在这面镜子上面反映出来，否则，一个诗人，甚至一个观察者，都是不能存在的，因为他不仅需要看见眼前的事物，还要想起过去的事物，用经过某种选择的语言表达自己的印象，用诗的形象的全部魅力美化它们，或者将最初的感觉的生动性赋予它们。①

作家在观察时，并不是仅仅被动地接受外来的信息，同时也激发了感情，记忆的洪流就会汹涌起来，输出信息。当这两者不能相通时，必有一方发生变异或被否定；当这两者经过摩擦、搏斗达到和谐的融合时，形象就开始受孕了，就达到了“美化”的目的。纯客观的形象是没有的，艺术生命是作家赋予的。正如巴尔扎克在《驴皮记》序言中所说的：“艺术家的使命就是把生命灌注到他们塑造的这个人体里去，把描绘变成真实。”这种“生命”意味着什么呢？高尔基 1930 年 4 月 9 日在《致伊谢·什卡别》中说：“世间万物（每个人、每件事、每种事物）都有它的特别意义和形式，应该使您的特点同您观察到的一切特点紧密地联系起来，并能融为一体，这样，您（和我）就可以对事物、事件和我们熟悉的人，做出新的反应了。”这就是说，不但在观察过程中作家的个性、感情不可缺少，而且在把观察成果化为形象时，还得把作家自己的个性融化进去。同样一个对象、同样一个细节如果是纯客观的，也许没有什么特别深刻的启发性，但是一经作家感情的渲染乃至主观的解释，微不足道的就可能变得意味深长了。如果有个人在台上发言，字句间时有特长的停顿，好用手去摸衣服上的纽扣，这好像没有什么特点，但是当高尔基观察普列汉诺夫在俄国社会民主工党的代表大会上讲话的时候，就把自己的感情和睿智放射到普列汉诺夫的动作中去了：

格·瓦·普列汉诺夫穿着礼服，扣上所有的纽扣，像一个新教的牧师。会议开幕时，他讲话好像一个传教士，坚信他的意见是无可争辩的，每一个字眼都是极有价值的。就是字句间的每一停顿也是极有价值的。……晚礼服上有一个纽扣是普列汉诺夫最喜爱的，他的一个手指温存地，不停地抚摩着它，并且停顿的时候像按电铃似的按

① 巴尔扎克：《〈人间喜剧〉前言》，《欧美古典作家论现实主义和浪漫主义》（二），中国社会科学出版社 1981 年版，第 106 页。

它一下——可以说，正是这样一按才使他那滔滔不绝的演讲停顿一下。[①]

普列汉诺夫讲话时字句间的停顿较久，有点自我陶醉。以导师自居的普列汉诺夫身上并不引人注目的特点被高尔基发现了。但是光有这个外在的特点，也许还不够传神。高尔基对这一特点赋予主观感情色彩并加以看来是主观的解释，故意把这种停顿的作用夸张了，使之显得荒谬。这里显得更突出的是高尔基对普列汉诺夫有点故作清高的作风的反感和揶揄。这里表现的不纯粹是普列汉诺夫，也不纯粹是高尔基，既是高尔基，也是普列汉诺夫，是高尔基的嘲讽和普列汉诺夫的自我陶醉。

当然，并不是所有有成就的作家在观察中都带有这么明显的感情色彩。许多大作家在作品中表现出来的他们的观察有一种冷峻的色彩，作家的主观感情藏得很深。在《红楼梦》的不少具体场景中，用了许多春秋笔法，读者很难具体指出作者的褒贬。当然，读了全书，读者可以得到总的印象，但要准确地讲出来还得借助理性的思辨。大作家的杰作像生活一样丰富而复杂，使它经得起世世代代的读者和学者去玩味推敲。在俄国作家中，普希金的小说中感情倾向之隐蔽可以与《红楼梦》媲美。在《上尉的女儿》中，有关叶卡捷琳娜女皇的描写，表面上颇慈祥，可其中的讽喻，细心的读者是不难觉察的。车尔尼雪夫斯基说："在俄罗斯文学里很难找到比他的中篇小说《杜勃洛夫斯基》的开头描写旧时大贵族的风俗习尚更真实、更生动的画面。但却很难断定，普希金本人对于他所描绘的特色是什么想法。他好像打算对这个问题回答说：'可以做各种各样的想法：这种风习引起您同情或者反感，与我何干？我连自己也决定不下，它值得惊奇还是愤慨。'"[②]这并不能说明普希金没有感情。说不清是惊奇还是愤慨，就是说，这种感情色彩是惊奇与愤慨的混合，正等于巴尔扎克对于他心爱的天主教和正统派的感情既是同情又是哀悼，这是一种说不清的感觉，然而没有这种感情，文学的观察就变成科学的观察了。

六、观察生活和观察自我

在心理学上，根据注意对象的不同，把注意分为外部注意和内部注意。外部注意指向外部世界、外部刺激；内部注意的对象是人自身的感情体验、往事回忆和自我的思想活动，总之，是指向人的内心活动。内部注意是人所特有的，因为，内部注意要达到有效的程度，必须借助于语言。人在注意指向内部体验时，与内部注意相反，要抑制外部感觉，如闭上眼睛，或者眼睛发呆，听而不闻，视而不见。外在客观信息被推向意识的遥远边缘，它越

① 高尔基：《回忆列宁》（第二卷），人民出版社 1982 年版，第 292—293 页。

② 车尔尼雪夫斯基：《俄国作家批评家论列夫·托尔斯泰》，中国社会科学出版社 1982 年版，第 27 页。

模糊对内部注意的干扰越少，越有利于内部注意的集中。甚至到了自己家门又走回办公室，把手表放到开水里煮都是曾经发生过的趣闻。内部注意往往靠一些简单的外部动作来维持较长时间，例如口中念念有词，做某种手势，下意识地随手画几笔，等等。有限的外部动作有利于内部注意的集中。总的说来，内部注意要求更高程度的集中，这是因为它比外部注意更难语词化。

内部注意与外部注意的根本不同之处在于，内部注意是私有的，除了本人以外不可能有第二个注意者，而外部对象是可以有许多观察者的，这就给作家的自我观察带来了特殊的难度。

作家观察的终点是人物的内心活动，但是人物的心灵活动除了人物自己以外，任何其他人都不能够成为观察者（以高度精密的测谎器进行简单的测谎都不完全可靠），留给作家唯一的办法就是通过观察自己的内心活动去推测人物的内心活动。这就要求作家自己本身的内心活动能包含一切人活动的内容和方式。这当然是不可能的。巴尔扎克说："就我所知，我的性格是特别，我观察自己像观察别人一样，我这五尺二寸的身躯，包含一切可能的分歧和矛盾。"这自然有一点吹牛，但多少也可以说明一个道理：作家内心活动丰富，自我内部注意的成果才会丰富。

作家对内心活动的注意，有一种自我挖掘的性质，这种自我挖掘，作为内部观察力的基础是不可缺少的。自我挖掘和对生活的挖掘是构成形象的两个重要源泉，这并不是脱离生活，因为作家的自我内心，就根本性质而言，也是一种生活，在另一个层次上它同时又是生活的反映。作家成才的条件，就是生活的丰富和内心的丰富。如果作家内心生活是深刻的，他的自我挖掘就有可能深刻，如果作家的内心生活是贫乏的，他的自我挖掘就可能所得甚少。雨果说："世界上最广阔的是海洋，可比海洋更广阔的是心灵。"这是一种自我挖掘的感觉，就是说雨果觉得自己的内在体验很丰富，永远也挖掘不完。但是不管心灵多么广阔，都不可能像生活那样广阔。因为人的心理"格局"产生于与客观世界有限的接触过程，而客观世界是永远接触不完的，即使在已经接触的那一部分客观世界中，人的心理"格局"能够同化的也只是其中一部分。

正因为内心比之生活是狭隘的，作家才更应该充分利用这优秀的心灵宝库。当然，在自我挖掘的同时，还要不断充实自我，扩大自我的容量。只有自我充实了，充分挖掘了，外在的生活信息才能转化为内心体验，才能成为内在注意的对象，否则外在的信息不能引起内心的反应，对生活的挖掘和对自我的挖掘都只能落空。

观察外部世界是一种挖掘，观察内部世界更是一种挖掘。

感情和一部分思维活动是在无意识中默默地进行的，特别是感情活动，它是在长期反复过程中形成的一种习惯性反应，它不像人物外部活动那样一直受直接控制。内在体验不像外在感觉那样是可以定位的。感情中激情的产生，其过程并不通过大脑的意识领域。正因为这样，内部感觉被心理学家称为“黑暗的感觉”。如果不去有意地注意它，如果注意的强度不够，它就无声无息地消失了。作家要抑制这种心灵财富的习惯性、自发性流失，就得强化自我观察、自我挖掘的自觉。

自觉就是集中和专注，它培养一种敏感性。有时情感的变换是非常迅速的，内在注意就得把那稍纵即逝、电光火石的感情活动放大延长，捕捉那最有特征、最关键的环节，理清其来龙去脉。内部注意的高效率，取决于语词化的准确性。由于内在体验不但很难定位，而且很难定性，因而语词表达的误差极大。有时由于内在体验迅速变幻、不可重复而很难准确地语词化，无从反复校正；有时则相反，由于感情活动变化极其缓慢，多少年过去了，感情仍然没有多少变化，因为习惯而失去新鲜感。越是反复不断，体验越是麻木，本来十分精彩的内在体验降到了无意识领域中去了。内在注意不但要注意现时的体验，而且要回忆，把那若断若续的思绪连贯起来，模糊的使之明朗，纷乱的使之有序。有时真要像科学家那样进行比较客观的自我解剖，才能把心灵活动的基本状况弄清。托尔斯泰和鲁迅都进行过自我解剖，卢梭和郭沫若都有自我暴露的癖好，解剖和暴露都以自我观察、自我挖掘为前提。

自我观察应该成为作家的职业性习惯（正如外部观察应该成为科学家的职业性习惯一样）。

一个作家有没有观察的才气，有没有前途，光看他观察的客观对象还不大容易看出来。相反如果一个作家很善于作自我观察，那么他的艺术表现力必然有某种特点。例如登上一座离敌占岛很近的小岛，要观察出日光以及环境的特点是并不很难的。如果满足于眼睛、耳朵的感知，可能很难有所发现。如果在观察外部特征的同时又能观察自己内心体验的特征，就增加了创造的可能。

然而因为外部特征的注意与内在体验的注意是很难同时进行的，内部注意要求高度的集中，甚至要求外部注意的关闭（如闭目、塞耳）。在一般人那里，外部注意占有自发的强大优势，这种优势足够将内部注意淹没。要成为一个作家，其内部注意力要有外部注意力双倍的强度才不至于被外部注意的优势所压倒。青年作家朱苏进在《凝眸》中就显现了这种内部注意力的强大优势。他这样写登上前沿小岛的内心感觉：

> 踏上岛便感到四周充满威胁……
>
> 每登高一步我都觉得身体更多地暴露……

他写到脚底下一响，便引起神经紧张：

无数吓人而迷人的念头是小岛的特产，你只能一步踩着一个念头往上攀。

在大敌当前，外部注意十分紧张之时，居然没有压倒内部注意，内部注意仍然这样活跃，这正是朱苏进才智不凡的表现。

正因为内部注意很容易被外部注意所淹没，在外在情景特别紧张时，特别是在生死存亡的关头，作家的内部注意就应该得到特别强化。在这方面列夫·托尔斯泰一登文坛就显得身手不凡。

当托尔斯泰还没有写出他的代表作品的时候，车尔尼雪夫斯基就以独具的慧眼，指出他长于自我观察，发现他在作品中揭示出“心灵的辩证法”：

托尔斯泰伯爵所最最注意的是一些情感和思想处境怎样由别的情感和思想发展而来。他饶有兴趣地观察着，由某种环境或印象直接产生的一种情感怎样依从于记忆的影响和想象所产生的联想能力而转变为另一些情感，它又重新回到以前的出发点，而且一直循着连串的回忆而游移而变化；而由最初的感触所产生的想法又怎样引起别的一些想法，而越来越流连忘返，以致把幻想同真实的感觉，把关于未来的冥想同关于现在的反省融合在一起。[①]

托尔斯泰在青年时期有一篇战争小说，描写了一个军官博拉斯库欣的阵亡。这个军官阵亡时的种种感觉已经随着他一起见上帝去了，托尔斯泰所面临的问题是，要么就和一些平庸的小说那样，有意为之，以某些并非在自我观察基础上亲历的俗套来蒙骗读者，要么，就得把自己在战场的感情体验、自我观察的成果，把在外部威胁下没有关闭的内在注意的活跃过程充分地语词化。托尔斯泰选择了后者，他笔下关于人在面临死亡时的感觉、知觉、情绪、思维活动就不那么简单了。

我们看到这个军官在面临死亡之前的感觉和情绪，起初看到炮弹在离他不远的地方旋转着，他感到的是恐怖：“令人心惊胆寒的恐怖——他浑身都被恐怖纠缠住了。”在一秒钟之内，“他心里涌上了各种各样的不计其数的感情、思想、希望和回忆”：

炮弹会打中谁呢？米哈伊洛夫？我？还是打中我们两个？打在哪里？脑袋上，那我就完蛋了。可是如果打在腿上，他们会把腿割掉的（我一定要用麻醉药），而我就还可以活下去。但也许只打中了米哈伊洛夫。那么我就要告诉大家，我们是怎样并肩前进，他怎样被打死，我身上怎样溅满了他的血。不对，炮弹离我更近——要打中我了。

于是他想起了他还欠米哈伊洛夫十二个半卢布，也想起了他在彼得堡的一笔早该偿还的债务，以及那天晚上他唱过的吉卜赛歌曲。他所爱的女人戴着一顶紫色的缎带

① 车尔尼雪夫斯基：《俄国作家批评家论列夫·托尔斯泰》，中国社会科学出版社 1982 年版，第 32—33 页。

的帽子，出现在他的幻觉里。他想起了五年前曾经侮辱过他、至今还没有报复过的那个人。然而这些个回忆，以及其他的无数回忆，跟当前的要被打死的思想没有一刻离开过他的心头。“也许它不至于会爆炸吧。”抱着不顾死活的决心，他决意张开眼睛。但，就在那一刹那之间，一道红色的火光射进了他的还没有张开的眼睛，在可怕的砰的一声之中，有什么东西打中了他的胸膛的中部。他跳起身来，开始奔跑，但军刀夹到他的两腿中间来了，他在军刀上一绊，就侧身摔倒在地上了。

“谢谢上帝，这不过是挫伤罢了！”这是他最初的想法。他想要用手去摸摸胸膛，但他的两臂好像被缚得牢牢的，动弹不了，并且觉得脑袋仿佛被老虎钳夹紧了似的。兵士们在他的身边掠过，他不自觉地数着他们。“一个，两个，三个兵士！还有个军官，拢起着大衣。”他想。接着一道火光在他的眼前闪过，他搞不明白是什么炮火：臼炮，还是大炮？“大炮，大概是大炮。又打了一炮了，这儿有的是更多的兵士——五个，六个，七个兵士……他们都走过去了！”他突然担心他们会践踏他。他想喊叫：“我受伤了！”但他的嘴唇是那么干燥，他的舌头黏在上颚上，一阵难熬的口渴折磨着他。他觉得身上有一片潮湿，这种感觉使他想到喝水，哪怕是那一片潮湿的东西，他也很想喝。“大概我在摔跤时摔出血来了。”他想。他愈来愈害怕来来往往的兵士要踩在他身上。他用足全部力量想要喊叫：“带我去！”但他喊叫不出来，哼出来的却是那么可怕的呻吟声，使他自己也惊惶了。红色的火焰开始在他的眼前跳动，他觉得兵士们把石头堆在他身上。火焰愈跳愈少了，但堆到身上来的石头却愈压愈重了。他竭力推开石头，挺直身体——于是就再也看不见，听不见了，再也没有思想和感觉了。弹片击中了他的胸膛的中部，他当场牺牲了。①

也不简单是勇敢。在他明确地看到炸弹导火线的火花，他扑倒在地的时候，他首先是担心，继而又怀疑，也许这不是真的，完全是想象在起作用，也许自己是无缘无故地惊慌失措。当他看到了导火线在附近闪光，才感到了恐惧。就在那短短一秒中，他想象中闪过的却不完全是恐惧，而是希望（可能活下来）、回忆（欠人家的债、相好女人的帽子）。这一切与死亡的感觉好像相去甚远，然而又是死亡极度威胁造成的。等到弹片真的打中了他，他最初的想法仍然与对死亡的恐惧没有直接关联，而是：“谢谢上帝，这不过是挫伤罢了！”后来他的意识开始瘫痪，但仍有部分处于半清醒状态，居然还自发地数起身旁走过去的士兵。这使他的感觉离得恐惧更远了，他只反复担心士兵会踩到他。他感到渴，他呻吟起来。那声音他自己听起来也感到可怕。他最后的感觉是变异了、歪曲了：士兵们把石头往他身上堆。这样一直持续到什么也听不见、看不到，完全失去感觉为止。所有这一连串的感觉、

① 列夫·托尔斯泰著，吴岩译：《塞瓦斯托波尔故事》，新文艺出版社1955年版，第64—66页。

知觉、幻觉、回忆的扭曲、变幻、转化、消失是那样的复杂纷纭，这显然不可能凭空想象，因为凭空想象不可能产生与对死亡的恐惧差距如此之大的一切。如果托尔斯泰没有戎马生涯的直接体验，没有对自我内心的有意注意和深入挖掘，没有在受伤时对自己内在体验高度集中的观察，没有后来在回忆中的继续观察和语词化的整理和校正，这一切描写不可能有如此丰富的变幻层次。

车尔尼雪夫斯基认为：

> 人类行为的规律，情感的变化，时间的交错，环境和社会关系的影响，我们可以通过仔细观察别人而加以研究；但是，如果我们不去研究极其隐秘的心理生活规律——它们的变换只有在我们（自己）的自我意识里才公开地站在我们的面前——那么，通过观察别人的途径而获得的一切知识，就不够深刻和确切。谁要是不在自己内心研究人，那就永远不能够达到关于人们的深刻知识。①

内部观察、自我观察不但提供了内心活动的直接信息，而且为外部观察提供了推理的基础。外部观察的可靠性要由内部自我观察的结果来确定。没有一定的内部自我观察，任何外部观察都不可能深入，只有内部自我观察才能把外部观察效应向人物心灵深入地推进。每当外部观察为人类感官的有限效应所阻时，唯一的办法就是借助自我内部观察来进行心理的推理，使不可见的推测获得可感的基础。

事实上，外部观察和内部观察是互相依存、互相制约的。对生活的挖掘和对自我的挖掘也是互相补充的，单纯的外部观察和单纯的自我观察的效能是有限的，但是当这两者结合起来形成一个有机结构，其功能就大大超过了两者的简单相加。虽然在观察过程中，两者在注意力的分配上是互相矛盾，甚至是互相干扰的。当两者同时进行时，外部观察的集中性和有效性与内部注意的集中性和有效性成反比关系。如果不仅仅是直接的，而是包括回忆的，那么两者的矛盾不但可以调和而且可以统一为一个有机的结构，形成一种结构的功能。

内部注意和外部注意在作家创作过程中主要是一种互补的关系，内部注意的有限性由于外部注意的无限性得到补充、修正，外部注意的空白，由内部注意的体验加以填补。作家之所以能想象出那么多不同于自己性格的人物在种种境遇中隐秘的内心活动，主要依仗外部注意与内部注意这种相辅相成的关系。正因为这样，车尔尼雪夫斯基认为：

> 自我观察一般地会使他（按：托尔斯泰）的观察力特别尖锐，使他学会以敏锐的

① 车尔尼雪夫斯基：《俄国作家批评家论列夫 · 托尔斯泰》，中国社会科学出版社 1982 年版，第 33 页。

眼光观察别人。①

车尔尼雪夫斯基还指出，自我观察使托尔斯泰写出了“人类思想的内在进展的情景”，“也许更多的是因为给他以更坚实的基础去研究整个人类生活，探索性格的行为动机、情感斗争和感想”。②

自我观察能把秘密的心理转化为公开，把感受的主题转化为表现的课题。善于自我观察必然能提高外部观察的成效。高晓声之所以一举成名，得力于他自我观察的敏锐。他在乡下当了 20 多年农民，回到城里开会，“住招待所，很想不通，为什么住一宿要花那么多钱。就是公家付，但一夜 5 元，一个月就要 150 元，抵得上两个人的工资。人的价值就那么低，床的价值那么高。农民劳动一天几角钱，一比更不得了。我就想弄个农民来住招待所，看他有什么意见”。如果高晓声住进旅馆，对于自我内心活动缺乏观察的敏感，自然也就没有表现的可能了。

陈奂生的心理实际上是高晓声自我心理的推演。从这个意义上说，作品的成功得力于自我观察的成功。当然，光有自我观察还写不出陈奂生花了 5 块钱以后在床上打滚、在沙发上跳的精彩高潮，这里还有对客观对象的外部观察在起作用。当作家用对客观对象的观察成果丰富了、弥补了、校正了内部观察的不足时，作品的形象就有了比较深厚的基础。

通常人没有自我观察的习惯，也没有这个必要，因为对于日常生活，自我观察缺乏实用价值，因而心灵封闭，自我心灵的物质化成为普遍现象。而作家却不能受这样的习惯的统治，作家的劳动特点决定了他必须与这种心灵的自我盲目互不相容。对于作家来说，文盲还有可能创造出口头文学来，而“心盲”却是形象发生所不可克服的障碍。大作家往往有意识地自我观察。列夫·托尔斯泰像严峻的法官一样，通过日记细致地观察了自己的心理的隐秘活动。从青年时代一直到晚年，他留下了记事本《日记》，被称为作家创作的“实验室”。我们试举他《最后一年的日记》中的几则为例：

空过了两天，今天已是 1910 年的第二天。

昨天，一切如常。又把《梦》加以修改。兰多夫斯卡夫妇回去了。我骑马送行。访问马里亚·亚历山大洛夫娜和布兰捷。心中不断地以自己的生活为可耻，在控制不良感情的意义上很少有进步。

悲哀、犹豫，但，心情柔和。想要哭出声来，做祷告。再把《梦》加以修改。不晓得改得好不好，但觉得非改不可。这是一项必要的工作。收到许多的信，可是复得

① 车尔尼雪夫斯基：《俄国作家批评家论列夫·托尔斯泰》，中国社会科学出版社 1982 年版，第 33 页。

② 车尔尼雪夫斯基：《俄国作家批评家论列夫·托尔斯泰》，中国社会科学出版社 1982 年版，第 33 页。

不多。独自骑马散心，非常悲哀。对于周遭的事物，觉得毫不相干。想到我对于这个世界非宗教的人们的关系，那完全是对于其他动物的关系一样……

我不能好好地表达出来……[①]

一个作家在自我观察时遇到双重的困难，一是观察的对象缺乏确定性，二是表达的言辞缺乏准确性。托尔斯泰之所以要用日记的形式，也许是为了将不确定的心理活动，趁印象新鲜之际，尽可能地确定，将未曾语词化的心境尽可能地语词化。如果连初步的确定性和粗糙的语词化也没有，内在的思绪将一去不返。

自我观察的最困难之处，也许不光是观察本身，还有语词化。善于自我观察和善于将自我内在体验语词化是一个问题的两个方面，而其主要方面是语词化。作家之所以是语言的艺术家，就在于他能为那朦胧的、模糊的、缥缈的心灵定型、定量、定位。给情感的幽灵以血肉之躯，这就是作家的自我观察的任务。

作家的自我观察不但依赖语言，而且要依赖逻辑，因为心灵的隐秘活动是混乱的，非逻辑的，光有语言不足以清晰地描述好，因而还需要一定程度的归纳、分类，才能理清其来龙去脉，辨析其内在的层次。在这方面司汤达与托尔斯泰略有不同。他不仅像托尔斯泰那样忠实地记录，而且还做逻辑的整理。他老是观察自己，好像老是用自己的手为自己把脉，而且能用准确无误的冷静态度把自己在不同情况下的心理活动记录下来，并赋以逻辑的调理。请看他如何观察爱情在自己心灵中的孕育、发育、生长、成熟。他做出了如下的总结：

爱情诞生时灵魂深处发生的是：

1. 惊叹。

2. 自言自语“吻她，被她吻，多么幸福呀”等。

3. 希望。

研究惊叹对象的种种优点……哪怕最拘谨的妇女在满怀希望的时刻，那双眼睛也是光彩照人，顾盼神飞的；热情喷薄，喜气洋溢，都清清楚楚地表露无余。

4. 爱情诞生了。

爱是一种快感，是在尽可能亲近的接触中，凝视、抚摩以及用一切感官感觉着一个爱着我的可爱人儿，从而得到的快感。

5. 第一次结晶开始了。

用千种至善、万般至美来装饰已经赢得她的芳心的女人而感到其乐无穷；以无限的满足让幸福的细节在脑海里反复重演……我所谓的结晶，是指心灵的作用，心灵从

① 列夫·托尔斯泰：《托尔斯泰最后的日记》，上海文艺联合出版社1955年版，第3—5页。

眼前纷至沓来的万事万物中，又发现了钟爱对象身上的新优点……

6. 怀疑产生了。

凝视观察了十次或二十次，或者做了任何其他一连串的行动，鼓舞起恋人的希望，并且加强了他的希望以后……他要求自己的幸福有更确凿的证据。如果他显得太有把握了，就会冷冷淡淡，漠不关心，甚至怒气冲冲。他开始怀疑他所指望的幸福的确实性。他决定以其他的人生乐趣来慰藉自己，可是发觉这些乐趣对他已不复存在了。一种对于严重灾难的恐惧感袭击着他，于是他的注意又集中起来了。

7. 第二次结晶。

这次结晶的钻石就是确认这种观念：她爱着我。产生怀疑后的那个夜晚，恋人每时每刻经历着可怕的痛苦，随后又自言自语：是的，她爱我。于是他发现了新的魅力。然后，怀疑再度向他袭击。他中夜起坐，忘了呼吸，询问自己：可她真的爱我吗？在这些痛苦而愉快的反复沉思中，这可怜的恋人越来越有把握地感到：她会给我快乐的，全世界只有她一个人才能给我这种快乐。①

自我观察的对象不限于微观的、瞬息即逝的内在情思，而且还有宏观的、对于一种感情的系列观察。对于宏观的系列观察，光作实录式的片段描述是不够的，同时还要有逻辑的完整性。所谓完整性就是情感发生、发展的层次的完整性。这时情感的生动就不光在于情感片段的描述，而且在于片段之间（层次之间）联系、编译和呼应。这时自我观察的能力就不光是一种语词化的能力，而且是情感计划的能力。这种情感逻辑不同于通常的逻辑，它带着很强的主观性，而且往往没有充足理由地发生转化，违反同一律，侵犯排中律和矛盾律，是以一种比通常逻辑更大的随机性的姿态自游的运动者。正因为这样，作家的自我观察比之对生活的观察要有更准确、更细致的辨析力，要时刻警惕情感逻辑被理性逻辑所同化。

七、在相异中发现相同和在相同中发现相异

艺术家的眼睛与普通人是一样的，但是对于同样的生活场景或过程，艺术家为什么能比较容易地捕捉到意味深长的主要特征，而平常人却只能看到一堆杂乱的现象呢？为什么艺术家善于处理生活复杂与艺术单纯之间的矛盾而平常人却不能呢？并不是艺术家有一种天生的幸运，命中注定要与那些有特征的细节、场景、过程不期而遇。从概率论说来，这种机遇，在相同生活领域中对每一个人都是相等的。所不同的是艺术家的头脑比平常人有

① 转引自勃兰兑斯《十九世纪文学主流》（第五分册），人民文学出版社 1982 年版，第 257—258 页。

准备，在杂多的现象中，他们对潜在状态中的艺术的影子有高度的辨别力和预测力，因而在平常人与机遇失之交臂之时，艺术家却常常成为机遇的宠儿。微生物学的奠基人巴斯德深有感触地说："在观察的领域里，机遇只偏爱那种有准备的头脑。"

要使自己的头脑比平常人更能接受生活的机遇的启示，应该在哪些方面做准备呢？最主要的是要掌握规律，在规律的引导下迎接一切的机遇，使机遇成为必然。

这就要养成一种敏感性，善于在相同或相类的事与情中发现相异，或者在相异的事与情中发现相同。

黑格尔说："假如一个人能见出当下显而易见之异，譬如，能区别一支笔与一个骆驼，那我们不会说，这个人有什么了不起的聪明。同样，另一个方面，一个能够比较近似的东西，如橡树与槐树，或寺院与教堂，而知其相似，我们也不能说他有很高的比较能力。我们所要求的，是能看出异中之同，或同中之异。"[①]

这里说的是哲学，但与文学有惊人的相同之处。英国诗人科勒律治在《论诗或艺术》中说："在所有的模仿中必须并存着两个因素，不仅并存着，而且还要察觉出它们的并存来，那就足够了。这两个因素是相像与不相像，或说，同一与殊异。在一切真正的美术创作中，殊异事物的结合是必要的。艺术家可以随意选择他的立足点，只要是能产生预期的艺术效果：异中有同，同中有异，求得二者在一件艺术品中的融合。"[②]哲学与文学在方法上的共同点，在这里表现得这样清楚，这不是巧合，这是规律的普遍性在起作用。高尔基在《谈谈我怎样学习写作》中也说了类似的话：

> 要创造出这些"典型"人物的鲜明画像，只有在具有高度发达的观察力，善于发现类似之处，善于看到差别的条件下，只有在学习，学习，再学习的条件下才有可能。[③]

高尔基说的所谓"类似"（就是同类中之似者）大体相当于异中求同，他说的"差别"大体相当于同中求异。他强调这种能力要经过长期反复的学习才能获得。

前面已经指出作家观察人，首先着眼于人的区别，人与人之间的不同，但这并不是一切。在发现了区别时，作家同时还密切注意着他们之间的共同性。高尔基所说的那五男五女在"虚荣心"和"尽可能地超群出众"方面是一致的，契诃夫笔下的那五个孩子在困倦之时对金钱和赌具的漠视是相同的。在找到区别以后，寻找共同点就显得重要了。

---

① 黑格尔著，贺麟译：《小逻辑》，商务印书馆1957年版，第362页。

② 歌德：《莎士比亚命名日》，《欧美古典作家论现实主义和浪漫主义》（二），中国社会科学出版社1981年版，第279页。

③ 山东师范学院中文系文艺理论教研室编：《外国作家谈创作经验》（下），山东人民出版社1982年版，第553页。

在相异之事与情中揭示出相同是构成形象的一种基本的、常见的、普遍运用的方法。在通常人看来风马牛不相及之处，作家却发现了相同之处。这自然是观察比较深刻，表现力比较独创的原因。高尔基的洞察力常使他出乎意料地透过生活表面的障碍，获得崭新的见解。他在《谈谈我怎样学习写作》中说："我并没寻找外国人和俄国人之间的相似之处。"这说明发现同一，是寻找差异的副产品。美国小说家欧·亨利的《麦琪的礼物》的动人之处，在于不像通常短篇小说那样，强调男女主人公的差别，而是强调表现二者看来相异的所作所为其实惊人地相似。妻子把头发卖了给丈夫买表链，而同时丈夫却把怀表卖了给妻子买发夹，这种表现方法的出奇制胜之处在于在相异中突出了相同，在造成心理的惊异之时，帮助读者深入地发现了生活的真谛。

这自然是一种基本的艺术方法。但是在文学史上，这种方法似乎并不发达，异中求同不像同中求异的方法那样在形象塑造上取得了那么灿烂的成就。陪衬的方法、烘托的方法都包含着异中求同的成分，但它本身不能独立地存在，它只能起辅助作用。《红楼梦》中，为了衬托贾宝玉，作家还写了甄宝玉，但这个"真宝玉"与"假宝玉"的相同之处并不十分动人，不过为贾宝玉的出现提供了一个孤立的背景，增添了一点神异色彩。幸亏曹雪芹草草了事，让这个"真宝玉"消失了，否则，写下去不是重复雷同，就是把甄宝玉的性格中深厚的社会内涵抽空变成纸人。

这是因为寻找事物之间的共同点，也就是寻找事物之间的普遍性，这是一种抽象的方法，是抽象思维的基本方法。文学是审美思维，当文学家寻求事物、人物之间共同点的时候，他并不将事物之间的不同点（特殊性）加以舍弃。他在作理性概括时，同时结合了直觉、感性的特殊性。因此作家在观察生活时寻求共同点，异中求同的方法是用得很谨慎的，异中求同一刻也离不开同中求异。他常常是在已经充分看到"异"的基础上才取舍出其中隐含着的"同"。忘记寻求事物之间的差异就是忘记了作家的观察要领。

八、异常中的正常

正因为这样，异中求同虽然不失为一种基本的观察方法，但实践证明，作为一种训练的主导方面，常常是要从与此相反的同中求异开始。

恩格斯曾经主张："把各个人物以更加对立的方式让彼此区别得更鲜明些。"[①]一般来说，在同类事物、人物中找到相异之点还比较容易，事物、人物之间的相同点越多，事物、人物之间的相异点越集中，越容易被捕捉；反过来说，事物、人物之间相同点越少，那么它们之间的相异点就越分散。对于作家来说，他所面临的对象，很少像契诃夫在《儿童》中

① 恩格斯：《自然辩证法》，《马克思恩格斯选集》（第四卷），人民出版社 1981 年版，第 344 页。

写的那样：年龄大致相同的人做着相同的事。在很多情况下，作家所观察的往往是在许多方面都不同的人，只是在一个方面有共同点。相异点是这样纷纭，作家很可能被众多的相异点分散了注意力。有时观察的对象很单纯，只有两个或三个，这样，相异点也比较容易集中。客观对象越多，相异点越不容易集中，写起来就容易混乱。这时，作家的观察就不能单纯地强化事物、人物之异，同时也要强化事物、人物之同。当作家在共同点上把人物、事物集中起来之时，相异点也就突出了。列夫·托尔斯泰在《复活》中写聂赫留朵夫到监狱去探看马斯洛娃时，一口气写了十几个人：

> 第一个引起他注意的，是一个青年，生着一张愉快的脸，穿一件短外衣，站在一个眉毛浓黑的中年女子面前，正在热烈地对她讲着什么，一面讲，一面指手画脚。他们旁边坐着一个老人，戴一副蓝眼镜，握着一个身穿囚衣的姑娘的手，他正在对她讲话。一个真实高等学校[①]的学生，脸上带着凝神的、惊奇的神情瞧着老人。在一个墙角，坐着一对爱人，那姑娘十分年轻漂亮，生着短短的金黄的头发，现出虎生生的表情，穿着挺时髦；青年男子呢，生得五官英俊，头发卷曲，穿着橡胶的短外衣。他们坐在墙角，互相小声谈话，显得十分火热。靠近一个写字台，坐着一个白发的女人，穿着一身黑衣服，分明是一个害痨病模样的青年的母亲。那青年也穿着橡胶短外衣，她的头依在他的肩膀上。她打算说话，可是她的哭泣妨碍着她：她开了好几回口，可总也讲不下去。青年的手里有一张纸，明明不知道拿它怎么办才好，一个劲儿地拧它，揉它，脸上现出生气的表情。他们身旁坐着一个头发挺短、身体挺壮、脸蛋挺红的姑娘，生着爆眼睛，穿一身玄色衣服，披一个披肩。她坐在哭泣的母亲身旁，温柔地抚摩着她。这少女长得处处都美：她那白净的大手，她那卷曲的短发，她那端正的鼻子和嘴唇。不过她的脸的主要魅力，在她一双褐色的、和善的、真诚的、羔羊似的眼睛里。聂赫留朵夫走进来的时候，那双美妙的眼睛，从她母亲的脸上移开了一忽儿，遇到他的眼睛。不过，她马上就扭过头去，跟母亲讲话了。离那对爱人不远的地方，坐着一个衣服破旧、头发散乱的男子，生一张皮肤发黑、神情忧郁的脸，跟一个没有胡子的客人愤愤地交谈着。

这里一共写了六对人。为了不使他们的相异之点杂乱，托尔斯泰首先强调的是一个共同的气氛，那就是所有人都沉浸在自己的激动的感情之中，对于聂赫留朵夫的进入，只有一个人漠然地分散了一下注意。托尔斯泰就这样把人物之间的相同点集中起来了：每一对（一组）人物都没有意识到其他人物的存在。正是在这高度集中的相同点上，纷纭的相异点由

① “真实高等学校”，汝龙译本作“实科中学”，不教拉丁语、希腊文，只教自然科学、现代语言及绘画。

于对比和反衬，以强化的形式被表现了出来。同样是旁若无人地沉浸在自己的感情之中，有的谈得十分“热烈”，有的表情十分“惊奇”，有的在谈情说爱，居然“十分火热”，有的母子相见，母亲悲不自胜，儿子却无目的地拧纸，有的母女相会，女儿在“温柔地抚摩”母亲，有的是朋友关系，他们谈话的特点是“愤愤地”。由于相同点十分突出，因而奇妙的相异之处也十分鲜明。艺术形象的生动性正是在这同异之间互相制约、互相依存的有机结构之中产生。自然，同异之间，二者的重要性并不是同等的。事实上，给人印象最深、最能打动读者的是那最突出的相异之点。当托尔斯泰写到典狱长宣布探监时限已满时，给读者印象最深的是：

那对年轻的爱人站起来，手拉着手，默默地瞧着彼此的眼睛……

那对爱人（穿橡胶短外衣的青年和美丽的女郎）感到聂赫留朵夫和青年的眼睛正在盯着他们，他们就伸出胳膊去手拉着手，快活地笑着，在房间里跳起华尔兹舞来。

“今天晚上他们就要在监狱里结婚了，她跟着他上西伯利亚去。”青年说。

相异的程度与形象生动的程度成正比。当然，这里集中、统一是个前提，如果不集中、不统一，相异点就可能分散，形象就可能芜杂而不能形成主要特征，不能传达主要感情。

对于比较复杂纷繁的对象，作家寻求特征（或相异点）的规律也就比较复杂了。但这不等于说，当作家面临着单一对象，寻求特征就很简单。实际上过分单纯的事物和过分复杂的事物一样难以有效地观察。过分复杂的事物难于统一，但易于比较；过分单纯的对象则易于统一，然而难于比较，它没有现成的比较对象。因而，对于单独的对象来说，作家在观察中寻求的并不是相异之点，而是异常之点。异常之点是在想象中与常态比较而后得出，而不是现场感知的结果。异者，就是异乎寻常。契诃夫在《挂在脖子上的安娜》中写一个 52 岁的官员与一个刚满 18 岁的少女。他笔下这位老新郎的肖像特征是这样的：

他那剃得光光、轮廓鲜明的圆下巴看上去像脚后跟。他脸上最有特色的一点是没有唇髭，只有光秃秃的、新近剃光的一块肉，那块肉渐渐过渡到像果冻一样颤抖的肥脸蛋上去。他风度尊严，动作从容，态度温和。

老头子没有胡子，是异常的，因而也就有了特征，而且这特征还是非常突出的（圆下巴像脚后跟，脸是肥胖的、松弛的——“像果冻一样颤抖的”）。在另一篇小说《新娘》中契诃夫这样描写一个老太婆：

祖母，或者照这家人的称呼，奶奶，长得很胖，相貌难看，生着两道浓眉，还有一点唇髭，正在高声说话。凭她说话的声音和口气可以确定她在这儿是一家之长，她的财产包括市场上好几排商店，和这所立着圆柱子、外带一座花园的旧式房子。可是她每天早晨祷告：求上帝保佑她不受穷，一面祷告还一面流泪。

老太婆有一点胡子是异常的，因而也是有特征的；明明富有家资却天天祷告求上帝保佑她不受穷，这是异常的，因而也是有特征的。

粗浅地说，不管外在的还是内在的特征，都是一种异乎寻常的状态。抓住异常，有利于把握形象的主要特征。但是异常也可能是表面的、肤浅的，这就不能不对异常加以鉴别。如何鉴别呢？狄德罗在《论戏剧艺术》第十节中说："对于他（按：诗人）重要的一点是做到惊奇而不失为逼真，他可以做到这一点，只要他遵照自然的程序。而自然适于把一些异常的情节结合起来，同时使这些异常的情节为一般情况所允许。"狄德罗这里所说的是"异常"的情节，有一个限度，即"为一般情况所允许"，而"一般情况"恰恰是正常。因而实际上，他讲的是异常中的正常。关于这一点，叶圣陶在与《人民文学》编辑部的谈话中说得更具体。他说：

> 如果写一个机关干部，我想，完全可以不写他的衣着，因为你不写，读者也想象得出来。不过，也不能说得这么死。要是他的衣服有点儿特别，跟别的机关干部有些不同，而这些不同，正好是能表现他的性格、习惯或者别的什么，那就非写不可了。[①]

并非一切异常都有非强调不可的价值，只有当某种异常能表现人物的"性格、习惯或者别的什么"的时候，才有非写不可的价值。这样的异常实际是更深刻的正常。要确定异常是不是更深刻的正常，这就不能光凭此时此地的主要感情，而要看作家对整个生活和具体艺术规律的理解力。一旦感情和理解取得了一致，必然产生一种思想机能和神经机能的"震动"，这时，作家自然有勇气与魄力把眼前事物的某一特征加以扩大改造，使之成为"支配一切"的主要特征。蒲松龄在《婴宁》中写女郎婴宁笑得很是异常：写她在生人面前笑得"不可仰视""至门外笑声始纵"，在树上见了吴生"狂笑欲堕"，直到与吴生举行婚礼时"笑极不能俯仰"，以后每逢她婆母忧愁或发怒，婴宁"一笑即解"。这种异常的笑成为她"狂而不损其媚"的主要性格和特征。但是如果光写这一点可能是比较表面的。后来她突然哭了，她说："昔以相从日浅，言之恐致怪骇。今察姑及郎皆过爱无有异心，直告或无妨乎？"这时她才把自己是狐狸的后代的实情说出来。这就表现了作家能为异常表现找到正常的理由：这个孤苦伶仃又缺乏普通人正常的社会地位的女子不过用笑来掩饰内心隐痛，预防可能引起的怀疑而已。这种异常是社会环境逼出来的，有它的必然性，在更高的意义上，它是正常的。

当作家仅仅从正常中觉察到异常的时候，可能只抓住了主要特征的外在表现。他不能就此满足，应该进一步探索。如果发现某种异常心理正是异常环境、异常经历的正常表现时，作家就可能抓住了更深刻的生活真谛。

---

① 叶圣陶：《叶圣陶文集》（第9卷），江苏教育出版社1990年版，第380页。

主要特征不是孤立地存在的，不是表面地浮现的，它是与产生它的特殊条件联系在一起的。只有同时揭示了产生它的社会文化、心理条件，才能揭示主要特征形成的深刻性。

九、扩大对比色调和丰富过渡层次

在观察中，为了在相同中突出相异之处，往往并不单独地看一个对象，而是把事物放在对比的关系中。莫泊桑在《谈小说》中记录了他进入文学形象之门之初他的前辈福楼拜等对他的教导：

> 在最细微的事物里，也会有一点点未被认识的东西，让我们去发掘它们。为了写一堆篝火和平原上的一株树木，我们要面对这堆篝火和这株树，一直到我们发现了它们和其他的树、其他的火有所不同的时候。
>
> 这就是获得独创性的方法。
>
> 并且，他还告诉我这样的真理：全世界上没有两粒沙、两个苍蝇、两只手或两只鼻子是绝对相同的，所以他一定要我用几句话就把一个人或一件事表现得特点分明，并和同种类其他的人、其他事有所不同。他说："当你走过一位坐在他门口的杂货商面前，走过一位吸着烟斗的守门人面前，走过一个马车站面前的时候，请你给我画出这杂货商和守门人的姿态，用形象的手法描绘出他们包藏着道德本性的形体外貌，要使得我不会把他们和其他杂货商、其他守门人混同起来。请你只用一句话就让我知道，马车站这一匹马和它前前后后五十来匹马有什么不同。"①

福楼拜这里强调的是事物的特征，要在与同类事物比较时才能显出差异，这主要是一种鉴别挑选的能力，自然是对一种特殊性的强调。这个特异之点，即使是畸形、例外的，也可能多少与共同之点有某种联系。观察一件事物、一个人物时，为了突出其特征，常用的手法是对比。大凡在叙事文章中出现兄弟、姐妹、同学、战友、同行等，基本上都是对比。如在巴金的《家》中的觉新和觉慧、在《红旗谱》中的朱老忠和严志和都是对比。

这种对比以其条件的相同和相近而使性格特征的差异更加分明。一般说对比的幅度大，给读者的印象就可能深。所以越是大作家笔下的人物性格色调差异越大，几乎每一个人都有自己独有的色调，互不重复，互相反衬。在雨果的《巴黎圣母院》中，美和丑的尖锐反衬（卡西莫多、埃斯梅拉达和菲比斯）使他的作品格外生辉。但是把这种反差无条件地扩大，无限度地追求大幅度的对比，把作风细致得像慈母的指导员和作风粗放得像李逵的连长放在一起，把死亡面前面不改色心不跳的英雄和一被捕就冷汗流湿了袜底的胆小鬼放在

① 莫泊桑：《谈小说》，《欧美古典作家论现实主义和浪漫主义》（二），中国社会科学出版社1981年版，第237—238页。

一起，这只是一种漫画式的手法，只有艺术上幼稚的作家才会满足于这样的简单对比。

对比并不以绝对的差异取胜，同时还得考虑到联系。把色调差异扩大是问题的一个方面，使差异之间的层次丰富又是问题的另一个方面。最高明的作家一方面大胆扩大人物性格的差距，一方面又不放松寻求人物性格之间的相近、相邻、相似。在大同中求那细微到难以察觉的小异，要求作家有更细致的观察力。作家毛志成在《文学六步谈》中说："在大对比中见彼此，并非真功夫。在一群性格相近者中不放过小差异，借这个小差异而刻画出不同的实体形象，才算真功夫。"文学越是发展，人对自己的心灵的认识也是越精细，往往越是在细微之处，就越是有深刻的东西。文学家观察生活时绝不能满足于在同中求大异，更重要的是在同中求小异，越是小到大家都忽略过去，越是精彩。《水浒传》当然不及《红楼梦》细腻，但是《水浒传》也有细腻处。金圣叹在《读第五才子书法》中有这样一段议论：

> 《水浒传》只是写人粗鲁处，便有许多写法。如鲁达粗鲁是性急，史进粗鲁是少年任气，李逵粗鲁是蛮，武松粗鲁是豪杰不受羁勒，阮小七粗鲁是悲愤无处说，焦挺粗鲁是气质不好。[①]

金圣叹这样概括几个人物性格可能并不完全准确，但是他的艺术鉴赏力表现在看出了在一本书中写了这么多粗人，光凭对比其间的差异是不够的，同时要安排他们色调差异之间的丰富层次，层次越丰富，作家提供给读者的心灵奇观就越是生动、真实。

作为观察方法，不能绝对强调寻求差异。因为真正要找到那细微的差异，就不能不注意到他们之间的联系和过渡。离开了丰富的层次去观察，是很难发现真正深刻的差异的。列夫·托尔斯泰说过：

> 在一座森林里面，你找不到两片完全彼此相同的树叶。我们识别这两片树叶的不同点，靠的不是浮光掠影、走马观花，而是要把握住那些在我们眼前一掠而过，不易把握的特点。
>
> 人们的不同点越是复杂难辨，我们就越要准确地识别它，以求做到把那些精神上和肉体上的特点都融合成一个浑然的整体。[②]

托尔斯泰所强调的是抓住那种复杂难辨的特点，也就是看来差异甚小的特征。这时过分用了对比的手法，必然将其中差异漫画化。除了喜剧性色彩极浓的作品，在抒情性、正剧性的作品中都是应该避免的。在这一点上，《红楼梦》中成功的描绘显示了曹雪芹微妙的观察力。例如第七十回中写到贾政出差两三年，快回来了。贾宝玉发现贾政所布置的功课，特

① 陈曦仲等：《水浒传会评本》（上），北京大学出版社 1981 年版，第 18 页。

② 转引自洛穆诺夫著，李桅译：《托尔斯泰传》，天津人民出版社 1981 年版，第 58 页。

别是写字需要大量的补足，于是开始写字。这就引起了大观园中不同的反应：

贾母因不见他，只当病了，忙使人来问。宝玉方去请安，便说："写字之故，因此出来迟了。"贾母听说，十分喜欢，就吩咐他："以后写字，念书，不用出来也使得。你去回你太太知道。"

宝玉听说，遂到王夫人屋里来说明。王夫人便道："临阵磨枪，也不中用，有这会子着急，天天写写念念，有多少完不了的？这一赶，又赶出病来才罢。"宝玉说："不妨事。"

这里贾母与王夫人的表态是有对比的，一个喜之不胜，一个却数落了一顿。但这里也不仅仅是对比，同时又有呼应。王夫人之所以要数落宝玉，并非真恼火，而是心疼他，怕他累出病来，这和贾母的喜之不胜又是相通的，不过做母亲的更多一个心眼，因而喜则喜矣，内涵却复杂得多。接着写众姐妹的反应：

宝钗、探春等都笑着说："太太不用着急，书虽替不得他，字却可替得的。我们每日每人临一篇给他，搪塞过这一步儿就完了。一则老爷不生气，二则他也急不出病来。"王夫人听说，点头而笑。

原来黛玉闻得贾政回家，必问宝玉的功课，宝玉一向分心，到临期自然要吃亏的。因自己只装不耐烦，把诗社更不提起……宝玉自己每日也加功，或写二百三百不拘。至三月下旬，便将字又积了许多。这日正算着再得几篇，也就搪塞的过去了，谁知紫鹃走来，送了一卷东西。宝玉拆开时，却是一色老油竹纸上临的钟王蝇头小楷，字迹且与自己十分相类。喜的宝玉和紫鹃作了一个揖，又亲自来道谢。接着湘云、宝琴也都临了几篇相送。凑成虽不足功课，亦可搪塞了。

这里自然也是有对比的，但并没有孤立地把差异当作唯一的动因加以强调。宝钗、探春与宝玉的关系性质并不完全相同，但却同样大大方方、公公开开地在王夫人面前提出帮助的方法来。同样是帮助，黛玉却是秘密的，而且是特别认真的，这里与宝钗、探春的差别很大，但是这种差别并没有构成冲突，并非一方怀着恶意，一方怀着善意，只是互相间感情色调在程度上不同，并不是以反衬为特点，而是以陪衬为特点。总的说来色调的性质是统一的，特别是最后写到湘云和宝琴也送了几篇，其目的更明显不在对比，而是如托尔斯泰所说的那样"融洽成一个浑然的整体"。

在观察过程中首先是要注意区别，其次要在区别中看到类似，才不致简单化，区别才不致以变形的漫画化形态出现。只有区别和类似统一起来，作家的观察力才不陷于粗疏，从而逐步地精细起来。

十、观察的粗细和情趣的粗细

观察的粗细同时也是情趣的粗细。漫画化的对比是漫画化的情趣的流露。当然，这并不排斥某种单纯的情趣和某种单纯的对比。契诃夫在《万卡》中写万卡在写信时在想象中看见了祖父如何和他的两条狗开玩笑："他（祖父）也给狗闻了鼻烟。卡希唐卡（狗名）打个喷嚏，皱一皱鼻子，委委屈屈地走开了。泥鳅为了表示有礼貌没打喷嚏，只摇摇尾巴。"这里因为要寄托孩子气的天真的趣味，所以即使很简单的不同点也就够用了，太复杂了反而超越了儿童的想象。同样是两条狗，契诃夫在《文学教师》中所写的不同点就比较复杂、比较内在、比较丰富了。在《文学教师》中写年轻的中学教师尼基丁爱上了玛妞霞，喜欢上她家，却不喜欢她家的猫和狗：

> 穆希卡是条脱了毛的小狗，脸上却毛茸茸，恶毒而且恃宠。它恨尼基丁，一看见他就偏着头龇出牙，叫起来："呜……汪汪汪——呜！"
>
> 然后它就趴在椅子底下。要是他想把它从自己的椅子底下赶走，它就尖声地嗥起来。主人就叫："别害怕，它不咬人，它是一条好狗。"
>
> 索木是一条高大的黑狗，腿长得像木棒那么硬。每逢吃饭或喝茶，它总是一声不响地在桌子底下走动，摇着尾巴拍人们的靴子和桌腿。它是条好心的笨狗，可是尼基丁受不了它，因为它有个习惯，遇到吃饭时总喜欢把头放在人的膝盖上，弄得裤子上沾了它的唾沫。尼基丁不止一回用刀柄打它，用手指头弹它的鼻子，骂它，抱怨它，可是任凭怎么样也还是免不了让自己的裤子沾上污斑。

这里当然也有外在的差异，一条是脱了毛的小狗，一条是高大的黑狗。如果作家满足于这种外部差异就没有什么高明之处了。这里的差异是内在的：表面上对尼基丁很痛恨的穆希卡，不过是凶恶地叫几声而已，实际上它很依恋尼基丁，钻在他的座位下，拉也拉不走。表面上对尼基丁很亲热的索木（用尾巴打他的靴子）却叫他受不了，弄脏了尼基丁的裤子，尼基丁却不能公开赶走它，只是默默地忍受。

这样的差异复杂了，其中隐含的情趣也复杂了。

从这一点来说，要提高观察力，不仅仅限于在观察范围内提高感官的性能，同时要提高感情的精度。前面所举契诃夫笔下52岁的新郎下巴光得像脚后跟，自然是一种特征，但光有这种特征，它所包含的情趣还是比较单调的，用得过分的话，还可能是缺乏严肃性的。但是契诃夫的情趣并不是那样的，因为他正面还写了：

> 他风度尊严，动作从容，态度温和。

这样的特征就深刻了，他并不是个小丑，他并不认为自己这样做是缺德鬼，他没有年轻人结婚时那样兴奋，也没有一般老色鬼那样下流，他倒是自认为很正派，很庄重，心安理得的。这样一来，作家的情趣也就细致起来了。正因为这样不合理的事已经引不起他的羞耻和不安，生活才显得更不公平，更荒谬，更不可容忍。

同样，契诃夫笔下的那个老太婆有唇髭的特征也并不能充分表现契诃夫观察的独到。更重要的是她明明富有家资而又特别怕穷，而且怕得很真诚（一面祷告，一面流泪）。这里的观察与情趣的深刻，并不完全依仗通常的相互反差，而是自身反差。

十一、相互反差和自身反差

相互反差是事物、人物之间的反差，自身反差则是事物、人物自身在某一方面的反差。作家在统一的人物、事物、景物中看到了相互矛盾而又统一的特征，最简单的应用常常是在刻画景物、描绘肖像等方面。

契诃夫在给他弟弟的信中写道："描写风景的时候，应该抓住琐碎的细节，把它们组织起来，让人们看见那画面。比方说，要是你这样写，在磨坊的堤坝上，有一个破瓶子的碎片闪闪发光，像明亮的星星一样，一只狗或一只狼的影子，像球似的滚过去，等等，你就写出了月夜。"这里所用的手法，不是事情与事情之间的反衬，而是事情本身内在的反衬。首先是最亮的一点，一个与堤坝比小得不成比例的破玻璃瓶子的碎片，很亮，亮得像老远就可以看到的星星。还有最不亮的一点，狗或狼有影子。表面上看来这二者互不相容，但实际上却是统一的。如果月亮不亮到异乎寻常的程度，小玻璃会发出那么亮的光来吗？如果月亮不亮到异乎寻常的程度，狼或狗会有影子吗？这种对内在特点加以反衬的方法，可以突出事物异乎寻常的主要特征。这里关键不但在于大胆地选择，而且在于勇敢地排除。选择的勇气和排除的魄力同样是富有启发性的。契诃夫似乎特别欣赏自己这样的技巧。他在《海鸥》中借特里勃列夫（一个真正追求艺术新形式的探索者）的嘴巴说："特里哥林（一个作家）已经找到他自己的一套手法了，所以他写起来就很容易。对于他，破瓶子在堤上闪光，风磨的巨轮投下一道黑影——那就是月夜的情景。可是我呢？战栗的光影，星星们安静地眨着眼睛，远远的地方有钢琴的旋律，在寂静芬芳的空气里渐渐消失……这真令人苦恼。"这里写的正是抓不住生活的主要特征，而导致形象散漫而芜杂的苦恼。在明暗反差中观察月夜，似乎并不完全是契诃夫的不可重复的感受，托尔斯泰在《复活》中也写了当院有谷仓的影子，铁皮屋顶闪光。在中国古典作家笔下也出现过极其类似的巧合。苏东坡的《记承天寺夜游》就是一例：他写的也是一个明静异常的月夜。他写他和朋友在庭院中散步的情景是："庭下积水空明，水中藻荇交横，盖竹柏影也。"也是最明亮和最不明亮的对比，月光明净到透明如水，而竹柏的影子，清晰到如水中的荇，这是经高度净化后的感觉，把其中许多介乎最明最暗的光与影之间的层次大幅度地省略了。这种方法不但被普遍运用在写景上，而且被用在写人上。当用在人物出场时的肖像描写上时，强调人物内在对比因素的意图常常比较显著地暴露出来。英国作家伏尼契笔下青年亚瑟的肖像："从那长长的睫毛，敏感的嘴角，直到那纤小的手和脚，他身上的每一个部分都显得过分精致，轮廓过分分明。要是静静地坐在那儿，人家准会当他是一个女扮男装的很美的姑娘。可是一行动起来，他那柔软而敏捷的姿态，就要使人联想到一只驯服了的没有利爪的豹子了。"在这里恬静的姑娘和敏捷的豹子的特点正好相反相成。没有恬静的姑娘的特点，亚瑟不会受骗，没有豹子的特点，后来他也不会变成尖刻的"牛虻"。能够在人物、事物中看出这样矛盾而又统一的主要特征是需要深刻的观察力的。然而对于文学创作来说，这样的特点仍然可能是比较表面的，因为这里还只限于一时一事、一个片段、一种静态的表现，而形象的完整性常常是一系列的有内在连续性与因果关系的事和情。因而我们读雨果、契诃夫或张洁的作品常常会发现，那些外表非常漂亮的男人或女人内心却逐渐显示出愚昧和丑恶，那些表面上丑陋或乖张的人却越来越表现出其灵魂的光辉。这属于外在的特征与内在特征的反衬手法。引起人惊异的，使读者感到异常的，不仅仅是外表，而是外表与内心之间那种看来矛盾，实际上统一的联系。这种反衬性的对比，有时在过程中才逐渐显示出来，如闰土少年时代和中年时代的肖像；有时在身份与人物语言的不一致中显示出来，如范进好不容易中了个秀才，他丈人买了酒并带了自家的猪大肠去祝贺他，但一番贺词却完全是对范进的侮辱性的蔑视和谩骂；有时在人物行为与动机之间的对立中，如范进好不容易中了举却高兴到发了疯；有时在人物的行为与人物的社会地位不相称中，如《列宁在一九一八》中，特别写了一笔列宁如何不会煮牛奶，把牛奶煮得漫出了锅子后赶忙溜走了。杰克·伦敦《马丁·伊登》的主人公一心要成为作家、摆脱贫困，他经历了生活的种种折磨，终于成了著名的作家，而且有了很高的物质生活水平和社会地位，但他却不能忍受在上层社会那种脱离他所出身的群众的精神孤独，最后他自杀了。这也是一种反衬，不过其反衬的时间跨度比较漫长罢了。

十二、在生活和感情的变化过程中观察

丹纳在《艺术哲学》中强调作家可以改造事物的特征，自然比福楼拜所说的持久的、耐心的观察要深刻（福楼拜所强调的持久的观察可能变成熟视无睹），但是丹纳强调的还只是在一个静止的场景中事物、人物的主要特征。丹纳的《艺术哲学》是一部绘画史，因而他讲的观察，更多的是绘画的特点，亦即在相对静止的场面中的观察。而在文学中这种静

止的观察用途不大，文学家观察的对象是运动着的历时艺术，不像绘画那样是空间的共时艺术。因而纯粹静止的观察还不能充分表现文学家观察的特点。

文学家观察事物、人物的时候，重点在于一个相当完整的过程。左拉在《实验小说》中说：

> 小说家是一位观察家，同样是一位实验家。观察家的他把已经观察到的事实原样摆出来，提出出发点，展示一个具体的环境，让人物在那里活动，事件在那里发展。[①]

舒婷说过："我不大关心人的眼睛是大还是小，只有当大眼睛、小眼睛和人的心灵的变化过程有关时，我才去注意它。"对于文学家来说，人物的特点必须是运动的。所以车尔尼雪夫斯基说："作家必须理解体会这个人物在被安放的环境中将会如何行动。"[②]屠格涅夫认为当他在生活中遇到某个人物，发现了"没有见到和没有听到的特点"，他就"把他放进不同事件的环境中，这样，我就创造了一个完整而特殊的小天地"[③]。

事实上只有在事件发展的过程中表现出来的特征，才是比较深刻的生活的奥秘。心灵的奇观，在孤立的场景中是看不出来的，有时即使看出来也是没有特点的，而在过程中特征便显影了。在契诃夫的《札记》中有这样一条：一个人的两个老婆，一个住在彼得堡，一个住在刻尔赤，不断地吵闹，威胁，打电报。她们几乎闹得他自杀。末后，他想出一个办法，把她俩安置在一个房子里。她们迷惑了，惊呆了，变得一声不响，倒安静下来。本来两个老婆吵架并不深刻，但把她们放在一个过程中，看她们的变化，这时肤浅的现象聚合起来，深刻的特征显现了。

当然，这并不完全是客观的，有作家的幽默感在起选择和诱导作用。作家是有意识地突出了那反常的、自相矛盾的成分。本来，同一个屋子应是导致矛盾更尖锐的条件，却变成了矛盾调和的条件，这是荒谬的，意外的，因而是可笑的，作家的幽默感使这种意外的转化轻而易举地实现了。在生活中当然是不会这样轻松的。

常有这样的情况，一个人物出场了，在另一个人的感情中引起波澜，人物的特征因另一人物的感情特征而显露。同样，一种环境、一种遭遇、一种情节常常与具体人物当时当地的特殊感情变化过程分不开。因而，作家在观察客观对象的主要特征时，不能满足于物的变化过程的概括，同时不可忘了感情变化的过程。要学会以非常独特的感情过程去感受生活的过程，甚至要学会把同一对象放在不同的感情过程中去表现出迥然不同的特征来。事实上许多吊古怀今之作正是符合这一规律的。事物的特征因感情的变化而发出特异的魅

---

① 左拉：《实验小说》，《西方文论选》（下卷），上海译文出版社 1979 年版，第 250 页。

② 车尔尼雪夫斯基著，周扬译：《艺术与现实的审美关系》，人民文学出版社 1979 年版，第 77 页。

③ 转引自科瓦廖夫著，程振民译：《文艺创作心理学》，福建人民出版社 1983 年版，第 34 页。

力。形象的生动和丰富，不但来自对象而且来自作家和人物变化着的感情，二者同样是生活。有的作家以温暖的眼光看待生活，即使在公共汽车上拥挤不堪之时，他也可从厌烦变成感到温暖；有的作家以冷峻见长，即使在观察盆景也会由沉醉的喜悦变成尖锐的讽刺。我们可以不直接去写一个女孩子有多美，只是去强调她的出现给小伙子的心灵震动的过程是从惊叹到忧郁；我们可以不着重去写一件事的过程，而是连续写这件事在不同人的眼光和心灵中引起了不同的惊异之感。这本是一种传统的表现手法，不过在现代文学中得到了更奇异的发展。

第四节　作家的感受力

一、被个性所净化的一系列独特感觉、知觉和感情

一个没有多少素养的作家，多多少少还会观察，但是这种观察很可能是没有什么感受的，而没感受就不能进入创作过程。感受，用王蒙的话说："一个指的是感觉，对于生活有非常敏锐的非常丰富的感觉；一个指的是感情，对生活有火热的感情。感觉，包括人的身体和五官从客观世界得到信息和反应。感情则是把这些反应统一起来的情绪。"虽然王蒙的用语与心理学上的术语有些矛盾，但是很能说明问题。王蒙以下雨为例说明这个问题：

> 我们仔细观察一下，"下雨了"这样一个现象，它给予人的是一系列多么复杂、多么微妙的感觉。你怎么知道下雨了呢？首先，或者你看到了雨丝，这是一种视觉的形象。这雨丝可能是细细的，因为我刚才说了，这是场春雨，不是夏天那种倾盆大雨。也可能感到一种凉意，一般地说，下雨总是要凉一点吧。有时你也会闻到由于下雨泥土潮湿的气息，甚至下雨以后连树叶连花，它们的颜色，它们的气味，都会发生变化。下雨的时候，还包括阴天所给你的视觉的感觉，这种阴沉天空的感觉，也许在某些人身上引起的是一种快乐。①

王蒙这里说的是在生活中的视觉、听觉、嗅觉、触觉等五官感觉，它们是如此丰富而活跃，合起来成为一种知觉。在日常生活中习惯于只得到一个漠然的结论——下雨了，但对于作家来说，这就是没有感受，不但没感受，而且是没有感觉。艺术所要求的感受要敏锐得多，丰富得多，感觉和知觉滞留的时间也长久得多。作家不能因为获得了"下雨了"这个判断而将产生这个判断的感觉和知觉作废，他还要对纷繁的感觉加以回味、审别，使这些感觉和知觉中的成分引起他内心相应的感情，这种感情是温存的或是忧郁的，是欢乐的或是悲

① 王蒙：《谈谈短篇小说的写作》，《写作》1982 年第 5、6 期。

哀的。即使有了这些，还是不够，因为这没有艺术家自己的特点。艺术的感受不但要真诚而且要独特的、个性化的，是你所独享的，而不能是公有的（例如，王蒙在上面所说的，阴沉沉的天空，在某些人身上引起了快乐的感受）。总的说来，文学感受是为作家的个性所净化了的一系列有内在联系的独特感觉、感受和感情。

二、“目既往还，心亦吐纳”——心理学上的同化作用

在同样的环境和对象面前，为什么艺术家的感受是不同的呢？因为所有的环境和对象，在进入艺术家的心灵的时候，是经过他个性过滤的，是经过他感情着色的。在这一点上感受比观察进了一步，它不但是按着自己的个性去接受纷纭万象的刺激，同时，它也在信息上打上自己的烙印，正如《文心雕龙·物色》所说的“山沓水匝，树杂云合，目既往还，心亦吐纳。春日迟迟，秋风飒飒。情往似赠，兴来如答”。优秀作家之所以优秀，原因之一就在于他的心灵特别活跃。某种生活信息刺激他的心，心灵的贮存就被激发起来，好像发生了世界大战，他的心不光是“纳”（接受信息），而且也“吐”（释放出感情）。不但答复生活的刺激，而且赠予生活以感情。朱光潜在《诗论》中也这样说：

> 无论是欣赏风景还是读诗，各人在对象（object）中，取得（take）多少，就看他在自我（Subject-go）中能付与（give）多少，无所付与，他便不能取得。[①]

感受的多少与深浅不但取决于对象，而且也必取决于自己的心灵。如果没有丰富的感情，感情没有特点，那么不管多么生动的生活场景，他也感受不到，因为他的内心在外物的刺激下没有特殊的震颤，就不能释放出感情的能量来与生活特征化合。生命与心灵只要不发生关系，就不可能产生感受。

从法国号称自然主义的小说家到中国古代诗话的作者，虽然具体文学见解相去甚远，但是都十分重视作家在感受生活时主观心灵的“吐纳”。左拉称赞郁德说：“他把自己的个性与他描绘的人物与事物的个性熔铸在一起，因而热情激动，最后和他的作品合二为一。也就是说，把他自己融化在作品里，而又在作品里获得了再生。”王昌龄也说诗人在感受生活时，心灵有它不完全被动的一面，“目击其物，便以心击之”。至于二者结合的结果如何，要看心灵贮备的多寡。心灵贫乏的人，他的感受也必然贫乏。德国现代诗人里尔克在《致一位青年诗人的信》中说：

> 假如你觉得自己的日常生活很贫乏，不要去指责生活，应该指责你自己。应该指

① 朱光潜：《诗论》，《朱光潜美学文集》（第二卷），上海文艺出版社1982年版，第56页。

责自己还缺少诗人的气质，因此还不能利用生活中的瑰宝。[①]

有了生活，没有感情，还是没有艺术的感受。马克思早就说过："从主体方面来看，只有音乐才能激起音乐感，对于没有音乐感的耳朵说来，最美的音乐也毫无意义，不是对象，因为我的对象只能是我的一种本质力量的确证。"[②]如果说，马克思的这个著名观点当年还是一种哲学的高度概括的话，那么到了20世纪，就有了心理学的系统的经验材料作为基础了。根据瑞士心理学家皮亚杰的研究：人的认识并不是单向的，一有刺激立即引起反应的结构（即S→R公式），而是双向的，刺激和反应相互作用。也就是说，人的大脑并不是完全被动的，一定的刺激只有被主体同化于认识"格局"之中，大脑才能顺利地对刺激做出反应；当外界刺激不能与主体的"格局"同化，就只能有不正确的反应，甚至没有反应。不懂交响乐的人觉得它没意思，不懂京剧的人不耐烦看下去，就是因为不能同化，所以皮亚杰把S→R公式改为SR公式。"同化"就是把客观信息纳入主体的"格局"之中。人遇到新事物总是用固有的"格局"去同化，如果二者相适应，则达于平衡获得成功，如果不相适应，则不能达于平衡，认识暂时还不能成功。作家在感受生活时也一样，他对于来自生活的丰富信息，总是不由自主地用固有的感情、趣味去同化。如果他的思想、趣味很丰富，则同化的成果就多，如果他的思想、感情、趣味很贫乏，发生同化的可能性就比较小。当然，生活反复刺激，也会打破旧的平衡，引起大脑中"格局"的"调节"（accommodation，或译"顺化"），产生新的适应性和更大的"格局"。在主客体的相互作用下，不断打破平衡，经过调节产生新的同化，达到新的平衡，这就是人的认识发生、发展的过程。不管如何大幅度地调节，人的认识都只能在同化作用的限度之内。

正是由于这种动态的同化作用，作家才能把自己的个性和独特的感情趣味深深地铸进他们新创造的形象中。

这种主体与客体的同化、结合、交融，正是作家艺术感受的心理基础。

当作家与客观对象在某一点上同化的时候，艺术感受就产生了。这种主观特点与客观特点的汇合有一种猝然遇合、豁然贯通的性质。一旦遇合了，贯通了，事物的特点就带着个性的特点了，就有了独特的感受了；如果不贯通，就是没有感受。例如说"下雨了"，光这么一句就没有感受，没有与作家个性贯通。如果说"凉雨温柔地打着我滚热的面颊"，这时"温柔"并不完全是"凉雨"本身的特征，这是从作家心里"吐"出来的感情特征，同化了凉雨的特征。当然这也不完全是主观的，毕竟还是与凉雨的性状相通的。如果是倾盆

① 里尔克：《致一位青年诗人的信》，《西方现代文论选》（下），上海译文出版社1979年版，第164页。

② 马克思：《1844年经济学—哲学手稿》，《马克思恩格斯全集》（第四十二卷），人民出版社，第125—126页。

大雨，则客观事物的特征与温柔的感情不能相容，硬要同化，那就牵强了，粗糙了，不艺术了。

三、寻找生活特征与寻找自我感情特征的统一

生活特征与作家个性的特征，是在互相选择、互相渗透或者说是互相同化的过程中结合起来的。与作家个性不相通的事物的属件被淘汰了，与事物特征不相应的感情成分也被排除了。从再现生活这方面看，感受就是寻找客观特征的过程；从表现自我之方面来看，感受又是一个寻找自我的感情特征的过程。这两者在反映生活的某一方面的基础上达到了统一。这就使众多系列中某一系列的感知情趣被强调了出来，同化了、淹没了其他的感觉，统一了生活的特征。

艺术感受是在作家自我同化作用的引导下感情和感觉的升华和净化。艺术感受就是自我的个性感受，找寻感受就是找寻自我。

一个富于形象感受的人大抵是善于捕捉那生动的“第一印象”，又善于在这种印象中打上自己个性的烙印的。莫泊桑说的那种持久的、耐心的观察法，是一种理智的观察方法，主要是从自然科学家布封那里借用来的，固然有其合理性，但是和他同时代的一些法国作家一样，是过多地受了自然科学的观察方法的影响。文学的感受不能仅满足于莫泊桑所说的那种客观性，它还需要把客观的观察与作家个性化的感情结合，才可能产生艺术感受，使形象受孕。没有感受，只有被动描述，容易流于琐碎，降低作品的品位。中国古典咏物诗中有“卑格”，王夫之在《姜斋诗话》中说：“虽极镂绘之工，皆匠气也”“裁剪整齐，而生意索然，亦匠笔耳。”高尔基在1912年写信给斯坦尼斯拉夫斯基说：

> 艺术家是这样一个人，他善于提炼自己个人的——主观的——印象，从中找出具有普遍意义的——客观的——东西，并且他善于用自己的形式去表现自己的观念。

艺术感受表面上看来是个人的，但艺术家可以从中提炼出普遍性的成分。艺术家的能耐就在于在主观、个人的特殊印象中发现与客观的普遍的、相通的东西。高尔基继续说：

> 大多数人是不提炼自己的主观印象的，当一个人想赋予自己所感受的东西尽量鲜明和精确的形式的时候，他总是运用现成的形式——别人的字句，形象的画面。他正是从属于占优势的，公众所公认的意见，形成自己个人的意见，就像别人一样。
>
> 我确信，每一个人都有艺术家的禀赋。在更细心地对待自己的感觉和思想的条件下，这些禀赋是可以发展的。
>
> 摆在人人面前的任务是找到自己，找到自己对生活、对人、对既定事实的主观态

度，把这种态度体现在自己的形式中，自己的字句中。[①]

高尔基把只属于自我的生活感受当作成为艺术家、进入艺术创造的重要条件，这一点也没有夸张。能不能成为一个艺术家的关键在于你能不能找到你自己。你首先必须舍弃那被重复得叫人麻木的那一套。契诃夫很不欣赏对大海作华丽描写的文字，但却很欣赏一个孩子的作文中的一句话："海好大。"他还欣赏另一个青年作家的一句话："海发出西瓜的气味。"这里的动人之处无疑在于孩子气的发现、惊异和青年人对海的自然的、新鲜的、清醇的气息的感受。这和鲁迅在《一件小事》中写自己在车夫后面，突然觉得车夫变得高大起来是同样的道理。冰心在《走进人民大会堂》中用的也是这样的感受方法：

走进人民大会堂，使你突然地敬虔肃穆了下来，好像一滴水投进了海洋，感到一滴水的细小，感到海洋的无边壮阔。

这里起作用的主要是特殊的感情（既细小，又壮阔）。有时作品并未特别强调客观的特征，它主要用作家特殊的感情来赋予它特殊的意义，或者特殊的分量。

直接从生活中获得自己的感受是很困难的，许多人都宁愿从前人的创作中去"挪用"。柏格森这样说：

不但外界事物是如此，就连我们自己的精神状态当中内在的、个人的、唯有我们自己亲身体会过的东西，也都不为我们觉察。在我们感到爱或者憎的时候，在我们觉得快乐或者忧愁的时候，到达我们意识之中的，真的就是我们自己的情感，以及使我们的情感成为真正是我们所有的东西的，万千难以捉摸的细微色彩和万千深沉的共鸣吗？如果能办到的话，那我们都是小说家，都是诗人，都是音乐家了。[②]

生活不可能把对于艺术说来必要的成分自动分离出来奉献给你，你得征服生活本身的芜杂和粗糙，才有可能使自己的感情启动起来，同时你还得从自己纷纭错综的感情罗网中理出一个与生活相当的系列来。这一切并不是那样轻而易举的，有时连很有才华的作家都要反复磨炼许多岁月才能理清其中的头绪。正因为这样，这比之从公认的杰作中去模仿（挪用）要难得多了。借用或挪用来的感受好像是别人的血型，并不一定和你血型一致，重复地运用只能使你失去生命。陈陈相因不能不使艺术创造的领土日益窘迫，当你满足于在现成的领土上驰骋的时候，你就忘掉了艺术家开拓自我心灵的更大的敏感区，发现生活与心灵新的共鸣点的根本任务，更危险的是你就这样不知不觉地失去了自我。

失去自我，并不值得过分惊骇，值得警惕的是由于缺乏找到自我的自觉而变成缺乏表现自我的能力，一辈子只是用自己的舌头唱着别人的歌的悲剧就是这样造成的。

---

① 高尔基：《高尔基文学书简》（上卷），人民文学出版社 1965 年版，第 426 页。

② 柏格森著，徐继曾译：《笑——滑稽的意义》，中国戏剧出版社 1980 年版，第 93—94 页。

那些优秀的作家之所以优秀，原因之一是他的自我是不容易失落的。即使在因袭成风时，让他写一个老掉牙的题材，读者也不难在他的字里行间看到他特有的声音笑貌，他那特有的气势和风采。他的气质、他的追求总是要在他的人物情节上打上深深的烙印，仿佛世界上没有什么东西比他的作品更能显示他灵魂的表情，好像他的衣着和职业都是多余的弄巧成拙的装饰。朱自清在《荷塘月色》中就说过他在生活中扮演的角色是身不由己的，事实上只有在这篇散文中，他写了“独处的妙处”，才真正自由而流畅地表达了他的自我。

作家如果在这点上缺乏自信，怯懦动摇，就永远也进入不了艺术创造之门。当你觉得你对于某一对象有了不同于别人的看法，或者有了独特的发现，你就开始具备创作的主观条件了。高尔基在《谈谈我怎样学习写作》中这样说过：“我觉得，我对某些事物的认识体会和别人不一样。”“甚至当读到像屠格涅夫这样的巨匠的作品时，我有时也想，《猎人笔记》中的主人公们，我也可能用不同于屠格涅夫的方法来讲。”这时，实际上他已经具备了成为一个艺术家的最根本的条件——找到自我了。

四、独特感受是一种高度个性化的概括

没有感受，生活的印象就还处于纷乱状态。那么多互不相干的、不统一的成分，光靠观察是不能统一起来的，有了感受就有了统一的核心了，不但事物的外在特征，而且作家纷纭的感觉也可以向一个焦点集中了。所谓寻找自我的个性，实际上也是寻求对生活高度个性化的概括核心，就像高尔基说的那样，把自己的特点和所观察到的特点结合成一个整体。[①]我们来看冈察洛夫如何通过他的感受去概括奥勃洛摩夫的特点：

> 他年龄在三十二三岁，身材中等，外貌可亲，生着一对深灰色眼睛，可是脸上缺乏明确的思想和专注的神情。他的思绪像无拘无束的小鸟似的在脸上盘旋，在眼睛里翱翔，栖息在半张半开的嘴唇上，隐藏在额角的皱纹中，然后就完全消失。满脸发出一片无忧无虑的平静的光彩。这种无忧无虑从他的脸上移到全身的姿态上，甚至于转移到睡衣的褶皱上。

冈察洛夫对他的主人公的独特感受是精神的极度惰怠，这种惰怠作为主要特征统一了他的脸，眼睛、嘴唇的状态和全身的姿势，甚至不属于主人公身体的睡衣的褶皱都可以由这一特征得到说明。这一主要特征成为奥勃洛摩夫性格的焦点，得到强化的表现。这一切是怎样概括起来的呢？这里作家的感受在起主导作用，冈察洛夫在这个焦点上也泄露了他的根

① 这样说感受，虽然把客体和主体都考虑到了，但只是二维结构。形象是生活、自我和形式构成的三维结构。任何艺术的感受都与艺术家选择的形式结合在一起。诗人、散文家、小说家对同样事物的艺术感受是有区别的。这点说得不够周密。2000年注。

本立场、态度感情。他既没有像果戈理那样把这个地主写得愚昧而猥琐，也没有像屠格涅夫那样把他写得高雅而软弱，更没有像谢德林那样把他描写得恶毒而贪婪，冈察洛夫在这个人的一生的描绘中所强调的是这种精神惰怠如何毁灭了他自己善良的素质。正是这一点把奥勃洛摩夫的全部生活高度精辟地概括起来了。自然，在这里可以看出感受既是概括的深度，也是概括的限度，既表现了客观生活的本质，也表现了作家自我的本质。在作家个性本质的范围内表现了生活的某些本质。① 有些作家在进行具体描绘时他的感受是含蓄的，表面上看来好像看不出作家的独特感受在起作用。如汪曾祺在小说《大淖记事》中写劳动起来很豪爽，行动语言都很不顾“礼法”，有点野性的大淖妇女：

> 这些“女将”都生得颀长俊俏，浓黑的头发上涂了很多梳头油，梳得油光水滑（照当地的说法是：苍蝇站上去都会闪了腿）。脑后的发髻都极大，发髻的大红头绳的发根长到二寸，老远就看到通红的一截。她们的发髻的一侧总要插一点什么东西。清明插一个柳球（杨柳的嫩枝，一头拿牙咬着，把柳枝的外皮连同鹅黄的柳叶使劲往下一抹，成一个小小球形），端午插一丛艾叶，有鲜花时插一朵栀子，一朵夹竹桃，无鲜花时插一朵大红剪绒花。因为常年挑肩，衣服的肩膀处易破，她们的托肩多半是换过的。旧衣服新托肩，颜色不一样，这几乎成了大淖妇女的特有的服饰。

这里有些地方好像近乎说明（如大红头绳的发根长到二寸，清明戴柳球，柳球的制作方法），看来是很客观的，似乎没有作家特别的感受在起组织作用。但是那么细致，那么不厌其烦地介绍妇女头上的装饰品，它既不是金银，也不是玛瑙翡翠，而是极平常的柳枝，这里就显出作家对这种乡土风俗的欣赏，流露出一种爱好，同时，又特别强调这种在头饰上所苦心经营而在衣着上并不相应的考究，这就形成了对照。在这里可以看到作者的特殊趣味在起着概括作用，朴素的衣着、似乎有点夸耀的发髻和毫不含蓄的鲜艳头饰被突出了，实际上是被赞美了，这种美的爱好带着粗犷的劳动气质，这种赞美是一种肯定，是精心推敲的结果。

把握形象的主要特征是一个感性和理性交织的精密的思维过程，作家追求的不仅在于客观对象特征的准确性，还在于自我感受的准确性。最大的困难倒不仅仅在于感受定性的分析，而且在于定量的融洽。不但要恰当地表现对象与感受在性质上的统一，还要表现出对象与感受在程度上的和谐。正因为这样，文艺创作才是一种精细微妙的精神劳动。感受的精确与和谐常常不是一次完成的，而是多次反复提炼的结果。作家的创作也常常有经历了多年反复修改的记录。在这方面，托尔斯泰对《复活》中玛丝洛娃的肖像多达 20 多次的

① 这一句更准确地说应该加上一个限定：“在 19 世纪小说叙事形式规范的基础上。”

修改特值得一提。第一次托尔斯泰把她写得太丑：

她是一个瘦削而丑陋的女人，她之所以丑陋，是因为她那个塌鼻子。[①]

托尔斯泰片面地强调了她的妓女身份，把丑作为她的主要特征。在以后的修改中，托尔斯泰还写了她“脸上带着堕落的痕迹”。但这样写，不但不符合她曾经是个引动了聂赫留朵夫的少女的动人素质，也不能表现出托尔斯泰对于这个备受欺凌的半农奴的同情和惋惜，主观感受不准确了，人物形象就不能不“走样”，失去概括力。以后托尔斯泰在改稿中，强调了他对她的同情，着重把纯洁的美作为主要感受特征：

她一头黑发梳成一条光滑的大辫子，有一对不大但是显得异乎寻常的发亮的眼睛，颊上一片红晕。主要的是她浑身烙上了纯洁无辜的印记。[②]

此后托尔斯泰反复推敲过，有时改成“美的前额，卷曲的黑发，匀正的鼻子，在两条平直的眉毛下面有一双秀丽的眼睛”，有时又写成：“长着一张使男人见了不得不回头看一下的富于迷惑力的脸。”这又过分强调了美，而忽略了妓女生涯对她精神上和肉体上的摧残，同时又不能表现作家对这种堕落生活的厌恶和惋惜。经过 20 多次的修改，托尔斯泰才比较准确地把握了主要特征和主要感受的性质和分量，最后他这样写：

那个女人……头上扎着一块白头巾，分明故意让几绺卷曲的黑头发从头巾里滑下来。

这就点出了她卖笑生涯的痕迹，即使身为囚犯也还看得出来。作家的厌恶默默地流露出来，下面接着写：

那个女人整个脸上现出遭受长期幽禁的人们脸上那种特别惨白的颜色，使人联想到地窖里马铃薯的嫩芽……她的眼睛显得很黑，很亮，稍稍有点浮肿，可是非常有生气，其中一只眼睛略微带点斜睨的眼神。她把身子站得笔直，挺起丰满的胸脯。[③]

这就写出客观上美与丑的混合，感情上痛惜和厌恶的混合，这不但符合她当前的身份和过去的特殊经历，而且表达了托尔斯泰对她的特殊理解和同情。这样，作家的感受就相当准确了。在这个阶段，作家的思想修养和艺术修养就成为主要的关键。如果作家思想上和艺术修养上均有缺陷，在作品中总会暴露出来。在《红楼梦》中对于尤三姐的处理，曹雪芹的原作和高鹗的修改为后代留下了有趣的对比。《红楼梦》的原稿是这样的：“当下四人（按：尤二姐、尤三姐、尤老、贾珍）一处喝酒，尤二姐知局，便邀她母亲说：‘我怪怕的，妈同我到那边去来。’”接着写：

尤老也会意，便真个同她出来，各剩下小丫头们。贾珍便和三姐挨肩擦脸，百般轻

① 符日丹诺夫著，雷德城译：《〈复活〉的创作过程》，内蒙古人民出版社 1982 年版，第 21—22 页。
② 符日丹诺夫著，雷德城译：《〈复活〉的创作过程》，内蒙古人民出版社 1982 年版，第 21—22 页。
③ 列夫 · 托尔斯泰著，汝龙译：《复活》，人民文学出版社 1979 年版，第 6—7 页。

薄起来，小丫头们看不过，也都躲了出去。凭他们两个自在取乐，不知作些什么勾当。到了尤三姐要玩“同槽二马”以后，除了贾珍与尤三姐继续接触，还有：

谁知这尤三姐天生脾气不堪，偏要打扮得出色，作出许多淫情浪态来，哄得男子垂涎失魄，欲近不能，欲远不舍，迷离颠倒，她以为乐。她母姊二人也十分相劝，她反说：“姐姐糊涂，咱们金玉一般的人，白叫这两个现世宝玷污了去，也算无能。而且他家有一个利害的女人，如今瞒着呢，她不知道一日，咱们安静一日。她知道了，岂有甘休之理，必有一场大闹。不知谁生谁死，趁如今我不拿他们取乐作践，准折到那时，白落个臭名，后悔不及。”因此一说，她母女见不听劝，也只得罢了。①

曹雪芹对尤三姐的主要感受就是既美而又“不堪”，这里有许多惋惜，有愤激和痛切的感情。但是高鹗的感受并不如曹雪芹那样深刻，他把这一段改成：

二姐儿此时恐贾琏一时走来，彼此都不雅，吃了两盅便推故往那边去了。贾珍此时无可奈何，只得看着二姐儿自去。剩下尤老娘和三姐相陪，那三姐儿虽向来也与贾珍偶有戏言，但不似她姐姐那样随和儿，所以贾珍虽有垂涎之意，却也不敢造次了，自讨没趣。况且尤老娘在旁边陪着，贾珍也不好意思太轻薄。

按曹雪芹的美学思想，尤三姐的性格脉络正是从前期的以恶抗恶、以毒攻毒和后期的幡然悔改、不惜以身殉情的对比中显示出来。曹雪芹对悲剧性的感受惊心动魄，因而形象概括也深。在这以前，中国小说和戏曲史上还没有出现过这样的复杂感受和概括深度，但是高鹗不能理解。除了社会思想不同之处，高鹗的感情也是相当浅露的。他不大能理解在人物性格与环境的矛盾过程中表现作家自我感受的重要性，也不能理解对人物的主要感受不能孤立地去突出，应该在他与环境的动态反馈中，在连续性的量变过程中，乃至在它的内在矛盾转化的质的飞跃中去发掘。茹志鹃在《漫谈我的创作经历》中这样写：“我用这双眼睛在大家共见的生活中，去找出单单属于我的东西。什么东西？这与我的兴趣、我的美学观

---

① 《红楼梦》庚辰本第六十五回。程乙本和三家评本中有差异，如下。

看官听说：这尤三姐天生脾气，和人异样诡僻。只因他的模样儿风流标致，他又偏爱打扮的出色，另式另样，做出许多万人不及的风情体态来。那些男子们，别说贾珍贾琏这样风流公子，便是一班老到人，铁石心肠，看见了这般光景，也要动心的。及至到他跟前，他那一种轻狂豪爽，目中无人的光景，早又把人的一团高兴逼住，不敢动手动脚。所以贾珍向来和二姐儿无所不至，渐渐的厌了，却一心注定在三姐儿身上，便把二姐儿乐得让给贾琏，自己却和三姐儿捏合。偏那三姐一般和他顽笑，别有一种令人不敢招惹的光景。他母亲和二姐儿也曾十分相劝，他反说：“姐姐糊涂！咱们金玉一般的人，白叫这两个现世宝玷污了去，也算无能！而且他家现放着个极利害的女人，如今瞒着，自然是好的；倘或一日他知道了，岂肯干休？势必有一场大闹。你二人不知谁生谁死，这如何便当作安身乐业的去处？”他母女听了他这话，料着难劝，也只得罢了。那尤三姐天天挑拣穿吃，打了银的，又要金的；有了珠子，又要宝石；吃的肥鹅，又宰肥鸭。或不趁心，连桌一推；衣裳不如意，不论绫缎新整，便用剪刀剪碎，撕一条，骂一句，究竟贾珍等何曾随意了一日，反花了许多昧心钱。

都是结合起来的。我喜欢从生活中发现那种有寓意的、有深刻思想内容的东西，是别人感觉得到但现在还没有明确起来的东西，我明确了，这就是属于我的东西。”[①]而且她还认为：“这一种属于你自己的东西越多便越具有个性，越有特点，则就越好。这个加工的工作非常重要，非常关键。作品是不是有你的艺术特色，这是一个关键问题。”[②]关键就关键在于这是高度概括的。文学史上的杰作都是在这样的基础上产生的，都是以作家的个性去迎接生活，产生了辉煌感受之后才有高度的概括力。“逼上梁山”，做强盗有理，是在施耐庵独特的感受基础上的概括。在走向没落的封建官僚世家，一切政治的、经济的、道德的危机集中在男子才华和能力的衰退上，乃至不及女子，最后导致了接班人的危机，这是曹雪芹在自己独特感受基础上的概括。独特的感受常常是贯穿全文的纲领，鲁迅的《社戏》就是以独特的感受显出魅力的。表面看来这篇作品不及鲁迅同时期的其他作品那样有深邃的历史内容，但是它却有不亚于那些名作的动人力量。从生活的普遍感觉来说，农村的罗汉豆年年都是一样的，可是鲁迅却告诉我们只有那天撑着船去看戏，和天真的农村孩子们在一起从田里偷来的罗汉豆才最好吃；从生活普遍观感来说，在农村野地里演出的草台班子自然不及大城市戏园子里的正规京戏班子，但鲁迅却告诉我们，那次童年时看的草台班演出比大城市里的京戏班子味道更浓。

有些作家不重视主观感受，主张在解剖人物和生活时，力求避免流露主观感情，甚至以科学家的客观冷静自炫，但他们并没有成为科学家。福楼拜读拉马丁的《葛莱奇拉》时说，如果拉马丁有医生那样的眼光，他将把小说写得更有力。他和乔治·桑发生争论，他力主“艺术家不应在他的作品中露面”。事实上，这一点连福楼拜自己也没有做到。即使对包法利夫人那样为社会所不容的通奸行为，他还是写出了社会环境的腐蚀和逼迫，他对她的同情自然是一望而知的。但是理论上过分抹杀作家主观感情的重要性，过分迷信客观描写，使福楼拜的作品有时有些非必要的枝蔓，因而使作品的概括力受到影响。例如福楼拜的著名短篇小说《一颗简单的心》，写一个女仆全福把一生的感情寄托在主人的小姐和自己的外甥身上，但小姐和外甥都死了，她就把感情寄托在一头鹦鹉身上。她一生都以一种“奴隶的忠诚和宗教的尊敬”全心全意地去爱别人，但却从来没有考虑过怜惜自己。这和契诃夫的《宝贝儿》有许多相似之处。《宝贝儿》中的女主人公也是一个不把爱寄托在别人身上就不能活的善良人物。她爱上剧院经理就以剧院经理的语言埋怨生活；她再嫁给木材商就以木材商的爱好为自己的爱好，同时否定剧院；她和兽医同居就又不适当地讲些兽医的术语；最后她把全部的爱给了兽医的小男孩，又为孩子的功课繁重而苦恼。两篇小说都是

① 孙露茜、王凤伯：《茹志鹃研究专集》，浙江人民出版社1982年版，第51页。

② 孙露茜、王凤伯：《茹志鹃研究专集》，浙江人民出版社1982年版，第877页。

世界文学史上的杰作，但是契诃夫有意把特殊感受（无个性的个性）作为贯穿作文的纲领，把形象的特征高度凝聚了；而福楼拜的小说却由于过分抑制作家的特殊感受，生活焦点就比较模糊，有些次要人物和场面的客观的罗列，其实是完全可以省略的。二者相比起来，福楼拜的概括力无疑略微逊色。

五、审美和审智的深度交融

感受，虽然以一时的、感性的形式出现，但是并非完全只是生动的感情，它同时渗透着睿智。感觉到的不一定理解，理解了才能更好地感受，作家对于生活的独特感受是建立在他对全部生活独特理解的基础上的。没有独特理解作为后盾，光有一时感情的冲动，很可能是肤浅的。深刻的感受应该是从历史发展的特殊矛盾中激发出来的，是灵魂深处的奥秘的显现，饱含着深厚的历史内容和人生体验，在它变幻的逻辑中蕴含着对人生真谛的领悟。但它不是以理智形态出现，它是情与理的深度交融。比如有两个女人在谈笑，一个笑得朴素，叫人感到自然亲切；一个笑得卖弄风情，叫人不舒服。光有这样的一点感受还是比较肤浅的现象。张洁在《方舟》中这样写："柳泉是笨的，要是钱秀瑛她可不这么笑。这就是她和钱秀瑛的不同。钱秀瑛永远记得自己是个女人，而柳泉常常忘记自己是个女人。"这里的感受就比较深刻了。这其中包含的不仅仅是她们笑的不同，而是她们整个为人的不同了。这里有作家对于这两个女人的不同感情，还有关于女人应该如何独立地做人的理解。看来简单明了的一句感情色彩极浓的话，用理性的语言讲起来就复杂了，似乎很难穷尽。这是感受比理性更丰富的表现。马克思在给他的儿女的信中写到燕妮之死，说她很快停止了呼吸，因为癌症有一种逐渐虚脱的性质，她没有临终的挣扎，好像是慢慢地沉入了睡乡："她的眼睛比任何时候都更大、更美、更亮。"这种死亡的感受是很独特的，显然是经过特殊感情美化了的，读者不会傻乎乎地问，在生活中，这是真实的吗？难道死亡比活着更美吗？读者会相信这是马克思的真实感受，甚至都来不及想这种感受是艺术化了的、理想化了的，这不仅因为马克思青年时写过诗，更重要的是从眼睛比任何时候都更大、更美、更亮的感受中，读者感到了马克思对燕妮为人的睿智的评价，还有马克思当时那种净化的感情。

感受的可贵在于深刻而丰富。它不像感觉那样肤浅而芜杂，又不像理念那样贫乏而抽象，它把感觉的丰富和理解的深刻统一起来，用自我的个性去融合理性和感情，创造出一种境界，产生一种艺术的奇妙幻境。作家的独特感受产生于生活刺激之下的理性和感情的同步活跃，没有掌握必然的自由和轻松之感，没有那种神经的高度兴奋和昂扬，作家不可能对生活产生珍贵的感受。在这种情况下，作家的联想和想象、智慧和感情等处于最活跃状态。太琐碎的细节、太具体的生活会堵塞感受起飞的跑道，有时艺术感受要求进入超脱于具体经验之上的状态。没有精神的相对自由，不可能有新鲜的自我感受。如果精神老是怀着自卑感，老是屈从于那些已经被千百次重复过的感觉，就不可能有艺术风格的创新。

要成为一个艺术家就得不辞劳苦、不怕牺牲地找到仅仅属于自己的感受，甚至要准备像张洁在《方舟》中写的梁倩那样，“为她那么困难才找到一点感觉而哭”（张洁说的“感觉”就是我们讲的“感受”），这一切都是为了让更深邃的真理通过表象浮现出来。陆天明的中篇小说《白杨深处》这样写留在新疆农场的李建民如何看着他调回北京就变了心的妻子：“他紧紧地咬着嘴唇，眼睛闪发着倔强的光泽。啊！这不正是他曾经爱过的那个刘扬吗？认定了一个目标决不回头的刘扬吗？……当他再要去看一眼重新出现的那个过去的刘扬时，她已经不见了。站在他面前的，不是那个多少有点捉摸不定的嘴角挂着苦涩而又冷峻的微笑的刘扬了。”作家的感受正是要像李建民这样，怀着特殊的感情，有着独异的理解，透过人所共有的感觉，寻觅那只属于自己才能看得见的“象外之象”。也许在别人的感觉中，在别人的视觉和听觉中，刘扬还是那个刘扬，但是，在与她有过特殊的因缘的李建民看来，过去那个刘扬已经死了，而活着的这个刘扬已经不是刘扬了。

这并不是说，自我感觉绝对不追求对象的准确性，恰恰相反，这里有更高、更深刻、更全面、更彻底的准确性。在这里读者不仅看到刘扬的变化，而且可以感到李建民的感受和理解的变化。不但在平常人们比较麻木的领域中感到了强烈的情绪，而且在平常人熟视无睹的现象上激发了智慧的火花。这一切是那样独特、那样自由、那样不着痕迹，那样富于启发性，包含着那么多人生的和感情世界的奥秘，让人想起生活中更多的事情，提高着人对生活的思考能力。[①]

六、增强心灵对生活的吸收力

从可能性来说，生活有多宽广，艺术就应该有多宽广，但是生活必须与感情发生热烈的关系，才能升华为艺术形象，反之在作家感情世界以外的生活就很难进入艺术的境界。因而从现实性来说，在艺术中得到表现的仅仅是作家的心灵为之激动的、有过独特感受的那一部分。这就产生了一个永远不能令人满意的现象——作家的感情世界有多宽广，他的艺术世界就有多宽广。[②]作家的心灵是他创造的形象的最后边界。如果作家的心灵像奔腾的大海，那么，他笔下的生活自然也有大海那样的雄浑气势；如果作家的心灵像明净的小溪，

① 关于“审智”范畴，限于篇幅，此处未能充分展开论述，可参阅本书第三章第七节“十五、从审美走向审智”、第六章第五节“审智——学者散文”。2000年注。

② 这话说得还不太确切，应该这样说：“作家的情感世界中经过艺术形式规范的领域有多宽广，他的艺术世界就有多宽广。”

那么，他笔下的生活也像小溪那样的清冽。作家的感情不但决定了他笔下艺术境界的宽广，而且赋予了他笔下的生活以他自我的气质。作家心灵中强大的激流，在他笔下终究要流泻出来（当然还看他有没有艺术家的自觉和才气）；作家心灵中如果缺乏灵气，则他的作品肯定滞涩而刻板。对于一个没有幽默感的作家来说，在生活中只能看到简单的是非之分，在他的笔下就没有可爱而可笑的错误；对于一个感情枯燥的作家来说，即使写到月照沧江，恋人诀别，那江上的风也只是风而不是一曲曲哀歌。没有受过喜剧熏陶的心灵，生活中荒谬的只会引起他正义的愤怒，他不能创造出哭笑不得的境界。一个有喜剧修养的人却敢于从荒谬的现象中抽出荒谬的逻辑，并将之连续地引申，造成一种可恨可笑的效果。比如说，契诃夫在他的《札记》中写了这样一条：受伯爵夫人所保护的一个姑娘纳金，成为管家婆。她胆子小，只会说“不——不”“是——是”，她的手老是发抖。不知怎的，有一个什么议会的文官倒愿跟她结婚，他是鳏夫。她嫁给他了，结果对他也是“不——不”“是——是”。她很怕丈夫，不爱他。偶尔他很响地漱了漱喉咙，她吓了一跳，就死了。

这不可能是真事，但其中有真正的艺术的感受——悲剧中的喜剧情趣，既有对生活的抨击，也有对主人公弱点的揶揄。后来，我们在《一个小公务员之死》中看到因打了一个喷嚏而惊恐致死的故事。事情是悲剧的，但喜剧性的荒谬逻辑占了压倒的优势。如果没有这样很复杂而独特的情趣，作家就不可能敢在构思上做这样大的冒险。

要成为一个优秀的作家，在生活面前要具备独特新颖的感受力，就要丰富自己的感情，增强心灵对生活的吸收力。缺乏艺术感受力首先是由于感情缺乏强度，但作家的感受强度如果和普通人差不多，是不足以构成形象的。对生活没有新的发现，主题落入俗套，人物、情节都没有作家自己的特点，就是感受强度不够的表现。其次，作家内心感情和趣味的品类有限，实用性的平庸观感淹没了艺术情趣的多样化，除了愤怒的火焰就是欢乐的海洋，只能把生活表现得枯燥无味。推动文学发展的不仅仅是新的题材、新的人物、新的生活，而且还有随之而来的新的感情、新的艺术形式的审美规范的开放。当戏曲和小说崛起，超过诗歌，取得了艺术的王冠之时，同时意味着市井小民的七情六欲进入了艺术的领域。在五四时期，鲁迅对新文学的贡献不仅仅在于他揭示了畸形的精神状态和畸形的环境之间的关系，而且在于他贡献了忧愤、冷漠、讽嘲、惋叹、讽刺等多样化的艺术趣味。当时新文学的情趣还比较单调，在问题小说中，或者以正剧式的义愤笼罩一切，或者以悲剧式的不幸泛滥蔓延。鲁迅却以喜剧性的讽刺写出了阿Q的悲剧，以抒情性的悲剧写出祥林嫂的死亡，对孔乙己轻松的嘲笑中有那么多惋叹，对涓生的批评中有缠绵的低回。同样是悲剧，同样是抒情，在《祝福》中是那样冷峻而严酷，而在《伤逝》中却那样温婉而哀伤。鲁迅的小说数量不多，感情的品类和成分却很多彩。在这一点上，当时没有一个作家能望其项背。甚至到了后来，茅盾在表现生活的广度上已超越了鲁迅，而在艺术情致的丰富多变方面仍然没有超越。

一个作家如果不甘心不断重复已有的情感和趣味，就得不断强化、丰富自己的心灵，不断增添自己情感的品类、层次。

七、净化心灵，提高心灵对感情的辨析力

作家都在追求一种高度的艺术境界，因而就得在感受的独特性以及感受的深度和广度上有不懈的追求。永不满足于现成的感受方式的作者，总是永不停息地净化自己，把自己的心灵艺术化。这里不可忽略的一点是提高自己的哲学修养，提高自己的精神境界。

作家在找到了自我以后，不能过分满足。每一个人的心灵都是有限的，都是包含着矛盾的。世界上没有绝对完美的人，也没有绝对纯洁的心灵。高明的作家常常自觉地净化自我。

经常自觉地改造自我，净化自我，并不是无产阶级首先提出来的，民主主义作家早就意识到这一点了。易卜生说过“最孤立的人就是最有力量的人”，也说过，凡他所写，当然是自己心灵的经历，但是同时“他所有同胞都和他一起经历”。他还说，在创作中他鼓舞自己要“高于日常生活中的自我”，要警惕“自我天性中的渣滓”。他把创作看成是一个精神和个性自我净化的过程：“在这种情况下，创作好比洗澡，洗完之后，我感到更清洁、更健康、更舒畅。”[①]

可见，作家在生活实践和创作实践中要改造自我的感情，提高自我的趣味。诚如诗人何其芳在《夜歌和白天的歌》中所说的：

> 我是如此快活地爱好我自己，
> 而又如此痛苦地想突破我自己，
> 提高我自己！

作家如果没有高度的净化个性的自觉，任其泛滥，就可能毁了自己的才华。如果他的灵魂中有庸俗的一面，他又安于流俗，那他笔下必然发出庸俗的气息。作家如果有粗野的心灵，他可能把高雅的情致、细腻的感情变成一片粗野的喧嚣。[②]

当然，有了丰富的纯净的感情，还不一定就有丰富的感受，这里还有一个如何调动，

---

① 中国社会科学院外国文学研究所外国文学研究资料丛刊编辑委员会编：《外国现代剧作家论剧作》，中国社会科学出版社1982年版，第3页。

② 20世纪90年代以来有一种“个人化写作”的提法，还有“为了绝对少数人”的诗歌的说法。从一方面来说，这是超脱世俗，对权威的正统意识形态保持批判的精神，也是追求独创的表现，但从另一方面来说，如果过分绝对化了这种追求，也是有危险的。2000年注。

特别是有意识地调动的问题。不善于调动，仍然不能进入创造境界。高尔基在给斯坦尼斯拉夫斯基的信中说过："要使那个未曾能及的个人生活印象层活跃起来，动作起来。这种印象层是藏在每个人的灵魂深处的，通常没有开花结果便腐烂了。"[①] 如果不是有意识地去加以使用的话，生活和感情的贮存，也可能白白浪费。而要有意识地去使用，就得自觉地进行自我分析、解剖。一个作家要弄清楚自己感情世界的底细，要明白，在什么地方有温情，什么地方有激情，在哪一方面是独特的，哪一方面是平庸的，什么情绪中饱含着深厚的人生经验，什么感觉是肤浅的、空虚的即兴观感，什么样的感情是年轻的，只要外界一个小小的刺激就会奔腾起来，什么样的感情已经衰老，已经僵化到雷打不动的程度，在心灵的什么角落有密集的生活共鸣点，什么部位已经僵死，生活永远也不会在上面留下痕迹。作家的剖析如果是科学的，就能有意识地去使用他心灵的财富，而不至于浪费或迷乱。茹志鹃在一篇文章中告诉我们，有一次刘白羽到大庆生活一个月，一直感到不好写，写不出来。一直到后来他忽然领悟到大庆生活中有部队气氛，因为他曾长期在部队当记者，他感到这个以后，他能写了。[②]如果说这是灵感，也不神秘，这是他灵魂深处的印象层在生活的刺激下活跃起来，翻腾起来了。这是一种随机性的激发，如果没有激发，这灵魂深处的印象层，也就失去了这次开花结果的机会。

八、获得阐明内在感受的能力

当然，这时感情的调动仍然是一种可能，要把这种可能转化为作家真正的感受，作家还得有一种能力，那就是阐明这种感受的能力。并不是每一个感受强烈而独特的人都有这种阐明自己内在感受的能力的，因为感情活动与外在行动不同，它的变幻和运动太微妙又太迅速了。这是因为情感是一种内在体验，它主要依靠内在的"机体感觉"，而不是外在的感受器。机体感觉是内部感受器（内感受器）受到刺激时产生的，内部感受一般带有不确定性，缺乏准确的定位，因而有些心理学家称之为"黑暗的感觉"。来自内感受器的冲动，到达大脑皮层，常常不被意识到，这些信号被隐蔽着，没有在语言系统中反映出来。正因为这样，只有优秀的作家才有对内心活动准确的概括与描绘能力。这也就是被托尔斯泰称为"内省"的那种能力，或者说揭示情绪产生、发展、转换、变幻、消失的能耐。关于这一点，歌德在《说不尽的莎士比亚》中说道：

> 一个人能达到的最高境地，是意识到自己的情绪和思想，是认识他自己。这可以启导他，使他对别人的心灵也有深刻的认识……我们说莎士比亚是最伟大的诗人之一，

① 高尔基：《高尔基文学书简》（上卷），人民文学出版社1965年版，第438页。

② 孙露茜、王凤伯：《茹志鹃研究专集》，浙江人民出版社1982年版，第51页。

同时我们也承认，不容易找到一个跟他一样感受着世界的人，不容易找到一个说出他内心的感觉，并且比他更高度地引导读者意识到世界的人。[①]

歌德还认为像莎士比亚这样的作家除了眼耳鼻舌身的感受以外，还有一种“内在感官”，这种内在感官能把眼耳鼻舌身所不能直接感知的情绪、感情、智慧充分表现出来。他认为这种内在感官比外在的五官更清澈。不管歌德这种内在感官的提法在生理科学上是否恰当，但是在艺术创作的过程中这无疑存在。从某种意义上说作家的特殊智能不但使他更多地洞察生活、表现生活，而且更多地洞察自我，更多地表现自我。

每一个作家的独特感受都是对前代作家感受成果的继承，同时又是突破。正是因为这样，在世界文学发展过程中，人对生活的感受，人对自我的感受越来越丰富多彩，越来越深刻。在莎士比亚时代，艺术家对爱情的感受在顺利时表现为强大的、欢乐的激流流遍了全身的每一根神经，在不顺利时又表现为剧烈的痛苦洪水淹没了整个心灵；而到了托尔斯泰手下，不管是多么美妙的爱情都时时伴随着绝望、恐惧，时时都有可能转化为怨恨和忧郁；而杰克·伦敦所写的工人马丁·伊登对上流社会的罗丝的爱情就同时掺杂着狂喜和厌恶、反感和得意扬扬，交织着“乐得晕过去”和遭受背叛的痛心。作家对自己内心活动的阐明能力越来越高，作家对生活的感受也越来越深邃。

当作家以越来越纷纭的感情去感受同样的生活时，艺术的形象就越来越纷纭，创造性风格就越来越多彩。就一个具体作家来说，他的感情总是有内在的一贯性的，他对生活的态度有一定的稳定性，这有利于在作品中确立一种统一的个性化的风格；但是，从另一方面来说，这又是一种限制。长期以同一类型的感情去看生活，可能使作家的感受雷同化。感情中总有些捉摸不定的成分难以表达，需要反复的探求才能把它在文字上落实下来。在这里，写作实践成了关键，许多感情在写作时还是缥缈不定的，直到写出来了才定型。托尔斯泰在他早年的日记中曾这样表现他对感受的追求：“如何写下这些呢？应当动手。坐在被墨水点点污了的桌子旁，取出灰白纸，取出墨水，弄脏了手指，把字母描在纸上。字母组成词，词再组成句子，但愿能表达感情。是否用我的另一种眼光去看大自然？描述得不够满意。”连托尔斯泰找寻自己的感受都这样艰难，一种眼光、一种感受描述得不够满意，就用另一种眼光，写另一种感受。有才能的作家的内心感官并不是天生的，它是在实践中，包括在写作实践中和生活实践中不断丰富发达起来的。

---

① 歌德：《说不尽的莎士比亚》，《莎士比亚评论汇编》（上），中国社会科学出版社 1979 年版，第 297—298 页。

第五节　作家的想象力

一、表象在感情的诱导下变幻

如果说作家的观察主要是为了寻找客观对象的主要特征，那么作家的感受就主要是为了探索自我感情的主要特征。形象感染力并非来自这两种要素的简单相加，而是这两者形成某种特殊结构的功能。按照系统论，整体大于要素之和。要素一旦形成结构，这种结构的功能就不是任何单独的要素所具有的。例如皎洁的月光把一个人的影子投在地上，这是客观事物的特征，月光很亮，如果不亮，人不会有影子。这个人感到很孤独，觉得世界上没有什么朋友，把这两者加起来并不能构成什么了不起的形象。这是因为月光、影子和孤独的人还没有形成统一的结构，它们之间还是各自独立的。如果它们之间有了互相依存、互相渗透的不可分割的关系，那么就形成了结构，这种假定就产生了一种结构功能。要让孤独的感情不是和月光、影子互不相干，而是互相不可分割，发生变异。

花间一壶酒，独酌无相亲。

举杯邀明月，对影成三人。

如果没有假定的想象在起作用，月亮和影子都还是互不相干的客观现象，主观感情也还只是孤寂。当想象进入假定境界，把月亮和影子当成朋友，而孤寂的宁静就变为欢乐的行动了：

我歌月徘徊，我舞影零乱。

客观对象的特征变化了，从物变成了人，主观感情也变了，从静变成了动，二者统一起来产生了一种新的特征。用系统论的语言来说，要素的结构功能产生了新质，客观事物的主要特征与主观的感情特征在想象中化合为一种新的形象。

这种想象的功能当然离不开要素，跟要素有密切的关系，想象是从要素的某方面的属性中引发出来的。月亮温和的光与亲切的感情在程度上相近，影子的形状和人的形态相似，而影子又有自动追随人的特点，因而诱导出关于朋友的想象。

想象是客观事物特征在主观感情的冲击下产生的，它是一种假定性的变异形式。

只要有感情对知觉的冲击，就必然要产生想象。

那汹涌的感情激流会使人的感觉和知觉发生变异。尼采论及悲剧的起源时说，艺术有两种，一种是醉的（狄奥尼索斯），一种是梦的（阿波罗）。这当然有片面性，尼采忽略了生活的客观性和主观的理性。但是，在感情作用下表象产生了变异，有类似醉和梦的幻觉，在艺术想象中却是一种普遍存在。当崔莺莺送别张生时，她觉得那霜打的枫叶，是离别丈夫的妻子的眼泪染红的；在《静静的顿河》中，当阿克西妮亚死之时，在葛里高利眼中，太阳是黑的。作家多愁善感的心理素质决定了外来的刺激很容易撼动他的感情，使长期以来储存在大脑皮层中的表象纷纷活跃起来。外来的信息和内在的储存互相作用，形成了双重的活跃。不管是感官还是心灵都处于高度兴奋状态，感官的知觉和心灵储存的表象互相吸引，互相改造，互相融合，结果就产生了一系列被改造的表象。从认知心理学来说，想象就是外在信息和内在信息重新组合的过程。正因为重新组合，表象在处于优势的感情诱导下才会发生变异。

二、从同一向殊异飞跃

当然，表象的变异不是绝对自由的，它的变异如果毫无根据，那就是疯子的幻视和幻听。我们可以把月亮和影子变异为朋友而通常不能把屋顶和桌子变异为朋友，因为月亮和影子有一种自动追随的功能。又如我们可以把带雨的梨花变异为哭泣的美人，却不能把不带雨的牛角当成哭泣的美人。如果要使牛角变异为哭泣的美人，起码要使之带上其他的特点。

想象的变异是一个终点，但是其起点却不能完全是变异，它的起点是同一。同一正是外在信息和内在信息重新组合的心理基础。如果没有这个同一之点，想象就没有跳板，但是拘泥于这个同一之点，想象也不能发挥它变异的功能。为了变异，必须超越这同一之点。缺乏想象力的人就超越不了同一之点，月亮就是月亮，影子就是影子，静寂就是静寂。为什么超越不了呢？因为这同一之点是和事物的其他许多不同的属性结合在一起的，超越就是要使同一之点与其他一切属性分离开来。由影子自动随人而运动，变异为朋友忠实的伴随。这样一来，月光和影子追随人这一点就从月亮和影子的其他许多属性中分离出来变为唯一的属性，其他一切属性如月亮是高高在上的，月光是冰冷的，影子是没有体积的，等等，就被舍弃了。只有剥离了其他一切属性，想象才能从同一之点向殊异之点飞行。影子仅仅由于自动追随人这一个属性而变异为具有与人相同的全部属性，这里不仅局部属性变成全部属性，而且属性的根本性质也变异了，它不再是没有生命的物象，而是忠实于友情的人了。

变异就是通过某一属性脱离原来的事物的整体属性，获得变异的许多属性。有时是量的变异，有时是质和功能的变异。变异的任务就是在虚幻的形式中满足心灵求新的欲望。

想象力的强弱取决于变异的灵活性和新异性。

三、相似、相近和相反的联想轨道

想象获得同一之点（有了起飞的条件）之后，它的目标就是寻找新大陆。虽然寻求新大陆是共同的愿望，但降落在旧大陆却是更常见的事实。

想象之所以能够产生，就是因为某一属性从事物的众多属性中分解出来，向另一种属性过渡，这样的过渡就要求思维有一定的模糊性。从某种意义上之所以说想象不同于理性思维的精确性，就在于它不能离开模糊性。想象也可以说是一种高级的模糊思维。没有一定的模糊性，想象难以向另一种属性过渡。所以在抒情性作品中我们常常可以看到想象的活跃常常与雾中、月下、云里有关，很少是在强烈的阳光下的，因为过分清晰的形态、性状与想象的模糊性有矛盾。当然想象的模糊性不仅仅限于云里、雾中、月下，只要是时间、空间有某种不稳定性，便于浮动、转移的，便有想象变异的条件。

但是想象的模糊性并不是绝对的，它不是无条件地胡乱变异的。光有一个起点，没有一定的阶梯、一定的程序，想象仍然不能自然地发育。

想象，有了起点以后还有一定的联想程序。如果联想程序不是有序的，而是无序的、颠倒的、错杂的，那么想象也可能是混乱的。

早在古希腊，亚里士多德就指出过想象的联想程序不外是三种：一是相似；二是相近；三是相反。这就是说，当想象从同一属性起飞向变异性做有序的运动时，不外乎三种可能。沿着这三种程序转移时，哪怕是作根本性质的转移，想象仍然是有序的，或者用日常用语说，想象仍然是流畅、自然的。想象如果背离了这三种程序，就可能出现想象的阻断，想象的艰涩。中国古典诗论中所经常强调的比兴手法，其中比就是比喻，主要遵循相似联想程序，兴则遵循相近联想程序。相似联想，如杜牧因颜色的相似而想象枫叶比春天的花还红。这种联想的程序一方面是由红到红，一方面是由叶到花。又如神女峰本是石头，远望过去与人体相似，于是一方面由直立到直立，一方面由石到人。相似的自然不限于外在的形状，有时则是外形并不相似，内在意蕴相似。例如，月光的柔和与朋友的温情，在外形上并不相似，但内在意蕴很相似。有时外形则与内蕴同时起作用，如猪八戒作为猪的愚笨，孙悟空作为猴子的伶俐。当然，光有联想的流畅程序还不足以诱发出美好的独创的想象。同样一个相似属性可因外形和内蕴通向不同的终点。例如在更早的古代，由于旱灾，太阳诱发过暴君的联想，可以因天无二日、下临万物、普照天宇，诱发对君权无限的联想。在近代，也可因其给世界以光明，给万物以热能，引起对民主的联想。在中国封建社会中，太阳是阳性的，它联想程序的终端可以是丈夫的形象，而在英国资本主义兴起之初，在罗密欧眼中，联想程序的终端却是美丽的姑娘。

相似联想提供了多种可能性，它受到不同时代、不同民族、不同学科的目的性以及不同作家的个性和风格的影响。

与相似联想程序稍有不同的是相近联想程序。相近联想的着力点并不在相似之点上，如爱屋及乌、投鼠忌器，都是由相近联想引起的。屋和乌鸦、鼠和器并不相似，它们在形态和性质上可以说风马牛不相及。相近联想往往发生在二者时间空间上相近，或者关系上相近的情况下（如由兄想到弟，由齿轮想到螺丝钉）。这种相近也只是联想程序的弹跳点，弹跳的结果往往是远远地离开了相近之点，表象发生了大幅度的变异，就可能有出奇制胜之处。自然，相近、相似联想程序并不是绝对分离的，有时相似和相近联想程序不是同时起作用，而是先后起作用，例如李白的诗句：

云想衣裳花想容。

先由云彩想到衣服，这是质地色彩上相似。由花想到容貌，这是属性或内蕴上相似。但由云想到花，似乎不近，而由衣服想到容貌是相近联想程序在起作用。

相近联想程序在比兴手法中所起的作用并不平衡。以相近联想为主要程序的“兴”，比较幼稚，比较缺乏内外信息重新组合所必需的同一性，过分的灵活性容易变成过分的随意性，联想程序的连续性和流畅性不足，因而在诗歌后来的发展中，比的手法大大地发展了，而兴的手法却日趋没落。因为兴的手法把相近联想作为想象的直接终端，缺乏想象的必要的过渡，也就缺乏可靠的弹跳点。

但相近联想如果不是作为想象的终端，而是作为过渡的阶梯，那么它的作用丝毫不亚于相似联想。托尔斯泰夫人在《日记》中有这样一段记载：“刚才，托尔斯泰叙说他怎样想到小说（按:《安娜・卡列尼娜》）的，‘我坐在书房里仔细地看着睡衣袖口上那用白丝线绣成的花纹图案，它非常好看。于是我想，人们怎么会想出这么多花纹、装饰、刺绣，有个女人感兴趣的女红、时装、见解的整个世界。这该是多么令人神往啊。我明白女人们喜爱这些东西，才会去做。当然我该想想安娜……忽然，这个花纹图案提示我写出整整一章。安娜失去了享受妇女生活在这方面的欢乐，因为她孤身一人，所有妇女都离开了她，没有人跟她谈谈这纯属女人的常务。’”

如果没有相近的联想程序，托尔斯泰储存在大脑中的关于贵族妇女的生活是不会自动涌现出来的，有了相近的联想程序，外在信息和内在信息就会豁然贯通，重新组合。

与相似、相近联想程序恰恰不同的是相反联想程序。不管是相近还是相似，都以互相存在着某种同方向的联系为特点，相反联想程序则毫无同方向联系可言，它以在性质上和方位上、形态上的对立为特点。这并不奇怪，事物总是有统一和矛盾的两个方面。以统一为程序易产生相似、相近的联想，以矛盾为程序则自然易于产生相反联想。以统一为联想程序，这是人类凭着自发性就具备的能力；以矛盾为联想程序，这是训练有素、想象活跃的表现。美国原国务卿基辛格有个习惯，美国东海岸发生了什么事情，他不按同方向联想程序，而是按反方向联想程序。这种联想往往能出新。例如杜甫的著名诗句：

朱门酒肉臭，路有冻死骨。

荣枯咫尺异，惆怅难再述。

许多反向联想并不是孤立的，而是与相似、相近联想结合在一起的。有些反向联想因处于相近的地位而使形象显得更鲜明。“荣枯咫尺异”要比“荣枯千里异”强烈得多。闻一多的《死水》也是这样，他写最绝望、最丑的死水：

这是一沟绝望的死水，
清风吹不起半点漪沦。
不如多扔些破铜烂铁，
爽性泼你的剩菜残羹。

但是就在这丑的极致中产生了反向联想，美就在丑中产生了：

也许铜的要绿成翡翠，
铁罐上锈出几瓣桃花；
再让油腻织一层罗绮，
霉菌给他蒸出些云霞。

从铜绿、铁锈想到翡翠、桃花，从油腻、霉菌想到了罗绮、云霞，最相反的性质和形态就在最相近的、最相似的属性中弹跳出来。这是一种奇特的联想程序，愈是相近的愈引起相反的联想。不仅在诗歌里，而且在小说里，这种反向联想的程序也常常激起创造性的想象。例如鲁迅的一个亲戚得被迫害妄想症，来到鲁迅寓所，鲁迅陪他去看了病。此人临走留下了两封信，所言皆为幻觉中遭迫害之事。但是，鲁迅却从这个疯狂者的幻视、幻听联想到了最清醒的理性，而且把疯狂和清醒两个极端集中地表现在狂人的形象中。

正因为想象有这样的联想程序，所以想象就不完全是模糊性思维。联想程序的规律性使得想象有某种精确的脉络，这种脉络的程序衔接是很细致的，稍有不当便导致想象的混乱。例如，我们可以说“红杏枝头春意闹”，却不可以说“白杨枝头春意闹”。这是由于红为热色，由红而热，是相近联想程序所能贯通的，由热而闹也是相近联想程序所能贯通的，而白很难产生热的联想，因为不相近。

应该特别说明的是，我们讲的联想和想象是一种心理机制，不完全取决于事物本身的属性是否相似相近。如果光看事物本身是否相似相近，那么红可以联想到火热，白也可以联想到白热。但由红到热是千百年来的心理习惯，有很强的自发优势，而白热的观念是近代才产生的，缺乏心理上的自发的趋向性。所以联想程序的贯通与否，还要考虑到具体民族心理的历史积淀。

所有这一切都是想象所要遵循的普遍规律，不管是科学的想象还是文学的想象。

但是有一种说法“想象就是形象思维”（例如朱光潜先生），它取消了探求文学想象特殊规律的任务。这样，我们就不得不研究一下科学的想象和文学的想象各自不同的规律。

四、科学的想象和文学的想象

抽象思维同样也需要想象，没有想象就不会有抽象思维。作家对于想象没有专利权，想象甚至也不是科学家和文学家才配享有。没有想象便不能超越人的感觉和知觉的极限，便无法进行起码的概括。没有想象，人就像钢琴一样，不能记住在琴键上弹过的乐曲；没有想象，人就像其他动物那样只有知觉和印象，不能把具体的表象（梨、香蕉、橘子、苹果）抽象成既看不见摸不到，也不能吃的概念——水果。即使在最一般的概括中，在最基本的一般概念（如“桌子”）中，都有一定成分的幻想。不过这只是一般的再现性的想象，是作为人所必须具备的起码条件之一。所以狄德罗说：“想象，这是一种物质，没有它，人就不能成为诗人，也不能成为哲学家，一个有思想的人，一个有理性的生物，真正的人。”而要成为科学家和作家，光有再现性的想象是不成的，还得有创造性的想象。没有创造性的想象，爱因斯坦就不可能提出 $E=mc^2$ 的伟大论断，阿基米德坐在浴盆里也不可能悟出浮力原理。爱因斯坦特别强调想象对于科学的重要性，他说：“想象比知识更重要，因为知识是有限的，而想象力却概括着世界上的一切，推动着进步，并且是知识进化的源泉。”科学借助想象已经创造出上帝也创造不出来的电器和机械，而文学的想象不过是把早已存在的事物和主观的感情加以变异，重新组合而已。

但是过分强调科学的想象的作用，甚至用它来否定文学的想象是幼稚可笑的。柏拉图不了解这一点，他把诗人放逐出他的理想国，唯恐诗人想象中的自然人破坏了他想象中的数学人——既没有温情也没有激情，不痛苦也不愤怒，不笑也不哭，不为任何事情兴高采烈也不为任何事情垂头丧气的人。当然过分强调文学想象的作用，以为文学想象和科学想象有同样的效能，那也是天真的。王国维在这方面就有点偏激。他在《人间词话》中说：

> 稼轩中秋饮酒达旦，用天问体作《木兰花慢》以送月。曰：“可怜今夕月，向何处？去悠悠，是别有人间，那边才见，光景东头。”词人想象，直悟月轮绕地之理，与

科学家密合，可谓神悟。[①]

其实，辛弃疾不过是一种即兴的“臆测”，这里动人的与其说是月的运动轨迹，还不如说是人的活跃的感情。如果以为文学想象本身还不够伟大，要把它提拔到科学想象的宝座上去才过瘾，这就既亵渎了科学想象又贬低了文学想象。其实，若真以科学想象的起码标准来衡量辛弃疾，恐怕他连个末等的天文学家都算不上；而以文学想象的标准去衡量，那无疑是第一流的。把辛弃疾的即兴的不需要实践证明、不用数学方法检验的诗的想象当作科学，正等于把托勒密的地心说当成创世说神学，同样是荒谬的。反过来说，用科学想象的数学精确性衡量文学的想象，也会闹笑话。在自然科学领域想象很强的沈括，却不能理解杜甫的“霜皮溜雨二十围，黛色森天二千尺”，他认为这样长短与粗细不成比例：“无乃太细长。”这就滥用了科学家的权力。

问题的关键不在于科学和文学都要有创造性的想象，而在于二者所遵循的特殊规律不同。科学的想象是一种抽象的普遍性推理，文学的想象则是具体的特殊的有感性色彩的臆测。科学的想象排斥感性的特殊性，追求纯粹的普遍性，用马克思的话来说，科学的想象是在矛盾的“纯粹状态”中进行的：

物理学家是在自然过程表现得最确实、最少干扰的地方考察自然过程的，或者，如有可能，是在保证以其“纯粹形态”进行的条件下从事实验的。[②]

自然科学如此，社会科学也如此。马克思研究资本主义的商品生产，并不像巴尔扎克那样解剖某个特殊的银行家、暴发户的兴衰过程，而是从大量的、常见的、平凡的商品交换的标准状态中揭示出等价交换中劳动力的不等价交换。经济科学的研究不能从大量存在的贪污、投机、暴利、诈骗等畸形状态出发，自然科学研究自由落体的加速度必须首先设想（想象）在没有空气阻力的真空中才行。在自然科学中，通过想象研究的人是纯粹的人、标准的人；在社会科学中，通过想象研究的人是群体的人、类型化的人；而在文学想象中，这样的人是概念化的、没有艺术生命的人。在文学想象中诞生的常常是特殊的乃至有点畸形的、有着不可重复的个性的人。

科学的想象是严密地概念化的，特别是自然科学的想象，它常常是一种假说，它必须得到证明才能确立为原理。它的完备形态还得以定性分析和定量分析为基础，它最后是以数学公式稳定下来的。它的最高生命，就在于它是货真价实地公式化、概念化的，它容不得数据的不精确。任何不精确的想象不是为更精确的想象所补充，就是为更严密的原理所

① 王国维：《新订〈人间词话〉》，华东师大出版社 1990 年版，第 116 页。

② 马克思：《〈政治经济学批判〉导言》，《马克思恩格斯文选》（第二卷），人民出版社 1995 年版，第 20 页。

推翻。在牛顿想象中早已存在的万有引力学说，在地球的半径尚未测准时，它的公式就不能诞生，非要等上不下十年，地球的半径测准了，他才算出了万有引力常数，这个光辉的原理才能以数学公式的完备形态表述出来。

五、特殊性的想象和普遍性的想象

想象对于科学和文学同样重要，只是在形象和抽象、个性化和公式化方面又有各自不可混同的规律，混淆了科学的想象和文学的想象的不同界限，就混淆了不同的本质。但是，这种区别也是相对的，科学和文学的想象中间并没有绝对不可逾越的万里长城。在自然科学著作和社会科学著作中，我们时时可以遇到某些想象性、假定性的形象化成分。如我国古代议论文，特别是先秦诸子的理论著作中，时常带有一些生动的寓言，如自相矛盾、杞人忧天、揠苗助长、守株待兔等。又如叔本华的理论著作中有些片段的故事和讽刺性寓语，就其本身来说，它是形象的带有感性色彩的，但就文章的总体来说，这种想象性形象是一种理论的图解，是理论的附庸。在自然科学的发明创造中，有一种与实验同样重要的手段，就是模拟的手段，把宏观和微观世界中五官不便于直接全面感知的缩小（如地球仪）或放大（如原子核模型），做成想象性的模型，这也有某种程度上的可感的形象性，但这是类型的模拟，是一种纯粹形态和标准形态，一种理性的图解。这种现象和以含有作者个性化感情的乃至形态发生变异的文学性想象，在质的规定性上有明显不同。有时在科学发明和理论发现中还常常有形象性想象的直接介入。德国化学家凯库勒曾这样叙述发现苯的碳原子的环形结构的过程：

> 我把转椅转向炉边，进入半睡眠状态。原子在我面前飞动，长长的队伍，变化多姿，靠近了，联结起来了，一个个在扭动着，回转着，像蛇一样。看，那是什么？一条蛇咬住了自己的尾巴（按：碳原子的化合键自行连接为环状），在我面前轻蔑地旋转。我如从电掣中惊醒。那晚，我为这个假设的结果而工作了整夜……先生们，让我们学会做梦吧！①

这是科学家在以形象的想象进行理论创造，但这只是一种创造的发端，并不是理论的完成。这个理论的成立并不在于他想象出来之初，而在于它得到实验的证明之后。这里想象的形象不过是个跳板，它本身并不像文学的想象那样具有独立的价值。更主要的是，这种形象是一种类型化的形象，是适合所有苯分子的，而文学的形象应该是特殊的、个别的，各有其不可重复的性状的，而且以渗透着作家私有的个性色彩为贵，因而是多元的。

在科学想象和文学想象的交界处，产生了一种想象的两栖类。它既有文学的想象性形

---

① 凯库勒：《科学研究的艺术》，北京科学出版社 1979 年版，第 60 页。

象的具体性，又具有科学原理的普遍性，主要是为说明某种观点，甚至很机智地传达某种深邃的思想，这种想象性的形象往往是一种象征性例证。在中国古代的寓言、希腊的伊索寓言中，这类想象并不直接表现生活中特殊的人物事件，而是直接显示事物的普遍性，其中的人物、事件缺乏特殊的个性。就形象来说，它的感染力是有限的，但就表达思想来说，它是强有力的。这种想象在文学创作过程中经常出现。如果一个作家满足于这种想象，把这作为唯一的途径，形象个性化的逻辑就会被削弱，他就只能写出歌德所不赞成的寓意性很强的作品。在有些纯用象征手法写的诗中，表现生活的广度和深度受到严重的影响。过分重视象征手法的诗歌戏剧流派，虽然可能在别的方面取得某些成就，但是在形象的个性、环境的复杂和生活的丰富方面都有明显的局限，因而其发展总是有限的。

但是如果把这普遍性的理性想象和特殊的个性化的感性结合起来，把前者当作文学性想象的一种补充，这种想象在统一繁复的形象体系、表达形象的主要特征上还是相当有生命力的。

作家在想象中进行概括，应该是充满了个性化、独特性的。对于叙事文学的作家来说，这一点尤为重要。他应该时刻警惕的是类型化的象征占据了优势，但这不等于说，他不可以有限地用它来表现一个特殊性格的精神特点。屠格涅夫在《烟》中用烟来象征主人公的主要情绪的特点：里维特诺夫被迫放弃了他那种习惯的“无忧无虑”的生活，在爱情上又受到了拒绝，他感到空虚、“麻木不仁”起来。他从车窗口看着火车头的煤烟和蒸汽：

> 有时风向变了，或遇铁路拐弯，全部烟雾突然消失了，可是过不了多久，立刻又在对面车窗外出现，然后烟雾拖着长大的尾巴重新转回来，又遮住了里维特诺夫的视线，使他看不见莱茵河沿岸广阔的平畴。他望着，望着，心里产生了一种奇怪的遐想……他一个人坐在车厢里，谁也不打搅他。“烟，烟。”他重复了好几遍。突然他觉得一切都是烟，一切——包括他本人的生活和俄国的生活，包括人的一切，特别是俄国的一切，统统都是烟。“一切都是烟和蒸汽。”他想，一切似乎都在不停地变化，新的形式到处可见，各种现象层出不穷，其实一切都和原来一模一样；一切都在匆匆忙忙地奔向某个地方，但一切全都不留痕迹地消失，什么目的也没有达到——风向一变，一切都奔到对面，在那里又不知疲倦地、焦急不安地玩起无用的游戏来。他回想起近年来他眼前发生的轰动一时的事情……“烟，”他低声说，“烟……”

这个“烟”字不仅仅表达了他一时的感触，同时概括了他对全部生活的看法，这是一种概括性的想象，但是只属于这个主人公的性格心理特点，并不属于一切书中人物，因而它并不完全是类型化的。它概括的生活内容包含着主人公的特殊个性，因而它不是作家个性的象征，而是众多主人公多元化的象征形态之一。文学的想象不同于科学的想象之处就在于它不是类型化的、一元化的，它以多元的个性为其形象的生命。

文学想象当然是一种概括，但是不像科学那样，通过普遍性去概括，而是通过特殊性去概括。当纷纭万象向形象集中时，并不是抽象的普遍特性的全面收缩，而是具体的特殊形态在普遍性制约下向形象的核心凝聚。一个有想象力的作家，当他的内在感情受到特殊生活形态刺激之时，马上就引起一种内心的翻腾，他记忆中贮存的有关的一切，会在朦胧中逐渐确立一个特殊的核心。一旦有了这个具体的，而不是抽象的核心，哪怕是在时间与空间上距离遥远的，都会奔赴而来；哪怕是联系紧密的，都会骤然分解，凡与那特殊核心能呼应的，就会或早或迟聚合起来。而在这聚合的过程中，感情的特征也从弥漫状态中明确起来，和生活的特征汇合起来。这个过程，也许是迅猛的，也许是漫长的，但是在作家的想象中以特殊形态、性状、机遇为核心。想象一旦不是以特殊的性状和形态、机遇为核心，而是以抽象的普遍概念为核心，以必然性为准则去筛选生活，那就是概念（普遍）化的。

关键在于，在想象中形成的形象特征，不但感性的形态是特殊的、具体的，而且内在的感情性状也是特殊的，二者汇合也是随机性很强的，好像是很偶然的，尽管其中含有必然性，但那是结果，不是起因。作家想象的奇妙就在于特殊与特殊的汇合带上了普遍性，偶然与偶然贯通产生了必然性。当屠格涅夫以巴枯宁这个特殊的人的特殊的表现为核心，去概括他记忆中大量特殊的印象时，他得出了普遍的结论（语言的巨人，行动的矮子），这是在特殊的界限中的普遍。当托尔斯泰讲述妓女罗萨利亚坐牢，贵族青年求婚的故事，他在将近十年中也调动了他生活中众多特殊印象，他隐隐地明确了这中间有普遍性（人的兽性和神性），但是这种普遍性也没有淹没这个特殊性。塑造人物、构成情节、设置环境都只能是这样的。

文学家想象中的普遍是特殊性限定之下的普遍，是特殊所能容纳的普遍。他在想象中可以尽可能充实扩展这种普遍性，但在根本上仍是特殊的。高尔基在《谈谈我怎样学习写作》中这样说：

> 文学创作的艺术，创造人物与“典型”的艺术，需要想象、推测和“虚构”。当一个文学家在写他所熟悉的小店铺老板、官吏、工人的时候，他或多或少都能创造出这一个人的成功的肖像，但这只是一个失掉了社会意义与教育意义的肖像而已，在扩大和加深我们对人和生活的认识上，它几乎是毫无用处的。①

高尔基这里强调的是没有想象，只能照抄真人真事，就失去了对普遍性的概括，这无疑是正确的。但同样无疑的是：高尔基在这里把话说得太绝对了。个别和普遍并不是这样绝对

① 高尔基：《高尔基论文学》，人民文学出版社1978年版，第159—160页。

分裂的，一切个别都是普遍，一切普遍都是个别的一部分。个别中本来就包含着普遍，问题在于你把普遍是充分表现出来了还是歪曲了。所以写出某一个具体的小铺老板、工人、官吏并非注定会失去一切普遍的社会意义，如果不是根本歪曲，如果作家怀着特殊感情去想象，也可能多少有些普遍性。而这种普遍性的概括，多少会有某种特殊的个性和作家的特殊感情，因而多少符合文学想象的特殊规律，也就多少具有艺术的动人的力量。在这一点上，歌德的观点是比较深刻的，1823 年他对爱克曼说道：

> 艺术的真正生命正在于对个别特殊事物的掌握和描述。此外，作家如果满足于一般，任何人都可以照样模仿；但是如果写出个别特殊，旁人就无法模仿，因为没有亲身体验过。你也不用担心个别特殊引不起同情共鸣。每种人物性格，不管多么个别特殊，每一件描绘出来的东西，从顽石到人，都有些普遍性。因此各种现象都经常复现，世间没有任何东西只出现一次。[①]

当然，歌德的话也有一点绝对化。任何个别都有普遍性，但不一定是很充分的普遍性，正因为这样，连曹雪芹、杰克·伦敦、奥斯特洛夫斯基的自传性小说都有大量虚构的成分，这是为了用想象来弥补个别的概括性不足。除了这一点以外，歌德的说法应该比高尔基正确。因为想象是否有特殊性，决定了是否能具有真正的文学形象的性质。高尔基在理论上对想象的特殊性是比较漠视的，他在同一篇文章中继续说：

> 假如一个作家能从二十个到五十个，以至从几百个小店铺老板、官吏、工人中每个人的身上，把他们最有代表性的阶级特点、习惯、嗜好、姿势、信仰和谈吐等等抽取出来，再把它们综合在一个小店铺老板、官吏、工人的身上，那么这个作家就能用这种手法创造出“典型”来。[②]

高尔基说的是想象能使文学形象获得广泛概括力，这无疑是正确的，这正是无产阶级文学先驱对自己历史使命的表白。但是在表述过程中，高尔基无疑有些失误，他孤立地强调“代表性的阶级特点”亦即普遍性，完全撇开了特殊性，而离开特殊性，文学的典型就变成了科学的模式。问题在于当文学家在想象中进行概括时，他所抽取的并不完全是“最有代表性的阶级特点”和习惯、嗜好等。如果真是这样，就只能写出公式化、概念化的作品来。文学在想象过程中抽取了“最有代表性的阶级特点”，同时也绝不放松那些似乎没有代表性的特点。从曹雪芹笔下地主阶级的公子贾宝玉蔑视科举，到高尔基笔下资本家的独生子福玛·高捷耶夫厌弃资产阶级的生活方式，从诸葛亮那超人的智慧到浮士德答应把灵魂卖给魔鬼，都不完全是“最有代表性的阶级特点”，即使在某一种意义上它是最有代表性、最有

---

① 爱克曼著，朱光潜译：《歌德谈话录》，人民文学出版社 1978 年版，第 10 页。

② 高尔基：《高尔基论文学》，人民文学出版社 1978 年版，第 160 页。

普遍性的，也是在特殊性的限度之内的。在文学想象中，普遍性（代表性）不是一个绝对不变的概念，它不但离不开人物本身的特殊性，还离不开作家感情的特殊性。人物的特殊性也不是绝对不变的，它也是运动的，它在作家感情的特殊性的作用下发生转化，变为普遍性。孤立地想象地主阶级的公子厌弃科举功名是最没有代表性的，但从作家看出封建大家族政治、经济、道德、人才的总体危机，以一种挽歌式的感情去观照生活来说，贾宝玉对科举制度的痛恨又是最具代表性的；孤立地看资本家的继承人厌弃资本家的剥削生活而被关进疯人院是最没有代表性的，但从高尔基看透资产阶级剥削生活如何毁灭人的特殊愤慨来说，又是最具代表性的。普遍性是不能离开作家的特殊感受的，作家只能在这样的动态结构中，在特殊性与普遍性的相互作用、相互转化中进行个性化的、特殊性的想象，而不是公式化的想象。

由此可见，作家创造人物时的想象，虽是一种概括，但不同于科学家那种以公式化为最高使命的概括，而是以个性化为纲的概括。它是以个别形态出现，渗透着特殊感情，形成特殊的概括的。离开了个性的特殊性，人物就丧失了自己独特的生命。

特殊性是文学想象的生命线，离开了这条航线，就失去形象的生机，就会为干巴巴的理念所窒息。

对于一个文学家来说，他的才华最突出的表现并不仅仅在于想象，而且在于想象的特殊性。也可以说，想象的特殊程度标志着作家才华的多少。这种特殊性自然有时也表现为超现实的幻想，从远古神话到荒诞派戏剧，都是在情节上追求想象的特殊性的。追求情节性的作家总是要和情节的俗套（普遍性）做斗争，才能出奇制胜，别开生面。但想象的特殊性并不限于这样的外在形式的花样翻新，它的动人之处还在于能使那些人与人之间的特殊关系栩栩如生地出现在作家心灵的视觉面前。文学想象的特殊性还导致作家追求人物与环境之间的特殊关系。陀思妥耶夫斯基在《日记》中有过这样一段记载：他在人群中发现孤独的父子两人。父亲是工人，衣衫褴褛，脸色阴郁；男孩子才两岁，苍白而孱弱，但“戴着一顶带孔雀毛的帽子”。孩子累了，父亲呵斥了几句，孩子不吭声了。父亲走了几步又回来把孩子拖起来，孩子紧紧地信赖地搂着父亲的脖子。陀思妥耶夫斯基朝他点头笑笑，孩子反而更紧地搂着他父亲的脖子。陀思妥耶夫斯基的独特的想象展开了：

> 关于带小孩的工人，当时我想起了这样一些念头：就在一个月前，他的妻子死了，而且不知道为什么，一定是因为得肺结核死的，暂时由住在地下层的随便哪个小老太婆照看小孤儿（父亲整周在作坊干活）。他们在地下层租了三间小屋，也可能只是一个小角落。现在是星期天，鳏夫带着儿子到远在维堡区的一个唯一剩下的亲戚那里去，更准确点说就是去死者的妹妹那里。先前他们不常到那儿去。这个亲戚嫁给一个

带镶条的军士，一定住在一个最大的公馆里，也是住在地下层，可是那是特殊的地下层。她可能为死者伤心过，但不十分伤心，鳏夫在做客的时候大概也不十分伤心，但是整个时间却是忧郁的。他们很少谈话，谈起话来也不多，一定把话题转到某个实际的、专门的问题上，可是这个话题很快就中断了。应当是他们摆上茶炊，就着糖块喝茶。小男孩整个时间都坐在角落里的条凳上，皱着眉头，很怯生，最后打起盹来。姨妈和姨夫很少注意他，但是最后毕竟送来了牛奶面包，所以一直到现在一点也没有注意他的主人军士以爱抚的样子向小男孩说起了俏皮话，可是说得很不得体，很不合适，说得自己（其实就是一个人）也大笑起来。而鳏夫则相反，就在这时严厉地，也不知为什么，冲小孩嚷起来。随后小孩一定要想大便，于是父亲立刻不喊了，严肃地把小孩从房间里带出去几分钟……告别也像谈话一样沉闷而刻板，遵循着一切礼节。父亲笨手笨脚地拽着小孩的手，把他领回家去，从维堡区到铸造区。明天又得到作坊，而小孩又得到老太婆那里去。①

陀思妥耶夫斯基说，他“喜欢一边在街上漫步，一边端详完全陌生的行人，研究他们的面孔，揣测他们是什么人，日子过得怎么样，干什么工作，特别是什么东西使他们感兴趣”，“就这样走啊，为了给自己解闷想出这样一些小场面。”② 这事实上是作家在进行想象的即兴练习。当作家在想象时，不仅仅想象出他的人物形象的特殊身份和特殊心理来，而且想象出特殊心理与特殊环境的关系。这里不仅有命运的特殊性（妻子死亡），情绪的特殊性（照顾儿子不得法，容易发火，又迅速克制），同时还有环境的特殊（亲戚的住房，唯一的亲戚并不亲密的关系），特别是这种环境和这样的父子的情绪之间一种特殊的性质：没有话说，想活跃空气，而只有一个人笑，孩子被忽视，整个气氛是忧郁的、过分刻板的、沉闷的、不谐调的。父子二人孤独的郁闷并未因走访亲戚而减轻，相反，在这样的环境中更显得沉闷了。这种气氛是特殊的，既没有对死者共同的哀悼，也没有对生者特别是孩子适当的怜惜和同情。而最后作者的感情也是特殊的，它表现在父亲和孩子的不幸和悲哀并未得到亲戚的理解和安慰上，在孩子、父亲和亲戚间的隔膜上，作家流露出一种特殊的悲凉，那是一种为陀思妥耶夫斯基独具的、为外在行动所掩盖的、潜在的、连主人公都未意识到的悲凉。

艺术家的想象就应该是这样的，他所想象出来的生活特殊性渗透在各方面，同时在这每一个方面又都是作家特殊个性的表现。

高尔基在 1912 年致斯坦尼斯拉夫斯基的信中曾建议这样来进行喜剧性的想象。他设计

① 科瓦廖夫著，程振民译：《文学创作心理学》，福建人民出版社 1983 年版，第 85 页。
② 科瓦廖夫著，程振民译：《文学创作心理学》，福建人民出版社 1983 年版，第 84—85 页。

了一个办事总是拖拖拉拉，总是号称要“深思熟虑”的性格，实际上是一个失去生命力的懒汉，他要活着，只因为大家都要活，他要结婚，也只因为大家都要结婚。他打算结婚已经第三次了，可总是没化为现实。高尔基通过这样的“假定”想象出特殊的“理由”：

妨碍结婚的理由：寝室炉子冒烟——早已如此！

酒瘾战胜了一个可以缝结婚礼服的裁缝，城里没有一个可以做男傧相的同志，最后，住耳房的房客是一个酒鬼，常打老婆，吹一手坏得要命的铜喇叭。赶走他是不可能的，因为他是一个好人，房租半年没有付。留他住下去是危险的，因为未婚妻出身于良好门第，这个乐师可能把她吓坏，他有时甚至半夜还吹喇叭。必须找他去，夺走喇叭，甚至用它打他的脑袋。总之，各种各样的事情，关怀、麻烦和谈话是不计其数的！

在第一幕末发现他的未婚妻已许给另一个人了。未婚夫受到欺侮，于是喊道：“嘿，让她见鬼去吧！我仍然要结婚的……我恨所有的人，我要另找一个，和她结婚！”这里由假定引起的想象是非常特殊的，特殊到似乎非常不合逻辑的程度。所有妨碍结婚的理由，在一般情况下，都不成为理由，但正是由于它与一般情况不一样，才是文学的想象，又因为它特殊到悖谬的程度，它才有喜剧性。这种喜剧性，自然是作家感情特殊性的表现。

如果换了冈察洛夫来想象，让他的奥布洛摩夫由于无谓的犹豫而丧失了结婚的可能，那就一点也不可能有这么强烈的滑稽闹剧的味道。冈察洛夫想象的特殊不但在对象上，而且在感情色彩上都不同于高尔基在这里表现出来的。没有想象的特殊性，只有一种普遍性，那就不可能有风格化的创造了。想象的特殊性和主观感情的特殊性相结合，作家的才华就能在这个领域中出奇制胜地施展。

六、自发想象的单一性与自觉想象的多元化

个性化的想象，从表面上看来是很自由的，事实上这种自由是很有限的。在抒情性文学中，它不但要受到生活的制约，而且要受艺术形式的规范的制约（这一点我们以后还要详述），而在叙事性文学中，这种自由就更有限。叙事性文学的特点就是不能直接把感受生活的主体（作家）的内心作为表现的对象。形象自然是在作家心灵中诞生的，是作家的感情、个性、思想给了它以生命，但是一旦形象有了自己的生命，就不能充当作家的传声筒。如果一系列形象都按作家的性格逻辑行事，形象就丧失了自己的生命。角色要有自己的生命，就得与作家的个性相异。作家的感情、意志、倾向必须由具有不同于作家个性的形象之间的冲突、改组、分化的总的过程来暗示，作家把自己的灵魂直接地分配给角色是粗暴的，这样的想象是狭隘的。作家的想象领域应该有广泛的容受性，有高度的民主性，它与用作家的个性来统治一切是不相容的。作家的想象因挣脱自己个性的框框获得自由，当他

所创造的人物与自己的思想、性格对抗时，正是他成功的表现。人物按照不同于他自己的逻辑独立地行事，他无权干涉，他的想象应该虚心地顺从人物。而这些角色在想象孕育的初期，各有一个凝聚的核心，作家的个性只能像恒星吸引着行星那样不使其越出轨道，但是，却不能改变它们的轨道。角色有多少，它们的凝聚核心就有多少，而每一个核心和作家的个性核心都是平等的。作家的生活贮存就在想象中分别向这些特殊核心扩散着，而不是向自我凝聚。在扩散过程中，生活的原始形态瓦解了，生活在作家的想象作用下变异了，众多角色的生命诞生了。在参与这个瓦解、变异、诞生的过程时，作家的想象时时被冲击、被改变、被扩展，形成了一个异常广阔、变幻多端的境界。作家的想象领域所能容纳的“异己”成分越多，作家想象的才华就越大。

高尔基在 1912 年致函斯坦尼斯拉夫斯基，建议进行这样的小品练习：

> 描绘一下人们报考艺术剧院训练班的事情。这儿可以描写出真正悲剧同时又是高度喜剧的因素。人们坐着闲谈，企图掩盖自己的激动心情，有几个人还过分自信得滑稽可笑——这些人当然是庸庸碌碌的——对另一些人来说，入学考试是一个生死问题。他们去参加考试，然后又回来。幸灾乐祸、同情、嫉妒——这一切感情都可以在一个小小的场面中表现出来。[①]

这里的想象就不是单一的而是多元的。在一个共同的规定情景中，不同人的内心和外在动作是不一样的，一些人滑稽可笑，另一些人把入学考试视作生死攸关的事情，而在他们内心有的幸灾乐祸，有的同情，有的嫉妒，每个人都有自己的感情基调。在想象中要产生这么多“异己”的因素，对作家来说不能不是个考验。难题不但在于这些人不同于作家，而且在于他们之间又是互相不同的。这就是说，不但这些人物对于作家来说是“异己”的，而且对于他们自己来说，是互相“异己”的。

在这种情况下，作家的想象必须遵循这种严格的“异己法则”，但这并不意味着作家可以胡思乱想，真的像李白那样“天马行空”。客观存在对于作家的想象来说，也可能是一片黑暗，或者是虽有理性的领悟，却无法用心灵和感官去体验。这就要靠作家在自己心灵中寻找与人物相通的“种子”。从精神气质、感情、意志、感觉、知觉、习惯、兴趣等方面，如果能找到与之相通的一点，这每一点都是特殊的，而且把这可能是极其微小的一点扩张到占优势的地位就更特殊，这样，“异己”的要素对于作家的想象就不再是那样不可捉摸，就有可能化为作家想象能够自由驰骋的领域。

在这方面作家和演员有相通之处。演员要进入角色，作家要进入人物；演员要找到与

---

① 山东师范学院中文系文艺理论教研室编：《外国作家谈创作经验》，山东人民出版社 1982 年版，第 590 页。

角色相通的特殊“种子”，作家也得找到那种可以扩展的心理元素。作家不同于演员之处在于，作家创造的不是一个角色而是许多个，他要征服的“异己”的特殊因素本身又是互相“异己”的。作家的想象任务面临更大的难度。作家要化难为易，有一个不可缺少的条件，那就是心灵中必须有多样化的特殊“种子”。如果心灵中成分不丰富，征服角色的“异己”性的可能就小；如果心灵中成分很丰富，那么笔下的人物性格就可能多彩多姿。当然，演员也可以反串，也就是明知自己内心缺乏某种“种子”，偶尔进行强制性的试探或游戏。这样反串也许发现了新的种子，但多数是很难成功的。作家不同于演员，他不是偶尔反串，而是随时随地准备反串，特别是叙事文学作家，作品中常常有多种角色，如果寻找正面人物的“种子”是对他的想象特殊性的一种开拓的话，寻找消极人物的种子就是对他的想象特殊性的另一种开拓。如果作家的“种子”很单调而他又要想写出各种不同的性格系列，那么，有些角色就可能没有“种子”。“种子”必须是特殊性的种子，没有或缺乏特殊性，就不能不依赖普遍性，过分地依赖普遍性，文学的形象就可能被科学的类型同化。

文学想象的特殊性，不仅表现在人物塑造上，同时也表现在构成情节、创造风格等方面。流行的、传统的构成情节的路子，习惯了的、驾轻就熟的风格，都可能逐渐由特殊的想象成果转化为普遍的模式，因而对作家的想象力产生某种束缚。只有杰出的想象力才能打破常规，在看来没有前途的方面开拓新的表现方法和风格。当完整的故事性成为传统之时，那些打破故事的完整性，以生活的横断面或纵断面为小说结构形式的作家的想象是有特殊性的。当莎士比亚以时间顺序构成他的曲折情节时，易卜生却创造了封闭式结构，情节的开端是另一故事的结局，而情节的结局恰是另一故事开端悬念的揭晓，这说明易卜生的想象力在特殊性上是杰出的。当作家个性化的风格已经形成之时，这种风格不管怎么样，它多少对于另一种风格有一种排他性。没有这种排他性，无以形成稳定的风格。但是，放任这种排他性泛滥，却可能使作家的想象萎缩。对“异己”的风格的容受程度，往往决定了作家风格发展的前途。

在作家自发感情驱使下的想象，是单一的，与个性相当的，这就与人物风格和方法的多元化发生了永恒的矛盾。作家自发的想象总是要受到自己感性和智性的限制，他所想象的不可能不带上他的个性色彩，不可能越出他的感情世界的最后边疆。每一个人所想象的不可能没有他自己性格情趣的返照。乔治·桑和波特莱尔都说过，他们的想象能达到物我同一的程度，不管是一株树、一叶草还是一只鸟、一朵流云都成了他们自己，想象的对象和想象者合而为一。这种单一性的想象即使在抒情文学中也有很大的局限，对于叙事文学来说，就更加危险。作家的想象如果永远是一种色彩、一个模式，必然给他的形象带来危机。想象最高的自由就在于对自我的突破性，如果没有了突破，也就没有了自由。

七、把自我和非我结合起来

作家在想象中，不能满足于自发地表现自己的个性，同时要用意志控制住自己，要自觉地使自己的个性适应丰富的生活，通过自觉的想象去探索生活和心灵的多种可能性。这是异常艰巨的，因为作家，尤其是叙事作家，总是情不自禁地把个性烙印在自己的想象上。关于这一点，高尔基在《谈谈我怎样学习写作》中这样说："古希腊一位哲学家色诺芬断言，假如动物具有想象力，那么狮子会把神想象成巨大无敌的狮子，耗子会把神想象成耗子等等。大概，蚊子的神会是蚊子，结核菌的神会是结核菌。"[①]对想象的驾驭越是自觉，作家面临的可能性越是丰富多彩。要做到这一点，作家在想象时就要摆脱自我，主要是突破自己经验的局限性和个性的局限性。成功的想象，有时能达到在一定程度上的超越自我。明明你不是强盗、妓女、国王、小偷、乞丐，但是你要把他们的心理、行动、语言想象出来。有时作家自觉控制的想象能达到很惊人的准确性。据说19世纪中叶纽约市发生了一起奇怪的杀人案，受害者是纽约市的一个风流美人，她的尸体漂浮在哈得逊河上，全市哗然。警方苦于侦查不得头绪。这起案件引起了当时正在费城从事新闻工作的作家艾伦·坡的兴趣。他依据从纽约寄来的几家报纸上有关此事的新闻纪事，以其惊人的想象力，设想与作案有关的具体情景，把它作为发生在巴黎的事写成小说《玛丽·罗热的怪事》。后来，罪犯被捕，供称自己作案与艾伦·坡小说中描写的完全类似。人们对艾伦·坡的想象力之发达惊叹不已，连侦探也不能不向他脱帽致敬。

艾伦·坡成功的想象说明了一点：作家想象的成功，并不完全取决于主观个性的自我表现，更重要的是要适当地摆脱有限的自我，以适应无限广泛的生活，才能取得成功。艾伦·坡并没有做过杀人的勾当，他必须把自己假定为杀人犯，按着杀人犯的行为逻辑，而不是按照他自己的行为逻辑去想象，才能获得成功。自然，一般文学的想象，并不要求达到艾伦·坡那样的科学性，但是，挣脱自我的束缚却是一种不可忽视的规律。作家的才华就在于既要使想象能表现自我独特的个性，又要让想象突破自己的个性。在这方面，许多大作家都深有体会。高尔基在《论文学技巧》中说："文学家的工作或许比一个专门学者，如一个动物学家更困难些。科学工作者研究公羊时，用不着想象自己是一头公羊，文学家则不然：他虽慷慨，却必须想象自己是个吝啬鬼；他虽毫无私心，却必须觉得自己是贪婪的守财奴；他虽意志薄弱，但却必须令人信服地描写出一个意志坚强的人。有才能的文学家正是依靠这样自觉的想象力，才能常常取得这样的效果：他所描写的人在读者面前要比

① 山东师范学院中文系文艺理论教研室编：《外国作家谈创作经验》（下册），山东人民出版社1982年版，第1081页。

创造他们的作者本人出色和鲜明得多，心理上也和谐完整得多。”达文的《巴尔扎克〈十九世纪风俗研究〉序言》是在巴尔扎克授意下写成的，并经巴尔扎克补充修改，其中肯定有不少部分是巴尔扎克创作经验的自白。该文在称赞巴尔扎克对想象的自觉控制时这样说：

> 确实没有一个作家比他更知道如何在与资产者相处时，使自己变成一个资产者；在与工人相处时，使自己变成一个工人……总之，他知道所有行业的秘密，与学者在一起是科学家，与葛朗台在一起，就是吝啬鬼，与高布赛克在一起时，他就是一个高利贷者了。他好像一直同老一代的逃亡贵族，没有养老金的军人，和圣丹尼街的代理人生活在一起。相信一个年轻人有这么多经验不会错吗？他不是没有这么多时间来经历这一切吗？……多样而独创的军事人物意味着对军事生活的如此精细的刻画，巴尔扎克在哪里见过他们？①

细想起来，事情的确有点使人吃惊，当达文写这篇文章的时候，巴尔扎克还差不多是个年轻人。

观察力和感受力是把亲身经历的生活集中到、凝聚到，也就是缩小到作家个性范围之内、感情天地之中，而在此基础上产生的自觉想象力却把自己的心灵放射到整个生活的天地之中，使之产生纷纭的变异。观察和感受之时，一刻也不能忘记寻找自我、表现自我，而在自觉想象过程中，除了这一点以外还要求作家突破自我，乃至忘却自我。福楼拜在回忆他写《包法利夫人》时说：

> 写书完全把自己忘去，创造什么人物就过什么人的生活，真是一件快事。比如我今天就同时是丈夫和妻子，是情人和他的姘头。我骑马在一个树林里旅行，当着秋天的薄暮，满林都是黄叶，我觉得自己就是马，就是风，就是他们甜蜜的情话，就是使他们填满情波的眼睛眯着的太阳。②

正因为这样，除了诗人，叙事文学作家还得把自己的个性放在一个比较客观的地位上才能有效地钻到别人的脑子里去。海明威在谈到如何“钻到别人脑袋里去”时这样说：

> 如果我冲着你大声喊叫，你就尽量揣摩我在想什么，你的感想是什么。如来卡洛斯骂胡安，你就想一下他们双方的情况，不光想谁是对的。对于一个人来说，事情总有应该如何和不应该如何两个方面。作为一个人，你知道谁是谁非，你得下判断，付之实行；作为一个作家，你不应当下判断，你应当了解。③

海明威在这里提出来的办法是不光用自己的理性判断是非，而应着重揣摩（想象）别人的

① 古典文艺理论译丛编辑委员会：“古典文艺理论译丛”（第3期），人民文学出版社1962年版，第159—160页。

② 朱光潜：《朱光潜美学文集》（第一卷），第44页。

③ 董衡巽：《海明威研究》，中国社会科学出版社1985年版，第92页。

各不相同于自己的心理活动。理性的是非是认识价值，而人物心理活动则是审美价值。不拘于是非（认识价值）当然有利于想象别人的感情活动，但这似乎还不够。屠格涅夫想出了另一方面的办法，他说：

> 作家是个神经质的人。他的感觉比别人都灵敏。既然如此，就凭这一点，他应该约束自己的性格。他绝对应该始终不渝地观察自己和观察别人。[①]

应该说，屠格涅夫比海明威更说到了点子上。作家应该约束自己的性格，有限度地使用自己灵敏的自我，不能让它自由泛滥，想象时，特别要警惕不要以自己的感情特征和心理逻辑代替了人物的。当然不管作家如何忘我地去想象"非我"的角色，归根到底，这些多元化的角色却不能不受到作家感情思想个性正诱导和负诱导的作用，他们不能不具有作家精神境界的总体色调。

在《红楼梦》甲戌眉批中有这样一段话：

> 可笑近之小说中，不论何处，则曰商彝周鼎、绣幕珠帘、孔雀屏、芙蓉褥等样字眼。近闻一俗笑语云：一庄农人进京回家，众人问曰："你进京去可见些个世面否？"庄人曰："连皇帝老爷都见了。"众罕然问曰："皇帝如何景况？"庄人曰："皇帝左手拿一金元宝，右手拿一银元宝，马上稍（捎）着一口袋人参，行动人参不离口。一时要屙屎了，连擦屁股都用的是鹅黄缎子，所以京中掏茅厕的人都富贵无比。"试思凡稗官写富贵字眼者，悉皆庄农进京之一流也。盖此时彼实未身经目睹，所言皆在情理之外焉。[②]

表面上是生活富贵的想象，实质上是作者贫困生活的返照。即使这样的歪曲的想象，仍然不可避免地把作家的个性感情十分清晰地表现了出来。当然，这种自我返照式的想象，并不是绝对消极的，在童话、寓言中，乃至在某些诗歌中，当需要强调独特的主观色彩时，这种返照就是可贵的。

想象到了这个阶段就和开始阶段那种挣脱个性和经验的有限性有些不同了，这时作家把自己的个性与所要表现的特点结合在形象之中。这就是达到了物我同化，客观生活与主观个性和谐地化合了，客观对象带上了个性色彩。在想象挣脱了自我束缚以后，个性并没有失去，又在人物、景物、事物上复活了。这也就是莫泊桑所说的无论在一个国王、凶手、小偷身上还是在正人君子、娼妓、女修士、少女、女商贩身上，"所表现的终究是我们自己"。但是其原因并不是像莫泊桑所说的那么简单，作家不得不向自己提出问题："如果我是国王、凶手、小偷、娼妓、女修士、少女或者菜市女商人，我会干些什么？我会想些什

---

① 安·漠洛亚：《屠格涅夫的艺术》。

② 冯其庸：《脂砚斋重评石头记·校》第三回，甲戌眉批。

么？我会怎样行动？”莫泊桑只说对了一半，即作家总不能不以自己的经验和个性作为想象的根据，但是他还得考虑：如果是和自己个性不同的人做了国王、凶手、小偷、娼妓、女修士、少女或者菜市女商人，他们的思想行为和自己会有些什么不同？在这个阶段，文学家想象的特点正是把“自我”与“非我”结合起来。

从这个意义上说，大艺术家就是能够较为自由驾驭自我与非我关系的想象家。巴尔扎克在讲自己观察和想象的能力时不无得意地说：“这种方法赋予我一种本领，可以领略每一个研究对象的生活，使我设身处地，就像《一千零一夜》中的僧人那样，冲谁念上一句咒语便会变得跟他一模一样……抛弃固有的习惯，本着道义上的狂热，把自己变成另外一个人，并且得心应手地玩着这一套，这是我最开心的事。”

作家，特别是叙事文学的作家，要在想象中很好地处理自我与非我之间这种永恒的矛盾，从而使想象有较大的适应性，从根本上说，只有两种办法：一是不断扩大生活视野，突破作家有限的生活经验，不懈地投入多种多样的生活领域，熟悉、了解、体验纷繁的思想情绪的产生、发展和消失的过程，向生活的广度进军；二是不懈地打破自发性想象的单调习惯，增加想象的多种可能性，以确保生活对作家想象的压倒优势，使想象习惯的顽固性无法阻挡生活的冲击，使本来自给自足的想象发生供求失调。高晓声写《陈奂生进城》的最初动机是从他自己的心理活动中提炼出来的。进城开会，旅馆费每天五元，太贵了，如果他限于自己所想，不去想象如果是一个农民会如何表现，就不可能产生陈奂生在沙发上著名的一跳，作品的价值很可能就小得多。如果想象的特点不充分，作家可能无兴命笔了。

八、对想象的诱发——让人物越出常轨

作家要善于诱发自己的想象力，使自己的想象世界艺术化。

在创作过程中，想象并不是招之即来，挥之即去的，而且即使激起了想象也不一定总能达到最佳兴奋状态。有的作家闻烂苹果才能诱发想象，有的甚至在厕所才能构思作品，这些都是传闻的怪癖，使想象带上神秘色彩。想象虽然在作家的头脑中产生，但是它发生发展的过程却不完全是作家主观意志能够控制的，它有它的客观规律性。许多作家曾经耐心地积累素材，收集动人的事迹，但是，动人的事迹并不一定能激起作家的创作激情。狄德罗在《论戏剧诗》第十节中这样说：“从某一假定现象出发，按它们在自然中所必有的前后次序，把一系列的形象思索出来，这就是根据假定进行推理，也就是想象。”这就说到了要害上，想象的前提是假定，没有假定，就没有想象的自由。问题在于从什么样的假定现象出发，才能有利于想象。作家胡可在《情节・结构》中说：

那些使自己受到感动的有意义并且具有某些特色的人物关系，和那些足以考验人物品质的严重的或者有趣的境遇，这类材料往往并不具有多种故事性，但是，每当在生活中发现它们，就不能忘怀，并且禁不住要为它添枝加叶一番。它们成为一种触媒，诱发着自己的想象。[①]

从这里可以看出，能够对想象起诱发作用的，是“具有某些特色的人物关系”“严重的或者有趣的境遇”。巴尔扎克、狄更斯、司汤达、托尔斯泰都把人物放在严重危机中去想象，这就是说，人物处于一种越出常轨的情境。这种情境的获得，在生活中完全是一种机遇，带有很大的偶然性。但是，“机遇偏爱有准备的头脑”，有准备，就是掌握这种越出常轨的境遇的规律性，这种境遇是特殊的，而不是一般的，生活在这个节骨眼上要出现一种平常很难出现的面貌。王蒙在《谈谈短篇小说的创作》中说：

一个人也好，一件事情的发生也好，它是由生活的许多因素造成的。我们的想象力能够对这些因素进行新的排列组合，因而使这一件事、一个人展现一种新的面貌，甚至展现一种奇观！尽管不是生活里实有的，但是又是可能的，合乎逻辑的，这就叫作想象。

王蒙认为只要在人物的多种因子中调动其中一个，就会引起一连串的强烈反应，旧的排列组合破裂，新的排列组合就诞生了。高晓声把这种新的排列组合叫作“岔道口”。“一个人总是沿着自己的轨道向前走，也总要走到岔道口。一到这岔道口，人物性格的两重性就会出现，表现为两种不同思想的斗争，表现出一种特殊的精神状态，这是决定他走哪一条，将会有怎样的命运的关键时刻。”能诱发作家想象的常常是这种悬而未决的关键时刻，抓住这种关键时刻，作家的想象就可能不由自主地活跃起来，为之添枝加叶。如果现实生活中没有提供现成的，作家可以用王蒙所说的那样把生活中复杂的因素稍加调动的办法，以造成这种条件。世界文学史上许多杰作的题材往往不是作家直接从生活中得来的，而是前人作品中现成的。王昭君的形象、孙悟空的形象、林冲的形象、白蛇的形象、苏三的形象之所以在小说戏剧中不断得到重新塑造，原因就在于这些人物都面临着一个命运和心灵的越出常轨的岔道口。西方古典文学中的普罗米修斯、哈姆雷特、奥赛罗、浮士德都是被不同民族、不同时代的作家反复塑造过的，原因也在于这些形象的原始素材都把主人公推到生活的岔道口上。作家的想象在这种情境中最容易被诱发起来，在这种情境中人物的反应也常常容易显出纷纭的色彩，最少可能陷于雷同。

作家要训练自己的想象力，首先得在这种关键上训练。一般的情境对想象的诱发作用没有在特殊情境中的强烈。高晓声就是这样诱发他的想象的，他为了表现那个几十年来一

① 胡可：《情节 · 结构》，《作家谈创作》（下），花城出版社 1981 年版，第 1091 页。

直吃不饱的陈奂生的心灵的奇观，把他送到县里最高级的旅馆，让他在每天五块钱的房间里住一下，看他有什么心理反应。高晓声曾详细地说明过他怎样设置情境诱发他的想象：“去年我回到家乡，刚碰到闲季，发现不少农民都在做油绳，卖一天可以赚三块多钱。农民一天赚三块多钱是很高兴的。于是我就想到了让卖了油绳的农民来住一夜招待所，看看他有什么意见。当时就想了这么多。但这里面显然要补掉一些漏洞。他为什么要来住高级招待所？难道他发痴了吗？是谁介绍他来的？因此，要让陈奂生住进来就得解决一系列问题。起码要解决两个问题，一是他不得不住，二是有个能介绍他进来的人。后来我在小说里都解决了。”要诱发作家想象，就不能不讲究诱发的条件。条件充足了，合理了，作家的想象就自由了，创造性的神来之笔也就出来了。最后这个农民住了一夜旅馆，不得不付出了五块钱，终于产生了那个付钱之后在沙发上跳一跳的精彩的高潮。想象的升华是这样的惊人，以至于有人认为《陈奂生进城》这篇小说存在的价值就在于这个跳一跳的细节。

好的想象就是这样诱发出来的。对于作家来说，重要的不仅在于想象，而且在于对想象的诱发。想象如果不经诱发，是不会自动冲破记忆的岩层的。如果不经常诱发，作家的想象力可能就退化了。

关于创造性想象的诱发，美国奥斯本在20世纪30年代末提出了所谓“脑力激荡法”，鼓励进行最大胆的联想，允许提出公认为疯狂的思想等，这种方法热闹了一阵，后来逐渐受到冷遇，原因是它太玄了。有个心理学家又提出“综摄法”，把熟悉的东西当成不熟悉的东西，又把不熟悉的东西当成熟悉的东西（包括用隐喻和幻想的类比）。不管“脑力激荡法”和“综摄法”中包含着多少过火的、荒谬的成分，但是在打破常规这一点上，是符合诱发想象的规律的。

第六节　作家的形式感

一、在形式的局限中争取表现生活和情趣的自由

形象胚胎产生于对象的主要特征和作家感情特征的化合中。在化合过程中，作家的观察力、感受力和想象力起着决定作用，在具体文学作品中，化合的过程还要受到具体形式的特殊制约。艺术形式是特殊的，面对相同的题材、素材，由于形式的不同，观察、感受、想象的特点是不大相同的。抒情诗容纳不了复杂的情节，因而生活特征与感情化合时想象就不能不回避那漫长的复杂的过程。在喜剧中，形象的主要特征总是在荒谬的逻辑轨道上发展；在悲剧中，崇高的人物必然走向毁灭。所有这一切都使生活特征与感情特征在化合

时不能完全自由。

艺术形式是一种规范，规范是艺术成就的历史积累。人们在欣赏艺术作品时，不仅仅欣赏其中的生活内容，而且也欣赏作家对形式的自由驾驭。

形式的特点是它的稳定性。

它不但来自生活，而且是一种心灵的创造。它产生于长期对生活和心灵的概括过程和长期欣赏过程中。它有一种模式的特点，有它自身的、系统的规律。形式不能离开内容，但是又有相对的独立性。形式的稳定性和丰富的生活、感情处于永恒的矛盾之中，形式和任何一种生活和感情都不能直接地、准确地重合。不管是什么样的生活、感情，只要用艺术形式去表现，就都不能不改变自己的形态。

这样，表现生活、感情和驾驭形式就有了一定难度，难就难在既不能委屈了生活和作家的感情，又不能委屈了形式。艺术家的才华就表现在使情感、生活在形式规范的作用下和谐地融合，争取到最大程度的自由。

艺术形式之所以动人，除了它强烈地表现了内容以外，原因很复杂。格式塔学派在心理学上找到了一些原因（如外在形式与内在心理机制的同形同构），但更重要的可能是读者从对难度的自由驾驭中，认识到人的精神劳动潜力，引起了兴奋和赞叹。

形式难度越大，驾驭的自由越是重要。在一粒米上刻 100 多字的诗文，如果粗糙而重叠，就可能引起反效果。不自由，就不美。因此作家不但必须有相当敏锐的形式感，而且要有相当自由的形式驾驭力。

二、驾驭不同形式的不同优越性和局限性

审美思维就是按着艺术形式的规律性去思维。艺术的规律也像其他一切规律一样，有其普遍性与特殊性。就其普遍性而言，一切艺术形式的规律是相同的；就其特殊性而言，各种艺术形式的想象的规律又是互相矛盾的。在此种艺术形式中主要特征是生动的真实的，在彼种艺术形式中可能变得虚假而干巴。在漫画中是成功的，在国画中可能是失败的。在戏曲舞台上真牛上台是破坏艺术真实的，但是，到了银幕上，不但真牛，而且真马、真刀、真枪、真火、真水，都是必要的。在戏曲舞台上被水淹死，可以衣衫不湿，用舞蹈动作虚拟一下，做一下优美的样子而不显其假，而在银幕上不把演员泡得湿淋淋的，则不显其真。

就是写了不少作品的作家也要不断自觉地培养自己对不同艺术之间差异的高度敏感。如果他对艺术形式之间的差别比较麻木，那他就很难成为真正的艺术行家。有些艺术形式之间的差异比较明显，凭着感性就可以知觉到，有些则需要深邃的思辨。早在人类文明早期，亚里士多德就体会到了史诗与悲剧之间的不同：“惊奇是悲剧所需要的，史诗则比较容

纳不近情理的事（那是惊奇的主要因素），因为我们不能亲眼看见人物的动作。赫克托耳被追赶一事（按：阿喀琉斯在特洛亚城墙追赶赫克托耳，并向希腊士兵摇头，不让他们掷枪，免得夺去他的战功）如果在舞台上表演（士兵站着不动，不追，阿喀琉斯向他们摇头），就显得荒唐。”亚里士多德对两种艺术形式内在矛盾的论述是很有智慧的。这种矛盾有其普遍性。同属戏剧艺术，正剧和喜剧的真实性也有不能相容的一面。喜剧艺术的夸张、巧合和导致荒谬的发展逻辑，以正剧艺术的真实标准去衡量是缺乏充足的主观和客观根据的。用正剧对情节的因果关系的要求去推敲卓别林的喜剧《城市之光》，那就很值得怀疑一下了。哪有一个人夜晚把人家当成生死莫逆的知交，可到白天就忘得光光、白眼相加，而且反复多次的道理？可是我们不能否认卓别林喜剧中严肃的艺术真实。这种荒谬性的表现与资本主义社会中人与人之间关系的畸形本质是相通的。作家如果没有精致的形式感，他就很难训练自己的观察、感受和想象的智能。

艺术有多少种类，作家智能的大树上就生出多少特殊的各不相同的枝丫。每一种艺术形式之所以能够存在、发展，就是因为它从生活的土壤上长出来以后，能够开出与其他艺术形式不同的花朵。多一种艺术形式，作家智能就多一种创造的途径。丹纳在他的《艺术哲学》中，把各种艺术形式比喻为不同的植物。正如植物学家应该用毕生的精力研究不同植物的生理一样，作家也应该终身不懈地研究如何使自己的智能适应各种艺术形式的特殊美学规律。正如我们不能用栽培热带凤凰花的方法去培育冰山上的雪莲一样，我们也不应该用画图的办法写诗。既然用喂熊的办法去喂熊猫会出乱子，那么，用写散文的办法去写小说，或者用写诗的办法写散文（如杨朔所说的那样），后果同样会非常糟糕。

每一种艺术形式的规范都有其强制性，但它的强制性和它的自由是不可分割的。因为有限制才优越，如果没有任何局限，自然也就谈不上有任何难度，自然也就没有艺术可言。比如诗的节奏是一种局限，音乐旋律的固定节拍是一种局限，芭蕾舞踮着脚尖是一种局限，也可以说是一种镣铐，但是只有你明明戴着镣铐，而又能自由地表演，给人一种不受束缚的感觉，这才是高度的艺术创造。如果你厌恶这种局限，丢掉一切规范的束缚，自由倒是自由了，但那可能已经不是诗的自由，而是散文的自由，不是乐音的自由而是噪音的自由，不是舞蹈的自由而是走路的自由。总之，厌弃了艺术的束缚就是抛弃了艺术的自由。杰克·伦敦在《马丁·伊登》中借一个女主人公的口说：“每一种艺术都有它的局限性，拿绘画来讲，画幅上只有两个向度，然而画家的艺术使他在画幅上造成三个向度的错觉。”你只能接受绘画的平面性局限，你不能拒绝它，你的任务是在平面上创造立体感。你说，我用立体的材料创造立体感不是没有束缚，更自由吗？但是，不成，艺术是假定性的，是逼真的幻觉，你用了立体的材料，就不是绘画了。它的优越性正在于在平面上造成立体的错觉。正因为是错觉，才有魅力。如果不是逼真的错觉，而是真正的实物，就不需要作家的智能了。从生活出发到艺术创造的路径，并不像长安街那样宽广，要掌握一种艺术形式就得通过优越性和局限性夹壁的小巷。所谓审美思维也可以说是在艺术形式的优越性和局限性双重作用下的思维。

三、发挥不同工具的不同性能①

各种艺术形式的规律之所以千差万别，首先是由于所凭借的工具（手段）的性能不同，这是莱辛首先发现的。绘画所凭借的色彩、线条、明暗，音乐所借助的有规则地变化的声音，都是人的感官可以直接感知的，但是绘画只能再现短暂的场景，而且限于视觉；音乐旋律只能表现情绪，带有很大程度的模糊性，只限于听觉，它不能直接表现生活；而文学的第一要素是语言，它没有绘画音乐那样的直接可感性，这是它的局限性，但是它能更自由、更广泛、更深刻地表现生活和作家的个性。凡宇宙所备、思绪所及，语言的威力都可以到达。俄罗斯谚语中把语言说成"不是蜜，但可黏住一切"，并不是夸张，因为它的声音系统是第二信号系统，可以刺激人的经验，在想象中绘声绘影，这就是它超过一切艺术的优越性。

工具的不同决定了形象差异。在把小说改编为电影时，不管原著有多么经典，改编者也没有照搬的权利。在小说《红岩》中，写江姐发现她丈夫牺牲是从城墙上看到一个木笼，其中有一个血肉模糊的人头。小说是展开了比较细致的描写的，但是在电影《烈火中永生》中导演却没有用特写镜头，让观众看到一个血淋淋的人头。20世纪30年代有一部影片《夜半歌声》，曾经在艺术上留下过教训。导演让一个被恶霸用硝酸腐蚀得不成样子的人脸突然出现在银幕上，给观众，特别是妇女和儿童观众以太尖锐的生理刺激，非但没有提高艺术的真实，反而损害了艺术的真实。这是因为小说以语言为工具，语言是声音通过联想和意义建立了稳定联系的第二信号系统，它不像电影那样直接诉诸视觉。所以在电影中，江姐不能像小说中那样直接看到人头，而是看到一张敌人处决她丈夫的布告。镜头一推，观众看到她丈夫一张生气勃勃的照片。把血淋淋的人头改成英气勃勃的照片，正是把小说的形式优越性改变为电影的优越性，避免了把小说的优越性引入电影变成局限性（在电影《从奴隶到将军》中有过木笼中人头的镜头，但导演故意让它一闪而过，决意不让观众看清）。从这里可以看到形式的优越和局限以它顽强的反作用迫使生活就范。同样的题材，歌剧和

① 这里暂时不讨论语言对于文学作品是不是纯粹工具的问题。这是因西方当代文论中之话语与思维绝对统一的学说（如萨丕尔－沃尔夫假说）与我国古文论传统之"言意之辨""言不尽意"相冲突，言与意之矛盾在《老子》《庄子》《周易·系辞》《吕氏春秋》《法言》《文赋》《文心雕龙》中均被强调论述，两种学说还有待分析。2000年注。

电影又由于形式的差异而产生很大的差异。在歌剧《江姐》的舞台上，既没有人头，也没有布告。这是因为人头固然不合适，而布告上的照片，无论多大，后排的观众也无从辨认。在歌剧中，江姐干脆对着观众，好像在演员与观众中间有一堵透明城墙。城墙上挂着的人头，观众是从江姐的眼睛和表情中用想象的视觉看到的。在剧场中，观众的眼睛不像摄影机那样可以自由运动，其视觉范围也不像电影镜头那样可以自由分切。这自然是一种局限性，但歌剧的舞蹈动作却以其美妙的虚幻性来调动观众的想象力，这就把局限性变成了优越性，创造了不同于小说也不同于电影的艺术真实。如果不深刻洞察不同艺术凭借的工具的性能不同，即使有真实生活的内容，也可能变得粗糙或虚假。由此可见，艺术凭借的工具决定了艺术的优越性和局限性，使同样的生活的特征分化，而艺术所表现的特征越繁多，它的形式也就越能得到高度的发展。

要进入艺术创作之门，对于形式的分化就不能有丝毫的含糊。舞台艺术、银幕艺术、音乐艺术、绘画艺术、语言艺术固然有相通的普遍规律，但它们之间的区别更不可忽略。要成为艺术的内行就不但要善于看出不同艺术形式规律的共同性，更重要的是要对它们之间那种间不容发的微妙差异有高度的敏感。正是对这两个方面的理解的深度和广度构成了一个人的艺术修养，决定了一个人的艺术水平。

在创作实践和理论批评中，艺术规律的普遍性常常比较容易受到重视，其差异性却往往被混淆。并不完全是由于认识普遍规律比较容易，而认识特殊规范则比较艰巨，这主要是由于对艺术所凭借工具的不同的忽略。在艺术领域中，存在这样的特殊现象，人们好像凭着感性就能认识到戏剧与电影之间的共同性，所以把拍电影叫作拍戏，如果不是专家，很少注意到二者之间由于工具的不同而带来的巨大差异。在诗与画的关系上，也一样。人们总是毫不费力地感到二者之间的一致。我国宋代一位画家说过："画是无声诗，诗是有声画。"希腊诗人西门尼德斯也说过同样的话，而苏东坡在《书摩诘〈蓝田烟雨图〉》中也说："味摩诘之诗，诗中有画，观摩诘之画，画中有诗。诗曰：'蓝田白石出，玉川红叶稀；山路原无雨，空翠湿人衣。'"这里突出强调的是诗与画的共同性。本来这作为一种感情色彩是很深的赞美，很精辟，有其相对的正确性，但是作为一种理论，无疑有其片面性，因为其中忽略了不可忽略的差别。特别是这一段话经过长期传诵，抽去了具体所指的特殊对象，就变得越来越肤浅了。有些研究者甚至把苏东坡的这个说法绝对化地肯定下来，把其中相对的真理夸大到荒谬的程度，说从王维的诗中可以看出王维画中"经营位置"的功夫。其实王维的诗再高明也不可能表达出画中事物固定的空间关系。诗和画，由于借助的工具不同，它们之间的区别是这样大，又这样容易被人忽视，这是一个很值得思考的现象。绝对地用画的优越来赞美诗的优越是一种盲从。明朝人张岱直接对苏东坡的这个议论提出异议。张岱说："若以有诗句之画作画，画不能佳；以有画意之诗为诗，诗必不妙。如李青莲《静夜思》'举头望明月，低头思故乡'有何可画？王摩诘《山路》诗'蓝田白石出，玉川红叶稀'尚可入画，'山路原无雨，空翠湿人衣'如何入画？"张岱的观点接触到了艺术形式之间的矛盾，但却没有充分引起后人乃至今人的注意。不同艺术形式间的不同规范在西方也同样受到漠视，以致莱辛认为有必要写一本专门的理论著作《拉奥孔》来阐明诗与画的界限。莱辛发现同样以拉奥孔父子为毒蟒缠死为题材，古希腊雕像与古罗马维吉尔的史诗所表现的有很大不同。在维吉尔的史诗中，拉奥孔发出"可怕的哀号"，"像一头公牛受了伤"，"放声狂叫"；而在雕像中身体的痛苦冲淡了，"哀号化为轻微的叹息"。这是"因为哀号会使面孔扭曲，令人恶心"，"激烈的形体扭曲与高度的美是不相容的"，而在史诗中，"维吉尔写拉奥孔放声号哭，读者谁会想到号哭会张开大口，而张开大口就会显得丑呢？""写拉奥孔放声号哭那行诗只要听起来好听就够了，看起来是否好看，就不用管。"①应该说，莱辛比张岱更进了一步，即使肉眼可以感知的形体（而不是画中不能表现的视觉以外的东西）在诗中和在画中也有不同的艺术真实的标准。

不同艺术形式的优越性是如此的不同，艺术的追求者是非要弄清不可的。作家的智能也可以说是一种遵循形式规范自由驾驭形式的智能。严格说来放之一切形式而皆准的观察力、感受力和想象力是没有的，只有在特殊形式规范的制约下的观察力、感受力和想象力。形式对于作家对生活的提炼有一种制导作用。形式的制导作用，再加上感情的诱导作用和风格的预期作用形成一种三维的张力网络，生活就是在这种张力的体系的作用下发生变异，上升为艺术形象的。

四、辨析同样工具的不同想象规范

辨别不同工具的艺术形式之间的区别还是比较容易的。光能感受到这种区别还比较粗浅，艺术形式之间奥妙、细致、间不容发的差异常常存在于凭借同样工具的不同艺术形式之间。例如诗歌、小说、散文同样以语言为工具，其间差异，带着更大的隐秘性。这是因为同样的工具的性能得到不同的发挥。就语言来说，它有抽象的性能，也有具象的性能、唤醒情绪经验的性能等。在社会科学和自然科学著作中，它的抽象性能得到充分的发挥，而在文学作品中它的具象性能和审美情绪唤醒性能得到充分的发挥。每一种艺术形式只能发挥它所凭借工具的性能的一些方面，就是同样的性能也可能由于目的不同而有不同的效果。这是由于它们审美的规范不同。以文学作品为例，语言的具象性能由于和人的想象发生不同的关系就构成了不同的假定性，形成不同的形式规范。在叙事性作品中，语言即使

① 莱辛著，朱光潜译：《拉奥孔》，商务印书馆1980年版，第16、22页。

只描述具体的特殊人物的一个动作、一阵微笑、一句口头禅，也要尽量提供刺激想象的条件，暗示人物全部性格的底蕴。它可以以一幅肖像几个准确的细节在读者的想象中提示人物命运和经历的线索，也可以以人物一套行为的因果显示全部性格与环境的关系。他准确的描摹中蕴含着巨大的潜在量，给读者的想象以冲击，让读者在想象中把未在字面上写出来的东西还原给人物。在抒情性作品中，语言可以使事物的空间时间关系发生变化，使事物的形态和逻辑产生变异，使形象以不同于生活原型的形态出现，唤起读者感情的共鸣。诗歌的形象本身往往就带着假定的特点，不完全是现实准确的摹写。因而许多诗的形象直接搬到散文中就变得不和谐、不现实了。例如，贺敬之在诗歌《回延安》中写他回到延安时激动的心情："手抓黄土我不放，紧紧贴在心窝上。"如果是散文，读者可能担心他的衣服会给弄脏。至于接下去"满心话登时说不出来，一头扑在亲人怀"，在散文中可能就没有这么大的自由，至少要交代清楚来欢迎的人中有没有女性。这是因诗歌的形象不像散文那么写实，假定性比散文要强得多。杨朔主张把散文当诗来写。在《荔枝蜜》中，说自己因为被蜜蜂感动得"心里一颤"，夜里做梦，"变成一只小蜜蜂"，但他当时已经五十上下，用散文的想象特性来推敲，当以"一只老蜜蜂"为宜。如果真是写诗，那么自由就大得多。舒婷写《祖国啊，我亲爱的祖国》时，明明年纪轻轻却说自己是"老水车""千年的古莲""矿灯"等。

艺术的品种是如此繁多，其特殊规律是如此复杂，以至于任何一个伟大的艺术家都不可能掌握它的全部秘密，甚至伟大的艺术家也只能在有限的领域中显得伟大，离开了这个领域，就很平凡了。曹雪芹蔑视八股文，宁愿把生命献给在当时被当作稗草一样不登大雅之堂的小说。但他也许并不满足，所以在《红楼梦》中把当时正统文坛上的诗体、文体（八股除外），几乎都展示了一下。但是，他的诗文并没有小说那样富于创造性，达到惊人的水平。就他的诗歌而言，他的诗不如词，词不如曲。他写得最平庸的是排律，尽管他时常通过人物的口给自己捧场。有些研究者说曹雪芹的诗写得很有"天才"，这和有些毛泽东诗词的研究者一样，他们把毛泽东的全部诗词说得一样好。这些都是忽略了不同文艺形式规范的特殊性的结果。其实毛泽东自己说了，他善于长短句，而不善于五七言律诗。由于忽略了这一点，有时连杰出的文学大师都不免有些偏颇的见解。托尔斯泰曾经这样说：

> 莎士比亚缺乏主要的（如果不是唯一的）塑造性格的手段——语言，亦即让每个人都用合乎他性格的语言来说话。这是莎士比亚所没有的。莎士比亚笔下所有的人物，说的不是他自己的语言，而常常是千篇一律的莎士比亚式的、刻意求工、矫揉造作的语言。这些语言，不仅塑造出的剧中人物，（而且）任何活人，在任何时间和任何地点

都不会用来说话的。[①]

莎士比亚的剧本是诗剧，剧中人都用英语轻重音交替的素体诗（blank–verse）来讲话。自然，在生活中，诚如托尔斯泰所说，没有一个恋人和准备慷慨就义的英雄能够即兴地用合乎韵律而又华彩的语言长篇大论地演说，但这正是诗剧的特殊优越性，它不同于托尔斯泰所熟练掌握了的现实主义小说的优越性。它之所以产生并且能够存在，是因为在表现人物动作所不能完全表达的内心激情方面，有其他艺术形式所不及的优越性。出于类似的误解，巴尔扎克也偏激地否定过雨果的《欧那尼》，说雨果笔下的“人物的行为违反常识”[②]。当然这里的分歧自然不限于艺术形式，还有创作方法等问题，这里暂且不作全面论述。

五、不同艺术形式规范的相互渗透

不同艺术形式之间的界限是十分森严的，混淆了界线也就混淆了不同形式的规范，作家的智能可能陷入混乱。但是一切事物的界限都是相对的。“辩证法不知道什么绝对分明的和固定不变的界限。”“除了‘非此即彼’，又在适当的地方承认‘亦此亦彼’。一切差异都在中间阶段融合，一切对立都经过中间环节而互相过渡。”[③]不同艺术形式互相矛盾、互相干扰是问题的一方面，问题的另一方面是在艺术的历史发展过程中它们又互相补充、互相渗透、互相促进。

不同艺术形式的特殊规范有相对的稳定性，又有历史的灵活性。它在发展过程中总是要受到姊妹艺术的影响，如诗与画之间的相互影响，戏剧与小说之间的相互影响，等等。不同艺术形式之间的矛盾并不是绝对不能统一，只是需要条件。一种艺术形式照搬另一种艺术形式的手段，两种形式互相排斥的倾向就突出起来。要达到统一，就必须迫使另一种艺术形式的手段就范，使之与本身的特点融化在一起，在性质上发生变化。

使诗的抒情性服从于戏剧的动作性，打破戏剧的连锁性结构使之变为短篇小说的非连锁性结构。一个作家如果不能做到这一点，那他的艺术自觉性就还处在比较蒙昧的阶段，还没有自己独立的艺术生命。

电影是最年轻的艺术之一，它从形成到发展至今才百余年的历史，它发展的每一阶段都要从兄弟艺术那里借用表现手段。在早期，电影是记录戏剧舞台演出的，当时它的主要表现手段都是从戏剧借来的，对于舞台的依附性正是电影艺术家在蒙昧阶段的特点。一旦电影艺术家发现它的摄影镜头与观众的眼睛不同，它可以推拉摇，不像观众那样总是看

① 中国社会科学院外国文学研究所外国文学研究资料丛刊编辑委员会：《莎士比亚评论汇编》（上），中国社会科学出版社1979年版，第504页。

② 文艺理论译丛编辑委员会：《文艺理论译丛》（第2册），人民文学出版社1957年版。

③ 恩格斯：《反杜林论》，《马克思恩格斯选集》（第三卷），人民出版社1995年版，第535页。

着舞台的全景，可以把镜头分切开来，创造了特写、大特写时，电影艺术才开始摆脱了戏剧这个保姆，开始用自己不同于戏剧的联想原则，甚至发现了不同于戏剧艺术的“语言逻辑”。

苏联电影导演库里肖夫从旧影片中剪出几个镜头：一个演员毫无表情的脸，在他面前分别接上三个镜头，一盆汤，一个棺材，一个孩子，就可以分别引起给观众饥饿、悲痛、慈爱的联想。

另一个著名的实验是这样的，从旧影片中抽出了三个镜头：①一个人在笑；②手枪直指；③这个人惊恐的脸。以这样的顺序组接给观众的印象是懦怯。实验把同样三个镜头反过来组接：①一个人惊恐的脸；②手枪直指；③这个人在笑。这个顺序传达的观念是勇敢。

电影从戏剧的固定视角中解放出来以后，就发现了属于电影特有的蒙太奇的手法。从那以后电影就以惊人的速度在世界范围内像一个艺术的暴发户那样，成为世界艺术中的佼佼者。电影艺术家之所以如此迅速地暴发，和他们迅速地改造、融化了其他兄弟艺术的表现手段有关。他们吸收了诗的想象，使之成为有时间、空间自由的画面；吸收了画的视觉组合，使之不断运动跳跃；吸收了小说和散文的结构方式，使之带上戏剧性的微妙，等等。电影艺术的高速发展是由于它已经超越了消化不良的幼稚阶段。这种规律性现象，也存在于诗与散文之间。当韩愈以文为诗时，他由于没有用诗的规范迫使散文就范，失败了；而“五四”新诗更多地受到散文的影响，诗从旧体的僵化格律中获得了新生。当然，80多年来新诗的发展远不如电影，原因是诗还没有成功地迫使散文就范。

不同艺术形式构成形象的规律像不同国家有不同的法律一样。一个作家要善于自我分析，根据自己的条件选择适合的“国籍”，因为艺术品种繁多，而人的气质、才能、经历、条件只有有限的适应性。当然，这也不是封建婚姻，一旦选定终生不改。许多大作家如高尔基、屠格涅夫都从写诗开始，但并未停留在写诗上。徐迟写诗30年，结果走向了报告文学，杨朔从小说走向散文，茅盾由文学批评走向小说创作，冰心由诗而转向散文，鲁迅由小说而转向杂文，魏巍由诗而转向通讯和小说。作者总是在创作实践过程中认识自己的才能。不过，不管最后他们以哪种形式发挥出了最大的潜能，他们最初的实践也并没有浪费。早期艺术形式的爱好常常给他后来的作品带上极其鲜明的，别人不能重复的风格色彩。不同艺术形式经过互相融化以后，总是要发生微妙的变化，对生活的适应性自然更灵活了。由此可知，作家，固然要有主攻方向，但也不可偏颇，要尽可能有多方面的艺术修养，最好是在一个以上的文学形式中有过创作的尝试。艺术发展的基础尽可能更宽广一些才好。

第七节　作家的表达力

一、语言的引导、制约促使表象产生

文学是语言的艺术，作家是语言的艺术家。作家的语言修养，不但决定了作家的表达力，而且决定了作家的观察力和感受力。反过来说，不管作家的心理素质多么有利于艺术创作，不管作家的观察力、感受力、想象力多么强大，如果没有与之相应的语言加以表达，一切都会落空。据心理学研究，人们在观察感受事物的时候，或者用心理学的术语来说，当我们知觉事物的直观形象的时候，如果在事物特征与语词之间不能建立起联系，也就是光有意会，而不能言传，感觉就并没有完成。只有感知经验语词化了，才能完成感知的根本任务；只有语词化了，事物特征才能化为信息的最小单位。表象可以产生语词，语词也可以制约、改造表象，乃至产生表象。人类学的研究也说明了这一点。北美印第安霍皮族人的语言里有"青色"这个词，但没有"淡青"这个词，因此他们区别不了这两种颜色；而英语中有"淡青"这个词，说英语的人就能很容易地区别这两种颜色。

对于一个作家来说，如果没有相应的语言表达能力，那么他的观察、感受和想象，就不能生成有生命的意象。作家往往会遇到一种可意会而不可言传的情况，那并不仅仅是因为已经有了内容而缺乏语言形式，同时也因为内容本身还缺乏明确性。作家获得迅速的、敏锐的观察感受力，并不仅仅依赖于长时间的苦思冥想，同时还靠语言的熟练。在创作过程中，常常有陆机所说的"文不逮意，意不称物"的现象。在这里关键是"文"，也就是语言。不管你构思多么好，没有相应的语言也白搭。《文心雕龙・神思》中说："方其搦笔，气倍辞前，暨乎成篇，半折心始，则何？意翻空而易奇，言征实而难巧也。"如果语言丰富，自然，按皮亚杰的发生认识论，作家话语"图式"较为丰富，因而观察、感受的同化成果也就多；相反，语言贫乏，作家的观察、感受成果也就比较少。观察、感受和语言之间的关系并不是单向的决定关系，而是互相决定的。正是因为这样，作家的表达力也可以说并不完全是语言的问题，同时也包括观察、感受、想象、形式感等许多方面的作用。作家的观察、感受、想象和对形式的驾驭，在很大程度上是在表达过程中实现的。提高了对语言的命名能力，同时也就提高了对生活的感受能力和对形式的驾驭能力。关于这一点我们可以引用果戈理一段自白来说明。果戈理说：

一开头必须把一切想到的不假思索地写出来，尽管很坏很散乱，但是绝对要把一

切写出来。

这是为什么呢？因为感知如果没有语词化，就不能成为客观的信息单位，不能为主体所接受，这是其一。其二，感知如果不语词化，哪怕是粗糙的语词化，人的感知也无法进一步精确化，因为精确化必须通过语言，有了语言文字，主体的内在信息就变成了客观存在的检验对象了。果戈理继续说：

> 以后就把这个草稿搁起来，过上一个月，两个月，有时候也许还要更久些，你再拿出所写的东西来读一读吧。你会发现有很多不对的、多余的、没有达意的地方。你在空白的地方做一些订正和注解，写不下了就移到远一点的页边。当全部写满了字的时候，你就亲手把它誊写在另一个笔记本上。这时候忽然又出现新主意，于是，剪裁、补充，把词句重新组织一遍。在以前的文字中会跳出一些新的字句来，这些字句非安置在那里不可，但是不知怎么的它们却不会一下子就写出来。你再放下那个笔记本罢！你去旅行，去消遣，你什么也不要做，或者去另外写别的东西。时间一到，你就想起那个被抛开的笔记本了。你拿起它读一遍，用同样的方法改一改，又被涂得乱七八糟，你再亲手誊写一遍。这时候就会发现随着文字的坚实、句子的成功和洁净而来的，是你的手好像也坚实起来了。于是每个字也更加坚决了。应该这样做八次……[①]

这种修改的事例我们还可以从巴尔扎克那里得到。巴尔扎克用大张的淡蓝色稿纸写作。稿纸四周要留出大量空白，以便修改。印刷厂送来的清样也常被他改得一塌糊涂。对于巴尔扎克的这种习惯，出版商总是毫不客气地要他承担校排清样的一切费用。这样来来回回地改，往往不等出书，巴尔扎克的稿酬已经所剩无几了。为解脱经济困境而写作的巴尔扎克为什么毫不后悔？这很简单，感知的语词化是一个不断精确化的过程，离开了语词，这种过程是不可能产生，也不可能持续的。没有最粗糙的语词化作基础，想象力对形式的驾驭力就无法发挥出潜在的效能来。

正因为这样，在作家那里，严格说来，语言，不完全是表达工具。作家的语言正如科学家的术语和符号系统那样有一种内在的强制力，它不但是思想感情的载体，而且有某种促使新的思绪意象产生的刺激力。语言可以引导、制约、改造表象，驱除不适合的表象，寻求更适合的表象。它使一种知觉得到了一种表达，同时又促使与之相联系的某种知觉经由联想渠道发生。正是由于这种曲折的发生过程并不是瞬间完成的，因而，哪怕是巴尔扎克那样的大作家，也得凭借最初并不细致的语言，把想象的成果固定下来，并以之为基础进行加工。如果原来的基础不够丰富，不够细致，那么它就不能促使丰富细致的语言产生；如果它本已经够丰富、够细致了，那么它将促使比它更高层次上的细致精密的语言，让更

---

① 科瓦廖夫著，程振民译：《文艺创作心理学》，福建人民出版社1983年版，第132—133页。

深刻、更美妙的想象，更精彩、更动人的感受从中“跳出来”（像果戈理说的那样）。懂得了这一点，我们才能理解为什么托尔斯泰要把他的《复活》反复修改十年之久，而曹雪芹一生未能完成《红楼梦》就赍志长逝。这是因为许多杰出的想象、观察、感受成果是非得在语词化以后才能像昆虫发育那样蜕变出来，而不是像胎生动物那样，一生下来就是那个样子。

作家之所以常常被称为语言艺术家，并不单纯因为他们用词准确，语法精通，更重要的是他们往往说出了一系列特点、性质、形态、性状、感受。这一切在他们用语言表达出来以前，在别人的观察、体验中好像是并不存在似的，经他们一说，人们才发现了生活中和心灵中这些新大陆，并且恍然大悟，更多地体验了生活，更准确地认识了心灵，或者说更丰富地感到了世界和自我，同时也更多地体会到了语言的奇妙功能。

正因为这样，一个作家对于语言的性能应有深刻的理解和精微的感受。作家如果不能对语言的全部财富创造性地加以运用，至少也应该对语言的部分（如口语或书面语，文学语言或社会方言）有过人的驾驭能力。

二、输送语言信息的“阈值”

作家用语言，画家用色彩、线条，音乐家用旋律构成形象。语言是一种符号系统，不像色彩、线条和旋律那样有直观的可感性。语言的局限性是它不能提供刺激感官分析器的直接信息，它只能以声音和文字为渠道提供间接的、有限的信息。语言声音信息与音乐声音信息之不同，在于它在社会约定俗成的过程中，与经验（包括情感、感觉、意义）有着稳定的联系。这种意义是在社会交际、民族生活实践的历史过程中形成的，因而这种声音与意义的联系有社会客观性。语言信息的发出者与接受者都有共同的社会生活经验，掌握了共同的声音—意义符号系统。

语言是概念的符号，概念是抽象的，语言就其独立的形态而言，也是抽象的。语言因为不但能唤醒意义（概念）而且能唤醒情感和感觉，因而不但能表达概念，而且能表达感情，从而产生具体的表象，使抽象的语言中渗透着生动的感性。

这样，作家作为语言艺术家，他的特殊技能就表现在以下两个方面：第一，他能用有限的语言信息，激起无限的想象和回忆；第二，他能用抽象的语词构成感性的形象。作家驾驭语言的基本要领就是，向读者输送构成形象的“足够的”信息，而不是全部信息。所谓“足够”，就是达到能激起读者的想象，并能用他的生活记忆去补充、丰富语言信息的那个限度，用自然科学的语言来说，就是那种“阈值”。达不到这个阈值，语言就引不起读者大脑皮层相应区域的兴奋，形不成一个中心，因而引不起读者的感应，就不能激发或维持读者的兴趣，导致形象的鲜明性与生动性不足，读者的感性经验调动不起来，不能去充实、去膨胀作家的语言；但是如果超出了这个阈值，信息量过多，读者的大脑皮层引起了多个兴奋中心，读者被刺激得过了限度，他的回忆、想象就会过分纷纭。根据巴甫洛夫大脑神经兴奋负诱导规律，各个中心之间就互相抑制，多中心就变成了无中心，同样不能充分激起、长久维持读者的兴味。这就造成形象不纯，甚至芜杂。

作家要善于传输“足够”的语言信息，就要掌握一个非常精确的限度，既不能超越这个阈值，又不能低于这个阈值。语言的艺术就是这种控制限度，亦即掌握精确度的艺术。

这种精确度，自然与语言的信息量有关系，但是并不一定有必然的关系。有时很少的信息量就能达到这种精确度，有时很大的信息量却破坏了这种精确度。比如说一个人死了，要构成形象，可以传输的信息，或者可以描写的细节是很多的。例如，他的脸色如何苍白，眼睛如何半张半闭，双手如何冰冷，两腿如何僵硬，双唇如何发白，小孩子见了如何害怕，亲人见了如何哀哭，等等。但是这一切加起来并不能构成鲜明的形象，因为语言的信息量超过了那个阈值，而且互相干扰。屠格涅夫在写一个老太婆死去的时候只用了一句话“一只苍蝇从她泛蓝的眼膜上从容地爬了过去”，就给读者以惊心动魄的印象。一个罗列了许许多多死亡时的情景，但读者想象中唤起的表象和体验并不比原来传输的信息多出多少；一个传输的信息量较少，但在读者想象中唤起的表象和情感体验却比原来传输的信息多出许多倍。作家传输的信息是否足够，是否达到那个阈值，主要不取决于笔下细节量的多少，而在于所唤醒的生活表象和内在情绪。

作家被称为语言的魔术师，其根本奥秘就在这里。语言的精确度如何，取决于二者的比值，比值越大，精确度越高。

这种精确度不仅仅表现在语词的中心意义，即表面的意义上，而且表现在语言的联想、引申、暗示意义上。例如，内蒙古草原新修了一条小河，李瑛在一首诗中说，“马房师傅又多了一根弦子”“草原小伙又多了一条带子”。这两个暗喻是精确的，用弦子和带子形容草原上人造小河的直线形体（这与自然河流的弯曲是不同的）。李瑛的语言之所以精确，并不仅仅因为运用了弦子和带子这两个词的中心意义——直而且长，还因为准确地运用了这两个词的引申、联想、暗示意义——弦子引起的是乐音的联想，和小河流水的声音精确地符合，带子柔软的质感和河水波浪的特征是精确地统一的。特别值得一提的是，在通常理性的语言中，中心意义是主要起作用的因素，联想、暗示的意义是次要的，可以忽略的。然而在构成文学形象时，如果联想、暗示意义是不精确的，那就可能导致整个形象的崩溃。形容草原上的人造小河，如果光考虑长和直，那么除了弦子和带子，还有棍子。可是如果把小河比作棍子就是笑话了，因为它失去了弦子的音乐性联想和带子的柔软性联想，以及弦子、带子加在一起的草原风土的联想（因为弦子是内蒙古草原上常见的乐器，带子在内蒙古草原上常用来束腰）。

正因为这样，姜夔才赞叹：

语贵含蓄。东坡云“言有尽而意无穷”者，天下之至言也。

有限的语言之所以能传达出无限的信息来，首先就因为它在中心意义之外还包含着联想的意义。中心意义是用语言直接表达出来的，可以说是有限的，而联想意义却是在“语言以外”的，是在读者心中沉睡着的，是间接地被唤醒的，它是中心语义所无法直接表达的，却是联想意义所可能暗示的。当孙犁在《荷花淀》中写到水生在决定离村参军前夕向他妻子说明自己是“第一个报名的”，从来没有离开过丈夫的妻子只说了一句：“你总是很积极的。”这好像有点文不对题，含糊其词，但是其中肯定性的赞赏和否定性的哀怨几乎同样多，只是从字面上我们只看到肯定，这是有限的，而否定性的意味是要读者通过被语言激起的联想、暗示，用自己的生活体验去填充的。作家的语言表达力从这个意义上讲，正是这种有限与无限的统一。

作家的才华不仅表现在言内之意的精确性，而且表现在言外之意的准确性上。任何一种事物外在的精确性都可以从不同的角度去选择。例如太阳，可以从光明这一角度，像艾青那样写它的强烈光芒把诗人的眼睛刺痛，并流出了眼泪；也可以像郭沫若那样，要求太阳把自己的身体照得通明，而当他背向太阳时，四周就变成一片黑暗；还可以从高温的角度写它像烈火一样把自己烧成灰烬；当然，也可以写，即使太阳照在身上，还是寒冷得发颤。同样对象的外在特征分化为不同的语言，形象就包含着不同的引申、暗示的意义，它们都是合理的，都是形象的，而且都是精确的。这种精确，主要是一种情感的、审美的精确。在太阳下有一种燃烧的感觉和有一种冷得发抖的感受，都包含着丰富的暗示、引申义。这不是太阳本来的性质。太阳既不能直接燃烧什么人，更不能使人寒冷，这一切都是从暗示、引申中产生出来的，它的精确性主要是一种感情的精确性。仍以屠格涅夫所写老妇人之死为例，苍蝇从容地从她的蓝色眼膜上爬过去之所以惊心动魄，是因为其中的暗示，调动了我们的经验。在通常情况下，我们的眼睛很敏感，哪怕是吹进了一点灰尘也难以忍受，而一个苍蝇能从容地从眼膜上爬过，自然是人彻底失去感觉的后果了。

作家之所以挑选这样的语言去形容一个人的死亡，不仅仅因为这样的语言能表明人已经死去，而且还能暗示作者对死去的人持非常客观冷静的态度。如果作家的态度、感情不一样，同样是形容一个人死去了，没有知觉了，暗示的语义可以有很大的不同，例如：

我看那人躺在地上，满脸都是雪花。

这是漠不关心的态度，冷漠的感情。苏联诗人特瓦尔朵夫斯基写在卫国战争中红军战士战死在祖国的雪原上：

俄罗斯的雪花，

落在他蓝色的眼睛上，

再也不会融化了。

这就不仅是人体没有感觉，而且是没有温度。除此之外，还有对于俄罗斯景色的特征（雪花），他再也不能欣赏，再也不能体会到祖国大自然的美了，而在这里就包含着一种痛惜，一种哀悼。

只要感情精确了，形象内涵就充分饱和了，艺术信息就足够了。艺术信息“足够”了，就达到了阈值，离开了这个阈值，不管增加了多少描写，也是白搭。

三、语义的颠覆和重构

作家之所以无愧于语言艺术家的称号，不仅仅因为他必须为通常智性的话语渗入情感的因素，而且还因为，他必须完成一个更为艰巨的任务——把公共话语转化为表达自己个人思绪和情感的语言。

语言符号的意义是社会性的。对于作家来说，现成的语言，包括传统的艺术语言，对于他独特的情绪和思想都是一种束缚。这种束缚表面上是一种自由，因为作家只有进入这种语言的框架、语言的圈套才能表述自己起码的思绪。这就构成了一种理所当然的感觉：社会的现成的体制和群体的约定俗成的心理定式，造成了一种别无选择的感觉，这就是当代西方文论中占主流的一种学说——权力话语。这种学说认为：统治人的思想蒙蔽了作家，使之丧失自我。妨碍作家找到自己的最为深刻的根源正是这种公众的、流行的、天经地义的、自然而然的话语。作家要获得表达自我的最基本的前提就得对于权威的话语——文学语言加以重新审视，对之进行文化语义的“颠覆”，从而找到自己独特的话语。

正是因为这样，每一种新的文学潮流产生之时，都不能不从文学语言的革新开始。

从韩愈的古文运动，到文艺复兴时代抗击僵死的拉丁语，把口头的方言转化为书面语言，从五四新文学运动以白话代替文言作为书面语言的正统形式到新时期对于政治、革命话语的重新定位，都是最为明显的例子。即使没有明显的语言革命，基本词汇和语法结构没有根本的变化，也可能产生文学话语的颠覆。朦胧诗的出现就伴随着一场话语的革新。传统的话语本来是天经地义的，向来是一种“习惯”。顾城在《顾城哲思录》中这样描述这种习惯是如何窒息思想情感的：

诗的大敌是习惯——习惯于一种机械的接受方式，习惯于一种“合法”的思维方式，习惯于一种公认的表现方式。习惯是感觉的厚茧，使冷和热都趋于麻木；习惯是感情的面具，使欢乐的痛苦都无从表达；习惯是语言的套轴，使那几个单调而圆滑的词汇循环不已；习惯是精神的狱墙……隔绝了心海的潮汐。习惯就是停滞，就是沼泽，就是衰老，习惯的终点就是死亡。当诗人用崭新的诗篇，崭新的审美意识粉碎了习惯之后，他和读者将获得再生——重新感知自己。[①]

正是因为对现成的话语进行了颠覆，才有朦胧诗的艺术世界的开拓。

经过了20多年的时间，红旗、大道、鲜花、东风、骏马、烈火等固定的政治象征话语的统治才趋于结束，舒婷、北岛、顾城、西川、于坚等人才以各自个人的多元语言为诗坛开拓了新话语境界。舒婷才能把木棉花这种本来已经固定的联想（革命、烈火）既定位为热烈的意象——英勇的火炬，又定位为个人的低回——沉重的叹息。如果不是经历话语的颠覆，顾城只可能把长江上的白帆和生气勃勃的景象，如千帆竞发联系起来，而不可能把联想的终点引向"尸布"。

历史的惯性以某种权威的姿态出现，因而特别顽固。要挣脱联想的习惯渠道是艰巨的，非有大才者不能完成这样的历史任务。就是在有限的领域里突破一下现成的套路，形成自己的风格也是需要才华的。正是因为这样，俄国形式主义者才把艺术的奥秘多少有点简单化地集中在所谓语言的"陌生化"上面去。

四、静止摹写的沦落和动态描写的兴盛

最初，人类并不了解语言的局限性，并不理解艺术的威力在于唤醒和暗示，特别是在早期的抒情文学中，人类吃力不讨好地滥用语言信息，误以为语言信息的量越大，文学的形象越生动，这是世界文学史上的一大顽症。我们在《形象论》中指出过，即使在那些被奉为经典的作品中，挥霍滥用语言信息，罗列敷陈的现象也比比皆是，连罗马诗人维吉尔和希伯来文学的瑰宝、保存在《圣经》中的《雅歌》，都在所难免。例如《圣经·雅歌》中有一首情歌是这样的：

我的佳偶，你甚美丽，你的眼在鬓发下好像鸽子眼。你的头发如同山羊群，卧在基列山旁。你的牙齿如新剪毛的一群母羊刚刚洗净，个个都是双生，没有一只丧子的。你的唇好像一条朱红线，你的嘴也很秀美。你的双颊淹没在发内如同石榴，你的颈项好像大卫建造收藏军器的高台，其上悬挂一个个盾牌，都是勇士的藤牌。你的两乳，好像百合花中吃草的一对小鹿，就是母鹿双生的。

这里罗列了许多细节，就每一个细节、每一个句子来说都有一定暗示性，都能唤醒读者的某种联想和想象，但是这联想和想象，不但不能互相补充融合、互相统一为一个主要特征，

---

① 孙绍振：《新的美学原则在崛起》，《诗刊》1981年3月。

反而互相游离、互相干扰。勇士的藤牌和鸽子的眼睛，山羊和军火库的高台，一条朱红线和双生的母鹿，简直是风马牛不相及。暗示要素之间形不成一个紧密结构，因而言外的想象不能产生统一的功能。在古罗马诗人维吉尔的作品中这种倾向甚至严重到引起了莱辛的批评。

12 世纪希腊编年史家康斯坦丁·巴拿赛斯想用对美丽的海伦的大量描写为他那部自由诗体的著作增色：

她是一个美人，肤色美，眉毛也美，
腮帮美，面孔美，大眼睛，皮肤雪白，
眼睛微凹，说不尽的温柔秀雅，
双腕皙白，呼吸轻微，仪态万方，
肤色皎洁，而双眼却是玫瑰红，
容貌令人销魂，眼睛娇媚清新，
光辉焕发，天然不假雕饰，
白色的皮肤夹着玫瑰的绯红，
像发光的象牙用深红染透，
颈项长，白得发光，
因此人们，把她叫作天鹅生的美丽的海伦。

这就完全忽视了语言是唤起想象、经验的声音符号，而误以为声音本身就能变成感性了。莱辛嘲笑过这种静态罗列的方法，说企图用这样的罗列来叫读者产生形象的感受，等于往山上滚石头。

这种铺陈罗列的幼稚病在中国文学的早期历史上也未能幸免。其中最突出的要算汉赋了，用几十句、几百句作静止的铺陈，甚至力求每句用同样的偏旁部首的文字构成，这可能是世界文学史上最大的文字挥霍了。汉赋完全忽略了语言在字面意义以外的暗示的潜在量，因而在一个短暂的历史时期以后就丧失了风靡一时的影响，吸引不了后代最有才华的作家了。然而汉赋衰亡的根本原因，并没有彻底地被后代认清。在以后的千百年岁月，甚至是那些优秀的作家们做出了辉煌灿烂的创造的同时，在某些局部方面，又犯了一些幼稚的错误，这种错误因历史、流派、风格的不同而不同，然而共同的特点是滥用语言信息。许多杰出的、伟大的作家都未能完全避免。从莎士比亚到左拉，从雨果到茅盾的作品中，这种顽症的病变并未绝迹。

在我国古典白话小说中，当人物出场或风物新异之时，作者们便情不自禁地大肆形容一番，有点言之不足则渲染之的劲头，这时描写便以一种以敷陈为特点的赋体出现。如

《三国演义》中写到风：

> 忽然狂风大作，一霎时，飞沙走石，遮天盖地。但见怪石嵯峨，槎枒似剑，横沙立土，重叠如山，江声浪涌，有如剑鼓之声。

《西游记》写风：

> 扬走播本，倒树摧林。海浪如山耸，浑波万迭侵。乾坤昏荡荡，日月暗沉沉。一阵摇松如虎啸，忽然入竹似龙吟，万窍怒号天噫气，飞沙走石乱伤人。

这么多细节，并不是互相补充、互相扩展，而是互相重复的。所暗示的，非但不比语言直接表达的多，反而由于重复，本来有点暗示性的细节，都变得“老化”了。这样吃力不讨好的铺陈，其特点就是静止的排列，表面意义量的增加扼杀了暗示意义上质的升华。这种毛病不单在写景时很常见，写人时也一样。冯梦龙在《警世通言 · 赵太祖千里送京娘》中写京娘出场亮相：

> 眉扫春山，眸横秋水。含愁含恨，犹如西子捧心；欲泣欲啼，宛似杨妃剪发。琵琶声不响，是个未出塞的明妃；胡笳调若成，分明强和番的蔡女。天生一种风流态，便是丹青画不成。

一连串老掉牙的套语，暗示义在长期使用过程中磨损了对读者的记忆和想象的刺激，已经钝化，这不能不说是败笔。

当然，这样的败笔之所以败，不但是因为滥用了静止的描摹，而且也因为滥用了感情的渲染。最主要的是完全不懂得陈旧语义的颠覆与更新。

关于这一点莱辛在《拉奥孔》中做出过解释。他主要从诗和画的比较中加以论述。他认为只有绘画的色彩、线条、明暗，才能完成静止描摹的任务，文学语言则不能，因为绘画是空间艺术，而文学是时间艺术。当文学用语言静止地描摹事物时，“物体的同时并存就和语言的先后承续发生了冲突”。要用语言做静止的描摹，就不能把同时并存的事物化为先后承续的次序。莱辛认为，把同时并存的东西化为先后承续性的各个局部很容易，但是要把它们记住，要把它们所留下来的许多印象，“完全按照它们原来出现的次第，在脑里重新温习一遍，要它显得像活的一样，而且还要以合适的速度把它们连起回想，以便达到对整体的理解，这一切要花费多少精力啊！”

所以，英国诗人蒲柏到了壮年回想少年时代写的描绘体诗歌，感到后悔。他甚至愤激地主张，真正的诗人应该尽早地放弃静止的描绘。

语言艺术与绘画不同，它不能在空间的同时性上与绘画竞争，它比绘画优越的地方就在于它能描绘动作的持续性。因而在早期的世界文学史上，其成功都不在静止的描摹，而在动作的持续上。当荷马写到美女海伦、美男子尼鲁斯或更加富于男性美的阿喀琉斯时，他从来就不静止地描绘，他着重写的是美的动态过程和效果。当荷马刻画天后朱诺的马车，他并不去详尽描写车子的各个细部，而是描写赫柏把车子的零件一件一件地装配起来的动态过程。如果荷马要让我们看到阿伽门农的装束，就让他当着读者的面从软内衣到披风，从短靴到佩刀，一件件穿戴上身。如果要写潘达洛斯的弓，荷马并不把这角制的刨得很光的、长长的弓的特征一一历数给我们看，而是从打猎抓到山羊有了很长的羊角写起，然后写两个匠人把两只角结合起来，刨光，最后镶上金饰。

同样，曹雪芹为了把宁国府、荣国府介绍给读者，让冷子兴静止地描述一番并没有占《红楼梦》多少篇幅，而且也不见得多出色。他的大手笔在于不惜工本，让刘姥姥进去走了一回，产生了许多惊异，闹了许多笑话，又让贾政带着贾宝玉和清客们进去走了一圈，又发生了一些冲突，这样就用持续性的动作代替了静止的图画。这就是中国古典小说中除了赋体以外，没有或很少独立的、静止的景物描摹的原因，也就是亚里士多德在《诗学》中把动作、情节看得比性格更重要的原因。

莱辛是世界上第一个从理论上全面地揭示了诗与画的区别和语言信息某种局限性的人，他的功绩不可磨灭。但是莱辛的理论是有局限性的，他只看到语言的中心意义，没有注意到语词的引申、暗示意义在构成形象中的重大作用，因而他只看到了构成形象的外在动作（可见动作），没有注意到构成形象的内心动作。内心动作是一种心理变化，它是不可见的、微妙的，但又是富有特征的。它包括主体的内在变动和它与环境的默契和交流，这无声的交流并不是静止的，而是动态的。例如，《诗经·硕人》中写一个美人：

手如柔荑，肤如凝脂，领如蝤蛴，齿如瓠犀，螓首蛾眉。

把一个高个子姑娘的各个部分分别都加以静止的形容，还不如光从其中抽出任何一个部分来写更好，因为嫩草、油脂、蝉蛹、瓜子，不管是中心意义还是联想意义都并不统一，而是各自独立的意象，但是下面两句：

巧笑倩兮，美目盼兮。

这就把美人写活了，不再是美的碎片，碎片被神态的变化统一起来了。同时这里还隐隐约约透露出感情的生动，感受者有一种小小的内心震动，显示出一种不平常的发现。正是这种微妙的内心变动触发了读者的心灵，而这种内心震动正是在言外之意中，也就是在引申义和暗示义中产生的。意大利文艺复兴时期诗人阿里奥斯托在他杰出的叙事诗《疯狂的罗兰》中，写过一个美丽的女巫，他从头到脚静止地描写她的美，用了 40 行以上篇幅，但那并列的细节并没有给人留下多少印象，只有“娴雅地左顾右盼，秋波流转”得到后人的称赞。这里眼波的波动和《硕人》可谓不谋而合，莱辛把这种微妙的动态的美叫作“化美为媚”。媚是一种稍纵即逝却令人百看不厌的美，“媚比起美来，所产生的效果更强烈”。

不管是外在动作还是内心动作都在一个基本点上，与静态的罗列不同，它只追求一个单纯统一的主要特征，所有其他的特征都服从于这个特征，包括在程度上、在性质上，总而言之它在总体效果上是集中的。为了这个主要特征，作家舍弃了一些特征，改造了一些特征。莱辛说：

诗在它的持续性的模仿里，只能运用物体的某一个属性，而所选择的就应该是，从诗要运用它那个观点去看，能够引起该物体的最生动的感性的那个属性。

由此就产生出一条规律：描绘性的词应单一，对物体对象的描绘要简洁。[①]

莱辛说的是诗，虽然都是叙事诗，但也可说是指一切文学。

五、抒情文学的描写和叙事文学的叙述

描写的成功不在于摹写的详尽和感情的夸饰，而在于外在的特征和内心特征的契合。描写可以说是一种恰如其分的形容，形容不足和形容过头都是对描写的损害。外在的过头和不足容易觉察，内在感情的不足和过分却不易觉察，成功的描写应当是二者的化合。一个很值得注视的现象是，当抒情文学不论在古希腊、罗马还是在中国都已反复发生了形容过分和虚夸失真的倾向以后，叙事文学在描写方面还很幼稚，它缺乏必要的形容手段。抒情文学的描写，并不是摹写对象的现实的特征，而是借想象以抒情，它的情感和想象成分占优势的手段积累得很丰厚。在中国，唐宋传奇，特别是宋元话本开始了有意识的叙事文学创作，但是直到《三国演义》《水浒传》《西游记》都还只长于叙述动作和对话，不善于描写，常常不是脸谱式地虚夸，就是向诗歌借用形容的手段。文学的历史发展证明，诗歌的想象性是概括的，有较大的普遍性，能越过时间空间的界限；而叙事文学则要求更细致的特殊性，因时间、空间的不同而相异的现实性描述。因而从诗歌中割来肉并没有给叙事文学增添生命，相反成了赘疣，以至于七十一回本《水浒传》就很明智地把此前版本中的韵语基本上删去，这是因为到了这个时期，叙事文学已经有了大量的现实性的描写手段了。

叙事文学一旦取代诗歌成为文学的主要形式时，它就开始重新创造写实性的描写手段。

在草创期，不论是在中国，还是在西欧小说最早发育起来的意大利，描写的手段还是比较简朴的。一个女主人公出场，只用三言两语就交代了过去。如薄伽丘《十日谈》第四天第一个故事中的主人公是一个漂亮的公主，作者只是这样描写她：

她正当青春年华，天性活泼，身段容貌，都长得挺漂亮，而且才思敏捷，只可惜做了一个女人。

对于环境场景和心理的描写也很简朴，这位守寡的公主爱上了一个宫廷侍从：

---

① 莱辛著，朱光潜译：《拉奥孔》，商务印书馆 1980 年版，第 83 页。

她留意观察了许多男人的举止行为，看见父亲眼前的一个名叫纪斯卡多的年轻侍从，虽是出身微贱，但是人品高尚，气宇轩昂，确是比众人高出一等。她非常中意，竟暗中爱上了他，而且朝夕相处，愈看愈爱。那小伙子并非是个傻瓜，不久也就觉察了她的心意，也不由得动了情，整天只是想着她，把什么都抛在脑后了。

虽然是情节核心的主要关节，但几乎谈不上有什么心理描写，只有非常简朴的叙述（“她非常中意，竟暗中爱上了他”，他“不由得动了情，整天只是想着她”），没有过程，也没有细节。感情色彩倒是有的，作者对这位公主的自由感情有明显的赞赏，但是没有足够的表现手段，因而显得朴拙了一些。

这表面看来是一种倒退，但实际上是一种进步。首先从外在形态和特征的描写来看，已经没有那种非现实的成分，描写角色的思想感情已经不用荷马式的超现实的想象了。以写实性为其特点的叙述已经发展起来了。其次，内在情趣特征也发展了，已经淡化了那种高贵的非同凡响的渲染，而是表现一种世俗、平凡的情趣。

这种写实性的表现手法，以叙述为特点，对外在性状不大肆罗列、铺排，不作色彩、声音、颜色、气味的感性的直观描绘；对内在感情不作超世俗的夸张的渲染。由于它是写实的，比想象的抒写更能适应叙事的要求，更接近新兴的叙事文学的那种通俗情趣，因而表现出了强大的生命力，自然很快繁荣起来。中国第一部长篇小说《三国演义》就基本上是用叙述方法写成的，其中人物脸谱式的形容，则是从抒情文学中套用来的，实际上像人体退化了的盲肠一样是多余的。没有这些陈词滥调，《三国演义》会更精彩。《三国演义》的语言魅力主要来自叙述而不是描写，何其芳曾经觉得这是个谜。其实，原因并不神秘，关键在于文学的生动性并不一定取决于描写。在叙事文学中叙述较之描写更为重要，没有描写可以产生杰作，没有叙述，叙事文学就几乎不能存在。

卢卡契在《叙述与描写》中说：“描写原来是许多叙事性的写作方法之一，而且无疑只是一种次要的方法。”①卢卡契关于叙述的概念与我们不尽相同，但是这关于描写的作用，却是我们能同意的。

当然，缺乏描写对叙事文学毕竟是一种缺陷，不积累起纷繁复杂的描写手段，叙事文学就不能战胜诗歌成为艺坛的主流。

在简朴的叙述不能留下深刻印象的地方，就得用感情的直观造成一种生动的印象，提供更多的直观信息以激起读者对生活的回忆。不描写、不形容就不可能产生后来大大发展了的可感性。在早期文学作品中偶尔也有强调或形容的努力，宋玉在《登徒子好色赋》中这样写：

---

① 卢卡契：《叙述与描写》，《卢卡契文学论文集》，中国社会科学出版社1980年版，第45页。

东家之子，增之一分则太长，减之一分则太短；着粉则太白，施朱则太赤。

这是一种滑头的办法，没有正面的描写，从反面去强调，不能更改就是恰如其分的美，但究竟本身如何美，仍然是空白。宋玉写到这里可能感觉到了这个问题，他具体地描写了：

眉如翠羽，肌如白雪，腰如束素，齿如含贝；嫣然一笑，惑阳城，迷下蔡。

这仍然是平行的罗列，和《诗经・硕人》的方法相同，或者竟是套用，下面的“嫣然一笑”也和“巧笑倩兮”写法差不多，不过“迷阳城，惑下蔡”更虚夸一点。

早期的描写要么是没有什么形容，满足于简朴的叙述，要么一形容就相当夸张，带着强烈的想象性或假定性。中国古典小说中脸谱式的描写是这样，古埃及的《一千零一夜》也是这样：

她月儿般的脸上透出鲜花一样的额，细腻的腮，弓形的眉，鲜红的唇，明眸皓齿，眉语眼笑，满面春光。太阳月亮好像从她额上吸取了光热，夜似乎是因她的黑发而变成的，麝香的香味仿佛是从她身上放出来的，素馨花俨然是她额角上的产物，树枝也甘为她的窈窕而折腰。一句话，她像黑夜里悬在高空的一轮明月……整个宫室就被她的美丽光辉照耀得焕然发光。

这自然是一种渲染，一种形容，一种强调，因为它有细部的特征，有特殊的感情，但是更突出的是一种想象，带着神话、传说的非现实性，描写对象和作者感情都是想象性大于写实性。严格地说，这还是一种诗的抒情，并不是写实性的刻画，因为它表现作者热情的成分多于再现现实对象的成分。

六、描写向外在特征方向发展

叙事文学的写实性描写和抒情文学的想象性描写划清了界限以后，就开始获得了自己的生命。它沿着外在特征和内心特征两个方向迅猛发展起来，在两三百年之间，它所积累的再现生活的准确性就大大超过了以往千年以上的成就。

起初，表现外在特征主要依靠简朴的叙述，简朴并不简陋，因为它再现现实性生活的准确性提高了。不过，有一段时间它发展得并不快。直到 18 世纪，环境、肖像、习惯、心理的描写还是很有限的。巴尔扎克在他的关于司汤达的《帕尔马修道院》的评论中，强调过描写的重要性，认为它基本上是一种现代的写作方法。他认为在 18 世纪法国小说中，如在勒萨日、伏尔泰等的小说中，几乎不知描写为何物。用巴尔扎克的描写标准去看，比伏尔泰、勒萨日更早的薄伽丘、乔叟、日本的紫式部更是如此了。但是，这似乎失之过激，因为在这以前中国的古典散文，至少那些山水游记，其中的描写已经达到异常精致的程度，那种凝练与和谐即使在今天看来也是具有典范意义的。至于《水浒传》中的描写，如武松打虎，对老虎的描写是极其生动的，经住了历史的考验。就是对于法国文学史来说，巴尔扎克的说法，也似乎不符合事实。在18世纪卢梭的《忏悔录》中虽然大量都是叙述，但也不乏描写，例如：

只见走出一个十分漂亮的年轻女人，她光彩照人，服饰艳丽，步履轻盈利落，三步两步就到了房间里。我还没注意到有人在我旁边摆上了一份餐具，她就在我身边坐了下来，她又妩媚，又活泼，棕色的头发，年龄至多不过二十岁。

就这样的描写看来，卢梭的确只用了一些陈词滥调，把他和伏尔泰、勒萨日一起归入不知描写为何物者之列是并不冤枉的。但是卢梭不擅长外貌的刻画，而善于内在情感过程的描写：

她只会说意大利语。单凭她那声调就够叫我晕头转向的了。她边吃边说，盯着我看了一会儿，然后突然叫道："圣母啊，原来是我亲爱的布畦蒙，我很久没有看见你了！"说着就往我怀里一扑，把嘴唇贴在我嘴唇上，把我搂得几乎透不过气来。她那双东方型的大黑眼珠把火一样的热情射进我心里。虽然先是一阵惊讶使我有些不知所措，但肉感之乐很快就把我迷住了，以至于尽管有许多人看着，还是需要那个美人儿亲自使我有所克制，因为我醉了，或者毋宁说是发狂了。

卢梭不是不会描写，而是不善于作外在形态、环境、气氛的刻画，他擅长的是感情的渲染，对于外在的特征，他是无能为力的。读者不要枉费心机去想象这个迷人的姑娘的那些妩媚的风韵罢，你想来想去都会离实际太远的。

这是卢梭坦率的自白，他无法刻画美人的外貌。但是，到了19世纪，巴尔扎克那一代作家就不能容忍这样的忽略了。他们在自然科学精确观察的伟大胜利的鼓舞下，对生活的描写精细、准确得多了。那种"细节的真实性"，甚至被恩格斯当成现实主义文学的重要特点之一。

在巴尔扎克看来，只有他那样对建筑、家具、衣着、食物、财产、血缘、经历等准确到几乎像专题论文那样的描写才能称得上是描写，而在这以前的描写则都不合格。这自然是一种苛求。

巴尔扎克所说的描写并不限于现实主义作品。他把司各特作为描写的先驱，这点倒是很正确的。描写是伴随着浪漫主义文学潮流而兴盛起来的。按左拉的说法，浪漫主义带来了滔滔滚滚的描写的盛宴。从那以后，浪漫主义、现实主义的文学大师们以豪华的视觉、听觉、触觉、嗅觉、味觉，乃至更复杂的内在机体感觉和空前汹涌的感情渗透、倾注在丰富的、令人眼花缭乱的细节之中，等待着新兴的读者群的想象。风景描写、环境描写、动作描写、心理描写像洪水那样猛涨起来，从眼睫毛的一次闪动，到内心的稍稍波动随即消解了的动机，都被逼真地再现出来。在一件家具上可以烙下一个家族的历史，从一朵花可以引出一段断肠的衷情，凡此种种细微之处都被大张旗鼓地描写，十倍地膨胀起来，显出空前的感染力。虽然西欧文学对大自然的描绘比之中国的山水诗、山水游记要晚几百年，但是却风靡一时，以致后世的作家有时竟禁不住要以整节整章、一连好几页的篇幅来静止地写风景和环境。古典式假定性的神妙渲染消失了，代之以现实的准确刻画。

文学描写中古典阶段的告终是在批判现实主义者出现的时候。由于19世纪自然科学的发展，自然科学的成就不但影响了作家的世界观，而且影响了作家观察生活的方法。莫泊桑所转述福楼拜的“观察的才能就是持久的耐性”原本是布封说的，这是布封用来观察植物的方法。在这里，福楼拜最强调的是事物客观的区别。左拉则把自己的小说称为“实验小说”，他说巴尔扎克笔下贝姨的动人之处在于用事变来检验人的感情变化，像在化学中用试剂检验化学成分的性质一样。巴尔扎克更夸耀他对人体的观察有伟大医生那样的准确性。歌德是个艺术家，也从事过自然科学的研究，并有所发现，他说：“我过去画过风景画，后来又从事过自然科学的研究，使我不断地细致地观察过自然现象，所以我熟知自然现象，直到它的细枝末节，所以当我作为诗人需要什么素材的时候，总是感到得心应手，而不容易陷于错误。”

刻画的准确性被提上了日程，并且以科学的观察为后盾，难怪后来左拉要蔑视想象了。他说像他那样的“自然主义”作家要写东西，“首先操心的是，要为此收集记录有关材料。他认识了这个演员，出席了那次演出，然后他同深通此道的内行谈话，他核对各种话语、轶事、肖像。这还不是一切，他还阅读书面文献。最后，他亲临现场，在一个剧院里度过若干天，来习知一切细枝末节。他将在一个女演员的包厢里度过他的夜晚，将尽可能领略这里的气氛。一旦这些收集完备，小说就自然而然地告成了”。[①]

左拉的上述言论最鲜明地代表了当时文学描写的倾向——现实化的话语、肖像、细枝末节，乃至现实化的场景气氛的描摹风靡一时。左拉明明是个艺术家，却以运用了自然科学的方法而自诩。这种倾向的极致就是侦探小说、推理小说的兴起，柯南·道尔应运而生，连幻想都是科学的了，科学幻想小说家儒勒·凡尔纳至今拥有那么多青少年读者。

古典式神话的想象性的虚拟描写扫地以尽，作家观察和自然科学的准确竟然不期而遇。1982年8月5日苏联《消息报》上有一篇文章《福尔摩斯的原型》，有这样的记载：

> 有一次爱丁堡大学的医学系课堂里的学生们正聚精会神地听讲。这时，一个病人走了进来。讲课教师看到他以后，对学生们说：“先生们，站在你们面前的这个人，曾经在苏格兰某团军乐队服役过，他是吹奏风笛的。”

---

① 乔治·卢卡契：《卢卡契文学论文集》(一)，中国社会科学出版社1980年版，第48页。

最初，这个病人矢口否认他曾服过兵役。后来，讲课老师给他仔细检查身体后发现，这位病人身上有一个“d”形（按：“d”是英文“deserter”的缩写，意为“逃兵”）烙印。那是在克里米亚惩罚逃兵时的烙印。最后这位病人终于承认他确实在苏格兰某步兵团服过役，在军乐队吹奏风笛。

感到惊奇万分的学生们问老师，他根据什么猜出病人身份的呢？

老师说：“这很简单，只要仔细观察一下就能知道。这位病人走进来的时候，身子挺得笔直，步伐很规整。这种走路的姿势，只有军乐队吹奏风笛的士兵才有。另外，他个子不高，这也说明，他确实当过兵，在军乐队服过役。”

课堂里的一位学生禁不住大声说道：“贝尔大夫，您真可以成为福尔摩斯那样的侦探了。”老师回答说：“我就是福尔摩斯。”

约瑟夫·贝尔确实就是著名侦探福尔摩斯的原型，柯南·道尔在自传中曾经提到过这一点。

这位贝尔先生是个科学家，可是他的观察方法却成了柯南·道尔文学描写的方法。贝尔在讲课时常常向学生们强调那些极容易被忽视的微小差别，强调这些差别的意义。还有一次面对一个门诊病人，贝尔一下子观察出他是才从巴巴多斯回来的退伍中士，得到病人的证实。柯南·道尔在《一个翻译的故事》中几乎原封不动地把它搬进这个场景，他还在自传中写到他的这位老师：

如果他是一名侦探的话，他一定能把这种很吸引人而又头绪纷杂的职业变成一门精确的科学。

文学家受到了“精确科学”的影响，他笔下的描写就不能不以追求刻画的准确性为特点，作家笔下的美人就不能像《登徒子好色赋》和《天方夜谭》里那样“虚”了，这时的特点是追求“实”。当然，这种“实”的倾向，早在欧洲浪漫主义文学潮流中就表现出来了。我们来看小仲马笔下茶花女的肖像：

玛格丽特的头很美，是一件绝妙的珍品，它长得小巧玲珑，就像缪塞所说的那样，好像是她母亲精心摩挲才成为这个模样的。

在一张流露着难以描绘其风韵的鹅蛋脸上，嵌着两只乌黑的大眼睛；上边两道弯弯细长的眉毛，纯净得犹如人工画就的一般；眼睛上长着浓密的睫毛，当眼帘低垂时，给玫瑰色的脸颊投去淡淡的阴影；俏皮的小鼻子细巧而挺秀，鼻翼微鼓，像是对情欲生活的强烈渴望；一张端正的小嘴轮廓分明，柔唇微启，露出一口洁白如奶的牙齿；皮肤颜色就像未经人手触摸过的蜜桃上的绒衣；黑玉色的头发，不知是天然的还是梳理成的，像波浪一样卷曲着，在额前分梳着两大绺，一直拖到脑后，露出两个耳垂，耳垂上闪烁着两个各值四千五百法郎的钻石耳环。

作家力图正面准确地刻画，不枉费那么大的劲。形象的具体性可感性加强了，作家和读者对于生活细节的观察和感受能力也随之发达起来。追求细节刻画，再现生活的准确性成为风气。作家稍有不慎，细节失真，就会引起苛求的同行乃至读者的批评。多少才华卓绝的作家为提高文学表现力而如痴如醉地磨炼他们的笔锋啊，作家观察力的发展与作家描写能力的提高是成正比的。即使中等资质的作家也写出了卷帙浩繁的长篇小说，写作变得容易了。哪怕生活中一刹那间事情，作家的笔写起来也十倍百倍地超越于18世纪以前的作家。狄更斯在《马丁·朱什尔维特》第42章中写闪电一亮那么短暂的瞬间，那细节的体系就比以前一整篇散文所能容纳的还要多。狄更斯不由得自我惊叹：

在每一次急促短暂的闪电里，人们能看到许多事情。这些事物在阳光持续的中午即使用五十倍的时间都是看不到的。①

自然科学观察方法的影响很快大大超过了科学方法本身的效应，文学家对描写的追求很快就不限于准确的刻画，同时追求比自然科学更丰富的想象。作家五官感知到的比自然科学的多得多了。听狄更斯现身说法，在这电光一闪之间，他看到了多少东西：

教堂钟楼里的大钟，使钟摆动的绳索和转轮；筑在屋檐下和凹角处的毛蓬蓬的鸟窝；颠簸的马车疾驰而过，马车里人们惊愕的表情；受惊的马匹嘶叫着，预示暴风雨的来临，而隆隆的雷声淹没了马匹的惊叫声；遗留在田地里的耙和犁；被树篱笆分割开的田野向远处延伸出去，田野尽头的树丛好像附近庄稼地里的稻草人一样清楚。在闪烁的电光照耀的一瞬间，一切事物都清晰可见；接着，黄色转变成为一团火红色的光芒，又转变成为蓝色。由于光亮刺目，人们眼前除了一片白光外，其他什么也看不见；然后是一片深沉的漆黑。②

科学的观察要求一定的持久性，在这么短暂的瞬间，科学家的眼睛来不及扫描这么多细节，然而文学家却借助记忆和想象把它们写了出来。作家的眼睛是长在自己心灵上的，眼的灵敏表明心的灵敏。在创作实践和欣赏实践过程中，作家和读者的心灵越来越精致。细腻的描写带来了能欣赏细腻描写的读者，细腻的读者又推动了作家向更细腻的外在特征进军。

刻画的准确性中增添了形容的酣畅，描写越来越饱和了，细节越来越细了。当然，在一个方面细描，必然导致其他方面的疏略。描写的局部性，要求它的内涵必须体现整体，否则必然流于罗列。如果不能把整体的特征概括起来，则描写就必然失之泛滥。在19世纪

① 罗经国：《狄更斯评论集》，上海译文出版社1981年版，第35页。
② 罗经国：《狄更斯评论集》，上海译文出版社1981年版，第35页。

以后，叙事文学的细描往往集中在一个局部上，这就是鲁迅所说的“画眼睛”——有意识地找寻那富有特征之处，穷形尽象，而对此外的一切却略而不计。作家像拿着放大镜那样在一个细部作精致的提炼，透视人的灵魂的隐秘波动，这就是19世纪以后描写的新趋向。

文学的描写与科学的描述分家了，它不再受科学的束缚了。茨威格在《一个女人一生中的二十四小时》中写到蒙特卡罗的紧张的赌场，他借女主人公的眼所描写的不是赌兴方酣的人，而是那些人们的手。也许是因为对于人的脸部和表情的描绘已经老化了，失去新鲜感了，茨威格才从“手的表情”写起。他声明说因为赌棍都善于驾驭自己的面部表情，戴上一副冷漠的假面具，装出无动于衷的神色，他才描写手。当然，目的并不在手，而在于整个的人，他说：“每一双手都反映出独特的人生。”这样的描写在世界文学史上都是罕见的，竟长达3000字，的确有惊心动魄的效果。我们来看其中正面描写的一部分：

> 此刻，我竟听到一阵咯咯喳喳的响声，像是骨节折裂。我不由自主地向对面望了一眼，立刻见到——真的，我吓呆了！两只我从没见过的手，一只右手，一只左手，像两匹暴戾的猛兽互相扭缠，在疯狂的对搏中你揿我压，使得指节间发出轧碎核桃的脆声。那两只手美丽得少见，秀窄修长，却又丰润白皙，指甲放青光，甲尖柔圆而带珠泽。①

这自然是一种刻画，是很细致的。如果光是这样，20世纪的描写也不比古典式的罗列高明，但是西欧北美的描写技巧在一两百年间有了惊人的发展，它的突出成就不仅仅在于细致而准确，更主要的是在于高度概括。它所展开的是局部，其效果却大大超出了局部，达到对整体特征的透视，特别是对内在隐秘的特征的透视。这时描写就不仅仅限于对客观对象的再现，而且还要调动作者的联想、想象、幻视、幻听、心灵的感受、理智的评价和分析，等等。这时的描写，已经是一系列复杂表达方式的综合，它的效果自然仍然统一于形容，但又比形容要深广得多：

> 那晚上我一直盯着这双手——这双超群出众得简直可以说是世间唯一的手，确令我痴痴发怔了——尤其使我惊骇不已的是手上表现的激情，是狂热的感情，那样抽搐痉挛地互相扭结彼此纠缠。我一见就意识到，这儿有一个感情充沛的人，把自己的全部激情一齐驱上手指，免得留存体内胀裂了心胸。突然，在圆珠发着轻微的脆响落进码盘，管台子的唱出彩门的那一秒钟，这双手顿时解开了，像两只猛兽被一颗枪弹同时击中似的，两只手一时瘫倒，不仅显得筋弛力懈，真可说是已经死了。它们瘫在那儿像是雕塑一般，表现出的是沉睡、是绝望、是受了电击、是永逝，我实在无法形容。因为在这以前和自此以后，我从没有也再见不到这么含义无穷的双手了：每根筋肉都

① 茨威格：《茨威格小说集》，百花文艺出版社1982年版，第475页。

在倾诉，所有的毛孔几乎全都渗发激情动人心魄。这两只手像被浪潮掀上海滩的水母似的，在绿泥台面上死寂地平躺了一会儿。然后，其中的一只，右边的那一只，从指尖开始又慢慢儿倦乏无力地抬起来了，它最后颤抖着，闪缩了一下，转动了一下，颤颤悠悠摸索回旋，最后神经震栗抓起一个筹码，用拇指和食指捏着，迟疑不决地捻着，像是玩弄一个小轮子。忽然这只手猛一下拱起背部，活像一头野豹，接着飞快地一弹，仿佛啐了一口唾沫，把那个一百法郎的筹码掷到了下注的黑圈里面。那只静卧不动的左手这时如闻警声，马上也惊呆不宁了。它直竖起来，慢慢滑动，真像是在偷偷爬行，挨拢那只瑟瑟发抖，仿佛它已被刚才的一掷耗尽了精力的右手，于是，两只手惶惶悚悚地靠在一处，两片肘腕在台面上无声地连连碰击，恰像上下牙打寒战一样——我没有，从来没有，见到过一双这样能传达表情的手，能用这么一种痉挛的方式表露激动与紧张。望着这双颤抖喘息急不可待的手，看着它寒栗悚惧的神情，我突然觉得整座大厅里其他一切全都死灭僵凝了。

这可以说是把描写的性能发挥得淋漓尽致了。它刻画的准确，它的深邃，它所使用的多种手段，都使这种描写的效果强烈到了难以超越的程度。这主要表现在，它描写的不是手，而是整个的人，不是人的外部表现，而是人的内心全部激情变幻。用人的外在局部的形态来表现人的内心隐秘的活动，能达到这样触及灵魂的程度，应该说，这是描写的伟大胜利了。

到达这一点，就达到了它的顶点。一旦越过这一点，外在的刻画就不能不走向自身的反面了。

即使这样成功的刻画，严格的读者也不能不略微感到有冗长之嫌。不过，由于这段描写在情节发展中处于女主人公命运转折的关头，带着很强的心理的戏剧性，因而不大为读者注意罢了。如果不是这样，无限制地运用这种展示式的刻画，是烦冗的。事实上，在西欧，从浪漫主义作家到现实主义作家，即使对外在的形态性状成功的描写中，也隐含着危机，那就是它在根本上仍然有罗列之嫌。因为大幅度的描写不能不有所罗列，即使加上了动作的过程，也还仍然不能完全摆脱罗列。

而这恰恰是与语言艺术的本质不相容的。不管你多么准确地刻画，语言也不能像绘画音乐那样有直觉的效果。语言只能在想象中激活读者对直觉的经验，因而在一个美人面前，不管多么高明的作家都是无法与画家比美的。正如在通缉令上不管多么准确的特征说明都不及一张蹩脚相片有效一样。

没有对描写局限性的领悟就没有描写的真正自由，就可能产生盲目地追求无限度的描写。应该承认，西欧浪漫主义和现实主义作品在大大发展了描写的性能的同时，也使描写泛滥了，描写的局限性被许多作家忽略了。多少冗长的描写成为读者想象的沉重负担啊！一些不乏才华的作家盲目地追求着文学描写不应该追求而且是永远也追求不到的东西，耗费了本不该耗费的才智和精力，连巴尔扎克的环境描写也不免烦冗，连雨果、大仲马、左拉的肖像和风景描写都不时产生过分琐碎的败笔。这种弊端到了20世纪在罗曼·罗兰的名著《约翰·克利斯朵夫》的心理描写中仍然没有完全绝迹。我们不得不较长地引用乔万里奥里的《斯巴达克思》中的一段来说明问题：

> 首先使人注目的就是她（按：爱芙姬琵达）那修长而又结实的美丽的身躯，仿佛用两个手指就可以把它整个箍起来似的。那张令人吃惊的，像雪花石膏一般的洁白的极美妙的脸，泛出了可爱的红晕。优雅的前额上面罩着火红色的极柔软的头发。两只像海浪一般、又像蔚蓝杏子一般大的眼睛，燃烧着摇荡的火焰，发出使人不可抗拒的魅力。一个略微向上翘的、线条优美的小鼻子，仿佛使流露在她容貌间的那种大胆勇敢的神情，变得更加显著了。在那两片微微张开、湿润而又肉感的红唇之间，闪烁着两排雪白的牙齿——那是真正的珍珠，似乎正与那浮现在她小巧的圆下巴上迷人的小涡争奇斗艳。雪白的脖子好像用大理石琢成。匀称的披肩，可以和神后朱诺比美。有弹性的高耸的胸脯，丰满得使轻薄的披风掩不住它，这便反而使希腊姑娘更加诱人。她那赤裸的轮廓分明的手臂和脚掌，纤小得就如孩子的一般……

应该说这幅肖像并不坏，它还是相当有水平的，但是它对人物的细致刻画却并没有造成相应的艺术效果。语言在千差万别的特征和形态面前好像有一点无能为力了，它形容美女的词语竟是那样有限。乔万尼奥里所用的词语是我们在欧美古典文学中常见的，连那些比喻都是我们熟悉的。耽于外在形态特征的刻画很难避免造成烦冗，甚至雷同。其原因是太迷信语言对于视觉的功用，过高估计语言表现外在特征的功能。这样详尽而细致的形容只能使读者的想象疲惫。语言不能完成绘画的任务，文学的长处并不在直观，文学的视觉属于心灵的想象的视觉、感情的视觉。文学描写不能单纯地追求外在的视觉特征，离开了内心感情的特征，外在的特征是机械的、缺乏生命的。茨威格对手的描写之所以惊人地生动，除了外在特征的准确以外，还有内在感情的准确，主要是女主人公内心的震动。

七、描写向内心特征方向发展

描写在外在形态特征的刻画方面显出局限性的地方，在内心的特征刻画方面显出了优越性。

既然形象胚胎是客体特征与主体特征的汇合，主体特征的重要性必然或迟或早要被作家意识到。也许托尔斯泰并不是第一个意识到这一点的，但是他第一个勇敢地说了出来：

要描写一个人是不可能的，但是可以描写他给我的印象。在语言对外在特征无能为力的地方，它对内心特征的表现显出了魅力，于是描写作家感情的瞬间直感成为风气。不管刻画什么对象，既然不可能达到绘画那样的准确性，就不必在这方面挥霍笔墨，而应该在绘画所无能为力的地方发挥想象的威力。在描写事物、人物的外部特征方面，文学与绘画不能相比，但是内心特征方面，绘画就只能相形见绌。既然内心感情对于文学形象是这样重要，那么事物、人物的特征所激起的感情就必然成为描写的新拓的疆域。有时，我们可以明显地看到许多大作家追求的并不是客观特征百分之百的准确性。例如，高尔基在《童年》中这样写一个老太婆："来了一个蛇背的小老太婆，嘴大得咧到耳根，下巴唆嗦着，像鱼似的张着嘴，尖尖的鼻子，好像越过上唇朝嘴里探望似的。"为了强调鼻子向内钩进去，作家做了一种主观的解释，这种解释对于客观特征来说，是并不十分准确的，但是对于主观情致特征来说却是很准确的。事实上，带着特殊情致对事物或人物做的解释常常是非常生动的。狄更斯这样描写一个 40 多岁的寡妇："她是一个晦气样子的女人，像她的弟弟一般黑，她在面貌上、声音上都非常像他。她生有特别浓的眼眉，几乎在她那大鼻子上连起来，仿佛因为生错了性别，不能长胡子，她才用眼眉来补偿似的。"用眉毛补偿胡子的解释，主观的情趣特征就更鲜明了，越是在这种情趣特征鲜明的地方描写也就越生动。我们再看罗曼·罗兰《欣悦的灵魂》中的一段描写："这个人又高又胖，宽大的脸庞刮得光光的，额头轩朗，鼻子又高又直，两个鼻孔似乎很能顺随人意，不分彼此地闻玫瑰的芳香或牛马粪的臭味。"这种描写的准确性显然偏重在情感特征方面，使读者格外赏心悦目的并不在于鼻子生得如何，而在于作者对于鼻子功能的特殊阐述，在这种说明中作家的感情特征就流露出来了。

这样，刻画人物的天地就广阔多了，作家何必在人物一上场就把他的肖像用工笔不讨好地细描一番呢（契诃夫说，用500字给人物写肖像，读者会疲倦的）？他只要让他给另一个人以强烈的印象就好了，让他带上另一个人的特殊感情就好了，这可能更生动。这正是一箭双雕，不但写了所描写的对象特征，而且写出了叙述者的心灵特征。也许这种心灵的镜子并不精确，但是难道世界上只有平面镜子才有存在的合法性吗？三棱镜、哈哈镜、望远镜变异了物象，不是正因为不同的变异的功能才显得有各自的价值？不正可以看到客体的一种崭新面貌和主体心灵的被公开了的秘密吗？

契诃夫在《美人》中正是这样做的。他描写的纲领并不完全是这个美人究竟如何美，笔墨的焦点是这个美人如何激起了一个少年人的心灵的特殊变幻：为了反衬美丽的姑娘引起少年人的美好感情，契诃夫开头花了不少篇幅写这个少年和祖父一起来到顿河草原，充满了干热无聊、烦厌、四肢无力之感，对那里的苍蝇、尘土无可奈何地忍受着：

于是我忽然恨草原，恨太阳，恨苍蝇了。

接着便是衣着朴素的小姑娘出现在面前时感情的突变：

我瞧她一眼，立刻觉得仿佛有一阵风刮过我的灵魂，吹散这一天的种种印象，以及灰尘和烦闷。

契诃夫在对这个姑娘做了一些外在特征的描写以后，又把笔力大幅度地集中到内心感情的特征上来：

你看啊看的，渐渐生出一种愿望，想跟玛霞说点非常愉快、诚恳、美丽的，跟玛霞一样美丽的话。

我伤心害臊，因为玛霞根本不理我，始终垂下眼帘，瞧着地下。我觉得仿佛有一种特别的，幸福而骄傲的空气把她跟我隔开，严密地掩盖着她，不让我看见似的。

……

可是我后来渐渐忘了自己，完全沉醉在美丽的感觉里了。我再也不去想荒凉的草原和灰尘，再也听不见苍蝇的嗡嗡声，再也尝不出茶的味道，只觉得对面跟我隔着一张桌子站着一个美丽的姑娘。

对这种美不知怎的，我的感觉有点古怪。玛霞在我心里引起的不是欲望，不是迷恋，也不是快乐，却是一种既痛苦而又愉快的忧郁。不知什么缘故，我为我自己，为我爷爷，为那个阿尔明尼亚人，甚至为姑娘本人，感到怅惘。我有这样一种感觉，好像我们四个人失去了一种对生活说来很重大很必要的东西，而且从此再也找不回来了。

……

她带着她的美，越是常常跑过我身旁，我的忧郁也就越是尖利。

这里由美的感受引起的心灵波动是多么独特，多么深刻：先是一阵风刮过灵魂扫荡了灰尘和烦闷，然后是希望自己能说点非常诚恳美好的话，再后是沉醉在美的感觉里尝不出茶的味道，最后是一种既愉快又痛苦的忧郁。姑娘的美除了用外在的特征以外，还用了这么一系列心理变化的特征来表现，这种内心的变化特征显然比外在的特征更生动，更深刻。这也是一种用美的效果来强调美的方法，但这是一种无声的心理效果，这与荷马史诗中写海伦之美引起特洛亚元老们的外在动作不同，也与《陌上桑》中写罗敷之美引起少年、老人、耕者、锄者、担者的外在动作不同。这里也是一种动作，但是内心的动作，这是不可见的。文学在上千年的发展过程中表现力提高了，在《荷马史诗》和中国古典民歌中的视觉以外的生活被一种新的内审的视觉发现了。虽然莎士比亚曾经以内省的视觉得到歌德的称赞，但是，莎士比亚的内审视觉还带着想象和变异的特点。莎士比亚式的内心直抒突出感情的强度，因夸张而变得放大了似的，而这里却是这样复杂，有着 19 世纪和 20 世纪内审视觉的显微望远的准确性。获得这样更精密的内审视觉，自然表明人的认识能力，特别是自我意识、自我剖析、自我体验能力达到了一个新的水平，这样的内审视力并不比科学家的观察力更简单。

八、心理描写的逻辑规范和自由联想的交错迭出

茨威格在《一个女人一生中的二十四小时》中借女主人的口说出内心审视的困难：

真的，从另一方面来说，我也极感困难，没有办法给予当时我的那种感情一个名称，它竟能那么急迫地推动我去追赶那个不幸的人。那种情感里面有着好奇的成分，可是，最主要的还是一种恐怖不安的忧虑，或者更确切些说，是对于某种恐怖的忧虑。从头一秒钟起，我就隐隐约约感到有点非常恐怖的什么，一团阴云似的罩着那个年轻人。然而，这类感觉是谁也分析剖判不了的，尤其因为它错综复杂，来得过于急遽，过于迅速，过于突兀了。

但是一个作家不能因此心安理得，他的职业就是要他给这些朦胧的、飘浮的、瞬息万变的、还没有获得名称的感情以逻辑的归纳和条理，不但使情节场景的展开带着某一角色的特殊感情色彩，而且以情感和情绪的独异性使场景和情景发生奇特的变幻。例如刘姥姥进大观园，第一次见到当时还很稀罕的自鸣钟：

刘姥姥只听见咯当咯当的响声，大有似乎打箩柜筛面的一般，不免东瞧西望的。忽见堂屋中柱子上挂着一个匣子，底下又坠着个秤砣般一物，却不住的乱幌。刘姥姥心中想着："这是什么爱物儿，有甚用呢？"正呆时，陡听得"当"的一声，又若金钟铜磬一般，不防倒唬的一展眼。接着又是一连八九下。

这里显得生动的主要已不是自鸣钟的奇异，而是刘姥姥见识理解限度的奇异了。不过在《红楼梦》和西方 18 世纪以前的小说中，这种心灵观照式的描写并不是系统的、自觉的，似乎仅仅是一种补充。到了 19 世纪，西欧小说在人称上有了更大的灵活性，这种心灵观照式的描写就变成一种系统的、自觉运用的方法了。不但已经做出来的行为和说出来的话语要加以表现，而且连主体都不敢正视的动机也要描绘得鲜明而准确。人类对于自己理性的认识经过 18、19 世纪哲学社会科学和自然科学的熏陶，已经发展到很高的水平，人类对自己感情的体察经过这两个世纪的文学作品的熏陶同样达到了很高的水平。作家对自己、对人物感情的认识的日益精确化使得形象中的感情因素大大增强了，在作家笔下内心感情的使用率也大大提高了。单纯地、直接地进行感情特征的刻画很快显得不够了，成为风气的是对比较重要的人物、事件、场景让一个甚至几个人物以特殊心理去观照，把对象放在一个系列或几个系列的变幻的感情色彩中描写。在 19 世纪末、20 世纪初的长篇小说中，这几

乎是普遍的，作家们并不都是自发地选取一个人的心理为视点，展开情节的进程。在这方面拿托尔斯泰和左拉比较一下，就不难看出描写在感情色彩交错调配上有了多大的进展。

在左拉的《娜娜》和托尔斯泰的《安娜·卡列尼娜》中都有赛马的场面。左拉对赛马作了全面的、准确的刻画，从马鞍到骑手都精细地、生动地描写到了。卢卡契在《叙述与描写》中称赞左拉的这种描写“可以说是现代赛马业的一篇小小的专论”“观众席像第二帝国时代的巴黎时装表演一样五光十色。连幕后的世界也描写得十分精细，并按照它的一般关系加以表现”。[①] 对这个赛马的过程左拉是从全知者的角度加以展示的。

托尔斯泰在《安娜·卡列尼娜》中则不采取这种作者无所不知的态度来写赛马。他选中故事参与者的角度，主要是安娜和卡列宁的角度加以描写。在赛马之前，安娜知道自己怀孕了，她把这告诉了渥沦斯基。在正面写赛马时，就让安娜带着强烈的感情去看渥沦斯基赛马。安娜完全沉浸在自己的感情世界中，渥伦斯基的领先、堕马都在幕外，这就不是单纯叙述过程了，而是描写事变对心理的刺激和心理对事变进程的反应了。这样就产生了心理活动和情节过程的统一，形成外在动作和内在心理动作的戏剧性交织。读者看到的首先是安娜在事变过程的感情变化过程。安娜“为渥伦斯基提心吊胆，已是很痛苦，但是更使她痛苦的却是丈夫那么抑扬顿挫的尖厉声音，好像永不休止似的”，“而每一个字在她听来都是虚伪的，刺痛着她的耳朵”。这就使事情的进展带上了安娜紧张的感情色彩。后来一个骑手堕马了，又一个骑手堕马了，事情紧张了起来。这时托尔斯泰就不完全限于以安娜的感情去观照事变，而是从卡列宁的感情来观照安娜。他怀着紧张的感情从安娜脸上的异常表情看出了他所不愿意看到的东西，他竭力掩饰自己，同时掩饰安娜，以免太暴露了，有损他的尊严。赛马的紧张，加上安娜感情的紧张，又加上了卡列宁表面平静实质紧张的感情色彩，等于使艺术的感染力乘了三次方。这种情绪的重叠交错在渥伦斯基堕马以后达到了高潮。安娜由于关注渥伦斯基的命运，已经不能控制自己，忘掉了起码的所谓“体统”，而这时卡列宁却竭力平静地替她打掩护。最后，传来了渥伦斯基没有受伤的消息：

> 一听到这个，安娜就连忙坐下来，用扇子掩住她的脸。亚历克赛·亚历克山特罗维奇（按：卡列宁）看到了她在哭泣，她控制不住她的眼泪，连使她胸膛起伏的呜咽也抑制不住了。亚历克赛·亚历克山特罗维奇站起来遮蔽住了她，给她时间来恢复镇静。
>
> “我第三次把我的手臂伸给你。”他过了一会儿之后转向她说，安娜望着他，不知说什么好。

这里的关键是安娜的眼泪和呜咽是由卡列宁的眼睛看到的，这是卡列宁自己不想看到，但是更怕别人看到的。他平静的外在动作和内在的紧张，安娜从无意识地流露到有意识也控

① 卡契：《叙述与描写》，《卢卡契文学论文》（一），中国社会科学出版社 1980 年版，第 38 页。

制不住自己，构成了多层次多角度的内心感情，汇入内涵丰厚的形象，恰似涂上了多层感光剂的彩色胶片一样，把内心的复杂性作了相当充分的表现，使形象的感情成分达到十分丰富饱和的程度。

和托尔斯泰比起来，左拉在外表特征的刻画上也许并不逊色，但在内心色彩的调配和组合上，就显得逊色多了。

到了 20 世纪，一些强调心理发掘的小说家甚至把多人称的特殊感情观照发展成为一种“复调”情感结构，正是内心感情成分在形象中的比重增加的突出表现。①

自然，对内心特征的重视，并不限于此，更突出的是直接的心理刻画取得了独立的发展。长篇大论式的心理描述在欧洲的小说，特别是长篇小说中，像海潮一样高涨起来。作家像一个无所不知的侦探一样洞悉人物的全部心灵活动，从细微的涟漪到洪波激浪。人物的隐蔽的心理活动并不一定要依附于外在的动作和语言，它以一种前所未有的规模和前所未有的公开方式展示在读者面前。最为流行的是一种概括和分析的方式，如在莱蒙托夫的小说《当代英雄》中，毕巧林对于他同梅丽公主的关系的沉思：

> 我时常问自己，为什么我这么执拗地追求一个既不想加以勾引又永远不会与之结婚的年轻姑娘的爱情呢？……我干吗这样殷勤呢？由于妒忌格鲁尼茨基吗？可怜虫！他是完全不配妒忌的。也许这是那种下流的、但却难以抑止的感情冲动的结果。这种感情使我们去破坏一位朋友的甜蜜的妄念，以便当他在失望中问我们该相信什么时，我们能有点幸灾乐祸地对他说：
>
> “我的朋友，我也遭遇过同样的事情，但是你瞧我照样吃午饭、晚饭、睡得很香，而且我希望临死的时候也不吭一声，不掉一滴眼泪呢……”

作家追求的是思想、感情、动机的来由，这种来由并不是按时间顺序渐渐发展变化的详图，而是一种逻辑的归纳。曹雪芹在《红楼梦》第三十四回写宝玉挨打以后，惦记黛玉，把袭人支使开去，偷偷让晴雯送给黛玉两个绢子，黛玉“细细揣度，一时方大悟过来”：

> 这黛玉体贴出绢子的意思来，不觉神痴，想到宝玉能领会我这一番苦意，又令我可喜。我这番苦意，不知将来可能如意不能，又令我可悲。要不是这个意思，忽然好好的送两块帕子来，竟令我可笑了。再想到私相传递，又觉可惧。他既如此，我却每每烦恼伤心，反觉可愧……
>
> ……如此左思右想，一时五内沸然，由不得余意绵绵……

严格地说，这并不是黛玉复杂的感情的原始状态，更突出的是作者替黛玉作了细致的辨析，在细致的解析之后，作了逻辑的分类。这种归类以理性的明确性为特点，与感情活动的模

① 这里说的不是巴赫金的“复调”，不过是借用他的字眼罢了。

糊性并不完全相称，但又是克服那模糊性的重要法门。孙犁在《风云初记》中写农村破鞋俗儿的爸爸老蒋的心理特征，也是对感情作逻辑的概括为主的。老蒋是个没有道德观念的人，但是他也有他的自豪感。孙犁写他专门记住别人的缺点，例如谁认字不准，谁小时挨打，谁家的祖上穷，谁怕老婆，他都认真记在心里。他还没有和人打交道就先打听好你的诸如此类的毛病，记在心账上，目的是等到和你冲突时把它端出来。在他这是一种享受，因为别人有缺失在他看来就意味着他的高明，他的自尊心就建立在这样的基础上。

这种手法的特点是将纷纭的内心活动加以理性的归纳、分析和概括，理出其中的原因和结果。这种方法在成为传统以后又有了发展，作家们不满足于仅仅表现心理活动的链条的开端和结尾，而且追随它正在形成之中的过程，按着每一秒甚至十分之一、百分之一秒的时间追随着人物心理变幻的层次，不管人物本身意识到与否。因此托尔斯泰在《安娜·卡列尼娜》中写到安娜准备自杀，并不是开头就想清楚了，而是先描写自杀的念头如何在下意识里萌动、明确。托翁全力展示的是自杀的感觉流程。他花了2000字左右让安娜把关于她和渥伦斯基的关系的理性思考袒露在读者面前，不时夹杂着少量的外在环境对她的潜意识的刺激。关于郊游的人、关于醉汉、关于出租马车上的店员、关于周围的街道和人，都在她的理性思索过程中像闪光的碎片一样飞溅起来，但仅仅是一闪而过，所以安娜的思索还是有一条隐隐约约的理性的脉络。例如：

> 爱情一结束，仇恨就开始了。我一点也不认识这些街道。这里有一座座的山，全是房子、房子……房子里全是人，人……多少人啊，数不清，而且他们彼此都是仇视的。哦，让我想想，为了幸福我希望些什么呢？哦，假定我离了婚，亚历克赛·亚历克山特罗维奇把谢辽沙给了我，我和渥伦斯基结了婚！回忆起亚历克赛·亚历克山特罗维奇，好像他就在她面前一样，她立刻生动得出奇地摹想着他和他的温和的、毫无生气的、迟钝的眼睛，他的白净的手上的青筋，他的声调，他扳手指的声音，也回想起一度存在于他们之间的那种也称为爱情的感情，她厌恶得战栗起来。哦，假定我离了婚，变成了渥伦斯基的妻子，结果又怎么样呢？难道吉提就不再像她今天那样看我了吗？难道谢辽沙就不再追问和奇怪我怎么会有两个丈夫了吗……[①]

这里所描写的心理显然不完全是经过理性归纳分析的，而是更着重于思想情绪活动的原始过程，特别是即兴的联想，理性逻辑线索以外的一闪而过的印象和由印象激起的潜意识。思绪的脉络好像时时被偶然的联想和潜意识的萌动打断，但是又并没有被打断，最后还是归结到安娜与渥伦斯基的关系的主线上来。这在表现方式上比之经过逻辑的、归纳的心理

① 列夫·托尔斯泰：《安娜·卡列尼娜》（下），北京联合出版社公司2014年版，第726—728页。译文与周杨、谢台素译本有一些差异。

分析，无疑更有直观的感性色彩。这也许可以说是心理描写的极致了。

到了 20 世纪，西欧北美一些作家对这种方法又加以发展，更强调了其中自由联想的成分，其特点是追求心理活动的逼真。美国人乔纳森・雷班在《现代小说技巧》中以马克・吐温的《哈克贝利・费恩历险记》、乔伊斯的《尤利西斯》为例说明二者的不同。雷班说："马克・吐温是在语言刚刚形成之际捕捉住它的，而乔伊斯则是在语言形成前几秒钟之间抓住主人公意识流过的片言只语。"①

以乔伊斯为代表的意识流作为一种表现手法，所追求的是形成理性概括之前意识的原始状态和本来面貌，而不是经过后来分析的意识。意识流的叙事方法直接显示微观的心理活动，把感情掣动的感觉、意识和潜意识的纷纭变幻，以超越理性逻辑的自由联想为线索，它只作原生性记录，不像 19 世纪小说中的心理描写那样带上作家的同情、赞叹、惊愕、恐惧或者解释、说明、形容、渲染等。

意识流的方法产生在两种背景上，一是对人的生活、人的主观意识活动状态的逼真的探求；二是对文学表达的新颖方法的追求。这二者当然有联系，对表达力的追求与对人的主观世界的理解是分不开的。有些比较极端的意识流作品把人的内心世界表现得像一团原始的混沌，人称，时间和空间，意识和下意识、潜意识都失去了界限，主体变幻的印象和客体固定的细节时而重合、时而分裂。极端排斥了理性分析、综合和语法逻辑规范的意识流手法，就是在西方文化界也不乏对之采取客观严肃的分析态度的批评家。美国沃伦・贝克的《威廉・福克纳的文体》一文，就批评过意识流有报流水账的倾向。他说：

> 在许多意识流的作品中，这种报流水账的方式破坏了整个作品的戏剧性，而且把这种叙述降为一种没有可供分析的框架的病案史，甚至降为一种与时代脱节的乱糟糟的原始意识。②

应该说明的是，沃伦・贝克并不是一个保守的评论家，他的这篇文章写于 1941 年。当然，要找出意识流的表述方法的毛病是很容易的。在乔伊斯的《尤利西斯》的结尾处主人公毛莱・布罗姆有一段意识流的内心独白：

> 是的因为他从未做那种事情。躺在床上叫人给他端来早餐还要有两三个鸡蛋寄寓阿姆斯特丹旅馆时他惯于佯装患病不起采用有气无力的声音说着话竭力博得那位年迈的干瘦得像柴火棍似的理欧丹夫人的青睐他认为在这个女人身上他应该有很大一分油水可得而她从来不给我们留下个子儿一切为了弥撒为了她自己为了她的灵魂这个最大的吝啬鬼花上四便士买酒精竟然都不舍得絮絮叨叨地告诉我她的这样病那样病没完没

---

① 乔纳森・雷班：《现代小说技巧》，《外国文学》1982 年第 2 期。

② 沃伦・贝克：《福克纳评论集》，中国社会科学出版社 1980 年版，第 94 页。

了地闲扯穷聊政治地震世界的末日什么都聊让我们开开心吧首先上帝帮了这个世界的忙如果所有的女人都附和她的看法讨厌游泳衣和领口开得很低的衣服……

意识自由流动，一共流了 61 页之多，连一个标点符号都没有。雷班在分析这一段心理描写时说："因为思维活动不受语法规则支配，它可以轻易地从一个意念跳到另一个意念，无数意想会突然中断为新的意想所取代。作者从布罗姆先生卧床进食转向理欧丹夫人的悭吝，然后又一推到毛莱布罗姆的整个经历。这些经历都保留在他的记忆深处，一经某一字眼或意象激发就会立即闪过脑际。无论是形式逻辑还是传统的时间概念在布罗姆夫人心中都不起作用。在她的意识活动中过去和现在的许多事情不是系统地按照因果关系出现，而是随着自由联想交错迭出。"①

这是追求心理活动原始逼真到了极端的表现。其实艺术的长处不在于准确地摹写心理活动的原始逼真，不管你用多少文字也不能为思维过程完全准确地录像。当然，意识流方法，有时也并不那么极端，有它许多合理之处。任何事物，哪怕不合理的事物的产生，都不是少数人的头脑发昏，都有它必然性的合理性成分。本来意识流作为一种感性的心理状态的展示是有它的合理性的，在不从根本上与语法逻辑冲突的条件下，有限地使用自由联想的方法描写心理乃至叙述经历，有时也可能使语言简洁明快，把读者可以想象的东西用大幅度的联想跳跃省略过去，在这一点让它有进行实验的余地。但是同一切手法都有局限一样，意识流也有它的局限，主要就是它容易流于表面意识的自由浮动，而意识流的好处却在于深层的潜意识，不通过突发事变（情节）而上浮。像伍尔芙《墙上的斑点》那样有深度的意识流小说毕竟是不多的，因而意识流小说风行文坛的时间比之现实主义浪漫主义乃至其他现代主义小说都更短暂，就是福克纳"从来也不是一个杂乱现象的报时人，他始终是一个生气勃勃的讲故事者。在《喧哗与骚动》中，他采用了意识流最极端、最如同梦幻的手法，但这种手法只用在该书最前面的两个章节中，而且用这种手法勾勒的一个情节，在后来的章节中也逐渐变得明晰了"。

九、作为一种联想程序的意识流

港台作家从 20 世纪 50 年代末就开始了某些探索，虽然在艺术上来说还是初步的。到了 20 世纪 80 年代，大陆作家开始了这方面的艺术探险。王蒙开风气之先，在《风筝飘带》中写女主人公素素上山下乡的过程，不采取传统顺序时空推移的方法，也就是不追求时间空间上的连续性，依仗情节的一环扣一环。他追求的是内心感知的顺序，自由联想的顺序。这样的顺序是以事物和感情相近、相反、相似的一点为触媒的，是直接剖示内心活动过

① 乔纳森·雷班：《现代小说技巧》，《外国文学》1982 年第 2 期。

程的：

这个城市对于她是冷淡的，不欢迎的。城市轰她走，她才十六岁。然而说轰是不公正的。礼炮在头上轰鸣，铜号在原野上召唤。还有红旗、红书、红袖标、红心、红海洋。要建立一个红彤彤的世界。在这个世界里九亿人心红得像一个人。从八十岁到八岁，大家围一个圈，一同背语录，一同“向左刺”“向右刺”“杀！杀！杀！”。她渴望有这样一个世界胜过她从前渴望有一个双铃大风筝。红彤彤的世界是什么样子她没有看到，她倒是看到了一个绿色的世界；牧草、庄稼。她欢呼这个绿的世界，然后是黄的世界：枯叶、泥土、光秃秃的冬季。她想家。还有一个黑的世界，那是在和她一道插队的知识青年陆续通过“门子”走掉之后，她得了维生素缺乏症，视力一度受损。

作为文章经纬的不是时空，而是感知。意象是沿着颜色红——绿——黄——黑展开的。用这样的展开程序代替上山下乡、回城的过程，至少在语言上是经济的，在格调上是机智、幽默的。这种联想的程序作为一种表现方法显然体现了意识流随机联想的优点。可是这和西方、日本的意识流比起来有明显的不同，红——绿——黄——黑，这样的联想仍然是一种明显的带着理性色彩的控制程序，再加上王蒙当时插入其间的反语、诙谐都以机智见长，并没有故意破坏逻辑和语法规范，所以严格说起来，这算不算“意识流”还有讨论的余地。

在这一点上，不但和西欧、日本的意识流不一样（至少他没有那种“报流水账”的弊端，相反比传统写法更简洁），而且和中国港台的意识流也不一样。中国港台的意识流追求内心感受“一瞬的蜕变”，强调“暧昧的丰富性”，回避明显的说明、象征，严格控制内在意识的直接抒发，甚至要废弃明喻，刻意“捕捉构成某一瞬间心理真实的外物之间独特的动态关系”。比如聂华苓在短篇小说《袁老头》中写袁老头的儿子结婚，老头子满心喜欢但无处可以诉说。其中有这么一句：

袁老头望着天上的一对小鸟缓缓地飞着。小鸟也有个伴儿呢！

叶维廉就批评她：“小鸟也有个伴儿呢”就是强加于事物的进展的弧度上多余的枝丫。它破坏了一个弧度的纯粹性和完整性。应该尽可能排除作者理性的判断和逻辑的贯穿。例如，袁老头怀着无以名状的喜悦醒来时，聂华苓是这样写的：

乍醒的时候，几乎不知道自己在哪儿。突然一阵鸟叫，好像迸溅的火星，洒满了山野。四方的小窗口，好像一小块剪贴，贴在墙上，蓝色的发光纸黏着几根苍劲的枝丫，黏也没有黏牢，叶子是虚飘飘的。

这是严格按照主人公瞬时知觉的有效范围为限度的：在瞬时知觉范围以内的就写，在瞬时知觉的有效范围以外的就不能写，如果写了就破坏了这种知觉的统一单纯和完全。尽管这种知觉还有暧昧之处，尽管在这一瞬之后，知觉会得到理智的帮助，为知觉找到说明、解释和形容，但是意识流的写法要求尊重瞬间感知的逼真。传统的写法则不然，它要求把主人公后来明朗化了的意念和作者当时的洞察一起形诸文字。例如聂华苓上述那几句话用传统的方法来写应该加些说明、定位、定时和明确关系的语词：

乍醒时候，（脑里昏昏然）几乎不知道自己在哪儿。（那时窗外）突然一阵鸟叫，好像迸溅的火星，洒满了山野。四方的小窗口，好像一小块剪贴，贴在墙上，（蓝天像）蓝色的发光纸（上面）黏着几根苍劲的枝丫，黏也没有黏牢，叶子是虚飘飘的。[①]

加上括号里的补充，在叶维廉看来就是一种重大的损失了。因为这样就超越知觉的瞬间限度，不能从瞬间的知觉中蜕变出内在的“真质”了。正是因为这样，意识流的好处在于对人在瞬时知觉的自然状态开掘甚深。从表面的自觉意识到处于混沌状态的潜意识，从五官所感的外在信息的内传，到内在注意的外化，都提供了此前未曾表现过的特点，思绪的跳跃性跨越和意念反复颠倒都以未曾被规范过的原始形态在作品中涌现。

意识流很快就有点流过了头，所以产生了力图把传统感知程序与之结合起来的倾向。台湾作家白先勇主要采取传统的《红楼梦》式的叙述和描写，时而杂入意识流的片段。在《游园惊梦》中，基本上是采用新文学那种把现实场景的描摹和主人公回忆的交错呈现的时空自由倒错的表现方法，其中还有我国古典小说那样平静的达观叙述。外在感官的纷繁喧闹、眼花缭乱和内心无声的回忆交织在一起，包含着颇为丰富的成分。当女主人公在人世沧桑之感的高潮中喝了酒有点醉意朦胧之际，外在感知的变幻和内心感受的错位混同起来，突破了通常的逻辑规范。这时现场一位太太的京戏唱腔和衣饰，当年情人的笑脸，丈夫临终时的回忆，自己年轻时的风流韵事以及潜意识中零碎的感觉和知觉渐渐以错杂的次第跳跃了出来：

她觉得两眼发热，视线都有点朦胧起来。蒋碧月身上那套红旗袍如同一团火焰，一下子明晃晃地烧到了程参谋的身上，程参谋衣领上那几枚金梅花，便像火星子般，跳跃了起来。……那团红火焰又熊熊地冒起来了，烧得那两道飞扬的眉毛发出了青湿的汗光，两张醉红的脸又靠拢在一处，一齐咧着白牙，笑了起来。紫箫上那几根玉管子似的手指，上下飞跃着。那袅袅娜的身影儿，在那档雪青的云母屏风上，随着灯光，仿仿佛佛的摇爽起来。洞箫声愈来愈低沉，愈来愈凄咽，好像把杜丽娘满腔的怨情都吹了出来似的。

到这里为止，还只是眼前局部的幻觉，在正常意识中有幻觉片段的插入。之后幻觉使时空错位了，过去与现在、此地与彼地失去了界限，意识开始自由流荡起来，女主人公和作者

① 叶维廉：《突入一瞬的蜕变里》，《台湾文学研究资料》（上），中国当代文学学会，第137—150页。

一起进入了一种意识的迷蒙状态。传统表述方法中永远洞察一切的作者和头脑混乱的女主人公一样神思恍惚了，分不清是过去还是现在，是回忆还是现实了：

> 杜丽娘快要入梦了，柳梦梅也该上场了。可是吴声豪却说："惊梦里幽会那一段，最露骨不过的。"（吴师傅吹低一点，今晚我多喝了酒。）然而他却偏捧着酒杯过来叫道："夫人。"他那双乌光水滑的马靴啪嗒一声靠在一处，一双白铜马刺扎得人的眼睛都痛了。他喝得眼皮泛了桃花，还要那么叫道："夫人，我来扶你上马。"

这里吴声豪说话，是过去的回忆，而自己多喝了酒，是现在感觉的混入。跟着而来的是从戏剧中露骨的幽会过渡到自己与眼前的程参谋苟且的往事和印象，然后是这段难忘的往事中最强烈的片段表象的涌现。这里的"他"从句法上看是吴声豪，但实际意念是指程参谋。这可以说是对语法和逻辑的一种小小的侵犯，但是接下去读者就不会产生误解了：

> "夫人。"他说道，他的马裤把两条修长的腿子绷得滚圆，夹在马肚子上像一双钳子。他的马是白的，路也是白的，树干子也是白的，他那匹白马在猛烈的太阳底下照得发了亮。他们说到中山陵的那条路上两旁种满的白桦树。他那匹白马在桦树林子里奔跑起来，活像一头麦秆丛中乱窜的兔儿。太阳照在马背上，蒸出一缕缕的白烟来。一片白的，一片黑的——两匹都在流汗了。而他身上却沾满了触鼻的马汗。他的眉毛变得碧青，眼睛像两团烧着了的黑火，汗珠子一行行从他额上流到他鲜红的额上来。太阳，我叫道。太阳照得人的眼睛都睁不开了。那些树干子，又白又净，又细滑，一层层的树皮都卸掉了，露出里面赤裸裸的嫩肉来。他们说，那条路上种满了白桦树。太阳，我叫道，太阳直射到人的眼睛上来了。于是他便放柔了声音唤道："夫人。"

这里用意识流手法强调表现的是唯一的一次销魂荡魄的偷情，在意识中留下的是那最突出、最强烈的感觉（赤裸的树干——人体），同化了、淹没了一切的感官表象。从强调感官的强烈印象来说，这正是意识流的标记，这种手法告诉读者，在人的大脑的神经元模型中储存的记忆，在它被激起的某种程度上，它并不以完整的面目出现，而是以一鳞半爪的细节出现。这种细节并未经过理性逻辑整理，只要能向读者提供足够的信息就成了。在信息足够的条件下，即使侵犯了语法乃至逻辑的规范，那也不是艺术的损害，相反，它的暧昧性使它丰富，至少白先勇就是这样看的。因而接下去他毫不客气地去侵犯逻辑的一贯性了。

> 钱将军的夫人、钱将军的随从参谋、钱将军的——"老五。"钱志鹏叫道，他的喉咙已经咽住了。"老五，"他喑哑地喊道，"你要珍重……"

这里表现的是在回忆中联想的跨越，一下子从情人的印象过渡到自己丈夫临终的印象。

对语法逻辑的侵犯虽然勇敢，但白先勇并没有滥用他探索的权利。他知道这种方法与中国人传统的心理习惯有矛盾，因而他只在描述处于紧张的心理时用，在通常情况下他仍用他那混合着《红楼梦》和“五四”新文学血统的叙述和描写的语言。即使这样，白先勇这样有限的尝试在台湾也被人提出了批评，认为把两种在风格上不同的表现方法混合起来，并不和谐。颜元叔在《白先勇的语言》结尾，这样说：

> 钱夫人喝醉了酒，神思恍惚起来，白先勇便为她写了几段意识流的文字。我认为，就这几段文字本身说，就意识流技巧而言，颇有真实感。只是在整篇小说却有点不合。这篇小说，无论就故事、人物、语言而言，传统的况味很强，突然来几段意识流，似乎把钱夫人打扮得特别摩登，有点与全景不配衬。①

以白先勇这样谨慎的试探还引来了这样的苛评，这并不完全归咎于意识流本身浅薄，只能说明意识流的方法要在中国文学中生根是相当艰难的。不管它有多少不可企及的优点，它与中国人的欣赏习惯的矛盾是一个突出的、不可抹杀的事实。在中国，意识流遭到的抵抗和责难比之在西欧、北美、日本，乃至苏联要大得多，其不仅仅由于意识流本身的局限，而且也由于我国的文化传统与他们有很大的区别。我们的价值观念，由于历史和现状的不同，与他们也很不相同。“一个人的文化是个参照系统，从此系统内诱导出他的动机、目标和价值。只有当我们能够构成并且瞬时地参与他的心理情境（他所知觉的世界）时，我们才能理解它们的意义。”②等到我们既能用他们的感觉，又能用我们的感觉去感觉意识流存在的合理的荒谬性时，我们才能真正理解它，对它自由地加以驾驭，创造出比它有更强表现力的、更高级的手法来了。

十、排斥描写的冷静叙述的崛起

现代叙事文学中的自由联想方法把叙述变成了饱和着心理色彩的描写，这只是问题的一个方面；问题的另一个方面是现代叙事文学中又有把叙述变成不带明显情感色彩的倾向：与自由联想差不多同时崛起的是一种似乎无动于衷的概括性叙述。美国评论家沃伦·贝克在《威廉·福克纳的文体》中说到这一点：

> 现代小说中的两个趋势，一个是倾向于采用越来越有形的戏剧性描述，直截了当地依靠列举物件和行为名称，报道人物所说的话；另一方面倾向于不受阻遏的意识之流作表面完整的、连贯的复制。这些方法产生了《太阳照常升起》（按：海明威的作品）和《尤利西斯》（按：乔伊斯的作品），可是它们仍然有共同的因素。在这两个类型中，作者都试图把自己完全隐藏在素材后面，使素材看上去具有一个整体现象的性质。为了适应这个要求，所取文体，就得着意于纯粹的复制而决不许可以任何独立的

① 颜元叔：《白先勇的语言》，《台湾文学研究资料》（上），中国当代文学学会，第 5 页。
② 克雷奇等：《心理学纲要》，人民教育出版社 1981 年版，第 363 页。

观点来进行限定或解释。[①]

叙述本来是相对于描写而言的，是因为弥补了描写的不足而显得重要的。描写的局限主要在于把作者的观察和思绪限制在一个固定的空间和时间范围内，以表现现场的事和情为限；而叙述则以广泛的概括性见长，它可以比较自由地把不同时间、空间的事和情作综合性的表述。现代西方小说追求的叙述方法，在美学原则上与自由联想恰恰相反。自由联想作为一种表述方法，力图追随人的十分之一、百分之一秒的感情活动、思维活动乃至潜意识活动的初始真实；而现代西方小说的叙述却回避直接表现内心意识的变幻，它所追求的是对生活作无动于衷的概述。最突出的可能是海明威那种“电报式”的叙述，他以“冰山风格”自诩。有人甚至说他是不动感情的“白痴式”的叙述。这种风行一时至今不衰的文风，首先把外露的感情色彩、直接的心理描写减少到最低限度，以致产生一种“封闭式”的心理描写的说法，心理不是直接表述的，而是在可见的动作和交谈中流露出来的。这种文风把19世纪外部的细致描写减少到最低限度，形成一种极其简练的文体。这种文风在北美、西欧首先流行起来，在20世纪60年代以后，也影响到苏联的文学，形成一股世界性的潮流。与此相联系的是中篇小说的勃兴，19世纪和20世纪初的那种卷帙浩繁的长篇小说在现代读者看来似乎是一种文字的奢侈了。[②]

这种叙述语言的特点是既缺少外在的形容又缺少内在的渲染，表面上看来类似18世纪以前的古典式的叙述风格，但是18世纪以前的叙述常常只表述事情的存在、发生的过程，缺乏深邃的内在意蕴，而在文字上，18世纪以前的叙述也不如现代小说的精练。语言少而意蕴深（意蕴不在字面上，而在空白中），使得现代小说的叙述密度和容量都大大提高了，叙述在叙事文学中的作用大大提高了。西方一些研究现代小说技巧的著作用大量的篇幅论述叙述，而对描写只字不提。刘心武在《小说语言问题之浅见》中说，这是因为电视很发达，形成了对文学的挑战：

> 过去我们认为小说应以描写为重点。托尔斯泰的作品《复活》第一章，完全是写景物，春怎么到了，鸟怎么叫了。现在西方文学搞这样的描写是非常吃不开的。要看景物，一打开电视，一看鲜艳夺目，如临其境，还可以自己拿录像去录，或到街上买一盘录好的放着玩。小说是通过文字，通过眼睛，传递到大脑神经，唤起你对过去的感受，还原为景物的，跟电视比就困难，所以他们的小说趋向于放弃细致的描写。越是成熟的作家，几乎越不要细致的描写，就是交代，交代叙述的很大特点就是冷静。

① 沃伦·贝克：《威廉·福克纳的文体》，《福克纳评论》，中国社会科学出版社1980年版，第96页。

② 到了20世纪90年代初，这种叙述风格在余华、苏童、贾平凹等作家身上表现出来，成为一种潮流。此时再看姚雪垠《李自成》那样烦琐的描写，便会觉得是对文字的浪费了。

他们也读到我们这些人的作品，比如我的《班主任》翻译成外文，他们读起来很头痛。除了意识形态方面的隔膜外，他们认为，叙述方式那么激昂，你急什么？干吗那么激动呢？他们的意见很尖刻，认为你这种叙述方式是不尊重读者的表现。[①]

叙述的勃兴是因为电视的挑战，这种说法并不一定很全面，也许还跟西方追求新奇的民族心理、生活节奏紧张和读者的文化水平有关。但不管怎样说，这对 18、19 世纪兴盛起来的描写"盛宴"是一种反驳。但是，这并不是说，它是突如其来的。契诃夫早就感到当时描写的泛滥，他尽量避免用"山岭轮廓美妙""夜晚悄悄地降落在大地上"。他不能忍受"俏丽""浓艳""华丽"之类的词语，他认为"华丽"这个词，在画家那里是用来骂人的。他欣赏一个作品中的一句话："它好看，可是算不得美。"他认为这样写"好极了"。他批评列昂捷夫"把太大的地方拨给仔细详尽的描写"，是"败笔"。他认为在长篇小说中还可以容忍细致的描写，但是，"在短篇小说里最好不要说透，只要叙述就行。"这种叙述的特点就是不大肆形容，不外露感情，这有点像我国古代史传散文中"寓褒贬"的"史家笔法"和白话小说中的白描，基本上由过程和外在的动作说明问题，作家把自己的态度尽可能地隐藏起来。如《史记》中写李广射虎一段：

李广见草中石，以为虎而射之，中石没簇，视之，石也。因更复射，终不能入石矣。

写的全部是外在动作，可强调的却是一种心理效果。[②]从《儒林外史》中那个对女儿守节自杀的老人在公开场合说"死得好""死得好"，可是到了西湖看到风光大好，禁不住流下泪来，到《红楼梦》中妙玉对刘姥姥吃了一次的茶杯就不要了，而把自己的茶杯拿给贾宝玉吃，等等，类似的例子举不胜举。中国古典白话小说很少独立的风景描写和心理描写，都是以简洁的叙述为主。深通此道的鲁迅就把这种传统的白描方法大大发展了。在《祝福》中他这样写"我"与鲁四老爷的会面。

① 刘心武：《小说语言问题之浅见》，《写作》1982 年第 6 期。

② 这种史传文学的叙述传统甚为西方一些有见地的文学家所欣赏。有一位汉学家不顾《左传》是编年史，推崇其为文学性叙述，完全是"实录"，很少主观的评论和感喟。周天子送给齐桓公一块肉，《左传》只写了"下""拜""登""受"四个动作，"在整本《左传》中，几乎没有什么形容词，而副词就更少了"。用这种观念去分析《郑伯克段于鄢》(《古文观止》第一篇)，就更明显。表面上郑庄公对他心怀偏袒的母亲和野心勃勃的弟弟很是宽容：他顺从母亲，给了弟弟特别的封地；弟弟有反叛的迹象，他又数度拒绝臣下的建议，任其恶性发展，说"多行不义必自毙"。让他闹得造反了，才一举将他歼灭。在表面上只有一点评论，但后世论者却感到了他的"虚伪""阴险"和"毒辣"。这种"寓褒贬"的"春秋笔法"在我国的白话小说中一脉相承。1971 年英国出版了比较全的英译本《金瓶梅》，译者埃哲顿在《序言》中说："《金瓶梅》是用一种电报文体写成的。在中国古典小说的传统叙述方法面前，许多西方理论家放弃了理论的阐释，这是因为他们忘记了他们自己的海明威。海明威是以电报文体著称于世的，他也主张尽可能只用动词和名词，少用形容词和副词……西方汉学家至今还没有找到海明威和中国古典叙事方法上、逻辑上的联系，这似乎是一个玩笑，然而又不是。"(笔者译自英译本的序言)。

他是我的本家，比我长一辈，应该称之曰“四叔”，是一个讲理学的老监生。他比先前没有多大改变，单是老了些，他也还未留胡子。一见面是寒暄，寒暄之后说我“胖了”，说我“胖了”之后即大骂其新党。但我知道这并非借题在骂我，因为他所骂的还是康有为。但是，谈话总是不投机的了。

这里几乎没有什么外在的细节描写，也没有心理活动的解剖，最后关于“新党”的那句涉及心理活动，但也并不是描写，而是一种说明。这种叙述性的白描有很强烈的感染力量。一见面寒暄，寒暄之后说“我胖了”，这就是说本来就没有共同语言，但又不能不说话，所以只好找一些空洞的话，表示应有的关切。“关切”之后就突兀地毫无因由地骂新党，而他所骂的新党在当时早就不新了，已经是旧党了，他还不知道。鲁迅没有说他如何顽固地守旧，但其颟顸的心理状态跃然纸上。

当然鲁迅的白描也不完全只是继承，文中的情致有那么明显的喜剧性对比：一方面鲁四老爷的态度是那么庄重认真，另一方面逻辑上又是那么荒唐混乱，这种带强烈讽刺性的幽默感使得鲁迅的白描比古典的白描更精致。古典的白描有时理性成分更多，现代的白描更有内在的感情深度。这种幽默感的深度使鲁迅的白描带上他的个性色彩，显示了他的创造性。这种白描式的叙述在中国现代散文中也是一种传统。杨绛在《干校六记》中这样写“四人帮”猖獗时期，她送自己年老的丈夫（钱锺书）到遥远的干校去：

默存走到车门口，叫我们回去吧，别等了。彼此遥遥相望，也无话可说。我想，让他看我们回去还有三人，可以放心释念，免得火车驰走时，他看到我们眼里，都在不放心他一人离去。我们遵照他的意思，不等车开，先自走了。几次回头望望，车还不动，车下还挤满了人。我们默默回家，阿圆和得一也各回工厂。他们同在一校而不同系，不在同一工厂。

也是几乎没有描写，只有简练到极点的叙述和说明，悲郁的情绪却溢于言表。现代叙事文学的叙述和古典的叙述主要不同之处在于，古典的叙述描摹生活的客观特征的成分比现代的叙述要多些。现代的叙述，按《现代小说写作技巧》的作者雷班所说，是“将各种感觉回忆和推测的过程混为一体”，“所有已知的及预期的时间都集中在即刻发生的事件上了”。如“他坐在出租汽车里，上周的失败记忆犹新，今天的会晤至少不比那次坏”。

在西方小说中甚为流行的叙述与我国现代文学的叙述也有些不同，那就是他们的情致更隐蔽。例如海明威早期的一篇小说中有这样一段叙述：

清晨六点钟，他们在一家医院墙根枪毙了六名部长。院子里有好些个小水坑，柏油路面上覆满淋湿的落叶。雨下得很大，医院的百叶窗都关死了。有一个部长得了伤寒病。两名士兵把他抬下楼，抬到楼外的雨地里。他们费劲地想扶他靠墙站着。后来那军官对士兵说让他站着不行。他们刚一放排枪，他就应声倒到泥水里，头耷拉在膝盖上。

文字似乎介于叙述与描写之间，这里有描写所常用的细节，但并没有形容和渲染。作家明显地做了两种省略。第一，只写了很有限的一些细节，连细节之间的联系都没有点明，空白留得这样多，好像都不大连贯了似的。第二，作家感情的省略，好像不带任何感情在介绍、说明。海明威是故意这样做的，他说过：

我总是根据冰山的原理去写它。关于显现出来的每一部分，八分之七是在水面以下的。你可以略去你所知道的任何东西，这只会使你的冰山深厚起来……如果一位作家省略某一部分是因为你不知道它，那么小说里面就有破绽了。[①]

现代小说叙述的好处并不仅仅在于这样大幅度的省略，更重要的是它那省略了的“八分之七”，仍然以一种强大浮力激发着读者的联想和想象，潜入读者的意识深处。海明威在叙述枪决部长的场面中把全部细节统一起来，构成一种深沉的悲抑凄凉的情调：那院子里的水坑，淋湿的落叶，关死的百叶窗，生伤寒病的部长被枪决后耷拉在膝盖上的头，都在显示出残忍。每一个细节孤立起来没有感情色彩，但聚合起来却有超重的感情分量。

现代系统论有总体大于要素之和的理论，有结构的功能与孤立的要素在质上不同的理论，都可以用来说明此类叙述。如果说，细节是要素，那么由细节组合起来的形象，其感染力就大大超过孤立的细节之和。这是因为细节一经组合为结构，它的功能就与孤立的元素在性质上不一样了。在这里起关键作用的是组合的方式（或者结构）。同样的元素结构不同，形象的性能就大不相同，正等于同样是由碳元素组成，金刚石和木炭不同一样。

十一、顺时间程序还是顺人物感知程序

现代小说的叙述功力就表现在这种感情的内在分化，包括趣味的内在蕴含上。这种内在的情和趣，常常通过叙述的时间程序、感受的角度和限度、议论穿插的过渡和衔接等方面表现出来。

叙述程序的关键是顺时间顺序还是顺人物感知程序。

最初，不论是叙事文学还是抒情文学，大抵是以顺时间程序为主的。亚里士多德把这上升为理论，即“时间的一致”（当然时间的一致不仅仅是程序问题），其特点是阅读的感知程序和事件发生的顺序是一致的。作者可以省去开头与结尾的一些时间，也可以调配事件所占的时间比例。作者要强调的可以比实际时间长些，如中国古典小说中所谓的“说时迟、那时快”；作者认为没有价值的，也可以写得比实际时间短，中国古典小说中常有“光

① 董衡巽：《海明威研究》，中国社会科学出版社1985年版，第73页。

阴荏苒，不知不觉已过了三载”。

在顺时间的叙述中，当作者要强调铺叙时，可以像全能的上帝一样，举凡一切人物的所言、所想、所感，无不洞若观火，把一切都毫无隐瞒地向读者传达。但这也并不是说作者完全不加控制地宣泻。事实上，作者总是设法隐藏住情节发展的结局和人物心理的某种动机，否则就不能构成起码的悬念。不论是施耐庵、罗贯中还是费尔丁、托尔斯泰，其叙述都有闭路电视加窃听器再加心电图的功能。

当作者要省略某些过程时，自然可以用极简洁的语句交代时间的推移或空间的转换。但是作为艺术品，纯粹的交代会降低质量，因而叙事文学在后来的发展中，即使是这种简略的交代也追求很强的表现力，主要是强调时间推移和空间转换对人物心灵的影响。莫泊桑在《项链》中写女主人公因丢了项链而辛苦劳碌了十年：

> 他们辞退了女仆，搬了家，租了一间紧挨屋顶的顶楼。家庭里的笨重活，厨房里油腻的工作，她都尝到了一种滋味。碗碟锅盆都得自己洗涮，在油腻的盆上和锅子底儿上她磨坏了她那玫瑰色的手指甲。脏衣服、衬衫、抹布也都得自己洗了晾在一根绳上。每天早上她必须把垃圾搬到街上，并且把水提到楼上，每上一层楼梯要停一停，喘气。她穿得和一个平常老百姓女人一样，手里挎着篮子上水果店，上杂货店，上猪肉店，对花钱是百般争论，一个铜子，一个铜子地保护那一点可怜的钱，这就难免挨骂。
>
> 每月都要还几笔债，有一些则要续期延长偿还的期限。丈夫傍晚的时候，替一个商人去誊写账目。夜里常常替别人抄写，抄一页五个铜子。
>
> 这样的生活过了十年。

这是一个走过场式的叙述，在交代时间的推移过程中，还有形象乃至细节，但并未展开描写，因为对于情节来说，这十年并不重要，重要的是十年的辛劳在女主人公身上留下的烙印。虽然如此，这十年的生活特点仍然以有限的细节有声有色地表现出来，从这里可以看出 19 世纪的叙述已经不再像古典式的叙述那样满足于交代和说明了，描写有限地渗透了叙述，叙述的感情成分也增强了。

十二、重要因素的突出和隐藏

现代西方小说叙述手法，非常强调叙述者的冷峻，甚至故意将人物命运和情节的重要因素放在并不显著的地位，并不特别加以强调，掩饰叙述者和主人公的感情强度，自然更节制地描写。例如，英国小说家玛格丽特・德拉布尔在《金色的耶路撒冷》中写女主人公克来同她的男朋友（一个有妇之夫）在巴黎游览了一周以后，“平静而茫然”地搭班机回伦敦。作者用一种随随便便的、满不在乎的语调，甚至以一种匆促的、松散的句子结构，叙述她的行动，没有任何惊诧，有的只是一种漂泊者的惯性心理。最后写道：

> 她到家时发现等待她的是她从前的老师海尼斯小姐寄来的一张印有埃菲尔铁塔的明信片和一封多丽丝姨母写来的信，还有一封来自诺坦的电报，让她立即返回诺坦，她母亲已住院，病情危急。

《现代小说的技巧》的作者乔纳森·雷班在分析这一种叙述语言时指出："作者用同样的证据把几件事相提并论，这就使某些事情失去了特有的价值。那份通知她母亲身患癌症的电报与印有埃菲尔铁塔的明信片在重要性上不相上下了。"[①] 这种不分主次轻重的方法是成功的，原因在于作者强调女主人公"平静而茫然"的心情，也表现了现代小说家对于冷峻叙述的追求。

十三、叙述的情趣和作家的笔调

20 世纪与 19 世纪相反，不是描写侵入了叙述，而是叙述侵入了描写。

最简单的顺时叙述方式，表面上是平铺直叙，作者对各种人物的感情是等距离的，但这并不能说完全排除了作家独特的感情的渗透。如果没有这种感情的特殊性，形象就不存在了，叙述的生命也就结束了。只要是文学的叙述，越是采取非文学的形式，越有可能带有独特的情趣。现代许多小说家越来越强调叙述，并不意味着否定描写。他们追求的是在叙述中隐藏着的描写情趣。赵树理是以叙述见长的，在他那看来极简单的叙述中往往流露出不可模仿的风格。例如在《小二黑结婚》中："刘家峧有两个神仙，邻近各村无人不晓，一个是前庄上的二诸葛，一个是后庄上的三仙姑。"或者像《登记》中那样："有个干部叫李成，家里一共三个人，一个娘，一个老婆，一个他自己。"这种公然的平铺直叙，不事形容的语言，反而有种通俗的情趣、民族风味。类似的平铺直叙，还可举出像安徒生那样的："许多年以前有位皇帝，他非常喜欢穿好看的新衣服。"和赵树理所不同的，是一种非常天真的情趣。自然也有鲁迅在《狂人日记》开头的一段小序："某君昆仲，今隐其名，皆余昔日在中学校时良友；分隔多年，消息渐阙。"这种平叙由于用了文言而显得郑重其事，有并非艺术虚构的味道。在这里起作用的主要是语言的特殊色彩。在白话小说之前用文言作序，造成了某种笔记小说的戏仿风格。当然，这与这篇小说是新文学第一篇白话小说有关。

叙述的情趣是非常重要的，它是构成叙述笔调的基本因素。这种因素不但取决于细节的密度和空白的多少，而且取决于语言。语言首先是由口气，其次是词语和文体决定的。像鲁迅在《狂人日记》开头所运用的就是笔记的口气和文言的词语。而老舍有一篇自传，

---

① 乔纳森·雷班：《现代小说的技巧》，《外国文学》1982 年第 7 期。

运用了特殊的“口气”：

舒舍予，字老舍，现年四十岁，面黄无须，生于北平。三岁失怙，可谓无父，志学之年，帝王不存，可谓无君。无父无君，特别孝爱老母，布尔乔亚之仁未能一扫而空也。幼读三百篇，不求甚解，继学师范，遂奠教书匠之基，及壮，糊口四方，教书为业，甚难发财，每购奖券，以得末奖为荣，未甘于寒贱也……

这里自我调侃的口气和文白夹杂、骈散交错的语言结合起来构成一种轻松的幽默自嘲的笔调。正是这种笔调而不是文字在打动读者。

作家的叙述语言必须有内在的笔调。契诃夫说：

关于初学写作的作家，首先可以由语言来下判断。如果这作者没有自己的“笔调”，那他绝不会成为作家；要是他有笔调，有自己的语言，那么他要当作家就不是没有希望了。①

当然，这里所说的已经不限于顺时间的叙述了。顺时间程序的叙述由于在多年的重复使用中引起厌倦，人们发现与其让全能的叙述者人为地“卖关子”，不如让叙述者和读者一样蒙在鼓里，这就产生了让叙述者成为作品中一个人或追随作品中一个人物的方法，这就是所谓的视点。把人物视点感知范围以外的一切做大幅度的省略，使事件的进程和人物的观照都带着观察者感知的限度和心理活动的节奏（如紧张、恍然、思索等）。叙事文学中有各式各样的人物相互影响，而同样一件事，不同的人物不但有不同的感知角度和范围，而且有不同的观感。《狂人日记》以狂人为感知的主体，如果换成他的哥哥，那就是完全不同的小说了。这种单一感知线索的优越性和局限性同样是明显的。因而，在中长篇小说中就产生了不断转换感知主体的方法，有些作家在短篇小说中也经常转换感知的主体。这实际上是不断转换“读者的代理人”，读者所看到的都是经代理人的意识过滤后的事件。本来感知主体是一种有局限的主体，转换主体不仅可以使这种局限减少，而且可以使叙述的笔调多彩。

这样就把全能的叙述者和有限感知主体结合起来了。

西方曾经有人主张转换感知主体是“不可饶恕的错误”，但是绝大多数作家（包括福克纳那样的现代派作家）并不理睬这种艺术教条主义，不断从不同人物、不同感情角度去展开事件的进程，使叙述的笔调大为丰富起来。有时把几个人的不同视点和感受交织起来，有时则是作者的感受、人物的感受和视点的交替，作者在用自己的口气说话的同时不时地挪用人物的口气，借用他的措辞（如马克·吐温在《哈克贝里·芬历险记》中就大量使用了孩子的口气和方言）。有时转换的叙述口气则不限于感知主体，而是不同的文体风格化的语言，例如把矫揉的引经据典和通俗化的讽喻，字面上的肯定和隐含的否定性内涵，结合

① 契诃夫：《契诃夫论文学》，人民文学出版社 1961 年版，第 420 页。

在一起（像鲁迅在《故事新编》中和费尔汀在《大伟人江奈生·魏尔德传》中那样）。有时还有意以显而易见的并不协调的组合造成讽刺效果，有时则把事情的过程与世态人情的评述、调侃乃至抒情融入叙述中去，同时有效地控制它，使之不陷入油滑。总之，叙述语言并不就是叙述，它的外部组织和内在系统愈来愈复杂，正是因为这样，表面看来最排除感情成分的，但是，由于上述多种成分的交织，叙述的感情色彩常常并不亚于描写，有时近于评述，有时近于抒情，有时则分不出是抒情还是叙述。

例如，张一弓在《考验》中写到情节关键处，热恋的男女主人公的爱情因女方的社会关系而难以维持时，并没有大肆展开描写，而是简括地叙述：

> 然而，那是一个短暂的热恋，年轻有为的记者同时碰上了事业的幸运和爱情的危机。
>
> 两人终于分手了：
>
> 一个神圣的信念带来了一个高尚的别离。

这样的叙述语言就有着高度的概括力，同时还有精细微妙的感情。这种叙述交织着评述与抒情。苏联作家利哈诺夫在《最严厉的惩罚》中写到大学生的考试，是这样叙述的：

> 大家正急着准备课堂讨论，应付考试，钻研外语，复习功课呢——那些老是忙得不可开交的可怜的大学生们，谁没有一大堆操心事呢？

这种概括性的叙述，带着轻松的调侃是常见的。谌容在《人到中年》中用的是一种概括性更高、抒情色彩更别致的语言写陆文婷的大学生活：

> 把青春慷慨地奉献给一次又一次的考试。

明显有一种激赏，考试的重要性提高了，陆文婷专注的精神也带上了更高意义上的虔诚。这一句话既有叙述的简洁，又有评述和抒情的趣味。

正因为叙述中经常渗透着评述和抒情，所以它的表达力丝毫不亚于描写，用描写方法可以达到的生动程度，叙述也可达到。同样写吝啬鬼，巴尔扎克用描写达到的效果，果戈理用叙述也达到了。巴尔扎克这样写老葛朗台之死：

> 本区教士来给他做临终法事的时候，十字架烛台和银镶的圣水壶一出现，似乎已经死去几小时的眼睛立刻复活了，目不转睛地瞧着那些法器。他的肉瘤也最后地动了一动，神父把镀金的十字架送到他嘴唇边，给他亲吻基督的圣像，他却做了一个骇人的姿势想把十字架抓在手里，这一下最后的努力送了他的命。他唤着欧也妮，欧也妮跪在面前，流着泪，吻着他已经冰冷的手，可是他看不见……
>
> “把一切照顾得好好的，到那边来向我交账。”这最后一句证明基督教应该是守财奴的宗教。

这是用细节展开的描写方法。而果戈理在《死魂灵》中写泼留希金的吝啬，用的是概括性的叙述和评述相结合的办法：

泼留希金就像一切鳏夫一样，急躁、吝啬、猜疑了起来，他不放心他的大女儿亚历山特拉·斯捷潘诺夫娜，但他并没错，因为她不久就和一个不知道什么骑兵联队的骑兵二等大尉跑掉了。她知道她父亲有一种奇特的成见，以为军官都是赌客和挥霍者。

到这里为止所用的虽然还只是叙述，但其性格逻辑的独特已经包含着情趣了，接下去叙述和评述就结合了起来：

那父亲只送给他们诅咒，却并没有去寻觅追回。家里更加空虚了，破落了。家主的吝啬，也日见其分明。在他头上发亮的最初的白发，更帮助着吝啬的增加，因为白发正是贪婪的忠实同伴。

这里插入的评述是一种反语，外在的肯定语气和内在的不合逻辑（白发与吝啬的必然联系显然是荒谬的），使情致生动起来。后来泼留希金的女儿回来了：

泼留希金宽恕了她，甚至于还取了一个躺在桌上的扣子送给小外孙做玩具，然而不肯给一点钱。另一回是亚历山特拉·斯捷潘诺夫娜和两个儿子同来的，还带给他一个奶油面包做茶点，还有一件新睡衣……泼留希金很爱抚那两个外孙儿，让他们分别坐在自己的左右两腿上，使他们好像骑马似的颠簸起来。奶油面包、睡衣，他感激地收下了，对于女儿，却没有回送任何东西。

这样的叙述，虽然没有巴尔扎克那样夸张和外溢的讽喻，但是其内在讽喻的精彩却并不亚于巴尔扎克。如果说描写以情致动人的话，叙述则以不着痕迹的传神动人。叙述的“神”是作者感情和事物的“形”的统一。

炉火纯青的叙述就是这样出“神”入化的。在无情的外表下凝聚着丰厚的感情，有时甚至达到分不清是叙述还是抒情的境界。

十四、两种抒情方式

抒情大体通过两种方式。一种是渗透在叙述与描写之中。在形象性的描写与叙述中，本来就有作家特殊的感情成分。在叙事文学中，甚至在许多抒情文学中，抒情常常是以描写客观生活场景的形式出现的。这时作家的特殊感情隐藏在他对客观对象的描摹之中。我们在《形象论》中早已指出过，形象本身就产生于事物的主要特征和作家感情特征的化合，因而凡有形象，必含有作家的感情，或者凡有描写、叙述，必有抒情的因素。克罗齐说，一切艺术都是抒情的。这样说来，叙述、描写与抒情就没有区别了，但取消了区别，就是取消了抒情，界限还是有的。这要看形象中特殊感情成分和事物特征成分何者占优势。当事物特征占优势，感情以一种潜在的状态渗透着，这时就还不能说是抒情。当感情成分占了优势，事物的特征发生比较明显的变异时，这时哪怕是采取描摹的姿态、叙述的笔调，那也是抒情。例如朱自清在《背影》中，有那么深厚的感情，但他主要是通过叙写他父亲买橘子的过程（下月台，走过铁道，上另一边月台，很费劲，买回来橘子，很轻松）来表现，这个过程本身虽然有选择，但没有明显的变异，因而，所运用的手法是叙述与描写，而不是抒情。一旦外在的事物特征在感情诱导下发生较大的变异，那就是抒情了。如巴金在《繁星》中写他躺在海轮的舱面上，仰望天空：

船在动，星也在动，它们是那样低，真是摇摇欲坠呢！

这就不完全是描写了。因为，星星的客观特征发生了较大的变异，它明明没有动，很高、很稳地挂在天上，而巴金却说它在动，而且很低，摇摇欲坠。

凡在描写中，客观事物的特征自然质发生较明显的变异时，描写就变成了抒情。当然，这种自然质的变异与作家感觉的变异是联系在一起的。巴金接下去写：

渐渐地我的眼睛模糊了，我就像看见无数的萤火虫在我周围飞舞，海上的夜是柔和的，是静寂的，是梦幻的。我望着那许多认识的星，我仿佛看见它们在眨眼，我仿佛听见它们在低声说话。这时候我真忘掉了一切。在星的怀抱中我微笑着，我沉睡着。我觉得自己是一个小孩子了，现在睡在母亲的怀里了。

主体本身的感觉、知觉变了：星星变成萤火虫，星星在眨眼，是他的视觉变异；星星在说话，是他的听觉在变异；最后主客体一起变化，大海变成母亲，自己变成了小孩子。这时，抒情的意味就相当强烈了。

由此可见，造成客观事物特征发生根本变异的原因是主体感受的变异，抒情之所以成为抒情，关键在于感受的特殊变异，或者说感受的变异性是抒情的一种标志。

感受之所以要发生变异，是因为感情的诱导。感受的变异之所以没有被视为对生活的歪曲，是因为从中可以感到感情的真实和强化。当人的感情达到一定强度时，就不满足于表现事物特征的客观性，太客观了会变成某种说明，太现实了就不能显现感情的强度，因而这时就要求追求变异。

变异是一种强调，强调就要达到某种异常。异常就不是本来的形态特征，表象变异了就是想象在起作用。朱自清在《绿》中展开了想象的翅膀，梅雨潭的绿就有了这样的变异：

那醉人的绿呀，仿佛一张极大极大的荷叶铺着，满是奇异的绿呀，我想张开两臂抱住她……

这样，绿的幅度扩展了，绿的质地也变成流体了。

那醉人的绿呀！我若能裁你为带，我将赠给那轻盈的舞女，她必能临风飘举了；我若能挹你为眼，我将赠给那善歌的盲妹，她必明眸善睐了……

如果不是把绿色的液体变异为舞带和眼眸，作者的感情不能达到这样的强度。当然，事实上这是不可能的，但想象的力量就在这不可能的可能之中，借事物的某一特征把感情美化了。在这样大幅度地变异时，常常用上排比复沓等强调性的修辞手段。

在以排比性的比喻作想象的变异时，感情往往达到这样的强调，那就是相对地超越于事物的特征进入超现实的境界。这时抒情就不再借助于描写或渗透、隐藏在描写之中，而是脱离描写，变成直接的抒情。

直接抒情是在感情的高潮中产生的。

它是在描绘生活的基础上产生的，但不完全靠五官感受的细节，它主要依靠"机体觉"，也就是机体内部的感受器，这种感受很难准确地定位。当内部器官工作的时候，各种感觉便融合为一种感觉，从而构成人的"自我感觉"。[①] 直接抒情就以这种内在感觉去表现感情。内在感觉因其缺乏准确定位，很难用语言表达，如果表达粗疏，很容易变成粗糙的概念。当海涅在《伦敦》中写到伦敦富豪与伦敦穷苦工人的生活对比以后，写了这样一句：

> 如果有人漫不经心地向你怀里扔下一块发硬的面包皮，你的泪水（它把这块面包皮都泡松了）的味道该是多么苦啊，你是用你自个儿的眼泪在毒杀自己。

在现实中，眼泪是不会毒死人的，但是这里却说能毒死人。这是一种强调，不仅仅是普通意义上的强调，而且是另一种意义上的强调。这就是说，如果对于富人的施舍你流下感激的眼泪的话，你就忘了反抗的权利，这样你就永远满足于以富人的施舍为生，这样的生活还不如死亡。这是一种极其强烈的感情的直抒。它的特点是，在关键性的判断上所使用的概念（毒死）的字面意义和实际意义之间是有着差异的。在语法上用字面意义，而在逻辑上是另外一种意义，这样就给读者留下想象的广大的空间。通过这想象的变异，作家的感情得到充分的强调，这在抒情诗歌中是常见的。例如，1645 年清兵攻江阴，江阴军民坚守，城陷，清兵屠城，尸满街巷池井，有女子题诗城墙：

> 雪胔（zǐ，腐肉）白骨满疆场，万死孤忠未肯降。
>
> 寄语行人休掩鼻，活人不及死人香。

这同样是在另一种意义上，亦即不在自然性质的意义上，而是在感情意义上的强调。英勇战死者虽腐，仍比苟活者更香。这里的"香"，已经不是对嗅觉分析器的刺激信息，而是对思想感情的震动。直接抒情是一种直接的剖白，它之所以是抒情，主要是因为它的关键判断不在话语的通常意义上，而是在想象的另一种意义上。它不仅借助于事物外在特征的变异，而且还借助于概念的内涵的变异。

这种变异，不仅限于现场的感受，而且还有种种虚拟的自由。如人称的转换，把不在

① 普日昌：《普通心理学》，人民教育出版社 1980 年版，第 145 页。

现场的对象当作现实存在，在想象中与之对白。如《窦娥冤》中窦娥横遭不白之冤时的独唱：

〔滚绣球〕有日月朝暮悬，有鬼神掌着生死权。天地也只合把清浊分辨，可怎生糊突了盗跖、颜渊！为善的受贫穷更命短；造恶的享富贵又寿延。天地也，做得个怕硬欺软，却原来也这般顺水推船。地也，你不分好歹难为地；天也，你错勘贤愚枉做天！哎，只落得两泪涟涟。

这里天变成有生命、有行动的目的性，有意志和感情的存在，而且是可以与之对白的个体，这一变就不是一般的议论而是强烈的抒情了。

还有一种质的转换，自然现象转换成某种社会特点，这就是象征。一切的象征手法都以性质的转移为特点。例如茅盾在《雾》中这样直接抒情：

我诅咒这抹杀一切的雾，我自然也讨厌寒风和冰雪，但和雾比较起来，我是宁愿后者呵！寒风和冰雪的天气能够杀人，但也刺激人们活动起来奋斗。雾，雾呀，只使你苦闷；使你颓唐、阑珊，像陷在烂泥淖中，满心想挣扎，可是无从着力呢！

这里的雾已不是大自然的雾，而是政治的雾了。雾引起的闷郁，也是一种政治的象征。

直接抒情是一种基本的抒情方式，但是它很少能独立存在，在叙事文学中，它总是在叙述、描写充分饱和的状态中出现。如果叙述描写不够饱和就出现大幅度的直接抒情，就可能失之太虚。即使在抒情文学中，抒情也并不是在任何一种形式、风格中都可以独立存在的。在西欧，以直接抒情为主的诗主要是浪漫主义的抒情诗，象征主义的诗歌就一反其道，变为在描摹某一特定对象中掩盖抒情因素了。在中国，诗经以描摹中抒情为主，楚辞以直接抒情为主，五、七言古诗有较多的直接抒情，而近体诗（律诗、绝句）描摹性较强。直接抒情常常是充分描摹之后的一种激发。

应该强调的是，不管是描述性抒情还是直接抒情，都以外在特征或内在感情的变异为特点。当然如果变异到怪异的程度，就变成了喜剧性的讽刺幽默；如果没有任何变异，则描述性抒情就可能变成思绪的说明，而直接抒情就可能变成智性的议论。这时哪怕有人称的交替乃至其他手法的运用，仍然不是抒情。变异性越小，抒情的意味越弱。例如，在《奥赛罗》中埃古有一段很长的独白：

我恨那摩尔人，有人说他和我妻子私通，我不知道这句话是真是假，可是在这种事情上，即使不过是嫌疑，我也要把它当作实有其事一样看待。他对我很有好感，这样可以使我对他实行我的计策的时候方便一些。凯西奥是一个俊美的男子。让我想想看：夺到他的位置，实现我的一举两得的阴谋。怎么？怎么？让我看：等过了一些时候，在奥赛罗的耳边捏造一些鬼话，让他跟他的妻子看上去太亲热了。他长得漂亮，性情又温和，天生一种媚惑妇人的魔力。像他这样的人，是很容易引起人疑心的。那摩尔人是一个坦白爽直的人，他看见人家在表面上装出一副忠厚的样子，就以为一定是个好人，我可以把他像一头驴子一般地牵着鼻子跑。

一望而知，这不是抒情，因为这里不论从外在形态还是内在的感受上都没有任何变异，因而成为某种动机的说明和解释，一点也没有透露出自己对自作的“搞阴谋的艺术家”（斯坦尼斯拉夫斯基语）的欣赏。不能忽略的是所有这些都是用诗的格律形式（素体诗）表现出来的，没有一点独特的感情，没有任何变异（包括感知的变异和逻辑的变异），没有想象的空间，又是这么长的一段内心剖白，这可能要归入莎士比亚最不成功的一类手法。没有独异的抒情，满足于智性的议论，是不能不引起读者疲倦的。

当然，在文学作品中，并不是不能有理性，相反，理性是不可少的。精彩的议论往往能使作品生辉，有时读者把作品的整个情节淡忘了，而那精彩议论，却留在读者记忆中。像保尔·柯察金对人的生命的议论，亚瑟写给蒙泰尼里的条子上关于上帝的议论，《复活》中关于俄国农村生活、上层官僚机构和宗教法庭的议论，《红楼梦》中关于护官符的议论，《三国演义》有关战争艺术、用人之道的对话，《金瓶梅》关于有三种人怕热的评说，鲁迅在《故乡》中“世上本没有路，走的人多了便成了路”的议论，都是作品中的思想精华。但是，在文学作品中也有一些智性的议论是损害形象的。如中国古典小说中有关因果报应和封建伦理道德的说教，托尔斯泰作品中关于宗教、上帝的宣传，罗曼·罗兰在《约翰克利斯朵夫》中关于文化界的批判性议论，都因脱离形象、淹没了形象、干扰了形象而变为作品的赘疣。

十五、从审美走向审智

文学形象的创造是一种审美价值的实现，它以情感为核心，牵动着感知和智性变异。缺乏情感、完全靠理性的议论是枯燥的。

情感之所以珍贵，是因为在通常情况下，它是为实用功利和科学的认识所压抑的，只有情感能量特别强大的人，才具有审美创造的才华。康德提出审美价值，讲到只有超越功利和逻辑，才能解放审美情感。

这说法是不完全的。因为在艺术创作中，并不是一切情感都有同样的审美价值。只有那种独特的、充满个性的、不可重复的、有深度的而且是新异的情感才能产生感染力强大的艺术形象。一般化的、缺乏深度的、被重复表现过的情感，就缺乏审美价值。正是因为这样，只有那些表现了前人所没有表现过的情感的作家诗人，才可能成为杰出的作家和诗人，成为开一代文风的大师，在文学史上享有地位。

钱锺书的《围城》，虽然写了多角恋爱，但是他却没有巴金和茅盾小说中那种浪漫的诗意的爱情。在他笔下的恋爱，无所谓爱情，极少有真正动了感情的，有的只是煞风景的身不由己。他开拓的情感世界无疑有一种反浪漫的特点。好不容易让孙柔嘉和方鸿渐有一个单独在一起的机会了，其结果却是在乱坟场里，谈什么鬼长不大之类的事情。

莫言没有经历过战争，但是他所表现的战争比之刘白羽、魏巍、周而复等经历过战争的作家，在文学史上地位更高。就是因他在《红高粱》中，一开头就写了抗日游击队长的坟墓，他并没有像传统小说那样怀着崇拜的虔诚，而让一个孩子在其坟上拉了一泡尿。这个孩子就是他自己，这个烈士就是他的父亲。他自己说，他的家乡山东高密乡间，既是英雄盖世，又是杀人越货，既豪爽义气，又是非常土匪气的一个地方。

余华、苏童没有经历过旧社会的生活，可是他们笔下的旧社会的生活比从那个时代过来的老作家更有特色。他们对我国现当代文学所涉及过的旧社会的生活，怀有特别的审美价值判断，这种审美价值判断对于传统的价值有着颠覆性突破，而老一代作家的情感价值却在相当长的时间里停滞了。

如果文学作品长期重复着类似的情感价值，它就不能不老化。

即使是新异的情感价值，如果仍然用陈旧的方法表现，那也不能说是具有艺术的创造性。在浪漫主义的激情和想象占据文坛长达近一个世纪以后，过分渲染感情，就不能不成为俗套。情感虽然是审美价值的核心，但是它却很少能单独存在，它的传达离不开表层感觉的变异。

光有表层感情的变异，还可能是肤浅的；它还需要掣动深层的智性，才显得深厚。反过来说，它如果仅仅停留在表层的感知上，一任情感的泛滥，抒情就可能变成滥情或者矫情。

20 世纪中叶甚至更早一点，romantic（浪漫）在西欧和北美，就成了一种天真、幼稚甚至是过时的、傻乎乎的贬义词。五四时期由于浪漫主义风行，sentimental 被翻译为“感伤的”；而到了 20 世纪中后期，同样的字，就被翻译成为一个贬义的“滥情主义”了。

自海明威、福克纳以来，文学作品中的智性成分迅猛增长，而情感成分却在递减——尤其在现代派的文学作品中，超越情感直接从感觉走向智性的深思，不论在小说还是在诗歌中都成为主流。

在 20 世纪前中期（在我国则稍稍滞后，要到 20 世纪 80 年代中期），理论探索的主要潮流是文学区别于哲学的特殊规律。苏联拉普的所谓辩证唯物主义创作方法，与公式化、概念化的顽症联系在一起，至今声名狼藉。关于文学的特殊规律，“形象思维”的学术争鸣持续了数十年。但是，到了 20 世纪中后期，在西方各种流派文论的冲击下，文学与哲学、情感与理性的区别渐渐变得不太重要。加缪甚至提出他的小说就是他哲学讲义的图解。

审智倾向的崛起使审美具有更为复杂浑厚的内涵。

审智倾向表现在我国当代小说中，产生了一批以表面上反理性，而实际上更加强调文学的智性底蕴的小说。格非的小说瓦解了故事，充满了生活碎片，情节没头没尾，人物内心扑朔迷离，莫名其妙、毫无逻辑，但是其中有格非对生活本身的因果性的怀疑。北村近年的小说情节有头有尾，却没有通常的逻辑性，人物的行为在世俗意义上找不到解释，但是在情节的深层中有着作家的哲学的寓意。

后新潮诗歌之所以引起了激烈的争论，不仅仅是因为它语言晦涩，而且因为它所蕴含的哲学理性以一种歪曲的、怪异的姿态出现。

在散文中，智性的、反抒情的潮流表现为所谓“学者散文”的高潮。本来，在中国现当代散文中，艺术积累最为丰厚的是叙事、抒情和幽默，许多学者散文却离开了当前散文驾轻就熟的一切，超越抒情和调侃，炫示智性的纷繁和深邃，作智性过程的深化的探索。其特点明显与审美相对称，可以用“审智”来概括。

“审智”不同于审美之处是：不依赖于感情，诉诸智性，对感觉世界作智性的、原生性的命名，由此衍生出纷纭的观念来，在似乎非常抽象的分析和演绎的过程中，激活读者为习惯所钝化了的智性和感受。

这一切不仅长久以来被散文所遗忘，甚至为文艺美学的基础——审美价值理论所拒绝。

看似独立的学者智性散文，如果不甘心照搬抽象语言，就不能不在艺术上依附于抒情和幽默。远的如秦牧，早就把智性嫁给了抒情，差一点牺牲在滥情的道路上。余秋雨独辟蹊径，无疑有大家风范，对于智性散文的历史贡献不可磨灭。他之所以在海内外引起激赏，是因为他往往能将文化景观的智性思考和诗性的激情 / 想象融会在意象之中。王小波继承了钱锺书的批判传统，艺术开拓的气魄和才华不可一世，可他深刻的智性灵魂也没有离开以“佯庸”为特点的幽默。张中行、周国平倒是实在，干脆就不管智性和感性的根本冲突，一味用智性的话语来书写，其结果是智性越是丰厚的地方，艺术却越是稀薄到如大锅清水汤。

智性和情感的冲突和融合，是个历史的现象，在西方亦不例外。蒙田以抒情和华彩的诗性语言来冲淡智性话语的抽象；在英国人那里，则以幽默来调节，不以幽默见长的散文（如培根的）则一任智性泛滥了；罗兰·巴尔特不依赖抒情，也不在乎幽默，他把智性提到一个相当的高度，藐视文学与非文学的区别。

十六、在对话、独白中的口语和书面语言

叙述、描写和抒情是作者的语言，或者是讲述者的语言，对话和独白则是人物的语言。叙述者的语言可以是书面语言，也可以是口语，视讲述者的身份而定。对话通常应该是口语。同样的话用书面语言还是用口语来表达，其心理和文化内涵是很不一样的。同样的概念可以有不同的词汇形式，但是绝对的同义词是没有的。“逗乐”和“引人发笑”，本来就有不可忽略的差别，放在不同的人物口中，差别就更大；“天气热极了”和“奇热无比”看来差不多，如果让一个小孩子说“奇热无比”而让一个老学究说“天气热极了”，就完全乱了套。用口语还是用书面语来对话，要看身份，如无特殊身份，一般人是不会用书面语对话的。此外还要考虑到特殊语境和特殊风格效果的追求，要把这一切作为完整的语境都考虑在内。不考虑某种喜剧语境，是无法理解《镜花缘》中的酒保为什么要说“要酒一壶乎，要酒两壶乎”的；不考虑特殊的幽默感，是不能理解孔乙己对一群孩子用文言说茴香豆“多乎哉，不多也”的。人物对话语言的运用还跟形式有关。在莎士比亚的戏剧、歌剧以及我国京剧中，剧中人可以用诗的雅言来对话，这是特殊形式的高度假定性所允许的。除了语境、风格、形式的考虑以外，人物的对话，一般应该应用口语，甚至社会方言、地方方言。

讲述者的语言只要符合作者身份，而对白和独白却要符合各种人物的身份。从词语的雅俗到句式的繁简，从口气庄谐到逻辑疏密，都要模仿不同身份、经历、气质的人。章学诚在《文史通义・古文十弊》中说：

> 文人固能文矣，文人所书之人，不必尽能文也。叙事之文，作者之言也，为文为质，为其所欲，期如其事而已；记言之文，则非作者之言也，期于适如其人之官，非作者所能自主也。[①]

人物的语言与作者的语言是不能混淆的，把作者的语言当成了人物的语言，就是有成就的作家也在所难免。当众多人物都用作者的口气、惯用语讲话时，作品的真实性、形象的可信性就大大地受到损害了。

每当作家让人物大发议论的时候，这种危险就产生了。有一篇小说，让一个女知青这样讲话：

> 乌云蔽日，就以为世上无光，鱼目混珠，便要毁珠砸盘。你厌弃虚伪和奸诈，却连真理的信念一同抛弃掉……与其忍受命运的暴虐毒箭，不如挺身反抗人世无涯的

① 章学诚：《文史通议》，上海书店出版社 1988 年版。

苦难。

完全是书面语词汇，在日常说话时谁也不会用这样的语言讲话，即使讲大道理、讲哲学也会有口语的特点。例如魏钢焰在《忆铁人》中这样写王进喜讲辩证法：

一上路就看见一条标语扑面而来。“以两分法前进！”铁人点了支烟，拧脸问我，你会唱秦腔吗？喜欢么？那里头有些故事，叫人动脑筋。一个人嘛，得常常记得“走麦城”。那位姓关的脑子里呀，光有个五虎上将，光记得过五关斩六将，尾巴翘到天上去了。末了，怎么样？垮啦！

讲成功和失败，说的是对立统一的哲学原理，但用的是口语，是谈家常，并不是做报告。在聊天的时候让王铁人大讲其哲学概念，一来不符合人物的身份，二来也不符合语境的特点。口语有口语的特殊规律，它虽然不像哲学概念那样有严密的内涵和外延，但是它生动活泼，能体现不同人物的不同经历、教养和个性。

王铁人用“走麦城”概括失败，用“过五关斩六将”概括胜利，其特点在于并不是普遍的理性语言，而是特殊的感性语言。以特殊代替普遍，以感情色彩很浓的语言代替抽象的概念，这正是一般情况下口语的特点。

因为感情色彩重，在句法上，表现为多短句、简单句，很少复合性长句，其语气变化较迅速，肯定语气、否定语气、疑问语气、感叹语气交相出现。“末了，怎么样？垮啦！”前一个疑问、后一个感叹。“没有拖拉机怎么办？抬！困难还不是硬给抬走的！”一个疑问、一个感叹、一个反问。语气变化丰富，如果像一般书面语言那样，用上三个肯定的陈述语，这种对话就失去那样呼之欲出的生气了。书面语言中常用的那种完整的句式、严密的逻辑关系乃至连接虚词，在这里可能起反作用。例如，书面语言：

你如果再胡闹，我就送你到警察局去。

可是杨朔在《雪浪花》中，借用老泰山之口讲这个意思的时候并不是这样的，而是：

再闹，送你到警察局去。

对话之难还不仅在于区分作者与人物语言的不同，而且在于区分不同人物之间语言的不同。诚如金圣叹所说：“一样人便和他一样说话。”作家的一支笔要写出不同人的不同口气，让他们各自有自己的口气，有自己的特殊词语，特殊的表达方式。如《水浒传》写宋江、鲁智深见面时的对话，很经得起分析：

宋江让鲁智深坐地。鲁智深道：“久闻哥哥大名，无缘不曾拜会，今日且喜认得阿哥。”

鲁智深没有多少文化，见了宋江，讲话又不能全用口语，所以把口语（阿哥）和雅言（拜会）不协调地杂在一起了。而宋江则是全套的书面语言：

不才何足道哉！江湖义士，堪称吾师清德，今日得识慈颜，平生幸甚！

这种语言与宋江长期担任县里的押司身份相称，他以书面语言奉承人，完全落于俗套，有些用词完全没有动脑筋。例如，把与鲁智深见面说成“得识慈颜”，其实鲁智深给人的印象何慈之有？对话要符合人物的身份性格，而人物的身份性格是复杂的，处理对话的上述原则也就应该是灵活的。李渔在《闲情偶寄》卷一中说：

填词之理，变幻不常，言当如是，又有不当如是者。如填生旦之词，贵于庄雅，制净丑之曲，务带诙谐，此理之常也。忽遇风流放佚之生旦，反觉庄雅为非，作迂腐不情之净丑，转以诙谐为忌，诸如此类，悉难胶柱。①

这就是说在身份与性格之间发生矛盾之时更重要的是性格。符合性格的对话才是活的对话。

十七、对话的随机性和描述的系统性

老舍说：“对话是人物性格的索引。”但是这种索引并不像在图书馆中那样是系统排列的，它是在具体环境中和特殊对象面前激发出来的，有很大随机性。在这一点上，它不但不同于叙述描写语言，而且不同于内心独白。叙述描写语言和内心独白是对事物和自己内心系统的表述。一般来说，在相当长一个时期中，客观事物、人物的心理状态是相对稳定的，因而叙述描写、独白除了那种绝对的意识流作品以外，一般是经过作者或人物的内心逻辑整理过的。对话是一时脱口而出的，不一定是经过组织的，对话不是演说。

我国地方戏曲和古典戏剧作品中的自报家门，或欧洲古典戏剧中的自我剖白，在假定性极强的艺术形式中才行得通。把对话当成演说，用演说的系统性去代替对话的随机性是许多对话失败的原因。

对话的成功不但在于显示性格，而且在于显示性格的内在逻辑。对话应以一种“未经文字加工”的形态揭示出人物的性格特点、心灵世界的特点，但这种未经加工的形态恰恰又是精心加工的结果。

在我国古典小说中，在对话中插入对人物的动作表情乃至当时环境气氛的描写，也许不如西方 19 世纪以后的小说发达，但是，对话本身的传神往往弥补了这一不足。《红楼梦》对话之生动并不亚于世界上任何文学杰作，也许在未经加工的随机性上比一些外国文学经典还要略胜一筹。例如，《红楼梦》中写贾芸向他舅舅卜世仁赊欠不到香料反而挨了一顿训，贾芸被唠叨得不堪，便起身告辞。卜世仁并不认真地说了一句“你吃了饭去吧”：

一句话尚未说完，只见他娘子说道：“你又糊涂了！说着没米，这里买了半斤面来下给你吃，这会还装胖子呢，留下外甥挨饿不成？”卜世仁道：“再买半斤，添上就是

① 李渔：《白话闲情偶记》，天津古籍出版社 1993 年版。

了。"他娘子便叫女儿："银姐，往对门王奶奶家去问：有钱借几十个，明儿就送了来的。"夫妻两个说话，那贾芸早说了几个"不用费事"，去的无影无踪了。

这是一种随机激发，刚编了一个谎，又激发出一个谎，编得这样有逻辑的连贯性，有这样的本事的人是很少的，却是这个女人个性的秘密。这里并没有关于卜世仁老婆的行动和肖像描写，也没有正面的心理分析，没有直接点明卜世仁的老婆说的都是假话，但是它的妙处就在于揭示了这个公开声言为了不让外甥挨饿才不留他，留了他又要去借钱买面的女人的虚伪。光凭对话就写出了这个女人内心刻薄却强装慷慨，明明鬼也骗不了，甚至连她自己也骗不了的把戏，她却十分认真地表演。

对话的优越性就在于能抓住人物性格的内在逻辑，因而比肖像描写、心理描写、风景描写更不可缺少。

十八、对话中的性格逻辑与感情逻辑的错位

抓不住人物性格的内在逻辑，对话就往往失之空泛，最多只能起说明作用，而不能揭示人物内心秘密。在这一点上，就是很有经验的作者，也要在反复修改中避免那些只能起说明作用的对话。例如，浩然在小说《月照东墙》中写一个社员外出，他媳妇难产，老队长尚友朋要抬这个媳妇进城抢救，而他的老伴思想不通。草稿中是这样写的：

老头子放下碗，绑上一副担架，就要往医院里抬。尚大娘很生气，上前一把扯住老头，气哼哼地说："我就不能让你去！当队长没领这份钱，干一天活了，刚才你还喊腰痛，再抬个人跑几十里，你还要命不要？"

表面看来尚大娘的话符合她的思想，但是，细细看来，只是符合一般落后妇女的情况，只起了说明她思想落后的作用。精彩的对话要抓住人物内在的特殊的性格逻辑，这里没有什么不同于一般落后妇女的特殊逻辑，因而是概念化的。后来浩然把它改成这样：

尚大娘很不高兴，心想，干了一天活，刚才还喊腰疼，这么大岁数，再抬人跑几十里地，受得住吗？于是说："你呀，越来越不守本分了，这是老娘们的事儿，你可掺和什么？再说你还是个叔公辈哩，一点伦理都没有啦。"

性格逻辑是一种感情的逻辑，逻辑的特殊性与语境的特殊性有关。语境和人物关系的特殊性不是针锋相对的斗争，而是微妙的错位。反对老头子出去，目的是为他好。在某些方面二人是一致的，在另一方面又拉开了距离，这是相关人物口头冲突的常规，我们把这叫作"错位"。

尚大娘落后，逻辑的出发点是爱护老伴，但是，由于语境的特殊性，表现形式不能太直，因而谴责他处置失当。本来并不堂皇的理由，变得堂而皇之了。这就写出尚大娘特殊

的、隐藏的感情逻辑，把她自己的小心眼藏在她认为最正大光明的大道理之中，以便争取老头子的认同。同时，在这显而易见的言不由衷的对话中，作者透露了他对尚大娘轻松的揶揄，对话的情趣因而丰富起来，不像原稿那样平白，那样一般化了。

当然，人物的对话并不完全是表现感情的，也要表现性格中的智性成分。关键是要写出感情和智性的特殊结合，那种不可重复的、不同于任何人的奇妙的逻辑错位。

在对话中，作家往往体现在同样场合中不同的人物有不同的感情，这是需要很细致的辨析力和洞察力的。就是同一对象，用同样的语言，作家的功力在于能够自如地表现出大不相同的感情来。李渔在《闲情偶寄》卷一中说：

> 《琵琶赏月》四曲，同一月也，牛氏有牛氏之月，伯喈有伯喈之月，所寓者心也。牛氏所说之月可移一句于伯喈，伯喈所说之月，可挪一字于牛氏乎？夫妻二人之语，犹不可挪移，混用，况他人乎？[①]

这是由于蔡伯喈已有妻室，又与牛氏再婚，牛氏并不知道这一切，人所思所感不同，因而所说（唱）也自然不同。对白的生动性就在于二人情意之错位，如果相同就没有戏了。[②]

十九、对话中作者、人物、读者的关系

对话所表述的内容必须符合人物当时的语境和心境，但是，写对话最根本的目的是为了给读者看的，凡读者已知而作品中人物未知的事情就要从略。即使生活中说上一大篇，文中也要一笔扫过，甚至留下空白。哪怕是读者不知道的，作品中的对话也要比生活中简洁得多。有一位电影评论家在论及电影的对话时说，有时银幕上出现这一类的对话：

> “XXX，把手榴弹给我。”
>
> “干什么？”
>
> “快！”

评论家说，其实只要“手榴弹”三个字就成了。另外一个例子：

> “XXX，你看，那不是厂长来了吗？”
>
> “对，咱们去找他！”
>
> “好！”
>
> “去！”

评论家说，其实只要“看，厂长”就成了。

但是，对话又不能光为读者节约时间着想，有时对读者已知的事，人物仍然可以反复

---

① 李渔：《白话闲情偶记》，天津古籍出版社 1993 年版。

② 关于人物对话的心理“错位”，在本书第七章“小说审美规范论”第一节中还要细致阐明。

地讲述。例如在《祝福》中，祥林嫂反复讲述阿毛死的故事，引起了鲁镇人们的厌烦；在契诃夫的《苦恼》中，姚纳反复向顾客乃至向小马诉说儿子的死亡，都是讲给自己听的。这些对于人物痛苦到麻木的心理状态和环境的冷酷有很强的表现力，因而是成功的。如果因为读者已知而不这样写，就可惜了。[①]

如果不是为了表现语境与性格的特殊关系，重复读者已知的事无疑是败笔。这是因为从作品的具体规定情景来说，人物的话并不是讲给读者听的，人物的话是讲给人物听的，人物的话只是间接地让读者领悟，而不能直接讲给读者听。除非是追求特殊的喜剧效果（如舞台上的旁白），直接把话讲给读者听，就可能使艺术效果砸锅。许多对话的失败原因之一就是把读者当成了直接的对象，人物变成了作者的传声筒。这样一来，人物就变成了作者，人物就消失了。

有时，对话中的话除了直接讲给读者听，讲给什么人听都可以，甚至可以讲给人物自己听，哪怕人物自己已经知道了，还要讲个没完，哪怕人物没有听，也比直接讲给读者听好得多。

在对话中要考虑读者、作家、人物的三角关系。在表现形式上，人物是主要因素；在总体效果上，读者是主要因素；在驾驭对话的内在倾向、内在逻辑上，作家是主要因素。作家的才华就表现在使这三者和谐地统一。作家的倾向，阅读的效果，都不能离开人物性格的基本规定性，不能越出人物心灵的基本限度。

此外，还有形式特殊性的限度。高明的作家在这几个限度之内发挥自己的才能。例如，在电影《白毛女》中，大春和地主管家发生冲突以后要出走，他妈妈来送别，这时从总体效果和作家倾向来说都要求指明出走的方向是解放区，但是从人物（大春娘）来看，这一点还在她心灵的限度以外，因而大春妈不能直截了当地让她儿子去找八路军。作家只能在人物性格心灵的限度以内去显示倾向构成总体效果。电影《白毛女》的作者让大春娘说了一句：

孩子，有地主的地方，可别去呀！

这就使这个矛盾得到了解决，既暗示了大春娘对共产党毫无认识，又表现了她自发地向往一种没有地主的世道，这样，大春走向解放区就是很自然的了。在人物的心灵限度之内，作家找到了自己倾向的根据，强调了这种根据，使之推动情节向总体效果的终点发展，人物、作家、读者就在这一点上达到了和谐的统一。

---

① 据我研究，鲁迅在《祝福》中写祥林嫂反复对人诉说阿毛的故事而遭到冷遇，是受到契诃夫《苦恼》中马车夫姚纳死了儿子反复向顾客诉说而遭到嘲弄这一构思的影响的。《苦恼》早在五四时期就由胡适翻译出来了，鲁迅肯定是读过的。

二十、对话的准确性是一种心口错位的准确性

在对话中人物本应直接出面表达自己的思想和感情，但是，实际上，人物很少把自己的思想感情全部倾泻出来。

对话与独白不同，独白是人物自己和自己说话，他所讲的大抵是真话。特殊个性的人，才对自己也不敢讲真话，才对自己也保守秘密，隐藏自己真实的思想感情动机。一般的人都比较准确、直率地袒露自己的感情和思想，人们很少能欺骗自己。心灵独白以准确、坦率、严密地表达人物的思想和情感见长。

在《钢铁是怎样炼成的》中，保尔在得知健康无可挽回地毁坏，眼睛面临着失明危险时，他痛苦得想自杀，这时他有一段著名的内心独白：

人的生命是最宝贵的，生命对于他只有一次而已，人的一生应该这样度过：当他回首往事的时候，不因虚度年华而悔恨，也不因碌碌无为而羞耻，这样，他在临死的时候才能说："我的一生已经献给了世界上最壮丽的事业——人类解放的事业。"

在《牛虻》中，亚瑟在受到他所虔诚地信任的神父欺骗以后，被琼玛误解，因情妒而出卖了革命，琼玛打了他一记耳光，他对宗教的虔诚信念破灭，他把神像打破了，写了一张条子给蒙泰尼里：

我相信你像相信上帝，而你却一直用谎言欺骗我。而上帝是一个泥塑木雕的东西，我一锤就把它打得粉碎。

亚瑟几年来的生活体验，就在这几句话中结晶。但不管是什么样的独白，在文学作品中用得都是很节约的，不到情节转折的关头，不在人物遭受命运沉重打击的时刻，轻率地对生活做出这样高度哲理性的概括，往往是不真实的、概念化的。

在对话中这种情况就更突出，人物几乎很难像独白中那样直接表述自己的思想和感情。在对话中，人物很少讲真话。讲真话，往往是在特殊的环境和条件下。俗语说，酒后吐真言，平时受到环境、礼仪、习惯等因素的制约，到酒后神经戒备解除了，才说出了心中的秘密。有时则是事情到了不可开交的地步，有时则是到了死亡的边缘，有时则是为巨大事变所动，人物才吐露心曲，道破真言。径情直遂地把心中所想的一切都倾吐出来，一定是非常特殊的性格，像小孩子，或《红楼梦》中傻大姐之类的人物，才有生动的可信性。一般的情况下，有什么说什么，不但生活中少有，而且与对话要求有潜在的启发性相矛盾。

这种潜在的启发性主要表现为对话中所说与人物心中所想总有或大或小的"误差"或者"错位"。艺术的魅力就在于不管这种误差或错位有多大，读者恰恰能从这种误差或错位

中获得对人物的内心秘密的准确理解。

对话的准确性可以说是一种心口“错位”的准确性。对话艺术在一定意义上可以说是一种准确驾驭心口错位的艺术。雷班在《现代小说写作技巧》中说到这个问题。他从两个方面说，一方面是生活本身如此：

> 我们说的话并不完全是心里想的，我们说话时常常是转弯抹角地稍加暗示，然后就开始绕圈子，我们用语言掩饰心里所想的。

另一方面属于读者心理的要求：

> 读者期望人物的语言逼真，同时也要求他们的话尽量说得支支吾吾，转弯抹角。

生活是如此复杂，人物心灵世界又是如此丰富，几乎每一个人物都以某种虚饰的方法来表达自己的思想和情绪。对话的任务就是要表现每一个人物虚饰的独异性，同时又得透过虚饰让读者看到真实的心理活动。对话之妙常常就在于这种虚饰与真实之间的错位。例如，在《骆驼祥子》中，祥子第一次丢了车，回到了车厂，明明非常惦念他的虎妞这时不说她惦念得要命，却这样说：

> 祥子，你让狼叼了去，还是上非洲挖金矿去了？

这二者都是不可能的，明明不是虎妞真实的估计，这样好像有点“文不逮意”，但又是非常准确地表现了虎妞对祥子的思念。狼叼了去，上非洲挖金矿，都是形容不管祥子好运还是噩运都没有回来的希望了，这说明虎妞想念得都有点绝望了。人明明已在眼前了，还提出那不可能的估计，说明祥子回来得意外，也说明虎妞感情上震动得厉害。敢于用那么不吉和大喜的话语，说明虎妞的泼辣，不怕祥子见怪。

下面接着写虎妞让祥子坐下一起吃饭，遭逢不幸的祥子明明很感动，但是他不能说：“好吧！”即使老实淳朴的祥子也说了一句与他心中实际想法不完全错位的话：

> 刚吃了两碗老豆腐。

祥子口头上的答话是文不对题，但潜台词却很完备：首先是推辞（吃了）；其次，还可以再吃一点（老豆腐是不可能当饱的）。口头上推辞，心里却并不完全是推辞。口头上是不吃，心里却是可以再吃。妙就妙在从形式上的虚饰中，读者完全可以看出二者在内容上的真意，祥子采取了一种可进可退的态度。接下去，虎妞一把把他扯了过去，像老嫂子扯小叔子一样：

> 先过来吃碗饭，毒不死你！

虎妞讲出来的话都是极凶的，“毒不死你”，明明不存在毒的可能性，这是词不达意（错位）吗？但是恰恰表达了虎妞叫他不要顾忌刘四爷在场的心情，非常准确地显示了她对祥子的爱，既悍又野。

这是因为语言，特别是对话，所表达的不但是思想，同时又是特殊的感情。口头语言在具体对象面前和特殊语境中往往比语词本身包含着更多的东西，而超出了语言的东西，一部分包含在词句之中，一部分包含在声调、表情、动作之中。

起初，文学家对语言以外的成分未加注意，像在《坎伯雷特故事集》《一千零一夜》《十日谈》《三国演义》中，对话总的说来是没有动作表情的。没有表情、动作的对话逐渐进化，就慢慢使人从语言中看出动作来了。我们在《水浒传》《红楼梦》一些成功的对话中就不难看出来了。

到了18世纪，西方的小说不满足于让读者自己去想象人物的动作，在对话中大量地插入了动作的描写。舒金在《回忆契诃夫》中这样说：

> 得把小说写得生动些，将动作插在谈话中。您的伊凡诺维奇喜欢说话，这没什么，可是他不该一连气说上整整一页。让他说一点话，然后写道：伊凡诺维奇站起来在房间里走来走去，点上烟，在窗口站住。

这种外在动作作为对话的补充迅速普及了，而且很快被用滥了。世界文学中出现了动作的奢侈和挥霍。许多动作，不但不成为其对话的补充，反而成为对话的累赘。这是因为许多作家只注意到对话与外在动作的联系，而没有注意与内在心理动作的联系。

所谓内在的心理动作，就是对话时内在的心理变动。从一种状态无声地变换为另一种状态，这种转化是不可见的、极其隐秘的，但又是极其动人、极其深刻的。我们所说的“心口错位”，主要就是外在的语言和内在心理动作的错位。正是这种错位让读者透过文字的空白洞察了人物的心理奥秘。这种错位就是口头的台词和内心的潜台词，或者对话和潜对话的矛盾。不善于写对话的作家往往把这两种台词（对话）当成一回事。忽略了这二者的错位，就是忽略了对话的根本特点，对话就没有内在的动作性了。对话分行写，留下那么多的空白，就是为了让读者在想象中把两种台词之间的空白给补充出来。

屠格涅夫曾考过一个青年作家，出的题目是，某国奸臣将国王杀死篡位，太子逃到国外。正当太子和一个人谈话时，有一个忠于他的逃亡者来到。太子的宾客问这个人国内和家中的情形，新来的人说，暴政正在广泛迅速推行，问话的人妻子已经被杀。这个遭逢惨祸的人听到这个消息应该抱怎样的态度呢？一小时后，那位青年剧作家把场面写出来了。那个家破人亡的人喊出了可怕的独白。屠格涅夫看了以后，从书架上取下俄译《莎士比亚全集》，翻到《麦克白》第四幕最后一场，念给剧作者听。这个人只反问了两句：

> 连妻子也被杀？连子女也被杀？

这自然比那可怕的喊叫要艺术得多，因为可怕的喊叫把什么都说完了，莎士比亚却把大量的潜台词留给读者去体味。这种心口错位，生动地透露了人物的内心动作：突如其来的噩耗使他震惊，出乎他意料，他还不敢相信，还有怀疑，同时还有微妙的希望——事情不至于坏到这种地步吧？表面上是很简单的两句问话，实际上表现了内心的震惊、怀疑和一线希望，这就是对话的潜在动作，没有用文字表现的内心动作。

一般地说，在对话中讲故事是不讨好的，但是如果对话能引起人物的内心动作，并能推动人物关系的改变、情节的发展，则对话的动作性会双倍地加强。

有些对话表面平淡之极，却很动人。在电影《赵一曼》中，赵一曼被捕了，作者考虑日本军方首领见到赵一曼时的第一句话时很费了些周折。最后他决定这样写：

你来了，欢迎，欢迎！

这样一句简单的话比疯狂的大喊大叫更生动，因为它包含的心口错位幅度较大，内在动作性较强。这个“欢迎，欢迎”，背后有日本军人的得意和掩盖着的凶残。

《红楼梦》写到林黛玉死亡前说了一句：“宝玉，你好……”便没有说下去。你好什么呢？是好狠心，还是好没良心呢？这是无法说清，也是无须说清的。说不清，潜台词才丰富；说清了，就完了。

有时精彩的对话会带来新的惊人的意外的因素，这种因素将导致人与人之间关系的内在的而不是外表的剧变，有时是过去某个关键情节的揭晓。18、19世纪的西方小说常常让人物完整地讲述一番；在现代小说中，这种完整性一般是避免的。作者更重视的不是过去情节的完整，而是由此情节揭晓而引起的心理动作的完整。例如井上靖的小说《骤雨》，写妻子稍晚才到别墅，发现丈夫有外遇。到了作品结尾处，妻子平静地告诉丈夫：儿子不是他的。至于这是不是事实，作者根本就没有兴趣告诉读者。作者最重视的是，由这句话所显示的妻子的内心动作是如此惊人，由此引起丈夫的内心动作以及夫妻关系的变化。

这是现代小说与传统小说在对话的运用上的一点微妙的区别。正因为这样，现代西方小说在对话中留下的空白要比传统的小说大得多。有时对话不像在互相交换思想信息，而是前言不搭后语，断断续续。有时好像是流水账，有时又好像是自说自话。凡写得好的这类对话，都隐藏着较大的内心动作。海明威的《永别了，武器》，其结尾据作者自己说“改了三十九遍，才感到满意”①。海明威苦心经营的就是如何在平静的语气中掩盖内心强烈的大幅度动作。主人公在第一次世界大战的战火中逃亡出来，与爱人会合到中立国隐居，但妻子却因难产死了。作品的结尾就是写男主人公在得知妻子已死在产房的情景：

我走进房去陪着卡萨玲，直到她死。她始终昏迷不醒，死时并不多耽搁。

本来经历了这么多悲欢离合和人世沧桑的亨利先生应该有多强烈的内心震动啊，但是严峻的海明威并不让他的人物像莎士比亚作品中人物那样长篇大论地宣泄内心苦闷，海明威甚

① 海明威：《海明威访问记》，《海明威研究》，中国社会科学出版社1985年版，第58页。

至残忍地不让他像契诃夫笔下的马车夫姚纳那样找寻倾诉的机遇，哪怕亨利比祥林嫂境遇更好，更有人同情关心，他也不让他说上几句连贯性的话。

在房外长廊上，我对医生说："今天夜里，有什么事要我做吗？"

这说明妻子死了，亨利好像很冷静，考虑到善后。

"没什么，没什么可做的。我送你回旅馆吧！"

"不，谢谢你。我在这里再待一会儿。"

表面上很冷静的样子，可事实上并不冷静。明明没有什么事，可还是要待在那里。这就留下了极大的空白，以极大的心口错位表现主人公复杂的心理活动。

"我知道没有什么可以说。我说不出……"

这是医生感到抱歉，没有能保全他妻子的生命，但是在这里，他彻头彻尾无从说起。海明威竭力不让人物说出自己的心情，他只提供索引，让读者自己去想象。

"晚安。"他说，"我不能送你回旅馆吗？"

"晚安"在英语中是晚上告别时的用语，可是说完了告别用语又提出"我不能送你回旅馆吗"，可见医生并不想告别。

"不，谢谢你。"

"手术是唯一的办法。"

"我不想谈这件事。"我说。

"我很想送你回旅馆去。"

"不，谢谢你。"

他走下长廊，我往房门走去。

"你现在不可以进来。"护士中的一个说。

"不，我可以的。"我说。

"目前你不可以进来。"

"你出去，"我说，"那位也出去。"

但是我赶了她们出去，关了门、灭了灯，也没有什么好处。那简直是跟石像告别。过一会儿，我走了出去，离开医院，冒雨走向旅馆。

在这段海明威苦心经营的对话中，最动人之处在于，医生反复地解释，说不出口的歉意溢于言表，而亨利却无动于衷。在这种无动于衷的简单应对背后有他逐渐强硬起来的决心，那就是去跟妻子的遗体待在一起。对医生的好意和歉意，他都很麻木，而护士的阻拦只能使他暴怒地把两个护士都赶走，但是这一切背景的交代都被省略在空白中，同时又为对话所暗示。大留白和强暗示，正是海明威对话艺术的特点。正是因为这一点，他不动声色的无背景、无外在动作的对话产生了世界性的影响。

在平静甚至冷漠的应对中包含着逐渐明朗、强烈起来的动机，语言所掩盖着的内心变动，同时也就是语言所提示的内心动作，二者错位是幅度越大，对话的内在分量就越重，就越经得起欣赏。

20 世纪初西方现代小说的对话就是追求这样内在的、不可见的动作，或尽可能省略可见的外在动作。①

拿海明威笔下的对话和笛福的《摩尔·弗兰德斯》中的对话一比较，就可以看到在不到 3 个世纪的历程中，对话作为一种艺术手段已经有了多么惊人的发展。笛福的小说是用第一人称写的：

> “亲爱的，”有一天他对我说，“我们到乡间去玩玩好不好？大约一个星期的时间。”“噢，亲爱的，”我说，“你要去哪里？”“哪里都可以，”他说，“我很想像贵人王公似的过一星期，我们就去牛津。”“我们怎么去法？”我说，“我不会骑马，坐马车又太远。”“太远！”他说，“乘六匹马的马车到哪里都不嫌远。我要你像个女公爵似的和我出去旅游一番。”“好吧。”我说，“亲爱的，这虽然有点胡闹，可是只要你喜欢，我就依顺你。”

这样的对话从现代小说的角度看有如中学生作文。它既没有外在动作，又没有内在动作。心里所想的和口里所说的完全一致，没有任何错位。在现代小说家看来除非特殊的激发，心口没有任何误差，是不宜用对话来表现的。一般来说，这种心口如一的闲聊，没有任何潜台词，光有对话而无潜对话，不推动人物内心的变动，应该用极其简洁的叙述几笔就交代了过去。

总的来说，作家表达力是一种语言的命名力和驾驭力，同时又不是一般的语言驾驭力。构成形象的不同手段，有不大不小的“特异功能”。作家的任务首先就是自由地驾驭各不相同的“特异功能”，避免各个不同的功能混淆。用叙述的系统性来写对话会导致廉价，我们在许多作品中已经看到了这种混淆是如何导致对话艺术的覆没。用对话的随机性去叙述，就像那些极端的意识流一样，给读者带来不必要的困惑。

作家驾驭语言的第二个任务是恰如其分地运用，有计划、按比例地协调几种手段、表

---

① 英国人赫·欧·贝茨在《海明威的风格》中这样说：“小说的对话，向来都给一套精雕细缕的老规矩弄得东摇西摆，迈不开步。长篇不知想了什么办法居然活了下来，短篇却被压得岌岌可危。按照这套老规矩，角色说话要具备作家所强调的抑扬顿挫风味、情绪、含意。于是‘他带着明显表示的愤怒又重复了一遍’‘她鼓起勇气，用忧郁的声调说’‘他犹豫不决地宣称’‘他声音惊恐，结结巴巴地讲’‘他夹进来说’‘他低声笑着描了句嘴’，如此等等，不一而足，这些文字填料一块块塞满了上起狄更斯，下至四便士平装本的长篇小说。”《海明威研究》，中国社会科学出版社 1980 年版，第 134 页。

现方法之间的关系，过多地连续使用一种手段会导致沉闷。各种语言手段的交替使用可使文思活跃、节奏丰富。当然，这里还包含叙述的感受角度、时间、空间顺序的调配问题。每一种表现手段都包含着局限性和优越性的统一，使用不足，则优越性得不到充分发挥；使用过度，则局限性大肆泛滥。正因为每一种表现方法都包含着内在矛盾，所以它永远在发展。

表现手法的发展可能表现为几种手段之间关系的改变，主导地位的交替（如在叙事文学中，从简洁叙事变为繁复描写又到简洁叙述），也可能表现在同一种方法之中，如对话的外在动作和内在动作相互交替地占据优势。有创造力的作家，不但能追随种种变革的趋势，而且能有预见性，一旦某种表现手法开始老化，另一种表现手法正在勃兴，他就毫不犹豫地舍弃那已经驾轻就熟的本事去练就新的能耐。当然，并不是每个作家都能做到这一点的，这要看作家的主观条件，而这种主观条件并不仅仅限于智能因素，同时还包括非智能因素。

第八节　作家心理素质中的智能因素和非智能因素的关系

一、各执一端的天赋说和勤奋论

由于现代科学还没有达到充分揭示人脑活动全部机制的水平，因而对作家心理功能的特殊规律，还不能直接做出描述，我们不能不从结果去推想原因，用推理代替我们尚不能直接感知的许多过程。目前对于作家心理素质的研究有两种相反的论断。一种是把作家的成才主要归结于先天的禀赋。在西方古代有柏拉图灵感来自神的启示，在近代有文艺的才华主要来自遗传的说法，而且有许多事例可以做这种论断的例证，如但丁、杜甫、普希金、莱蒙托夫都在童年时期（10 岁以前）表现出写诗的才能。这种论断自然是片面的，它孤立地强调了大脑机能的个体差异性，完全忽视了后天的社会环境和审美教育，所以在今天已经不再以一种理论的形态出现。另外一种相反的倾向是把作家的成才完全归结于主观的努力。布封说过："天才就是耐心。"（一译"才能就是持久的耐性"）高尔基说过："天才就是劳动。"西方有"天才就是勤奋"的说法，我国有"笨鸟先飞"的谚语。只有在持久的精神劳动中，作家的智能才可能得到充分的显示；如果没有持久的、反复的实践，作家的智能可能自我埋没。

文学创作是一种特殊的精神劳动。首先特殊在它的异常强度，其次是它的异常精度。它在间不容发的精神微观世界中作灵魂的探险，其劳动的反复性是很大的，没有顽强的意志和坚毅的性格，是难以胜任这样繁重的劳动的。福楼拜在写《包法利夫人》的过程中，曾经这样写道：

我不知道为什么生气，也许是为了我的小说。这部书总是写不出来，我觉得比移山更叫人困倦。有时候我真想哭一场。著书要有超人的意志，而我却只是个普通人。我今天弄得头昏脑涨，灰心丧气。我写了四个钟头，却没有写出一个句子来。今天就没有写成一行，可是涂去了一百行。这工作真难！艺术！艺术！你究竟是什么恶魔要咀嚼我的心呢？为什么呢？①

在这种特殊的难度面前，人类的认识彷徨了，一时倾向于神秘的天赋，一时又倾向于片面的勤奋。作家的智能要得到充分的发展与作家的意志性格很有关系，而意志性格是非智能因素。如果福楼拜真的在艺术创造的难度面前屈服了，就没有《包法利夫人》那样的杰作可看了。如果奥斯特洛夫斯基在双目失明以后没有勇气进行创作，是个意志薄弱的人，那也就没有《钢铁是怎样炼成的》了。

二、艺术家的意志

既然是创造，就得向生活和心灵的新大陆进军，就要开辟新的航路，创造连上帝也没有创造出来的形象。可是由于心理学的定式效应，在塑造形象时，不管你有多么强烈的创造愿望，你写出来的实际上是你读得最熟的几十篇作品的翻版，这是意象派大师庞德的甘苦之言。艺术家要像上帝一样创造自己的亚当和夏娃，就不能毁掉一批又一批从别人模子中套来的亚当和夏娃。定式效应的顽强性使得作家的创新意图一次又一次地沦为守旧，因而，没有百折不挠的意志，即使具备创造智能，也不可能将自己的生活感受化为自己的形象。从消极方面来说，如果没有不怕失败的顽强，艺术家就不可能顶住模式的自发性。

艺术家的创造是在想象中进行的，而想象的可能性是无限多样的。在无限多样的可能系统中选择一个最优系统，要求有像电子计算机那每秒钟上亿次的计算能力。这其中难免失误，不顽强，无以卷土重来。这样的难度连托尔斯泰都为之慨叹了：

这对我是多么困难。考虑，反复地考虑我目前这部篇幅巨大的作品（按：指《安娜·卡列尼娜》）的未来人物可能遭遇的一切。为了选择其中的万分之一，要考虑几百万个可能的际遇，真是极其困难。②

在这种情况下，作家的意志表现为自制和果断。在无穷无尽的可能性中，最吸引作家的往往并不是最优的，作家就要有高度的自制力，要克服自己的感情倾向。当形象越过自己感情的疆界，突破自己世界观的规范时，作家就得凭着意志来做出决定，是让形象按其

① 周禺忠编译：《创造心理学》，中国青年出版社 1983 年版，第 179 页。
② 周禺忠编译：《创造心理学》，中国青年出版社 1983 年版，第 178 页。

本身的必然性发展呢，还是把它扼死在胚胎之中？这时，没有自制力就可能使创作进程中断。当然，过分的自制，就变成缺乏意志，也可能使一个极佳的选择像失去控制的人造卫星一样永远消失在黑暗之中。

作家的自制和果断是建立在最优方案的选择基础上的。这不仅表现在创作过程中，而且表现在作家确定自己生活道路的关头。契诃夫、鲁迅和郭沫若都放弃了医学事业，闯入文学领域。曹雪芹在小说被视为稗官、不登大雅之堂的时代，不去钻研八股文，而把全部的才华献给小说，弄到举家食粥也没有搁笔的意思，没有相当的意志是不可能的。

在文学创作中，由于创作劳动的极端繁重，作家没有一种强烈的非同凡响的动机是不能胜任这样的艰巨劳动的。正因为这样，许多大作家的成长都具有传奇色彩。在 20 世纪以前，许多大作家并未受过正规高等甚至中等教育，却在文学领域树立了一座座划时代的丰碑。安徒生家道贫寒，想当演员，因为太瘦，为剧团经理所拒，拜访一个舞蹈家又被奚落了一顿轰了出来；高尔基连小学毕业的文凭都没有；杰克·伦敦是个地地道道的工人。他们都以最强烈的动机克服了层出不穷的艰难险阻才获得世界的承认。有些作家身患残疾，连生活上的自理能力都不足，但是却创造出第一流的艺术形象。最著名的是英国文学史上的白朗宁夫人，已经瘫痪了还写出那传世的诗篇。美国著名女作家海伦·凯勒一岁半就丧失了视听能力。她以惊人的意志力，克服了重重艰难险阻考取了哈佛大学，在许多教材没有盲文版的情况下，以超过常人的优异成绩完成全部学业。她终生不懈，掌握五种语言，成为世界著名的作家和教育家。苏联当代作家弗拉季斯拉夫·季托夫原来是个煤矿技师，为了避免一次变压器爆炸的惨祸，他飞身拉电闸，遭到数千伏高压电的打击。经过抢救他被截去两臂和一条腿，连活动假肢都无处安装了。他不能回到工作岗位上去，便立志“用语言燃烧人们的心灵”。他试着用牙咬住铅笔靠头部活动写字。他一个字母、一个字母，一个音节、一个音节地写，渐渐学会把音节连成词，又把词组成句。他比一年级小学生困难得多，因为头低得离纸太近，根本看不清自己写的是什么，只好用脑子记，记住之后，闭上眼睛咬着铅笔写出来。就这样写成了颇为轰动的中篇小说《死神奈我何》。以超群的意志做动机的后盾，他完成了他选定的使命。

三、效果对动机的定量依赖曲线

作家成才的非智能因素作用并不是绝对的。完全不讲智能因素，孤立地强调意志的果断和顽强就可能导致盲动蛮干。顽强的意志如果不与一定的智能因素相结合很可能造成无效劳动。上面所说的耶克斯－多德森定律，效果对动机依赖有一个峰值，它在一定的动机范围内仍然保持着，形成一个“平顶”。在这个“平顶”限度之外，效果就开始变差。1945

年伯奇用动物做的实验也表明，解决问题和动机强度的关系可以绘成曲线，起初问题的解决随动机强度增加，效率也增加，直至达到一个平顶峰值。越过这个峰值，动机强度的任何增值，反而造成解决问题能力的降低。这是因为当动机很弱的时候，动物（或人）很容易被无关的因子引到问题以外趋向无目的行动；而在动机非常强的情况下则集中注意力于目的，把情境中其他的对于解决问题很重要的特点都排除在外。只有在中等强度的动机推动下才能对情景中其他因子做出反应，才有相应的灵活性。[①]

在任何创造性活动中，非智能因素的作用是有限度的。人不能越过客观和主观条件的局限去追求不切实际的目标。动机效果的曲线的峰值是因人因事而异的，直到现在为止，心理学还没有为我们提供一个普遍适用的峰值常数。由于注意到这种个体差异性，苏联心理学家列昂捷夫给耶克斯－多德森定律做了一个重要更正：在耶克斯－多德森曲线下降经过零点以后，又出现了振幅很高的峰状突起。比如，在一般情况下，人在非常强烈的动机刺激下，反而失去理智，思想陷于停顿，但是并非人人都如此。有些人在极端不利的条件下，比如患残疾，生理机能遭受严重损害，思想反而变得特别清醒、敏捷，而且富有创造性。这就产生了所谓人才的补偿定律：在一个方面的不利，反而刺激起更强烈的动机，因而在另一个方面（在我们这里是文学创作方面），人的大脑发挥了“超剩余”功能。这就是季托夫用嘴巴咬住铅笔之所以能成功的原因。

在耶克斯－多德森曲线经过零点以后之所以能出现振幅很高的峰状突起的效果，主要是因为一种异常顽强的意志。这种意志大约分为强度不同的三个层次。强烈的目的性是第一个层次，持久的顽强性是第二个层次，各种类型的献身精神是第三个层次。层次越高，意志的坚定性越强，效果的峰状突起的振幅越大。

四、智能因素的主导作用

意志的坚定只能作为外在条件最大限度地发挥智能的潜在量，而不能代替智能因素。

智能因素和非智能因素，互相依存、互相制约。这一对矛盾并不经常处于平衡状态，在一般情况下，智能因素是矛盾的主导方面。如果在心理素质、观察、感受、想象、形式感和表达上不具备艺术家起码的特殊智能，不管你有多顽强的意志也不可能进入形象创造的境界。有些人即使剥了他一层皮他也写不出一行诗来。事实上，在一代又一代文学爱好者之中，最后能成为作家的永远都是凤毛麟角，虽然在大量的被淘汰者之中不乏意志顽强得非凡的人。这本来并不神秘，正等于不具备一定的条件不可能成为优秀运动员、杰出的科学家一样。不过在文学领域创造的特殊性更大，因而我们通常所说的“笨鸟先飞”，或者

① 克雷奇等：《心理学纲要》，人民教育出版社 1981 年版，第 255—256 页。

外国人所说的“天才出于勤奋”的适用程度是更为有限的。

自然，作家的智能也不完全是先天的遗传密码所决定的。先天的遗传密码只是种子，种子要在后天的学习、熏陶、创造过程中成长，才能开花结果。从这个意义上我们只能把勤奋和努力的目标放在艺术家特殊智能的基础上，离开艺术家的智能，任何意义上的目的性、顽强和果断都是于事无补的。奥斯特洛夫斯基眼睛失明了，用硬纸横框写作，写出轰动世界的《钢铁是怎样炼成的》。他之所以成功，不纯粹由于他顽强，更重要的是他以顽强的毅力获得了（或者唤醒了）作家所必须具备的智能（正如20世纪50年代《高玉宝》的出现一样，有才能的编辑的帮助，也不可忽视）。由于奥氏智能还不是很充分，因而《钢铁是怎样炼成的》后半部结构上明显地拖沓。

总的说来，非智能因素不仅仅是意志，其中至少还包括作家的情感、作家的性格，这是构成形象的要素之一。作家不仅应该是一个意志坚定的人，而且应该是一个情感丰富、情感的品类繁多、个性独特的人。没有个性，就没有可以与生活特征结合的本钱，就不可能成为作家。这一切自然比作家的意志更重要。至于情感与思维的不能分离，我们已经在“作家的心理素质”中讲过了，因此这里就不再重复。

作家的非智能因素还包括兴趣。兴趣可以帮助作家完成审美教育的准备，战胜困难。兴趣的自发性与意志的强制性都是作家克服创造性劳动过程中的困难的不可或缺因素。

当然，不良的情感、兴趣、性格、意志因素对形象创造十分不利，这是不言而喻的。由于这些因素在作家智能结构中只产生次要作用，我们这里就不再赘述。

第四章

形式论

第一节　主观情感和客观生活特征统一于形式的审美规范

一、形象是感情特征、生活特征和形式特征的三维结构

形象是客观对象的主要特征和作家感情的主要特征在想象的假定性中的统一。统一于什么呢？统一于客观生活的主要特征吗？那作家的主观感情就陷入被动了，而形象的创造就是情感从摆脱被动地反映开始。超越理性的认识价值，才进入审美的情感价值。统一于主观吗？既然生活中的一切并不一定都是艺术的，同样，感情世界中的一切也不都是形象所能容纳的。而且，当主观与客观统一时，客观生活和主观感情都要在想象中发生变异。这种变异的可能性是无限的，但并不是任何一种变异都是艺术的，相反只有无限的变异才是艺术的。非艺术的化合的机遇，多于艺术的化合的机遇。科学家的理论，也是他的世界观、方法论与他的研究对象在某一方面的统一，客观对象并不能直接上升为理论，它必须经过理论模式的同化。不过，科学家的主观世界与客观对象的统一是抽象的统一，理性的统一。孩子的幻想和泼妇骂街，虽然是情感与客观对象曲折的统一，但显然不是艺术。

主观与客观不管是理性的，还是情感的，都还只是真实或真诚，而不是艺术的美，都还只是认识，而不是艺术的创造和审美。

从方法论上说，光在统一于主观还是统一于客观上考虑问题是作茧自缚，因为主观与客观不管多么统一，都还只是说明了一个如何到达真的问题，而真并不等于美，美和真是

两个范畴，两种价值。传统的学说过分强调真与美的统一，以至于以理性的认识的“真”代替了美（连罗丹都说，真的就是美的）。这样的范畴混淆，必然在实践中抹杀了美，在理论上是掏空了美的范畴。

从形象的本体论来说，主观情感特征与客观生活特征遇合时仅仅产生形象的胚胎结构，还没有形成形象的成熟结构。主客观的遇合，使形象有了真实的生命，但还不一定有美的生命。真实的生命可能是一种科学，可能是一种概念化，可能是扼杀美。因而主客观的统一，充其量不过是一种形象发生的可能性。

任何艺术形象都不是自发的，任何形象要素的原生形态都还不是艺术形象，任何形象的原始形态都要经过艺术形式的规范才能上升到艺术的审美层次。任何主观情感特征、客观生活特征要进入艺术的高层次，形成形象的自洽结构，都必须经过艺术形式的规范。在主客观猝然遇合的时候，在作家想象面临着云蒸霞蔚、万涂竞萌、恍惚迷离之际，只有经过形式特征的诱导，才能排除那非艺术的可能性。在形式特征的规范下，作家才能超越生活，超越自我，产生灵感式的神来之笔。

把理论家的想象力限制在主客观二维的狭小天地中，即使进行了天翻地覆的争辩，也很难有大的突破。这是因为艺术之所以成为艺术，就在于它不能停留在原生形态的水平上，它要突破真人真事真情，进入假定境界，升华为一种审美的规范形态。

就形象的本体结构而言，它并不单纯是主观情感与客观生活相加的结果，光有这二维（即方向），形象还可能落空。要使形象成为具体的形象，还得有第三个要素，或者说第三维，即艺术形式特征的强制作用。

形象是感情特征、生活特征和艺术形式特征的三维结构。

艺术形式不同于其他一般形式之处在于它是一种规范形式，一种普遍适应的形式。如果形象可以思维的话，那就是主观特征与客观特征在自由想象中遇合的时候，又遇到形式特征的挟持。

从创作过程来看，作家的主体和生活的客体之间要统一。统一于什么呢？统一于情感，但是情感是一种“黑暗的感觉”，要表达它是很困难的。在世界文学几千年的历史中，作家们所表达的人类情感还非常有限，也许还不及人类情感总量的千分之一。而且由于情感依赖内在的机体觉不能定位，甚至很难定性，即使表达出来也很难达到某种精确度。这就使作家们不得不转而借助于感觉和知觉。感觉器官是人的主体与客观世界交流的唯一要道，感觉和知觉不像情感所依附的机体觉那样飘忽，感觉和知觉能很明确地定位、定性，甚至能作量的比较。但是，如果感觉光有这样的特点，那么它也只适合为自然科学家所用。可是自然科学家在进行精密观察时，根本就不信任自己的感觉和知觉，因而他们制造了一系列定性、定量的仪器。这是因为感觉和知觉虽然比内在机体觉有相对的确定性，但是它们在活泼性和变幻性上大大超过了机体觉，人的感觉和知觉常常由于人本身的病理、经验、文化背景、语境的原因出现相对性。同样温度的茶，喝过开水的觉得凉，吃过冰的觉得热；同样的光，从暗处来的和从阳光下来带给人的感觉和知觉都不同。

人的知觉和感觉的相对性受人的情感影响最大。情感会冲击感觉和知觉使之发生量的和质的变异。《诗经》上有“谁谓荼苦，其甘如荠”的名句，说的是在爱情上失意的女人，因为心中太苦了，就连那非常苦的菜，都变成甜的。“情人眼里出西施”也是感情改变感觉和知觉的结果。情感使知觉和感觉像万花筒那样变化万千，这就为艺术家表达自我、展开想象提供了方便。

生活的特征在作家的情感作用下化作变幻着的知觉和感觉。这种变化着的感觉和知觉与艺术的想象联系在一起。感觉的相对性在现实生活中是有限的，但是在想象中就变成无限的了。要使这种无限的想象和变幻万千的感觉和知觉化为形象，就得经过形式的规范，不经过规范，变幻的感觉和知觉可能是混乱的、芜杂的、缺乏统一性的、效果不集中的。

在不同的形式面前，作家的主观感觉、知觉、想象的变异是不相同的。不同的形式要求作家将生活信息和感情信息化合为变异了的感觉和知觉时，要遵循不同的原则。在面对客观的物理属性和生理、心理感觉时，作家要掌握不同的超越方式。

因而对于作家来说，最重要的不仅仅是从生活中吸取那些情感记忆、那些知觉和感觉的记忆，而且还在于把这种记忆加以变幻，按不同艺术形式的不同规律对之加以改造。

沈从文先生说他童年对感觉和知觉的记忆能力很强，辨析力很高。例如死蛇的气味、腐草的气味、屠夫身上的气味、蝙蝠的声音、鱼在水中泼剌的声音，他都能在分量上细细加以辨析。这样过细的辨析力、准确的记忆力，幸亏被他用之于写小说和散文，如果要用来写诗，那就糟了。在诗里不能容纳这么多带着量的准确性的特殊感觉和知觉，在诗里就要求用一种概括的方法。把这些感觉和知觉单纯化就是写小说，这些感觉和知觉的记忆也不能照搬，也得使不同的人物有不同的感觉，否则，人物性格就会模糊。

形式的审美规范自然要对生活特征与作家的情感特征起作用，但不是分别起作用，而是在想象的结合部——变异了的感觉和知觉上起作用。不同形式的不同规范，使感觉和知觉在想象中向不同方向，按不同的量度，带上不同的特点。

形象的三维结构就是主观一维和客观一维，最后统一于形式的审美规范这一维。

每一种形式的审美规范都有普遍的共性，但更为突出的是两种之间的区别。区别是如此精致，如此间不容发，以至于任何天才的作家都不能掌握全部艺术形式的规范，最擅长、最得心应手的可能只有一种，即使在极其相近的规范的差异面前也很难跨越。会写诗的不一定会写词，会写短篇小说的不一定能写好长篇。有些作家虽然能运用几种形式，但除了普希金那样的大师，形式的多面手往往都很少杰出的创造。托尔斯泰写的剧本，鲁迅、巴金和老舍写的新诗，郭沫若写的小说，都缺乏艺术价值。天才作家终其一生往往只能驾驭一种文学形式。一般来说，掌握一种文学形式的审美规范就需要禀赋很高的作家毕生的精力。许多中等资质的作家虽毕生孜孜以求，但并没有做出任何艺术创作，除了其他的原因以外，至少可以说，形式的审美规范是如此精妙，以至他们终生都没有真正领会其中奥妙。

正是因为这样，在作家的自我训练中很大一个部分是驾驭形式的审美规范训练。

基于上述，我们就不能不重新考虑一下内容与形式的关系。①

二、内容有限地决定形式的一般表现性能

从哲学上说，内容是事物内部多种差别系统，特别是那发育最成熟的矛盾的系统的总和，这其中包括事物的内在联系、内在运动、必然动向等。形式是事物的矛盾、联系、运动过程的结构方式和表现形态。内容是基础，从文学上说，内容是生活。而文学作品中的生活是作家的人生经验和感情经历，也就是自我化了的生活。形式就是再现生活表现自我的语言形态。内容的内在特点决定了形式的具体功能。

作家具有了复杂的经历，只有叙事文学形式才能对之作现实性的再现。如果形式的具体功能不符合表现内容的要求，例如，用抒情文学对复杂曲折的生活经历作想象的感情跳跃式的概括，则内容的现实具体性必然受损。要保证内容不受到损害，就只能改用现实性描绘的叙事形式。又如片段的日常生活琐事，如果没有很大的潜在量，不能诱发人生体验的大幅度活跃，硬拉成长篇小说就必然显得空泛，如果写成散文或写意小说则可能有较好的效果。具体的文学样式是为表现、强化、艺术化人生经历而被创造出来的。如果不能表现、强化人生的特殊体验和感受则形式成为空虚框架，反而窒息内容。

文学上所说的内容决定形式，首先表现在文学内容决定文学形式的一般表现功能，文学内容的特殊性决定文学形式功能的特殊性。常态的、静态的生活与那种情节性很强的形式就一定产生矛盾，夸张的、强化的外在戏剧动作的连锁式结构于散文艺术是不利的。因而从 20 世纪 50 年代后期，特别是从 20 世纪 80 年代以后，情节性很强的散文逐渐消失了。文学形式表现功能要与文学内容主要特征严密统一，不统一，就产生形式扼杀内容的倾向。

---

① 从俄国形式主义者提出语言的“陌生化”以后，又加上后来西方文论的话语转化风靡一时，内容和形式这样的二元对立，几乎在理论上被废弃了。我以为，在三分法（三维结构）的主导下适当运用二分法（内容与形式）仍然是必要的，这有利于消解“话语”学说和“陌生化”学说不可避免的某些“障蔽”性。韦勒克和沃伦说文学作品是“为某种特别的审美目的服务的、完全的符号体系或者符号结构”，这样把内容和形式混为一谈的说法，不利于文本分析。

例如，某些侦探、武侠小说和电视连续剧剧本，连篇累牍，长达数十万乃至上百万字的长篇小说（如《李自成》），情节有明显的重复痕迹，无充分根据地节外生枝。

当形式的一般表现功能与内容不相适应时，形式就要受到冲击，发生变异。传奇性的曲折情节是“志怪”“新语”那样片段性的文学形式所不能容纳的，于是就产生了唐宋传奇。准确的生活细节的描写和典型社会环境和人物性格的社会关系，又是唐宋传奇那样的文言和简括的形式所不能容纳的，于是就产生了话本、拟话本、章回小说、历史演义。一些形式被淘汰、被更新，一些形式崛起、繁荣，归根到底其原因都是为再现生活和表现作家个性的要求所推动。如果文学形式不能跟上内容的发展，形式就会成为枷锁。如中国古典诗歌三字收尾的固定节奏以及复句之间表示并列、因果关系连接虚词的省略，都使它的表现性能受到极大的局限。到了五四时期，白话新诗就冲破了这些局限，产生了新形式，表现性能就大大提高了。

如果说文学内容对于文学形式有某种决定作用，也仅限于此。超出了这个界限，内容就不起决定作用了，相反它要受到形式功能的制约。

三、内容不能决定形式的具体样式

文学内容固然能决定形式的表现性能，但是不同的文学形式的性能并不是单一的，每一种文学形式都是多方面性能的统一体，不同的文学形式或多或少具有同样的性能。例如，散文和小说同样具有叙事的性能，散文和诗同样具有抒情的性能，小说的心理描写和戏剧的独白同样具有心理解剖的性能。同样的内容在不同的形式中都可找到适应表现它的性能，因而同样的文学内容可以找到不同的表现样式。究竟采取什么形式来表现，并不完全由内容来决定。

内容决定形式不是绝对的，而是有条件的，当它起决定作用时，也不是那种直接的线性因果关系。

内容对形式还有一种非决定性关系。这首先表现为内容不能决定形式的具体样式、具体手法、具体风格，同样的内容可以由不同的具体文学样式来表现。同样是杨玉环、李隆基的恋爱故事，陈鸿写成散文《长恨歌传》，白居易写成抒情诗《长恨歌》，后来洪昇又写成了剧本《长生殿》。同样的内容，陶潜可以写成散文《桃花源记》，也可以写成五言诗《桃花源诗》，不同形式都有某种性能能够适应相同内容的需要。

同样的内容用什么样的具体手法、什么样的技巧来表现，起决定作用的不是内容，而是作家的气质、修养和对文学样式的驾驭能力和风格选择。同样的生活体验可以写成抒情散文也可以写成诗，就是同样写成抒情诗，是采取古风的样式还是长短句的样式来表现，也有所不同。内容不但没有决定作用，就是一般性作用也都微乎其微。

各种形式的多种表现性能可以使同样的内容具有不同的形态。在作家面前，形式选择的天地是很广阔的，即使同样文学样式的同样表现手段也不是固定不变的，而是随着历史的发展而不断变化的。如在唐宋传奇阶段，中国的叙事作家发现了情节的自洽性，到了宋元话本以后又发现了转折的延宕。到了 19 世纪以后，在契诃夫的小说中有回避外在的戏剧性动作的倾向，而现代派小说家又发现了淡化情节和自由联想的结构方式。所有这一切固然不能说与内容无关，但是也不仅仅与内容有关。内容在这里并未起决定作用。

对于作家来说，外部形式的自由无疑是更大的。这里不但有更大的选择自由，而且有更大的创造自由。

四、形式对内容的强制性同化

在创作过程中，不仅仅内容选择了形式，而且形式也选择了内容。二者的关系并不是单向的决定关系，而是互相决定的关系。二者在互相决定的过程中并不是在单一层次上的互相作用，而是在不同的层次上螺旋上升。形式对内容的反作用并不仅限于对内容强化或抑制，而且包括对内容的选择变异性重构。

文学形式越是分化为各种成熟的具体样式，就越是具备稳定的机制和独特的自洽性。这就使它不能适应表现生活和自我的一切方面，只能表现生活和自我的有限方面。它只有在把生活改造为某一种特殊形态时，才能发挥它的特异功能。

具体文学形式均有其特殊优越性和局限性，它对生活不是来者不拒的，而是严格选择的。它变得不那么宽容，只能容纳与它的特性相通的那一部分人生体验；而对它的表现力所不适应的那部分人生体验，它不是拒绝就是强制性地迫使其就范。

这自然不是说形式可以单方面地决定内容，但是形式作为稳定的审美规范，显示出它相当强大的征服生活的力量。例如，如果抒情一定要表现复杂的情节，那就只能按抒情诗的想象把情节的转折关系淡化为极其单纯的细节。白居易在《长恨歌》中，写到安史之乱对李隆基与杨玉环关系的影响时，只用一个细节："渔阳鼙鼓动地来，惊破霓裳羽衣曲。"对于唐史一无所知的读者，可能不无惶惑，但是诗人完全有权这样做。如果不是这样，白居易势必要花很多诗行去交代复杂的历史背景和人事纠葛，与诗歌想象要求单纯乃至模糊必然发生矛盾。

在创作过程中，在形式与内容的永恒矛盾中，在确立宏观的形象体制时，主要是形式受到内容的决定。在微观的形象细胞中，则相反，主要是内容为形式所同化。当然，这样的区分不是绝对的，不管是在宏观形象体系中还是微观形象细胞中，都有互相决定的，或大或小、或强或弱的互相的倾向。

不管创作的过程如何复杂，形式都不能说是完全被动的。内容选择、同化形式是问题的一方面，形式选择、同化内容是问题的另一方面。文学形式的强大、稳定的机制、对于生活的同化不仅表现为形式对客观对象和主观感受的选择性，而且表现为主观感受的分解性。表现对象具有多种角度、多种层次的属性，同样的主观感受也有多种系列、多种剖面的性质。这一切，在生活中是复杂而统一的原始形式，不是艺术的形式。

艺术形式的特点是集中而单纯，它不能容纳生活的全部复杂属性，也不能穷尽人生的全部感受层面，它只能强调突出某个角度、某个层次，感受的某个系列、某个剖面。

文学形式的相对主动性首先表现为对多系列、多层面的生活的理解和组合，同时还有心灵的补充和重构等，这就是形式的同化作用。它不但使形式分化了，而且使内容分化了；不但使内容的表层分化了，而且使内容的深层分化了，甚至有时导致内容在本质上的分化。同样的生活和体验，以讽刺喜剧的形式构成形象和用挽歌形式构成形象是不同的。在塞万提斯的经典作品中，堂吉诃德的形象本质是主观的、盲目的热情，是以荒谬性为主要特征的。如果用挽歌的形式去写同样的对象，则他的主观的、盲目的荒谬性可能被弱化，而理想的不懈追求精神可能被强化。同样是晴雯、王熙凤的形象，在《红楼梦》的具体描写中是一个样子，而在金陵十二钗的词曲中又是一个样子。这不仅仅是由于客观生活特征与主观感情特征的不同配比，而且是由于诗的同化机制不同于小说。

由于不同形式的不同同化作用，内容的本质被分化为不同的方面，正如在自然科学中同样一个对象分化为不同的学科，分别揭示不同方面的规律（本质）一样。

五、形式对内容的预期

形式对于内容的相对主动性，还表现在形式并不是永远从属于内容，在一定条件下，在有限的范围内，它可以先于内容，期待内容。

从生活的原始形态来说，内容和形式是不可分离的。但是，在生活转化为文学形象过程中，生活的内容和它的原始形式必须有一个脱离的过程，正等于米要酿成酒首先要让米分化为淀粉一样，而分化的程度与加工的目的性分不开。不同的形式有不同的目的性，脱离、分化的规律也不同。这时（仅仅在这时）文学形式（或样式、范式）就先于内容，作为对内容的预期而存在着。

从创作的过程来说，形式并不一定是在有了内容以后产生的。在创作构思的阶段，形式是一种预期的目的，是可以先于生活而成为一种现成的范式的。小说家、戏剧家、诗人都是带着现成的规范（不管是否意识到），去期待与之适应的生活，去重新审视、酿造生活的。没有形式的预期，作家审视生活就和非作家没有什么区别。小说家为缺乏情节，缺乏高潮而苦闷；诗人为寻找那合格的平仄声、轻重音，为挣脱生活的现象的压迫，追求想象的意境而苦吟；戏剧文学家为发掘一贯到底的动作冲突而挣扎。这都是形式规范的预期与生活素材发生矛盾的表现。作家如果背离了形式规范，迁就生活的原生形态，就可能破坏了形式，因而也就损害了形象。

当然，也有另外一种倾向，那就是过分重视形式规范，束缚了内容，歪曲了生活，同样也导致了对形象的损害。

在创作过程中，形式规范的预期作用，具体表现为对想象的诱导。例如，在缺乏高潮的素材中，小说家可以运用一系列构成冲突高潮的规范手段（如误会、延宕、一波三折等）来强化冲突和余波。在诗歌中，现成的章法、格律都可以在诗句出现之前成为没有内容的框架，或者内容模糊的临时形式。只有预期的、现成的形式和生活的随机性高度统一了，看不出预期的痕迹，达到形式与生活的猝然遇合，形象天衣无缝了，形式规范才算是对想象进行了成功的诱导，而不是对作家的束缚。

主动地、自觉地运用形式预期，是作家自由驾驭形式、驾驭生活的必要条件；被动地、自发地为形式预期所推动则很难不为形式所困。要自由地驾驭形式，必须对形式规范各种微妙的机制有深切的领会。这种心领神会，是构成艺术水平的重要因素。诗人蔡其矫曾经自述他到福建省大竹岗自然保护区写作的过程。他首先被雨雾中的大竹岗的自然景色迷住了，赶快抓住自己感受的特征：

泼水在天空凝固。

这是写竹林上挂满了露珠，写完了这句以后，形式规范有所变化，前一句的动势是自下而上地“泼”，下一句应该相反，自上而下地落才好，于是他写了：

碧绿快滴下露珠。

这样形象的结构就由于有了一种张力而严谨，而且密度比较大了。接着他又在光和形式上渲染了两句，使之丰富：

光明颤动在末梢，
又像喷泉又像雾。

写到这里，形式感又提醒他，一连四句都是静态的景物描绘，以下再描绘就单调了，缺乏内在的变化了。现代新诗的形式规范启示他应该打破单调的视觉惯性，向内在感情层次深入，对于被生活冲击的感情做出更高的概括。这时，他在冥冥之中，产生一种朦胧的期待。期待什么，他也不十分明确，但形式规范暗示他，要冲破眼前所见（视觉）的束缚，又要与眼前所见有联系，关键是内涵必须广于、深于眼前所见（视觉），它应该是超越视觉之上的一种带理性色彩的内心激发。最后，他终于想出了：

希望就在这一刻复活，

来自失望的坟墓。①

形式规范可以在内容形成之前，暗示其不确定的范围和朦胧的属性。如果不是自觉地追随形式规范对想象的诱导和暗示，蔡其矫可能为眼前动人的景象所困，失去在更高层次上概括的机遇，不能避免在形式上的单调，缺乏外在形式上的递进和虚实对比，不能作递进性的深入，造成内容的平板。当然，如果预期对想象诱导以后，内容与形式并不能达到天衣无缝的境地，那是预期性诱导的失败。原因可能在于作家对生活的领悟和对艺术的领悟严重不平衡，也可能是形式规范本身过分狭隘僵化，对内容适应性太差。

第二节　文学形式的审美规范作用

一、审美规范在文学形式中积累

形式和内容是互相渗透的不可分割的统一体，不存在无内容的纯粹形式。即使是最抽象的形式，也积淀着一定的文化心理；也不存在无形式的内容，即便最粗糙的内容也是一种形式。凡有内容必然有形式，正如凡有物质必然有运动，凡有水必然有浮力一样。从这个意义上来说，内容和形式是统一的。

内容与形式的统一是相对的，而且并不是在一切条件下、在每个层次上总能同样充分的统一，二者统一的程度是因条件层次而异的。内容与形式的绝对的、完美的、永恒的统一是不可能的，特别是在文学中，内容与形式的矛盾更为突出。内容是无限丰富的，而形式是相对有限的，内容是最活泼的因素，发展总是非常迅猛的，形式总是落后于内容。就某一特定文学形式与具体内容的关系来说，有与内容充分协调，强化了内容的形式；也有束缚了内容，二者很别扭地共处的形式。就形式的历史发展过程而言，有草创的、与内容不甚协调的原始形式，有充分发展了、强化了内容的精致形式和走向衰亡的，脱离了内容、抑制了新内容的僵化形式。

文学形象所追求的当然是与内容充分协调的、强化内容的、成熟的精致形式，这种形式不可能自发地、现成地存在着，它有待于作家的创造。而且，这种创造常常不是一代人所能胜任的，它需要一代又一代人的智慧的积累和升华。以中国诗歌史上的律诗为例，从沈约将平仄用之于诗律开始，到初唐乃至盛唐律诗的形式规范充分精致化，前后经历了 400

① 根据诗人与作者的谈话。

余年的历史。而小说即使从意大利早期的短篇故事算起，到写出典型环境中的典型性格的现实主义精品来也差不多要四五百年。即使是形式发生、发展、成熟最快的电影艺术，如果从 19 世纪 90 年代电影诞生时期算起，到 20 世纪 30 年代影片脱离戏剧和诗的影响，也要近 40 年的时间。

艺术形式的成熟是如此之缓慢，其原因在于形式不仅仅是一种公式或模式，其中还融会着几代艺术家的审美经验和艺术技巧等。没有形式，美感经验、审美规范、艺术技巧无以积累。脱离了文学形式的审美规范，艺术技巧是不可能存在的，因为每一种规范和技巧都是特殊的，不能离开特殊文学形式。在特殊的文学形式逐渐走向成熟的过程中，美感经验才不断积累上升为审美规范。而作家也只有通过形式才能掌握浓缩在形式中的艺术技巧。文学形式是审美规范和艺术技巧的储存和积累的载体，没有形式，作家就得从生活的原始素材摸索，孤立地积累审美经验。这样就等于说是从零开始，往往还没有达到当时的一般水平，作家有限的生命就无情地中断了这种积累。

《儒林外史》写王冕，没有任何继承，完全靠孤独地写生就达到高度的艺术境界，那是空想。不通过一定的形式，一代一代的文学遗产不可能增值，只能简单地重复性再生产，在同样的水平上徘徊。例如，至今仍然是情节的审美规范的悬念和意外，就是在情节性叙事文学中积累起来的。希腊的史诗、埃及的民间故事、中国的唐宋传奇、欧洲的骑士小说、美国的西部电影、近代的推理小说都善于强化悬念的延宕，中国评书艺人都重视“卖关子”，这一切都建立在期待和“发现”的心理机制上。反常态的外部动作和内在逻辑对于读者心理常态的定式施加强烈的冲击，这种冲击所引起的惊异使读者知觉情感、想象思维发生定向集中。这种定向集中是许多心理机制包括感觉、想象的定向关注，甚至焦虑，因而引起了快感和痛感向美感的转化，所有情节曲折的小说都是对这种审美心理机制的利用。紧张情节所引起的快感在审美心理过程中还属于比较低的层次，它还不一定就是很充分的美感，它所激起的情绪和思维还浮在心理的表层。正是因为这样，一些小说家便不满足于情节的紧张，进一步着重于性格的刻画。金圣叹机智地提出了“性格”①的范畴，一个人一副面貌、一种口腔，一样人便还他一样说话。性格，建立在意外的心理机制的基础上，但不仅是外在动作的反常，而且是内在行为逻辑、心理效应的反常。这种意外和反常，不仅是个别人的乖张，同时显示着对人的普遍特征的透视。在读者心理上所引起的注意的不随意集中就不限于感觉、知觉和想象的表面层次，同时还包含着感情思维的集中定向和链锁

① 严格说来，中国古典小说的“性格”并不是金圣叹第一个提出来的，发明权应该是归于《水浒传》中的武大郎和《金瓶梅》中的西门庆。武大郎在自知为潘金莲下毒致命后，警告说，等到武松归来，“你须知道他的性格”。西门庆说过：“他来了咱们这几年，大大小小不曾惹了一个人，且是又好个性格儿。”（第六十二回）

式递进，这就不完全是快感的优势，更多的是美感了。特别是当性格与环境发生复杂的因果关系的时候，性格的异常在环境的异常中找到正常的根据，环境的异常在性格的异常中得到正常的解释。这时的审美心理活动就不仅更大幅度地调动了情感，而且激活了更深的思维活动。这时的定向集中所产生的心理效果就不限于人物，而且扩展到对更广泛的人生，审美的层次就更加深化了。经过漫长的历史积累，悬念、意外、“卖关子”等情节的审美规范在内涵上深化了。

小说形式的历史就是小说审美经验和规范积累进化的历史，换句话说，是特殊审美规范草创、发育成熟的历史。有了体现情节完整、曲折的审美规范的唐宋传奇，情节不完整、不曲折的魏晋志怪就不符合小说的审美规范了；有了体现性格审美规范的《水游传》，那些纯粹追求离奇情节、让性格迁就情节的小说就显得不符合小说的审美规范了。

正因为这样，就文学艺术而言，生活内容与艺术形式的关系和一般的内容与形式的关系属于不同的层次。一般的内容与形式是一种原生的关系，属于较低层次。生活中每一个素材都有原始的、天然的、现成的形式，这些形式是天生合理的。而作为文学、艺术，形式则不能照搬原始形式，它要求一种创造的艺术形式。它所追求的不是一般的现成形式，而是一种高度成熟的形式，或者叫作规范形式，这属于较高的层次。在每种规范形式中包含着一系列不断发展变化的规范。一般的生活素材之所以很难成为艺术的形式，就因为它还不具备艺术形式的特殊规范，也没有艺术形式的特殊功能。推理小说最起码的规范就是强化推理的歧途，掩盖推理的正途，层层强化悬念的危机感，这种规范的功能便是引起读者心理上期待的逐步紧张。不遵循这种规范就不能发挥这种形式所特有的功能，就意味着从艺术形式的较高层次倒退到生活形式的较低层次。

文学形式的特点还在于它不是某一特殊生活内容的特殊形态，而是一类形象的普遍艺术准则，它与具体生活的区别在于有很大程度的普遍适应性。作为形式，它不是随每一项具体生活内容的改变而改变的，它的普遍性是相当稳定的。在某种程度上，任何一项进入形象的生活要素都要受到它的规范，它是凌驾于具体的、特殊的生活之上的一种普遍规范，它是一种高层次的形式，它是一种人为的、创造的形式。

二、形式审美规范的积极功能和消极功能

形式的规范作用属于功能范畴，每一种形式规范都包含着一种特殊的美学原则。形式一旦成了艺术形式，就有了审美功能，这种功能有积极的和消极的两个方面。

消极功能是制导生活，使生活摆脱原先状态，进入假定境界。消极功能使生活屈从于美学规范，包含着限制中的激活、召唤中的整合、净化中的升华生活，等等。

形式的规范，在对生活起消极作用的同时对规范本身也不断地起积极作用，使规范本身日益精致、丰富，通过艺术技巧争取更大自由的表现力。形式规范的积极作用还表现在促进新的形式规范产生，这是因为形式规范一旦形成一种系统，在它与生活信息交换的过程中就有一种自我调节的功能。

中国古典诗歌发展到绝句和律诗的阶段，规范日益严格了，每句分别为五言、七言。这种形式规范对于口语和书面语言都是一种消极性限制，同时又是一种积极的整合。说它是限制，不仅是音节上的限制，而且是节奏上的限制。不管五言、七言，每行结尾都得是三言，如果破坏了这三言结构，诗的调性就被破坏了。例如把“清明时节雨纷纷”改成“清明时节细雨纷纷”，就没有近体诗的吟咏调性了。说它是整合，是因为，不仅一个诗句得保持三言结尾，而且所有的诗句都得保持三言结尾，如果有一句诗的结尾是四言，整个形式的功能就完全丧失了。古风、律诗、绝句的形式功能就是使诗句结尾保持三言的协调作用。作家就借助这种整合作用，发展着艺术技巧。没有形式的整合作用，艺术技巧的发展是不可想象的。

规范越严格，限制越大，就越迫使作家在遵循规范的前提下争取更大的自由。律诗、绝句要保持每句五言或七言，同时又得保持每句的结尾都是三言的规范，而且还得合乎平仄交替和相对的要求，在这么严格的规范面前，争取自由的唯一出路就是发展语言的弹性。对于五言、七言律诗绝句来说，就是在上述限制中，尽可能灵活地作自身调节。例如杜甫的著名诗句：

香稻啄余鹦鹉粒。

正常的完整语序应该是“香稻粒乃鹦鹉啄食所余”，但这样写就不符合律诗的形式规范了，形式规范的消极功能就刺激了积极功能的发挥，于是就产生了上面那种散文语法所不能容忍的律诗语法。这不是一个诗人的即兴，而是一种技巧的普及和自由的获得。例如：

春风吹遍江南地，绿满田野小河岸。

这是符合语法的，但并不是很好的诗。

春风又绿江南岸。

这就要好得多，虽然这是不恰切的，春风不可能把江南大地一切地方都毫无例外地吹绿，但这样一来不但情感使感觉的变异更符合诗的想象，而且使语言更加精练了，还提供了空前潜在的灵活性。“春风又绿江南岸”是美的、通顺的，而且——

又绿春风江南岸。

江南又绿春风岸。

又绿江南春风岸。

春风江南又绿岸。

江南春风又绿岸。

这些也是通顺的。形式规范反而使诗歌语言获得了比生活语言更大的灵活性，获得了更高层次上的自由。“长空雁叫霜晨月”，我们也可以同样演化成“雁叫长空霜晨月”“霜晨雁叫长空月”“霜晨长空雁叫月”等。形式规范的积极作用自然不仅限于律诗，在戏剧文学中，三一律也是一种很严格的形式规范，要求时间不超过 24 小时（或 36 小时），地点不得转移。三一律所起的作用也不完全是消极的，至少它有利于冲突在时间空间上的集中，使心理效果和动作效果在读者现场的感知范围内表现出来，并且便于冲突作戏剧性的强化。曹禺的《雷雨》基本上是遵循三一律的：在周朴园公馆中，在一天之间，就把 30 年、两代人的爱情纠葛、血缘关系，两个家庭的内部矛盾和两个阶级的对抗都集中起来了。这样高度集中的规范就迫使剧作家运用交错的巧合和参差的悬念，把逐层的交代和危机的递增结合起来。

审美规范的这种自我调节和增生能力，使文学形式走向成熟。形式规范的积极作用主要表现为形式的自身调节功能。正因为这样，任何一种文学形式都有一个进化的历史过程。一般来说，大约经历这样几个阶段：由无形式到草创形式。无形式即无规范，没有规范，也就没有形式对于生活的消极功能，但同时也没有形式的积极功能。一旦产生了草创形式，就产生了某种程度的消极功能，但形式的自我增值功能也递增了。总的来说，一旦形式的积极增值功能占了优势，形式便逐步发展为成熟形式，或说常规形式。当形式走向成熟，规范也日趋严格，日益稳定起来，甚至于僵化起来。这是因为形式规范的自我调节作用达到了极限，逐渐丧失了优势，而形式对于内容的消极作用日益严重，占了主导地位，形式就进入了衰亡过程。如果形式得不到更新，就不可避免地被淘汰。古希腊的说唱叙事文学史诗，它的积极功能是格律有助于记忆和假定性想象的铺叙，它的消极功能是不利于现实性的描述，因而后来被小说和抒情诗取代。中国古代的汉赋、变文、弹词、宝卷的兴亡也遵循着同一规律。

任何一种文学形式的生命主要取决于其规范的自我调节功能。即使它对于生活的消极作用已经占了压倒优势，只要它仍然有某种程度的自我增值功能，仍然不至于灭亡。西方的十四行诗，中国的律诗、绝句和词就是这样。中国的律诗、绝句、词曲，在表现当代生活时，仍然能创造新的典故、新的象征性形象，甚至于还有赵朴初那样的自度曲在创造着新的诗行组合形式，这说明它们仍然有微弱的自我调节力。

但是形式规范过分烦琐、过分僵化，即使形式本身仍然有某种调节力，往往也使形式不可避免地走向没落。

中国律诗的形式规范蓬勃发展的初期，永明体形式规范曾经具有很强的调节性：在每行音节相等情况下，用句间平仄的相对和句内的平仄交替来打破音韵节奏过分的统一，避免过分的单调。但是永明体又规定了关于“八病”的限制。所谓“八病”，就是把四声用于平仄相对和交替时要注意避免的毛病，亦即平头（五言诗的第一、二句的开头二字同声）、上尾（或名“土崩”，首句和次句的末一字同声）、蜂腰（一句中第二字和第五字同声）、鹤膝（第一句和第三句末字同声）、大韵（或名“触绝”，同一联中所押的韵有同韵部的字）、小韵（或名“伤音”，同一联中有同韵部的两个字）、旁纽（亦名“大纽”，或名“爽利”，一联有两字叠韵）、正纽（亦名“小纽”，或名“爽切”，一联有两字双声）。很显然，“八病”的主要精神在于避同，也就是在距离很近的范围内防止在声调上、声母上、韵母上的相同或相近，其目的是让本来就相当统一的形式不陷于单调。作为一种追求形式变化的原则是很有道理的，但是这样的规范无疑是太苛细了，连四声八病的创始人沈约自己也没能做到。这种形式规范在南朝曾经助长过单纯注意声韵、脱离现实内容的倾向，产生了一批内容虚弱的宫体诗。

正因为过分抑制了内容，也就抑制了自我调节的审美增生功能，到唐代，律诗的格律趋向稳定，“八病”的形式规范很快就被淘汰。律诗在对仗与不对仗方面找到了在统一中求变化的更加恰当的规范。律诗，作为形式规范，不单单在声韵调上着眼，同时在词汇和语法意义上构成双重的统一和变化。这个规范由于更丰富、更具自我调节的灵活性而获得了强大的生命，它的影响甚至越出了诗歌的范围，到达散文乃至应用文的领域。

三、文学形式审美规范的有机统一原则

文学形式与生活形式，不在同一个层次上。文学形式不是与生活和情感的一切偶然性结合在一起的不可重复的形式，它是一种普遍形式，不是天然形式，而是人造的规范形式，它比复杂无序的天然形式稳定得多；但它又不是僵化的空壳，它是一种特殊的有序结构方式。它的功能就是把无序、庞杂的生活和情感净化为有序结构，它是审美规范的载体。

不管不同的文学形式之间有序结构的原则有多大差异，一切文学形式基本结构原则都有相同的一面。

最基本也是最古老的原则就是“有机统一”。从生活的原生形式上升为艺术的规范形式，最根本的原则就是将生活的无序性转化为艺术的有序性，一切要素都要进入形象的有机性。只有在结构中，每一个要素才不像在生活中那样处于游离状态，而是处于互相联系、互相制约、互相依存的整体中，既没有多余的成分，也没有可以减少的成分。契诃夫曾经说过，如果在第一章里墙上挂着枪，那么在第二、第三章里就要让子弹打出去；反过来说，

如果第二、第三章里枪不打出去，那么第一章中，枪就不能挂在墙上。[①]这很形象地说明了艺术的有序结构的特点，它不像生活那样松散、无序。在生活中，可以有放在那里而不打出子弹的枪。[②]

不管在什么文学形式中，形象都要统一在有机的结构和有序的层次中。任何形象的内在感受（理念也一样）与外在意象都要统一，不但在性质上相当，而且在分量上也要相近。内在感受系统要统一，不能互相矛盾；外在意象系统也要统一，不能分散芜杂。内在感受与外在意象之间更主要的是内在感受的统一性，外在意象是由内在感受去统一的。早在古希腊，亚里士多德就意识到这一点了，他在《诗学》第 23 章就提出了“写一桩完整的事件，有头、有身、有尾，才能像活生生的有机体”。我国古典小说也把有头有尾当作构成情节的重要原则。有头、有尾，其实就是外在动作上有机（有序）地联系起来，使形象统一。自然，在叙事文学中有机统一的方式很多，并不一定限于动作上有头有尾。无头无尾的小说，在动作上没有外在统一，只要在内在心理情感、理念层次上能够有序，也可能是有机统一的。

有机（有序）统一的原则，是文学形式的基本原则。只有统一了才能从生活层次上升到艺术层次，进入文学形式的审美境界。只有生活的特征与个性化的感情猝然统一了，在想象的假定性中才能上升到形象的层次。在形式规范的诱导下，一个或一系列主要特征才能去统一、去支配一切次要特征。如果没有形式，就不能突出主要特征，就不能统一。不统一，就不能形成统一的心理效果。在抒情文学中，这一点特别突出，抒情诗的构思往往要确定一个精思的焦点，选取一个切入的侧面，理出一脉凝聚的情致，为此就要排除不相关情绪的干扰，使相关的情绪从属于精思的焦点或情绪凝聚的脉络。在叙事文学中，在刻画人物性格时，往往反复强调人物的一个特征，让人物在一点上着迷，并使这一点成为支配人物一切行为的心理的逻辑根据，以此去统一人物的性格的全部丰富内涵。在处理人物关系时，不管是单纯的一两个人之间的关系，还是长篇小说中庞大的形象体系，常常有一种方式，就是让人物的命运、性格统一在一个思想的激发点上。《水游传》中写了那么多人物，有那么多不同性格和命运，但是上至封建王朝的将领、官吏、世家子弟，下至市井斗筲小民、渔民、猎户、游民都为贪官污吏所逼，不得不走上反叛的道路，这就叫被“逼上梁山”。《红楼梦》写的是封建世家大族的危机，从财政危机、政治危机到道德危机，但所有一切危机都统一在一个接班人危机上。一切危机都表现为一个统一的后果——人的危机，

① 契诃夫：《外国名作家创作经验谈》，浙江人民出版社 1981 年版，第 311 页。

② 这种细节的自洽性，至少在现实主义小说中是普遍的。在现代派和后现代派瓦解情节的小说里，或许超越了细节的、情节的完整性，但是在理念的层次上，他们追求的是另一种有机的完整和统一。

男性当权派和女性当权派同样的无能和腐败，唯一不腐败的男性接班人却和这家族、社会赖以生存的制度——科举和包办婚姻发生冲突，陷入不可挽回的精神危机。整个《红楼梦》中那么丰富的形象体系就都统一在这一个内在的焦点或者主线上。

为了使形象体系高度统一，光有内在的焦点、主线还是不够的，有时还须辅之以外在的统一标志。例如，在《水游传》中，不同人物命运、性格外在统一的标志就是他们先后走向梁山泊的聚义厅，为贪官污吏所逼走上反叛道路。如果分别走向各个不同的山（像初期那样），还不够统一，一定要来个“三山聚义打青州，众虎同心归水泊”，内在的“逼”，加上外在的“梁山”，才达到高度的统一。在《红楼梦》中也一样，贾宝玉的乖僻、乖张性格已经把他与科举制度和封建制度的矛盾统一起来了，但是还不够，曹雪芹又虚构了他来自青梗峰，复归大荒山的神秘情节，使形象更具外在形式的有序性。他又把这在开头结尾的神秘情节浓缩在一块通灵宝玉的外在道具之中，使内在形式和外在形式达到高度统一。

外在形式和内在形式达到高度统一了，全部作品的形象体系便都集中起来，凝聚在一个主要特征上。没有一个细节是多余的，没有一个环节是断裂的。作家对审美规范的自觉遵循，对艺术技巧的自由运用，就是要达到这种境地，为此就要损有余而补不足。凡多余的成分不管多么可爱，都要割除；凡环节脱落的部分不管多隐蔽，都必须补足。如果不能解决这两个矛盾，外在形式和内在形式就不能达到高度的统一。通常如果内在形式统一了，而外在形式不统一，形象的结构就会松散，这时作家的功力就表现在对这种内外形式平衡的控制上。例如，张弦在写电影文学剧本《被爱情遗忘的角落》时，姐姐存妮因物质贫困而精神贫乏，导致与小豹子苟合，终于被迫自杀。妹妹因此一直对男性怀着戒备情绪。后因时代的变化、物质生活的变化，妹妹的精神也发生了变化，享有了爱情的幸福。这两条线索从内在的形式上说是统一的，是一个对称的结构。但是张弦觉得不满足，因为外在形式还不统一。于是他构思了一个细节，那就是存妮把一件旧毛衣留给了妹妹。这件旧毛衣在电影中以特写镜头反复强调，就在外在形式上使这两条线索统一起来了。

使外在形式以可感的形态统一的技巧是多种多样的：有时是一个动作的呼应，如第二次握手；有时是一个道具，如一颗人血馒头，一颗红豆，一个 30 年未改陈设的房间，最后一片落叶；有时是一种外在动作、表情、口头禅的重现；有时是一种内在情绪的贯穿，等等。自然，为了达到外在形式的统一，最常用的是情节的巧合，使本来分散的空间、时间和脱节的关系统一起来。另外一种办法是呼应，主要用在情景、语言、细节、性格等方面。凡在一时空中表现者，在另一时空也有相应或相反的表现。巧合与呼应的办法，其主要精神在于尽量避免孤立的形象要素。孤立则分散，分散则无序，无序则不能统一。

当然，过分完整的统一，也可能导致缺乏变化，甚至僵化。故到了现代、后现代小说中，情节中往往留下“空缺”。其原因是现实生活并不永远是逻辑因果分明的。这种观念本身是一种高度的哲理，是相当完整的。这种以外部形态的不统一反衬内在精神的统一，我们在“小说的形式规范”中还要讲到。

文学形式之所以追求统一的审美功能，原因在于构成形象的要素是多种多样的。如不统一，则互相干扰，或互相游离，而这与形象效果的集中性是矛盾的。丹纳在《艺术哲学》中，曾经特别强调这一点：

> 特征不但需要具备最大的价值，还得在艺术品中尽可能地支配一切。唯有这样，特征才能放出光彩，轮廓完全凸出，也唯有这样，特征在艺术品中才比在实物中更显著。要做到这一点，必须作品的各个部分通力合作，表现特征。不能有一个元素不起作用，也不能用错力量，使一个元素转移人的注意力到旁的方面去。换句话说，一幅画、一个雕像、一首诗、一所建筑物、一曲交响乐，其中所有的效果应当集中。集中的程度决定作品的地位。①

四、格式塔学派的完形趋向律

文学形象如果不能统一全部形象的细节、场景、线索，效果就不能集中。然而效果不集中，为什么就会影响形象的力量呢？关于这一点，格式塔学派曾经有一种解释，值得我们考虑。

格式塔心理学派认为，同一事物发射的信息是无组织的、各自独立的，而我们之所以能够感知完整的事物，主要归功于神经系统的“组织作用”，这种组织作用使我们感知的事物具有整体性（或单元性）。格式塔心理学家用物理学上的“场”的概念说明这种神经系统的组织作用。这种组织作用包含着两个互相矛盾而又统一的方面：一面是把彼此相关的成分结合成为一个整体（或单元），称之为结合作用（aggragation 或 grouping）；另一面是把这个整体（或单元）从它周围的环境中分离出来，叫作分离作用（segregation 或 sepration）。格式塔学派大师考夫卡认为，感知整体性的形成有一个普遍的法则：

> 如果近刺激作用是由各种同性刺激作用的区域所组成的，那么凡是接受相同刺激作用的区域就将组织为单一的场的部分，而与其他的部分，由于刺激作用的区别而分离开来。②

那么，什么样的刺激作用才能叫作“同性刺激”，怎样才能组织一个完整的单元呢？格式塔派大师韦特海默曾为神经的组织作用归纳出一个基本的规律，叫作完形趋向律（Law of

① 丹纳：《艺术哲学》，人民文学出版社 1981 年版，第 394 页。

② 杨清：《现代西方心理学主要派别》，辽宁人民出版社 1982 年版，第 288 页。

pragnaz)。简单说来就是：只要条件允许，神经组织作用总是趋向完善。完善包括整齐、对称、简单等特性。[①]

韦特海默在这里说的是直接可感的外在形状尚且要经过神经组织作用，事物的非直接可感的属性就更应该经过神经系统的组织作用了。格式塔心理学派认为质与量、秩序、意义与外在形状同样可以构成一个总的心理完形。事物的信息经过组织作用就由于“整齐、对称、简单”而变得“完善”了，或者说整齐、简单、对称使得事物变得统一了。韦特海默用大量点、线、图形做了一系列实验，进而又为组织作用归结出许多具体的原则，主要如下。

第一，相等性、相近性、相似性。凡是相等、相似、相近的部分与部分之间都倾向于组成整体性的统一单元，而不相等、不相似、不相近的部分与部分之间则倾向于分离。这种部分与部分之间统一的原则与文学形式的统一构成原则极其类似。不论是长篇小说的各个形象系列之间，还是抒情短诗的节奏，都以匀称为和谐原则，也就是各部分之间在量上要相等、相似或相近。如果有一部分在量上有太大的差异就破坏了平衡。中国古典诗歌以一平一仄为一个小单位，英语、俄语诗歌以一定数量的轻音和重音的交替为一单元，每一个单元都是相等的或相似的，因而容易组成统一的整体。在行与行之间，自然是音节相等、相近的容易构成统一体。在章节与章节之间，对称、复沓的方法常被运用，其实对称和复沓就是一行或一组诗行由于相等、相似，因而易于构成整体。如果一个作品各部分之间缺乏相似性、相等性，就很难达到统一。影片《高山下的花环》，就是因为前半部为轻喜剧，后半部为悲剧，缺乏相似性，因而未能获得 1984 年的金鸡奖。

第二，连续性、闭合性。凡是彼此连续的部分，或者为共同界线所包围，或者有闭合的趋向，都易于被神经系统的组织作用构成统一的整体。韦特海默的实验基础是点和线，但是用之于文学形象同样合适。不过文学形象的连续性往往是感情上、心理上的因果链，或者是复杂的形象系统之间的那种互相依存、互相制约、互相渗透的连续性。在生活中这种连续性主要是在时间和空间的直接相承上表现出来，这样的天然连续性，不符合文学形式内在规范的严格要求。大部分文学形式的连续是一种一环扣一环的因果连续性，一旦形成了因果链式的连续性，时空连续性就从属于情感的、性格的因果性。为了表现情感的、性格的因果连续性，可以打破时空的连续性，采取倒叙、插叙甚至自由联想，留下不连续空白（让读者自由想象）的方法，将时间在心理的因果链中颠倒交叉起来，构成更高层次的统一性。一般来说，情绪、性格的因果性表现为情节结构的一体性，曲折的情节由开端、危机、高潮、结局构成，通常是一种线性结构。如欧洲骑士小说、中国古典小说、莎士比

① 杨清：《现代西方心理学主要派别》，辽宁人民出版社 1982 年版，第 290 页。

亚的戏剧等，都是开放性的线性结构，都是以高潮为中心，由因到果的，或者用亚里士多德的话说，由“结”到“解”的一体化结构。它的特点是结局就是矛盾的解决，不再有因果的运动。比这种统一性更高的是情节的结局不但是危机的结果，而且是对开端原因的揭晓，最后的结果变成了开端的原因。这样的因果链带着螺旋式的闭合性，是一种更加严密的统一体。

按照格式塔派心理学家的学说，人的神经组织作用，对于有相等性、相似性、相近性、连续性、闭合性的各个部分发挥作用，使之成为统一的整体，比之对于相异、不等、遥远、不连续性、开放性的部分来得容易。因而除了内容的因素和特殊流派的因素，闭合性结构比之开放性结构更具整体性。

这一点在文学中，比在韦特海默进行实验的点线图画中更加突出，因为点线图画和绘画一样，对于神经的刺激信息是同时并列的，比较容易自发地形成一个统一的整体；而文学是时间的艺术，它所提供的语言信息不是同时的，而是随着时间延续的。神经的组织作用要把历时性的连续信息化为整体，对形象的统一性要求更高。在语言艺术（时间艺术）中，不连续的、破碎的、相异的成分对形成统一整体的功能干扰较之视觉空间艺术更大。正是这样，才提供了新艺术流派和新艺术方法创造的机遇。[①]

五、形式规范的多样统一律

格式塔学派的普通心理学成果对于说明文学形式的特殊功能有相当重要的价值，但是他们毕竟没有深入到语言艺术领域中来，因而他们的完形趋向律即使经过我们的引申，也还不能完全说明文学形式的功能。他们的完形趋向律过分地强调了相似、相同、相近、相连的部分对于构成统一体的作用。文学形式比他们所实验的点线图画要复杂得多。对于复杂的文学形式来说，光强调“同”有利于神经系统的组织作用是片面的，至少有很大一部文学形式并不单纯是由于求同而显出优越性的。

如果仅仅绝对地强调“同”，以为各部分越是接近于相同，就越易于统一，那原始诗歌中简单的节奏上的复沓，或者诗经中那样近于重复的章法（每一章中往往只有一两字相异）就应该是最高级的形式规范了。但恰恰是这种的形式，在后代受到了冷落，就连《十二月长工歌》《哭七七》那样的形式也变得越来越不发达了。这是因为过分的统一，就变成单调，对表现复杂的生活特征和情绪特征来说就变得过分束缚了。

---

① 正是因为这样，中国的“后新潮”诗歌，由于其过分自由的、散漫的、日常性的罗列，至今很难与人的神经组织的完形趋向相适应，因而在艺术上很难达到形式的规范性，与读者心理的矛盾长期不能解决。

完形趋向只能同化相似、相近、连续性的部分，对那些不具备这种特点的部分无能为力。如果文学形式对那些相异、不似、断续的部分不能加以同化，则会变成缺乏生命力的空壳。文学的审美创造要求神经系统的组织功能不但能自发地组织那些相同、相似、相近、相连的部分，而且能够组织那些相异、不似、断续的部分。格式塔学派指出的完形趋向是自发的，而文学形式的同化组织功能是经过训练才能获得的，是历史积累的结果。

任何一种文学形式，在草创期都只具备有限的审美规范功能，主要是在相同、相似、相近、相连中求统一的功能。这种有限的功能与生活的复杂与丰富的矛盾，推动着文学形式、审美规范功能的发展，使之越来越能够对那些相异、不似、断续的部分起统一的作用。这样，文字形式的审美规范功能就不仅仅在于统一，而且在于多样。当统一与多样互相结合起来，文学形式的审美规范功能就大大提高了。这样的文学形式就不再是草创形式而是成熟的常规形式。它的多样性功能不但表现在对于繁多的表现对象有广泛的适应性，而且在于形式的审美规范本身也包含着多样的元素。它本身的功能就是统一与变化的结合，它的统一性功能中包含着变异性功能，它的变异性功能中渗透着统一性功能。在情节性的叙事文学中形成以高潮为核心的因果一体化是统一，但是在奔赴高潮的过程中一波三折，极尽变幻跌宕之能事是多样；律诗每句五言或七言，每首八行是严格统一的，但是中间两联要对仗，首尾两联避免对仗又是力求变异的；散文必须有一条思绪的连贯线为中心，这是统辖全文的，但又没有小说那样严密的因果链，在行文中也常有些小说不能容纳的枝蔓，而一切随机性的插话、补笔、回忆、联想等多样的功能成为散文特殊的表现力，是散文特殊情趣所在。

形式规范的多样统一功能是互相渗透的。在统一的基础上变化，才能丰富；在变化中统一，才能集中。在创作过程中，主题是统一的，但在展开主题时则不能重复，它可以在曲折中显现，不但求相似因素之间的平衡，而且求不相似因素之间的交融。因而在音乐上，有了主题，还要有变奏；在文学作品中有了主题，还可以有副主题，有了主线还要有副线，有了主角还要有配角，刻画了人物还得渲染环境。只有把统一与变化结合起来，文学形象才不至于陷入单调，才能把单纯与丰富统一起来。

为了防止单调，打破过分的统一，时常得用上对照。对照也是一种平衡，不过是性质相反的平衡，目的是从正反面将主题广泛地展开。例如，在《安娜·卡列尼娜》中，安排了安娜与渥伦斯基的主线，又配置吉提和列文的副线与之对照；在《红楼梦》中安排了林黛玉的命运，又配置了薛宝钗的命运与之对照，所谓遥遥相对、息息相通，既统一于贾宝玉的命运，又对贾宝玉施加相反的作用力。

文学形式审美规范多样统一和矛盾的两方面是不平衡的。统一性是矛盾的主要方面，多样性从属于统一性。任何多样性首先是统一性中的多样性，而且是为了多样地展开统一形象的。任何文学形式如果失去了统一性，就失去了形式本身，因为审美规范的首要任务是把无序的生活变为有序。统一功能不充分的文学形式，就是草创形式。例如，魏晋志怪尚未形成以高潮为核心的一体化，因而后来为唐宋传奇和宋元话本所取代。现代新诗总的来说尚未具备一种形式的一体功能，这是因为即使现代格律诗的提倡者所提出的“顿”的基本单元，也由于它音节不等，平仄不拘，在诗行中位置不稳定，受上下文影响分割的随机性大，因而缺乏统一性。正因为这样，现代新诗的形式还是一种草创形式，它缺乏强大审美规范功能去帮助诗人化无序的生活为有序的节奏和意象，因而新诗中至今仍然充满了未经规范的生活毛坯，哪怕很有影响的诗人也在所难免。这是新诗至今尚难得到更多读者的原因之一。

总的说来，文学形式要成为一种成熟的形式，它的审美规范的统一功能必须占一定的优势。文学形式的优势统一功能保证着生活与情感遇合，并上升为特殊形象，具备特殊的艺术性。但是，统一功能的优势越过了一定的临界线就可能走向反面，扼杀了形式规范的多样功能。形式的规范性压倒了灵活性，形式就变得僵化了，就可能脱离生活和心灵走向衰亡。我国古典诗的四言诗以及和五言、七言绝句同时成熟的六言绝句，就是因为过分统一，缺乏变化而为历史淘汰。六言绝句每句三个单位，每个单位都是两个音节，不像七言绝句那样每句三个单位，前两个单位都是两个音节，后一个单位是三音结构。这个三音结构与前面的双音组不但在音节的数量上，而且在调性上是不同的，两者稳定地连续起来。它的统一性和灵活性都比六言诗强，因而历史证明了它更富有生命力。六言绝句之所以那么快就灭亡了，就是因为它的统一性几乎完全扼杀了灵活性。

第五章

诗歌的审美规范

第一节　诗歌形象中的感情优势

一、生活特征的普遍化和类型化

客观生活特征和主观感情特征在想象的假定性中猝然遇合，便构成了形象胚胎，这是形象发生的普遍规律。由于形式的不同，审美规范也不同。在不同的审美规范中，客观生活特征和主观感情特征配比和遇合的方式也不同。一般说来在诗歌中，在抒情文学中，主观感情特征比之客观生活特征更占优势，想象的假定性比之写实性更占优势。正是因为这种优势，产生了诗歌形象的特殊规律，那就是对客观生活特征的概括和表现自我感情特征的特殊性的有限统一。

生活特征的概括性和感情特征的特殊性二者是不平衡的，诗歌形象也由此而分化为叙事性的和抒情性的两种样式。如果诗歌描绘客体特征时削弱概括性，必然导致具体的、特殊的场景、人物、过程的准确描绘成分的增长，其叙事成分就随之递增，抒情成分则相应递减；相反，如果在客体特征的描绘中，概括性提高了，则可能给特殊主体感兴提供了广泛的自由，导致抒情成分的递增和叙事成分的递减。

不管是叙事诗还是抒情诗，诗歌形象中客体特征的写实性或多或少是和想象的概括性联系在一起的。离开了想象的概括性，诗歌的写实性就可能向散文退化。

想象的概括性和写实性相结合，并不是静态的、凝固的、永恒的，在诗歌发展的历史过程中，二者地位不断消长着、交替着，呈现着某种程度的动态平衡。写实性的优势，反复地让位给假定的概括性优势，这似乎是一种相当显著的趋向。不论就某一个民族的诗歌发展过程，还是就某一种诗体的发展过程来说，诗歌形象的假定的概括性曲折地递增几乎是一个规律。

就我国古典诗歌的发展来看，情况也是这样。本来我国的古典诗歌有非常突出的写实传统，宋代诗人梅尧臣曾把这一点总结为“状难写之景如在目前，含不尽之意见于言外”。在西方人、日本人看来，中国古典诗歌特别细致地刻画着自然环境和人物的特殊性。我国诗歌史上有着源远流长的山水诗传统和直接再现社会生活的比兴传统。即使这样，我国的抒情诗与散文之间的界限比之西欧来说要明显得多。显然，叙事文学中的白描手法在我国抒情诗中被广泛地运用。但是我国的古典抒情诗并没受到散文的严重侵染，这主要是由于它的概括性在起作用。比如，著名的北朝民歌：

敕勒川，阴山下，天似穹庐，笼盖四野；

天苍苍，野茫茫，风吹草低见牛羊。

表面看来是对客体特征的写实，但是实质上是概括的。这一片苍茫的景色是没有具体时间界限的，泛指一个广泛的地域，不论在时间上、空间上都是概括的，并非特指的。

但是，这不是说，抒情诗不追求客观表现对象的特殊性。这里特殊性是有的，但并不像散文那样突出表现随着具体时间、地点、条件的推移而变幻着的个体特殊性。诗歌形象中的客体特征是一种类的、概括的特殊性，而不是个体特征，这正是诗歌审美感知的特殊规范。上面这首诗，就充分表现了草原上草深羊闲的特征。这是一幅空阔的图景，形象单纯到似乎一切细节都因遥远的距离和广阔的视野而消失了，看来是一片静止的空寂。但是，经草原上特有的风一吹动，生命活动的细节出现了，打破了单纯的空寂，诗人发现了生命的活动。这仍然是很鲜明的特征，不过这是草原上普遍的特征。

诗的概括性决定了诗人捕捉的生活特征只能是类型的特征。我国古代的诗人和诗评家曾经付出极大的辛劳，力图把握表现对象的概括特征，力求准确，但从来也没有诗人追求个体特征，他们追求的是类的特征。唐朝诗人江为有一首诗是写竹的，其中有两句：“竹影横斜水清浅，桂香浮动月黄昏。”过了几百年，宋朝诗人林逋可能觉得，竹和桂的特征表现得并不准确，他把竹改成了梅花，把“竹影”改成了“疏影”：

疏影横斜水清浅，暗香浮动月黄昏。

他不满意江为，不是因为江为没有写出竹和桂的个体特征，而是江为没有抓准竹和桂的普遍特征。他的修改，不过是把类的特征转移了，更准确地表现梅花了。桂就其自然质地而言，不及梅香有鲜明的特点，以“暗香浮动”写梅花那种看不见但又有相当强度的香气准确多了。林逋只换了题目，改动了三个字，后世便传为佳句，反而把江为给忘了。但是林逋所追求的仍然只是梅花的类型特点，并不是与具体地点、与具体人物的特殊遭遇发生关系的某一株梅花的个体特征。

这是因为诗从根本上来说，并不像散文那样是写实的艺术，或者用西方文论的传统语言来说它不是以模仿自然见长的艺术形式。黑格尔说：

建筑和诗都很难看作自然的模仿，因为这两种艺术都不限于单纯的描写。[①]

因此，用散文那样的个体准确性去要求诗的形象，是不得要领的。据《王直方诗话·二十八》记载：

王君卿在扬州，同孙巨源、苏子瞻适相会。君卿置酒曰："'疏影横斜水清浅，暗香浮动月黄昏。'此林和靖梅花诗。然，李与桃皆可用也。"东坡曰："可则可，只是桃李花不敢承担。"一座大笑。[②]

王君卿提出的问题很机智，但是他说得并不准确，因为桃李花并没有梅花所特有的"暗香"。林和靖还是抓住了梅花的类型特征的。如果连类型特征都抓不住，那诗的形象就大为贬值了。

但是，类型特征，在审美层次上是属于比较低的层次，如果光有类的概括性，概念化的威胁就太大了。诗歌形象的概括性之所以成为一种优点，就是因为它是与诗人感兴的特殊性结合在一起的。客体特征的概括性正是为感情特征的特异化提供了广阔的天地。在概括性的客体特征中，许多具体的细节被单纯化了，这正有利于主体感知特征的自由选择，客体生活概括性和审美主体的个性特征是同步强化的。我们上面所举的林和靖的诗，虽然并未描绘出某一时空中的某一株特殊梅花，在这方面梅花的个体特征被弱化了；但在另一方面，在梅花形象中诗人审美感知的个性特征却被强化了。苏东坡的朋友说，"疏影横斜"和"暗香浮动"既可以用来形容梅花，也可以用来形容桃李花。苏东坡说："桃李花不敢承担。"从植物学的观念来说，这仅仅是玩笑而已，但从审美的观点来说，这里有严肃的真理。"疏影横斜"和"暗香浮动"写的已经不纯粹是植物，其中还积淀着诗人的特殊审美感知情致。在概括梅花的总体形象时，诗人把自己个人的高雅气质赋予了它。诗人笔下的梅花已经不单纯是植物学上的梅花，而是诗人高雅气质的载体。在概括性的外在形状和特殊性的内在审美感兴中，形成了一种独特的结构，这种结构的功能大大超过二者的原始形态和特征之和。正因为这样，客体特征上升成为意象时，它的概括性一般并不导向概念化。在《陈辅之诗话》第七《体物赋情》中也议论到这个颇为尖锐的问题：

---

① 黑格尔：《美学》（第一卷），商务印书馆 1981 年版，第 56 页。

② 吴文治：《宋诗话全编》（第 2 册），江苏古籍出版社 1998 年版，第 1147 页。

林和靖梅花诗“疏影横斜水清浅，暗香浮动月黄昏”，近似野蔷薇也。[①]

而王在《野客丛谈》中则反驳他：

野蔷薇安得有此标致？[②]

从植物的形态来说，用上述两句诗来形容野蔷薇很难说有什么不合适（因为野蔷薇不但有屈曲的枝，而且有淡淡的香味），但是从诗人个体的审美感知特征来说，它没有这样高雅。诗人不把高雅的气质赋予它，还有一个原因就是梅花作为一种意象，在长期积淀的历史过程，已经高雅化了。如果某一古典诗人因为野蔷薇有和梅花在形态上类似的特征，就赋予它同类的审美感兴特征，那么诗的意象就可能只有诗人个性的特殊性，却失去了具体语境中的概括传统，可能变得不伦不类，乃至滑稽。

自然，诗的概括性在描绘大自然方面表现得比较突出，因为大自然的景色是不断重复的，因而诗的概括性比较稳定。在人生的社会图画方面这种诗的概括性就相对薄弱一些，特别是那些带情节的短诗，特殊的人物、过程、环境都占着优势。这种带情节的短诗虽然有某种抒情性，但是由于它的概括性较弱，诗人审美感兴的个体特征较难渗入，因而诗的抒情性难免有所退化。

这是因为抒情诗的优越性不在于模仿，不在于具体地描绘客观事物之间的那种特殊差别，它的优越性在描绘具体生活场景、过程、人物、对话中不能充分发挥出来。当然固然有过像汉魏乐府中《东门行》、杜甫的《石壕吏》、白居易的《卖炭翁》那样的杰作，但是这样的作品成就在于其社会内容而不在它们的艺术感染力。艾青认为，像《石壕吏》这类诗，“假如有人开玩笑，把所有的韵脚删去，也可以讥之为‘散文’”[③]。五四时期胡适在论短篇小说的文章中，就把《石壕吏》当作小说来列举。

如果诗的特点只是精练短小，那它与散文只有量的区别。短小的外在形式由于积累着特殊审美规范才没有沦为贫乏。

在诗歌里，一片绿叶、一阵和风、一颗星星、一只红军的草鞋、一滴姑娘的眼泪，和在散文作品中是不一样的。在散文中它们基本上是用白描手法刻画出来的特殊个体，在诗中则是概括的。越到现代，这种非个体化的类的概括性越强。朱自清在《中国新文学大系·诗集导言》中说过，五四时期以徐志摩为代表的新诗人所写的爱人，并不是具体的人，而是一个理想的对象，他们是在想象中“保举”着爱人。这概括化了的爱人往往是没有环境与性格的确定性的。

① 吴文治：《宋诗话全编》（第 1 册），江苏古籍出版社 1998 年版，第 333 页。

② 吴文治：《宋诗话全编》（第 7 册），江苏古籍出版社 1998 年版，第 7468 页。

③ 艾青：《艾青谈诗》，花城出版社 1982 年版，第 53 页。

其实新诗所描绘的大多数对象都有这样普遍的概括性。闻一多的《死水》中，死水是他心目中的现实的普遍特征，并不是某时、某地特殊现实生活的描摹。臧克家的《老马》中，老马也是没有具体社会环境的，并不是一匹具体特殊遭遇、特殊个性的老马，而是北方农村老马的形态气质的普遍特征的概括。艾青的《乞丐》中，乞丐并不是有姓、有名、有年龄、性别、有肖像服装的，而是抗战期间中原农村普遍贫困生活的高度概括。诗中所表现的生活是概括化了的，不能按个性特征的准确性去要求。这一切正如李白笔下的黄河，普希金笔下的大海，惠特曼笔下的船长，雪莱笔下的西风，都是概括化的，都不能仅仅局限于某一具体对象去理解。梅里美曾把一句著名的格言用于普希金："按自己的方式讲普遍的事情。"这正是诗歌把握生活特征的最起码的审美规范，也是诗歌形象化的最低层次的规律。

关于这一点，亚里士多德在《诗学》中早就意识到了。他说到诗与历史的不同，说诗是最接近哲学的：

写诗这种活动比写历史更富于哲学意味，更被严肃地对待，因为诗所描述的事带有普遍性，历史则叙述个别的事。[①]

亚里士多德所说的诗与历史的区别正是诗与散文的区别。诗的概括性和普遍性在西欧诗歌史上不但一直被承认，而且被自觉地运用。直到 19 世纪雪莱还将诗与散文作亚里士多德式的比较：

诗是生活的惟妙惟肖的表象，表现了它的永恒真实。故事与诗不同：故事罗列了一些孤立的事实，此等事实除了在时间、空间、情势，因与果的方面，并无别的联系……故事是局部的，仅能适用于一定的时期和某些永不能重现的际遇。[②]

诗，或者抒情文学，在面对生活特征时，它的审美感知是倾向于事物的整体的，是带着高度的（甚至是哲学式的）概括力的。正是因为执着于诗的概括性，艾略特才提出了诗的"非个人化"命题。一个诗人如果没有一点哲学家式的概括力，是不会有出息的。抒情诗如果陷于对具体环境、特殊个体的描绘，就可能向叙事退化。诗的长处是对具体环境、特殊个体作高度的综合，将不同的生活色调提纯，使之带上诗人所选定的某种概括色调，构成不是像小说那样纷繁的情绪、冲突之心灵网络，而是单纯、统一的意境。在诗歌里，千万朵花都以统一的格调和诗人一起唱着同一支歌；而在小说中，每一朵花都有自己的旋律，都唱着自己的歌，它们的声波互相干扰，构成一个复合的网络。

诗对生活特征的概括与散文是如此不同，它的审美规范与散文的审美规范互相矛盾的

① 亚里士多德：《诗学、诗艺》，人民文学出版社 1982 年版，第 29 页。

② 雪莱：《为诗辩护》，《古典文艺理论译丛》（第一册），人民文学出版社 1961 年版，第 82 页。

方面带着根本性。在散文中作为美妙的发现的，在诗中可能是泛起的浮渣。同样是在初升的太阳面前，散文家和诗人所汲取的生活特征是很不相同的。在刘白羽的散文《日出》中，我们不能不对他那么丰富的感觉和知觉感到惊讶。他看到许多我们没有看到的色彩，他在日出过程中看到的不仅有红色、黄色，而且看到了“浅蓝色的晨曦”“暗红色的长带”，看到“暗红色的光发亮了”“清冷的晨曦变为磁蓝色的光芒”“墨蓝色的云霞”。最后，“红色、灰色、黛色、蓝色都不见了，只有上下天空一碧万顷，空中的一些云朵，闪着银光”。在散文中，这样丰富的感觉是精彩的，是值得赞叹的，但是如果把这么复杂的色彩和微妙变幻的过程都写到一首诗中去，诗歌审美规范的概括性就被搅乱了。太具体的过程和太特殊的情状，对于诗来说，是破坏性的。对于诗人来说，不需要这样精微的观察力，也不需要这样丰富的感觉。对他说来，更重要的是统一的知觉，对于生活特征概括的直觉。要更富于概括性，更富于整体性，才更有利于对生活特征作类的概括。同样是写日出，我们在张万舒的名作中，就看不到刘白羽那样丰富的色彩，甚至没有什么变幻的过程，在诗人的感受中，缺乏这一切，不是什么缺点，而是优点：

出海就是光芒万丈，
照得环天都是火一般的金云。
谁能阻拦你啊，
宇宙敞开壮阔的胸怀，
任你鼓动金翼上升！

在这里只有一种色彩，那就是金色，这种金色统一了其他一切色彩。这正是诗歌面对客观生活特征时遵循它自身审美规范的结果。只有外行才会怀疑作者的观察力，而内行则称赞他对色彩过程的概括显示出了艺术家的魄力。

从心理素质来说，为了达到这种概括的境界，他的直觉和知觉似乎应该比细致的感觉更敏锐。诗人的知觉相对于感觉的区分，在根本特性上说，是基于综合分析。

正是由于诗歌（主要是抒情诗）面对生活特征有这样的概括性，因而诗的意象、诗歌的常用形象是最容易老化的。在世界诗歌史上有一个普遍性现象，那就是各种传统的形象迅速地趋向稳定。在中外古典诗歌中，不但包含着神话历史故事的典故，其外在形态（还有内在意蕴）很容易凝固，而且那些普通的风、花、雪、月、树木、名胜、古迹的意象也都很容易凝固。从一枝杨柳到一阵东风，从一声鼓角到一湾流水，其形态（包括意蕴）都很快地固定化了。这样稳定的形象体系形成一种罗网，使得具体的、特殊的生活特征进入诗的领域非常艰难，而不接触生活，全凭现成的意象体系的搭配来制造千篇一律的诗歌又很容易。

概括化使诗的个性化最容易受到忽略，而过分规避概括化，诗的艺术又容易退化为散文；过分空泛的概括，又最容易使诗脱离生活的源泉。

总的来说，诗从概括化走向概念化比之小说从典型化走向类型化的危险更大。事实也正是这样。粉碎“四人帮”以后，文艺得到了解放，但是诗比之小说来在艺术上（不是思想上）要晚解放一两年。刘心武在《班主任》中用调侃的笔调写了一位天真的尹老师，他以为粉碎“四人帮”以后，一切都应该立即好起来。小说家是流露出对这种天真想法的同情和揶揄的，这是因为小说所刻画的是个体的人，小说对生活特征进行概括所遵循的美学规范着重在不可重复的个体，所以生活特征比较容易进入小说，而诗歌却受到总体概括的规范，个体生活特征不易进入。因而当尹老师的天真在小说中受到揶揄的时候，在诗歌中，却大量赞美着这种尹老师式的天真，一下子便万里东风起来的诗作颇为热闹了一阵子。

在抒情诗中，新题材、新生活的进入比小说要困难得多。正由于生活不容易进入，一旦新的生活特征在诗中被引入，往往就以最快的速度被模仿、被重复。对于整个诗坛来说是这样，对于一个诗人来说，也是这样。新诗人往往是带着新的生活题材，带着对生活特征的新概括进入诗坛的，但是很少有诗人不断地改变自己对生活特征的概括方式，因而虽然题材有些变化，生活特征仍然是出于同一稳定的模式。即使很有才华的诗人，陷入这种重复性稳定模式，也是很要命的，有时眼睁睁看着这种僵局而不能自救。20 世纪 50 年代田间就是这样陷入了那一套金鹿、喷泉、马头琴、猎手之类的形象构成的概括性的网络中，与新鲜生活的特征隔绝了。当一个诗人用同样的模式，从同样的角度去迎接生活的特征时，即使题材有变化，诗歌的形象仍然是老化的。创作经历越是漫长，这样的矛盾越是尖锐。

二、戏剧性独白及其局限性

为了战胜这种从诗歌形象的胚胎中产生的危机，在西欧诗歌史上产生了一种戏剧性独白。在西欧，戏剧体诗是诗歌的一个重要组成部分。在理论上，戏剧体诗歌与抒情诗受到同样的重视，这是因为戏剧体诗是一个特殊角色的内心独白，这样就回避了对生活作概括的描绘，而且每一个角色都是暂时性地占据诗人的心灵。莎士比亚在《哈姆雷特》中写了一段著名抒情独白：活下去还是去死，这是个问题。睢景臣的套曲《汉高祖还乡》以一个乡巴佬的眼光看当了皇帝的刘邦的显赫声势，那种生活特征和情致特征都是不可重复的。21 世纪初美国有个诗人为了摆脱描绘的概括性造成模式化的威胁，他在想象中代替 100 个不同的人在同一个人的葬礼上发表诗的演说，结果 100 首诗的小册子获得了惊人的成功。

这种戏剧性独白，是诗，并不是戏剧，它一般不是从戏剧中抽出来的片段，因为它并不像在戏剧中那样把人物的感情戏剧化，它并不追求在尖锐的戏剧冲突中把感情放在相反的两极化中作痛苦的煎熬或作欢乐的飞舞。这种写法在英语诗歌中本来自成一体，只是很少有人一下子写上 100 首罢了。在我国新诗草创期间，闻一多、徐志摩都曾以戏剧性独白手法模仿下层劳动者的口语，甚至运用方言写过不少诗作。到了 20 世纪 40 年代，在李季、张志民、阮章竞的作品中也有不少戏剧性独白的成分，但是总的说来在这方面都没有写出过艺术上比较成熟的杰作。这是因为其中包含了太多的情节性因素。戏剧性独白在中国新诗中虽然没有被戏剧化，却被过度地叙事化了。在这些作品中，人物的年龄、性别、职业经历、个性环境都有了，时间、空间、动作、人物的区别都太齐全了，这样，就与抒情形象所必要的生活特征的概括性相去甚远了。

20 世纪 50 年代，由于李季的影响，许多抒情诗都有过多的具体场景，辛勤劳动、忘我斗争的描绘和人物经历的交代。这种风气的流行，使习惯于作内心抒发、把生活融入内心情绪特征的林庚产生了这样的印象：现在的抒情诗其实是叙事诗。而在 1956 年，一本供青年文学爱好者阅读的刊物《文艺学习》上竟把情节作为抒情诗的必要条件。虽然，用这种方法也写出过一些较好的诗，但是总的来说，它为抒情诗的审美规范所不容。别林斯基说：“叙事诗歌和抒情诗歌是现实世界两个完全背道而驰的描绘对象的极端。戏剧诗歌则是这两个极端在生动而又独立的第三者中的汇合。”①

很可惜中国新诗没有维护戏剧性独白的独立地位，为了克服抒情诗的概括化带来的偏向，过分地把戏剧性独白体推向了叙事诗，因而导致了戏剧性独白体的衰亡。

至于叙事诗，在中国向来没有西方那样深厚的传统。中国的古典诗人和现代新诗人并不像歌德、密尔顿、拜伦、雪莱、普希金那样把大量精力耗费在叙事诗的写作上。在中国读者的心目中，所谓诗，也只是抒情诗和一部分诗化的戏剧独白。在新诗中，叙事中的个体特殊性与抒情诗的概括性的矛盾一直没有解决。虽然在 20 世纪 50 年代末曾经提倡过叙事诗，也一度出现过叙事诗繁荣的景象，但是几乎所有叙事诗的提倡者都呼吁叙事诗要抒情，然而却没有从理论上揭示叙事与抒情的矛盾。关键在于概括性与特殊性如何恰当地调节。一味强调抒情，其实是不利于叙事诗的发展的。由于中国古典诗歌的格律过分严谨，不利于叙事诗的个体特征的描述，而新诗又缺乏格律，不能使个体的叙事带上诗的外部形式，因而，不论是古典诗歌中，还是在现代新诗中，叙事诗在艺术上都是很落后的。那些曾经轰动一时的叙事诗，很少能以抒情诗那样的魅力占有后代读者的心灵。

三、自我感情的主动化、强化和深化

当诗概括生活特征的时候，不同于叙事文学之处在于：第一，它所再现的是生活中类

① 别林斯基：《别林斯基选集》（第三卷），上海译文出版社 1979 年版，第 5 页。

的特征；第二，就生活而言，就是类的特征，也不是单一的，而是多种多样的，因而诗人的自我并非注定要被动接受特征，而是充分主动地、自由地选择特征，而诗人的感兴就是在自由选择的过程中表现出来。我们通常讲的诗的抒情性，首先就是指诗人感兴的自由选择性。失去了这种选择的自由，也就失去了诗的抒情性，就变成了被动描摹。

诗的形象是生活特征的概括性和诗人个体选择性的统一。诗人感情的选择性包含两个方面，其一是对生活特征的选择，其二是对意象符号的选择。因而可以说，诗歌形象是生活特征、自我感情特征和符号特征三位一体。如果这三者形成一个紧密结合的结构，诗的感兴成分就可能尖锐化，自我感情就可能占优势；如果三者残缺不全，或者互相脱节，那么诗歌形象就可能失去感情优势，退化为散文。

在诗的形象结构中，感情特征对于生活的优势，是诗歌形象的本质。正是在这一点上，诗与叙事文学在根本上分化了。自我抒情优势，是诗与小说分化的起点。契诃夫说："人可以为自己的小说哭泣、呻吟，可以跟自己的主人公一块儿痛苦，可是我认为这应该做得让读者看不出来才对。态度越是客观越好。"[①]莫泊桑在《小说》中这样讲："要使得读者在我们用来隐藏'自我'的各种面具下不能把这'自我'辨认出来，这才是巧妙的办法。"[②]这是经验之谈，与恩格斯在论及小说时所说的"倾向性要从场景和情节中自然流露出来，作家的观念愈隐蔽愈好"是一致的。有人称赞巴尔扎克只列出生活的方程式，鲁迅说易卜生只是个伟大的问号。契诃夫甚至主张："要到你觉得自己像冰一样冷的时候才可以坐下来写。"小说在再现生活特征时首先以客观地、冷静地描绘个体的特异性吸引读者的注意；诗之所以能吸引读者的随意和不随意注意，主要是依靠表现自我感情的自由和驱遣意象符号的自由。比之其他一切文学形式，诗中表现自我成分更为突出。郭沫若在《三叶集》中说，诗的本职在抒情。1920年他在给宗白华的信上说："诗的主要成分总要算是'自我表现'了。"

《尚书·舜典》中说："诗言志。"《毛诗·大序》中说："诗者，志之所之也。在心为志，发言为诗。情动于中，而形于言，言之不足，故嗟叹之，嗟叹之不足，故咏歌之，咏歌之不足，不知手之舞之足之蹈之也。"这都说明了，诗的优势主要不是再现和模仿生活特征，而在于表现诗人的自我感情特征。别林斯基说："抒情诗歌主要是主观的，内在的诗歌，是诗人本人的表现。"[③]黑格尔在论及抒情诗的一般性质时这样把抒情诗与史诗"叙事文学"区别开来：

> 史诗所要满足的要求是倾听一个自生自发而成为完满自足的整体，而与主体相对

① 契诃夫：《契诃夫论文学》，人民文学出版社1958年版，第209页。

② 莫泊桑：《欧美古典作家论现实主义和浪漫主义》（二），中国社会科学出版社1981年版，第237页。

③ 别林斯基：《别林斯基选集》（第三卷），第5页。

立的情节；抒情诗所要满足的却是一种与此相反的要求，那就是要表现自己。

在黑格尔看来，完整的情节的铺叙是与主体（自我）的表现相对立的，满足于描绘生活的外在肖像、场景、经历、过程等的特征，诗人就会失去自我，诗人的自我感兴就会处于被动地位，失去自由，失去“精神活动的主体性”。因为：

（诗）要表现的不是事物的实在面貌，而是事物的实际情况对主体心情的影响，即内心的经历和对所观照的内心活动的感想，这样就使内心生活的内容和活动成为可以描述的对象。……这种观照和情感虽是诗人个人所特有的而且作为他自己的东西表现出来的，却仍然有普遍意义。①

黑格尔在这里强调的内在自我对于外在生活的主导优势，这与《文心雕龙》中所说的“登山则情满于山，观海则意溢于海”精神上是一致的。不过黑格尔似乎更强调诗人的精神个体性。在这一点上，别林斯基更为内行，因而他说得更为明确，他认为这主要表现诗人的内在生活同化了客观外在生活，他说：

这种内在的生活把一切外部事物都化成了自己。在这里，诗人的个性占着首要地位。我们只能通过诗人的个性来接受一切，理解一切。这是抒情诗歌。②

别林斯基所强调的诗人自我感情特征的优势，主要是内心感情特征对外在生活特征的同化。黑格尔则更全面地看到，这只是问题的一个方面。他认为诗人的自我感情特征的优势以两种方式得到表现。第一，“把整个客观世界及其情况吸收到主体本身里来，让它深受个人意识的渗透”，在这一点上他和别林斯基的意思是一样的，甚至和刘勰的说法也是一样的。这就是我们常在诗中见到的抒情渗透在描绘性的图画之中。但是黑格尔认为还有第二种方式，亦即“打开凝聚在心灵深处的情感，睁开耳目，把原来还仅仅朦胧感到的东西提升到成为观照和观念的对象（即成为可看可想的对象）”③。这就是把图画和音乐性描绘溶解在直接抒情之中。诗人的感情特征就通过由外而内和由内而外两条途径而得到表现。不管是由内而外，还是由外而内，诗人的内在感情都是占优势的。诗人的自我个体，本来具有不可重复的特殊性，经过形象结构优化功能，自我感兴就异常尖端化了。在诗歌创作过程中，诗人的任务就在于将自我感情特征与概括性的生活特征结合起来，而且结合得很奇特，形成一种独特的假定性结构，创造一种特殊意象符号，才能发挥出优势化、尖端化的功能。如果只是很一般的结合，自我感情的特殊性可能被钝化，而钝化的感情，最容易滑向散文。例如，列夫·托尔斯泰在《复活》的开头这样描写春天：

① 黑格尔：《美学》第三卷（下），商务印书馆1981年版，第188页。

② 别林斯基：《别林斯基选集》（第三卷），第4页。

③ 黑格尔：《美学》第三卷（下），第187—188页。

尽管煤炭和石油燃烧得烟雾弥漫，尽管树木伐光，鸟兽赶尽，可是甚至在这样的城市里，春天也仍然是春天。太阳照暖大地，青草在一切没有锄绝的地方死而复生，不但在林荫路的草地上，甚至在石板的夹缝里长出来，绿油油的。桦树、杨树、野樱树长出发黏的和清香的树叶，椴树上鼓起一个个快要绽裂的花蕾。寒鸦、麻雀、鸽子每年春天那样已经在欢乐地搭巢，被阳光照暖的苍蝇沿着墙边嗡嗡地飞。植物也罢，鸟雀也罢，昆虫也罢，儿童也罢，一律兴高采烈。唯独人，成年的大人，却无休无止地欺骗自己，而且欺骗别人，折磨自己而且折磨别人。①

这里有春天的概括特征（兴高采烈的大自然），也有作家自我的感情特征（对毁坏自然、自我并互相欺骗的人的愤恨），但这仍然是散文，因为二者的结合并没有任何奇特的假定性结构，没有形成独特的意象符号。在诗中，生活特征、自我感情和意象符号特征，三个特征必须在假定性中统一。如果不在假定性中形成统一的结构，就没有大于三者之和的抒情功能，就不能尖端化，诗的抒情性不能充分发挥。

任何一个客观对象，即使是其概括性特征，也不是单一的，而是无穷无尽的。绝大多数特征是潜在的，除了那日常散文式的和那被诗人长期使用得老化了的，绝大多数都是潜在的，是要靠诗人的慧眼去发现的。有了特殊的自我感情，又对潜在契合点有了新的发现，诗人的自我感情就可能尖端化了，就可能与散文分手了。同样是春天的概括特征，在李白的笔下，就不同于托尔斯泰的描写：

寒雪梅中尽，春从柳上归。

生活的特征是概括的，感情的特征是特殊的，由于选择了一个非常独特的假定性契合点，形成了一个新的结构，使双方都升华了，当然更主要的是感情优化了、尖端化了。好像残雪只有在梅花中才融化，而发绿的也只有柳条似的，好像在梅花以外，雪不再融化，而除了柳条，植物都没有返青似的。但是，读者却欣然领悟了这种假定性的“片面”选择，谁也不会把它误解为盲目的选择。让雪花在梅花中消融，让春天从柳条上归来，对于客体生活特征来说是一种选择，同时又是一种假定，对于诗人的感情来说是在假定性中的强化；对于假定性契合点的探求来说，是一种发现；对于意象符号创造来说，是一种更新。只有意象符号更新了，感情特征才能真正地被强化到占主导优势的地位。

诗人探求这种境界，是为了自我感情特征和意象符号的同步更新。在诗中，意象符号只要用到第二次就老化了。老化就是弱化，只有更新才能强化，因而诗人力求不断变换自我特征和客体特征的假定性契合点。同样是写春天，辛弃疾就和李白不一样：

城中桃李愁风雨，春在溪头荠菜花。

① 列夫·托尔斯泰，汝龙译：《复活》，人民文学出版社1979年版，第6页。

春深了，桃李花开始在风雨中凋零，荠菜花却安静地开着。这是类的特征，是春天的普遍现象。但是把美好感情集中在农村朴素的荠菜花上，而不是城市色彩艳丽的桃李花上，这是假定性契合点的发现，辛弃疾热爱农村生活的特殊感情被强化了。关键在于找到新的意象符号。农村春天朴素的美比之城市艳丽的美更经得起风雨的考验，把这样特殊的感情寄托在向来为抒写春天的诗歌所忽略的荠菜花上，这种勇敢的假定使读者的心理产生了一种新的惊异。诗人对生活特征的提炼和对自我感情特征的强化离不开对假定性契合点的更新。诗人的个性，诗人的创造，还有诗人的感情特征，往往就从更新的假定性契合点上发出强光来。同样是春天来了，在诗人阎一强笔下：

春天从燕子的翅膀上回来了。

而在李瑛笔下：

春天从冰缝里溢出来了。

燕子归来，冰河解冻，这是春天普遍现象。由于诗人对春天的不同感情特征，有不同的假定性契合点，因而有不同的强化。从燕子翅膀上回来的春天，来得平静轻松；从冰缝中溢出来的春天，无疑经历了一番艰难的搏斗。诗人的自我感情特征的强化程度与契合点的精致、新异程度成正比。从再现生活特征来说，感情特征有从属于生活特征的被动的一面；从表现自我感情特征来说，又有自由主动的一面。主动和被动、自由和从属都统一在契合点的选择和更新中。假定性决定了诗人的主动性占优势，诗歌的抒情性在很大程度上取决于这种主动性。诗人如果获得了这个主动性，就摆脱了被动的说明和等量的反映；如果不是这样，一个生活特征只能激起一种感情反应，永远只有一种可能性，就失去了选择的自由，失去自由的自我特征就会被弱化。谁在生活特征面前能探索到更多的表现自我的可能性，更强烈、更尖端地展示自我感情的宝藏，谁就有更大的创造性。例如，20 世纪 30 年代艾青面对上海郊区龙华的春天，看到那远近闻名的桃花，他如果陷入被动的说明，就不能充分地把自我的感情强化。但是艾青没有陷于被动，他在《春》中这样描绘龙华的桃花：

经过了冰雪的季节，
经过了无限困乏的期待，
这些血迹，斑斑的血迹，
在神话般的夜里，
在东方的深黑的夜里，
爆开了无数的蓓蕾，
点缀得江南处处是春了。
人问：春从何处来？

我说：来自郊外的墓窟。

龙华，是国民党淞沪警备司令部原所在地，许多革命青年人都在这里惨遭杀害。这本与龙华的桃花没有任何必然联系，但是诗人在桃花鲜艳的红色中找到了表现烈士鲜血的假定性契合点。桃花的艳丽生命居然和死亡的环境联系在一起，而且正是死亡的环境成为艳丽生命的根源，这种假定的因果关系不但表现了感情，而且表现了作者的理智和信念。这样就把美感从感情层次深入到智性的层次。

深刻和自由是联系在一起的，有时自由不仅仅限于选择，而且表现为对常态的突破，不仅突破了客观生活的特征，而且突破了常规的逻辑特征。辛弃疾为了深刻地表现自我的感情特征，自由地突破了常态逻辑：

是他春带将愁来，春归何处？却不解、带将愁去。

而高兰在他著名的朗诵诗《哭亡女苏菲》中这样写：

姗姗而来的，是别人的春天。

辛弃疾北伐的壮志未酬，岁月的流逝自然会激起他的悲叹，因而春天的到来和消逝都会引起他的悲愁。高兰生活在解放战争期间的国统区，女儿死于贫困和疾病。本来春天作为时序，对于每个人都是同样的，但是本应引起欢欣的春天，反而因别人的欢乐更加反衬出自己的痛苦。这样自由的逻辑，就突破了常态的表面，深入到感情的比较独特的层次。这就不仅使自我表现深化，而且也使生活的再现深化了。

因而，对于诗来说，形象的审美价值不单纯取决于再现何种对象，更主要取决于表现主体占据什么样的优势，获得何种程度的自由，也就是达到什么样的深度。别林斯基说：

题材在这里没有什么独立的价值，一切都要看主体赋予题材以什么意义来决定，一切都要看题材通过幻想和感觉，被什么思潮，什么精神所贯穿来决定。譬如说，诗人在书本中找到一枝枯萎的花，这能算是什么题材呢？——可是，这个题材却促使普希金写出了他最好的、最芬芳馥郁而又富有音乐性的抒情作品。[①]

普希金的那首诗题目叫“小花”，全文如下：

是哪一个春天，在哪一处，
它盛开的？开了多长时间？
谁摘下的？是外人还是熟人？
为什么放在这页书中间？
可是为了纪念温柔的相会，
还是留作永别的珍情？

① 别林斯基：《别林斯基选集》（第三卷），第60页。

或者只是由于孤独的散步?
在田野的幽寂里,在林荫?
是他还是她?还在世吗?
哪一个角落是他们的家?
啊,也许他们早已枯萎了,
一如这朵不知名的小花。

在一枝枯萎的花面前,如果是被动地感知就不可能有诗。诗人不同于常人之处,不但在于自由地感受,而且在于自由地作不确定的想象。英国湖畔诗人柯勒律治说:“请相信我的话:你必须掌握本质——有生气的自然,这就得先在自然(按其最高的意义)与人的灵魂之间有一种结合。”[①]柯勒律治的话当然很机智,但是,他没有进一步说明,如何把自然与人的灵魂结合起来,以及何种样式的结合可能使灵魂陷于被动,什么样的结合可能给灵魂以充分自由和自我表现的优势。如果没有这种自由和优势,即使“极镂绘之工”,也是格调甚卑。再没有比满足于外形的描摹和美化而忽视内在情思的净化更违反诗的本性的了。

仇兆鳌在《杜少陵详注》中论及杜甫《曲江二首》时,曾引宋代叶梦得之说,将晚唐的“鱼跃练川抛玉尺,莺穿丝柳织金梭”与杜甫的“穿花蛱蝶深深见,点水蜻蜓款款飞”相比,认为杜甫的诗要高明得多。这是因为杜甫的诗在“深深见”和“款款飞”中有一种诗人陶醉、凝神的感兴,而“抛玉尺”和“织金梭”不过是外在表象的美化,没有达到内在情致的自由、生动的表现。宋朝诗人王祈有一首写竹的诗,其中有两句:“叶垂千口剑,干耸万条枪。”苏东坡看了就觉得可笑。他批评说:“好则极好,只是十条竹竿,一个叶儿也。”苏东坡的话有一点挖苦,但也有合理之处,那光是迷恋于叶子和竹竿的外表形态,而表现内心的自由却被窒息了。

四、古典的、浪漫的、象征的三种意象符号

对于诗来说,外在的描绘不能太拘泥,太拘泥就失去了内心的自由。诗人所要追求的特征已经不完全是客观生活的特征,而是个性化的意蕴的假定和意象符号的创造。正因为这样,在西方文论中往往并不把诗当作模仿的艺术,从丹纳、黑格尔到别林斯基、艾略特都是这样。象征派则把这种传统进一步发挥了,他们和意象派一样都比较漠视客观生活的现实性,极端强调生活特征转化为意象的符号。象征派的先驱波特莱尔说:

整个可看得见的宇宙不过是形象和符号的仓库而已,而这些形象和符号应由(按:

---

① 柯勒立奇:《欧美古典作家论现实主义和浪漫主义》(一),中国社会科学出版社1981年版,第279页。

诗人的）幻想给予相应的位置和价值，它们是（按：诗人的）幻想力应该消化和加以改造的。

这当然有其合理之处，虽然说有点绝对化了。但由于在理论上的自觉，象征主义诗歌在诗歌意象符号的创造上开拓了崭新的天地，形成独特的意象符号体系，还积累了成套的方法。他们不像古典主义者那样，真切描写生活的概括特征，也不像浪漫主义者那样直接倾泻内在的情绪，他们在司空见惯了的对象特征上发现了新的感兴，从被古典主义、浪漫主义诗歌排斥的对象上（甚至是丑恶的对象上）找到了新意蕴；他们在客观生活与主观感情之间发现了新的美学的联系。这样，他们就给诗人带来了更大的自由，更多的选择。诗人们可以不用古典主义式地直接描写客观生活实体，也可以不用浪漫主义式地倾泻感情，而是把某一对象作为心灵的“客观对应物”作象征式的展开。

对于诗歌来说，自我的自由表现，意象符号的自由创造，从世界诗歌史几千年的积累来看，大致不外乎三种形式：第一种是描绘式的，歌德把它叫作古典的；第二种是浪漫式的，也就是通常所谓的直接抒发感情的；第三种是象征式的，也就是把感情寄托在客观对应物上的。至于描绘式的，在我国古典诗歌中最为发达。我国古典诗歌最强调情景交融，也就是在描绘景物中渗透感情。我国传统诗歌理论中最重要的意境范畴，台湾诗评家解释说，就是“画境”，也就是在绘画式的视觉结构中表现出形象的功能。当然这个说法并不全面，因为意境不仅仅是画境，同时也包括声境等（在王维的诗中很突出）。总的说来，描绘性的形象是提供五官的知觉和感觉信息为主的，可以是像李后主那样描绘他与小周后的幽会：

划袜步香阶，手提金缕鞋。

这是白描的，以正常的视觉信息为主的。也可以像英国诗人亚瑟·西蒙斯在《梦中的爱情》中那样，把优势感情特征袒露在错觉和幻觉的描述中：

我躺在草铺上，
听着淅沥的雨声，
雨点打着我顶楼的屋脊，
我又冷清，又痛苦。
我躺在草铺上，
我的心喜得发狂；
我听到她那穿过午夜的脚步的召唤，
当我不寐地躺在夜晚。
我躺在草铺上，

我望到她明亮眸子的闪亮；

她笑了，她说话了，而且整个世界也消失了，

于是我重新入了梦乡。

事实上这已经不完全是古典式的描绘，而是带着现代浪漫式的抒发了，因为这里有那么多幻听和幻视，而抒情是以感觉和知觉的变异为标志的。正是通过这一连串的由于听到姑娘的脚步而引起的感觉和知觉的变异，诗人画出了抒情主人公从凄凉到甜蜜，从失眠到入梦的心理曲线。

当然，正宗的直接抒情方式比上面这首诗要直接得多。诚如华兹华斯所强调的："诗是强烈感情的自然流露。"郭沫若早年也信奉这一点，他说他有时写诗连纸也来不及放正，像发寒热一样打着哆嗦写出来。当然，并不是所有的人都能这样凭灵感写作的。直接抒情式的写法的确有许多好诗，如拜伦的《雅典的少女》第一节：

雅典的少女呵，在我们分别前，

把我的心，把我的心交还！

或者，既然它已经和我脱离，

留着它吧，把其余的也拿去！

请听一句我别前的誓语，

你是我的生命，我爱你！

浪漫主义者强调激情和想象，因而直接抒情的方法以感情激化为特点。西欧的浪漫派诗人继承着古罗马所谓"愤怒出诗人"的传统，以感情的夸张为能事。我国古典诗歌中也有同样的以直接抒情方式激化感情的传统，在楚辞、汉魏古诗和古风歌行中比较发达，而在唐以后最流行的近体诗词中则是描绘方式占优势。感情激化式的抒发往往要在想象中对感情作自由的变异。有时这种变异是对被生活的常态所掩盖着的心灵秘密的深刻概括，如"人生在世不称意，明朝散发弄扁舟"（李白），"近乡情更怯，不敢问来人"（岑参），"呜呼，何时眼前突兀现此屋，吾庐独破受冻死亦足"（杜甫）之类的；有时是建立在神悟式的幻想基础上的引申，如白居易的"在天愿作比翼鸟，在地愿为连理枝"，这类直接抒情都具有鲜明的假定性色彩。

西方浪漫主义者则不同，他们常用的直接抒情并不依托于某种神话，也没有明白提示为假定性，完全是诗人感情的激发："把我的心交还，或者……留着它吧，把其余的也拿去！"又如聂鲁达的："如果生一千次，我要生在智利，如果死一千次我要死在智利。""五四"以来的新诗较多地受了西方浪漫主义直接抒情方式的影响，更多的是即兴式的感情的激发，像闻一多的"我哭着叫你（按：祖国）""拳头擂着大地的赤胸""呕出一颗

心来”“你（按：祖国）在我心里”。像徐志摩的“希望，不曾站稳，又毁了”。这种直接抒情的方式给诗人的自我表现以更大的主动性，更大的自由。但是它也有局限性，那就是情绪的倾泻往往离开了生活的描绘。所以在西方，后期浪漫派把诗歌当成了感情的喷射器，情绪之流不通过意象符号直接倾泻出来，一来生活特征被淹没了，削弱了形象的可感性；二来意象符号无由更新。情感的倾泻往往变成概念的喷射，像惠特曼那样不加节制，影响到郭沫若，一方面解放了他的想象，一方面又使他走向标语口号。象征派的应运而生，正是作为这种对偏颇的一种反拨。

象征主义作为一种意象符号创造的原则，要求尽可能避免直接地作情绪的宣泄，力图为情绪找寻“客观对应物”①，主张诗应该是灵魂的雕塑，或者说为情绪寻找五官可感的意象符号。受过象征派影响的艾青，在他的《诗论》中，曾强调连梦都应该是“有硬度”的。

象征主义的意象符号就是走向了五官可感的境界，但不是古典式的实体。在象征派笔下，生活和大自然不过是“一座象征的森林”，象征派把情绪藏在客观对应物之中。例如波特莱尔的《猫》，写的可不是猫，在猫的感觉特征中有恋爱对象的特征，猫只是表现爱情的意象符号：

来，我美丽的猫，在我渴恋的心上，
将你脚上的尖爪藏隐；
你投我一片娇羞的目光，
是金属和玛瑙的光波所浑成。
我手指随意地抚摩，
你的头，你弹性的背，
触着你身上电气的传播，
我的手痴迷地沉醉。
你看，我心中的女人，她的眼神，
和你极为相似，
是枪的投刺，浑身而寒冷。
从头颅一直到脚趾，
游走在你琥珀的身躯，
是奇异的体香迷人的妖气。

他从猫的特征中找到和他所爱女人的特征契合点：娇羞的目光有金属和玛瑙的特点，眼神

① 在艾略特那里叫作“objective corretative”，其目的是反浪漫主义。这种反对直接抒发的倾向从波特莱尔、艾略特到庞德、休姆一以贯之。

像枪刺一样寒冷，身躯的弹性和电气，这一切引起的是欢乐、痴迷、紧张、恐惧交织的感觉。所有这一切爱情的特征通过一只可以在想象中为五官感知的猫作为意象符号而表现出来。这样的诗，不但感情的特征，而且符号的特征也是浪漫主义诗歌所不能想象的。

五、通向虚伪的可能性

正因为诗歌在表现物象和心象时比之散文有更大的自由，因而在诗歌形象的结构中就埋藏着虚假的可能性，生活特征、感情特征，意象符号分裂的可能性也更大。由于感情特征的优势地位和意象符号特征的更新要求，最容易受到损害的是生活特征，因为它经常处于被主宰的地位，其次容易受到歪曲的是感情特征。生活特征的损害，威胁着文学形象的真实性，感情的歪曲威胁着形象的真诚性，失去了真和诚，即使意象符号是新的也是没有生命的纸花。在我国现代新诗中长期盛行的假大空的诗风自然有外部环境的原因，但是这种顽症难以克服，却说明了诗歌形象内部机制的局限。明明是“左”的政策使农业生产遭到摧残，人民起码的物质生活受到严重影响，还胡吹什么粮食多得堆上了天，老贫农在粮堆上“撕块白云擦擦汗，就着太阳抽袋烟”。这样的虚假性潮流并不是 20 世纪 50 年代、60 年代特有的，早在五四时期刘半农就愤激地批判过我国旧诗坛上的虚假潮流，他说当时作假诗的达 90%：

明明是贪名爱利的荒伧，却偏喜做山林村野的诗；明明是自己没甚本领，却偏喜大发牢骚，似乎这世界害了他什么；明明是处于青年有为的地位，却偏喜写些颓唐老境；明明是感情淡薄，却偏喜做出许多极恳挚的《怀旧》或《送别》诗来；明明是欲障未曾打破，却喜在空阔幽渺之处立论，说上许多可解不解的话儿，弄得诗不像诗，偈不像偈，诸如此类，无非是不真二字在那儿捣鬼。[①]

再往前追溯，早在《文心雕龙·情采》中，刘勰就批评过这种虚假的倾向：

故有志深轩冕，而泛咏皋壤，心缠几务，而虚述人外，真宰弗存，翩其反矣。

本来是最要求真实与真诚统一的文学形式，却最容易为虚假所侵蚀，这是一切诗人应该十分警惕的，因为诗的假定性意象符号特别有利于虚假的“为文而造情”的倾向。

所有这一切都给我们一个启示：诗歌形象的感情优势和假定性固然很重要，但更重要的是诗人的自我心灵王国中得有一种深刻的诚恳的境界。如果诗人的自我本身就包含着庸俗的、虚伪的成分，那么他的诗就很难避免成为某种虚伪感情的化妆品。所以叶燮在《原诗·内篇》中说：

---

① 刘半农：《诗与小说精神上之革新》，《中国新文学大系·文学论争集》，上海良友图书印刷公司 1935 年版，第 342 页。

我谓作诗者，亦必先有诗之基焉。诗之基，其人之胸襟是也。有胸襟，然后能载其性情、智慧、聪明、才辨以出，随遇发生，随生即盛……不然日诵万言，吟千首，浮响肤词，不从中出，如剪彩之花，根蒂既无，生意自绝，何异乎凭虚而作室也。①

诗人是不能以在感情上作假为终生职业的，诗人如果把生命奉献给为诗而造情的营生，那只能是诗人的悲剧。在诗中不但作假不行，而且如朗吉努斯所说，连“抒发了远远超过情况许可的感情”也是败坏艺术的。诗人之可贵，就在于：当世人皆醉，为某种虚假的概念所迷的时候，唱出清醒的声音来。蔡其矫在1958年全国都沉迷在一片疯狂的假大空的吹牛诗风靡全国的时候，却写出了《雾中汉水》：

两岸的丛林成空中的草地
堤上的牛车在天半运行
向上游去的货船
只从浓雾中传来沉重的橹声
看得见的
是千年征服汉江的纤夫
赤裸着双腿倾身向前
在冬天的寒水冷滩上喘息
艰难上升的早晨的红日
不忍心看这痛苦的跋涉
用雾巾遮着颜脸
向江上洒下斑斑红泪

不但意象符号（红日）的意蕴是更新了的，而且对其因果关系的阐释也是独创的（汉江上的红霞，不是红霞，而是红日因为不忍看这样艰难的劳动而洒下的斑斑血泪）。正是因为这样，在1958年虽然有全民写诗的豪举，但是留下来的经典之作却只有蔡其矫先生有限的几首。

第二节 诗的知觉量变和质的转移

诗的任务之一是表现自我的心灵，而“心灵的宝座建立在内心世界和外在世界相通之处，在这两个世界重叠的每一个点上”。这是一个德国诗人的话，说明诗人所要抒写的心灵并不那么简单。与其把它当作镜子，不如把它当作窗子，当作一个内外遇合的通道。通常

① 叶燮等著，孙之梅、周芳校注：《原诗 · 一瓢诗话 · 说诗晬语》，凤凰出版社2020年版，第23页。

我们所说形象是客观生活特征与主观感情特征的统一。从诗的意象符号来说，统一于感情特征就是统一于感觉和知觉，或者说，统一于带着感觉和知觉特征的意象符号。正是在这个意义上艾青强调说："一首诗是一个心灵的活雕塑。"艾青显然是受了法国象征主义诗人马拉美的启发。马拉美认为艺术是用象征体雕刻出来的思想。雕塑是有形的，能使不可见的思想、缥缈的感情化为视觉形象。虽然视觉意象符号并不是诗歌表现感情的唯一方式，除此之外还有其他各种感官的意象符号，但是视觉意象无疑是最重要的。

从微观形象的构成来说，诗的感觉和知觉，并不简单就是日常生活中的感觉和知觉，它有它不可忽略的特殊性。首先就是它在感觉量上的变异。这种变异表现为凝聚和扩张的两极化分化。

一、知觉整体向中心感觉凝聚

诗的意象符号并不是全部感觉的总和，而是知觉整体向中心感觉凝聚。在纷纭的生活信息的刺激下，诗人似乎只能感到与他感兴共鸣的一点，他的神经的感受器，特别是分析器，并不是全部开放的，相反，有相当部分是封闭的。开放和封闭的部位是由诗人自由选择的。闻一多在《"女神"之地方色彩》中说："选择是创造艺术的程序中最紧要的一层手续，自然的不都是美的；美不是现成的。其实没有选择便没有艺术，因为那样便无以鉴别美丑了。"① 司空图在《诗品》中所说的"万取一收"，大致也说到了点子上。

正是由于感觉的选择，诗才表现出意象符号的精致。从量上来讲，诗对于感觉的宽容度是很有限的，即使很有特点的感觉，它也只能容纳极少的一部分，尽可能把全部知觉向一两种感觉集中，尽可能不使之分散。相传唐朝和尚齐己作《早梅》诗，其中有两句：

前村深雪里，昨夜数枝开。

友郑谷曰说，"数枝"不足点明早，不如改为"一枝"。郑谷虽然并不懂得感觉凝聚的原理，但至少在实践中感到了感觉量集中的重要性。有时感觉量的凝聚要求，使得一些大胆的诗人把本来完整的知觉切碎，以不完整的形态出现。1949 年中国人民解放军解放了北京，这是一件有伟大历史意义的大事。李瑛是这样写的：

历史打着绑腿进入北京。

对于人民解放军的完整知觉被分解了，舍弃了在一般情况下最重要的部分，如军帽、头部、军旗、队列，只留下好像最不重要的部分——绑腿，而这绑腿传达了解放军行军的历史特征——步行，表现了解放北京的历史意义。在这里，诗与非诗的界限被推向这样一个极端，那就是知觉量整体缩小到优选的局部感觉上，而且在局部感觉中再选取很不完整的局部感

① 闻一多：《闻一多诗文选集》，人民文学出版社 1958 年版，第 169—170 页。

觉。王昌龄的“秦时明月汉时关”，李后主的“春花秋月何时了”，同样是一种感觉量的高度凝聚。不是说，汉时关塞上没有明月，也不是说秋天无花，春天无月，而是切碎了的感觉，断裂了的意象符号，对读者的想象才有不同凡响的激活力。

意象符号的断裂是一种不完整的完整。它在量上好像不完整了，但是由于特征的强化，对于想象有更大的激活力，能使读者产生更主动、更自由、更广泛的、弹性更大的联想，因而读者才有更大的还原力，更大的想象空间和创造自由。

诗的感觉量的变异首先表现为凝聚，凝聚的方法之一是诗人大刀阔斧地切割。有时则是排除，是把整体投射到一个细微的局部上去。这时诗人的功夫就表现在“缩微”上。例如艾青在《吹号者》中写一个号手牺牲了的景象：

在那号角滑溜的铜皮上，
映出了死者的血，
和他的惨白的面容，
也映出了永远奔跑不完的，
带着射击前进的人群，
和嘶鸣的马匹，
和隆隆的车辆……

这种形象的特殊感染力来自生活的提炼。诗人大胆地把极大的场景压缩在极小的意象符号上，这种不相等的意象叠加是艾青的一大创举。

牺牲和进军的场景也可以不是这样缩微地表现，而是扩展式地放大。把战士的牺牲放在原野上，放在高山、大海、青松、白云的背景上展开；还可以把背景放大，把战士的英灵放在长江黄河之间，甚至在时间和空间上同时放大，说战士牺牲在伟大的历史世纪，在发光的星球，但那将是一种量的扩张。按朗吉努斯的说法，它只能构成崇高的壮丽的形象，而不是精致的形象。

二、中心感觉为整体知觉淹没

要构成壮丽崇高的形象，只用精致的细节是不够的。精致的细节如果进入一个雄浑的整体，要么只能成为某种陪衬，要么显得不和谐，甚至滑稽。这说明，诗人光会用缩微式的凝聚的感觉是不够自由的。这时所需要的恰恰相反，是感觉的放大，在空间和时间上放大，使局部的感觉变为整体的知觉，使局部的特点扩展、弥漫、笼罩整体。这时就出现一种与我们前面所说的相反的倾向，不是提炼细节，以艺术家的魄力排除选定细节以外的成分，不是以精致的细节暗示整体，而是一切细节都为统一的整体特征所淹没。整体不是由一系列细节要素组成的结构，形象的效果不是细节结构的功能，而是一个浑然的直觉式的整体，好像没有局部的感觉只有整体的知觉，在这种形象里，细节退化了，消失了。在这类形象中，形象的魅力不依赖细节对想象记忆的抽引式激活，而是对想象记忆的席卷式横扫。这一点在毛泽东的《沁园春·雪》中表现得特别明显：

北国风光，千里冰封，万里雪飘。望长城内外，唯余莽莽，大河上下，顿失滔滔。山舞银蛇，原驰蜡象，欲与天公试比高。

这里就是除了整体以外，什么都不存在了，雪的感觉在量上的扩张使雪和自我的本质得到更充分的表现。

不管是对记忆抽引式的激活还是席卷式的横扫，它们都有诗的概括的、共同的特点，那就是绝不是对感觉的简单摹写，而是对感觉的改造。

基于上述，我们已经看到，在生活面前，诗是这样不驯服，它不是把生活和感情的特征凝聚在一个精致的意象符号上，就是把它扩张到生活的总体概观之中。如果选择、切割细节要求诗人敢于把特征缩微的话，那么扩展则恰恰相反，要求诗人敢于把特征放大。

当然，将意象放大的方式是很多的，上面讲的细节的退化仅仅是一种方式，还有一种细节并不是融化了，不是退化到没有痕迹了，而是相反，它图案式地发达了起来。在通常情况下，可贵的是以尽可能少的细节，表现尽可能多的生活。“春风得意马蹄疾”“猎猎春风在碧蹄”“雪劲马蹄轻”是精致的，因为不管是科举得中时的欢乐，还是朋友离别时的惆怅，出征的意气豪迈，行走的马的主要特征集中在马蹄上，读者用想象的眼睛看到了马蹄，自然会补充出马身、马头、马尾巴、马鞍来。但是在不以凝聚为特点、而以铺张为特点的感知中，情况就不同了。好像诗不再追求意象符号的精练，而是相反，如《木兰辞》中：

东市买骏马，西市买鞍鞯。

南市买辔头，北市买长鞭。

这里所贯穿的原则并不是有了对马的一个感觉就足以显示整体，而是有了各个侧面的主要代表性感觉才能满足知觉的完整性的要求。这里强调的是诗人那种对美的夸耀。这既是一种特殊的感知，又是一种特殊的意象符号系列。这样的例子在中国古典诗歌，特别是民歌中并不罕见。如《古诗为焦仲卿妻作》，描写刘兰芝出嫁时坐的车子：

青雀白鹄舫，四角龙子幡。

婀娜随风转，金车玉作轮。

踯躅青骢马，流苏金缕鞍。

这是在追求一种特殊的富丽铺陈的风格，在多方面的铺陈中表现的主要是夸耀的感情。当然，这种手法是在非常特殊的情况下才能有限地使用的，如果运用得不谨慎，则不免失之烦冗。在民歌中，除了用得比较成功的以外，还有一些如《哭七七》《十二月长工歌》之类，都因过分排比造成单调，形象长久停留在同一层次，造成读者想象力的疲倦。在现代新诗中这种手法常用于反复强调某一特征或某一意念，有时用在句与句之间，有时用于节与节之间。不过现代新诗在作这种铺展时，常常在内部节奏和外部节奏上、句法上、章法上，在形象的色彩上，渗入变化。试举舒婷的《致橡树》为例，这是一首将一系列意象集中在一个单纯的意念上的抒情诗。

我如果爱你——
绝不像攀缘的凌霄花
借你的高枝炫耀自己；
我如果爱你——
绝不学痴情的鸟儿
为绿荫重复单调的歌曲，
也不止像泉源
常年送来清凉的慰藉；
也不止像险峰
增加你的高度，衬托你的威仪；
甚至日光，
甚至春雨。
不，这些都还不够！
我必须是你近旁的一株木棉，
作为树的形象和你站在一起。
……

这里同样是一种铺展性的意象，但每出现一个意象都在形态上、意念上、句法上有些变化，特别是在意念上，采取的是作曲法上“模进”的展开方式：冰霄花引出的是炫耀，鸟儿引出歌唱，泉水引出慰藉，险峰引出衬托，至于日光和春雨是什么，留给读者自己去想象。这种手法，如果不是结合着变化而过分运用的话，连郭小川那样有才华的诗人也不免写出一些烦冗的章节。

这种在铺展中渗入变化的手法显然是受了欧美诗歌的影响。欧美古典诗歌和民歌比之中国的古典诗歌和民歌更强调变化。现代拉丁语系统的诗歌，是建立在民间艺人在咖啡馆中弹唱的小调基础上的，像古巴的纪廉，西班牙的洛尔伽等。但是他们即使运用这种铺展的手法，也比我们的现代新诗在形象意念和节奏上错综得多。例如智利聂鲁达的《亚尔美利亚》(《西班牙在我心中》的一章),写的是西班牙内战时期亚尔美利亚海港受到了法西斯佛朗哥军舰的炮击,人民遭受惨痛的伤亡:

一盆菜献给主教,脔割的,痛苦的,

一盆菜,盛满废铁,骨灰,搅拌着眼泪,

悲惨的一盆菜,里面是叹息和倒塌的墙壁,

一盆菜献给主教——亚尔美里亚的鲜血。

一盆菜给银行家,一盆菜盛着

南方孩子们的脸颊,一盆菜——

轰炸,狂浪,废墟,惊惶。

一盆菜——叉开的绞刑棍,扭断的脑袋,

黝黑的一盆菜——一盆亚尔美里亚的血。

这里的意象不是少量的,而是相当繁复,不是排列整齐的,似乎是杂乱的。意象好像不以单一或成对,具有某方面的概括性为满足,而是反复地从不同侧面和角度出现以强化触目惊心的、有点零乱的印象。但这里有一种内在的情绪上的节奏在贯穿着,多变的、错落的意象被组织在统一的(以"一盆菜"这个意象为核心)、单纯的情绪之中。好像一个人在反反复复念叨着那惊人的印象,好像激动得有点颠三倒四。这种风格的特点是把错综的意象和单纯的情绪结合起来。统一的贯穿性的主旋律(一盆菜……一盆菜……一盆菜)是单纯地反复,又是以错综多变的意象出现的。这种铺展式的形象并不显得单调和烦冗。

三、形象意蕴的质变效应

并不是任何诗歌形象都把意象加以缩微或者扩张。有时,恰恰是那既不凝聚也不扩张的诗句最为动人。在我国古典诗歌中备受推崇的"汉魏风骨",就是明显的例子。在汉魏乐府,建安七子乃至陶潜的诗歌中,主要靠生活和情绪的浓度取胜,所取的大体是白描和直抒胸臆的方法。在现代新诗中还有一种类似白描的手法,这种手法的特点不在感觉和知觉的量度,而在于形象意蕴的质变。表面上是写一个单独的个体,好像连类的概括性都没有,实际上这个个体恰恰是一种意象,在性质上已经不属于个体。如艾青的《乞丐》:

在北方,

乞丐徘徊在黄河的两岸,

徘徊在铁道的两旁。

……

在北方,

乞丐用固执的眼，

凝视着你，

看你吃任何食物，

和你用指甲剔牙齿的样子。

……

这首诗写于1938年，用的全是类似白描的笔法，好像有小说那样的客观性了。诗人的感情并没有直接抒发或间接导致感觉的变异，但是这里的乞丐已经由白描上升接近象征。这里的乞丐不是一个有年龄、性别、姓名的具体的人，这里的环境也没有具体的地点、时间，没有春夏秋冬、早晨、黄昏的具体特点。这里只有环境的普遍特征（灾区、战地）——人与人之间的关系（饥饿与饱食者之间）的普遍特征，但这仍然是非常震撼人心的，可以说达到了类的概括性的最大限度，用一个单独的人直接体现一个地区、一个历史时期的某一特点；突出这一特点，把该地区、该时期其他特点一概淹没，但是又不像纯粹象征性的形象那样有突出的理念为核心。在纯象征的意象里，形象的概括性直接升华，达到智性的高度，其特点是形象直接体现思想。象征形象用得过多，诗就可能变成歌德所不赞成的“寓意诗”。在纯象征性的形象里，诗好像在描绘生活的原来形态，但它恰恰是更接近于理念的。纯粹象征形象的最大局限性是不能直接表现生活，更多的是表现智性。《乞丐》则不然，既没有占优势的象征性的理念，也没有占优势的特殊对象的素描，但是它仍然具有概括力。在概括时，既不借助于感觉在量上的凝聚，又不依赖感觉的铺展，它没有那样夸张的浪漫色彩，又没有智性色彩。它以一种冷峻的格调，对个体对象作深沉的描述。例如，青年诗人吕贵品的《曲子美得使人战栗》：

还有人在吹那支曲子

他，已经被人忘记

他是黄土高原的人

懂事的那年

他发现身边发光的东西

并不是沉默的月亮

天空一点声音也没有

他想大喊

他的血管里流淌着男高音

表面上都是对特殊个体的叙述，但诗行里超越了具体叙述的是情绪，那就是对寂寞的、沉默的生活的反抗，对没有声音的心灵的痛苦的体验，而这恰恰是普遍的，是黄土高原纯朴原始的物质生活和精神生活的高度概括。这种沉默的国民灵魂在发光的月亮里找不到共鸣，却在粗犷高亢的唢呐中找到了恰当的表现形式：

他吹了一支别人都不会的曲子
美得使人战栗
只希望让那个姑娘听到
有一天别人娶媳妇
他惊恐地看到
那个姑娘做了别人的老婆
他跑到原野
呆呆地望着天空
然后，他疯了
吹着那支曲子死去

这里故事好像是散文的，但在故事背后那种悲剧性，没有用语言表达的悲剧，却以高亢得不宜表达爱情的唢呐乐曲来表达，这就有了很广、很深的诗的概括性。

这种特殊的叙述和普遍的概括的统一，是一种不平衡的概括。其生命在于那高度普泛化的情感洞察力，如果没有这样高度普泛化的感情洞察力，诗就退化为散文了。20 世纪 50 年代有些诗歌就是这样，满足于外在的忘我斗争和现实的劳动场景的描述，而内在感情的高度概括性却不足，抒情诗就变成带情节的“叙事诗”了。其实这种倾向不仅存在于中国，在叙事诗传统很强大的西欧和东欧，也有这样的带情节的抒情诗，其中有不少作为抒情诗来说是失败的。

第三节　诗的感受的三个层次

一、感觉、感情、智性的三位一体

诗的形象自然从诗的感觉开始，但是诗的感觉并不是诸多感觉要素的总和，而是一种中心感觉焦点的凝聚，或局部感觉的弥漫扩散。这已经不是生理上的感觉了，也不是一般的心理感觉了。它已经不完全属于观察，在创作论上叫作感受。感受是为诗人的自我个性所净化的一系列独特的感觉。诗人的自我能不能得到表现，首先取决于能不能找到属于自我特有的感受，找不到自己的感受，就不可能找到自我。失去自我，首先就是失去自我感受。作为感受的形式——系列化的感觉、知觉已经不是心理学上的感觉、知觉，而是一种概括性的审美感知，这是一个复杂的多层次结构。在它的表层是感觉，在它的中层是感情，而在它的深层则牵动着智性。这种智性又不仅仅是简单藏在感觉的背后，而是通过感情牵制着感觉，使感觉成为感觉、感情、智性的三位一体。华兹华斯在 1815 年版《抒情歌谣集・序言》中谈到诗人应该有五种能力。第一，观察和描绘的能力，“按照事物本来的面目准确地观察，而且忠实地描绘诗人心中的任何热情或情感所改变的事物的状态”，但是这种能力由于置诗人高度的智力于被动，只有绝对必要才加以运用。第二，是感受性。这是华兹华斯最重视的一种基本能力，在他给诗人下的定义中主要就是以感受性为特征的。他强调感受力是诗人在热情驱使下观察生活在他心中的反映的能力。第三，是沉思。通过沉思，诗人去把握动作、意象、思想和感情的价值和三者之间的关系。第四，是想象和幻想。第五，是虚构。① 想象和虚构在我们今天的术语中都属于想象的范畴。华兹华斯所讲的观察、感受、沉思，大约与我们所说的感觉、感情和智性相对应。观察、感受和沉思不是分别进行的，而是统一在想象的过程中，感觉、感情、理性也不是互相分裂的，而是统一在想象过程中的。想象把感情和理性溶化在感觉中，也就是我们前面所说的凝聚缩微的感觉和弥漫扩展的感觉中。

作为三位一体的媒介是感觉和知觉，想象的机制也集中在感觉和知觉上。正是因为这样，智利伟大诗人聂鲁达在为《聂鲁达选集》(俄译本)所写的序中说：“诗应该是诗人的五种感觉所能达到的。”在诗人那里感觉担负着激情和思维的任务。所以蔡其矫说：形象思维也就是用身体思维。诗人的思维，不仅用大脑，而且用遍布全身的感觉。所以郭风先生提倡作家面对生活要“五官开放”。

二、以视觉调动感情和沉思

在人的五官感觉中，最重要的无疑是视觉。据现代生理科学研究，从外界进入大脑的信息有 90%(一说 85%)是通过眼睛。正因为这样，视觉形象在文学中、在诗歌中都占着相当大的优势。人的大脑接受外界信息的机能明明不仅用眼睛，可是在汉语中，还是叫作“观察”；在俄国，别林斯基把诗人用全部感官思考说成是用形象和图画思考；在我国古典诗论中梅尧臣有句名言“状难写之景，如在目前，含不尽之意于言外”，所讲的也限于眼睛可见之景，好像诗人除了用眼睛以外其他感官都不存在似的。这只能说明，视觉形象在诗歌中极其重要。

诗人的感受、诗人的沉思很大一部分只有落实到感觉(主要是视觉)上才能化为意象

① 华兹华斯:《抒情歌谣集・序言》,《十九世纪英国诗人论诗》，人民文学出版社 1815 年版，第 35—36 页。

符号，才能为读者所感知。诗人的视觉机能当然和普通人是一样的。据现代自然科学的研究，进入眼睛的信息大约只有一千万分之一传给了大脑，这样视神经的信息通道才不至于堵塞。人不能像照相机那样，接受全部外来的光影。人如果像动物那样，把一切投射到视网膜上的图像不加选择地传给大脑，就只能老是一副傻乎乎的白痴样的茫然表情。人只有分拣出少量符合自己兴趣和目的的信息，向大脑传输，才能有效地感知世界。人的视神经感觉器最初根据习惯和随机性的意念接受信息，后来经过教育和专业训练，学会了根据专业性质定向分拣信息。未经专业训练的眼睛在分拣时有大量失误，许多对于专业来说十分必要的信息被排除了，而大量于专业无用的信息却涌进了大脑。未经过有意识的定向训练的视觉，对于对诗来说是重要的信息可能会视而不见，或者即使见了，却被夹杂在一起的非诗的信息所淹没。正因为这样，诗人的视觉必须经过重新训练，他必须改变普通人那种把诗与非诗的感觉同等看待的习惯，在长期的自我培养中，使感情和沉思的视觉有高度的敏锐性。台湾诗人常常把这种视觉叫作“灵视”。

我国古典诗歌中有一个经常被引用的例子，就是王安石的“春风又绿江南岸”。王安石起初写的是“春风又过江南岸”“春风又满江南岸”“春风又入江南岸”等，最后才改成“春风又绿江南岸”。这是多少年来传为炼字的美谈，但是没有从经验上升为理论。从理论上看，首先在于“入”“过”“满”都是视觉所不能感知的，而“绿”却带着鲜明的视觉性。其次，这种视觉不是散文的视觉，而是有诗的强度、诗的纯度、诗的概括性的。这里的“绿”是对江南全部春色的特征的提纯，把除了绿以外的一切感觉都舍弃了。正是这样才能调动起王安石怀念故乡的感情。什么时候月亮才能照着我归去呢？（明月何时照我还）这其中有王安石对江南已有的春风、将有的明月和眼前江水的沉思，这是一种审美的沉思，其中包含着审美的判断。蔡其矫在 20 世纪 50 年代末期，看到雾中汉江上的纤夫那艰难的跋涉，他也以特有的视觉调动起他特有的感情：

艰难上升的早晨的红日，
不忍心看这痛苦的跋涉。
用雾巾遮住颜脸，
向江上洒下斑斑血泪。

在“大跃进”的年代，与那些浮夸的吹牛诗和押韵的谣言形成鲜明的对比，艰辛的体力劳动是如此之沉重，诗人的感情是如此之痛苦，这里包含着深沉的思索。面对这样沉重的体力劳动，这样的沉思之所以是审美的而不是概念的，这样的感情之所以是诗的而不是散文的，就是因为感情和沉思都是集中在诗人的特异的视觉之上的，那就是红日照在江水上的霞光，它在诗人看来不是像“大跃进”民歌中的红霞万里，而是太阳不忍心看这样沉重的体力劳动而洒下的斑斑血泪。如果这一切不集中在对霞光的视觉感受和重新理解上，诗的形象力量就可能大大减少了。台湾诗人余光中在《乡愁》中把他对家乡、妻子、母亲和故国的怀念集中在四个视觉意象上：

小时候，
乡愁是一枚小小的邮票，
我在这头，
母亲在那头。

长大后，
乡愁是一张窄窄的船票，
我在这头，
新娘在那头。

后来啊，
乡愁是一方矮矮的坟墓，
我在外头，
母亲在里头。

而现在，
乡愁是一湾浅浅的海峡，
我在这头，
大陆在那头。

几十年的骨肉分离，几十年的民族分裂，无限的恋情和沉思都集中在四个视觉意象上。这样的视觉之所以有如此强大的概括力，是因为它已经不同于散文的视觉，严格说来它已经远远超过了感觉乃至知觉，而是饱含着情感和思维。诗的感觉与非诗的感觉，其根本的区别就在这里。

在诗中是没有纯粹的生理感觉的，诗的感觉承担着感情和思维的负荷；同时在诗中，也不存在纯粹的思维，它是渗透在感觉中的。

正是因为这样，诗的视觉和非诗的视觉就有很大的不同。用科学家的视觉去观照生活时要力求准确，用诗的视觉则只追求内心反应的深度。同样是一杯酒，可能被当作“金樽美酒斗十千”，或者“葡萄美酒夜光杯”，也可能是“浊酒一杯家万里”“三杯两盏淡酒”，至于酒是否真那么美，或者那么差，是没有人怀疑的。而在这酒的意象深层结构中的情感是否深刻地得到传达，这是半点也含糊不得的。

因而诗的视觉可以是一种变异的、扭曲的视觉，目的是要通过扭曲更好地表现内在的情绪的特征。这种误差不仅是量的误差、程度的误差，而且可以是质的误差。诗人有权通过内在的感情的滤色镜和三棱镜去分解来自生活的光和色。科学家观察生活时要力求准确，避免发生模糊的直觉和变异的错觉，但是诗人却常常要借助于模糊的直觉和变异的错觉。这些误差的视觉比之精确的科学观察对于表现内心来说，不但更准确而且更生动。闻一多在《评本学年周刊里的新诗》中说："奇异的感觉便是极度的喜悦，也便是一种炽热的幻觉，真诗没有不是从这里产生的。"李白在望着庐山瀑布时就产生了"疑是银河落九天"的幻觉，没有它，不能强化表现李白对大自然景象的惊叹。又如一首敦煌曲子词：

满眼风波多闪烁，看山恰似走来迎，仔细看山山不动，是船行。

幻觉常常是变异之感，变异意味着对习惯了的心理常态定式效应的冲击。常态常常是对感情的抑制，引不起强兴奋，而异常则能迅速地形成一种优势兴奋中心，调动情感机制的活跃。正常与异常的误差越强大，调动感情的幅度越大。从世界诗歌发展史来看，感觉（幻觉）的变异越来越大。在中国古典诗歌和民歌中凡是运用幻视变异的，都在事前向读者交代，如"疑是银河落九天"，注明是"疑"；或者在事后做出解释，如"看山恰似走来"后面解释得很明白："是船行。"而在一些借鉴了现代派手法的新诗中，就并不明确告诉读者这是幻觉。这样可以防止预期和轻易地领悟，削弱惊异的强度，有利于激起读者更强的情感。

除了波特莱尔那一派曾反对智性对诗情干扰外，20 世纪以后的现代派诗人都强调抽象智性成分的作用。不特别表明错觉幻觉，目的在于把智性抽象隐藏在幻觉的底层，迫使读者不得不调动更多的智性才能顺利理解。当然，也有一些现代派新诗，其幻觉超越了一般读者理性可接受的阈限，造成了混乱。

总的说来，感觉、情感、理性三位一体。经过感觉优势（古典派）阶段和情感优势（浪漫派）阶段以后，才开始了某种程度的抽象智性增强（现代派）的阶段。理性的增强伴随幻觉变异的增强，才不至于沦为概念。这是诗歌内部要素不平衡经过自我调节走向平衡的过程，它不断更新诗歌的形象体系，给新诗带来了新的感觉形式、意象符号。例如墙上挂着钟，古典派用描绘去美化它，浪漫派着重它对感情的刺激，都可能有些幻视变异。对现代派的视觉来说，让诗的视觉与生活的视觉误差越大越好，而最大的变异莫过于倒置。不是钟的形象投射到我的眼帘，而是反过来：我的目光支起了墙上的钟。舒婷在以渤海 2 号沉船事件为题材的《风暴过去之后》中这样写 72 名牺牲者永远闭上了眼睛：

七十二双灼热的视线，

没能把太阳，

从水平上举起。

诗越是向现代发展，隐藏在感觉底层的智性就越是重要，智性越是重要，感觉越是以变异的形式呈现，有时产生了一种怪异的结果：歪曲的感觉和哲理式格言互为表里。例如北岛描写天安门事件的《回答》：

卑鄙是卑鄙者的通行证，

高尚是高尚者的墓志铭。

看吧，在那镀金的天空中，

飘满了死者弯曲的倒影。

为了表现那反常的世道，诗人采用了倒置的视觉，把倒在地上的颠倒为映在天上的。这种视觉，更适于表现诗人叛逆的感情和严峻的哲理概括。

三、多种感觉的结构

诗的感觉之所以能调动情感和思维，是因为感觉不是孤立的，而是多维复合的。人的意识并不像构造主义心理学派所说的那样仅仅是心理元素（感觉、表象、情感）的简单相加，心理元素并不像砖块，联想也并不像水泥，人对某一事物的总体知觉也不等于感觉的总和。根据格式塔学派的实验，知觉的总体应该大于感觉之和。据现代自然科学的研究，如果人的一只眼睛的视值是1的话，两只眼睛的视值并不是2，而是7。因为两只眼睛平行，形成了一个结构，它的功能就大于组成它的要素之和。

诗人的感觉功能之所以大到能调动情感和理性，就是因为它的感受器所处理所传输的信息不是单一地孤立的，也不是混乱地复合，而是由多维感觉要素形成的有机的结构。

组成有机结构的感觉要素有时是同类的，如都是视觉的；有时是不同类的，如视觉和听觉的。不管是同类的还是多维的，都不是单个要素组成的，而是由两个以上的要素组成结构的。如“江流天地外”这样的句子，当然能调动人视觉的愉悦，但毕竟是有限的。如果对上一句“山色有无中”就形成对称结构，其韵味就大大超过了这增加的一句，连前面的一句也变得更加富有意蕴了。这是因为在这样的对句中，大江流向天地之外、目力不可及的空旷和远山为云雾所笼罩、目力所不可辨的朦胧，二者在性质上是相通的，程度上是相当的，形成了一种意象的结构。当两个视觉要素形成一个结构的时候，其感染力就大大超过了孤立的要素之和。

诗的感觉要素，也可能不是同属于视觉的。老是限于同类的，如限于视觉的，诗人的感受性就会受到限制。有谁愿意做目光明亮的聋人呢？视觉图画和听觉音乐形成感觉结构是比较常见的。例如“无边落木萧萧下”（听觉）和“不尽长江滚滚来”（视觉），这一联诗调动情感的功能是不能从孤立的一句来看的。孤立地看某一个感觉中某一个要素是揭不开艺术魅力的奥秘的。有时一个简单的问题千百年而都得不到圆满的解决，例如我国古典诗话中著名的“推敲”的故事。当贾岛在长安大街上为“僧推月下门”还是“僧敲月下门”而沉吟不决时，冲犯了韩愈的仪仗队。韩愈和他一起琢磨了起来，最后韩愈认定“敲字佳”。（阮阅《诗话总龟》卷十一）这就成了定论，后世就很少有人提出疑问。只有朱光潜在一篇文章中提及似乎“推”字更好。为什么呢？朱氏仍用传统的批评方法，虽然在观点上有创新之见，但在方法上仍然是估测性强于分析性。其实以感觉要素的结构功能来解释，应该是“敲”字比较好。因为“鸟宿池边树，僧推月下门”，二者都属于视觉，而改成“僧敲月下门”，则后者就成为视觉和听觉要素的结构。一般来说在感觉的内在构成中，如果其他条件相同，异类的要素结构产生更大的功能。从实际鉴赏过程中来看，如果是“推”字，可能是本寺和尚归来，与鸟宿树上的暗示大体契合。如果是“敲”则肯定是外来的行脚僧，于意境上也是契合的。

“敲”字好处胜过“推”字在于它传达了一种听觉信息，一个视觉信息和听觉信息形成的结构的功能更大。这首诗题名叫作《题李凝幽居》，全文是这样的：

闲居少邻并，草径入荒园。

鸟宿池边树，僧敲月下门。

过桥分野色，移石动云根。

暂去还来此，幽期不负言。

整首诗的氛围是无声的、静寂的，如果是“推”字，则宁静到极点，变成了单调。“敲”字的好处在于在这个静寂的境界里敲出了一点声音，用精致的听觉（轻轻地敲，而不是擂）打破了一点静寂，反衬出这个境界更静了。这与王维的《鸟鸣涧》“月出惊山鸟，时鸣春涧中”是同样的意境。

有了视觉的敏感也要有听觉的敏感，同时还要细致地驾驭两种以上的感觉交流的效果，把两种或两种以上的感觉交织起来就形成了一种感觉“场”，许多奇异的功能就在诗行的空白处产生了。例如毛泽东的《忆秦娥・娄山关》上阕主要是以模糊的视觉衬出清晰的听觉，“长空雁叫霜晨月”，看得见的只有发光的月亮和月光照着的霜，而听觉却能清晰地感受到天上大雁的叫声，这是听觉精确、视觉朦胧之间的反衬，说明进攻前阵地上是多么宁静。而在进攻的过程中视觉几乎完全关闭了，却只有听觉在起作用：

马蹄声碎，喇叭声咽。

写进攻，只写声音，不写形状，视觉一概省略；写胜利，则相反，不写声音，只写形状，所有的听觉一律关闭，而视觉却用最鲜明的色彩来强调：

苍山如海，残阳如血。

在简练的诗行中，就是两种感觉的结构，或者叫作视觉和听觉“场”，感觉场不仅补充了被省略的，而且增加了审美情感和审美判断：战争虽然是残酷的，但又是壮烈的。诗的感觉并不等同于生活的感觉，生活的感觉处于感性认识的低层次上，而诗的感觉综合着感情和智性。在综合中渗透着诗人的审美经验（包括对诗歌形式的审美规范的驾驭），所以蔡其矫说，每一首诗都是人生体验的一次巨大的支付。

四、感觉的交响和挪移

诗的感觉结构有时并不限于视觉和听觉，它也可以是两种以上的感觉的互相感应和互相渗透。如李瑛的《雨》：

满山是野草的清香，
满山是发光的新绿，
满山是喧闹的小溪。

把山区的雨的特征作为嗅觉、视觉和听觉三维感觉的契合来表现，三者并不是在平面上的简单的相加，而是立体的相乘，形成一种特殊的交响效果。对于诗中感觉与感觉之间的契合规律，法国象征派自觉地运用，并加以理论化。波特莱尔把这种感觉契合的现象称之为“交感”（Correspondence）。波特莱尔就其写了一首十四行诗，梁宗岱译为《契合》：

自然是座大神殿，在那里
活柱有时发出模糊的话；
行人经过象征的森林下，
接受着它们亲密的注视。
有如远方漫长的回声，
混成幽暗和深沉的一片，
渺茫如黑夜，浩荡如白天，
颜色、芳香与声音相呼应。
有些芳香如新鲜的孩肌，
宛转如清笛，青绿如草地
——更有些呢，朽腐、浓郁、雄壮。
具有无限旷邈与开敞，

像琥珀、麝香、安息香、馨香，

歌唱心灵与官能的狂热。

从波特莱尔这首诗可以看出象征派所追求的感觉的“契合”或感觉的交响：第一，它是多维感觉结构那种大于部分之和的总体感知效果，几种平常的感觉交织起来就有了任何一种感觉都没有的那种神秘感，这就是诗中第二节所说的视、听、嗅、颜色、芳香、声音的呼应时渺茫、浩荡和深沉之感。第二，这种“契合”或交响不仅表现为几种稳定的感觉之间的交响，而且表现为一种感觉向另外一种感觉的挪移，这就是波特莱尔在诗的第三节里所显示的芳香如可见的孩子的肌肤和青绿的草地，又如可听的清笛。从嗅觉挪移到视觉和听觉，这就是“通感”。第三，所有这一切都不仅仅停留在感官之上，而是为了向心灵深入，是为了表现“心灵与官能的狂热”。前面两点，往往被人们混淆了，把感觉之间静态的呼应和感觉之间动态的挪移混为一谈了。人们常常用一个“通感”的术语把两个不同的东西之间的区别掩盖了。这是因为中国古典诗歌中感觉挪移的传统比较丰厚，因而比较容易为人理解。但是感觉契合与感觉挪移的规律是不尽相同的：感觉契合是一种呼应，一种共鸣，是静态的感觉之间的一种交响，一种张力系统，相异的各方没有一方往另一方接近的动势；而感觉的挪移却是以一方向另一方接近，一方为另一方同化为特点的。正因为这样，感觉的挪移不是无条件的，从一种感觉向另外一种感觉转化，要有联想的过渡，而且要有自然、流畅的过渡层次，层次之间要有相似、相近、相通之点。这种过渡经过细致的同化性联想，与一般联想又有不同。相近联想一般可以有一定程度的跳跃，甚至还有相反联想。而在这里相反联想则很难挪移。波特莱尔用孩子的肌肤、青翠的草地和竹笛的清曲来形容芳香，也就是用视觉听觉的美来表现嗅觉的美，其中过渡的关键就在于两种感觉都是清新、柔美的。诗的感觉虽然比生活中的感觉多了一点自由挪移的可能，但是要挪移得自然也不是那么容易的。

《苕溪渔隐丛话》的作者胡仔认为韩愈写樱桃的诗“香随翠笼擎偏重，色照银盘泻未停”，不太真实。他说：“樱桃初无香，退之以香言，亦是一语病。”吴景旭在《历代诗话》卷四第十九《香》中则认为他说得没有道理。他反驳胡仔说：“竹初无香，杜甫有‘雨洗涓涓静，风吹细细香’之句；雪初无香，李白有‘瑶台雪花数千点，片片吹落春风香’之句；雨初无香，李贺有‘依微香雨青氛氲’之句；云初无香，卢象有‘云气香流水’。妙在不香说香，使本色之外，笔补造化。”吴景旭见识颇高，他体会到了诗的感觉妙在“本色之外”“笔补造化”之所无才好。

但是感觉挪移要求一种比较细致的过渡，稍有生硬，会使效果受损，关键在联想、过渡层次之间的相近、相似的程度是否足够。如说竹香还比较顺，因为毕竟竹叶有某种清香，说云香、雨香、雪香就不太顺，因为云、雨、雪与香缺乏足够程度的共同性。此外，还要看感觉处在什么样的语境之中，有时孤立的一个感觉很难挪移，但是处在某种感觉结构之中，也许就可以挪移，这是因为其他感觉与之产生共鸣、呼应和契合，它就能比较自然地挪移了。

感觉挪移，也可以叫作感觉的动态变异，几种感觉可以交替变异，各种感觉器官不同的性能暂时地沟通了。这并不神秘，中国古典诗歌中这类例子很多，最著名的是宋祁的《玉楼春·春景》：

东城渐觉风光好，縠皱波纹迎客棹。

绿杨烟外晓寒轻，红杏枝头春意闹。

其中“红杏枝头春意闹”成为千古传唱的佳句。一个“闹”字使宋祁声誉大振，赢得“红杏尚书”的称号。后世王世桢、沈雄、王国维对之都倍加称赞。但是李渔却认为“闹”字闹得没有道理。他在《窥词管见》中说：“有蜚声千载上下而不能服强项之笠翁者，‘红杏枝头春意闹’尚书是也。……若红杏之在枝头，忽然加一‘闹’字，此语殊难著解。争斗有声谓之闹，桃李争春则有之，红杏‘闹’春，予实未之见也。闹字可用，则‘吵’字、‘斗’字、‘打’字皆可用矣。予谓‘闹’字极粗俗，且听不入耳，非但不可加于此句，并不当见之诗词。近日词中尚此字，皆子京（按：宋祁字）一人之流毒也。”

李渔在戏剧理论方面有相当高的修养，但是对于诗的感觉的特殊规律缺乏理解力。用“闹”字形容红，并不是主观随意的，它符合感觉挪移的相近层次过渡规律。由红联想到火，由火联想到热，由热联想到闹，在汉语中红火、火热、热闹，联想程序已经由词语固定下来了。如果不是红杏，而是白杏，写“白杏枝头春意闹”，就很难得到欣赏和称赞。虽然，由白也可以想到热，但是“白热”一词很晚才产生，近代科学的概念还没来得及溶入民族心理积淀中，成为联想的自发程序。同样由红想到“吵”“斗”“打”，也都缺乏联想的稳定性。因而从“红”的视感觉到“闹”的听感觉可以贯通，而到“吵”“斗”“打”的听感觉不可能贯通。艾青说，“太阳有轰响的光彩”，是因为阳光有一种瀑布泻落之感，视觉因而挪向听觉。蔡其矫写女声二重唱是两棵并肩的树，两朵互相追逐的云和在天边告别的太阳和月亮，是因为二重唱本身就有不可分离的统一之感，不过这种不可分离之感从听觉转移到了并肩、追逐、告别的视觉对象上而已。台湾诗人余光中说他走入大厅，“掌声必如四起的鸽群”，这是因为掌声本身就有“腾起”之感，余光中的成功就在于把不可见的声音变成了可见的鸽群。美国的诗人桑德堡说有一种“低声道别的夕阳”，颜色形状之所以能变成声音，声音又有了形状，是因为夕阳本身就有周期消失的特征。雪莱在著名的《云雀》中用了大量的图画形容云雀那嘹亮的鸣啭：

那犀利无比的乐音，
似银色星光的利箭，
它那强烈的明灯，
在晨曦中暗淡，
直到难以分辨，
却能感到就在空间。
整个大地和天空，
响彻你婉转的歌喉，
仿佛就在荒凉的黑夜，
从一片孤云背后，
明月射出光芒，
清辉洋溢宇宙。

前面一节用星光似利箭在天空慢慢消逝来表现声音逐渐微弱，后面一节用孤云后透出的月光形容声音充满宇宙。这里利箭的消逝有一个从细微到消失的缓慢过程，只有极其凝神才能辨认的特征，因而从听觉过渡到视觉是流畅的。后面一节月光之所以能顺利地挪向鸟鸣的声音，是因为有一个共同的背景——天空，作为光和声音的共同容器，因而从听觉到感觉的挪移也是顺利的。

不论是感觉之间的契合还是感觉的挪移，都是为了摆脱感觉的平面罗列，为了追求感觉的立体效果。这种立体效果并不限于感觉层次上，还到了心灵即情感的领域。波特莱尔在他那一首著名的描述感觉之间交响和挪移的十四行诗中，最后一行说得很明白，所有这一切都不仅仅是为感觉官能，而且是为了“歌唱心灵与官能的狂热”。

波特莱尔在《浪漫主义艺术》中指出：“一切——形体、运动、色彩、薰香——在精神世界里同在自然界一样，都是意味深长、彼此联系、互相转化、感应互通的。”诗人的任务就是把自己对外在世界的感觉组织起来。

波特莱尔并不为感觉而感觉，他发现了感觉的挪移和契合都更适合于调动感情的活跃。深受他影响的戴望舒显然深得其中奥妙，不过他不完全是照搬。戴望舒在太平洋战争爆发后，在香港被日本帝国主义者逮捕，受尽拷打。在被保释后，他写了一首《我用残损的手掌》，表现他对祖国现状和未来的沉思，大胆地把他的全部审美判断和审美感情都集中在一种感觉——触觉上：

我用残损的手掌，
摸索这广大的土地，

这一角已变成灰烬，

那一角只是血和泥；

这一片湖该是我的家乡，

（春天，堤上繁花如锦幛，

嫩柳枝折断有奇异的芬芳。）

我触到荇藻和水的微凉；

这长白山的雪峰冷到彻骨，

这黄河的水夹泥沙在指间滑出；

江南的水田，你当年新生的禾草，

是那么细，那么软，现在只有蓬蒿……

把在生活和心灵交汇中众多感觉都挪移到一个焦点——手上。在手的触觉效应以外的大抵都被省略了，都被挪移了。这里仅用冷、微凉、滑、细、软就概括出了祖国和家乡的特征。自然，这里也有繁花似的“锦幛”和“芬芳”的柳枝，但因为不能直接统一于手的触觉而以括号括出。当然绝对把情感和沉思都压缩在手的触觉中可能过分约束了思想的自由和情感的活跃，所以，在诗的后半部分稍稍突破了单一的触觉中心。①

诗的感知自然要服从生活的感知，但又比生活的感知有更大的自由。自由就自由在可以契合、挪移、集中，所有这一切都是为了更好地调动感情。诗从五官感觉开始，但不以调动人的感官性能为满足。生活中原始的五官感觉不一定是诗的感觉，如果光是五官感觉的话，连新闻记者都有的。美国记者马利根说：如果有一艘轮船失了火，新闻记者作报道的任务就是“把读者带到那个场合，使他们看到火灾，闻到它的气味，听到警铃的响声，看到救生艇放下去的情景，感受到从舱口冒出的热浪。要诉诸所有的感官”。但这并不是诗的感觉，首先它是分散的，无序的，其次它只是感觉而已，它只停留在感受的表面，没有向感受的中层（情感）和深层（智性）深入，因而它充其量只是一种散文的感觉；而诗的感觉是想象的、集中的，向心理的深层渗透的。对于诗人来说，非诗的、日常的、分散的、无序的散文的感觉常常是一种障碍。黑格尔说：

诗和散文是两个不同的意识领域……散文意识不那么易听指使，而是从各方面给诗制造困难。诗就不仅要摆脱日常意识对于琐屑的偶然现象的顽强执着，要把对事物之间联系的单凭知解力的观察提高到理性，要把玄学思维（按：辩证思维）仿佛在精神本身上重新具体化为诗的想象，而且为着达到这些目的，还要把散文意识的寻常表

① 这首诗的缺点不在于突破了手的触觉，而在于全部触摸过程中，没有“残损的手掌”那种特别的痛楚之感。如果戴望舒强化了这种痛楚，不论是对沦陷区还是对大后方的触觉，肯定会更精彩。

现方式转化为诗的表现方式。①

诗的感觉要摆脱散文的原始感觉，通过想象把感觉、感情和智性统一起来，把辩证思维和感觉的变异结合起来。在诗中，那变异了的幻觉错觉，挪移了的、集中了的感觉往往同时是诗人感情的本质和他所理解的生活的本质的体现。别林斯基说："艺术是对于真理的直感的观察。"它以直觉为外在形态，而内涵更接近本质、接近真理。

诗人要进入创作过程，就得找到这种有深度的、有层次的感觉。找到这种感觉，就能把自己特有的感情和理性溶入这种感觉之中。有时找到了特殊的感觉也就是找到了自我，同时也就是找到了自己的独创性。

第四节　心灵综合和直接抒情

一、超越感官，心灵综合

诗的内在感情通常与独特的表层感知联系在一起，但是这种联系并不是绝对的，有时非常美好的诗句并不是通过五官感觉表现出来的。如李白的著名诗句：

弃我去者，昨日之日不可留；

乱我心者，今日之日多烦忧。

把一个力求有所作为的人，为命运的坎坷和生命短促所苦的郁闷心情直接抒发了出来。陈子昂的《登幽州台歌》也是以直接抒发感情为特点的：

前不见古人，后不见来者。

念天地之悠悠，独怆然而涕下。

这无疑是很有内在感情的特点，但没有外在的感知特征。对于这样的诗句，应该如何解释呢？阿垄（陈亦门）在《诗与现实》中这样说：

> 小说和戏剧，一旦脱离了形象，就无从艺术地完成起来了。诗是不是这样？假使不，那么可见诗有自己的东西，例如陈子昂的《登幽州台歌》吧……有什么形象在里面呢？没有的。但是，这是一首诗，不但是诗，而且是好诗之一。再如朗费罗底《沉默的爱》（*Silence Love*）一样没有什么形象可言：
>
> Who love would seek,
>
> Let him love ever more

① 黑格尔：《美学》（第三卷下），商务印书馆1987年版，第25页。

And seldom speak;

Forinlove's domain

Silence mustreign;

Orit brings the heart

Smart

Andpain.

……

诗是强的、大的、高的、深的情感，这个情感对抗观念，也对抗形象。①

这样对形象的理解就有点狭窄了。形象由五官可感的生活特征和自我的感情特征构成，二者在不同形式的审美规范作用下，其不平衡是绝对的，特别是在诗歌形式中，感情可以占据优势，并以直接倾诉的方式表现出来这仍然是形象，是一种直接抒情的形象。黄药眠在《战斗者的诗人》中，显然不同意阿垄的看法：

还有一种误解，它以为所谓诗的形象化只是对外在世界的具体描写，而内心的申说，作者自己亲身的经历和信念则是抽象要不得的东西。然而事实上一个人的内心抒发，又不一定是要借世界物象来比附的。比方说"老冉冉其将至兮"……它是直接诉诸人们的感觉的最具体的东西。②

最后一句用错了心理学的术语，"老冉冉其将至兮"，是直接抒发感情的，并不是诉诸"感知"的，不过用了暗喻（将至，不吾予），就有了感性的成分。诗人的抒情往往经历一个从感知到感情，又从感情到感觉的过程，光有感觉，人和动物就没有区别了。当然，人的感觉毕竟与动物不同，它不仅限于感觉系统把电磁波、音波、分子运动能动地转化为神经可以感知的颜色、声音、气味，人类感觉更深层次的机制是对自身感觉的再感知，在这个层次中，有以往的经验感情、理论结构对感觉的积极影响。正是通过这样的渠道，感觉才通向了更深的层次——感情和智性。正因为这样，人的某些感觉虽然不如某些动物（眼睛不如鹰，鼻子不如狗），但是人的感知能力却大大超过了其他动物。

感情虽然与外在的五官感知不同，但是本身是可感的，它主要被人的内在感官（主要是机体觉）感知。人的感性认识并不停留在外在感觉的层次上，人的大脑在接受外在感觉信息时还要做出一番综合处理，才产生了欢乐、痛苦、兴致勃勃、缠绵、茫然等内在感受。这也是一种感性，它没有理性的抽象性，而是很具体，有很强的感染力的。贝多芬在耳朵

① 阿垄（陈亦门）：《人·诗·现实》，生活·读书·新知三联书店1986年版，第47—49页。

② 黄药眠：《战斗者的诗人》，光华书店1947年版。

聋了以后，仍然创作出第九交响乐，他就不是用对外界声波的感觉来思维的。有人问高尔基，他在什么知觉上最能构思出意象，视觉抑或听觉、触觉？高尔基非常有把握地答道：当然是在一切的知觉之上。戴望舒说："诗不是某一个感官的享乐而是全感官或超感官的东西。"狄德罗说："美不是全部感官的对象，就嗅觉和味觉来说，它既无丑，也无美。"[①]仅停留在外在感觉层次上，就没有美，没有诗。

要获得诗的感兴，就要超越外在感觉，这一点洛尔伽说得十分明确：

> 诗人是他的五官感觉的指导者。这五官，就是视觉、触觉、听觉、嗅觉和味觉。为了得到合乎理想的想象，他必须打开联系五种感官的大门；他常常必须凌驾于五种感官之上……[②]

超越感官才能向诗的感情升华，感觉只有经过心灵的综合，并与诗的审美规范联系起来，才能获得诗的生命。诗的感觉离不开诗的感情，满足于脱离感情的感觉，诗格就可能很卑下。

二、超越生理、物理感觉的局限

经过心灵综合，有了诗的感情，诗人可以通过外在的五官感觉（细节）来表现，把五官不可感的忧愁化成五官可感的物象。在中国古典诗歌中这种清词丽句俯拾皆是，如贺方回的词：

> 试问闲愁都几许？一川烟草，满城风絮，梅子黄时雨。

这是把愁绪化作由三个意象组合起来的图画，其生动之处在于视觉的鲜明性，三个意象是有机统一的，完形趋向非常强。又如李后主的：

> 问君能有几多愁？恰似一江春水向东流。

也是把愁绪化为一幅图画。把心境化为画境是中国古典诗歌的传统法门。当然，也可以把具体的物象化作五官不能直接感知的心象，把画境变为心境：

> 自在轻花飞似梦，无边丝雨细如愁。

在当代诗歌中，如贺敬之把具体的桂林山水比作五官不可直接感知的"情"和"梦"：

> 情一样深啊梦一样美
> 如情似梦漓江的水

把具体的化作不具体的和把不可感的化作可感的是诗歌形象构成过程中的两条轨道，两种反应是可逆的、灵活的。

---

① 狄德罗：《美之根源及性质的研究》，"文艺理论译丛"，人民文学出版社 1958 年版。

② 洛尔伽：《欧美古典作家论现实主义和浪漫主义》（一），中国社会科学出版社 1981 年版，第 205 页。

但是在这两条途径上，规律是不同的。把不具体的变成具体的，其特点是感情要落实到感觉上，当然这种感觉并不是原始的生理感觉，而是一种超脱了原始生理感觉的想象性感觉。诗的感觉如果没有超越性，那就还停留在生理的层次上，而没有心灵的综合性，没有感情的净化，就不可能进入诗的假定境界、诗的想象境界。任何一种诗歌的具体形式，任何一个诗人，要进入诗的成熟境界，首先就要挣脱物理、生理感觉的束缚。过多的生活直接感觉可能使诗人陷于被动，失去内在感觉的自由。只有克服了对物理生理感觉的被动依附性，诗人才可能获得内在想象变异的自由。

在我国现代新诗的草创时期，在打破旧的形式和审美规范之后，新的生活、新的感觉如潮水般涌入新诗领域。但是最初以胡适为首的新诗人，包括《新潮》和《少年中国》上的青年诗人以及《文学研究会》的新诗作者，都来不及超越生理物理感觉，胡适甚至在理论上发出否定想象的主张，因而新的感觉变成了流水账式的罗列。郭沫若出现以后才在理论上把想象的重要性提出来并在实践中纠正了罗列生理感觉的倾向。在《女神》中，诗的感觉开始在激情和想象的双重作用下超越了物理生理感觉，得到提纯和超越。他最成功的作品在感觉的提纯和超越上为当时幼稚的青年诗人提供了新的审美规范。在他笔下，地球不仅仅是生理视觉可感的物理实体，而且是心理的审美感情中的有生命的母亲。他从地球的形态和运动中看到了人生的最高典范，这样的超越了生理视觉的想象性视觉是当时许多诗人所没有的。郭沫若在新诗史上第一个把情感放在感觉之上，使之成为组织感觉的纲领，这在中国新诗史上具有划时代的意义。

在我国古典诗歌中，除了《离骚》和五言、七言歌行体的部分作品以外，情感大体是隐藏在感觉之中的，主要是渗透在人际关系和自然环境的描写中，所以在中国古典诗话中，情景交融的“意境”，情和景的平衡就成了一种很高的审美规范。一方面它是高度艺术成就的结晶，为每一代诗人提供了一个很高的艺术感觉的范本；另一方面它对于这个感觉规范以外的审美可能性是一种无形的罗网。新诗的兴起带来新的冲击波，首先取得胜利的是郭沫若那火山爆发式的感情，也就是浪漫主义的感情。这种感觉以冲决一切罗网的声势铺天盖地地席卷而来，冲破了情景交融规范一统天下的局面，产生了情大于景、情冲破景的新的感觉规范。感情对社会环境和自然景物有了更大的主动性，对审美感觉有了更大的独立性，可以不完全依附于外在景物或人物的感觉而独立成诗，甚至可以对景物或人物施加强烈的影响直至在外在形态上使之变幻，内在属性上使之转换。

这自然是诗的审美规范的一大解放。这是一次伟大的解放，它首先扩大了新诗的感觉容受性，提高了感情的表达力。冯至后来在《那时……》中这样写道：

那时，觉得既然醒了，

就不该

关着阴暗的门窗；

那时，觉得既然醒了

就应该

放进窗外的光明。

这里说的是思想的解放，同时也表现了审美规范的解放。这样大幅度地超越了感觉的诗句，按古典诗歌的审美规范来看是近乎“野狐禅”的。

但是要把这次审美规范的伟大解放普及化是很困难的。上千年的历史积淀，在心理上形成顽强的定式效应。胡适号称文学改良，可是他改不了古典诗歌的感知规范，陷入粗糙的生理和物理的感觉之中而不得超越，因而成仿吾在《诗的防御战》中对之加以横眉怒目的痛斥。被郭沫若形容为“正在吃奶”的新诗人的视觉都被生理的机能束缚了，失去了诗人的内在变异的自由。当然，在《女神》中，郭沫若的感觉也还没有完全地从生理感觉中解放出来，因而还不是充分自由的。稍不留神，强大的生理感觉的惯性，就可能复辟。他在写了当时感觉最超越的《地球，我的母亲》和《凤凰涅槃》之后，在回国途中乃至回国以后的作品中，又有一些向生理感觉倒退的倾向。其中以《新生》最为突出：

紫罗兰的

圆锥。

乳白色的

雾帷。

黄黄的

青青的

地球大大地

呼吸着朝气

火车，

高笑，

向……向……

向……向……

向着黄……

向着黄……

向着金黄的太阳，

飞……飞……飞

飞跑，

飞跑，

飞跑，

好！好！好！

诗的感觉是很容易失去的，不向感情的综合和净化升华，就向生理的芜杂倒退。郭沫若有时是很粗心的，正是这一点，导致了郭沫若日后诗歌艺术的衰退。

幸而新诗在后来的发展中突破了郭沫若的局限。到了闻一多的诗中，感觉超越生理的局限就比较自觉了，因而他就很少像郭沫若那样轻率地失误。同样是写太阳，闻一多就更自觉地致力于超越生理感觉，向感情的特征作更深的概括了：

太阳啊，这不像我的山川，太阳，

这里的风云另带一般颜色，

这里鸟儿唱的调子格外凄凉。

闻一多的视觉不再是生理的视觉，他看到的太阳不同寻常，不限于视觉生理机制接受的有限属性，他看到的山川风云，是经过他的感情作用的投影，他的听觉感到的鸟声也越出了生理机能的有限领域。正是这种“不正常”的感觉，变异的感觉提供了一种索引，让读者领悟了内在感情的强烈程度。[①]闻一多与郭沫若的不同就在于他把超越感觉的生理性能的美学原则贯彻到底，因而虽然闻一多享有的生命仅及郭沫若的一半左右，但他的诗歌却享有比郭沫若更长的艺术生命。

诗人要有处理感觉的能力，在自己生理的感觉面前不能陷于被动的记录。人的生理感觉是不断变幻的，人的内在感情变幻的速度更快，如能在二者遇合的那一点上捕捉住那相互激活量最大的一点，也就是生活和心灵潜在量最大的一点，就可能产生一种诗的顿悟。感觉获得了独特的性质，生活和自我的关系在感觉上得到了奇异的显现，感觉的潜在量就突然化为外在的意象，这时哪怕是陈旧的意象也能获得全新的生命。

超越感觉主要是打破物理、生理感觉的客观性，代之心理审美感觉的主观性。当审美感觉与生理、物理感觉发生矛盾时，受到尊重的是心理感觉的主观性。正因为这样，我们在诗中就看到了一种现象，那就是感觉的生动性往往得力于幻觉（幻视、幻听、幻嗅、幻闻、幻味等）。在物理世界和生理世界中，幻觉是有碍于准确地认识生活的，但在诗的世界

① 这里的阐释属于文艺心理学的范畴。如果不用这种阐释，用西方当代文论的方法，则把这看作是一种语言的“背离”或“变异”（deviation）。俄国形式主义者力主摆脱习惯性语言的感觉衰退，提出语词的“陌生化”，或者“奇特化”“反常化”，如用小姑娘的眼光来看军事会议，把司空见惯的东西当作反常的东西来写。雅各布森认为：“诗歌语言是对普通语言的偏离。”但我认为语言偏离和陌生化是建筑在心理基础上的，离开心理，语言不能成为文字游戏。

中，幻觉常常有助于准确地传达感情。一个诗人如果满足于一般地超越生理、物理的感觉，而对幻觉、错觉怀着戒备，那他的感情的自由天地必然是狭小的。审美的与抒情的幻觉和错觉与病理的幻觉和错觉有本质上的不同。把病理的幻觉和错觉当成诗的感觉可能通向反理性的泥淖，审美的抒情性的幻觉和错觉恰恰是通向更高智性的桥梁。我们来看舒婷的《路遇》：

凤凰树突然倾斜

自行车的铃声悬浮在空间

地球飞速地倒转

回到十年前的那一夜

路上遇见十年前的相知，一种突如其来的强烈刺激引起了感官的错乱。这种异常的生理错乱又是一种很深刻的感情错乱，如果不错乱就不深刻了。仅仅是一瞥就使感情震动得那样深，把十年的意识以下的积淀都搅动了，甚至连听觉、视觉（下面一段还有嗅觉）的正常功能都给打乱了。读者不但惊异于错觉的奇妙，而且惊异于感情的强烈。这里表现的不仅限于感情，还有智性的抑制。第三段这样写：

也许一切都不曾发生，

不过是旧路引起我的错觉，

即使这一切都已发生过，

我也习惯了不再流泪。

“也许这一切都不曾发生”“即使这一切都已发生过”，错觉是否存在不重要，重要的是超越了它的智性：人应该坚强，不应该在挫折中软弱地流泪。

没有幻觉不成，不超越幻觉更不成。超越物理的、生理的感觉乃至病理的错觉才有可能获得抒情的生命。不超越无疑会限制感情的自由。超越了是否一定能获得抒情生命呢？不一定，艺术的审美机制是非常复杂的，还得有许多因素的协同作用。

三、强烈感情的自然流露可能走向散文

诗人一旦彻底超越了感觉就可以直接抒写心象，正如我们在前面所引述的那样，对感情作直线的抒发。五官可感的物象脱离了内在感情便失去了诗的抒情生命，内在感情超越了五官可感的物象却可能获得诗的抒情生命。五四时期郭沫若在《三叶集》中师承华兹华斯，主张“诗是强烈感情的自然流露”。这是华兹华斯的名言，是西欧浪漫主义的诗歌理论纲领，在西欧、北美、俄罗斯的诗歌中是一脉相承的美学原则。[①]在这种美学原则的诱导下，

① 郭沫若的说法是一种历史的“误读”，华兹华斯下面还补充说，同时还需要“沉思”（reflect）。

曾经产生过席勒、海涅、拜伦、雪莱、普希金、裴多菲等诗人，上至莎士比亚的十四行诗，都可以说是前期浪漫主义的先锋；下至惠特曼，都可以算是后浪漫主义的余绪。这种美学原则与我国《毛诗序》中所说的“诗者，志之所至也。在心为志，发言为诗。情动于中而形于言，言之不足，故嗟叹之，嗟叹之不足，故咏歌之，咏歌之不足，不知手之舞之，足之蹈之也”是遥遥相对，息息相通的。

强烈感情的自然流露，“情动于中而形于言”，是一种直接抒情。直接抒情，就是完全超越了感觉和知觉，直接诉诸心灵的综合。

但是感情的直接可感性比之感觉来说是略逊一筹的。感情是一种不定位的内在体验，它的表述有着更加显著的相对性，由于前承感情和后续情感的性质和分量不同，同样的感情会产生完全不等量的体验。心理学家因而称之为“黑暗的感觉”。诗人要把这种黑暗的感觉表现出来，既然不想借助外在的感觉，就只能借助于内在体验的语词化；而难以定量、定性、定位的内在感情的语词化，很可能走向概念化。因而强烈的感情自然流露并不是直接抒情的美学原则的一种很科学、很准确的概括，它很难避免变成强烈概念的自发罗列，只要稍稍粗心就可能从诗的抒情领域滑进理念的领域。郭沫若在《女神》《星空》《瓶》中写了那么多感情强烈的好诗，但是在这以前，特别是在这以后，他没有细心地划清诗的抒情和智性的议论的界限。他后来之所以公然宣称要做一个“标语人、口号人”，而不要做诗人的原因，并不完全出于政治上的天真，更主要的是出于美学上的混乱。虽然政治口号的感情也是强烈的，但是强烈的感情的自然流露很可能是缺乏诗的想象的。就在《女神》中，我们也可以看到像《死》这样的诗句：

嗳！
要得真正的解脱吓，
还是除非死！
死！
我要几时才能见你？
你譬比是我的情郎，
我譬比是个年轻的处子。
我心儿很想见你，
我心儿又有些怕你。
我心爱的死！
我到底要几时才能见你？

这里不能说没有感情特征，也不能说感情的特征不强烈，还运用了贯穿首尾的对比性暗喻，但这基本上不是诗。强烈的感情不经过艺术的处理，直接地倾泻下来，必然走向散文化。感情强烈是强烈了，可并不是诗的强烈，而是散文的强烈。

四、感情的激活率取决于强化和弱化的统一

直接抒发感情，要感染人，自然在量上要放大，也就是要强化。但强化，并不能把一切都强化。强化离不开它上下文的相对弱化。处处都强化了，就等于没有强化。

强化只有和弱化联系在一起，才能进入诗的抒情境界。感情的属性一部分强化了，强化到一种非常的境地；另一部分要弱化，弱化到一种不确定的地步。如果感情的一切方面都强化了，读者的想象就完全处于被动地位，读者的情绪记忆就没有活动的自由，也没有活动的余地了。

语言的有限性能决定了它只能提供有限的信息刺激人的想象。文学语言不同于日常语言之处在于它有较高的激活率。激活不是灌输，激活不是覆盖，覆盖必然导致想象力的窒息。激活的特点是在一部分、一个点上的强刺激，它的功能则是对想象力的调动，使想象在刺激点的扩展波上浮动。这种浮动的幅度大大超过了刺激点，但明确性大大弱于刺激点。例如雪莱在《西风颂》中这样写道：

如果我是一朵轻捷的云能和你同飞。

诗人的感情和西风之间只有一点是相通的，那就是向往自由的、快速的运动。在这一点上，诗人的感情比之在生活中是强化了，而且明确性也提高了——像一朵轻捷的云。如果在这一点上不明确到这种程度，强化就不能实现。至于诗人在现实中是不能飞的，也不可能成为云，这一点就不能明确化，相反要使之弱化，带上不确定性，不但不能调动它，而且要把它隐藏在联想领域以外，意识之下。没有这种不确定性，感情就不能进入想象的领域自由地强化。这种强化并不是一次完成的，它往往是在多层次、多方面的推演中逐步增加其强度的。雪莱在激发了刺激点之后，想象就获得了一个弹着点，感情的强化就逐节递增起来：

分享你雄强的脉搏，自由不羁，

仅次于我，仅次于不可控制的你。

上一节由于挣脱了生理感觉的局限，感情像风一样轻捷地飞起来了，这还是外在的特征，到了这一节，又由于像风而取得了风的内在特性：雄强、自由、不可羁勒。

感情的激活常常是一种多层多节的连锁反应，由一个刺激点引起一连串强化的递增反应，在强化的逻辑线上，二者的共同性越来越明确化，越来越强化；而在逻辑线以外，二者的差异性越来越被淡化。在雪莱的诗里，到了后来，诗人的感情递增到不再次于西风的

雄强和不可羁勒，而是像西风一样“勇猛”“剽悍”。最后，诗人的精神不再依附于西风，而是强烈到西风依附于诗人。二者的差异越来越弱化，但始终未消失，仍然留下了很大的想象空间。如果二者的差异性完全被取消了，想象的抒发就被化为现实评述。被弱化的属性，其不确定性消失了，激活的空间也就不存在了，抒情就可能沦为一种智性的议论。

诗的感情的强化常常是其中一个因子、一种属性的强化，同时有其他因子的弱化，弱化的模糊性为强化的明确性留下了更广阔的被激活的空间。在一点上越是强化，激活率越高；在一点以外，越是弱化，激活率越高。

只有在强化与弱化的有限统一中才能激活大幅度的情绪和生活记忆。因而强烈感情的流露不能一泻无余，绝对强化了，都很明确了，就会限于语言已经传达出来的那一部分，而留有余地倒反而能激活语言所不能传达的更丰富、更深刻的情绪记忆。因而在诗中强化的确定性往往要向不确定性过渡。在不确定中想象境界才更开阔，感情才更自由。在激活的链锁递增程序中大体是从现实境界向想象境界过渡，从写实向虚拟过渡，感情在虚拟的想象境界中往往能更自由地展开。例如华兹华斯《孤独的收割人》，写一个年轻的姑娘一边孤独地收割，一边凄凉地歌唱。接着作者就从实写转向虚拟，在想象中，凄凉的属性分化了，不在单线上推进，而是多方面地展开：

谁能告诉我她在唱些什么？
也许她在为过去哀伤，
唱的是渺远的不幸的往事，
和那很久以前的战场？
也许她唱的是普通的曲子，
当今的生活习以为常？
她唱生活中的忧伤和痛苦，
从前发生过，今后也这样？

一方面是凄凉的心境在想象中越来越确定，一方面是凄凉的内涵越来越不确定。究竟是哪一种应该得到肯定，这不是诗的任务，因太确定与诗的激活率有矛盾，诗人的任务是提供选择的可能而不是遽尔选择。所以诗人最后这样写：

不论姑娘在唱些什么吧，
歌声好像永无尽头一样；
我见她举着镰刀弯下腰去，
我见她边干活儿边唱歌。
我凝神屏息地听着，听着，

直到我登上高高的山冈，

那乐声虽早已在耳边消失，

却仍然长久地留在我的心上。

在诗人看来，姑娘究竟在唱些什么是并不太需要确定的，重要的是诗人因而想起了什么，这才是应该确定的。诗的审美规范不同于小说，它将审美主体化为再现的客体，在诗中起激活作用的外在生活信息往往不及被激活的内在心灵信息强烈。被激活并不完全取决于外在信息量，更取决于心灵本身的活力，心灵的本质比之生活的本质得到更充分的表现。正因为这样，在华兹华斯那首诗的结尾才会有这样的效应：姑娘的歌声作为物理现象是暂时的（“早已在耳边消失”），而作为诗人心理现象却是永恒的（“长久地留在我的心上”）。激活的属性是有限的，被激活的属性都是无限的，在这一点上它是被无限地强化了。在客观的物理领域中是达不到这种境界的，只有艺术的自由想象才能达到这种境地。

感情的强化是一种心理的强化，强化的条件是想象的不确定性，绝对明确的写实性强化是诗家之大忌，因而诗人大多追求虚实结合，虚中有实，实中见虚，就是作哲理式的明确概括也是这样。雪莱在《西风颂》的结尾中这样写：

假如冬天来了，春天还会远吗？

这里用的是疑问语气，带有想象的不确定的弹性。如果厌恶这种弹性，一味追求绝对的明确性，就得把疑问句式改为肯定的直陈语气：

既然冬天到了，春天就会跟着来的。

这就大煞风景了。激活率是衡量艺术感染力的标尺，它与绝对的明确性、绝对的肯定性不相容。

五、感情的一极强化

直接抒情比之用意象描绘更容易走向概念化。为了避免感情化为概念，最简单的办法就是对感情加以强化。强化的方法大致有一极化、二极化和无极化等。

最简单的方法就是将感情强化到一个极端。极端就是一种非常的境地，以一种不同凡响的心理效果来表现感情本身的强烈。这种极端在现实中常常是不可能的，在想象中却是很真实的。进入了这种境地便获得了诗的生命，不进入这种境地，仍然是生活的模拟。诗人要有一种魄力，来超越现实的原型进入假定的、虚拟的境界。例如台湾诗人王渝写爱人的离别：

一次分手，

一次小小的死亡。

其实人的整个生命并没有死亡。分离后接近于“死亡”的是相聚时那种痴迷的欢畅，诗人的魄力就在于在虚拟性的境界中将局部“死亡”的属性转移到整体上，这就是一种极端化。

这种将感情作极化式的抒发在世界各民族的诗歌中是很通行的方法。西欧浪漫主义诗人在理论上提出了激情和想象，其实激情就是“极情”，因为是“极情”，不现实，才需要想象。这也许是一种古老而又年轻的方法，即使在现代派的诗歌中，有时仍然不免要使用到它。在感情极化方面最大的恐怕要算莎士比亚了，他那层层逼近、川流不息的直接抒情充满了感情极化的迅速转折和断然飞跃。这在他的十四行诗中表现得最为明显。例如第十八首：

能不能让我来把你比作夏日？
你可是更加温和更加可爱；
狂风会吹落五月里开的好花儿，
夏季的生命又未免结束得太快；
有时候苍天的巨眼（按：太阳）照得太灼热，
他那金彩的脸色也会被遮暗。

本来把美好的生命比作夏天的大自然已经是够强化的了，但是他还要极化。他先运用了反衬的方法：夏天的花会凋零，夏天的太阳也有被云雾遮暗的时候，只有诗人所歌颂的美是无限的、永恒的、绝对的。然后运用逻辑演绎的方式来极化：

每一样美呀，总会离开美而凋落，
被时机或者自然的代谢所摧残；
但是你永恒的夏天决不会凋枯，
你永远不会失去你的美的仪态。

这就是说感情极化到使对象不受时间的限制，与时间一样具有永恒的生命，成为一种绝对的精神了。这在哲学上是形而上学、绝对化，但在诗的审美规范中却是天经地义的：

死神夸不着你在他影子里的踯躅，
你将在不朽的诗中与时间同在；
只要人类在呼吸，眼睛看得见，
我这诗就活着使你的生命绵延。

不但对象本身具有永恒的美，与之发生关系的事物也因而具有永恒的美，连诗人诗的生命也因此获得了永恒的生命。这里有标准的莎士比亚式的极化感情的美学原则，这种滔滔不绝的感情演绎以雄辩的气势见长。这影响了后来的英国浪漫主义诗人，通过他们又影响了俄国和北美的诗人。

莎翁这样的极化原则的特点是直线式层层推进，层次越高强度越大，极化程度越高。但是也有缺点，首先就是过分单纯、直线式的演进显得有点单调；其次，过分逻辑化，不像中国诗人那样依赖直觉、沉醉于妙悟之中。中国诗人虽然不一定都强调激情，但即使温情，由于感情的反差较大，心灵激活率就相应地高。莎士比亚的感情节奏也过分统一，因而后来西欧、北美的直接抒情对莎士比亚的美学原则有所改革。

其变化主要表现为减少感情演绎转折的层次，往往只有两个层次。在第一个层次转折以前，强化了蓄势性的准备状态，充分积累感情的强度，有时以感情多方面展开作量的铺垫，有时感情作小幅度的推进、作量的延续。像海涅的《西里西亚的纺织工人》在虚拟性的想象中，写工人在织布，但织进去的是三重诅咒：一重诅咒给愚弄人的上帝，一重诅咒给阔佬的国王，一重诅咒给虚假的祖国。又如歌德的《任凭你在千种形式里隐身》，诗人从扁柏看到了爱人的身材，从流水中看到爱人的妩媚，从喷泉的四散看到她的快乐和嬉戏，从云彩的变幻看到她的多彩，从草原、星光、山上的晨曦，从晴朗的天空都感到她的美好。作了这样大量的铺陈以后，诗人的感情才转折，才飞跃上一个新的层次，把这一切概括成为一种灵魂的自我认识：

> 我外在和内在的感性所认识的，
> 你感化一切的，我认识都由于你；
> 若是我呼唤真主的一百个圣名，
> 每个圣名都响应一个名称为了你。

这有点像质的飞跃，是感情的最强度。但是这个飞跃如果离开了前面的次强和积累的蓄势，则可能变得平淡无味。因而这种量的扩展和积累有时甚至比感情的转折和飞跃更为重要。有些西欧直接抒情的诗章，像中国的《诗经》一样，完全凭多方面的复沓，构成统一的情境，并不把感情的重心放在最末一章的质的飞跃或转折上。例如彭斯的《我的心呀在高原》：

> （合唱）我的心呀在高原，这儿没有我的心，
> 我的心呀在高原，追赶着鹿群，
> 追赶着野鹿，跟踪着小鹿，
> 我的心呀在高原，别处没有我的心！
> 再会吧，高原！再会吧，北方！
> 你是品德的国家，壮士的故乡，
> 不管我在哪儿游荡，到哪儿流浪，
> 高原的群山我永不相忘！

这两节所表达的是同一个层次的感情，不过分成两方面：一方面是在想象中，心留在高原，依恋高原；另一方面是现实中要离别高原。下面还有两节并没有在层次上递进，基本上是在原来层次上的复沓，感情没有转折和变幻，由形式上的倒转作有限的调节：

再会吧，皑皑的高山，
再会吧，绿色的山谷同河滩，
再会吧，高耸的大树，无尽的林涛，
再会吧，汹涌的急流，雷鸣的浪潮！
（合唱）我的心呀在高原，这儿没有我的心，
我的心呀在高原，追赶着鹿群，
追赶着野鹿，跟踪着小鹿，
我的心呀在高原，别处没有我的心！

从莎士比亚到19世纪，浪漫主义诗人在极化情感方面的发展主要表现为转折的减少，而感情却并未因之同步弱化，有时反而更加极化了。这是因为感情的幅度扩展了，而焦点却更凝聚了。诗的形象更集中了，更加趋向于在一两个层次中求深度和广度，只有在很少的情况下，例如感情规模较大的诗作中才有多层次的转折。这种多层次的转折也不像莎士比亚那样均匀而迅速，一般说转折的密度和速度是参差的，这自然是一种历史的进步。我们举苏联当代诗人叶夫图申柯的《恐怖》为例，来说明现代诗歌以疏密相间的层次极化感情的美学原则。《恐怖》写的是苏联肃反扩大化在苏联人民心灵中投下的阴影。他首先说这种恐怖曾像影子一样，潜入楼房的每一层：

他们让人渐渐地变得驯顺，
他们给一切都加上了戳印。
哪儿应该沉默——就让你叫喊，
哪儿应该叫喊——就让你沉默无音。
今天这已经是遥远的往事。
甚至想起这种事也觉得奇怪；
得知什么人要去告密，隐隐感到恐怖，
或者什么人在敲门，心里感到恐怖。
然而怎能忘掉和外国人讲话时隐隐感到的恐怖？
这还不算，还有和妻子讲话的恐怖？
怎能忘掉在行军之后孤身独处，
来到心头的那种无穷无尽的恐怖？

每一行本身已经是强化了的，而在每节中这些强化的意象又叠加起来变得异常极化。但是这种量的叠加是不平衡的，诗人回避均匀的、等速的感情运动，力求时疏时密：第一节是三个意象，第二节是两个意象，第三节又是三个意象，而到下一节：

我们不怕冒着炮弹奔赴战斗，

我们不怕在风雪里作业，

就是有时和自己谈话，

心里却害怕得要命。

这里只有一个意象，但是却有更大的感情强度。作者花了这么多章节在同一层次上极化过去的恐怖。以下迅速转入另一个层次，纠正了肃反扩大化，消灭了恐怖，这就产生了另一种恐怖。这只用了一小节，跟着而来的又是一个迅速的转折，在一个新的层次上，展示了摆脱了恐怖的人民审视内心时的恐怖，这种觉醒的恐怖以更加急遽的速度叠加着：

我放开眼，看到了新的恐怖，

做个对祖国不真诚的人的恐怖，

就是代表着真理的思想，

却因为虚假而受到损害的恐怖。

第四层次是愚昧的恐怖：

瞎吹牛弄到昏昏迷迷的恐怖，

把别人的话说来说去的恐怖，

以不信任使人感到屈辱，

同时却自信得无以复加的恐怖。

第五层次是对于过去的恐怖的性质的解释，这是一种自私的恐怖，然而并没有像莎士比亚那样把逻辑关系直接点明：

自己很幸福，然而对别人的焦虑，

别人的烦恼漠不关心的恐怖，

自己很胆怯懦弱，不能像画幅上

和绘图板上的英勇无畏的恐怖。

把恐怖在这种迅速的转折和层次飞跃中层层极化，就不单纯是量的叠加，而是质的转移，不是一次性的飞跃，而是多次连续性的疏疏密密的飞跃，这样极化了的感情就有了非同凡响、震慑人心的力量。

当然这种同一层次的扩展和不同层次的质的飞跃都以逻辑的强化为特点，有时为了强调感情变幻的速度，追求意识流动的逼真性，采取逻辑线索隐没的方式。在中国古典诗歌中将逻辑线索隐没的作品，较之西欧古典诗歌中更多（中国古典诗歌并不完全追求感情的极化）。中国古典诗歌中诗行不像西欧古典诗歌那样仅仅是个节奏单位，而是个句法单位，一行诗一般就是一个句法结构，行与行之间的逻辑联系是被省略掉的。在中国古典诗歌的美学规范中，句间的因果、承续、并列、递进的连接虚词（不但、而且、因为、所以等）只有在非常特殊的条件下（如表现哲理或者在抒情高潮中）才能极其有限地（如在卒章显志之时，一笔带过）运用，一般是不能进入诗的境界的。因而，中国古典诗歌的感情极化往往以意象并列叠加的形式代替层递或因果的连锁关系。由于中国古典诗歌普遍使用对仗，这种句间省略了逻辑联系的句子因形式上的对仗而紧紧地联系在一起，形成了一种特殊严密的结构。最突出的要算李商隐那些《无题》，由于意象的并列、叠加，感情的密度浓度都大大提高了。在我国古典诗歌中，由于诗句节奏的严密统一性，即使没有对仗，省略了句间逻辑关系的并列的意象也有高度的统一性。试举李白的《宣州谢朓楼饯别校书叔云》为例：

弃我去者，昨日之日不可留；
乱我心者，今日之日多烦忧。
长风万里送秋雁，对此可以酣高楼。
蓬莱文章建安骨，中间小谢又清发。
俱怀逸兴壮思飞，欲上青天揽明月。
抽刀断水水更流，举杯消愁愁更愁。
人生在世不称意，明朝散发弄扁舟。

这里的感情无疑遵循着逐步走向极化的轨迹在运动，但是导致极化的过程却是断裂的。先是说自己生命苦短的忧愁，接着从面对长风送雁，想到可以一醉高楼，然后又由他叔父李云的“校书”职务想到蓬莱阁（藏书之地），想到建安风骨，想到谢朓的诗文。接着是总括起来联想到多少文人都有扶摇直上的壮志，最后忽然说自己很不得意，今后要归隐江湖。这很像“意识流”，其实不是。诗人不过是把其间联想的过渡切断，一任意象自然叠加起来，达到感情极化的目的。这种极化的方法在一首诗中经常出现，在一联诗中利用率就更高，不过大都是以五官可感的意象进行叠加，很少用于直接抒情。后来西方的意象派诗人受到这种“逻辑断裂”的启发，把它大量用在直接抒情上，为西方现代诗歌的朦胧化准备了美学规范的基础。20 世纪初，这种诗又倒过来影响了我国的现代新诗。卞之琳曾经用断裂的逻辑写他内心感情的明灭变幻和流动。最有名的是那首《距离的组织》，既是有组织的，又是有距离的，在逻辑上有裂缝的：

想独上高楼读一遍《罗马衰亡史》，

忽有罗马灭亡星出现在报上。

这好像没有任何逻辑联系，引起了纷纭的解说和争执。据作者自己注解："1934 年 12 月 26 日《大公报》国际新闻版伦敦 25 日电：'两星期前索佛克业余天文学者发现北方大力星座中出现一新星。兹据哈华德观象台纪称，近两日内该星异常光明，估计约距地球一千五百光年，故其爆发而致突然灿烂，当远在罗马帝国倾覆之时，直至今日，其光始传至地球云。'这里涉及时空的相对关系。"省略了那么多联想过程，跳过那么多联想的过渡阶段。这种新的美学规范不论是在西方还是在中国都引起了骚动，但是，这不过是对莎士比亚式的直线式、单极化的惩罚。①

直线式的强化，单极强化，很难避免单调概念的入侵。在卞之琳的诗中是科学的时间概念的入侵，如果不加省略或不在逻辑上制造断裂，就可能成为科学的时空概念的演绎。逻辑的断裂导致概念的弱化，又促使感知强度层层递增。

六、感情的二极强化

感情的单极化当然是非常重要的方法，但并不是直接抒情唯一的方法。例如叶夫图申科在《娘子谷》中这样写：

我，

是被枪杀在这里的每一个老人。

我，

是被枪杀在这里的每一个婴孩。

这是一种单极化，一切的苦难悲痛、牺牲都向诗人的感觉集中，都受到诗人感情的综合。但是这种单向性有走向单调的可能，也可以不这样。例如舒婷《祖国啊，我亲爱的祖国》采取的是另一极化原则：

我是你的十亿分之一，

是你九百六十万平方的总和。

这里并不是单极化，而是相反方向的二极化。一方面像叶夫图申科那样，把一切都综合在自我的心灵、自我的感觉之中；另一方面又十分肯定自我的个体的有限性。这既是互相排斥的，又是互相渗透的，二者不可分割，任何一方失去了另一方就失去了感情的极化作用。这种通过二极对立来强化感情的美学原则的好处是，可以不用像莎士比亚那样去作多层次的转折和叠加，它致力于强化同一层的内在反差。我们举海涅的《每逢我在清晨……》

---

① 这种惩罚并非到卞之琳为止，20 世纪 90 年代"后新潮"的某些诗人对于逻辑断裂又表现出过分自由放纵的倾向。

为例：

我是一个德国诗人，
在德国的境内闻名；
说出那些最好的名字，
也就说出我的姓名。

这是一种单极化，所有美好的名姓都集中在“我”的姓名中，这和叶夫图申科一样，用的是单极化方法。但光是这样的单极化只能造成感情上量的增加，而在同一层中向反方向的二极强化突出感情的内在反差，往往有更强的效果。海涅接着向反面的极端写去：

我跟一些人一样，
在德国感到同样的病苦；
说出那些最坏的苦痛，
也就说出我的痛苦。

反方向的极化并没有导致感情弱化，而是导致了比同方向更高程度的强化。这是由于，不论是诉诸感觉还是直接诉诸感情，其强度取决于感情的激活率。激活率高的往往包含着逻辑的异常，如苏联诗人阿赫玛托娃的名句：“我能够背负离别之苦，可是忍受不了与你的会晤。”当感情的逻辑与平常生活的逻辑有矛盾时，就可能引起读者心理的不随意注意的定向集中；而在互相矛盾的诗句中，含着一种感情的“张力”。这种张力并不是逻辑的混乱，而是逻辑的升华。虽然从字面上看，在生活这个层次上，二者是相互抵牾的，但是在另一个艺术的层次上，二者又是高度统一的。试以蔡其矫的《祈求》为例：

我祈求炎夏有风，冬日少雨；
我祈求花开有红有紫；
我祈求爱情不受讥笑，
跌倒有人扶持；
我祈求同情心——
当人悲伤，
至少给予安慰，
而不是冷眼竖眉；
我祈求知识有如泉源，
每一天都涌流不息，
而不是这也禁止，那也禁止；
我祈求歌声发自各人胸中，

没有谁要制造模式，

为所有的音调定高低……

这是以量的增加来增加感情的分量，这种极化是有激活率的。一层层祈求都有具体的意象，同时又有超出意象的概括性的感情。

所有这些祈求都是在相同方向上的叠加，而最后一个祈求却是在相反方向上显示出反差：

我祈求，

总有一天，再没有人，

像我作这样的祈求！

这个祈求的数量虽然少于前面的几个祈求，但是它的激活性在深度和强度上却大大超过了前面的总和。这是因为祈求的外延虽然没有变化，但祈求的内涵却发生了性质上的极化。前面的祈求是以缺乏同情心、强制性的思维模式、对文化的蔑视等为前提，而最后的祈求暗含着这一切都已不存在，相反的内涵却以相同的形式出现，这就是在二极对立中极化了情感。这样对读者的想象、感情和智性的激活量就较大，因为读者的思维定式受到异常逻辑的猛烈冲击，因而被调动的生活和想象就多得多。

这种异常逻辑是深刻的，关键在于形式的惯性延伸，包括概念外延和章法的惯性延伸，掩盖了内容（包括概念的内涵和情感）的突然转折。在直接抒情中常常有这样的情况，那就是概念的外延与内涵不完全平衡。在许多精彩的直接抒情中，概念的外延是不变的，而概念的内涵却变化了。[①]或者是概念的外延是相对狭小的、比较具体的，而概念的内涵却是相对广泛、比较概括的。比如上面引述的《祈求》中，“炎夏有风”“冬日少雨”“花开有红有紫”从外延来说仅仅是大自然现象，从内涵来说又是人生追求。炎夏的内涵是精神上的严酷气候，冬日的内涵是社会性的寒冷，花开有紫有红，内涵却超越了植物的色彩，指的是生活趣味和思想。这不仅限于自然现象，关于人生现象也同样，蔡其矫笔下的“跌倒有人扶持”“制造模式”等，都有比外延更广泛的社会内涵。

诗的直接抒情不一定像描绘那样诉诸感觉，它要诉诸情感，就不能不运用远离外在感觉的概念。如果在通常的意义上，也就是在内涵与外延平衡统一的意义上使用概念，那就意味着外延与所激活的内涵平衡，那么激活系数不能超过一，而激活系数在一以下的就只是观察。没有感受，也就没有想象，感情就不能占据优势，因而不符合诗的审美规范。

在描绘客观对象时，诗人要超越感觉才能充分表现感情；在直接抒发感情时，诗人则

① 用俄国形式主义者的话语来说，就是陌生化；用符号学的话语来说，就是能指与所指之间的浮动。

应超越概念的内涵。诗人不应固守概念的外延，而应该让概念内涵尽可能扩展转移，用有限的概念外延去激活无限的概念内涵。激活的比值越大，感情的强度越高。正因为这样，在世界诗歌史上才毫无例外地有那么多典故，有那么多象征，典故和象征都是以内涵大于外延为特征的。

七、感情的无极强化

当西方浪漫主义者把情感极化原则发挥到极致时，后起的现代派就看到了把诗当作感情的喷射器的偏颇。他们在创作中就慢慢形成了以追求微量的感情动人，以尽可能抑制感情的流量为基本审美规范。受过浪漫主义也受过现代派美学原则熏陶的舒婷很早就感受到了这种美学原则的历史转折，早在 1975 年，她在一首悼念母亲的诗作中这样写：

呵，母亲，
我的甜柔深谧的怀念，
不是激流，不是瀑布，
是花木掩映中唱不出歌声的枯井。

“激流”和“瀑布”都属于极化的美学规范，以强度为特征，而无声的枯井却是抑制外在的强度的非极化原则的体现。从极化原则向非极化过渡，最初是以外延的非极化和内涵的极化为特征的。舒婷的许多诗作体现了这种过渡性，她情不自禁地厌恶那“佯装的咆哮”，她回避流行的外在的极化而保持着内在强度。她说：“也许心里藏着一重海洋，可流出来的却只有两颗泪珠。”这从本质上来说，仍然是浪漫主义的古典极化美学规范在起诱导作用。在她另一首诗中，明明内在的感情已经极化：“如果你是火，我就是炭。”但是又回避外在的极化、外在的剑拔弩张，接下去就连忙温和起来：“想这样安慰你，然而我不敢。”这毕竟是一种过渡。从诗歌美学规范的历史发展来说这样的矛盾是不可能持久的。非极化的美学规范终究要取得内外统一。外在的非极化，必然要使内在感情与之相一致，这种非极化美学原则在舒婷作品中以《无题》为代表：

我探出阳台，目送
你走过繁花密枝的小路。
等等！你要去很远吗？
我匆匆跑下，在你面前停住。
“你怕吗？”
我默默转动你胸前的纽扣。
是的，我怕。

但我不告诉你为什么。

……

极化感情使感情负荷达到超常的强量是一种美，反之不以超常强量的夸张为能事；抑制强度让感情以超常的微量运行也是一种美的发现。现代诗歌可以带着古典美，如果它以超常的强量的夸耀为能事；现代诗歌也可以是带着现代美，如果它以超常的微量的内心审视为特征。这种对内心脉脉的细微波动的凝神在西方意象派诗歌中表现得特别突出。例如，一个诗人经过一个朋友的林子，可以看到朋友的小屋，诗人很想逗留，但没有逗留，按浪漫主义的、古典式的、极化审美规范来处理，就一定要强化某种遗憾的心理效果，但是按意象派的美学原则就不一定要作过量极化的处理。美国当代诗人弗罗斯特在处理这个题材时，追求的是非极化的微量凝神，只是微微犹豫一下便继续前进了，并没有造成非常强烈的心理效果。即使是对少年时代轻率地选择人生道路这样一个对命运起了决定性影响的问题，暮年回顾起来，也尽可能抑制感情的强度，不使其趋向极端，只限于轻声叹息而已。这种非极化的审美规范不仅在美国意象派诗人中，而且在西欧现代派诗人的作品中也普遍被遵循着。我们来看奥地利现代著名诗人里尔克笔下的《秋日》：那是一个果子成熟的季节，在这样的季节，人有各式各样的处境，但诗人并未强化不同处境的人的心理反差，在这首诗的结尾也并没有像浪漫主义者那样制造一个感情高潮：

谁这时没有房屋，就不必建筑，

谁这时孤独就永远孤独，

就醒着，读着，写着长信，

在林荫上来回，

不安地游荡，当着落叶纷飞。

这种情绪是由一种抑制过量感情的美学规范在起着作用。这种非极化的潮流甚至在现代派诗人中孕育出了艾略特的感情“非个人化”的主张。从生活的再现来说，现实中确实很少有浪漫派那样夸张的姿态和戏剧化了的心理动作；从表现自我来说，感情的个性特征不能永远装在一个极化的模式中。当极化的模式成为多种感情特征的审美枷锁时，非极化的审美规范就应运而生了。非极化的审美规范的目标，同样在于追求更高的激活率。它不把一切一层层地倾泻出来，而让读者调动自己的感官、智性去感受、理解和思考。艾略特在 1911 年参观意大利一个博物馆时看到一块雕有一个哭泣的年轻姑娘的石碑，但他找不到说明词，这就激活了他的想象。他写了《一个哭泣的年轻姑娘》。在第一节中，诗人想象着情人分手的情景，以祈使语气要姑娘摆出一种浪漫主义的姿势，强化了痛苦的程度：

将你的花束抱紧，痛苦地一惊，

又将花束扔到地上，然后转过身，

眼中又是一惊而过的哀怨。

第二节诗人以虚拟语气设想别离，同时在探寻一种分离的新方式，新的姿态：

我愿意找到

一条无可比拟地轻娴的途径，

一种你我两人都能理解的方式，

简单而无信，恰如握手和一笑。

这是想象中的探求，这种方式已经属于非极化的范畴：情人的离别居然这样“简单而无信”，没有滔滔滚滚的感情，也没有信誓旦旦的盟约，平常得“恰如握手和一笑”。在第三节中姑娘真的转身过去了，毫无罗曼蒂克的夸张，但这没有感情的感情，在诗人心灵上久久不能消失，美和痛苦的幻象仍然萦回在诗人的深沉的思索之间：

许多天，激发着我幻想，

许多天，许多小时；

她的头发披在臂上，她的臂上抱着鲜花。

我真诧异它们怎会在一起！

我本应失去一个姿势一个架子。

常常这些深思熟虑依然在

苦闷的午夜和中午的休息时使我感到惊讶。

本应失去的浪漫主义极化感情的姿态居然在想象中没有完全失去，而是从潜意识中时常涌向意识层，这就使作者感到诧异，使诗人在本该平静时却暗暗失去了平静。

这是一首关于诗的诗，是对浪漫主义美学极化原则的一种拒绝，也是一个告别，同时也是对一种新的非极化的美学原则的追求。浪漫主义美学原则作为一种传统，由于有几百年的积淀，因而形成了一种心理定式，西方现代派诗人要摆脱极化感情的审美规范不是那么容易的。但是对于中国诗人来说，情况有所不同。在中国古典诗歌史上，固然有极化情感的强大传统，同时也有同样强大的非极化情感的强大传统。这两种传统，作为互相对立的审美规范是长期痛苦地互相交织、互相排斥又互相渗透的。在《诗经》中，不论是社会讽刺诗还是爱情诗，都不但有极化情感的大量诗作，而且也有非极化的（如《蒹葭》）诗作。

后世的文艺理论家，都在儒家的中庸之道和道家的无为而治、返璞归真的思想笼罩下，因而不约而同地强调《诗经》的非极化传统——所谓“乐而不淫”“怨而不怒”“哀而不伤”，甚至把一些极化情感的作品也曲解成非极化的作品。在中国古典诗歌史上，并不像西方那样是极化原则与非极化原则先后更替，而是二者同时并存的，最杰出的诗人都能同时并用两种原则写出不同的作品来。例如陶潜有金刚怒目式的“刑天舞干戚，猛志固长在”，也有静穆幽远的“采菊东篱下，悠然见南山”。王维、李白、苏轼、辛弃疾都既能写豪放的七言歌行，也会写出山水隐逸的五言古诗。到了“五四”以后，诗人才分别师承不同的外国诗歌，使极化原则与非极化原则分化为各种独立的、封闭的规范。20 世纪 70 年代末正当极化规范受到假大空的严重歪曲时，一批青年诗人将非极化传统引进诗的美学领域，许多读者和许多诗人的心理定式失去了平衡，于是发生了不休的议论和争执。其实这不过是诗歌美学规范系统内部自我调节的功能在发挥作用。

八、情大于景，情冲破景

诗要抒发感情，就得超越生理的、物理的感觉。任何一种物象都是自我心象的投影，任何一种物象的价值都得由它所激活的感情和智性的价值来确定。因而在任何一种诗的形象中自我感情和生活特征不平衡（也就是自我感情的优势），是诗歌获得生命的根本条件。从这个意义上来说，我国传统诗歌理论中的“情景交融”，其正确性是很有限的。应该补充说明的是，情与景的交融并不是一种平衡的交融，而是情感占据主导优势的交融，是情感在定性上和定量上都起决定作用的交融。

总的说来，在情与景的关系上，越到现代，情的主导性越是显著。在古典诗歌中，比如山水诗、咏物诗，作者的感情是秘密地、默默地渗透到景物和环境的描绘中去的，在这种情况下，表面上是状物写景占据了优势，但是景和物的性质却是由感情决定的。如李白的《送孟浩然之广陵》：“故人西辞黄鹤楼，烟花三月下扬州。孤帆远影碧空尽，唯见长江天际流。”这里的碧空、长江、孤帆，意象系列的组合都是诗人目送的主观镜头，一派空空的流水是诗人呆立的结果。如果没有这种内在的感情优势，景物和人物是平衡的，对想象的激活系数就低，激活系数低，就意味着情大于景。即使表面上是平衡的，内部也隐藏着优势。

这种古典式的、表面上的情景“平衡”，越到近代就越受到冲击。现代人不论写古诗还是写新诗，几乎没有严格意义上的山水诗、风景诗。情冲破景、情大于景的倾向越来越成为一股不可阻挡的潮流，使原有的描绘手段不能自给自足，往往要借助直接抒情的手段把感情推向一个高潮。当蔡其矫在“大跃进”浮夸风风靡全国之时，看到川江的船夫仍然赤脚在寒水冷滩上背纤，这时他看到河中的鱼，把鱼不能发出声音的属性加以转换，使之在性质上发生变异：

宁做沥血歌唱的鸟，

不做沉默无声的鱼。

情不超越景和物就不能作感情的直接抒发。美国当代最著名的诗人斯蒂文斯写了《观察乌鸫的十三种方式》，同样的乌鸫可以引起他 13 种感兴，这是因为他从 13 个角度超越乌鸫。我们从中摘取四种：

1

周围，二十座雪山，
唯一动弹的
是乌鸫的一双眼睛。

2

我有三种想法，
就像一棵树，
上面跳着三只乌鸫。

5

我不知道更爱什么，
是回肠荡气呢
还是藏而不露，
是乌鸫的婉转啼鸣
还是它的袅袅余音。

10

看见乌鸫
在绿光中翻腾，
连甜言蜜语的老鸨
也要失声痛哭。

作家的情大于、优于景和物才能使联想定向，如果诗人的情不占优势，不压倒景和物，就不能取得主动性，也就失去了诗人感情的内在自由。

感情的自由就是自由在按感情的审美要求提出问题，而不是按科学的客观性或生活的实用性。例如对于季节的变换，诗人提出问题的方式必须冲破科学的客观性和日常实用性。《京本通俗小说》中的《碾玉观音》开头有一段“入话”，先引用了三首写春天的词，然后就诗歌的审美要求提出问题：

> 这三首词，都不如王荆公看见花瓣儿片片，风吹下地来；原来这春归去，是东风断送的。

如果从科学的客观理性和日常的实用理性看，这样提出问题是有点荒谬的，但这正是感情不同于理性之处。诗的审美心理活动正是从这里切入生活的某一属性，借助某一属性向感情过渡的，如果不敢从感情的审美角度选择生活的某一属性，作大幅度的转移，感情就只能被客观生活的原始形态抑制，就不能获得向诗的境界升华的自由。一旦感情摆脱了生活的原始属性的制约，诗人就自由了。例如在提出了春天归去，是不是东风断送这样的问题以后，诗人就可以有多种多样的回答，也就有多种多样的诗情激发，从而可以进行感兴自由的竞赛。《碾玉观音》的“入话”接下去这样写道：

> 苏东坡道：“不是东风断送春归去，是春雨断送春归去。”有诗道……
>
> 秦少游道：“也不干风事，也不干雨事，是柳絮飘将春色去。”有诗道……
>
> 邵尧夫道：“也不干柳絮事，是蝴蝶采将春色去。”有诗道……
>
> 曾两府道：“也不干蝴蝶事，是黄莺啼得春归去。”有诗道……
>
> 朱希真道：“也不干黄莺事，是杜鹃啼得春归去。”有诗道……
>
> 苏小妹道：“都不干这几件，是燕子衔将春色去。”有《蝶恋花》词为证。
>
> 王岩叟道：“也不干风事，也不干雨事，也不干柳絮事，也不干蝴蝶事，也不干黄莺事，也不干杜鹃事，也不干燕子事，是九十日春光已过，春归去。”[①]

这最后一个人可能不大懂诗，他只满足于承认自然规律的客观程序，不懂得超越这个程序。对之加以感情的主观解释是诗人摆脱被动性，获得表现自我自由的不二法门。

苏东坡、秦少游、邵尧夫、曾两府、朱希真、苏小妹如果对于春季的结束不提出与科学性和实用性不同的解释，他们的感情就不能从对客观对象的依附性中解放出来；如果他们的解释不是各不相同而是互相雷同，他们就不能找到自我。

诗人与非诗人的区别就是从这里开始表现出来的。

自然，要摆脱被动地摹写生活，要获得感情的内在自由，要找到自我，光凭超越物理的、生理的、感觉的愿望还不够，还得有相应的语言驾驭的灵活性。

直接抒情的感染力并不来自对客观对象的描述，即使有必要描述时，诗人也要对之提出疑问，加以赞叹，进行祈祷，表示祝愿，致以敬礼。活跃的心灵和变幻的感情需要变幻的语气来表现。如果只有一种直陈句式，就不能自由地表现生活溶入心灵的奥秘。所以，

---

① 《碾玉观音》系宋代话本，载于《京本通俗小说》中的一卷，在明冯梦龙《警世通言》第八卷《崔待诏生死冤家》中也可以看到。

中国古典诗歌很讲究句式的变换，在绝句中，如果第一、二句是直陈句式，一般地说，到了第三句或第四句就要改用疑问、否定或感叹句式。句式的板滞必然要影响感情的活跃，感情不活跃，情就不可能冲破景，反而可能被景窒息。在西方诗歌中，特别是在莎士比亚的戏剧独白和十四行诗中，句式的变幻是很讲究的。我们来看法国19世纪诗人拉马丁的诗《湖》中的一个片段。拉马丁对他的表现对象很少用直陈句式加以呆板的描绘。1817年拉马丁与他所爱着的理查夫人约会，但理查夫人因病笃未能赴约，这就引起了拉马丁的激动。光是直陈句式不能充分表达拉马丁在湖上心灵的变幻，在这首诗中写得最好的是那些充满了不解的疑问、感叹和祈使。诗人在痛苦地回忆了一番美好的往昔以后，就用一连三节的疑问句表达他的惶惑和无可奈何的感情的挣扎。我们引用其中两节：

怎么！就不能至少留下一点痕迹？
怎么！永远消逝了？怎么！消逝得精光？
是那光阴给予的，现在又收回，
再没有还给我们的希望？

永恒啊！空虚！过去！——无底的幽深黑暗！
你们把这些时日吞噬去有何用途？
说呀：你们夺去的那无上的沉酣，
可有再还给我们的时候？

反复叠加的疑问，夹杂着感叹和追问，这是浪漫主义诗人在感情高潮时常用的句式。如果一味用陈述语有板有眼表达那就太单调、太死心眼了。

由于句子的呆板而导致感情自由的丧失在创作过程中并不是罕见的。

九、从情胜于理到理复归于感觉的历史过程

感情要超越感觉才能自由地抒发，但是完全超越感觉又可能走向散文，并不是任何超越都能成为诗的形象的。超越了感觉的语言比带着感觉的语言更接近概念的抽象。只有概念的内涵大于外延的语言，才有可能弥补感觉的不足。这时诗的语言往往有某种概括性、象征性。在个别性中包含着普遍的意蕴，带上某种哲理性，这样的诗句所表述的常常不仅限于一时一事的激发，而是长期人生体验的精华。

在这种情况下，情感不是和感觉相统一，而是与理性相统一。当情感与感觉相统一时，很容易陷于肤浅，为对象和自我的个别性所拘，因而要超越感觉，争取感情有更大的概括自由；情感与理性的统一很容易导致概念的抽象性淹没感情的倾向，因而要让感情超越理

念，争取感情对理性有更大的逻辑变异力。

这正相当于情景交融的说法只看到情与景的统一，没有看到情的主导作用可以冲破景的有限意象一样，情理交融的说法也同样没有看到情与理的矛盾和理应该服从情、情可以冲破理的逻辑。情与理的矛盾在诗的形象中是不平衡的，情永远占据主导地位，情作为矛盾的主要方面决定了理的属性。

正确处理诗情与哲理的关系在诗歌审美规范中具有关键性。对于这一点，在西方诗歌史上和中国诗歌史上都曾有过郑重的考察。在西方，诗和哲理是密切联系在一起的。这不仅仅在创作实践中是一种普遍的审美规范，而且在理论上有过正式的表述。最有代表性的要算华兹华斯在《〈抒情歌论集〉序言》中所说的了："我记得亚里士多德曾经说过，诗是一切文章中最富有哲学意味的。的确是这样。诗的目的是真理，不是个别的和局部的真理，而是普遍的和有效的真理。这种真理不是以外在的证据作为依靠，而是凭热情深入人心。"这里说的是诗与哲学的统一，通过表现热情以深入真理。在西方浪漫主义诗人看来，诗就是用热情的语言抒写普遍的真理，但是热情与普遍性的矛盾如何解决呢？西方浪漫主义诗人至少在理论上没有做出回答。自然在实践上他们向来是以热情为主导的，在那些杰出的诗篇中不是热情成为哲理的附庸，而是相反，哲理被改造成片面的、绝对化的逻辑来成全热情。我们可以举匈牙利诗人裴多菲著名的诗《自由，爱情》来说明：

自由，爱情！
我要的就是这两样。
为了爱情，
我牺牲了我的生命，
为了自由，
我将爱情牺牲。

这里体现了浪漫主义常用的单极强化热情的原则。裴多菲的杰出之处在于不满足一次性的单极化，而是在此基础上作二次极化。反复将爱情与生命、爱情与自由放在绝对的矛盾中加以想象性的推演。单极化作为抒情的方法是很有审美价值的，不如此便不足以把感情引入一个异常境界；但是作为哲学却是片面的、绝对化的，与哲学所要求的全面、客观、冷静是矛盾的。西方浪漫主义者那么强调诗情与哲理的统一，却没有在理论上面对这个矛盾。从哲学上来说，生命和爱情同样是重要的，没有生命也就不可能有爱情了。爱情与自由，并不是只有绝对矛盾的一面，自然也有统一的一面。爱情有自由与不自由之分，对于不自由的爱情，宁可牺牲爱情而获得自由；对于自由的爱情则相反，二者可以得兼。如果是这样，获得了哲学的深刻性和全面性，但是失去了诗情的强烈性，因为不在一种异常的极化状态中就不能引起注意的集中。当然，诗情强化不仅有单极化原则，而且还有二极化原则。但诗的二极化，仍然是在“极端”范围内的二极化，并不是哲学上的一分为二。它只是在形式上是互相对立的两极化，在内容上处于同一个极限的端点。例如诗人顾城的《一代人》：

黑夜给了我黑色的眼睛，

我却用它寻找光明。

这里有光明与黑暗的两极化，但并不是哲学所要求的全面，而是诗情的转化。由黑暗引起的盲目，只是在主观审美感情上转化为积极因素，在生活中把黑暗转化为光明需要一系列客观条件和主观努力，而在这里唯一的转化条件是极化的热情和愿望，因而二极化仍然是感情的极化，而不是理性的平衡。从根本上来说，诗情与哲理的矛盾是永恒的，没有这样的矛盾，诗就不存在了。西方浪漫主义诗人在实践中自发地以情驭理，比之古典主义者更敢于把感情推向极限的端点，因而取得了比古典主义者更大的艺术成就。这一点在法国诗歌史上表现得更为突出，正是这样的极化原则使得拉马丁成为开一代诗风的诗人。浪漫主义者用哲理的方法写热情，在两极化中注入极端化的激情，的确能使感情获得深度。例如拜伦这样写：

爱我的，我报之以叹息，

恨我的，我报之以微笑。

两组感情元素（爱和恨，叹息和微笑）用对立统一逻辑组织得很精致。对立是如此极端而反常，把这样反常的转化条件留给读者去想象。在这样的两极化的形式中所表现的是极端化的感情：以孤立为荣，以孤立为最有力量的不妥协精神。郭沫若在《凤凰涅槃》中运用的也是这种极化的审美模式：自觉的死就是永恒的生。所以，朱自清说郭沫若是第一个把情与理结合起来的诗人。事实上连标榜象征主义的李金发偶尔也用哲理的模式表达极化的诗情，如他的《有感》：“生命便是死神唇边的笑。”把生命和与之对立的死亡联系起来，这自然是一种哲理的形式，尽管其内容是一种片面化了的感情。

诗情的和哲理的矛盾是永恒的，并不是任何在对立统一的形式框架中的诗句都是好的。在矛盾中沉思固然可以获得思考的深度，但也可能失去诗。在情与理的矛盾中，情必须占据主导地位，关键在于：第一，情不能以赤条条的平常的逻辑形式，而应以异常的逻辑形式出现，概念的内涵必须大于外延；第二，它并不排斥有某些感觉穿插在其中，但要增加其可感性。如果直接抒情的成分单纯用通常的逻辑或者其概念的外延与内涵统一，而又没有任何感觉穿插其间，感情就可能被哲理淹没。叶夫图申科的《庸人颂》这样写：

要受到奖励就得平庸，

能做个庸人——

这也需要天才！

这自然也有一点逻辑的异常，对读者的想象有一点激活力，但这里完全是理性的机智在起作用。诗人的特殊激愤，诗人的不可重复的感情，不同于任何其他对庸人抱反对态度的人的感情没有占优势。这就不如那些逻辑异常同时又带有一点感觉的诗句了。同样是叶夫图申科的《恐怖》，其中也有哲理性的诗句：

哪儿应该沉默——就让你叫喊，

哪儿应该叫喊——就让你沉默无声。

这里因为有了一点在对比中变得尖锐起来的感觉（叫喊和沉默），所以显得有生气起来。

感情与理念的矛盾是这样难以把握，诗人哪怕是稍有疏忽都可能从抒情境界滑入概念的泥淖。西方浪漫主义者大多过分受到亚里士多德关于诗与哲学统一的学说的束缚，这就不能不影响到他们的创作。不少西方浪漫主义者都有某种理胜于情的倾向，就连拜伦的诗中也充斥着太多枯燥的议论，这引起了歌德的不满。他说，拜伦的诗很像是被“扣压了的议会发言稿”。对我国新诗艺术奠基做出了贡献的徐志摩因受英国浪漫主义影响被人称为“诗哲”。这一方面使他有较大的直接抒情的能量，另一方面又使他的诗常常陷入概念的演绎。五四时期受哲理影响较大、满足于哲理的追求的是风行一时的“小诗”，但很快就消失了，原因是它不是触景生情，而是触景生理。如冰心的《春水》之一：

墙角的花！

你孤芳自赏时，

天地便小了。

这自然是一种智慧的表述，在五四时期艺术、思想大解放潮流中它可以说是一种突破，但仅限于此就和哲学缩短了距离而与诗拉开了距离。当然以哲理见长的也非绝对行不通，关键在于要让情感占据极大的优势，如能做到这样，哲理可以给感情以思想的光彩。例如鲁藜在《泥土》中这样写：

老是把自己当作珍珠，

就有被埋没的痛苦。

把自己当作泥土吧，

让众人把你踩成一条道路。

这是以牺牲自我为条件，把自我与集体统一起来的一种善良的自励。虽然理性多于情感，但没有脱离情感。虽然情感优势并不明显，但仍然是不可多得的佳作。

与西欧浪漫主义诗歌的传统审美规范强调诗情与哲学的统一不同，我国古典诗歌理论对于情与理的矛盾并不一贯采取调和态度，相反一些影响较大的诗话甚至强调二者的矛盾是不可调和的。严羽在《沧浪诗话》中这样说：

> 夫诗有别材，非关书也；诗有别趣，非关理也。然非多读书，多穷理，则不能极其至。所谓不涉理路，不落言筌者，上也。

严羽把诗的才华和趣味与理性完全对立起来，有其具体的历史背景。在宋诗中有一部分作品由于多涉理路，以议论为诗，历来遭到诟病。程颐兄弟、邵雍、朱熹等为诗好说理，被视为“诗家之旁门”。其实他们诗中的理性比之拜伦可谓是小巫见大巫（虽然情感的开阔和强烈也不如拜伦）。严羽的这种见解可以说是对中国古典诗歌主流审美规范的一种并不十分严密但很警策的概括。

中国古典诗歌的伟大成就主要在意象密度，而不在于感情逻辑的奇异。严羽的这种主张是比较接近中国古典诗歌的艺术传统的内在特点的。当然，在中国古典诗论中也不是没有对抒情逻辑的追求，但是，很可惜，并没有出现杰出的作品，不过在理论上却出现了叶燮的《原诗》。在《原诗》中，叶燮提出“理、事、情”的相对统一。他不像严羽那样过分强调艺术的审美特征，贬低艺术的认识作用，他主张艺术的真理性和审美性应建立在现实的真和美的基础上，又与现实的理有一定的区别。叶燮在设想了一番论敌可能提出的非难以后这样答辩说：

> 然子但知可言可执之理为理，而抑知名言所绝之理之为至理乎……可言之理，人人能言之，又安在诗人之言之……必有不可言之理，不可述之事，遇之于默会意象之表，而理与事无不灿然于前者也。①

叶燮已经意识到诗中的“理”、诗中的“名言”（概念）和生活的理的区别在于它不能由概念直接明确地传达（“可言可执”“名言所绝”），它具有一种“不可言，不可述”，只能“遇之于默会”的特点。用我们的话说就是有些超越了概念的直觉的成分。他举了一些例子，我们引他举例的杜甫的诗来说明一下：

> 又《宿左省作》“月傍九霄多”句：从来言月者，只有言圆缺，言明暗，言升沉，言高下，未有言多少者。若俗儒，不曰“月傍九霄明”，则曰“月傍九霄高”，以为景象真而使字切矣……今曰“多”……有不可名言者。试想当时之情景，非言“明”、言“高”、言“升”可得，而惟此“多”字可以尽括此夜宫殿当前之景象。他人共见之，而不能知，不能言，惟甫见而知之，而能言之，其事如是，其理不能不如是也。②

叶燮仅仅意识到诗中之理与生活中之理有区别。区别在哪里？在于可意会而不可言传之处，

---

① 叶燮著、霍松林校注：《原诗》，人民文学出版社 1979 年版，第 30 页。

② 叶燮著、霍松林校注：《原诗》，人民文学出版社 1979 年版，第 31 页。

也就是在直觉大于物理感觉之中。他已接触到情与理的关系，但是他始终没有把情与理的矛盾正式拿来研究。他说的情也好，理也好，都只让它们与事发生关系。他所说的理是描绘事物之理，是审美感受大于客观的物理属性。加之他所说的情也不是我们所说的感情，而是事物的千姿万态，他所说的理往往也是带着“格物致知”的色彩，他的“理”和情都是附着于事的，因而他讲的，严格说来并不属于本节中所说的直接抒情范畴。他所注目的并不是感情在诗中产生、发展、变异的过程，他太拘泥于对于对象的静止的默察。从这个意义来讲他还不如严羽把矛盾揭示得那么尖锐。

把对立面树立得更加强大的还不是严羽，而是吴乔，他提出诗中之理要“无理”（也就是要采取一种非逻辑的形式）才“妙”。这个“无理而妙”的理论，有非常重大的理论和实践价值，很可惜，吴乔并没有系统展开，没有必要的论证，因而在创作上乃至理论上并没有产生与它的价值相称的影响。关于这个说法的理论意义将在下一节《诗的想象》中专门论述。

总的说来，至少在诗歌创作上和绝大多数影响巨大的诗论著作中，我国的传统是对理性抱着过度的警惕的。这就使得我国古典诗歌的思想容量受到了极大的限制。到了五四运动前夕，伟大的思想解放运动要求诗歌成为它的重要一翼，因而初期的白话诗人往往以说理为能事、为荣耀。西方浪漫主义的抒情方式的引进使中国新诗的生活和思想容量都大大提高了，但也带来了概念化的痼疾。因而作为浪漫主义的直接抒情方法的反拨，新诗很快又引进了象征主义的方法，以调节理胜于情的倾向。

象征主义的先驱们出于对脱离了感觉的情绪的不满，反对把诗当作感情的喷射器。他们受到中国和日本古典诗歌重视感觉经验的启示，追求可以感觉到的情感，甚至说让读者闻到思想的气味，主张寻找情感和思想的“客观对应物”（objective correlative）。因而马拉美有诗是灵魂的雕塑的说法，受到他影响的艾青甚至主张连梦也应该是有硬度的。波特莱尔对浪漫主义诗人强调诗与哲理的统一的传统进行了勇敢的挑战：

> 艺术越想达到哲学的明晰性，便越降低了自己，回到象征文学的幼稚状态：反过来说，艺术越摆脱教训，便越取得大公无私的纯粹之美……诗不可同化于科学和伦理，一经同化便会死亡或衰退。诗的目的不是“真理”，而是它自己。[①]

这好像是准备完全取消理性，但其实取消的是那一泻无余的感情喷射器式的直接抒情。波特莱尔是西方现代派的先驱，虽然有些学者并不把他列入现代派诗人之列，他的《恶之花》中就不乏直接抒情的诗句。现代派的大师们在下一个世纪写出的，和传统的审美规范迎头相撞的诗作恰恰更加强调智性，不过他们把人生思考的智性藏到了一种非常陌生的、被扭

① 伍蠡甫主编：《西方文论选》（下卷），上海译文出版社1979年版，第225页。

曲的感觉中。尽管他们中的一部分人宣称要“扭断逻辑的脖子”，甚至“扭断语法的脖子”，但是他们的智性追求仍然比以往任何时代的诗人都更自觉地形成潮流。

最初他们排斥直接抒情，从纯粹的经验，或者叫从“未经知性污染的本相”出发，任其自然流露。诗人可以溶入事物，但不可侧身其间，不借助逻辑的演绎，不试图作人为秩序，顺乎自然地沿着心灵感知的流程任意象迸发，从混沌的经验中建立起一个秩序。诗人不必在经验之外解说、感叹、剖析，但又要使读者感受到在概念语句以外的意蕴、冲突（或叫“张力”）。① 从这个意义上来说，直接抒情是在理论上被取消了，但是在实践上很难做到，因为完全排除知性的概念，又要达到对“心灵隐秘”和“人与自然冥合”的本质的理解，是很困难的。

这就产生了一种新的审美规范，也就是追求感性直觉与智性概括（比理性低一个层次）二者的平衡。在审美实践中就是让感觉和知觉起到智性的作用，也就是不用概念去思维，而是用感觉和知觉思维去思维，这等于是取消情感的中介而让感觉和思维直接接通。由于要达到这种平衡，以往情理交融、情胜于理的规范也被打破了。于是产生了一些表面上看来十分古怪的包含着闪烁不定的内涵的、不连贯的感觉，同时又出现了零乱的、在逻辑上跳跃的诗行，引起诗坛的不安和骚动。在台湾，以诗人纪弦为首的“现代派”与“蓝星诗社”之间发生一番激烈的论战，其猛烈的程度不亚于大陆对于朦胧诗的讨伐。但是无论如何，诗的审美规范还是发生了变化，或者有了很大的更新。在大陆，新的审美规范出现曾给传统的审美趣味出了难题，给他们一种“令人气闷的朦胧”之感。②

其实新的审美规范也并不全是朦胧的。在语言的外在含义上，它很浅显，它所写的多为平凡的日常生活，可是它所蕴含的，往往有哲理的意味。它是朦胧与清澈的统一，清澈的是它的外表，朦胧的是它的内涵。而这又不同于传统的象征，传统的象征暗示一种稳定的思想，而新的审美感觉却充满了个人的随机性。这种内在意蕴的随机性又与扭曲了的变形直觉相结合，有时直觉还在互相背离中有某种融合，从表面荒谬中见出真实，有时甚至有点参禅悟道的味道。

这样，新的美学规范（原则）就冲破了旧的物我之间已经规范化了的稳定的联想和想象程序而代之以多元的、有更大随机性的联想程序。意象与事物之间已不存在那种公认的对应，感性、智性的窗都嵌以不同性能的棱镜随意地互相折射，形成一种眼花缭乱的混沌气象，同时又给人一种多重的暗示：在偶然的混沌中有某种统一的知性的秩序，在外表的

---

① 洛夫：《中国现代文学大系·诗》序，巨人出版社，第 14 页。

② 孙绍振：《新的美学原则在崛起》，《诗刊》1981 年 3 月号，又见孙绍振：《审美价值错位和幽默逻辑错位》，华中师范大学出版社 2000 年版。

荒谬（矛盾）中有某种贯穿一气的知性的和谐，在特殊经验中有超越特殊的普遍意蕴，在有限的事物中，知性在暗示着无限。正因为这样，传统审美规范所珍视的内在确定性被多义性的暗示代替了。知性与直觉的统一并不是在单一意义上的统一，而是在多种可能性上的统一。我们来看台湾诗人纪弦的《深渊》中的一节：

而我们为去年的灯蛾立碑，我们活着。
我们用铁丝网煮熟麦子，我们活着。
穿过广告牌悲哀的韵律，穿过水门口肮脏的阴影，
穿过肋骨的牢狱释放的灵魂，
哈里路亚，我们活着。走路、咳嗽、辩论。
厚着脸皮占地球的一部分。

这里表面上看感觉是纷乱的、无序的，而正是这无序的感觉下面存在某种有序的知性，而不是感情脉络。为灯蛾立碑，是对追求光明的先驱的崇拜，似乎为理想而活着；但是凭煮麦子而活着，这就平凡而且有点卑微了。二者联系起来，相生相克，构成某种冲突，提供一种似谬实真的智性。台湾诗人喜欢把这种包含内在冲突的感觉称之为“张力”（tensity）。它不同于古典诗歌的缩微，而着眼于二极中的空白，使读者的智性得到激活，产生一种追索的兴趣。但这样的审美规范，由于它的随机性和多义性毕竟与我们民族的心理习惯有不小的差异，因而属于这个流派的（包括大陆的“后新潮”诗）诗人的作品可读性较差。对这种新的审美规范（原则），北岛最早领悟，因而他的诗中的感性直觉和智性的沉思有一种特别深沉的不对应性，或者用我的术语来说有一种“错位”，不相重合的错位。但是北岛不像台湾一些诗人那样完全摒弃情感因素，他在把感觉——智性直接接通的同时，也让情感的逻辑串联其间。例如他那首著名的《回答》：

卑鄙是卑鄙者的通行证，
高尚是高尚者的墓志铭。
看吧，在那镀金的天空中，
飘满了死者弯曲的倒影。

开头两行就是一种浪漫主义的直接抒情，同时又有现代派诗人所强调的互相冲突，似谬实真的“张力”。这是表达诗人对 1976 年天安门事件的感受的。越是卑鄙，越是通行无阻；越是高尚，越是面临牺牲的厄运。诗的“逻辑的脖子”是扭曲了的（但并未扭断），以扭曲的逻辑表达的不仅有愤激的情感，而且渗透着哲理。这是情感与智性在扭曲的逻辑中的统一。接下去的两行则没有用情感的因素，而是用颠倒了的感觉和知觉来表述，牺牲者倒在地上，影子却反射到天上，这种表面上物理性很强的感觉，事实上是审美的感觉，它本身

就包含着智性对颠倒世界的洞察。这样的感觉和知觉成为前面智性和感情的注解，因而北岛的感觉、感情和智性就在错位中得到了平衡。但是，北岛有时不通过感情的直抒来接通感觉和智性，而是直接用感觉和知觉来显示智性，这时感觉的意蕴就闪烁不定，形象的多义性也就突出了。例如《界限》：

我要到对岸去
河水涂改着天空的颜色
也涂改着我
我在流动
我的影子站在岸边
像一棵被雷电烘焦的树
我要到对岸去
对岸的树丛中
惊起一只孤独的野鸽
向我飞来

河水涂改天空，也涂改着“我”，强调物理感觉的审美错位，以错位的感性观照着物我之间的冷漠关系。在此岸有烘焦的感觉，在对岸有友好的征兆，但两岸都是孤寂的。从心理学上看这仅仅表现一种动机，但从审美感知上看这可以理解为一种向往、一种追求。但究竟是什么样的追求，可以有多种理解，那对岸的鸽子也可以有多种解释。也许，作者的智性并无特别深刻之处，但既没有通过感情，也没有通过概念传达，而只通过在河两岸对称的感觉来表达。这种新的美学规范比之艾青的著名诗作《树》显然是一种突破。艾青的《树》这样写：

一棵树，一棵树
彼此孤离地兀立着
风与空气
告诉着它们的距离
但是在泥土的覆盖下
它们的根生长着
在看不见的深处
它们把根须纠缠在一起

这里把内在的智性直接解释出来了，但是新的审美规范是竭力避免这样做的。在遵循这种规范的青年诗人看来这样做就是对有充分理解力的读者的不尊重。这种审美规范像一切审美规范一样，都是历史和逻辑发展的产物，既是前承审美规范在逻辑上的扬弃，同时又必然留下偏颇等待着后续审美规范来扬弃。

这种超越抒情以感觉直接携带智性的审美规范，给一些读者带来了困惑，他们甚至产生了怨言。这自然是由于中国诗歌的美学规范的发展在空间上太不平衡所致。但是把这种困惑理解为是少数人的标新立异，甚至是崇洋媚外，未免有点为表面现象所误。事实上，这种现象的产生有它的必然，这是诗歌形象内部矛盾转化的结果。由于浪漫主义感情与智性脱离了感觉，走向了极端，引起了矛盾的转化。事物内部矛盾是不平衡的，因而在发展中只能是矛盾的两个方面轮流地占据主导地位。而在目前，这个历史阶段恰恰是感觉与智性的统一占了优势。这是一个不可避免的阶段，哪怕有更美妙的阶段也不能越过这个阶段。从系统论来说，这是诗歌形象系统的协同作用在发挥组织自调节的功能，这种审美系统只能通过不断地自调节才能达到某种相对的平衡。由于审美系统永远是开放性的，因而这种调节永远不会终止，我们不能指望有一种一劳永逸的、使一切读者都称心满意的系统。正因为这样，诗歌未来才可能是充满希望的。

第五节　诗的想象

一、诗歌想象的变形律

达・芬奇说："画家的心应该像一面镜子。"对于达・芬奇时代的画家来说，追求客体的精确性是一种时代的必然。这种观点常常被无条件地引用到诗歌理论中来，其实并不恰当。作为绘画的审美规范在被引入诗歌审美规范时，必然要受到根本的改造，它必须服从诗歌的审美规范。诗人的心灵，作为审美的主体，它与画家不同。诗人追求的绝不能只限于镜子式的形态准确。诗人的心灵是一个感情的发生器、储存器和敏锐的激活体。客体生活的信息一旦与诗人的心灵发生接触就会在想象中引起巨大的变异。心灵的镜子并不是平面的，感情的储存器也不是被动的，它不但接受生活的启示，而且倾吐出感情的洪流，使生活的信息改变形态。在这样的过程中，诗人的感觉和知觉与画家的感觉和知觉就有了很大的不同。在诗人的感觉中，客体生活的特征和主观感情的特征，二者并不是简单的混合，而是水乳交融的化合。

在诗的想象作用下，有形的生活在诗人的感觉和知觉中发生了某种变异。这种变异包括视觉、听觉、嗅觉、触觉、味觉等方面。正因为感觉和知觉变异了，诗人才摆脱了被动的生理、物理感觉的束缚，从感情的自由表现进入了感觉和知觉的自由变异。正因为这样，想象才被西方浪漫主义诗人当作是诗人特殊才华的标志。

1920 年 1 月郭沫若在《三叶集》致宗白华的信中说：

> 我想诗人底心境譬如一湾清澄的海水，没有风的时候，便静止着如像一张明镜，宇宙万汇底印象都涵映着在里面；一有风的时候，便要翻波涌浪起来，宇宙万汇底印象都活动着在里面。这风便是所谓直觉、灵感（inspiration），这起了的波浪便是高涨着的情调，这活动着的印象，便是徂徕着的想象。[①]

把神思飞扬的心灵比作波浪起伏的潮水，这比之西方古典文艺理论把它比作镜子要确切多了。自然，这个说法并不完全是郭沫若的发明，在中国哲学史上，从梁五经博士贺到宋代的程颐都把平静的心情比作水，把感情比作波浪（见孔颖达《中庸正义》及程颐《伊川集》)。郭沫若当年曾经一度醉心于这一派的哲学，不过顺便把它用之于文艺罢了。心灵的镜子是感情的镜子，它是有波浪的，它是不平的，它所反映出来的生活是变异了的。诗，正是以这种变异了的生活形态，以其异于生活原型的情状和色调，以其比生活原型深邃得多的内涵给读者以惊异、陶醉和启迪。[②]

想象，总是出乎意料地把读者带进一个变异着的神妙境界。正因为这样，追求形似在苏东坡看来，是小孩子一样幼稚可笑的，而那咏物诗中“极镂绘之工”的一类，在王夫之看来是“匠气”的表现（《姜斋诗话》四八）。也许，他看那些作品正像我们看某些商品广告画一样感到俗不可耐。就是散文也不能仅仅以描摹生活的现实图景为自己的任务，它的优越性在现实的描摹中不能充分发挥。黑格尔认为，诗歌要“摆脱”“散文性现实情况，凭主体的独立想象，去创造出一种内心情感和思想的诗性的世界”。[③]

希罗多德《历史》第 7 卷载，希腊人抵御波斯入侵，托莫庇来关口是波斯入侵必经之要塞。300 名守卫的斯巴达人英勇不屈，寡不敌众，全部阵亡。希腊诗人西门尼德斯替他们写了一个墓志铭。诗人并没有用散文写实的方法描摹 300 名烈士英勇献身的图景，而是展开了想象，表现他们似乎并没有死亡：

> 过路人，请传句话给斯巴达人，
> 为了听他们的嘱咐，我们躺在这里。

这里好像不完全忠实于现实，但是却更忠实于感情。它的真实是客观形态特征（死亡，躺

① 郭沫若、宗白华、田寿昌：《三叶集》，上海亚东图书馆 1920 年版，第 7 页。

② 如果不用变异的范畴，也可以用形式主义者“陌生化”的范畴来说明。“陌生化”相对于“自动化”，“自动化”指的是“感觉的习惯性”，包括“语言的习惯性”，结果是使人们对外界习以为常，熟视无睹，文学要素衰退。“陌生化”或“奇特化”“反常化”以变异的形式使对象新异，增加感觉的难度，延长时间，但是“陌生化”没有考虑到变异的深度。

③ 黑格尔：《美学》（第三卷下），商务印书馆 1981 年版，第 206 页。

在大地上）和感情的主观特征（为国献身，永生）在一个交叉上的变异（睡眠）。这里既有生活的因素，又有感情的因素，二者自然会合以后，就既不完全是客观的原貌，也不完全是主观的狂想，而成为一种诗的想象。这里有死亡的特征（躺着），也有永生的特征（听觉仍然在起作用的睡眠），它来自现实，又经过感情的改造。

通过想象，生活好像重新投胎一样，获得另一种形态和性状。它失去生活原型的一部分获得了感情的特征。[①]生活的形象，在想象中发生程度不等的变幻是一种相当普遍的规律。这一点也正是诗歌形象的想象性与其他文学形象的想象性分化的开始。

想象的变异，首先面临的问题是冲破描绘对象的外在形态。司空图说："离形得似，庶几斯人。"这说明，不拘外形相似，也就是敢于在外形上变幻，才能达到诗的境界。雪莱在总结他那个时代的诗歌形象的规律时说："诗使它能触及的一切变形。"在这方面英国浪漫主义诗歌理论家赫斯列特说得相当勇敢。他在《泛论诗歌》中说："想象是这样一种机能，它不按事物的本相表现事物，而是按照其他的思想情绪把事物揉成无穷的不同的形态和力量的综合来表现它们。这种语言不因为与事实有出入而不忠于自然；如果它能传达出事物在激情的影响下，在心灵中产生的印象，它便是更为忠实和自然的语言了。比如在激动或恐怖的心境中，感官觉察了事物——想象就会歪曲或夸大这些事物，使之成为最能助长恐怖的形状，'我们的眼睛'被其他的官能'所愚弄'，这是想象的普遍规律。"[②]比赫斯列特早差不多一个世纪的，中国清代的诗论家吴乔，在《答万季野诗问》中更为准确、更为生动地谈到了诗歌形象的特点问题：

> 又问："诗与文之辨？"答曰："二者意岂有异，唯是体制辞语不同耳。意喻之米，文喻之炊而为饭，诗喻之酿而为酒；饭不变米形，酒形质尽变。"[③]

这样明确地把诗歌形象的变异作为一种普遍规律肯定下来，在中国诗歌史上还是第一次。它突破中国古典文艺理论中形与神对立统一的范畴，提出了形与形、形与质对立统一的范畴，这就进一步触动了诗歌形象的想象性。很可惜这个为四库全书总目所重视的观点，在他的《围炉诗话》中并没有得到更充分的发挥。到了西欧浪漫主义诗歌衰亡之后，现代主义的诗人提出了"诗是舞蹈，散文是散步"的说法，与吴乔的诗酒文饭之说，有异曲同工之妙。

---

① "变异"并不仅仅是"陌生化"，而且还是情感的深化和准确化。

② 古典文艺理论译丛编辑委员会：《古典文艺理论译丛》（第一册），人民文学出版社1961年版，第60—61页。

③ 王夫之等：《清诗话》，中华书局1978年版，第27页。

二、变形与白描的相互交织

诗歌形象的变形是一种规律①。当然，诗歌中也不乏白描的手段，而且在诗歌发展的历史过程中，每当想象的变形脱离生活倾向时，白描的手法常常还能为诗歌带来新的生命，为诗歌发展开拓广阔的前途。像汉魏乐府、陶渊明的大部分诗作、五四初期的白话诗就曾起过这样的历史作用。但是变形的想象性的意象，无疑在整个诗歌中占据相当的优势，而且这种意象变异的规律，较之白描手法有更大的重要性。正是这种意象变异使诗与散文划清了最后的界限。在诗歌史上，每当诗歌的领域遭受散文的侵犯，诗为大量现实图景描绘所困的时候，想象的变异常常使诗歌艺术发生划时代的跃进。在中国古典诗歌史上，最明显的例子莫过于屈原的出现。他以一整套崭新的想象性的形象，一整套象征的形象体系突破了诗经的写实手法和比较简单的幻想，把我国古典诗歌艺术提高到一个空前的水平。在中国现代新诗史上，最明显的莫过于郭沫若和闻一多的出现，是他们把新诗从生活现象的罗列，提高到艺术想象的境界，为新诗艺术拓开了广阔的天地。全部的诗歌历史证明，诗歌艺术的发展常常与想象力的发展分不开，而想象力的发展又常常与想象变幻生活原型的新趋向、新风尚、新特点分不开。诗歌史上新的流派、新的风格常常带来了想象形象新的变异。

如果诗歌只能白描，只能准确地捕捉客观生活的特征，那么，作为一种抒情文学，它所获得的自由还是相当有限的，而且这种有限的自由中，还有一部分是近乎散文的自由，不完全是诗歌艺术本身所特有的自由。光会写“心事数茎白发”，而不敢写“白发三千丈”，诗歌艺术的本质就不能充分显示出来。光会描难写之景如在目前，而不善于将形象变幻，使之含不尽之意于言外，诗歌艺术的优越性就不能充分发挥。同样一个对象用纯白描的方式描绘出来，和以想象的变形手法抒写出来，二者的艺术效果是不一样的。苏东坡和他的朋友章质夫都以杨花为题材写《水龙吟》进行唱和。章质夫的如下：

燕忙莺懒芳残，正堤上柳花飘坠，轻飞乱舞，点画青林，全无才思。闲趁游丝，静临深院，日长门闭。傍珠帘散漫，垂垂欲下，依前被、风扶起。

兰帐玉人睡觉，怪春衣雪沾琼缀。绣床渐满，香球无数，才圆却碎。时见蜂儿，

---

① 俄国形式主义把变形（deformation）作为文学艺术的基本方法之一。斯克洛夫斯基认为，各种艺术形式都是靠变形而获得的，但是他们的“变形”，主要是指语义在文字作品中发生“变异”，也是就违反通常的语义。雅各布森认为诗歌是“对普通语言的有组织变形”。要获得表现力就得学会运用“违反常规的词”。诗人的任务不但是突破通常语义，而且是突破诗歌语义的常规。此说与我的理论有相通之处，但也有巨大的差异。除了上页注文指出的以外，在以后将要论述的变质和逻辑变异方面，则更明显不限于词语的变异。

仰粘轻粉，鱼吞池水。望章台路杳，金鞍游荡，有盈盈泪。

苏东坡的如下：

似花还似非花，也无人惜从教坠。抛家傍路，思量却是，无情有思。萦损柔肠，困酣娇眼，欲开还闭。梦随风万里，寻郎去处，又还被、莺呼起。

不恨此花飞尽，恨西园落红难缀。晓来雨过，遗踪何在？一池萍碎。春色三分，二分尘土，一分流水。细看来不是杨花，点点是离人泪。

两首词都是表现思念远离家乡的丈夫的贵族妇女的伤感情绪，感叹青春像杨花一样地消逝。章质夫对杨花形态的描摹可谓曲尽其妙，其中还有些前人所未曾达到的那种微妙之处。但是，他基本上用的是写实的手法，在他笔下，杨花始终是杨花，他不敢突破杨花的固有形态，不敢让它发生变异，他只是在杨花固有形态的范围内施展他的华丽的语言功夫。而在苏东坡笔下，杨花带上了更强烈的想象色彩，它不完全是现实中杨花那个本来的样子了。苏东坡一开始就写“似花还似非花”，又是杨花，又不是杨花。到最后，则干脆宣称：“细看来不是杨花，点点是离人泪。”杨花变形了，变成了眼泪，客观的对象变成了主观的感情，这种变异只有在想象中才是合理的。

苏东坡作为一个诗人，他的想象大大超过了章质夫。而这种勇敢地突破事物原始形态的想象，正是构成诗人才华的一个重要因素，这也正是诗人的想象不同于科学家的想象之处。

科学的想象以客观的准确性为原则，任何伟大的科学家都没有以主观感情通过想象去使客观对象发生变异的权利，而这也正是诗歌的想象不同于散文、小说、戏剧等文学形式之处。小说、戏剧（一部分散文）中也有想象的虚构，除了神话、童话、科学幻想小说以外，事情的内在联系、因果关系、逻辑关系是作者突破真人真事重新虚构的，但是事情、人物本身的动作、语言都只能是现实的。小说家、戏剧家的想象力在于从一个动作、一句话、一个习惯，乃至一次微笑中，想象这是该人物全部性格、环境的一次暴露；而诗人却可以把这一句话、一个动作、一个微笑、一个习惯变异成另一种形态，淋漓尽致地表达自己的感情。

三、通过变形达到感情的准确

在诗的想象中，事物的特征常常是因为成了诗人感情的共鸣点，才能化为不可多得的生动形象。诗人的感情可以采取渗透的方式，在客观事物中以潜在的形态存在着。这时客观事物虽然也发生了变异，但是，事物的客观特征比起诗人的感情特征来说，占着较大的优势。然而，当想象力日益发展，感情的浓度越来越大的时候，感情就处于更主动的地位了，在质和量上占着决定的地位。这时，客观事物特征的准确性就被征服了，它顺从着感情的准确性。西班牙现代诗人洛尔伽在论贡戈拉的诗时说，“贡戈拉的想象并不是按照自然本身的样式形成的。相反地，他把对象、动作、事物携带到他脑海的暗室里，把它们改头换面”，“不能与他所谈到的事物对比着去诵读”，“他把大海叫作一颗‘未经琢磨的碧绿的璞玉，镶嵌在大理石上不停地动荡着’，把白杨说成是绿色的竖琴。只有莽撞鬼才会手里拿着一朵蔷薇花去读他献给蔷薇的诗”。[①] 这里说的是一个诗人的风格，但其中包含着变形的想象的普遍规律。那东去的大江能变成时间的激流，淘汰着千古英雄（苏轼《念奴娇·赤壁怀古》），那无边的细雨，会变成心中湿漉漉的忧愁（秦观《浣溪沙》），爱情的坚定，可以借橡树而具形（舒婷《致橡树》），流血的弹孔，可以化为报道黎明的星星（北岛《回答》），大路上的一抔黄土，可以比珍珠还珍贵（鲁藜《泥土》），滔滔滚滚的大海，竟然是流动着“自由的元素”（普希金《致大海》）。诗歌的想象艺术好像总是有一种回避正面肯定事物的特征的倾向。在法国18世纪到19世纪初，在拉辛与特里尔之间，说到大炮总要用一句转弯抹角的话，提到海洋，总是把它变成阿姆菲德斯女神。在查理六世、查理七世、弗朗索瓦统治时期，在悲剧诗中是不允许提到手枪这样的字眼的，它必须用别的字眼来代替。在英国诗中也一样，说到爱情总是要与丘比特的箭有关，谈到太阳又以阿波罗代替。

使描绘对象上升到诗的艺术境界的另一种重要手法，就是使其形态属性与神话、历史的典故联系在一起，这就其性质来说也是一种想象的变形。在中国古典诗歌中典故更是特别丰富，它甚至大量地侵入散文领域，使散文带上诗的特点。在现代新诗中，多少平淡无奇的生活通过想象闪耀着缤纷的色彩，而那绚烂多彩的风景，通过想象倒可能显得淡雅。想象使客观生活变成一种感情的“臆象”。歌德说：“每一种艺术的最高任务，即在于通过幻觉，达到产生一种更高真实的假象。”[②] 说的是一切艺术形式，于诗，则更是如此。有时，当生活进入诗歌的领域，化为诗的意象时，它常常不是被放大了就是被缩小了。有时诗歌把广漠无垠的生活气象，凝聚为极其精致的几个细节。如陕北民歌“千里的雷声万里的闪，红旗一展天下都红遍”。本来，红旗一展是局部地区的局部现象，可是这里却写成是普遍现象。老老实实不放大也不缩小，以一种数学家的严谨态度来写诗，常常并不能写好。诗中的数字与数学中的数字性质并不相同。不能以数学的准确性去衡量诗。说山高，高到离天三尺三，是一种想象；说小扁担，三尺三，也是一种想象。20世纪50年代中期郭沫若写天安门五一节狂欢之夜，明确写出“四十六个国家的贵宾谈笑风生”，反而不及公刘写成“半

① 中国社会科学院外国文学研究所外国文学研究资料丛刊编辑委员会编：《欧美古典作家论现实主义和浪漫主义》（二），中国社会科学出版社1981年版，第20页。

② 伍蠡甫：《西方文论选》（下卷），上海译文出版社1979年版，第446页。

个世界在中国阳台上欢笑”。后来在出单行本时，公刘更进一步把“半个世界”改成“整个世界”，这就更能表现“我们的朋友遍天下”的情感真实。这正可说明，变形，自然可能歪曲生活，但是只有那更深刻地表现了情感真诚和生活真谛的变形才有艺术的持久动人的力量。这正是过分强调语言的陌生化而忽视情感和智性的真实的俄国形式主义者所忽略了的。

四、时间空间关系的变异

诗歌意象的变形，使诗歌的内外关系发生了深刻的变化。例如，在空间和时间关系上，它就不再是牛顿古典力学的那种关系了，也不是爱因斯坦相对论所描述的那种关系了，而是一种带着很大主观色彩的心理关系。时间变成了心理时间，空间变成了心理空间。通常时空关系中那种不可逾越的界限变得富有奇异的弹性了。虽然，诗人的感官和常人的感官是相同的，但是想象却能超越常人感官的最大有效范围。我们常引用《文心雕龙·神思》中的“寂然凝虑，思接千载，悄焉动容，视通万里”来说明诗的想象。其实，刘勰讲的并不是诗的想象。他说的是在一切文章的构思过程中，都要通过想象调动直接和间接经验的库存。我们所说的诗的想象不仅在构思过程中存在，而且是诗歌意象本身的特点。杜牧在《江南春》中不过写了“千里莺啼绿映红”就引起了杨慎的不满，说是：“千里莺啼，千里绿映红，谁能听得？谁能见得？”他认为若改成“十里”就比较真实了（见《升庵诗话》）。杨慎本人就是诗人，这说明他只能自发地通过想象构成形象，在普遍的规律上，他还比较懵懂。

在诗的变形想象中，不但空间是可以压缩的，而且时间也是可以压缩的。杜甫在《秋兴八首》中写道：“昆明池水汉时功，武帝旌旗在眼中。”他一下子就把唐朝、汉朝之间几百年的时间距离压缩到目力所及的范围里来了。李瑛在瑷珲城拾起一片瓦砾，就越过时间的界限，看到了老沙皇入侵时满城的大火（《战斗的城》）。这就是艾青所说的“把互不相关的事物通过想象，像一根线串联起来，形成一个统一体”[①]。想象的视力，并不完全等同于肉眼的视力。

自然，想象也可以把时间空间上有直接联系的事物切割成不直接相连的部分。这在中国古典诗歌中是屡见不鲜的。如“鸡声茅店月，人迹板桥霜”，就是六个并列的意象，它们的语法关系和逻辑关系并未直接表明。中国古典诗歌常常省略介词和谓语，让并列的细节的逻辑关系处于浮动状态，以调动读者的想象，提高形象的密度。马致远著名的《天净沙·秋思》就是这样的：“枯藤老树昏鸦，小桥流水人家，古道西风瘦马。夕阳西下，断

① 艾青：《诗论》，人民文学出版社1980年版，第31页。

肠人在天涯。”如果我们把这首小令中一系列平行的意象的空间关系用适当的方位词、动词、介词表明，其中的诗意可能丧失殆尽。

诗的鲜明性和逻辑的鲜明性有其不可忽略的差别。歌德说：“绘画是将形象置于眼前，而诗是将形象置于想象力之前。”在诗中，诗人的想象是起点，读者的想象是终点，如果把留给读者想象的空间都填满了，就把读者排斥在想象的创造之外了。

中国古典诗歌留下大量空白的手法曾经给20世纪初的欧美现代诗歌以相当可观的影响。中国古典诗歌形象细节之间平列的结构，意象之间空间关系和逻辑关系浮动的特点，正是诗歌形象想象的一种成熟的表现。到了20世纪，这种方法使美国意象派诗人大为振奋，因为这是西欧、北美浪漫主义语法逻辑关系十分明确的诗歌中所罕见的。他们把这种方法发展为意象并列和意象叠加的方法。自称师承中国古典诗歌艺术传统的意象派大师庞德在1916年写的《高狄埃——布热泽斯卡：回忆录》中说：“三年前在巴黎，我从协约车站走出了地铁车厢，突然间我看到了一个美丽的面孔，然后又看到一个，又看到一个，然后又是一个美丽的儿童的面孔，然后又是一个美丽的女人，那一天我整天努力寻找能表达我感情的文字。我找不出我认为能与之相称的或者像那种突发感情那么可爱的文字。那个晚上……我还在努力寻找的时候，忽然，我找到了表达方式……不是用语言而是用许多颜色小斑点，这种意象的诗，是一种叠加的形式，即一个概念叠加在另一个概念之上。”[①]那首苦心经营了一年半以上的诗从几十行删得剩下了两行。

In a Station of Metro

The apparition of these faces in the crowd;

Petals on awet，black bough.

这首诗有多至19种译文，按照通常的直译是这样的：

人群中这些面孔骤然显现，

湿漉漉的黑树枝上纷繁的花瓣。

有人把这首诗译成：

在这拥挤的人群中这些美貌的突现，

一如花瓣在潮湿中，如暗淡的树枝。

香港的诗评家璧华认为前者是“不朽的”，而后者却“十分平庸”，这也许有一点夸张，但是他强调诗在空间关系逻辑关系上浮动的想象性是有道理的。在诗中把某些连续的空间切割，把某些逻辑关系隐藏起来是必要的。当然，把这一点绝对化，也有危险，有些现代派诗人提出“扭断语法的脖子”，并且写了一些叫人惶惑的诗，可能就超过通过想象的变幻

① 袁可嘉：《外国现代派作品选》（第一册上），上海文艺出版社1985年版，第130页。

去抒发感情的极限了。

五、主体与客体关系的变异

诗的想象的变异性能还可以使诗人的抒情主体和抒情对象之间的关系发生变化。通常诗歌在处理主观感情和客观生活时，大都是托物寓情，通过想象把感情渗透到事物中去。事物是主体，情是依附性的，虽然情景交融了，但物我之间的界限是很分明的。诗歌想象的发展使物我之间的关系发生了变化。有时景和物失去了独立性，成了感情的投影。物我之间的界限消失了，达到了物我融合的程度。波特莱尔在《人工的乐园》（梁宗岱译）中说：

> 你底（按：的）眼凝视着一株风中摇曳的树，转瞬间，那在诗人脑里只是一个极自然的比喻，在你脑里竟变成现实了。最初你把你的热情、欲望或忧郁加在树身上，它底（按：的）呻吟和摇曳变成了你底（按：的），不久，你便是树了。同样在蓝天深处翱翔着的鸟儿，最先只代表那翱翔于人间种种事物之上永生的愿望，但是立刻你已是鸟儿自己了。①

这种想象的变异，是更为大胆的。以物拟人和以人拟物融合起来，就带上更为奇幻的感情色彩，有了诡奇的诗意。20 世纪 40 年代鲁藜写的《草》就是这样（“我是绿草，我要伸出小手去接取阳光……”）。到了 20 世纪 70 年代，这种变异发展得更复杂了。如舒婷的《祖国啊，我亲爱的祖国》（“我是你簇新的理想 / 刚从神话的蛛网里挣脱 / 我是你雪被下古莲的胚芽 / 我是你挂着眼泪的笑涡 / 我是新刷出的雪白的起跑线 / 是绯红的黎明 / 正在喷薄 /——祖国啊”）。在这里抒情的主体失去了稳定的形态，变成了一系列客体的细节，而客体的细节也变了，主要是获得了诗意的内涵。古莲不再是植物的种子，起跑线也不仅仅限于在运动场跑道的顶端。它们获得了超越它们本身性质的更广泛的、更概括的、社会的、人生的意义。

这就涉及诗的想象的另一种表现形式了。

六、诗歌想象的变质律

变质，主要指的是诗歌的描写对象其外在形态基本没有变化，或变化较小，而其内在含义却大大变化了。如郭沫若的《骆驼》、臧克家的《老马》、艾青的《手推车》、李瑛的《哨所鸡啼》、雪莱的《云雀》、普希金的《致大海》都有这样的特点。在这类作品中，对象的主要特征常常得到了相当准确的描绘和渲染，但是，它们的性质却发生了根本的变化。

① 朱光潜：《朱光潜美学文集》（第一卷），上海文艺出版社 1982 年版，第 43 页。

骆驼不再是沙漠中运输人或货的动物，而是在到达绿洲以后仍然继续“长征”的一种精神的化身。老马，不仅仅是北方农民用来耕地、运输的家畜，而是一种生命的化身，它忍受着沉重的劳动，而又不为重压所摧垮，它在痛苦的压力下垂下了头，在飞来的鞭影下却抬起了头。忍受苦难和坚韧不拔交织着，使人们想到的不仅仅是动物的特点，而更多的是使用马耕作的北方老农的精神气质。老马和骆驼不同，《骆驼》表现的是诗人自我的襟怀，而老马则更着重表现客体生命的深邃。

诗歌想象的变质大致不外乎这两条途径，或者表现诗人内心，或者透视生活的奥秘。诗歌中的象征手法之所以那么发达，而且越来越发达，乃至于形成一种以象征为特点的流派，就是因为它符合了诗歌想象的变质规律。

王逸在注解屈原的作品时，早就指出了香草变成了美德，恶草变成了奸邪的特点。之后，在中国古典诗歌中，象征性的形象成为一个不断丰富的体系。象征的特点就是在意念上而不是在形态上的变化。波特莱尔的《猫》，生动地刻画出猫的形态与特性，但它表现的却是“人兽混合的观念，是灵与肉的象征”①。里尔克的《豹》，以“客观的忠实的描写”著称，他写关在铁笼中的豹子的客观特点是很认真的。里尔克接受了罗丹的劝告，对豹子的特点进行了艰苦的、细心的观察，但是所表现出来的已经不是纯粹的豹，而是一种拟人化了的自然对象，与其说是在描写豹的客观形象，不如说他借豹子的处境表现自己的心情。

把自然对象当作精神生活的某一特点来表现是常见的，使自然现象带上社会内容则是更常见的，而且这种自然现象的内涵常常由于民族的不同而不同，由于时代的不同而不同。同样是太阳的形象，在我国古典诗歌中为帝王的象征，而在“五四”新诗中则变为民主或真理的象征。在西欧诗歌中，爱情的鸟是夜莺，而在中国古典诗歌中则为鸳鸯。普希金笔下和惠特曼笔下的青草有不同的含义，在中国民歌和苏格兰民歌中爱情的花肯定是不同的品种。现代新诗中的东风、红旗、烈火、高山、小草都有其非自然属性的诗的内涵。这一切都表明，诗的想象变质规律在广泛地起作用。

诗的变形和变质虽然各有特点，有明显的区别，但是，它们在诗中出现时却常常是混合的。生活的原型到了诗里，常常不但是形态变了，而且性质也变了。正像吴乔所说的那样，米变成了酒，形与质一起变了。马雅可夫斯基可以用太阳做他的单眼镜，艾略特用咖啡匙量走的是他的生命。艾青把巴黎变成一个患了歇斯底里症的美妓女，而艾吕雅说它像新下的鸡蛋一样新鲜。在李瑛笔下，历史可以打着绑腿走进北京，在公刘听来，北京回音壁所传出的只能是爱国主义的呼唤。对战士的刺刀，仅仅看到耀眼的光芒可能是非诗的，富有想象力的诗人可以说那里闪耀着战士的忠诚和智慧。峥嵘的山峦是被仇恨的烈火烧成

① 覃子豪：《论现代诗》，蓝星诗社 1958 年版，第 25 页。

这副样子的吗？明净的西湖是不是月宫里失落的明镜？

想象本是来自生活，可是为了忠于生活，又不能拘泥于它太具体的特征和质地。英国诗人科勒律治说："艺术家必须首先使自身离开自然，为的是以充分的力量归还自然。""如果他从纯粹的苦心临摹开始，他只能做出假面具来，而不会做出有生气的形象来。"[①]诗人的想象是调和主观感情和客观生活的矛盾的熔炉。当想象的某一特征刺激了诗人，调动了诗人的全部生活记忆，产生了一个与客观生活的特征相适应的共鸣点，二者结合起来达到高度的和谐，这时变形、变质的规律就在起作用了，这就是诗的想象的秘密。

七、"无理而妙"的变异逻辑

诗歌形象的想象性质不仅仅表现在形与形、形与质之间的关系上，更奇妙的是表现在情与理之间产生的一种中国古诗话中称之为"无理而妙"的现象。吴乔在《围炉诗话》卷一中说：

> 余友贺黄公（按：贺裳）曰：严沧浪谓诗有别趣，不关于理，而元次山《春陵行》、孟东野《游子吟》等直是六经鼓吹。理岂可废乎？其无理而妙者，如："早知潮有信，嫁与弄潮儿"，但是于理多一曲折耳。[②]

这番议论又见于贺裳的《载酒图诗话》。一个商人的妻子，这样轻率地说宁愿嫁给船工，这自然是不大符合当时的世俗之"理"的，但是这里有情。船工弄潮而归期有信，商人好利而返时不卜。从珍惜青春的价值来说，这是一种特殊的"理"。这是把男女之情放在一切之上的那种"理"，是一种以情为纲的审美的"理"。它不是吴乔所反对的那种"浅直无情"的干巴巴的"理"，而是一种看来无理，但对于诗来说是很妙的"理"。

曹雪芹在《红楼梦》中借香菱的口说："据我看来，诗的好处有口里说不出的意思，想去却是逼真的，又似无理的，想去竟是有情有理的。"表面看来无理的词句，通过想象，仔细一体会觉得有理，因为其中有情。

在诗歌想象性的形象中，"理"是一种抒情的、审美的理。按通常实用理性来考虑，这是不合逻辑的，但是按想象的逻辑来考虑是很有审美的道理的。这也就是吴乔所引用的贺裳所讲的"但是于理多一曲折耳"。这个曲折是值得注意的，它在于情，在于想象，它不是"浅直无情"的抽象逻辑性，而是想象的、抒情的曲折逻辑性。英国诗人柯勒律治在《文学传记》中眷念着一位无名的老师，因为从这位老师的教诲中他才深深地理解到极为放纵的

---

① 中国社会科学院外国文学研究所外国文学研究资料丛刊编辑委员会编：《欧美古典作家论现实主义和浪漫主义》，中国社会科学出版社1981年版，第280页。

② 王夫之等：《清诗话》，中华书局1978年版。

诗还是有它的逻辑的，这种逻辑就是感情的逻辑，而不纯粹是理性逻辑。这种现象在现代新诗中比之古典诗歌中更为突出。如臧克家的《有的人》：

有的人活着，

他已经死了；

有的人死了，

他还活着。

这在表面上看来是无理的，不合逻辑的，是违反矛盾律的，但是它又是很妙的。它强调的是个人与人民的关系：与人民为敌的，虽生犹死；为人民尽忠的，虽死犹生。如果我们把这些话补充出来，"理"是有了，但不"妙"了，因为这样一来就没有任何想象性了，真正变成了"浅直无情"。

诗要有理，有情，情理交融，就必须摆脱那种浅而直的理，追求那种深而曲的理，也就是一种变幻的、想象的"理"。关键在于留下想象空间，也就是采取表面无理的形式来表现那种奇妙的情理。这种现象在西欧浪漫主义诗歌和现代主义诗歌中普遍地存在着，如雪莱在《西风颂》：

假如冬天来了，春天还会远吗?

从通常的理性逻辑来看，这有明显的片面性。明明最为现实的是寒冷的冬天，而诗人却无视这种不利条件，相反强调有利条件之逼近，无视矛盾的主要方面，突出矛盾的次要方面，这样的思想是不全面的、主观的。但是诗表现的不仅仅是现实，它的动人之处在于把读者带进了一个想象的领域，让你去体会那藐视不利条件的乐观精神。如果抒情逻辑不是带有想象的性质，就不可能产生这种"无理而妙"的艺术感染力。如果我们把其中包含着的道理用语言补充出来，那么，虽然有了通常的那种浅而直的理，但抒情的逻辑就被破坏了。

抒情的逻辑就是一种想象的逻辑性。所谓"无理"而又能"妙"者，就是因为有这种"多一曲折"的逻辑。有无这种曲折的逻辑，对于想象来说是至关紧要的。想象之所以与幻想不同，主要原因就在这里。西方古典文艺理论中许多经典作家都给想象以极高的评价，而对幻想持蔑视的态度，认为想象是才华的表现，而幻想则是卑贱的、消极的。这一点与中国古典文论似有不同，其全部原因还有待研究。但其中主要的一条恐怕就是，纯粹的幻想，缺乏那种内在的、奇妙的、抒情的逻辑性。别林斯基说："平凡的撰写家们认为诗在于想象（Воображение）的虚构，然而，不论是醉汉的呓语还是疯子的幻想都是想象（фантация）的虚构。"[①]

---

① 别林斯基：《"哥萨克人"，亚历山大·库兹米奇的中篇小说》，参见古典文艺理论译丛编辑委员会编：《古典文艺理论译丛》（第十一册），人民文学出版社 1966 年版，第 67 页。

想象之所以高出幻想，高出了疯子和醉汉的呓语，就在于它的内部包含着某种深刻的意念。这种逻辑既不同于纯理性的逻辑，又不同于反理性的无逻辑。正因为这样，我们可以看到《凤凰涅槃》写的是一种幻想境界，以古埃及不死鸟（phoenix）500 年积香木自焚然后复活为题材，但它不是纯粹幻想的，因为其中有一种奇妙的哲理：自觉地、主动地毁灭旧我变成了美妙的、永恒的新生。有了这种哲理性，幻想也就成为理想了。

而这一切正是诗的想象不同于小说、戏剧之处。

在小说、戏剧中，类似上述“无理而妙”的现象，可能比诗中出现的频率更高，其表现的形态比之诗更为丰富。阿 Q 的精神胜利法，是无理的，但又是很妙的；哈姆雷特当断不断的延宕是无理的，但也是很妙的。从欧也妮·葛朗台对堂弟的感情，到保尔轻率地回避了乌斯金诺维奇的爱情，从关云长华容道放走曹操，到别里可夫因其女友骑了自行车而大惊失色，导致感情破裂，乃至最后死亡，这些看来好像都是无理的，然而恰恰又是这些小说和戏剧形象的艺术魅力的关键。

这一切都和吴乔所引用的那个“早知潮有信，嫁与弄潮儿”的抒情逻辑有某种共同性。这是因为，诗和小说、戏剧一样都具有艺术的假定性，它们同样要在生活的土壤中播下心灵的种子，自由地开出想象的花朵。但是同样的土壤，因种子不同，种种条件不同，花朵的生理机制也不一样。

诗的想象，它的“变理”表现的是感情，以抒情主人公的一以贯之的感情奇观来感染读者。[①] 而在小说和戏剧中，它的“变理”表现的是性格的奇观。性格，自然也包含感情，但性格是一系列的感情，是一系列感情引起另一系列行为、话语、智性的变化过程，它是一种全方位的心理结构网状系列。它的发展、变化所表现的更多是感情与环境之间的客观逻辑性。此外，性格之间发生矛盾冲突，也就是这一系列感情与另一系列感情之间发生互相依存和冲突，导致了人物关系的变化。这种变化的层次之间有一种变异的因果关系，而不是通常的逻辑关系。这逻辑关系的特异性，常常要到人物性格中去寻找才能得到充分的说明。这正是小说形象中的特异逻辑与诗歌形象的“变理”的不同之处。

诗的想象涉及一个想象的普遍性问题。从普通心理学角度来看，想象的实质是“表象的改造的过程”。想象是一种高级思维，是反映客观生活的一种形式。那么在诗歌的创造性想象中，客观的生活成分和主观的感情成分是一种什么样的关系呢？“创造性的想象的特点在于它脱离了联想的惯常进程，而使它服从于当时在艺术家心理上占优势的情绪、思想、意图，虽然联想的机制依然如故（类似、接近或对比联想），但想象的选择性正是决定于这

① 这种说法还不太完全，应该是除了抒情以外，还有超越抒情、从感觉到智性的深化。不抒情、反抒情是现代和后现代诗歌的特点，这一点我在当时不太明确。2000 年注。

种占优势的趋向。”①

正因为这样，诗歌想象的真实性不能单凭它描绘客体的准确性和理性逻辑的规范性来评判。同时，它还要看在当时诗人心目中占优势的情绪、思想、意图，是不是从更广泛的生活中吸取来的精粹，是否能引导读者更加逼近心灵的真谛。在抒情诗中，情渗透于生活形象，情景交融，和谐统一，可以创造出动人的意境；情冲破景，情使景和物变形、变质，情使理性逻辑变异，情占了压倒优势，也可以产生充满激情的诗篇。

在诗歌的变形、变质、变理形象中，其表现主观强烈感情和透视生活的深刻真谛是可以统一的，关键在于诗人的思想艺术修养和生活基础。如果一个人对生活的整个态度是荒谬的，即使他善于刻画客观对象，甚至达到惟妙惟肖的程度，那也可能背离了生活的方向。奇妙的想象的真正生命在于生活的总体和透视之中。连波特莱尔那样强调诗的主观性的诗人都说想象是“真实的皇后”。他指出：“好的想象力要储藏大量的观察成果，才算有了最好的帮手，也就是最有力量在和理想竞争时逞强取胜。”②

要进入诗的境界，就要培养发展自己诗的想象力。安徒生在他的童话《创造》中写过这样一个故事：一个爱写诗的青年人，写不出诗来，很苦闷。于是他去找巫婆，巫婆给他戴上眼镜，安上听筒，让他到人群中去，他就听到马铃薯在唱自己家庭的历史，野李树在讲故事，而人群中的一个故事接着一个故事在不停地旋转。诗人受不了，要回去。巫婆说，不成，向前去吧，用你的眼睛去看，用你的耳朵去听吧，用你的心去想想吧！

这里所说的眼睛、耳朵、心，就是诗人想象的眼睛、耳朵和心。诗人应该在别人听不到、看不到的地方听到看到。这不是巫术而是艺术，因为它来自生活，又为了表现生活。当然，如果诗人的生活库存很少，诗人的情绪不健康，那么当他自以为是超出了联想的惯常进程，在进行创造性的想象时，他实际上可能走了邪门。诗人如果对诗歌想象的惯常进程没有长期的大量的感受，没有那种心有灵犀的默契，也可能迷失在反理性的精神蛮荒之中。

当诗人的想象开始起动之时，云蒸霞蔚，万态竞萌，常常处在多种可能的路口，不得不做出抉择。这时，诗人就不但要有思想的判断力，而且要有艺术的鉴别力。也许那驾轻就熟的大路，只能通向庸俗趣味；也许那迷离恍惚的云烟，正掩盖着通向创新的坦途。那眼前变幻的色彩，可能是虚假的诱惑；那腾飞天外的神思，可能植根于生活的深邃底层。莎士比亚在《仲夏夜之梦》中，把疯子、情人、诗人一概当成想象的能手，这是片面的。

① 曹日昌：《普通心理学》，人民教育出版社1981年版，第377—380页。

② 古典文艺理论译丛编辑委员会编：《古典文艺理论译丛》（第十一册），人民文学出版社1966年版，第46—47页。

因为诗人与疯子不同，他的想象自有一种特殊的逻辑，如果要说理性，那也是一种通过感情的逻辑而表现出来的理性。别林斯基说：

> 想象仅仅是约束诗人的最主要的能力之一。可是仅靠这一点，还不足以构成诗人，他还须有从事实中发现概念，从局部现象中发现一般意义的深刻智力。[①]

诗人当然要想象，但也少不了抽象的智力。正因为这样，歌德才说："有想象力而无鉴别力是世界上最可怕的事。"狄德罗说："诗歌不能完全听凭想象力的狂热摆布。"

但是注意到想象力与理解力之间的统一性的时候，不要忘了二者之间还存在着排斥力。康德在《判断力批判》中说过，想象力在认识活动中要受到理解力的束缚，要受到概念的限制，在审美活动中它却是自由的，它超出概念之外。所以康德主张，艺术家需要一种才能：既能把握住想象瞬息万变的活动，又能不受任何规矩的束缚传达出某种概念，与某种概念相契合。用我们的话来说，就是把似乎超越生活的奇思妙想和揭示生活的真谛结合起来。这自然是一种高难度的艺术。正因为这样，诗歌才不愧为"文学中的文学"，创造性的诗的想象才华在人类智慧的周期表上才是不可多得的稀有元素。

第六节　诗的比喻与想象的距离

在变异的想象中，比喻是一种特殊的形式。

在一切文章中，比喻并不是主要的成分，而是一种辅助性的手段，在文学作品中也一样。文学形象主要靠事物本身主要特征的直接描绘和变异的想象。好的比喻可以使特征发出想象的光芒。但是，比喻不管多好，都不能代替正面的直接的描写。比喻，不论作为一种认识手段，还是表达方法，毕竟有其先天的局限。有一句德国谚语说："一切的比喻都是蹩脚的。"道理很简单，因为比喻强调的是事物之间的一致，而事物之间差别却是绝对的。西方一个著名的哲学家说过："没有两片完全相同的树叶。"莫泊桑则说："世界上没有两个完全相同的鼻子，两粒完全相同的沙子。"列宁说："任何比较都不会十全十美，这一点大家早就知道了。任何比较只是拿所比较的事物或概念的一个方面或几个方面来相比，而暂时地和有条件地撇开其他方面。"[②]

作为一种认识方法，比较是免不了片面的、不完全的。把比较的作用绝对化地夸大是危险的。而比喻，则比比较更片面，因为比较还可以从多个方面进行，还可以是比较丰富

---

① 别林斯基著，满涛译：《别林斯基选集》（第二卷），时代出版社 1953 年版，第 124 页。

② 列宁著，中共中央马克思恩格斯列宁斯大林著作编译局译：《列宁全集》（第八卷），人民出版社 1959 年版，第 423 页。

的，比喻则是单纯地从二者之间相同的某一点出发的。比喻是比较的一种不完全的表现形式。

但是在诗中，比喻比在任何文学作品中都占着更重要的地位。在我国古典诗歌理论中有把比喻看得比赋更重要的倾向。毛泽东在给陈毅的信中，把比（和兴）当成诗的“形象思维”的主要方式，正是比喻在诗中重要性的反映。当然，在一部分诗中比喻常常是构思的纲领，整个诗作就是一个统一的比喻统率着一系列派生比喻构成的，全部诗的形象就是一个比喻派生出来的，是一套配合得很严密、很精致的比喻。这在散文中是少见的，少数散文有类似的构思，就给我们一种诗意盎然的感觉。在另外一些诗中，比喻只对局部形象起装饰作用，但它对形象的质量的决定性，则是散文中比喻所不及的。

一、本质相异，一点相通

通常的比喻，所表达的主要是两个不同事物或概念之间的共同点，表达事物之间不同点的比喻就比较特殊，在一个简单的比喻中把相同与相异点统一起来的就更特殊（以事物相异点作比喻的，如“你不像花，你没有花一样的香气”。把事物相同相异结合起来的比喻，如“你有花一样的色彩，但没有花一样的芬芳”）。[①]我们的研究应该从最普遍、最一般的存在开始，也就是从表达不同事物或概念之间的共同点的那种比喻开始。构成比喻的两个基本的要素首先是，从客观存在来说，二者必须在根本上、整体上有质的不同，其次是在局部上有局部的共同。这在科学中和文学中是一样的。如《诗经》中：“出其东门，有女如云。”首先是，女人和云在根本性质上是不可混同的，然后才是在数量的众多给人的印象上，有某种一致之处。对于比喻来说，宝贵的是在不同中发现了相同，比喻的力量正是在这里，在显而易见的不同中发现了隐蔽的美学联系。比喻不嫌弃这种暂时的一致性，它所借助的正是这种局部的，似乎是忽明忽灭的、摇摇欲坠的一致性。我们不能蔑视这种偶然的一致性，而去追求永恒的、完全的一致。当我们说“有女如云”时，给人以一种形象的感觉。如果你觉得这个感觉传达得不够准确，你要追求高度的精确，你要排除本体和喻体之间的一切差别，使二者融洽无间，像两个同半径的同心圆一样重合，那你没有别的选择，只能说“有女如女”。而这在逻辑上就犯了同语反复的错误，比喻的形象性就完全落空了。在日常生活中，我们说牙齿雪白，因为牙齿不是雪，牙齿和雪根本不一样，牙齿才可能像雪一样白。如果硬要完全一样，就只好说，牙齿像牙齿一样白，而这就等于是百分之百的蠢话。

比喻不能绝对地追求精确，比喻的生命基础就是在一种不精确中求精确。所以纪昀说

---

① 这是比喻中的一种特殊类型，修辞学上叫作“较喻”。

比喻“亦有太切，转成滞相者”。

朱熹给比喻下的定义是：“以彼物喻此物也。”自然是不全面也是不深刻的，但是接触到了矛盾的一个侧面。《文心雕龙·比兴》总结《诗经》中关于比的经验时说：“金锡以喻明德，珪璋以譬秀民，螟蛉以类教诲，蜩螗以写号乎，澣衣以拟心忧，席卷以方志固。”都是在不同的事物中找到某种共同点。黄侃在《文心雕龙札记》中说：“但有一端之相似，即可取以为兴，虽鸟兽之名无以嫌也。”这里说的是兴，实际上也包含了比的规律。例如在《关雎》中，在雎鸠和窈窕女郎之间有根本的不同，但是只要在自由自在、天然动人这方面一致就可以构成比喻了。在这相通的一点以外，人与禽之间的区别是暂时地略而不计的。如果不是这样，把人当作禽，和当作兽一样，可能是侮辱性的。王逸在《楚辞章句·离骚序》中说：“‘离骚’之文，依诗取兴，引类譬喻，故善鸟香草以配忠贞，恶禽臭物，以比谗佞，灵修美人，以比于君，宓妃佚女以譬贤臣，虬龙鸾凤，以托君子，飘风云霓，以喻小人。”《楚辞》在比喻上比《诗经》更加大胆，它更加勇敢地突破了以物比物、托物比事的模式，而有系统地在有形的自然与无形的精神之间发现相通之点，在自然与心灵之间架设了想象的桥梁。《文心雕龙·比兴》中说：“比者，附也。”说的是，本体和喻体只要有一点相通，只要有一点接触，相摩擦，可附着，比喻就有了构成的基础。

关键在于不拘泥于事物本身，要超脱事物本身，放心大胆地到事物以外去，才能很好地说明事物本身，执着黏滞于事物本身反倒不能有精彩的比喻。亚里士多德在《修辞学》中说得更具体、更彻底：“当诗人用‘枯萎的树干’来比喻老年，他使用了‘失去了青春’这样一个两方面都共有的概念来给我们表达了一种新的思想、新的事实。”[①]在生活中，在一般人的印象中，枯树与老年之间的相异占着绝对优势，诗人的才能就在于在一个暂时性的比喻中，把占劣势的二者相同之点在瞬间突出起来，使之占据压倒的优势。对于诗人来说，正是拥有了这种“翻云覆雨”的想象魄力，才能构成令人耳目为之一新的比喻。

自然，这并不是说，任何不相干的事物，只要任意加以凑合一番，便能构成新颖的、叫人心灵振奋的比喻。如果二者共同之处没有得到充分的突出，或是根本没有揭示，则会不伦不类，给人无类比附的生硬之感。比喻不但要求一点相通，而且要求在这一点上尽可能地准确、和谐。所以《文心雕龙·比兴》中说：“比类虽繁，以切至为贵。”不准确、不精密的比喻，会使读者的心理产生抗拒之感。亚里士多德在《修辞学》中说：“不要把重大的事情说得很随便，也不要把琐碎的小事说得冠冕堂皇。”他批评古希腊悲剧诗人克里奥封作品中的一个句子“啊，皇后一样的无花果树”，[②]在亚里士多德看来，这造成了滑稽的效

① 伍蠡甫：《西方文论选》（上卷），上海译文出版社1979年版，第94页。
② 伍蠡甫：《西方文论选》（上卷），上海译文出版社1979年版，第92页。

果。因为无花果树太朴素了，而皇后则很堂皇。二者在通常意义上缺乏显而易见的相通之处。当然，这里是通常意义上讲的，在特殊情况下，如在喜剧性的讽刺作品中，或者在某种特别的感情状况下，这个比喻可能显示出特殊的效果来。不恰当的比喻，在追求幽默感时，可能变成恰当的。如抒情的比喻："这孩子脸红得像苹果，不过比苹果多了两个酒窝。"而幽默的比喻则可是这样的："这孩子脸红得像红烧牛肉。"《文心雕龙·指瑕》中批评曹植在祭奠他父亲的《武帝诔》中用了"尊灵永蛰"的暗喻，在《明帝颂》中用了"圣体浮轻"的暗喻，刘勰认为："浮轻有似于蝴蝶，永蛰颇似于昆虫，施之尊极，岂其当乎？"刘勰认为这对歌颂皇帝不太恰当。这里有个诗的比喻和联想意义的问题，正是下面要细说的。

二、诗的比喻和散文的比喻

比喻当然要追求恰如其分，这固然要取决于本体与喻体本身的共同点，但也不尽然。由喻体引起的联想和暗示在诗里很重要。不同的形式常常有不同的规范。对于严格的植物科学论文来说，"霜叶红于二月花"，可能并不准确。因为科学诉诸理智，它要严密、客观，不带任何感情色彩；而在诗中，比喻不但有客观的成分，而且有感情的成分；不但有理性成分，而且有直观的甚至错觉的成分。主观感情的成分不但不会引起事物性质的混淆，而且是诗的生命的元素。在这方面，诗的比喻不但与科学有明显的区别，而且与散文的比喻也有不可忽略的差异。有时诗的比喻在散文中会显得很不诚恳。例如铁人王进喜在一次会议上说："如果没有革命的炉火，我还不是毛矿一块？如果没有毛泽东思想的盐卤，我还不是浆水一碗？"把革命比作炉火，把自己比作粗糙的矿石，这在诗中和散文中是相通的；但是把毛泽东思想比作盐卤，把自己比作豆浆，一到了诗里就变了质，完全不是味道了。我们不能想象把这两句很精彩的散文改编成这样的诗句："毛泽东思想是盐卤，我是一碗豆腐浆。"这就不但比喻得不恰当，而且造成了一种不庄重的感觉。诗的比喻比之散文的比喻，有强烈的感情色彩，它在表现感情的微观世界时，比散文要精致，它在表现感情的宏观世界时，比散文要更大胆，更有气魄。李瑛把草原上新开的一条小河比作牧场师傅的弦子、马场小伙的带子，都是从小河直而长的形状出发，进行想象的。但是除了弦子、带子，直而长的事物很多，例如电杆，就很难用来比喻小河，这是由于诗的比喻的精致之处，不但要求集中在事物的主要特征上、词语的中心意义上，而且要求事物的次要特征，词语的联想意义、暗示意义，也有某种契合。在这里，弦子发出的乐音、带子质地的柔软和小河的联想是一致的，而电杆的硬度和小河的联想是不一致的。

《世说新语》上记载，一天下大雪，谢安考问他的子侄辈如何比喻。一个侄子说："撒盐空中差可拟。"侄女谢道蕴说："未若柳絮因风起。"以空中撒盐比降雪，形状、颜色上固然有一点相通，但引起的联想、硬度、运动的速度，都不及柳絮因风那么贴切。空中撒盐的比喻，勉强可以达到散文的要求，柳絮因风则是诗的比喻。诗的比喻是大大超过了一点相通的要求的，而就其夸张处，好像连一点相通都不充分。例如，当周恩来总理逝世时，一个中学生在作文中写道："我的泪水像长江一样流了下来。"这里泪水的流动方式和长江的流动方式的共同性是不充分的，因而，这个散文的比喻很难成立。可是在诗中就不同。韩瀚在《写在祖国的江河大地上》中就写了："仿佛长江黄河一齐流到我们眼中。"这作为诗来说，是很真实，也是很恰当的。

这是因为诗的比喻有那么强烈的感情色彩，而且有时主观感情的准确性可以超过客观描写对象的准确性。诗的比喻，常常不是现实性的，而且带着鲜明的想象性。它的妙处不在对现实的描摹的准确和逼真，而在于想象的真实。而诗的想象最通常的表现形式就是形态性状的变异。例如艾青在20世纪30年代的诗中写当时的环境是"铁链比我的歌声更响"，这自然是一种想象的概括，并不是对现实的描摹，在这想象的比喻中占着压倒优势地位的是作者的感情。又如毛泽东在《采桑子·重阳》中写秋天"不是春光，胜似春光"，自然也是通过想象超越现实，强调一种独特的感情。衡量这类诗句的真实性不能光从描绘对象去死板地对照、印证，同时要考虑到诗歌想象的特殊规律。它总是不拘泥于生活原型，它常常是要变异生活的形态和特征的。

诗的比喻带上了感情和想象性，就在于和现实的逻辑规律有了差异，在比喻中本体与喻体不能全部相同。可是有时为了强调特殊的感情，这个规律的神圣性就不可避免地受到侵犯。契诃夫在小说《我的一生》中有这样的句子："我在各式各样的机关里做事，可是所有那九种职务都彼此相像，就跟这滴水和那滴水相像一样。我总得坐着写字，听愚蠢的或是粗鲁的训斥，等着革职。"显然，职务多到九种，不同是主要的，要不然就是同一种职务担任了九回。可是这里的比喻强调的是没有任何差异，这是一种感情的强调。这好像和莫泊桑说的世界上没有两粒完全相同的沙子、没有两个完全的鼻子唱反调，由于这是抒情，所以它没有达到和逻辑不可并存的程度。

到了诗里，这种抒情性就能进一步大幅度地发挥起来，形成一种对散文逻辑保持相对独立性的想象逻辑。徐志摩在著名的《再别康桥》中有这样的诗句："轻轻的我走了，正如我轻轻的来。""悄悄的我走了，正如我悄悄的来。"本体与喻体之间的区别差不多等于零，但没有同义反复之感，这里有一种经过想象提炼的高度和谐与单纯（轻轻和悄悄），单纯到失去差异的境界。当然，即使在诗里，也是不多见的，不能大量运用，更不能依此类推而取消比喻的功能。郭沫若在一首歌颂武汉长江大桥的诗中，反复用了一系列神话和传说作为比喻，形容长江大桥之美好。但是后来诗人都推翻了，原因是诗人说，这些从现实描摹的准确性来说都不足。最后郭沫若只好说，你就是长江大桥，别的什么也不是。这就从诗歌的境界撤退到散文的境界了。郭沫若晚期诗作的大量失误，常常是因为以散文的逻辑代替了诗的想象逻辑。结果他的诗不是拘泥于现实，就是把想象退化为幻想。

诗的比喻的感情强调方式还有一种极端的表现，那就是类似自相矛盾的形式，在表面上看来是截然相反的事物在感情中间找到了想象的共鸣点。例如雪莱在《暴政的假面游行》中说：

> 这时，一旁闪出一个姑娘，
> 她说，她的名字叫希望，
> 其实，看起来更像是绝望。

用尖锐的、相互对立的事物和概念构成比喻是罕见的。在极端抽象的哲学领域中偶尔有之，它强调的是智性。在诗歌的想象中则较多，它所强调的是感情。这种比喻常常用来表现某种极端的感情。雪莱在这里所强调的是没有希望，连希望本身也像绝望。使极端互相排斥的成分在一点上统一起来，而且达到相当程度的和谐，不通过想象是不行的。诗的想象正是起着调和生活现实与主观感情的矛盾的作用。

想象是生活与感情的遇合。在诗歌中，如果没有想象，主观感情和客观事物之间会冲突起来。如果屈从于生活的原始状态，满足于模仿，比喻会变得粗糙而俗气。如果听任感情自由泛滥，诗的比喻会失去理性，变成呓语狂言。想象之可贵正是在于能将这二者统一起来。

亚里士多德并没有直接肯定地论述过诗的想象，但是，他在《修辞学》中强调了诗与散文的不同：

> 给平常的语言赋予一种不平常的气氛，这是很好的：人们喜欢被不平常的东西所打动。在诗歌中，这种方式是常见的，并且也适宜于这种方式，因为诗歌当中的人物事件，都和日常生活隔得较远。至于散文，则不太合适。①

亚里士多德指出了诗比之散文离生活较远，这正是对诗歌形象想象性的精细感受。正因为诗比散文离生活较远，所以诗的比喻比之散文的比喻也对生活超越较大。在诗中，本体喻体之间想象的空间跨度、时间长度是更大的，在二者之间架设的比喻桥梁是更险峻的。洛尔伽说："隐喻（按：西欧诗人更常用的、更重要的一种比喻）正是通过想象力的一跃，把两个敌对世界联系在一起。"

想象的飞跃是诗的比喻的特点，而在散文中想象是一步步走在现实的地基上的。诗的想象更自由，因而要求也更高。平庸的比喻在散文中还可以有隐蔽的余地，在诗中就难以

---

① 伍蠡甫：《西方文论选》（上卷），上海译文出版社 1979 年版，第 90 页。

存身了。诗的比喻确立在独创的想象上，总是在不断求新的。

三、远取譬和近取譬

诗歌的比喻在不断追求新的想象的过程中有着两种看来相反的倾向，好像沿着两条相反的轨迹，越过生活的山脉和海洋，最后又汇合在一起，这两种倾向就是朱自清先生在《中国新文学大系·诗集导言》中首先提出来的：近取譬和远取譬。也许朱自清是从许慎《说文解字叙》得到了启发："古者庖牺氏之王天下也，仰则观象于天，俯则观法于地，视鸟兽之文与地之宜，近取诸身，远取诸物，于是始作《易》八卦。"（许慎又取自《周易·系词·上传》）

近取譬说的是，喻体总是与本体有较为紧密的联系，总是在本体的环境中在与本体相近的事物或感情中找寻喻体。同样是形容美女，草原的美女用草原上特有的事物作喻，雪山的美女用雪山上特有的事物作喻，贵族的喻体带着贵族生活的气息，平民的有着平民的生活色彩。《长恨歌》中写杨贵妃"芙蓉如面柳如眉""梨花一枝春带雨"，喻体都是宫廷园苑中常见的植物，与杨贵妃的感情生活天地也有较为密切的关系。而在《王贵与李香香》中："山丹丹开花红姣姣，香香人才长得好。"山丹丹正是李香香生活环境和感情世界中比较常见而且亲近的。

诗的想象要比散文离生活远一点才成，力求避免心理上产生"抗阻"，尽可能在变幻形态特征的想象中把读者引回到生活的现实中去，但又不能无限制地远离。这就是柯勒律治所说过的想象飞越了现实，为的是以更大的力量深入生活现实。在诗的比喻中好像有一种无处不在的向心力在管辖着诗人自由的想象力，使之只能在有限的范围内发挥效能；越出这个向心范围，比喻就可能变质。把李香香比成山丹丹很贴切，因为这是近取譬，如果用它比喻上海时髦女郎就有一种隔膜之感，如果用它比喻美国好莱坞的电影明星，那就不伦不类了。这是因为喻体离开本体生活现实太远，就很难启发读者去想象对象的生活环境和气氛。正因为这样，苏格兰诗人彭斯把爱人比作鲜红鲜红的玫瑰，我们却不能接受用红玫瑰来形容李香香。我们可以欣赏《王贵与李香香》中把共产党比作"头羊"（"羊群带路靠头羊，陕北出了共产党"），而不能指望美国诗人用头羊去比喻华盛顿。因为头羊对《王贵与李香香》中主人公的生活环境来说是亲近的，对于当时的美国人来说是遥远的。

值得注意的是，这种远和近的区分，并不完全是客观的，同时也与文化心理上联想和想象的习惯有关。玫瑰在中国是常见的，可是用来形容李香香就没有一种亲近之感。同样一个喻体，不同时代、不同民族、不同风格流派的诗人可以取其不同的方向。由于长期反复的创作实践和欣赏实践，想象活动的范围渐渐趋于稳定。在这个稳定的领域中，哪怕是很遥远的空间和时间距离，也觉得是亲近的。例如把中国农村姑娘比喻为西施、嫦娥，在时间上、空间上都是遥远的，可是对于中国人来说并无遥远之感，倒是用玫瑰来比喻中国农村姑娘顿生遥远之感。鸽子和橄榄在中国南方和欧洲南部同样是常见的，但是在欧洲用它们暗喻和平是近取譬，而在中国，特别是农村读者看来则不是近取譬。由此可见，取譬的远近，不完全是地理的概念，也不完全是环境、生活所决定的，这里还有文化心理因素，有一个联想想象的习惯和传统问题。因此比喻在很大程度上是一种想象的距离、文化心理的距离。同样一个喻体，不同的文化背景、不同的民族心理、不同的诗歌传统，其远近之感是很不相同的。从总的趋向来看，近取譬是主要的。想象和联想的习惯、生活、环境的特点有一种强大的磁性作用，使诗人的想象和它亲近，使得比喻总是在一种无形的规范中沿着最近于习惯的联想和想象的航线飞行。

但是长期的、反复的近取譬，对于比喻来说又是一种束缚。本来比喻的可能是无限的，而当想象被限制在一个不断重复的天地中，久而久之，就连那些曾是最生动、最新颖的比喻都像塑料薄膜那样迅速地老化了。越是风行一时的比喻方法，越容易被蜂拥而来的模仿者使用得过分，而变得俗气起来。单纯的近取譬在发展的过程中、繁荣的顶点上就为自己准备着毁灭的危机。正是这一发生在比喻内部的矛盾推动着比喻的发展，不断克服着这种危机。这就涉及远取譬的作用了。

从比喻的本性来说，比喻又是不断向生活的和想象的远距离进军的。钱锺书曾说过，比喻的成立需要有两个相反相成的条件：所比的事物既有相同点，又有不同点，“不同处愈多愈大，则相同处愈有烘托；分得愈远，则合得愈出人意表，比喻就愈新颖”[①]。这里所谓分得愈开，不同处愈大，也就是在生活上和心理上的距离愈大。而正是这种大距离的远取譬不断在冲击着近取譬的稳定的想象范围和现成想象途径，不断扩大着想象版图，增强着想象的表现力，给想象带来新的生活内容和新的表现力度，在那好像已经穷尽了的生活基地上发现了新的想象共鸣点，在那好像暗黑的生活边界发现想象的新大陆和新航线。每一种新的风格和流派都必然带来一些在当时看来是远取譬的想象方式，并且为这种方式的普及而奋斗。楚辞对于《诗经》来说是如此，晋朝的玄言诗、南朝的宫体诗对于汉魏的五言古诗也是如此，中晚唐李贺、李商隐的诗风对于盛唐诗歌更是如此。所有这些远取譬的倾向都和原来势力强大的近取譬的倾向进行痛苦的斗争：一部分占住地盘，为社会所接受，人们渐渐不觉得它远了，远取譬变成近取譬，像楚辞；一部分占不住地盘，在风行一时之后被淘汰了，如玄言诗；还有一部分只能在曲折的融合过程中不断改变自己，如宫体诗。在这方面最明显的莫过于“五四”新诗了。在新诗的草创时期，多种多样的，不但在生活上

① 钱锺书：《读〈拉奥孔〉》，《七缀集》（修订本），上海古籍出版社 1994 年版，第 43 页。

而且在心理上的远取譬如潮水般涌来。这方面的急先锋是郭沫若。例如他把摩托车前的明灯比作20世纪的阿波罗，把自己的爱国热情比作燃烧的煤炭，把祖国比作年轻的女郎，把太阳比作光明的实体，把烟囱里的煤烟比作黑牡丹。这一切，都是从想象的远距离来的。而在李金发、闻一多笔下，比喻的想象性距离就更加遥远了。他们竟然不满足于从美好的事物中去追求美好的喻体，还从丑恶的事物提炼形象的喻体。闻一多心目中的生活现实，他所热爱的祖国，不像郭沫若那样是火中复活的凤凰，而是一沟绝望的死水。这种想象的方式是以丑为美。李金发把许多浪漫主义诗人用许多美妙的典故加以歌颂的生命比作是“死神唇边的微笑”。一刹那间在中国古典诗歌庄严典雅的近取譬领域中造成了一种八级地震之感，好像一切都给搅乱了。比喻变得那样诡谲而捉摸不定了。传统的以物喻物的优势想象路线被打破了。同样一个本体或喻体潜在的共通之点好像一下变得纷繁起来了。同样是黄昏，闻一多把它比作一头迟笨的牛，一步步走下西山，而后来的芒克把它比作姑娘浴后的毛巾，有一种湿漉漉的感觉。在半个多世纪中，中国新诗远距离的比喻接受了从西方古典主义、浪漫主义到现代派，从中国的古典诗歌到受只在一个地方流行的民歌的启发，构成的丰富的比喻体系。有时比喻的怪异更加深了想象中距离遥远的感觉，有些比喻竟然破坏了以具体的可感的事物，比喻不能直接感知的感情的常规。例如，在何其芳笔下，竟然用数学抽象语言来构成形象的比喻：

像几何学上圆周一样，
是我们的记忆，
从每一点走过去到现在
都是等距离。

这好像有点反常，可是到了20世纪90年代“后新诗潮”诗人手中，尤其是北方的为少数人写作的“知识分子”诗人的作品中，这样的比喻就司空见惯了。

中国新诗正在经历一个从突破传统的近取譬到创造纷繁的远取譬的痛苦过程中。一些近取譬的途径老化了，一些远取譬的方向正在趋向稳定，另一些还在为争取立足之地而挣扎。所有这一切大约要不断持续下去。

我们既不能贪近，取消那些对于我们的想象比较遥远的取喻方式；也不能好高骛远，迷失在陌生的迷宫之中。历史的必然是沿着相反相成的轨迹运行，从生活和心灵的契合点上出发，即使表面上背道而驰，只要遵循想象的规律，也必然在生活的更高的终点上汇合。

第七节　诗的整体结构

一、在主导激情和主导意象制约下的统一体

诗人的感情是易于激活的，由于感情的激活引起了想象和感觉的活跃。从诗人的心理素质来看，自然是感情以及由感情所激活的感觉和想象越丰富越好。但是对于一首诗来说，却并不完全如此，太纷纭的感情、感觉和想象可能导致思绪的紊乱和芜杂。

在诗歌中，一切感情、感觉、想象都要经过诗歌形式的审美规范的强制性同化。比之散文和小说，诗的审美规范是更加精致的。一首诗作为感情、感觉、想象和智慧的复合结构，比之小说和散文更加强调其内在统一性和外在的单纯性。

感情、感觉、想象的丰富和自由的运动与诗的总体结构的内在统一和外在单纯是一对永恒的矛盾。《文心雕龙・神思》中所描述的创作中那种思绪的“万途竞萌”，一方面为诗的想象提供了无限的空间，一方面又为诗的整体结构的单纯性设置了重重障碍。

因而诗人在激活了自我内心的库存、展开了想象以后所面临的任务就不再是放任想象，而是制约想象。西班牙现代诗人洛尔伽说：“一首诗的永恒价值在于想象的素质及相互间的和谐一致。”诗人之所以要“制约”，就是要防止想象越出统一的机制，陷入纷乱。洛尔伽继续说：

> 使想象具有生命力，有两个条件是必需的：表现形式和涉及的范围，亦即一个中心和围绕它的景色。这个中心像一朵花一样开放。我们吃惊，觉得它奇异。①

只有找到了想象的核心，才能使丰富的感情和感觉构成一个和谐统一的整体。

对于一首诗来说，想象核心的确定和感觉思绪的统一是关键性的。一个诗人才华的大小不能简单地归结为想象、感觉、感情、智性的丰富，它还取决于在想象中对感情和感觉的驾驭能力，这种统摄心灵的能力被柯勒律治当作诗人的一种禀赋加以强调。他认为“化众多为一致的能力和以一种主导的思想或感情影响一系列思想的能力”，是诗人特有的能力。经营一首诗，首先就是经营意象的内在统一性。他说：

> 意象不论多么美，纵使是忠诚地从自然界临摹来的，而且又用文字正确地表达了出来，它本身也不能表明诗人的特性。只有在以下几种情况下，它们才变成独创性天才的证据：只有在受到了一种主导的激情的制约之后；或受到可由这种激情所引起的

---

① 中国社会科学院外国文学研究所外国文学研究资料丛刊编辑委员会编：《欧美古典作家论现实主义和浪漫主义》(一)，中国社会科学出版社 1981 年版，第 206 页。

联想或意象的制约之后；或者它们能使众多的事物统一，使继续发生的事物集中在一刹那的作用的时候。[①]

严格说来，诗的形象作为一个整体，它不仅仅是某种感觉和直觉的复合体，而且是一种在主导激情和主导意象制约下的意象的有机统一体。有了激情和想象，能不能写出诗来，关键在于那奇异丰富的感情、感觉能不能在一种主导激情和核心意象上统一起来。从生活的直觉和激情的直感进入诗的第一个关键在于渡过那“万途竞萌”的难关，为了达到净化的目的，诗人一般要尽可能把形象压缩凝聚。或在时间上压缩，把一生的经历通过一刹那的感受表达出来；或者在空间上压缩，把无限广阔的生活聚结一个生活的焦点上。有时诗人追求的并不是这种外在的聚合，而是内在感情的凝结，把纷纭复杂的感情化为一种单纯的感兴，在极其微妙的心灵微波中表现诗人那浩瀚的情怀。

二、对象、动作、感觉、情思的单一化

正因为诗歌形式的审美规范把统一和单纯放在最突出的地位，所以全世界的抒情诗歌都不约而同地趋向于短小而精致的结构形式。不论是流行于西欧的十四行诗还是日本的俳句还是中国的绝句、律诗、词曲，其篇幅比之散文都是十分微小的。由于外在形式上的短小和格律的严谨，意象的集中、情绪的凝聚就是必然的。因而不论在中国古典诗话中还是在西方古典诗论中，都没有把内在的统一性作为一个基本理论范畴提出来加以探讨。但是由于自由诗的产生，古典的形式和规范走向瓦解，诗的生活容量和感情容量都空前地扩张起来，以至于产生了洋洋数百行，乃至像马雅可夫斯基的《好！》《一万万五千万》那样成千行的长篇抒情诗，抒情诗的外在集中和内在单纯遭到了严重威胁。抒情诗不但在形式格律上显得散漫了，而且在内在情致和意象上都显得松散而芜杂了，于是从实践上和理论上都产生一种更加强调的单纯统一的潮流。

在我国新诗的历史发展中，形象的单纯越来越明显。首先表现为描绘对象从单纯到单一的程度。单纯到一个道具（如梁小斌《中国，我的钥匙丢了》），一个场景（如闻一多的《死水》），一个人物（如艾青的《乞丐》），或者是一个动物（如郭沫若的《骆驼》），诗人的自由的想象都被强制性地约束在单一对象的有限属性中。过分超越了单一对象的有限属性就可能导致松散，也就是导致对新诗审美规范的背离。越来越多的新诗诗人不约而同地向这种单一性的描绘对象集中，越来越热衷于在短暂的时间、狭小的空间，让自己的想象忍受着几乎是野蛮的考验。

---

① 中国社会科学院外国文学研究所外国文学研究资料丛刊编辑委员会编：《欧美古典作家论现实主义和浪漫主义》(一)，中国社会科学出版社 1981 年版，第 227 页。

有时形象的单纯并不表现在描绘对象的单纯上，因为描绘对象单纯，多少有点静止观照，很容易在同样的对象上重蹈前人的窠臼，很难从别人已经表现过的属性中找到新的潜在共鸣点。静止的对象和现成的属性容易构成一种心理定式效应，使诗人的想象和感觉受到束缚，所有这一切于诗人找到自己都是不利的。在这点上静止观照特别容易落入俗套，特别容易使诗人的自我陷于被动，中国古代咏物诗逐渐走向没落可以说是一个有力的证明。于是在现代新诗中产生了一种新的凝聚方式，其特点是具有相对的动态性，那就是把感情特征寄托在一种单纯的外在动作上，而这种外在动作是高度净化了的。当然并不是在写实境界中净化的，而是在想象境界中。例如柯岩悼念周总理逝世一周年的诗《周总理啊，你在哪里》就是把一种集体的感情净化为一个动作——“找”。全诗的抒情逻辑就是从找不到到终于找到，在现实的客观世界找不到周总理，而在人民的心灵中、在祖国的心脏中找到了周总理不朽的生命。诗人的胜利不但在于想象的奇妙，而且在于想象的净化和单纯。

这种动态性净化处理方法由于不像取自事物外在道具或属性（如以周总理办公室深夜的灯光统一总理的一生）那样现成，因而要求更高的想象的概括力，更加灵活的形式驾驭力。20世纪50年代中期闻捷的爱情诗《苹果树下》之所以名噪一时，除了它所表现的劳动决定爱情的主题与当时的社会审美趣味一致以外，更重要的是他把这个当时诗坛上广泛流行的劳动—爱情统一的主题概括在一个单纯的动作上——那就是劳动的速度与爱情的速度不一致而引起的轻喜剧式的错位。原诗开头三节表现的是劳动落后于爱情引起的苦恼：

苹果树下那个小伙子，
你不要、不要再唱歌；
姑娘沿着水渠走来了，
年轻的心在胸中跳着。
她的心为什么跳呵？
为什么跳得失去了节拍……

春天，姑娘在果园劳作，
歌声轻轻从耳边飘过，
枝头的花苞还没有开放，
小伙子就盼它早结果。
奇怪的念头姑娘不懂得，
她说：别用歌声打扰我。

小伙子夏天在果园度过，

一边劳动一边把姑娘盯着，

果子才结得葡萄那么大，

小伙子就唱着赶快去采摘。

满腔的心思姑娘猜不着，

她说：别像影子一样缠着我。

诗人的高度概括和净化功力表现在这样一个焦点的创造上，感情的喜剧化来自劳动和爱情在进展速度上的错位，当爱情的速度超过了劳动，爱情就得不到回报。在苹果（劳动的果实）成熟之前，爱情也是不成熟的，因而过分的冒进只能带来失败的后果。到了第四节，事情走向了反面：

淡红的果子压弯绿枝，

秋天是一个成熟的季节，

姑娘整夜整夜地睡不着，

是不是挂念那树好苹果？

这些事小伙子应该明白，

她说：有句话你怎么不说？

当爱情和苹果同样成熟了的时候，爱情的速度却落后于劳动的速度，过分的保守却给姑娘带来了苦恼。

闻捷以爱情与劳动为主题写出了一系列诗篇，然而最著名的是这一首，这是因为这一首写得比任何一首都集中，然而又不是当时开始流行起来的以描绘对象单纯为特点的或者单纯情节的集中，而是以高度概括化了的外在动作表现内心喜剧性的集中。在这个动作以外，有关爱情的一切复杂考虑都给闻捷以艺术家的魄力毫不留情地排除掉了。

除此之外，现代新诗在直接抒情时，往往既不借助外在对象的单纯，也不依仗外在动作的单纯，而是在把内心纷纭的感情凝聚起来集中在一种感觉上。例如，戴望舒在想象中用残损的手抚摩着抗战时期的祖国大地，把沦陷区的生活和根据地的生活集中在诗人的触觉感受上。这是一首备受称赞的诗作，很可惜，在标题上注明是“残损的手掌”，但是在触觉形象上却没有任何残损的特征——残损的疼痛和残损的麻木，残损的鲜血和残损的粘连等。尽管如此，由于感觉集中，这首诗在艺术上获得了相当强大的生命。有时诗人内心情思的抒发并不集中在感觉上，而是集中在内心的一声祈祷上（如蔡其矫的《祈求》），在心灵的一句独白上（如闻一多的《一句话》），甚至是一种幻觉的显现，一种顿悟的启示，等等，一般总是反反复复地重现，在章法上以复沓的结构呈示。从中国《诗经》中的《将仲子》到拜伦的《雅典的少女》，都在每一节重复同样的一句内心独白，都是出于集中的要求。

这种集中的特点是以外在意象的统一来强化内在情绪的单纯。当然，外在形式的单纯只能强化已经非常净化的内心感受的主要特征。如果内心感受的特征没有充分净化，即使外在形式非常统一，也很难有很好的效果。

在现代诗歌中有一种新兴的长篇政治抒情诗，最长的像马雅可大斯基的《好！》，多达几千行，一般的也有几百行，如李瑛的《一月的哀思》。复杂的内容和丰富的情思的矛盾是永恒的，马雅可夫斯基似乎一直没有意识到这个问题，《好！》作为一首几千行的长诗，竟然没有贯穿首尾的外在统一意象和内在情绪的焦点，因而长诗的结构显得散漫。

为诗的整体形象寻求凝聚的焦点固然重要，但是如果停留在焦点上，不超越这个焦点展开想象，诗人的心灵就会受到束缚。应该把凝神精思和神思飞越结合起来，在细微的焦点上发挥出强大的生活的和心灵的能量来。

由于现代诗歌在生活和感情的容量上大大超过了古典诗歌，因而现代诗歌比之古典诗歌更容易为散文的结构所同化。在古典诗歌中，结构散文化，缺乏总体的统一性的诗作并不是没有，如杜甫的《自京赴奉先五百字咏怀》那样的长达百行的古风，从艺术上来说是缺乏诗的统一性的。但是由于它在内容上的重要性，因而很少引起艺术上的认真批评。其实，排律之所以缺乏艺术上的重要性，就是因为它过分铺排而违背诗歌形象的整体性和单纯的要求。现代新诗兴起以后，诗歌形象整体单纯统一的审美规范与新诗扩大了的生活和感情的容量的矛盾就激化了。因而在创作实践中，新诗对整体构思的统一性要求越来越紧迫了。

这时在理论上就产生了一种对诗歌形象的审美单纯性的自觉追求，诗歌整体形象的单纯性在理论上受到了重视。20 世纪 50 年代初期，何其芳第一个明确地把“集中”作为诗歌形式的审美规范的首要条件：“诗是一种最集中地反映生活的文学样式。”

自然，这样的命题是有缺点的。首先，诗并非完全是被动地反映生活，诗所表现的是生活信息激活了的心灵，是生活信息与心灵信息的重组。其次，“最集中”的说法并不准确。很难说小说、戏剧不如诗歌集中。没有任何一种文学形式不要求集中，各自的特征并不在于集中的程度，而在于集中的规律。诗的集中表现在描绘对象上、外在动作上和内心波动凝聚上，小说集中在人物性格上，戏剧集中在动作的冲突上。不管这个命题是多么不严密，它毕竟标志着现代诗歌已经把集中和统一的形象作为一种目标来加以追求了。

三、正面展开和侧面切入

诗人对形象的经营功力不光表现在对焦点的寻求上。如果同样的生活，同样的感情，不同的诗人以同样的方式去经营的话，诗歌就特别容易陷入雷同化，因为诗的特点就是普遍的概括性。公刘曾经说过："诗的构思，乃是一个最单纯最有共性的思想和一系列最复杂最有个性的形象的结合的过程。"公刘所说的"最单纯"，我们已经说过了；"最有共性"，我们在本章开头已经讲过了。现在应该说明的是，如果单纯和普遍的共性不和特殊的个性、内在的复杂性相结合，诗的形象就不能不走向概念化。

一般来说，诗人都追求新颖的构思。新颖的构思比新颖的感觉、新颖的语言更受到诗人的重视，因为形象的感染力首先是一种整体的、统一的效果，局部的效果、警策的诗句是服从于整体效果的。如果佳句与整体效果不一致，干扰整体效果，有艺术家魄力的诗人还是要忍痛割爱的。

诗人在进行构思时，不外沿着两种途径去确定形象的焦点：第一，正面展开；第二，侧面或反面切入。

正面概括的途径所面临的是生活和感情的全局，这就要求作者有魄力全面地处理各个局部之间的关系；这往往需要一种豪迈的格调、宏大的构思才能与之相适应。这种正面的展开是一种强攻，是对生活的一种鸟瞰，既全面又新鲜是难能可贵的。像杜甫那样以大手笔写战争与人民之间的复杂的关系，正面写送别的场景，表现战争对人民和平生活的残害（《兵车行》），写强迫服兵役（《石壕吏》），战士返回故里，无家可归（《无家别》），新婚妻子别离丈夫的生活艰难和感情隐痛（《新婚别》）。这种正面强攻的杰作，在文学史上不可多得。一般来说正面强攻容易落入俗套，很难在构思上有新的发现，因而追求新颖的诗人往往避开这种方式。

避开正面，自然就得从侧面、反面切入。这种切入不同于正面切入之处，不仅在于接近焦点的途径不同，而且在于范围的缩小。从侧面或反面切入，不像正面展开那样需作全面性的概括，可以选择一个角度、一个方面作想象的飞跃。例如，同样是写将士出征与思妇的关系，可以不写送别之苦，而是写梦中之欢会：

打起黄莺儿，莫叫枝上啼。

啼时惊妾梦，不得到辽西！

焦点在梦中欢会的惊破、少妇的怨嗔，同时也是诗人对少妇心灵秘密的窥破。在少妇是一种幽怨，在诗人是一种幽默，这种复合的感情构成轻喜剧式的揶揄。这自然并不是战争与家庭关系的全面展开，而是一种局部的透视。

因为是局部的，提供给诗人的选择余地就较大。不同的局部潜藏着不同的切入点。

同样是出征将士与思妇的关系，同样是写梦，也可以不写喜剧式的失落，而写悲剧式的欢会：

> 誓扫匈奴不顾身，五千貂锦丧胡尘。
>
> 可怜无定河边骨，犹是春闺梦里人。

这里给我们一个启示：从一个侧面作局部性切入时，作者所掌握的审美规范并不是僵死不变的，诗人以悲剧的眼光看欢乐的幽梦又是另一种形象。

四、想象形态超越单纯的焦点

找到了切入的焦点，不过意味着找到了想象的弹跳点。这意味着无限广阔的生活信息和心灵信息之间确定了一个接触点，但接触点上现成的属性是非常有限的，这种有限的属性对于诗人来说无疑是一种束缚。

诗人的任务不是固守这个接触点，而是超越这个接触点，展开神思飞越的想象，让无限的生活和心灵的信息在这个有限的接触点上进行大规模重新组合。

形象的焦点的发现是以高度的单纯和净化为特征的，但是它进入创作的过程却是以异常丰富和多方面的展开为特征。形象的焦点应该是单纯的现成形态和丰富的想象形态的统一。想象形态是否能大大超越于现成形态是形象焦点质量的一个基本标准。

形象焦点越是集中，越是凝聚到一个微观的细节上，想象作大幅度飞越的任务越是迫切。或者说，形象焦点越是单纯，想象的超越就越应该丰富。形象焦点为诗人集中形象提供多少方便，就为想象的飞跃准备了多少难度。诗人的才华首先表现在生活和心灵信息的千万种重组方式中，独具慧眼地选择其中一种；其次表现在用这一个重组的系列去展示那千万系列的潜在能量。当诗人雷抒雁得知张志新烈士的英雄事迹时，起初苦于不能集中起来，后来诗人找到了形象的焦点：

> 当激愤冷静之后，代之而起的是思索，也就是在思索的同时，我找到了形象：我总看到一片野草，一摊紫色。[①]

诗人找到了属于他自己的直觉，这种直觉构成了他日后的获奖诗篇《小草在歌唱》的形象的核心。但是光有刑场上的一摊血迹，一片野草，集中是集中了，但是束缚也就相应地产生了。诗人后来之所以成功，不能不归功于他的想象在焦点上的飞越。小草由一个生物学对象变成了审美对象，想象就在这样的“误差”中展开了：

---

① 雷抒雁：《小草里的诗情》，《鸭绿江》1979 年第 10 期。

在那一块刑场里，有谁是罪恶的见证呢？在那一片暗夜里，有谁比小草更富同情心呢？草把各色的花献给了死者，在那个时期是需要胆量的；草把殷红的血吸进了自己的须根，使之放出芳香；草是不屈的。[①]

不难看出，诗人借助小草的几种属性展开一系列的想象：在流血场所的空间相近上，诗人想到了见证和同情；在各色花朵与牺牲者地位接近上，诗人想到了鲜血化为营养开出芬芳的花朵。所有这一切都是小草的自然属性和诗人的社会感情的遇合，二者缺一不可。光有自然属性，不可能转化为心灵的信息；光有诗人的感情，不贴切地依附于小草的一系列特征，不可能有想象的精密性。

诗人要飞越单纯的焦点展开丰富的想象，不但依赖于对小草的观察，更要依赖于自身的丰富感情的自由跃迁。

五、意象结构的内在层次和对比度

为了保证单纯的形象能得到丰富的展开，一首诗歌的内在成分也要相应地丰富。或者说，诗的审美规范，不但要求它的内在形式统一而又多样，而且要求它的外部形式单纯而又丰富。不单纯、不统一就不能传达出心灵与生活信息重新组合的主要特征，但是过分单纯、过分统一也可能造成单调贫乏。诗人所追求的应该是集中的深度与概括的广度的统一。

诗人的想象就是在殊异中追求和谐的统一。

英国诗人柯勒律治在他的《文学传记》中说诗人想象力的特点是："在使相反的，不调和的性质平衡或和合之中显示出自己来。"它调和同一的与殊异的、一般的与具体的、概念与形象、个别的和有代表性的、新奇和新鲜之感与陈旧熟悉之物、一个不寻常的情境和一种不寻常的条理、永远清醒而坚定的冷静与热忱深刻而强烈的感情。艺术之所以是艺术，就是因为它在单纯的形式中包含着那么丰富而复杂的成分，而且组织得很精致，正因为这样，它才经得起欣赏。

没有单纯就没有艺术，因为不单纯就不可能集中，而集中就要求每一个诗行、每一个意象都为同一效果服务。各个意象、各个诗行之间形成有机的统一体，互相依存，互相不可缺少，组成一个统一的结构，其结构的功能大大超过了个别意象之和。试举美国黑人诗人休斯的一首诗来说明：

夜是美的，
我民族的肤色是美的；
星星是美的，

① 雷抒雁：《小草里的诗情》，《鸭绿江》1979 年第 10 期。

我民族的眼睛也是美的；

太阳是美的，

我民族的灵魂也一样是美的。

这里每一句都是平淡的，但是整体的艺术效果是杰出的。其原因不仅在于已经写出来的东西，而且在于那没有写出来的空白。夜、星星、太阳并不是大自然的全部，皮肤、眼睛、灵魂也不是人的全部，但是各成系列，令人联想到大自然和人，特别是当这两个系列组合在一起时，由于内在的对比，黑夜和太阳、灵魂和肤色之间的反差，就形成了一个有机结构，因而没有任何一行诗是可有可无的，没有任何一个意象是可以抽掉的。

这就是诗歌形象的整体美。整体美的特点之一是形象的魅力不仅仅来自意象之和，而且更重要的是来自形象的整体结构。整体美的特点之二是形象的魅力不仅仅取决于意象的数量，而且更重要的是取决于意象结构内在要素之间的层次感和对比度。

六、无层次的结构就是无结构

如果意象结构中包含的要素很单调，那么内在的层次感对比度就微弱，形象结构就是一种无层次的单调结构，其功能，也就是感染力，就相应地微弱。这种结构叫作无层次结构，事实上无层次的结构就是无结构。我们试以中国古典诗歌中绝句的结构来说明这个道理。

绝句不像律诗那样严格规定当中两联要对仗，它比较自由，有一二句对仗的，有三四句对仗的，也有全篇都不对仗的。这些都是常见的。除此之外，还有一二、三四句都对仗的，不过比较少见。杜甫好用这种两联都对仗的形式，例如：

两个黄鹂鸣翠柳，一行白鹭上青天。

窗含西岭千秋雪，门泊东吴万里船。

我们不能不赞赏他用精致的语言、明丽的色彩、简括的量词描绘了一幅美好的自然图画。但是，这并不是绝句中的上品，这样的格式不及杜甫的其他格式有那么多追随者。这是为什么呢?

因为这首诗的整体结构太单调了。它所包含的要素缺乏内在的层次和对比。首先，全诗都是对物象的描摹，没有任何心象的直接抒发。其次，对于物象的感受仅仅限于视觉，而且视觉中也缺乏变化，是一种平面的直视，没有任何俯视或侧视与之交替。再次，在表达视觉感受时杜甫所用的全部是陈述句，肯定语气，没有任何疑问、否定、感叹语气与之调节。加之，两联都是对仗，没有不对仗的句子打破单调的平衡。因而这首诗在内部感情上是被动的承受，缺乏绝句那种内部感情运动的活跃，感情因子是单调板滞的；在外部结构上，又过分单调，过分统一，过分平衡，在感觉上缺乏变化，在语气上不够丰富，在句式上缺乏调节。这就造成整体结构的单调，缺乏内部系统的层次感和对比。这样的结构是一种无层次结构，实际上它失去了结构的功能。

绝句中的艺术珍品往往并不采取这样单调的无层次结构。如李白的《客中作》：

> 兰陵美酒郁金香，玉碗盛来琥珀光。
>
> 但使主人能醉客，不知何处是他乡。

只有第三、第四句是对仗的（流水对），第一、第二句并不对仗，这就在统一中有了一个层次的变化。从句法上看，开头两句是陈述句，肯定语气，第三、四句是假设（条件）复句，最后一句还是否定语气。这样的语气变换又增加一个层次的变化。从主客观的关系来看，第一、二句是对于客观对象的描绘，而第三、四句不像杜甫那样仍然傻乎乎地继续描绘。李白的成功之处在于超越描绘的定式，自由地转入自我感情的抒发。这样就又增加了一个层次的变化。三个层次变化构成三个对比度，就使李白这首绝句的结构比杜甫的那首绝句精致多了。

在统一的结构中，变化的层次越是丰富，结构的功能越强。对于绝句来说是如此，对于律诗来说也是如此。从结构来看，律诗规定当中两联对仗，而开头、结尾两联不对仗，正是体现了统一中有变化的规律，从积极方面排除了无层次结构产生的可能。律诗章有定句，句有定言，统一性已经非常强大，如果没有相应的变化，势必变成无层次结构，削弱形象的结构功能。这种对统一结构内在变化的追求在词的创作中表现得更明显。不少词牌由上片和下片组成。一些当代词人常常用上片描绘景物，下片抒发感情，毛泽东的《沁园春·雪》就是一个例子。

七、外在形式的对比度和内在感情的对比度

现代新诗的整体结构经历了一个单调无层次的时期后，很快变得丰富起来。外在的和内在的对比度逐渐发达起来。到了20世纪70年代末期，诗人公刘就朦胧地意识到了这一点，他在《诗的构思》中这样说：

> 还有一个处理好艺术构思过程中的各种矛盾“对子”的问题。因为我没有本事一言以蔽之，姑且借用“色彩”这个显然不很显切的语词来加以概括。这样的矛盾“对子”有许多，随便举一些：热色和冷色，重彩泼墨与单线平涂，华丽与朴素，复杂与单纯，锥体与平面，穿插分割与迂回包围，直抒胸臆与托物寄情，酣畅淋漓与含而不露，一唱三叹与不容喘息，天外无端飞来一段游丝的扑朔迷离与春蚕到死丝方尽的缠

绵执着，等等，等等。[①]

公刘所描述的是内在感情，也有外在的语言节奏，它们都是以互相对立的形态出现的。这并非偶然，是避免内在感情过分单纯而陷于单调的规律在起作用。统一而又多样的形式的审美规范迫使诗人在驾驭感情、色调、语言、节奏时力求丰富，尽可能扩大各个要素之间的差异，使之产生一定的对比度，形成一种“张力场”。哪怕是一首很短小的诗，其中的成分也不能单调。

这种统一结构的内在变化方式是多样的，并不存在一个公式，例如，先是描绘，然后是抒情。20世纪50年代初期逐渐形成的这种顺序后来变成由实而虚、写实而象征的模式，其结果是为后来的年轻诗人所唾弃。其实由实而虚只是一种方式，有时它好像又完全是主观的抒发，根本没有客体的描绘。例如法国诗人艾吕雅写于德军占领巴黎期间的《戒严》：

有什么办法门是看守住了

有什么办法我们是给关住了

有什么办法路是拦住了

有什么办法城市是屈服了

有什么办法它是饥饿了

有什么办法我们是解除武装了

有什么办法夜是降下了

有什么办法我们是相爱着

一共八行诗，句法是绝对统一的，但是并没有造成单调之感。关键是形式上的统一性反而强化了内在情感上的对比度，进而形成鲜明的层次感。前面七句讲的都是德军占领城市的消极因素：城市沦陷，饥饿，武装解除，道路受阻，门户被关，生存和自由已经接近于被完全取消，一种强烈的危机感流贯在诗行之中。但是最后一句却突然转向积极的方向：尽管如此，爱情却没有任何改变，一下子形成了一个强烈的对比度。外部形式的统一不但没有淹没结构内在的变化，反而更加强烈地表现了这种情感的反差。

有时这种内在情感的反差不采取正面对比的方法，而是以迂回包抄的方法突然把感情提升到一个新的层次。如海涅的《星星们动也不动》：

星星们动不也动，

高高地悬在空中，

千万年彼此相望，

怀着爱情的苦痛。

① 公刘：《诗的构思》，《边疆文艺》1979年第9期。

它们说着一种语言，
这样丰富，这样美丽。
却没有一个语言学者，
能了解这种语言。

但是我学会了它，
我永远不会遗忘。
供我使用的语法，
是我爱人的面庞。

这里前面两节构成一种情绪，到了第三节突然对这种情致加以不寻常的解释，赋予前面的情致以新的意义，这就使诗的整体结构上升到了一个新的层次。

八、分立意象的微妙反差

总的说来，诗歌，包括西方的现代诗和中国古典诗歌，形象结构大致是一种复式结构。这种复式结构中的意象，有时是分立式的，其中包含着互相对立的成分，使结构内部充满了奇异的张力，有时对立是非常鲜明的，有时则非常微妙。如王昌龄的《从军行》：

琵琶起舞换新声，总是关山旧别情。
撩乱边愁听不尽，高高秋月照长城。

前三句是连续不断的听觉形象，一曲又一曲的离歌，一缕又一缕的看不见的愁思，到了最后一句突然转化为望月的视觉形象，纷乱的愁绪陡然转化为宁静的凝望。又如柳宗元的《江雪》：

千山鸟飞绝，万径人踪灭。
孤舟蓑笠翁，独钓寒江雪。

第一、二句写的是空白，千山万径，杳无鸟迹人踪。在茫茫大江上，一切都被大雪所淹没，只有一片空阔的、没有变化的空间，到了第三、四句则出现了孤寂的“独钓”形象。这似乎是以人迹的“有”，否定了大自然中生命的“无”。但是这“有”是“孤”而且“独”的，极其微妙的对立并没有破坏画面上的空寂的统一性。

这个规律是普遍的，如果没有这种结构的内在反差，诗的形象就可能退化为散文。到了西方现代诗中，这种反差的微妙更是突出了。例如美国诗人桑德堡的《雾》：

雾来了，

缩着小猫的脚爪。

撑着沉默的腰，
它坐望着
海港和城
而又向前移进。

先是缩着脚爪，而且坐着，不动，然后微妙的反差产生了，它缓缓地动了。静止和移进之间的微观的变异，构成了一种精致的对比，从这里可以看到诗人感觉的精细。在现代新诗中感觉精细的诗人，可能不太多，也许蔡其矫可以算善于运用精致的感觉反差形成结构的一个代表。例如他的《双虹》：

这样的景色真是罕见，
两支七彩的巨柱并立水上，
背后尚有黄昏的阵雨，
前面正当夕阳含山。
于是，绛色的榕树闪照在暗绿的高岸，
绛色的渡船起落在晶亮的波间，
绛色的水草摇动晚潮，
绛色的鹭鸶横飞暮天……
直到远山化作朦胧的蓝烟，
直到夜的帘幕垂落江面。

这里值得称赞的不仅在于蔡其矫那种富丽的色彩感，而且在于他对色彩的背景（绛色的榕树，暗绿的高峰，绛色的渡船，晶亮的水波）和层次的精细感觉。更重要的是，他表现了那么富丽的色彩如何转化为朦胧的夜幕的过程。在色彩的两极化中展开，这是许多诗人都能达到的，而这里却以多层次的微妙差异见长，这样的章法更需要艺术才华。

九、统一意象的积累和递进

诗歌形象结构的另外一种形式并不以意象的分立为特征，而是以意象的统一为特征。这种统一之所以不单调，原因就在于它并不是静止的，而是运动的。它不同于分立式结构之处在于它的运动并不是矛盾的转化，不是质的飞跃（如从色彩的富丽堂皇到色彩的朦胧暗淡），而是量的积累。它的结构形式是以层次的递进为特点的，后一层次对前一层次不是否定，而是肯定，不过是更大幅度、更高意义上的肯定。我们举西班牙诗人洛尔伽的《海水谣》为例：

在远方，
大海笑盈盈。
浪是牙齿，
天是嘴唇。
不安的少女，你卖的是什么，
要把你的乳房耸起？

——先生，我卖的是
大海的水。

乌黑的少年，你带的什么？
和你的血混在一起？

——先生，我带的是
大海的水。

这些咸的眼泪
妈呀，是从哪儿来的？

——先生，我哭出的是
大海的水。

心儿啊，这苦味儿
是从哪儿来的？

——比这苦得多呢，
大海的水。

在远方，
大海笑盈盈。

浪是牙齿，

天是嘴唇。

这里抒写的是一种为痛苦所淹没的直觉。在表现这种直觉时，诗人所采取的结构是统一中的递进。笑盈盈的大海其实是苦海。少女卖的水是苦的，这是外在的、可以看得见的；少年的血是苦的，这是看不见、内在的。这是第一次递进。眼里流出的是泪，是看得见的，这样又转化为外在的可见动态，是第二次递进。而心中的苦则是以上一切苦的直觉的总根源，它的苦味也像大海一样无边，这是第三次递进。每一次递进都不是对前一次的否定，而是对前一次的深化。

在诗歌中当然还有一种结构方式，那就是平面展开的方式，这在民歌中常见，但往往由于缺乏层次的递进而板滞，不能充分表现内心的活跃。在新诗诗人中，郭小川比较喜爱作图案式的多面铺展，这就使他的诗显得不精练，有时甚至给人烦冗之感。

不论是在古典诗歌中还是在现代新诗中，平面性的铺展都很少独立运用，如果独立运用就容易造成单层次结构，使结构的功能丧失。

十、“象外之象”和意境结构的自洽性

诗的形象魅力，当然离不开诗的意象群，但是主要不依赖意象，而是依赖意象与意象之间的组合关系。同样的意象群由于组合关系的不同，产生的结果是很不相同的。道理很简单，同样的要素由于组合方式不同，形成不同结构，其功能也大不相同，包含着内在层次的结构的功能就大于要素（意象）之和。这时形象的魅力主要在意象与意象之间产生，这就是中国古典诗论中常强调的意境的特殊功能，如刘禹锡所感觉到的“境生于象外”。对于这一点我国古典诗话用直觉的语言，说得很神秘。司空图引戴容州（叔伦）的话说：

“诗家之景，如蓝田日暖，良玉生烟，可望而不可置于眉睫之前也。”象外之象，景外之景，岂容易可谭哉？[①]

诗的形象魅力主要在意象与意象之间的空白中间。古典诗话中强调“虚境”“化境”“余境”，所谓“虚”“化”“余”都是在语言直接传达以外的意思。这也颇似我国画论中经常强调的“无画处皆画，画之空处，全局所关，即虚实相生法……妙在通幅皆灵，故云妙境也”（《林泉高致集》）。这里所说的是画的整体结构，从局部来看是空白，从整体结构来看，恰恰是各个局部之间的一种联系方式。这是一种不相联属的联系，在空白中包含着比实写更活跃的想象的浮动性。如果把空白处写实了，就破坏了结构的功能。这里有个虚与实的关系，有时着力点在实处，有时着力点在虚处。常见的毛病不是过虚，而是过于

---

① 司空图：《与极浦书》，《中国古典文艺学丛编（二）》，北京大学出版社2001年版，第80页。

拘泥，不够超脱，不理解结构内部功能可以超出实写的意象之和。

过分拘泥于实写，是出于一种误解，以为意象的多少与功能的强弱成正比，以为增加意象就会强化形象的感染力。

其实，好的结构使功能大于意象之和，不好的结构使功能小于意象之和。所谓好的结构就是它本身是有机、自洽的整体。如果能够自洽了，它的意象越少，它所发挥的功能越大。过多的意象堆积，堵塞了产生“象外之象”的空间，使读者的想象力负担沉重，失去心灵的自由与活跃。柳宗元有一首《渔翁》：

渔翁夜傍西岩宿，晓汲清湘燃楚竹。
烟销日出不见人，欸乃一声山水绿。
回看天际下中流，岩上无心云相逐。

苏东坡批评说，删去最后两句更好：

渔翁夜傍西岩宿，晓汲清湘燃楚竹。
烟销日出不见人，欸乃一声山水绿。

这本身已经是一个自洽的整体，渔翁的视觉意象逐渐隐没在一声听觉的清亮刺激之后，对大自然的视觉就淹没了一切，产生一种耳目为之一新的直觉。虽然最后两句孤立来看不失为佳句，然而放在这首诗的结尾，却干扰了在听觉、视觉转换之间运动的流畅性。

对于诗的自洽结构来说，孤立的意象是谈不上美的。赘余的意象看起来不管多美，也必然会破坏完整结构。完整的结构是一种有机结合，既不能增加也不能减少，减少和增加都会破坏结构的自洽性。自洽的结构，功能必然大于意象之和，这构成了中国古典诗歌中的意境。

十一、意境的蕴藉和激情的倾泻的矛盾

结构的自洽性自然不限于追求意境的诗。意境并不是诗艺的唯一化境。

意境一般存在于描绘自然和人文景象的静态境界中，它所表现的是人生的一个侧面，情绪较为隐约含蓄，风格上倾向平和淡雅，与中国古代文人宁静致远、淡泊明志的情操有关，但与西欧的浪漫主义诗歌是有矛盾的。西欧浪漫主义诗歌强调激情的直抒、想象的变形和逻辑的变异。除了极少一部分西欧诗歌以外，意境的审美规范并没有成为一种自觉的追求目标，也没有形成理论范畴。在大部分诗歌中，感情的强化和直接剖白决定了它们的结构原则，这与我国古典诗歌很不相同。

主要是他们不那么强调含蓄、蕴藉，不把“象外之象”作为追求目标。有时，恰恰和我国古典诗歌相反，在物象描绘之后，诗人把沸腾的感情直接道破，以热烈的、爆发式的、

戏剧化的突转为特点。同样是对大自然中某一对象的歌颂，英国诗就不像我国的咏物诗那样把感情潜藏在对象的属性之中。他们往往追求把细致的描摹作为一个要素，同时把直接抒情作为一个更重要的要素与之相结合。在他们看来，光是描摹物象，结构就太单调了，描摹不过是一个基础，一个想象的跳板。例如最善于描摹物象的华兹华斯在《致杜鹃》中把杜鹃大肆描摹一番以后，就超越描摹，大发议论起来：

噢，快乐的新来者，我听到，
听到你的鸣啭而感到欢欣。
噢，杜鹃，我是该称你为鸟，
或仅仅称你为游荡的声音？
再三地欢迎，春天的宠儿，
对于我，你仍然不是鸟，
而是无形的精灵，
一个声音，一种神秘的感情。

这是以意境为审美规范所不容许的，但是在西欧诗歌中，诗的整体结构，较之中国古典诗歌要更复杂一些，它的意象的变幻更迅速些，它诉诸心象的成分多于诉诸物象的成分。因而从拜伦到马雅可夫斯基，从惠特曼到聂鲁达，都把直接抒情，甚至呐喊的、咆哮的直接抒情作为调整静态描绘单调性的手段，使得诗的整体结构富有内在的反差和层次。受到西欧浪漫主义诗歌影响很深的现代新诗也是这样。这种审美规范的历史嬗变，是不可否认的事实。一些诗论家不明白这一变化的必然性，动不动用意境作为唯一的审美规范去评论新诗，自然免不了要闹些笑话。

第八节　诗的节奏

诗的形象虽然不能说是最集中的，但可以说是最统一的。这种统一不但表现在形象的内涵上，而且表现在形象的形式上。这种形式的统一性不但表现在形象的外部形式上，而且表现在形象的内部形式上。

内部形式和外部形式的双重统一使得诗歌形象的统一性大大超过了小说和散文。这种双重统一性，突出地表现在诗歌的节奏上。它要求从情绪到语音都有一个统一的性质和量度，统摄着整体，在保持基本统一的调性和频率的条件下，有规律地呈现起伏和变化，这就是诗的节奏。

一、诗的内在节奏、情绪统一和抑扬顿挫

通常理解诗的节奏大抵偏重于外部节奏，其实更重要的是内部节奏，因为诗可以缺乏明显的外部节奏，却不可以缺乏内部节奏。现代新诗最缺的不是外部的格律，而是内部情绪的统一和变化。何其芳先生离开了内部情绪的统一和变化，孤立地去设计现代格律诗的模式，至今尚未取得成效。外部节奏没有独立的艺术价值（百家姓、三字经、汤头歌诀，都有外部节奏），它只有为内部节奏服务才有艺术的价值。

闻一多说："诗的真实精神不在外在的音节上，音节毕竟属于外在的属性。"（转引自王康《闻一多传》）徐志摩说："一首诗应当是一个有生机的整体……正如一个人身上的秘密是它的血脉流通，一首诗的秘密也就是它的内含的音节的匀称与流动……明白了一首诗的生命是它内在的音节（internal rhythm）的道理，我们才会领会到诗的真趣味。"（《诗刊放假》）但是内在音节究竟是什么，徐志摩没有说清楚。郭沫若用反面排除法说："诗之精神在其内在的韵律，内在韵律并不是平上去入，高下抑扬，强弱长短，宫商徵羽；也并不是什么双声叠韵，甚至加在句中的韵文。这些都是外在的韵律或曰有形律。"内在的韵律从正面的、肯定的意义上来说，究竟是什么呢？可惜郭沫若只轻轻一笔带过："内在的韵律更是情绪的自然消长。"（《论诗四札》）"消长"说到了点子上，但是不是完全凭自然消长呢？——不完全，诗的审美规范并不等同于人的生理和心理过程。"消长"是经过审美规范的，是在统一中的有限的消长。关于这一点，戴望舒说得稍微清楚一点：

> 诗的韵律不在字的抑扬顿挫上，而在诗的情绪的抑扬顿挫上，即在诗的情绪上。
>
> ……
>
> 诗最重要的是诗情上的 nuance（按：细微差别）而不是字句上的 nuance。[①]

戴望舒提出内在节奏（韵律）就是诗情的变异或抑扬顿挫是很有见地的，比之郭沫若的"自然消长说"进了一步。但什么是变异，什么样的抑扬顿挫才是诗的、美的，这仍然是个问题。

所谓内部节奏，就是情调的统一和抑扬顿挫。之所以要求抑扬顿挫，就是为了调节诗太强的统一性。缺乏情调的统一性，诗歌主导激情可能被淹没，有了统一的情调可以使主导激情处于决定一切的地位；情调过分统一又可能使主导激情陷于孤立，显得贫乏。将统一情调与起伏变化结合起来，才能有内在情感的节奏。

---

① 戴望舒：《戴望舒诗集》，人民文学出版社1956年版，附录。

二、感情性质的确定和强度的变化

这种内在节奏主要表现在情感性质的统一和强度的变化上。

心理学的研究表明，情绪具有两极化性，表现为肯定或否定、积极或消极、紧张或松弛、激动或平静、强烈或微弱。诗人的内心活动很少是绝对平衡的，相反，总是以某一极为主导，这就得确定调性。同时在两极化之间有无数个依次排列的不同强度，这些就成了衡量情感的量度。强度的变化主要是量的变化。

情感的节奏就是在强度的变化中显示一种性质的确定性。例如莱蒙托夫的《帆》：

在那大海上淡蓝色的云雾里，

有一片孤帆儿在闪耀着白光！……

它寻求什么，在遥远的异地？

它抛下什么，在可爱的故乡？

从外在环境的性质来说，这是中性的。从感情的性质来说，尚未确定是肯定的还是否定的、积极的还是消极的，但是离开故乡到遥远的异地去，已经微弱地暗示着消极的否定的因素。接下去：

波涛在汹涌——海风在呼啸，

桅杆弓起了腰轧轧地作响……

唉，它不是在寻求什么幸福，

也不是逃避幸福而奔向他乡！

外在环境否定性消极因素（风暴，凶险）增长了，但仍然维持着某种平衡（不寻求，也不逃避幸福）。到了最后一段：

下面是比蓝天还清澈的碧波，

上面是金黄色的灿烂的阳光……

而它，不安地，在祈求风暴，

仿佛在风暴中才有着安详！

这里外在环境的否定性消极因素（风暴）变成了美妙的肯定性积极因素（在风暴中才有着安详），这是由于感情的特殊逻辑，化消极的否定性为积极的肯定性的情感。这种情感的确定，从性质上来说是经历了中性（包含微弱消极）—消极的增长—化消极为积极。从强度上来说是微弱—稍强—强，用曲线是可以画出来的：

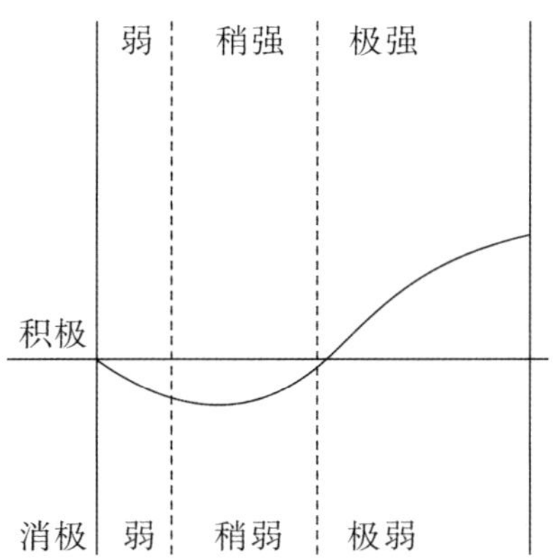

从图上可以看出感情节奏的特点：有起伏，但并没有多次反复，内部节奏很少像外部节奏那样反复循环。在《诗经》和外国情歌中，那些相似章法的复沓形式也是外部的。通常外部节奏的复沓总是多于内部感情的起伏。

三、构成疏密相间的三种方式

内部节奏除了强弱起伏以外还有疏密相间，强弱起伏和疏密相间交织起来就使感情的内在节奏大大丰富了。

所谓密度主要是指意象的疏密和感情的疏密。有时一行诗只有一两个意象，特别是直接抒情的诗句，例如陶潜的："结庐在人境，而无车马喧。问君何能尔，心远地自偏。"但是，这样的诗句有较大的感情密度，四句诗中写出人生的一种境界，这是一种长期人生体验的精华。从意象来看，陶潜那四句诗意象的密度是不大的。如果一句诗中包含的意象较多，意象的密度就大了。例如"鸡声茅店月，人迹板桥霜""长空雁叫霜晨月"等。

意象的密度是一种语言的精度，为了达到这种精度，有时甚至要牺牲语法结构的完整。例如在"鸡声茅店月"中，三个名词从逻辑上讲，代表的是一个复杂的陈述，在语法上讲，省略了三个陈述对象之间的语法关系（在鸡啼的时候，茅店的屋顶上残月仍然没有隐去），可是在诗中这种省略的并列较之把语法关系补充出来要好得多。意象关系的浮动，使意象的密度提高了。

诗人自然要争取把感情的密度和意象的密度提高，但是就一首诗来说，绝对的高密度和绝对的低密度一样会造成单调、板滞，使诗失去内在的节奏感。

内在节奏要求疏密相间，大致通过两种方式构成。

一是感情密度与意象密度的交替。二者虽然同是密度，但由于属于不同类别，因而有某种变化的效果。例如：

烟笼寒水月笼沙，夜泊秦淮近酒家。

商女不知亡国恨，隔江犹唱后庭花。

前两句意象的密度很高，后两句意象的密度较低，但是后两句人生体验的容量较大，感情的密度很高。二者交替呈现，可以避免单纯意象的高密度或单纯感情的高密度造成的单调感，二者交替达到一种紧张度转移的效果。

二是感情的高密度与意象的低密度相结合。

感情与意象密度的同步提高只能在有限的部分加以运用，通篇都是高密度可能使读者疲劳。高密度需要较高的理解力，因而高密度与欣赏者的心理紧张成正比。高密度的持续性意味着紧张度的持续性，过分持久的紧张必然要求一定的松弛，因而在高密度的诗句之后适当配置以意象的低密度，有利于形成内在节奏。但低密度的持续性太长也会因过分松弛引起厌倦，因而在它后面最好有高密度的情感加以调剂。例如威廉·布莱克的《天真之歌》：

从一粒沙里看世界，

一朵花里看上帝的爱。

意象的密度是低的，接下去的密度再这样低就单调了，如果不提高意象的密度就要提高感情的密度来打破单调的松弛，使之紧张一下：

把握无限空间在你手中，

一瞬间存有永恒。

第三行对于空间的概括面大大地扩展了，并转移到主观的心灵中来，到第四句则又跃迁到时间领域。这样大幅度的跃迁就使诗行的感情密度（还有智性）提高了，同时也使欣赏者的紧张度提高了。

舒婷的《致橡树》颇得力于意象的疏密相间，构成了一种既有统一又有变化的内在节奏。意象是参差的，但又不是杂乱的。每行诗的意象始终在一到三之间模进，而且其间还有结构上并不严格的对仗（这属于外在节奏），使之紧密地构成一个有机体。

诗　行	意象数
你有你的铜枝铁干，	2
像刀，像剑，	2
也像戟；	1
我有我红硕的花朵，	1
像沉重的叹息，	1
又像英勇的火炬。	1
我们分担寒潮、风雪、霹雳，	3
我们共享雾霭、流岚、虹霓。	3

内在节奏主要是靠几种成分的内在调节构成的。它的主要任务是避免单调，因而肯定与否定、强与弱、密与疏之间进行多种方式的调配，使其达到内在的多彩，哪怕是一首很小的诗，也力求其内部情感有尽可能丰富的变化。

变化越是丰富，越能统一于单纯的情感运动之中，内在的节奏感也就越强。

新诗由于缺乏外在的节奏规范，本来应该以内在节奏的丰富来加以弥补的，但是由于长期以来对于文学形式的内部规范的漠视，内部节奏的单调已经成为一个相当触目的现象。一味提高强度和密度使得有些有诗情的诗人的创作停滞不前。

由于内部节奏一般不可能像外部节奏那样多次循环往复，其统一性就不如外部节奏那样严格，内部节奏自由运动的幅度也就大得多。

四、诗的散文美引起了对外在格律的追求

艾青早就说过："诗必须有韵律，这种韵律，在'自由诗'里，偏重于整首诗内在的旋律和节奏；而在'格律诗'里，则偏重于音节和韵脚。"[①] 自然，自由诗的草创者们都是打破了旧诗格律枷锁的勇士，因而多少有点像郭沫若那样"嫌恶（外在）形式"。除了闻一多对形式有特殊的追求外，他们在理论上都强调内在节奏，多少有点抹杀外在节奏的重要性。戴望舒甚至把内在节奏与外在节奏绝对地对立起来："韵和整齐的字句会妨碍诗情，会使诗成为畸形的东西。"[②] 这当然不是没有道理，但是太片面了。艾青则正面从理论上论证了"诗的散文美"：

> 由欣赏韵文到欣赏散文是一种进步，而一个诗人写一首诗，用韵文写比用散文写要容易得多……
>
> 自从我们发现了韵文的虚伪，发现了韵文的人工气，发现了韵文的雕琢，我们就厌弃了它；而当我们熟视了散文的不修饰的美，不需要涂抹脂粉的本色，充满了生活气息的健康，它就肉体地诱惑了我们……
>
> 天才的散文家常是韵文的意识的破坏者。
>
> ……
>
> 因为，散文是先天的，比韵文更美。
>
> 口语是美的，它存在于人的日常生活里。它富有人间味。它使我们感到无比的亲切。[③]

艾青还举了一个他所见到的留言：

---

① 艾青：《诗论》，人民文学出版社 1980 年版，第 115—116 页。

② 戴望舒：《戴望舒诗集》附录，人民文学出版社 1956 年版。

③ 艾青：《诗论》，人民文学出版社 1980 年版，第 153—154 页。

安明：

记着那车子。

他认为这就是诗，其中有散文的自然美。

当然，这是很美的，因为其中包含着很高的感情激活率，但是这是没有经过形式审美规范的自然美。形式审美规范可以化美为魅。

新诗的开创者过分轻视形式，其结果是长期以来他们的许多追随者并没有达到散文美的化境，反而落到时时受散文化威胁的悲惨境地。

这样就引起了另外一种倾向，那就是对外在格律的怀念。这股思潮的来势比散文美的追求要强大多了。鲁迅甚至认为诗有看的和唱的两种，而唱的，也就是具备外在节奏（格律）的诗，总是比看的（不具备外在节奏、格律）好。鲁迅还提出了易记、能唱、大体押韵的标准。其实这种见解本是比较随机的一种感想，由于后来得到毛泽东的支持，其结果是带上了双重的权威性，在理论上一时占了上风，特别是毛泽东提出新诗要在民歌和古典诗歌的基础上发展的口号以后，对于新诗外在格律的追求形成了热潮。

这种热潮自然是新诗过分蔑视外在节奏的必然结果，但是在追求外在格律的热潮中有两个问题被混淆了。

一是外在格律是否必要。这与20世纪50年代以来的讨论意见是比较一致的，争论的双方都认为有必要，连艾青后来也把《诗的散文美》这一篇文章从《诗论》中抽去了。

二是外在格律应如何建立。一派主张在古典诗歌和民歌的基础上发展。最狭隘的创作甚至把民歌和古典诗歌的改良形式当作新形式，其结果是重复了旧形式。这样的重复自然没有竞争力，最明显的事实是：行政推行的声势越来越大，而创作成就越来越小。20世纪40年代还出了李季的《王贵与李香香》、阮章竞的《漳河水》、袁水拍的《马凡陀的山歌》，不愧为当时成就的代表。但50年代李季、阮章竞和袁水拍都放弃了民歌体的形式，诗歌创作成就最高的已经不是他们，而是一些用半自由体写作的诗人。这时虽然用最大的热情肯定了王老九的民歌，但是他的艺术成就已明显不能代表当时的水平了。而到了50年代末用行政命令的方式提倡诗歌在古典诗歌和民歌基础上发展，其结果是连王老九那样的诗人也出不了了。所有这一切都说明，用因袭旧的来代替创造新的，即使有行政力量的支援，也不能抵挡客观规律的强大力量。

几十年的经验告诉我们，有时一种权威性的学术主张得到行政力量的支持，并不意味着这样的主张因此就增加了多少竞争力。诗歌以外的力量支持反而导致了盲从，而一种学术主张要有生命力，就不能建立在盲从上。

五、诗的外在节奏包括基本音节组合和韵脚的循环往复

诗的外部节奏包括基本音节组合和韵脚的循环往复。韵脚，相对地说，并不是构成节奏的必要成分，而是一种辅助成分，因为没有韵脚也可以有相当鲜明、相当严谨的外部节奏。例如莎士比亚戏剧作品的人物独白就是素体诗（blank verse）。虽然没有韵脚，但韵律大体和谐。

构成音节组合的主要元素是反复出现的基本音节组合，大致由音节中互相对立的属性构成。例如在日耳曼语和斯拉夫语中，基本音节组合是由轻音和重音的配比构成的，如果是扬抑格，就是一个重音、一个轻音构成一个音步（音节组合）。每一行音节组合的数量大体是相等的，西欧较为流行的是五音步一行，三音步一行，或四音步一行。例如朗费罗的诗句（以√标重音）：

Těll me/nǒt in/mǒurnful/nǔmbers

不要以悲抑的声调告诉我

这是四步扬抑格，每行四个音步，每个音步由两个音节组成，第一个音节是重音，第二个是轻音。如此每行重复四次造成重音重现的规律性。所谓节奏感在日耳曼语族和斯拉夫语族中基本上就是重音重现的周期律。俄罗斯的语言和英语一样讲究重音，因而后来俄语的格律诗借鉴了这种重音周期律，构成以轻重对立为特点的基本音节组合。我们来看普希金的著名抒情诗《致察达耶夫》（ кчаадаеву）：

люб вы/н а д е ж/д ыи/т и х о и/слав ы

爱情、希望、宁静的光荣

Н е д о/л г о н е/ж и л н а с/о б м а н

没有长久地把我们骗慰欺诳

这是四步抑扬格，两个音节一步，一个轻，一个重，每行大体四步。这种重音的周期性重现构成了外部的节奏感。

六、行内的平仄交替和行间平仄的相对、相黏

汉语古典诗歌的外部格律的成熟形式主要在律诗和绝句中。这种格律与日耳曼语族和斯拉夫语族的外部节奏构成有相似之处，那就是以基本音节组合为单位，每行的基本单位是相等的。不过汉语轻重音不起区别词汇意义的作用，但四声却起着区别词汇意义的作用，因而很自然地将四声分为音高平衡的平声和音高曲折起伏的仄声，以平仄对立组成基本音节组合，产生律诗和绝句的节奏。在律诗和绝句中（也包括在词曲中），外部节奏以平仄的

周期交替重现，原则为：1. 一行之中平仄是交替的。例如：平平仄仄平平仄。2. 在两行之间，平仄是相反的，例如前一行是平平仄仄平平仄，后一行就是仄仄平平仄仄平。

由于律诗与绝句大体是五七言的，都是单言的而不是双言的，因而每一行的平仄交替就有两种形式：平平仄仄平平仄；平平仄仄仄平平。

在两行平仄相对的节奏完成以后，第三行如果再与第二行相反，就要重复第一行的平仄。这时就不能用相对（相反）的办法，而取另一种办法，这种办法开头四个音节与第二行不是相反，而是相同，但从第五个音与之相反，这叫作相黏。如：

第一行　平平仄仄平平仄

第二行　仄仄平平仄仄平——相对

第三行　仄仄平平平仄仄——相黏

第四行　平平仄仄仄平平——相对

由此可见，在一联之间，两行的平仄是相反的，在两联之间，上联的末句与下联的始句是相黏的。律诗绝句（包括词曲）中的节奏是由平仄的行内交替，和行间的相对、相黏交错构成的。

汉语近体诗都是严谨的格律诗，每行的音节和每首的行数都有严格的限制，是高度统一的。如果在句子内部，句子之间没有一点变化，格律就太单调了，因而平仄的交替、相对和相黏，都以避同求异为特点。在统一的外在节奏中追求变异，这是当年把四声用二分法分为平仄两种的沈约的一种苦心。沈约在《宋书 · 谢灵运传》中说：

夫五色相宣，八音协畅，由平玄黄律吕，各适物宜。

这说的是追求内在节奏和外在节奏的统一性。但是光有统一性是不够的，沈约还特别强调统一节奏乃是变化中的统一，是与丰富变化结合起来的统一：

欲使宫羽相变，低昂互节。若前有浮声，则后须切响。

这里的“宫”是指平声，“羽”指仄声；“低”是仄声的特点，“昂”是平声的特点；“浮声”是平声而上浮，“切响”是仄声。这里说的是要使统一的节奏尽可能不单调，尽可能让它有规律地变化。

七、韵脚中的同异相交

在统一中追求差异，不但在轻重平仄上是这样，而且在押韵上也是这样。

押韵本身就是相异与相同的统一。相同的是韵母，相异的是声母。声母韵母都相同的，也就是最后一个字都相同的，这种韵法很少见。韵母相同了，律诗、绝句、词曲还要求声调要相同，这就太严格了，所以新诗押韵是不分平仄的。另外，押韵的密度一般不宜太高，每句都押的柏梁体，后来被逐渐淘汰了。在我国古风中还可以转韵，西欧北美的诗歌押韵转换的方式很多，似乎他们比我们更强调变异。一般来说韵脚有三种交错法：1. 交义韵：abab；2. 环转韵：abba；3. 接邻韵：aabb。所有这一切和沈约所强调的“相变”“互节”的精神在根本上是相通的。

诗的外部节奏是一个多层次的结构，韵脚和音节数量是最表层的现象，轻重、平仄（在希腊拉丁语中是长短）是内层的。在古典汉语诗的节奏结构中，平仄并不是最深层的，因为汉语诗歌中不讲平仄的古风，也很有节奏感。这种节奏感是什么要素构成的呢？这得从诗行更深层次的结构上去分析。

八、五七言诗行是传统诗歌外在节奏的基础

我国古典诗歌和民歌的节奏是丰富的。光就诗行形式而言，它就包括最原始的二言诗（如：“断竹、续竹，飞土、逐肉”），诗经的四言诗（如：“蒹葭苍苍，白露为霜”）。至于楚辞，除了我们所熟知的五言或六言以外，还有《涉江》那样的：

世溷浊而莫余知兮，吾方高驰而不顾。

这里的诗行长达十三言。当然最大量的还是从汉代到盛唐发展成熟的五七言诗，这种诗体在1000多年中成为一种统治形式，但是与此同时还存在着其他形式。例如在唐代还有一种格律严整的六言诗，如王维的《田园乐》：

桃红复含宿雨，柳绿更带朝烟。

花落家童未扫，莺啼山客犹眠。

经过唐末、五代、宋、元，又出现了词曲那样在五七言的基础上，结合四六言糅合而成的长短句诗行，而在弹词、宝卷等民间文艺形式中，又出现了两个三言加一个四言的十言形式，明代民歌中诗行的灵活性发展到很高的程度：

姐儿哭得悠悠咽咽一夜忧，

哪知你恩爱夫妻弗到头？

当初只指望山上造楼，楼上造塔，塔上升梯升天同到老，

如今个山迸，楼坍，塔倒，梯横便罢休。

这里最长的一句竟达二十二言，而节奏仍然保持统一性。

对我国古典诗歌和民歌诗行节奏形式的丰富性，不能没有充分估计，但是谁也不会否认我国古典诗歌和民歌的基本形式是五七言诗。五七言诗不但在数量上最普遍、最基本，而且在艺术质量上也是最典型的。我们分析正是应该从这最普遍的存在和最简单的范式开始，这对我们的研究具有方法论上的意义。只有从这里出发，我们才可能通过五七言诗内

在结构的分析，找到它与非五七言诗（包括它与《诗经》、楚辞那样的古诗和词曲的诗行）的联系，从而揭示我国古典诗歌和民歌节奏的历史发展规律。

九、双言结构和三言结构的稳定连续

五七言的矛盾是内在的而不是外在的，因而孤立静止地去观察是看不出来的，要在它的变化和运动中去研究它。例如李白的《下江陵》：

朝辞白帝彩云间，千里江陵一日还。

两岸猿声啼不住，轻舟已过万重山。

就节奏的性质来说，这是我们所熟悉的典型的吟咏调子。如果我们把它每节删去两个音节：

白帝彩云间，江陵一日还。

猿声啼不住，已过万重山。

很显然节奏的吟咏性质没有什么变化。我们再将每行删去两个字：

彩云间，一日还，

啼不住，万重山。

其吟咏调性仍然基本上没有变化。或者：。

朝辞白帝彩云间，

一日还。

猿声啼不住，

已过万重山。

字句参差也不影响吟咏调性。这说明，在一首七言诗中决定其吟咏调性的并不是诗句中的全部音节，而是结尾的三个音节。只要保存这个三言结构，则诗句的吟咏调性不变。三言结构以外的音节数量的减少并不改变诗的吟咏性质。同样，三言结构以外的音节数量的增加也不能改变诗的调性。例如有这样一首传统民歌：

山歌好唱口难开，林檎好吃树难栽。

白米好吃田难种，鲜鱼好吃网难抬。

另外一体是这样的：

谁人叫你山歌好唱口难开？

谁人叫你林檎好吃树难栽？

谁人叫你白米好吃田难种？

谁人叫你鲜鱼好吃网难抬？

很显然，每行的音节增加了，但由于收尾的三言结构未变，故调性亦未变。如果我们把行末的三言结构的音节数量加以变化使之成为四言结构，会有什么结果呢？

山歌好唱巧口难开，

林檎好吃树苗难栽。

白米好吃水田难种，

鲜鱼好吃麻网难抬。

很显然，这首民歌的调子起了变化，变成和吟咏调子不同的调子，这种调子接近于戏剧道白的调子。这种调子也有它的稳定性，只要保存结尾的四言结构（或两个二言结构）不动，增加或减少前面的音节，同样也不会改变诗行的调性：

唱歌巧口难开，林檎树苗难栽。

高山水田难种，打鱼麻网难抬。

改成四言也一样：

巧口难开，树苗难栽。

水田难种，麻网难抬。

由此可见，七言诗是两个在性质上包含着差异的亦即矛盾的对立部分的统一体：其中结尾部分的三言结构是构成吟咏调性的主要成分，它的存在决定了吟咏调性的存在；它又具有相当的弹性，可以变为五言、九言、十一言而不改变诗的节奏性质。七言诗的另一个组成部分，即四言结构（对五言来说是二言结构），是一种道白或朗诵的调子。它在节奏性质上是与三言结构对立的，但是当它固定在三言结构之前，组成七言诗行时，却能相辅相成，构成很有音乐性的、典型的吟咏调性。可是如果用四言结构取代七言诗行句尾的三言结构，则七言诗行就变成了八言诗行，吟咏调性就成了道白的调子。这种八言诗行也可以变化为四言、六言、十言而不改变其节奏的性质。

应该说明的是这两种节奏性质的划分是就语言的节奏本身而言的，并不是就它们与音乐的关系而言的。就这两种诗行与音乐的关系而言，它们都是能配上乐曲、能够唱的。五七言诗如此，四六言诗也是如此。

五七言是我国古典诗歌和民歌最典型的节奏形式，它的基本成分主要就是四言结构（或二言结构）和三言结构稳定的连续。我国古典诗歌的丰富形式正是在这两种形式的基础上发展起来的。

何其芳先生不从诗行的内在矛盾去探寻，而是从诗行外在停顿数量的统一中去探寻，他认为七言诗行的节奏表现在它每行有四个相同的“顿”，每个停顿的时间大致相同。类似的主张是胡适在五四时期提出来的[①]，在20世纪50年代经过何其芳的改良，流传甚广。何

① 胡适：《谈新诗》，《中国新文学大系 · 建设理论系》，上海良友图书印刷公司1935年版。

先生是这样划分七言诗行的“顿”的：

浔阳／江头／夜送／客，枫叶／荻花／秋瑟／瑟；

主人／下马／客在／船，举酒／欲饮／无管／弦。

他们的方法论很有些特别，不是去研究诗行的内在矛盾，而是把诗句分为四个无差别的“顿”。这样就使他们的理论陷入了困境。每行四顿，并不是七言吟咏调性的特点。与七言吟咏调性相对立的八言诗（道白调性）也是每行四顿。我们试在上面的七言诗中每行加上一个音节：

浔阳／江头／月夜／送客，枫叶／荻花／秋风／瑟瑟；

主人／下马／迁客／在船，举酒／欲饮／恨无／管弦。

两种完全对立的调子，却有完全相等的顿数，由此可见“顿”的划分并不能说明七言诗节奏的性质。这种理论在这么单纯的七言诗面前已经显得如此软弱，对词、曲、民歌等丰富的诗歌形式更是无能为力了，因为词曲以及一部分民歌每行并没有相同的“顿”，也有五七言诗歌那样性质相类似的节奏感。这就怪不得何其芳要宣布：词除少数上下阕对称的以外，“它的节奏根本无规律可循”，就是那些上下阕对称的词，“从它的一半来看，好像节奏和押韵都没有规律”[①]。

“顿”的理论的破绽，不仅在方法论方面暴露出来，而且在实践方面也暴露出来。根据这种“顿”的理论，他们为新诗设计了现代格律诗的形式。他们要求现代格律诗每行有相同的顿数，每顿的停顿时间大致相同，但每顿的字数不一定像古典诗歌那样固定，特别是不能像古典诗歌和民歌那样每行都以三音结构收尾，因为现代汉语双音词占多数，三音结构是一种束缚。现代格律诗应该基本上以双音结构收尾。他们不但这样设计了，而且进行了实践，例如：

我——听见了——迷人的——歌声，

它那样——快活——那样——年轻，

就像——我们——年轻的——共和国，

在歌唱——它的——不朽的——青春。

这里每行四顿，完全符合现代格律诗的理论，在四行中出现了七个三言结构（除去结尾用轻音字“的”的，还有三个），平均每行一个以上，比七言诗行所要求的每行一个三言结构还多。这并不是特别挑出来的例子，不管拿一本20世纪五六十年代什么样的中国新诗集，每行的三言结构都平均在一个以上（这是因为在现代汉语中单音节词还大量存在的缘故。虽然在字典里的绝对数量少于双音节词，但在口头上的利用率却是很高的）。

---

① 诗刊社：《新诗歌的发展问题》（第三集），作家出版社1959年版，第154页。

这里有两点值得注意：一,三言结构的数量并不少于五七言诗，但语言的音乐节奏却大大不如古典诗歌和民歌，这是作者自己也诚恳地告白过的。二，为什么写了这么多三言结构，作者并没有感到束缚，而却认为五七言诗行的三言结构是一种束缚?

这是因为古典诗歌和民歌诗行中三言结构与四言结构的组合是有严格的规律的。五、七、九言诗的吟咏调性产生于三言结构收尾的固定性，四、六、八言诗的道白调性产生于四言结构（或二言结构）收尾的固定性。而在这里，三言和四言（二言性质相同）的排列却是随意的。三言结构无规律地出现在行首、行中和行末，因而丧失了传统的吟咏调性，二言（四言相同）结构也同样杂乱地出现在行首、行中和行末，因而也丧失了传统的道白调性。这样任意地安排三言结构和双言结构的位置，实际上是离开了古典诗歌和民歌节奏形式的基础。当然，离开古典诗歌和民歌的基础重新创造一种基础是可以的，但这种基础并不理想，因为诗歌节奏的形式是离不开音节组合结构在统一中的变化的，这种形式之所以不理想，正是由于缺乏统一感。从音节组合结构上讲，它仍然像散文那样从一种结构自由地转换到另一种结构上去，因而缺乏诗歌节奏所必需的那种音节组合结构的稳定性，也就谈不上节奏的另一个要素——变化了。

十、三言结构和双言结构的灵活交替

三言结构的稳定性使得五七言诗的节奏单一化了。五言总是上二下三，七言总是上四下三,九言总是上六下三，正是这种稳定的音组配搭构成了诗歌的节奏感。固定的组合和口语是有矛盾的。在口语中，在散文中，同样是五个字组成的句子，其句法结构不可能只有上二下三这样一种形式，有时会有完全相反的情况，如：“这月光真亮，满村寨放光。”念成口语的自然节奏是上三下二：

这月光——真亮，满村寨——放光。

但是如果说这是两句五言诗，而其平仄和杜甫的“国破山河在，城春草木深”是一致的，那就只能读成这样了：

这月——光真亮，满村——寨放光。

五七言诗单一的节奏格式和词汇意义、语法结构的多样性产生了矛盾。这自然是一种束缚，但是这种束缚是构成稳定的节奏感所必需的。这种束缚有时是这样厉害，以至于古代大诗人往往也难免为其所困。例如杜甫的诗句“夜郎溪日暖，白帝峡风寒”，按词汇意义和语法结构应该念成这样：

夜郎溪——日暖，白帝峡——风寒。

但作为诗，我们只能读成：

夜郎——溪日暖，白帝——峡风寒。

甚至“黄山四千仞，三十二莲峰”也不能念成：

三十二——莲峰。

而要读成：

三十——二莲峰。

至于“兴因樽酒洽，愁为故人轻”当然也不能念成：

兴——因樽酒——洽，愁——为故人——轻。

只能念成：

兴因——樽酒洽，愁为——故人轻。

而杜审言的“云霞出海曙，梅柳渡江春”照正常的语法结构是：

云霞出海——曙，梅柳渡江——春。

但是五言诗的单一节奏迫使我们读成：

云霞——出海曙，梅柳——渡江春。

这种读法，把原来正常的语法关系弄模糊了，把意思也搞含混了。

五言诗行是排斥上三下二或上一、中三、下一或上四下一的节奏的，而表达思想都要求尽可能多样灵活的结构。内容的灵活性和形式的稳定性产生了矛盾。这种矛盾事实上是散文的非固定节奏和诗的稳定节奏的矛盾。这种矛盾由于社会生活的发展、文学的社会内容的扩大、人的情感的复杂化而激化了。

形式不能不发展了，但形式的发展有两种可能性。第一，打破节奏的稳定性，采取完全的自由句法。每一句的音节组合结构都由词汇意义和语法结构决定，这样，就丢掉了“基础”，亦即民歌和古典诗歌的节奏基础。但是在我国古代没有出现这种情况，而是出现了第二种情况：仍然在双言结构和三言结构的稳定性基础上发展出一种词和曲的杂言句法。词和曲都又名“诗余”，说明都是从诗发展而来的。五七言诗的二言结构（包括四言结构）和三言结构分裂成两个可以在同一首诗里交织运用的诗句（三、五、七、九言和二、四、六、八言）。①

十一、新诗冲破了传统外在节奏的有限基础

我国古典诗歌和民歌的历史基础一方面是构成节奏感的一种有利出发点，但是另一方面却是对创造新节奏形式的一种束缚。它一方面为我国古代诗人提供了构成节奏感的方便

① 孙绍振：《美的结构》，人民文学出版社 1988 年版，第 251 页。孙绍振：《审美价值和幽默逻辑》，华中师范大学出版社 2000 年版，有关古典诗歌节奏部分。

模式，另一方面又使我国古典诗歌和民歌的形式长期徘徊不前。而到了五四运动前夕，这种有限的、固定的形式和复杂的社会生活的矛盾达到这样的程度，以至于新文学运动的先驱们不惜抛弃了这个方便的基础，而另外去创造一种形式。尽管这种形式的节奏感还比较渺茫，可是却把那旧的节奏形式击败了，取得了正统的地位。1000多年的历史证明：在五七言诗双言和三言结构及其组合方式的基础上不断发展，只能产生词、曲、弹词、宝卷以及自度曲等这样的形式。自元曲以后，在古典诗歌领域中，几百年没有产生什么新的形式创造，连明清民歌的形式也没有突破五七言诗行的根本局限。如果不扩大这个基础，不冲破这个基础，就不可能有新的创造，所以五四时期的新诗人经过一番奋斗之后终于丢弃了这个基础，在外来形式的启发下，创造了一种新的基础，这是一种历史的必然。打破形式的枷锁正是“五四”新诗的历史功绩。

很显然，新的形式的创造道路是十分宽广的。在本民族传统形式的基础上发展，这是一种途径，例如我们在国画中看到的和在某些小说（如赵树理的小说）中看到的，但这不是唯一的途径，油画、电影、话剧、芭蕾舞、交响乐等，以吸收外来形式为基础，而在它的发展的过程中，也不断打上民族的烙印。

20世纪50年代以来，新诗的节奏形式有了一些进展。一个普遍的倾向是，新诗散漫的诗行中的音节组合方式开始出现了走向统一的萌芽，大量的诗行由于运用对称的音节组合（而不是运用“顿”）而摆脱了自由地从一种音节组合转向另一种音节组合的散文句法。例如贺敬之的《西去列车的窗口》：

一路上，扬旗起落——
苏州……郑州……兰州……
一路上，倾心交谈——
人生……革命……战斗……

单就一节（两行）诗来说音节组合并无统一的规律，行间节奏是自由转换的，但是把两节统一来看，节奏又是有某种规律的，第一行和第三行、第二行和第四行节奏是对称的。这种音节组合之间对称与不对称的统一原则被广泛地多种多样地发展着。例如李瑛的《茫茫雪线上》：

一条雪线，一片奇寒，
一条雪线，封锁天山，
猛烈的雪崩，骇人的冰川，
把多少秘密隐向人间。

在这里，第一句和第二句，对称的密度很大。第二句自身是对称的，第一句之间也是对称的，这种双重的对称有点儿类似律诗中的“四炷对”。第三句，虽然自身是对称的，但与第一第二句音节不等，便不是双重的对称，这并不是作者做不到双重对称，因为只要把“猛烈的雪崩，骇人的冰川”中两个可有可无的“的”字删去，便可构成双重对称，但作者很显然用不对称回避了过分单一的节奏。第四行就更明显，它与任何一句都不对称，这也是为了打破单一的节奏。这种对称与不对称统一的原则，很可能是从律诗当中两联对仗、首尾两联不对仗的原则演化而来。

显然，这种形式的历史进步也是比较有限的。当然，这种节奏还处在萌芽阶段。20 世纪 80 年代的青年诗人往往回避对称的句法，他们似乎更注重内在的韵律，也许在内在节奏没有解决之前，外在节奏是很难规范化的。因而不论是闻一多式“豆腐块”的外部形式，还是何其芳的“现代格律诗”，到目前为止都还只是一种悲壮的冒险。

第六章

散文审美规范论

第一节　散文意象的个体特征优势

一、从智性的思辨和纪实中分化出来

散文，在中国古典文学史上，有着比诗歌、小说显赫得多的地位，这一点与西欧、北美和俄罗斯的文学史是不同的。在他们那里，散文是文学的一个小小的分支，远远不像诗和小说那样受到重视，甚至没有什么散文家受到重视的程度超过小说家和诗人。在英国文学史上爱迪生、兰姆、欧文等远不及莎士比亚、狄更斯那样名闻遐迩，在法国文学史上蒙田也不及巴尔扎克、司汤达那样被不同时代学者的反复研究。但是在中国文学史上，散文首先不是文学形式，而是哲学、历史的经典。它不像英美文学史上的幽默小品，是一种不登大雅之堂的雕虫小技。中国文人写散文正如英国作家写小说一样，是堂而皇之的事业。欧美散文是二流作家所为，写散文正如中国古代作家写小说一样必须顶住某种精神的压力。

散文在中国古典文学史上的地位是正统的，它是一种“载道”的工具，而诗是抒发个人性灵或言志的手段，这是因为文学、哲学、历史还没有来得及分化。散文，作为一种传达工具，它起初不是为了审美，而是为了思辨和纪实。它在传达某种哲学、历史的过程中发挥着“审智”的功能，审美感情的传达是从属性的。甚至到了唐宋以后，乃至明清之际，主要散文作家的作品仍然有大量属于逻辑思辨的性质内容，政治的、思想的、伦理的评述仍然是散文的主体。即使“独抒性灵”、表现个性化的感情在理论上提出来以后，文学和非

文学的散文仍然没有分化为两种独立的形态。直到五四新文学运动掀起来以后，散文才作为一种文学形式独立地得到了发展。鲁迅甚至认为新文学运动第一个十年中散文的成绩超过了小说，但是这并不意味着散文的形象性和思想评论的逻辑性有了充分明确的界限。最明显的一点就是周作人晚期一些掉书袋的散文和20世纪90年代的所谓学者散文中的很大一部分，虽然缺乏形象性，然而仍然被当作文学散文得到很高的评价。①

中国现代散文早已从古代的审智散文中解放了出来，而且正在完成从实用功能（如新闻通讯）中分化出来的过程，作为一种文学形式正在取得独立性。在与诗歌、小说、戏剧的分立中，散文的审美规范也逐步积累，在动态的曲折历程中探寻着自身发展的道路。但直到今天为止，散文作为一种独特的审美规范，还不能说已经充分发育到稳定的程度。

从宏观的历史进程来看，当代散文和思想评论关系密切的阶段已经基本结束。杂文和思想评论在当代文学史上已经失去了重要性，即使像《燕山夜话》那样规模和影响较大的评述性、知识性散文，都已很难作为文学作品在当代文学史上占据一席地位。20世纪末，在欧洲藐视文学与非文学界限的散文冲击下，散文的审美规范正在经历着空前的动荡。

从另一方面来看，当代散文与纯粹纪实性的新闻通讯的密切关系也已经基本结束。早在20世纪50年代初，散文和新闻、通讯、特写还很难区分。1956年中国作家协会出版了《诗选》《短篇小说选》乃至《独幕剧选》，可就是出不了《散文选》，只能出一本《散文特写选》。20世纪60年代，特别是20世纪80年代以来，散文已经摆脱了新闻、特写的纯纪实性的束缚，开拓着形象的想象的天地。

散文长期处于钟摆式的动摇状态并不是偶然的，因为散文作为一种文学形式，其审美规范和审智功能存在矛盾。文学形象的功能主要是审美功能，一切思辨性和纪实性功能都必须在审美功能的效应范围之内才能发挥作用。但是散文在形式上的自由度，往往又使它在不同历史时期承担起“审智”的功能，这就必然引起散文艺术审美和审智规范的内部机制的自我调节。我国现代和当代散文艺术的历史发展过程同时又是散文审美规范的内在机制的协调过程。

二、思辨、纪实的“审智”功能和审美功能的矛盾及其消长

作为一种信息传达工具，散文有它的实用价值，这就使它具有了“审智”功能，因而它与议论和纪实结下了不解之缘。作为一种文学形式，散文离不开审美价值，它主要是表现内心情致的，这就有它的非实用性。实用性审智是非文学的、非审美的，而非实用性是

① 与此相关的是鲁迅杂文中那些以思想、社会评论为主的作品，是否属于文学之列，一直存在争论。其实这是受到周作人在《美文》中强调的“叙事与抒情”的审美诗情的束缚。

文学的。由于长期处于文学与非文学、审智与审美之间，它的性能、它的审美规范都受到影响。即使在文学性得到充分发挥的时候，它的纪实性和它的思辨性也常常表现得非常突出。

散文的思辨性使它拥有大量逻辑思辨的手段。那些本来与形象的构成相矛盾的议论，那些抽象的概念化成分在散文中往往占很重要的地位。这在中国古典散文中早已如此。有许多经典性的名篇之所以流传，不但由于它精致地描述了情景，有鲜明的形象性，而且也由于作者就事实和形象做了非常深刻的理性发挥，提出了深邃的见解，焕发着理性的光辉。例如苏东坡的《石钟山记》和王安石的《游褒禅山记》都是就事论理的著名篇章。如果没有那些事理的发挥，那些精辟的议论，光凭文章所记之事，本来是不见得有什么精彩之处的。不以形象的辉煌触动读者的感情，而以深邃的智性掣动读者的智慧，只有在散文中才可能成为历史的名篇。

散文家在散文领域中调动议论手段的自由比之在任何其他艺术形式中都更大。

正是因为这样，散文时常遭受逻辑思维的入侵，或者说逻辑思维常常过量地渗透到散文领域。鲁迅的杂文之所以被许多人当作文学作品，原因就在于散文对抽象议论有较大的宽容度。鲁迅的许多杂文主要依靠抽象的议论，而形象成了它的装饰。

作为文学形式的散文所能容纳的抽象的审智成分非常有限，远远不像杂文那样多，关键在于进入文学散文的审智理念不是赤裸裸的，而是依附于具体的、特殊的审美形象的。在散文中，议论的抽象性与普遍性和事实的具体性与特殊性形成一种必要的张力，哪怕议论再抽象，只要与具体的人物事物相结合就能达到审美和审智的平衡。平衡不是绝对的平均，而是以事物的特殊性占据主导地位，理念的普遍性只能处于从属地位。

散文中的叙事与小说、诗歌不尽相同，它不但能容纳社会、人生的内容，而且能容纳那些知识性、文献性的材料，只要有一定特殊性，散文都能包容。那些风土人情、地理环境、山水名胜，乃至科学知识、统计数学、文献掌故，在诗歌和小说中因为与审美规范相矛盾而被排斥了的，在散文中这些审智的信息都可能向审美转化。英籍华裔作家刘柳在《在〈简·爱〉作者勃朗特的故乡》中解释勃朗特姐妹寿夭的原因时这样写："100多年前，这个村庄经常缺水，喝的都是含着病菌的脏水。当时医药条件差，疾病不断地威胁着人们的生命，当年这村庄居民的寿命，平均只有25.8岁，有41.6%的人未到6岁便夭殇。勃朗特一家人，勃朗特神父的妻子早逝，三个女儿和一个儿子都是青年时候就去世。只有伯特立克·勃朗特神父一人活到85岁。"以下，作者还写到勃朗特姐弟四人先后早夭的准确情况：二妹只活到30岁，弟弟伯伦威尔·勃朗特死于30岁，三妹安·勃朗特死时才29岁。夏洛特·勃朗特本人死于38岁。从这里可以看出散文的叙事不同于诗歌，任何客观对象的准确统计都与审美的想象有冲突。

在诗里，数字是最靠不住的，从“白发三千丈”到“千里莺啼绿映红”都是一种变异的感觉和知觉。在诗中客观对象不过是诗的感情的客观载体。

散文不但要激活读者的感情，而且允许有一定的实用性。正因为这样，包含着那么多知识性亦即非文学性成分的秦牧的散文，一度拥有那么多的读者。从这个意义上来说，散文对于这些实用性成分的宽容性，使纪实性成为散文不可缺少的因素，而且在某一特定的样式（例如科学小品、历史小品以及序跋、书信）中有时还占着优势。

从历史发展过程来看，在某种特殊社会条件作用下，纪实性成分有时会上升到主导地位。例如在 20 世纪 40 年代的解放区，散文的外在视野扩大了，而内在视野相对缩小。当时的散文几乎完全是纪实的，其主要形式几乎都是通讯报告，散文的价值取决于纪实性材料的价值。这种情况一直继续到 20 世纪 50 年代初期，当时奉为经典的散文是魏巍的《谁是最可爱的人》，而它是一篇朝鲜战地通讯。当然，它不同于一般的战地通讯，它不仅讲了三个故事，而且在开头与结尾还有个人的抒情。但是总的说来，这种纪实性与散文的审美规范不能说是没有矛盾的。纪实性毕竟不利于感觉审美的变异，所以在 50 年代中期，特别是后期，散文的纪实性逐渐弱化，而审美性逐渐强化，纪实性逐步依附于审美性。具体说来就是把记述事实与激活情趣统一起来。因为有了这样的内部机制的调节，散文作为一种文学形式，作为一种审美规范，就有了划阶段的发展。这个阶段是以杨朔、刘白羽的散文引起重视为标志的。

当散文形象的纪实优势不再服从于实用的目的，而服从于审美的要求，这时，再来看秦牧散文中那些知识性成分，就不能不感到它对审美情感是一种沉重的枷锁了。

三、从普遍特征的概括到个体特征的精确感受

散文和诗有相同的一面，那就是同样有感情在起作用：但是又有不同的一面，在诗中，客观事实是服从于诗的想象的，因而往往以类的概括性出现，而在散文中则不同，它不是概括的，而是特殊的。它不像诗那样回避特殊的情景和复杂的过程，对象的主要特征在散文家笔下比之在诗中有更大的客观现实性。

吴乔打过一个很有名的比方：诗是把米酿成酒，把客观对象的形态和性质都变了；而散文是把米煮成饭，客观对象形质变化有限。马拉美也说过，诗是舞蹈，散文是散步。

同样是厦门的凤凰木和木棉花，在诗人郭小川笔下和散文家何为笔下是不同的。在郭小川看来，凤凰木和木棉花都是一种类型化的植物：

> 看，凤凰木花如朝霞一片，木棉花如宫灯万盏。

在何为的散文《白鹭和日光岩》中却是这样描写：

道旁刚刚栽培的小凤凰树（按：不是一般的凤凰树，而是具体的，是小树，不是大树）一棵接连一棵，矮矮小小的就那么一点点，每棵树上疏疏落落挂着嫩绿色羊齿形小树叶，在微风里轻轻摇摆，可爱极了。当小凤凰树长大了，蔚然成林的时候，陵园大道上当又是一番葱茏的景象。每年五六月间是凤凰花盛开的季节，繁花覆盖着树顶，远远近近一片绯红，落英缤纷，无边无际洒落下来，地上又是一片嫣红。从远处看去，上面一层红花，中间夹一层绿叶，下面又是一层红花，红绿交织成一幅光艳四溢的彩绘，如此直至八九月。在那些日子里，整个厦门几乎是红花满城。

诗所描述的客观生活特点是普通的、共同的，这种主要特征是普遍适应的，没有时间、空间上的差异，因而它是一种概括的特征，是类的特征。而在散文家眼中，事物的特征并不是一种普遍适应的统一特征，它在空间上有限度，在时间上有变化。它不是类的特征，而是一种个体的特征。

这是因为在散文中写实的成分占优势，而在诗中想象的成分占优势。诗人愈是自由地概括，自由地省略事物的特殊过程、微妙的差异和变化，形象愈是鲜明；不概括，形象的净化和情思的聚集都无法进行。

而在散文中，形象不能像诗那样集中，那样单纯。散文比诗要散得多。散文正因为散、不单纯，才有它特有的写实手段，才容纳得下那些在诗中无法容纳的文献性、新闻性、民俗性以及过程性的成分。众多的细节、曲折的过程、复杂的关系可能成为堵塞诗人激情畅通的障碍，可能使想象的翅膀沉重得难以起飞，可是在散文中，这些恰恰可能是激活作者情趣的必要信息。散文家好像有一种才能，那就是把诗人在概括中、在想象中作为累赘、作为渣滓无情地舍弃掉的，又重新拣拾起来，纳入审美情趣之中。

据研究，人眼可以分辨数百万甚至千万种不同色调、亮度、饱和度的物体色彩，可是关于颜色的词语却远远不及。要把颜色的感觉准确地表现出来，在文学形象中，这也既没有可能，也没有必要。不同的文学形式对于客观对象的视觉（其他感觉、知觉也一样）的精度要求是不同的，总的说来散文的精度要大大超过诗。例如朱自清在《荷塘月色》中把清华园的一角写成一种孤寂、幽僻、宁静的世界，但客观上这一角还有喧闹的一面。如果是诗人，他完全可以对于那不宁静的一面采取视而不见、听而不闻的态度，诗的审美规范保证了他这种想象的超越的自由。但是散文家的自由就有限得多。朱自清写到后来不得不点明那寂静中的喧闹：

这时候最热闹的，要数树上的蝉声和水里的蛙声；但热闹是它们的，我什么也没有。

散文家的心灵感受不能不比诗人更尊重客观一点。对于诗来说，这样点明对想象是一种束缚，是一种累赘；而对于散文，如果呆板地作现象的记录，自然有破坏形象统一的危险。但是高明的散文家却把诗的赘疣化为散文的有机成分。在朱自清的心灵中，树上的蝉声和水中的蛙声不但没有变成干扰，反而成为一种激活心灵库存的信息。朱自清由此而想到一种与现实的孤寂、幽僻、宁静相反的欢乐热闹的场景：

忽然想起采莲的事情来了。采莲是江南的旧俗，似乎很早就有，而六朝时为最盛；从诗里可以约略知道，采莲的是少年的女子，她们是荡着小船，唱着艳歌去的。采莲的人不用说很多，还有看采莲的人。那是一个热闹的季节，也是一个风流的季节。

这一热闹的场景之所以没有成为散文的累赘，这是因为它和孤寂、幽僻、宁静的境界形成了对比。对比并没有导致孤寂、幽僻、宁静的主要特征的弱化或分裂，因为热闹的场景是想象中的、虚幻的，越发衬托得现实境界更加孤寂、幽僻而宁静。作者题旨在于对想象中的热闹的否定（“可惜我们已无福消受了”），到了最后作者回到现实：

轻轻地推进门去，什么声息也没有，妻已睡熟好久了。

热闹突然顿挫，戛然而止，仍然是统一于孤寂、幽僻、宁静，使得境界孤寂的性质更加鲜明了。

优秀的散文家在复杂的特殊个体特征面前，比之在诗中要遇到更多偶然的琐碎的属性，他的功力就表现在把这偶然的琐碎的属性组织到一个必然的有机的整体中去。

这就要求散文家对客观事物属性的感受力要比诗人要细腻、精致得多，这首先表现在对事物属性的区别，有一种辨析毫厘的劲头。他们好像是在着迷地辨认差异，推敲着区别。有时，是在自己心中推敲，简直变成了自言自语的习惯，甚至是一种职业性的内心独白。散文家在描绘对象的区别时，不时流露出语言不能穷尽区别的遗憾，对已经探求到的区别总有一种不满足之感。

从文学形式的审美规范来说，散文似乎不完全像诗那样将相近或相同的部分组成整体，它更倾向于把相异的部分构成整体。

诗的感情比之日常生活的感情有更大的自由，它对于感觉和知觉的冲击较之日常生活中效果更为强烈。有时感觉变异，上升为形象的虚拟。例如贺敬之在《回延安》中这样写他在离开延安几年之后又回到延安受到欢迎的情景：

满心话顿时说不出口，
一头扑入亲人怀。

这显然不是写实，而是在感情冲击下的一种诗的虚拟。贺敬之以同样的题材还写过一篇散文，就不是这样写的：

而今天，我却作为一个远道而来的访问者之一在这里被欢迎了。我被人群蜂拥着向大街走去……

这里并没有扑入亲人怀的大幅度动作，这种动作在现实生活中是不符合中国，特别是陕北的风俗习惯的。诗可不管这些，诗以感觉、知觉的大幅度变异和想象的虚拟见长，散文却以仔细地刻画这些乡土风俗见长。

散文虽然有时也追求抒情，但它不像诗那样在跃动的感情中把感觉冲出常轨以外，它常常在正常状态中表现感觉、知觉。它并不经常采取那种用情感冲击感觉和知觉使之发生变异乃至想象的虚拟的方法，在这方面它不能把自己的领土全面地割让给诗。它的功力在诗所无能为力的地方表现出来，那就是在现实的描摹上确立形象的基础。有时一个富于幻想性的题材，为诗人的想象提供了方便，可是在散文家面前却成了难题。

四、内在效果与外在渲染的分寸感

散文中常态心境的追求不论在我国古典散文中还是我国现代散文中都是一种普遍的趋向。这种常态心境当然并不绝对都是效果的弱化，有时，也有强化的效果。但与诗相比起来，即使是强化效果，也以弱化的表达方式呈现。散文之高格不是诗化，它往往不在效果的外溢，而在效果的内敛上下功夫。有时内在效果与外在渲染在一定条件下恰成反比。当外在渲染超过了内在效果的时候，事情就往往走向反面，外在强化的效果变成了内在的弱化，甚至于俗化。相反，内在效果并不太强，若能采取弱化的外在表现，反而能给人以意蕴不尽、回味之甘的感觉。从这个意义上来说，散文家特别需要一种分寸感。所谓分寸感，并不单纯是内心的或外在的，而是调节内外比例的一种量的准确性。过分与不足都可能导致艺术的失误，特别是过分，常常给人以一种煽情、滥情的感觉。列夫·托尔斯泰说过："没有分寸感，就从来没有而且也不会有艺术家，正像没有节奏感就没有音乐家一样。"杨绛的《干校六记》在20世纪80年代之所以在散文界引起轰动，得力于其内外效果调配得宜之处不少。例如她写丈夫下干校，她和女儿女婿三人去送行。火车尚未开动，丈夫怕他们不胜凄苦，叫他们回去。她走了几步，回头望，车窗前仍然人头攒动。路上，女儿、女婿都各自回到本单位，自己一个人回到家中。全文都是叙述，连一点描写都没有，好像是效果的弱化，但是字里行间那沉郁凄苦、无可奈何之情已溢于言表。鲁迅在《从百草园到三味书屋》中这样写长妈妈：

长妈妈曾经讲给我一个故事听。先前有一个读书人住在古庙里用功，晚间，在院子里纳凉的时候，突然听到有人在叫他。答应着，四面看时，却见一个美女的脸露在墙头上，向他一笑，隐去了。他很高兴，但竟给那走来夜谈的老和尚识破了机关。说他脸上有些妖气，一定遇见"美女蛇"了；这是人首蛇身的怪物，能唤人名，倘一答应，夜间便要来吃这人的肉的。他自然吓得要死，而那老和尚却道无妨，给他一个小盒子，说只要放在枕边，便可高枕而卧。他虽然照样办，却总是睡不着——当然睡不着的。到半夜，果然来了，沙沙沙！门外像是风雨声。他正抖作一团时，却听得豁的一声，一道金光从枕边飞出，外面便什么声音也没有了。那金光也就飞回来，敛在盒子里。后来呢？后来老和尚说，这是飞蜈蚣，它能吸蛇的脑髓，美女蛇就被它治死了。

结末的教训是：所以倘有陌生的声音叫你的名字，你万不可答应他。①

长妈妈得出的结论明明是极其肤浅、极其表面，甚至是愚昧的。事实本身包含的效果是有点强化了的，但是语言上却没有直接点明，相反，用的是平静叙述语气，不加任何渲染。这在字面上是一种效果的弱化，但是它与事实包含的强化效果构成一种反差，因而对于有修养的读者来说，这种反差形成一种幽默的趣味。这种幽默趣味以字面上不点明为条件，一旦点明，就荡然无存。由此可见散文弱化的表达并不一定导致情趣的减少，相反可能导致情趣的增加。

散文的片段性，过程的非连续性，效果的非强化递增，从形式的审美规范来说，都与格式塔的完形趋向律矛盾，都不利于形成一个闭合性的统一形象。以诗的标准或小说的标准来比，散文形象的统一性是有限的，因为散文的特点就是散，或者就是不完全统一，统一都是和多样结合在一起的。统一和多样、单纯和丰富，并不处于静态的平衡之中。在不同形式中，统一和多样、单纯和丰富，处于动态的转化过程中。由于形式的不同，统一与多样、单纯与丰富各自所占的主导方面也不同。在诗中，无疑是统一和单纯占据主导方面，在散文中则应该是多样和丰富占据主导方面，因而散文的统一不同于诗的统一，而是一种有限的统一。它也不同于小说的情节和情绪一体化的统一，而是一种若断若续的统一。这有点像国画上所说的“笔断意连”。外在的、可见的动作线或因果链中断了，但是内在的意念仍然存在着某种联系。也许传统散文理论所经常强调的形散而神不散，只能从这个意义上去理解，如果不满足于外在的散，追求内外双重统一，结果可能是两败俱伤。

第二节　情趣依附于特殊的感觉和知觉

一、情趣的统一性是散文内在的凝聚力

散文的“神”，就是散文形象的内在统一性。这种统一性并不完全在散文所描述对象的主要特征上充分地表现出来。有时散文所描述的对象，其主要特征并不十分统一，即使统

① 鲁迅：《鲁迅全集》（第二卷），人民文学出版社 1980 年版，第 279 页。

一了，也不是十分严密的，而是有点松散的。使这些松散的片段统一起来的，是那渗透在文章中某种感情和某种生活趣味情感的表现。感情与诗是一致的，趣味的追求与诗就不一致了。当然，严格来说趣味与感情不可分，趣味的追求不但使散文的感情领域扩大了，同时也为散文中形象的成分增加了色彩，使那些非形象的成分也具备了某种形象性。每当散文叙述到某些科学知识、统计数字、历史典故、风土人情、工艺过程、文献典故时，如果在这些客观非形象的成分中间不辅之以某种趣味，则必陷于枯燥。由于散文所叙写的客观材料可以是缺乏连续性、相近性、闭合性的，按格式塔完形趋向律，这些似乎难以构成一个有机的统一的整体，因而散文的内在情趣就必须在主要特征上是高度统一的，精致的，和谐的。内在的统一可以使外在的不统一化为统一。

情趣的统一所以被称为“神”，就是因为它是具有决定性的。正因为情趣（神）有内在凝聚力，散文才能自由地向外部扩散。

从形象的本体来看，情感与趣味的独特性决定了散文的感染力。从文章的结构来说，情感与趣味的统一程度决定了散文结构的完整性。

散文中的情趣处于纲领性地位。

二、情趣对叙事的从属性

就文学形式的审美规范的特殊矛盾来看，散文与诗有根本的区别，诗与散文属于不同的文学体例这一界限是不可混淆的。

散文中的情趣虽然处于纲领性地位，但是它却很难直接表现出来，它常常通过事物、人物的描述流露出来。在散文中，情趣是灵魂，但它不能离开事物、人物而独立存在。

正因为这样，“五四”以来典型的散文、炉火纯青的散文总是把感情和趣味隐藏在叙事之中，而且好像总是在抑制着感情的强度，倾向于亲切朴素的格调，有时甚至于公然宣称废除虚构，追求一种风行水上、自然成文的格调。在散文领域中明显的艺术加工手段，例如虚构、极化、刻意求工，对于散文来说都可能起反作用。散文的艺术就是一种看不出艺术的艺术。李广田在1943年写了一篇《谈散文》，其中说：

> 诗人可以夸张，夸张了还令人不感到夸张；散文则常常是老实朴素，令人感到日用家常。
>
> 散文的长处大概在于自然有致，而无矜持的痕迹。
>
> 写散文，实在很近于自己心里说自家事，或者对着自己人说人家的事情一样，常是随随便便，并不怎么装模作样。[①]

---

① 俞元桂：《中国现代散文理论》，广西人民出版社1983年版，第144页。

这是因为散文的性能界于文学的审美性与文章的实用性之间。这还因为散文作为文学形式又处于抒情文学与叙事文学之间。

散文必须在这双重矛盾之间保持平衡。过分倾向于实用性，则可能失去文学的审美性；过分倾向于叙事或抒情，都可能导致散文本身审美规范的破裂。

从新文学运动开始后的第一个十年来看，我国散文主要是接受了古典散文的传统，散文的水平比白话新诗的水平要高，因而在散文中抒情依附于叙事是自然的。这种淡化情趣的潮流成为散文的基本审美规范，并且在以后的散文发展过程中逐步稳定起来，成为一种传统。我们从朱自清的《给亡妇》中随便摘录一段：

> 后来你天天发烧，自己还以为是南方带来的疟疾，一直瞒着我。明明躺着，听见我的脚步，一骨碌就爬起来。我渐渐有些奇怪，让大夫一瞧，这可糟了，你的一个肺已烂了一个大窟窿了！大夫劝你到西山去静养，你丢不下孩子，又舍不得钱；劝你在家里躺着，你又丢不下那份儿家务。越看越不行了，这才送你回去。明知凶多吉少，想不到只一个月工夫你就完了！本来盼望还见得着你，这一来可拉倒了。你也何尝想到这个？父亲告诉我，你回家独住着一所小住宅，还嫌没有客厅，怕我回去不便哪。

这里几乎每一句都是叙事，而且每一句几乎都是叙述，连细节都很少，没有任何密度很高的描写手法。写这样的生离死别，但没有感情的直接倾泻，不打断叙事的平均速度，不布置感情的强弱起伏，连最后一句补叙，也没有引起一系列的感叹。这是散文艺术的正宗规范。天衣无缝，没有任何斧凿之痕，这正是散文进入炉火纯青境界的表现。这与朱自清早年的《荷塘月色》《绿》的浓艳正形成对照。在这样的境界中，每一句都是叙事，同时在整篇中又饱含着特别浓郁的感情。

这一切都得力于情感对叙事的从属性。

三、在常规感情以内的感觉艺术

情趣虽然处于对叙事的依附性地位，但绝不能说可以忽视它，因为从形象的本质、文章的结构上来说，情趣还处于纲领性地位，叙事的性质和强度要受到情趣的性质和强度的影响。正是因为这样，在散文的形象种子中就蕴藏着诗的胚芽。从现代散文兴起之初，直到今天，都有一部分散文存在着诗化倾向。现代散文的早期提倡者之一周作人甚至说："读好的论文（按：周作人所说是论文中的美文，其中有叙事抒情成分的，并不是我们今天所说的学术论文），如读散文诗，因为它实在是诗与散文中间的桥。中国古文里的序、记与说等，也可以说是美文的一类。"（1921 年 6 月 8 日《晨报》副刊）外国散文似乎也有相似的倾向，厨川白村在分析西欧散文时，就认为个性鲜明的散文实际就是诗："是将诗歌中抒情

诗，行以散文的东西。”（见《苦闷的象征》鲁迅译）

从这个意义上说，散文天生就是抒情的。

在散文中追求抒情，这一点是古今中外一致的。不管是记事还是状物，不管是写人还是言志，没有感情是很难动人的。关键在于散文中的抒情很少是独立的，它总是在记事、状物、写人的基础上进行的。换句话说，散文家的独特感情并不是直接倾泻出来，而是借助于奇妙的感觉和知觉表现出来的。我们读卢森堡的《狱中日记》，这种感觉就特别明显。首先吸引我们的是她对大自然那种精致的感觉和知觉，读者是通过她的感觉和知觉领悟了她高尚的感情的：

> 雨点均匀地落在树叶上，紫红色的闪电一次又一次地在铅灰色中闪耀，遥远处，隆隆的雷声像汹涌的海涛余波似的不断滚滚传来。在这一切阴霾惨淡的情景中，突然间一只夜莺在我窗前一株枫树上叫起来了，在雨中、闪电中、隆隆的雷声中，夜莺啼叫得像是一只清脆的银铃，它歌唱得如痴如醉，它要压倒一切雷声，唱亮昏暗。

这里所表现的高尚情操之所以动人，首先是因为她对于雨、树叶、闪电、夜莺的感觉和知觉是动人的。这些感觉和知觉当然包含着感情，但是不像诗那样概括，也没有大幅度的变异。如果没有这样有限变异的感觉和知觉，那不被黑暗势力所压倒的感情就成了抽象的意志；有了这些细腻的、精致的感觉和知觉，那英雄不屈的感情和意志就化作了动人的散文形象。正是这种感觉和知觉，既表现了感情的温柔又表现了意志的刚强，她既能在大自然的积极信息中感到生活的美好，又能在大自然的消极信息中感到意志的力量，把那些暗淡的感觉和知觉当作一种背景，衬托出闪电的亦即心灵的光彩。对夜莺的感觉和知觉比较接近诗，隆隆的雷声竟掩不住一只夜莺的歌声。夜莺给她的感觉是唱得如痴如醉，它要“压倒雷声，唱亮昏暗”，这不是客观信息的写照，而是一个革命家的感情在燃烧。如果卢森堡把自己炽热的情感直接说出来，她不怕黑暗，雷也压不倒她，她对生活的热爱如痴如醉，她要压倒雷声，以乐观主义的歌声唱亮昏暗，就太像诗了。但是当她把这一切化为对夜莺的感觉和知觉，就产生了动人的散文形象。

一切文学形象都得有感情的特征，但是散文的特殊审美规范却更着重于感觉和知觉的特征。如果说诗是以感情冲击感觉和知觉，以变异了的常轨以外的感觉和知觉为基础的艺术，那么散文就是以在常轨感情以内的感觉和知觉为基础的。

四、在带着量的准确的感觉（知觉）中找到自己

作为一个文学家，自然应该有丰富的感情，有个性化的感情。《文心雕龙》早已说过：“情者，文之经。”作为一个散文家，自然也要有丰富的感情，要像别林斯基所说的那样：

"比别人承受更多的苦难，享受更多的欢乐，爱得更火热，恨得更强烈，总之，富有更深刻的感受。"[①]但是这还是一般文学的共同性，作为一个散文家，应该有散文家特殊的修养。郁达夫在《中国新文学大系·散文二集·导言》中主张散文的要素是"情调"或"情韵"，这还有一点受诗论的影响，没有谈到点子上，倒是他泛泛地说的一句话——"艺术家是善感的动物"——触及了散文家修养的要害。散文家不但要多情而且要善感，也就是要善于感觉。无情自然是散文的大敌，但是更是一切艺术的大敌。无感、不会运用感觉、不善于通过带着量的准确性的感觉去表达，乃是散文家的致命伤。直接抒情在诗歌中还可以产生屈原的《离骚》《古诗十九首》和西欧浪漫主义诗潮中一系列经典杰作，但直接抒情的散文甚至比直接说理的散文所取得的成就还要低。光是多情而不善感成不了散文家。

当然，并不是一切善感的人都能成为散文家。散文家不管是否意识到，都要按着散文的审美规范去感受。散文家要在现实的、具体的，甚至具有量的精确性的感觉和知觉中找到自己，从这个意义上来说散文家的感觉和知觉自由比之诗人要少。诗人可以大幅度地超越物理的、生理的、事理的感觉，通过概括的、幻想的、变形的渠道构成较大的错位以表现自我。不论是感觉的超越性，还是感觉的变异性，诗都较散文更为自由。相对来说，散文的感觉和知觉比诗客观的成分多一些，选择性、超越性和变异性上要少一些。少一些误差性和选择性，就少一些内在的自由。正因为这样，散文家找到自我要比诗人更难。

散文被当成诗的对立面有两重含义。一是作为不同的文学形式有不同的审美规范（包含感觉的审美规范）；二是诗与散文对立被当成艺术品和非艺术品的对立。这是因为散文的感觉特别容易为生理的、物理的、事理的、现实的感觉所束缚，散文比之诗更要逼近于这些感觉，离得太远、太超脱就可能失去散文的本性变成诗，而贴得太近又可能被实用的和认识的价值所淹没，不成其为艺术。高尔基在《谈谈我怎样学习写作》中说："在我看来，散文比诗还难，它需要特别敏锐的眼力，需要有洞察力，要能看到和发现别人所没有看到的东西。"在常态感情中，要看到别人没有看到的东西，得有点硬功夫。

散文家所面临的任务比诗人难度要大得多。想象天地的相对狭窄，使散文家找到自我的可能性相对减少，丧失自我的可能性相对增加，迫近生活的感觉和知觉使散文不容易达到某种艺术的超越性，因而登上散文艺术创造高峰的难度就比任何其他艺术形式都要大。散文的审美艺术规范特别缺乏专业的稳定性，好像小说家、诗人、戏剧家乃至评论家都会写散文，好像驾驭散文的艺术形式并不像诗、小说、戏剧那样要耗费作者毕生的精力。事实上，用毕生的精力也不见得穷尽散文的妙处。散文的审美价值和散文的认识价值、实用价值至今还没有完成最后的分化。散文向纯文学方向发展的趋向虽然日益明显，但是非文

① 别林斯基著，满涛译：《别林斯基选集》（第二卷），时代出版社1953年版，第495页。

学性的成分仍然没有完全消失，特别是在杂文和所谓的学者散文中。正因为这样，散文作为一种艺术比之其他艺术在发展速度上是大大落后的。“五四”以来小说和诗歌的审美规范都几经更新了，而散文直到20世纪80年代末却仍然徘徊不前。

这是因为散文家的自我感情和自我感觉之间有一种特别现实的、紧密的从属关系，二者想象性的浮动空间比之任何其他艺术形式都狭窄。散文家的任务就是在保持自我感情从属于自我感觉的前提下，充分利用二者之间的有限浮动性，在间不容发的界线上施展作者保持平衡的能力。过分拘泥和过分超脱都有可能越出散文艺术的生命线。我们来看英国散文家查理·兰姆的著名散文《穷亲戚》：

> 一名穷亲戚是什么？——那是天底下最不亲不戚的人了，——一种迹近渎犯的相应关系，——一件令人作呕的近似事物，——一桩缠人要命的良心负担，——一个荒谬已极的身边怪影，愈是当你好运的太阳当头高照，它就伸得愈长，——一位不受欢迎的提醒人，——一种反复不绝的沮丧，——一个你钱袋上的漏洞，——一声对你荣誉上更为难堪的催索，——一件你事业上的拖累，——一层你升迁上的障碍，——一种你血统上的不纯，——一个你家声上的污点，——一处你服装上的破绽，——你家宴上的死人骷髅，——阿迦索克里斯的讨吃锅盆，——宅门前的底凯，——堂门上的拉匝斯，——一头拦路的狮子，——一只乱室的青蛙，——一只兰芷芸泽中的苍蝇，——一撮你眼睛里的灰尘，——在你的冤家，是他的一场胜利；——在你的朋友，是你的一番解释，——一件谁也不要收留的杂物，——一阵收获季节的冰雹，——一团甜蜜中的一瓢苦水。

一口气说了23个穷亲戚是什么，每一个都是一个暗喻，大大扩展强化了效果。兰姆是《莎翁乐府本事》的作者之一，明显受了莎士比亚诗风的影响。但是夏洛克那一长串有名的诅咒和福斯塔夫许多绝顶荒唐的戏谑，是戏剧性独白，是戏剧诗，获得的是喜剧性抒情效果，可把这手法搬到散文中来就不能没有矫情做作、文字堆砌、重复之嫌。这是由于这么长一段抒情基本上脱离了对穷亲戚的具体感觉和知觉。在诗中感情可以在较大程度上脱离具体的感觉和知觉进行直接抒发，而在散文中哪怕是仅仅在这么短的一段中，脱离具体的感觉和知觉，也叫读者感到单调、沉闷，而且夸张的语调使读者对作者感情的诚恳程度有所怀疑了。如果兰姆就这样写下去，这篇散文就不可能成为英国散文的历史名篇了。幸而兰姆并没有过分耽溺，他终于转向了具体的、特殊的、现实的、常规以内的感觉和知觉。

> 他的敲门便是他的通报。你的心头一沉，明白“这是——先生”。门的敲法，在惯熟与恭谨之间；仿佛在指望着，而同时却又绝望于人家的欢迎。他走进时，面带笑容，却又——面带尴尬。他伸出手，要你来握，但又缩了回去。他不过偶然进来坐坐，却

恰当你用饭的时候，桌上已摆满杯盘。他向你告退，但却被挽留下来。他入了座，而你客人的两个孩子则在旁边的小桌上受着招待。

有了这种感觉（还有知觉）的出现，这个穷亲戚的形象便具体了。这里感觉的妙处在于量的精确性。散文的生动性在这种精确性之中，这种精确性主要表现在对于感觉微妙差异的辨别。一个散文家的眼睛、耳朵、鼻子要比诗人更能捕捉生活信息的微量差异，并能以准确的语言加以表达。试想如果把门的敲法“在惯熟和恭谨之间”和面上的表情在笑容与尴尬之间，以及心情在希望受到欢迎与绝望之间，从文章中删去，或者忽略了三组互相对立的因素之间的任何一个因素，都会使形象失去量感，同时也失去质感。如果是这样，兰姆那种学者式的辨析毫厘的细致感受力，读者也就无从感知了。

五、散文的诗化倾向

散文审美规范的内部矛盾在于感情与感觉（知觉）之间，感觉与知觉是基础，但是它是外在形式，感情是内在的、主导的、决定性的因素。不管怎样精彩的感觉，都是在内在感情激发下，为了表现感情的，因而散文时常在某种机遇下顺理成章地被当成抒情的艺术。在我国现代文学史上把散文诗化的倾向并不少见，在20世纪30年代有何其芳与陆蠡，是有所成就、产生过影响的。到50年代，杨朔和刘白羽把诗化的散文当作目标。杨朔在《东风第一枝·小跋》中说他“把每一篇文章当成诗写”。刘白羽在《给人民作一个通信员》（《早晨的太阳》序，人民文学出版社）中宣称他追求“有充分诗意的散文”，他这样说：

只有你获得了生活中真正深刻的东西，你有了你的见解，有了你的思想，有了你的诗，这时一切的生活细节才有了生命……一个作者在生活中没有激发他的东西，没有一种思想，一种诗意的冲击，那他又凭着什么来写呢？

名家开风气于前，闻风者追踵于后，一时蔚为风气。流风所及，当代散文不但描摹所见所闻，而且要抒写心灵所感，大脑所思；不但要写眼前所有，而且要写眼前所无，把过去和未来都集中到现场感受中来。一般说现实的直接描写对象并不是追求诗意的散文家的意图所在，作家不过是借题发挥，让情感得到某种诗意的升华。杨朔著名的《荔枝蜜》，通篇写蜜蜂（主要是工蜂）的辛劳，但他的焦点却在蜜蜂以外。刘白羽的《长江三日》本是一篇游记，但是并不像传统的山水游记那样，把全部注意力放在对大自然的欣赏上，从泰山日出到一座桥梁，从西山枫叶到一颗玛瑙，散文家之所以要写，并不完全是为了这些对象本身的自然景观，更多的是为了它们所包含的诗意。杨朔笔下的蜜蜂成了农民，而刘白羽笔下的长江三峡竟凝聚了我们的时代、我们的生活、我们的哲学。作家不愿意像古代散文家那样，把大自然仅仅当作客观的对象加以欣赏，作者所追求的是表现自己的情思。刘白羽在感受长江三峡壮丽的风物以后这样抒写他的内心感情：

> 而且你觉得自己和大自然是那样的贴近，就像整个宇宙，都罗列在你的胸前。水天、风雾，浑然融成一体，好像不是一只船，而是你自己正在和江流搏斗而前，“曙光就在面前，我们应当努力”，这时一种庄严而又美好的情感充溢着我的心灵，我觉得这是我所经历的大时代突然一下子集中地体现在这奔腾的长江之上。是的，我们的全部生活不就是这样战斗，航进，穿过黑夜走向黎明的吗？现在，船上的人都已酣睡，整个世界也都在安眠，而驾驶室上露出一片宁静的灯光。想一想，掌握住舵轮，透过闪闪电炬，从惊涛骇浪之中寻到一条破浪前进的途径，这是多么豪迈的生活啊！我们的哲学是革命的哲学，我们的诗歌是战斗的诗歌，正因为这样，我们的生活是最美的生活。列宁有一句话说得好极了：“前进吧！——这是多么好啊！这才是生活啊！”

对于散文来说，这么长、而且是强化了的抒情独白是冒险的。刘白羽散文中的确经常出现这样大幅度的直接抒情，给人虚张声势之感，但是这里的抒情却有丰富的感觉做基础。

他的感觉之所以丰富，是因为他常常把对象放在不同光线、不同距离、不同背景中去感觉，因而他的感觉是在运动中变化着的感觉。虽然不像诗人那样是变幻着的感觉，但是比起秦牧那样静止的感觉要丰富多了。他的过人之处在于他总是比别人感到更多，更带着量的准确性的色彩、形状、声音、气味的变化，而又不入侵诗人的幻想境界。只有在这种精致的感觉辨析力的基础上，刘白羽才能把日出的过程写成“一个奇迹”，而且只有在这个奇迹性的感觉达到充分饱和以后，强化的惊奇、感叹，大幅度的感情抒发、深邃的哲理概括才不显得唐突，不显得虚夸。

散文是通过感觉来抒情的。散文的抒情是一种五官辨析性的抒情，是把感觉的差异加以显微处理的抒情。有时要把不可捉摸的、在潜意识中隐藏的感觉加以揭示，有时要对那难以区分的混沌的感觉在成色或层次上加以区分，散文家的感情就在这微妙变幻的感觉中透露出来。在散文家那里，感情和辨析性感觉是如此不可分割，抒情完全脱离辨析性感觉，不是无以存身就是转化为散文诗。

六、直接抒情超越感觉和知觉

如果说，在以感觉去感受客观对象时，形象与生活的属性越是带着量的准确性越好；当作家进入直接抒情境界时，这种量的准确性可能就成为累赘了。这时候的要求是大幅度地超越散文的感觉。没有充分超越，直接抒情可能变得板滞而拘泥。将感情溶解于感觉之中和让感情超越于感觉之外，是一个问题的两个方面，在有了充分饱和的感觉以后，作家的自由就在于有效地超越它。唐敏在《心中的大自然》中写到她见到老虎的感觉，其间不过两秒钟，在这两秒钟的感觉中，调动起来的感情比一个饱经沧桑的老人还多。为了给这两秒钟的感觉作铺垫，她事先回顾了幼年时期对老虎的痛恨和恐惧：最恶心，最难看，良心烂透！然后又叙述了来到山村听人遇到老虎的经验：要镇定到保持正常的步子与之同行，才不致激起老虎搏击生物的本能。这倒反刺激了她，她盼望见到老虎，然而当她真的与老虎不期而遇时，那老虎超然地看了她两秒钟就转头而走了。如果作者只写她对老虎的感觉，以及由于紧张而什么也没有想，那就很煞风景了。唐敏就在这生死关头不容喘息的感觉刺激下，让感情大幅度超越了两秒钟的感觉，她的心灵所接受的老虎形态动作的信息看来非常有限，而释放出来的不可重复的感情，在量上和质上大大超越了那两秒钟的感觉。作者首先从感觉的层次写起：

一只年轻的老虎站在不到五米远的坡上。斜阳从它背后照来，它被明亮的火焰包围，颀长优美的身子呈现在我眼前。

它停下来两秒钟，一只前足停在空中。

它侧身看了我一眼，似乎感到意外。

金色的目光和阳光溶在一起，飘过一绺嫣红的烈焰，就看了这短短的一眼。

这是一种宁静的审美和感官的从容享受，除了对美的关注之外没有任何功利考虑，因而面对老虎，没有神经质的紧张，没有世俗的恐惧，没有煞风景的惊慌，在感觉中已经大量渗透着超越物欲的感情。感觉已经饱和了，但是她还不满足，她更广、更深地激活自己的感情，超越感觉使之顺着感觉的渠道漫溢出来，跟着她转向了内心：

人类最美的目光都死了。

静静的、威严的、穿心透肺的、超然的一眼。……

像无形无具的梦，消失了。

我沿着山坡狂奔而下，血液在全身蒸腾，激情脱去沉重的躯壳，裹着我轻盈地滑翔，哽咽堵塞了喉咙——

我受到真正的蔑视！

在饱和的基础上，感情开始超越感觉，从对老虎超然的一眼，得出自己遭到蔑视的结论。作者的感情跃过感觉好几个层次以后，开始完全脱离对感觉的依附而独立运动起来：

仅仅两秒钟，人的骄傲顿然倒地。这轰顶的刺激炸开一片崭新的欢喜和狂悦。

大自然用两秒钟告诉我，人可以夷平山川，制造荒原，淘空地球，但是依然侵犯不了它的自由，这肃然起敬的无法驾驭的自由。

老虎变成了大自然，老虎并没有把人当作猎物，对功利目的的蔑视变成进入自然状态，摆脱功利性的自由。这是大自然的自由，当然也是人的自由。这是对客观理想境界的阐述，也是对主观理想境界的阐述。这种自由是在物欲轻易可得满足而超脱于物欲的一种内心自由，而以世俗的物欲观念去看老虎，就在这意外中遭到了蔑视，并且是最大的蔑视。

在这两秒钟中，她抒发的并不是两秒钟的感觉，甚至不止是两秒钟的感情，而是两秒钟中激活的人生观和世界观。不大胆超越两秒钟的感觉是不可能达到这样的深度和广度的。

不善于超越的作家，往往也不善于感觉，自然更不善于抒情。

散文即使写巨大的事变，也不经常采取极化情感的方法。而常态的生活是不断重复的，因而缺乏新鲜感，感觉、知觉都变得麻木了，人们的感情失去激活力，人们也习惯于这种迟钝状态。散文家则不能这样，他要善于激活自己的感情，就得保持对于常态生活的新鲜感，像德国诗人里尔克所说的那样，看任何事物都好像这些事物刚刚被上帝创造出来一样。

七、通过内在感觉找到新鲜感

常态生活之所以不新鲜，原因是人们习惯于以认识的、实用的价值观念去衡量它。只能看到客体的共同性，没有主体的特殊性。比如我们天天看到月亮，从认识价值来看，这是地球的卫星，没有什么新鲜；从实用价值观念来看，月亮的光照着，便于人夜间活动，这也没有什么新鲜。但是郭风说："月亮像一瓣栀子花。"就比较新鲜了，这是纯从乡土感情出发的。它既不科学，又不实用，但是它是审美的，它激起读者去想象郭风对闽南乡土的倾心。不同的人可以用不同的主体的特征去同化对象的同一特征，这就使一个平淡的客体特征变得新鲜起来。产生新鲜感的关键就在于要适当摆脱实用的价值观念的束缚。

散文家的感觉包括内外两个方面，一方面是对于外在生活的感觉，一方面是对于内心生活的感觉，二者是相辅相成的。外在感觉对于内在感觉是一个刺激，内在感觉是外在感觉的深化。光凭外在感觉所能发现的新鲜感总是有限的，外在感觉的发现再加以内在感觉的发现，散文的形象就双重地新鲜了。我们再来看屠格涅夫笔下的日出：

> 朝阳初升时，并未卷起一天火云，它的四周是一片浅玫瑰色的晨曦。太阳，并不强烈，不像在令人窒息的干旱的日子里那么炽热，也不是在暴风雨之前的那种暗紫色，却带着一种明亮而柔和的光芒，从一片狭长的云层后面，隐隐地浮起来，露了露面，然后就又躲进它周围淡淡的紫雾里去了，在舒展着云层的最高处的两边闪烁得有如一条条发亮的小蛇，亮得像擦得耀眼的银器。

这自然是非常精彩的外在感觉，把太阳初露当作发亮的小蛇、擦亮的银器，这是屠格涅夫的发明，是非常新鲜的。但是光有外在感觉的新鲜还不能使屠格涅夫满足，他力图把外在感觉的新鲜与内在感觉的新鲜统一起来：

> 可是，瞧！那跳跃的光柱又向前移动了。带着一种肃穆的欢悦，向上飞似的拥出

了一轮朝日……

屠格涅夫笔下日出的精彩，不但在于“发亮的小蛇”“擦亮的银器”，而且在于它的运动性质“带着一种肃穆的欢悦”。这是一种从容不迫的甚至是一种雍容华贵的内在感觉的外溢，有了这种屠格涅夫式的雍容华贵的气度，对日出的感觉自然就更加新鲜了。

自然现象可以是重复了千万年的，但是散文的感觉只能是新鲜的，这取决于散文家内在感情的新鲜。

八、从感觉运动的层次性转移中找到新鲜感

每一个人自我感觉产生的过程都有不同之处，但从自我感觉的结果看，差别就减少了。人们之所以没有新鲜的内在的自我感觉，往往不是由于缺乏自我感觉，而是忽略了自我感觉的过程。其实，人的感觉过程是丰富多彩的，不善于从过程中去把握感觉，就把感觉简化了，因而也就雷同化了。

作为一个散文家，不但要把握那感觉的结果，而且要洞察辨析的过程。在这个过程中，五官所感，大脑所思，有时如无声的云腾雾涌，有时像有声的雷电感应，既有总体的必然趋势，又有飘忽不定的机遇。形成语词，激起感兴，只是将那千百种感觉之一化为了现实性的结果。而那欲开而未开的花，那似醒而未醒的梦，对于思绪的结果，可能在性质上并不相干，但是对于过程来说，有重大的审美价值。

思绪语词化的部分是在意识领域中进行的，所以易被人认识，其审美价值也容易被强调，但是那些没有来得及语词化的部分，隐没在潜意识之中，其审美价值容易被忽略。意识和潜意识是互相转化的，完全忽略了潜在的动机和愿望，对意识本身也无从清理。一般人并不具备强大的内审力去体验这个明灭不定的过程，也不用去辨析这个意识和潜意识的交织过程。要理清这样纷繁复杂思绪的流动变幻的过程，对于普通人既无必要也无可能，因而忽略情绪的纷纭变幻变成了一般表达的习惯。这种忽略是由实用的目的性所决定的，是一种思维的经济原则，以避免做脑力的无用功。

对于一个在散文中追求新鲜内在感受的作家来说，这种忽略可能是一种心灵财富的“水土流失”。纷纭的波动和变幻的层次，对于散文家来说，不是思维的负担，而是感情珍宝的矿藏。黑格尔说：“比起追求断语和结论的知解力，诗的前进步伐要缓慢些。对于知解力（无论就认识性的观察，还是就实践性的目的和意图来说），关键在于最后的结果，而不是达到结果经历的过程。”①

“对于诗来说”，进程要缓慢些，因为它不满足于知解的结论，而要追随其过程。对于

① 黑格尔：《美学》（第三卷），商务印书馆 1981 年版，第 32 页。

诗来说是这样，对于追求抒情性的散文也是这样。对过程的忽略，往往由于缺乏迎接新鲜感觉机遇的心理准备，而没有准备就会与机遇失之交臂。

散文家不能像一个普通人那样对自己的感情意识流动过程采取习惯性的麻木态度。他应该像一架高度灵敏的竖琴那样，只要一丝微风吹动它一根琴弦，其他处于准备状态的琴弦就次第共鸣起来，把心灵的微波放大，使之在时间上尽可能地持久。每当客观生活的某一特殊属性和主观心灵的某一特征猝然遇合，也就是灵犀一点，豁然相通，产生情绪，真正的散文家就要抓住不放，新鲜感往往就在这时候产生。张洁曾经说过，她有一个习惯就是时常把一些小事放在心里反复地想。其实所谓小事，只是从世俗的实用观点来看是如此，真正值得反复地想，就说明它有想头，也许从审美的角度来看价值就不小。还是举张洁自己的散文为例，她在《白玉兰》中写她第一次见到白玉兰树，首先注意到的是它外表的新鲜感：翠绿的叶子，牙黄的花朵，幽雅的香气，有美丽的名字，叫人一见倾心。外在的新鲜并不特别惊人，如果内在的新鲜感只限于外在新鲜感的对等，没有写出内在新鲜感产生的过程、内在感情的层次、阶段性的转移，只停留在一见倾心、十分高兴上，可能使读者漠然。张洁的长处是抓住了那瞬息即逝的过程，把内在新鲜感从一个个层次中曲曲折折地拓开：

高兴之余，不知道为什么有点幽怨，好像是难得地遇见了一个可爱的朋友，遗憾着为什么没有早一点认识她。

活到这一把年纪，才知道这么美丽的花，我的心情变得暗淡。

“我”有点可怜自己，“我”的心情忽然变得暗淡。先是“高兴”，然后是“幽怨”，随后是“可怜自己”，再后是“遗憾”，最后竟然心情“变得暗淡”起来。张洁的新鲜感得力于对自我内心活动过程内在层次的注视。每一个层次都有不同的性质，而总的过程又有一个统一的性质。

对自己内心感觉过程的层次采取马大哈态度的人在任何新鲜事物面前都可能缺乏新鲜感。

散文家不但要善于“动情”，而且要善于注视情感油然而生、飘然而至、杳然而逝的更迭过程。情感的很大一部分是在无意识中产生的，没有内在注意的目的性，情感阶段性转移、层次性游动不管多频繁，被意识到的部分仍然是极其有限的。

对心灵运动层次的敏感性和内审力是将情感运动从无意识领域诱入意识领域的重要条件。

由于情感运动油然、飘然、杳然的运动特点，其随机性极大，持续性极短，因而散文家的内在注意要像心电图那样将任何一种心灵的细微波动都迅速捕捉住，特别是在动情之时，散文家的感觉就分化为两个部分，一个部分是瞬息万变的感觉对象，一个部分是高度机敏的感觉者。一般人之所以缺乏内在的新鲜感，就是因为他的内心没有分化，二者浑然一体是普通人的本能，而散文家的困难就在于要反抗这种本能。正因为这样，散文家不但要随时准备抓住动情的过程，而且特别要随时记住感觉到感情的“方法”。如果那内外猝然遇合之际，观察者与被观察者没有分化，也就无从切入这个过程，绝大多数普通人对内心过程的盲目就是这样造成的。苏东坡对捕捉内心活动机遇有过丰富的体验，他说：“作诗火速追亡逋，清景一失后难摹。”感情一旦消失就像逃亡者那样杳如黄鹤了。光有感情，而没有养成对感情的内在感觉是不成的。感情可能是最难重复的，只要对之不加注意，瞬息之间就可能像脱出轨道的人造卫星一样，永远消失在浩渺的宇宙之中了。金圣叹在评点《西厢记》时也说到敏锐地感觉自己感情的重要性：“文章最妙是此一刻被灵眼觑见，便于此一刻被灵手捉住，盖略于前一刻便不见，恰恰不知何故，却于此一刻忽然觑见，若抓不住，便寻不出。”要看到内外遇合的机遇，光凭一般的感觉不成，金圣叹创造了一个名词“灵眼”，介于神灵与心灵之间，二者的意味都有。要抓住内外遇合的机遇，现实的手不成，金圣叹又创造了一个名词“灵手”，同样兼有神灵与心灵之意。这说明此等能耐非任何人都天然具备的。这有一点神秘，其实西方也创造过一个“inspiration”的名词，我们把它译成灵感，兼有神灵和心灵职能的感官，因为感情属于无意识领域的成分良多，光凭感官的习惯和本能是不够用的。

九、从常态感情到极化感情

在语言上，一种诗的极化抒情方式在散文中被广泛应用，这与传统的散文追求不着痕迹地抒发常态感情就有些异趣了。传统散文正如李广田所说，最好是没有做文章的痕迹，不剑拔弩张（当然，有些特殊题材例外）。在是否炫耀、矜持、夸张，感情是否极化上，可以看出诗与散文的界限。

从“五四”散文的传统观点来看，是否炫耀、夸张不仅是诗与散文的界限，而且是不成熟的散文与成熟的散文之间的界限。叶圣陶在《朱自清新选集·序》中说：“每回重读佩弦兄的散文，我就回想起倾听他的闲谈的乐趣，古今中外，海阔天空，不故作高深而情趣盎然。我常常想，他这样的经验，他这样的想头，不是我也有过的吗？在我不过一瞬而逝，他却紧紧抓住了。他还表现得恰如其分，或浓或淡，味道板正而且醇厚。只有极早几篇，如《桨声灯影里的秦淮河》《温州的踪迹》不免有点儿着意为文，并非不好，略嫌文胜质。稍后的《背影》《给亡妇》，就做到了文质并茂，全凭真感受，真性情取胜。到了后期，如《飞》，套一句老话，可以说达到炉火纯青的境界了。”这种常态的非强化感情的追求，不仅是中国“五四”以来的散文传统，而且也是西方和东洋散文的传统。厨川白村说：

为自己告白的文学，用这体裁是最为便当的，既不像戏曲和小说那样，要操心于结构和作品中人物性格之描写之类，也无须像作诗歌似的劳精疲神于艺术的技巧。为表现不伪不饰的真的自己计，选用了这样一种既是费话也是闲话的 essay 体的小说家，诗人和批评家历来很多的原因，即在此。[①]

不伪不饰、不装模作样，平淡地写出自己的个性就是好散文。他非常形象地描述这种散文的情调：

如果在冬天，便坐在暖炉旁边的安乐椅；倘在夏天，便披浴衣，啜苦茗，随随便便，和好友任心闲话。将这些照样地移在纸上的东西就是 essay。[②]

散文不取以极化方式而是以吟味态度去表现自我的感情。散文可以不极化，只要从容地写出了真性情、真自我，这在古今中外大体都是一样的。法国古典散文大师蒙田早年所作散文不离格言、语录风味，模仿罗马文学，失却自我个性。到了 1574 年他锐意改革，从阐发古训转入表现自我的个性，散文中那空泛、极化的议论便少了，由此他创造了在法国文学史和英国文学史上影响很大的一种风格。一位内庭供奉曾经对他讲："皇帝陛下读过你的书，很想认识你。"蒙田回答说："假使皇帝陛下已经认识了我的书，那他就认识我的人了。"这里蒙田表达的情绪正是对自己的散文个性化的自信。

20 世纪 50 年代以后散文在感情的强度上诗化了，散文家在感觉与感情之间的传统关系被打破了。在写作历史较长的作者身上，"五四"散文的不炫耀、不矜持、自然亲切还留下了一点痕迹。例如杨朔在写他第一次尝到荔枝蜜时，他的感觉已经有了某种诗的强化了，但总的说还在很有节制地形容它的感觉和知觉：

一开瓶塞儿，就是那样一股甜香。调上半杯一喝，甜香里带着股清气，很有点鲜荔枝的味儿。喝着这样的好蜜，你会觉得生活都是甜的呢。

比起"五四"散文感觉和感情的传统分寸来，这里已经有了效果的强调了，有了一些渲染了。但是对于 20 世纪 50 年代以后开始写作的作家来说，这样的感情幅度和文字色彩都有点拘谨，未免太不过瘾。同样的对象在他们的感觉中，就要丰富得多，所激起的感情也要强烈得多：

这是一种不多见的白色晶体，像雪花一样晶莹，像乳脂一样纯净。我们从镶着银边的木碗里拿下一块放进嘴里，一种异乎寻常的沁人心脾的清香顿时扩散到全身。这里有草的幽芳，花的浓香，有甘泉的清冽和鲜乳的甜美。大家都赞叹起来，这草原蜜简直是一个奇迹。

---

① 鲁迅博物馆编：《鲁迅译文全集》第 2 卷，福建教育出版社 2008 年版，第 306 页。

② 鲁迅博物馆编：《鲁迅译文全集》第 2 卷，福建教育出版社 2008 年版，第 305 页。

这是从温小钰和汪浙成的《草原蜜》中摘出来的。这里的感觉和感情都强化乃至极化到了“奇迹”的程度。传统的散文作家自然并不缺乏这样富丽的感受潜能，也不是不具备这样的想象力，但是诚如李广田所说，他们认为散文“很近于自己心里说自家事或对着自己人说人家的事情一样”，他们比较吝于表达自己的感情和感觉，自然也节约着形容和渲染。他们好像害怕过分华彩的感觉和语言会破坏亲切自然的感情，会给人一种做文章的印象，宁愿以平静的常态情绪写出平凡生活的动人之处，也不愿把感情强化，去冲击感觉。他们坚守散文审美规范，并不认为诗化会给散文带来什么好处。至多，他们不过是把感情和感觉变化的曲折过程和丰富的层次展示出来，但不倾向于把这些过程和层次当奇迹来夸耀。就是在抒写不平凡的业绩时，他们的感情也是很有节制，并没有采取诗的强化和渲染方式。

当一种艺术风格形成的时候，许多追随者必然蜂拥而至。这对于风格的普及和繁荣是有利的，许多有才能的新人会聚集在这种风格的旗帜下进行艺术的开拓，但是大量的模仿者采取影响最大的那种方式写作，必然使风格老化、程式化，久而久之程式便脱离了内容，腾空而起，变成抽象的公式，徒有美丽的色彩和形态而无生活的分量。程式有一种稳定性，自以为驾轻就熟的作家，殊不知被一种不由自主的习惯所驱使，在构思上和手法上都会陷于恶性的重复，对于超越程式以外的想象就有一种自发的拒斥力。此时要突破，会遇到主体内在顽强的抵抗。散文在追求诗意的过程中，这样的现象曾经相当突出。

十、诗的概括淹没散文的特殊感觉

这表现为总体构思上无限度追求形象的集中，散文不但神不散了，而且形也不散了。曾经在一段时期里，散文中常有一个总体的象征形象贯穿全文，将全文笼括在一个集中的焦点上。例如杨朔写一个老渔民爽朗的精神境界和他半生的经历，用海滨的雪浪花作为包容全文的象征。在魏钢焰笔下，两个时代抗流而起的豪勇和智慧借一首《黄河船夫曲》而具备统一的形象，一只蜜蜂可以升华为农民、一片红叶可以寄寓老人的情怀，大而言之一座桥，小而言之一朵花，都在行文中逐步由实而虚，由描述而象征，将全文的内在意蕴和外在形象统一起来，集中起来。这种写法在散文中本是杨朔最早最常使用，但并非杨朔的发明。这种由实而虚的升华，从描摹上升为象征的方法是 20 世纪五六十年代新诗的一种通用写法。杨朔自然也不是照抄，在诗中由实而虚是直线上升的，而杨朔用来写散文则往往经过曲折的感情历程。总的说来，从外在形象来说，统一的象征占的比重不大，在内在意蕴上，占的比重较大。由于杨朔的影响，这种写法成了公式，许多模仿者对之不假思索地加以套用，加之杨朔自己也不断重复这样的构思方式，因而效果走向了愿望的反面，这种构思方式的缺点很快恶性地暴露出来了。不管什么样的题材，最后都要上升为象征，而象征的特点是其外在形态属性并不是个别的、特殊的，而是某一类的，内在意蕴是单纯的。这种类的概括性是属于诗的，对于散文所要求的特殊对象的描述，特殊感觉的辨析，是一种抑制，散文赖以生存的基础削弱了。一些作者急于达到象征性的统一，往往用诗的直线上升代替了散文感觉的曲尽其妙，有时就不免牵强附会地把一些不相干的属性集中到一个象征形象上来，统一的象征变成了一个空泛的躯壳，统一的形式中并没有丰富的情感。为了追求诗的集中，不但失去了诗意，而且连散文的抒情性也很渺茫了。这一类的散文曾经风行全国，即使在粉碎“四人帮”以后，有些还被选入中学语文课本。例如有一篇以红杜鹃为总体象征形象的散文，取杜鹃之红如火、如霞、如血，分别想到星星之火，想到霞光所昭示的一位烈士的品性，想到革命领袖一家几个烈士英勇斗争的业绩，但是却没有作为亲属后辈对这些未曾相见的先辈特殊而不可重复的感情，通篇的感情毫无亲属特点，与没有亲属关系的人民群众的一般感情雷同。还有一篇以一颗珍珠的形象笼括全文，先实写珍珠丰收，后虚写粮棉如珍珠，水库的电灯如珍珠，把一个县的全部发展乃至统计数字都组织在珍珠的形象之中。但是这样的作品从根本上来说是缺乏独特的个性和诗意的，诗的形式和诗的内容在这里竟成了反比。

这是因为作者仅满足于构思的完整统一，而忘掉了感情的曲折和情趣的丰富层次。把一种艺术形式的审美规范转移到另一种形式之中，如果不经过改造，其结果可能造成两败俱伤。

十一、诗的艺术真实变成散文的感情虚假

就是在杨朔最成功的散文中也有这样的苗头。例如在《荔枝蜜》中，杨朔用诗的概括性写散文。他把对于蜜蜂的感情经历用丰富的层次展现出来：本当爱它，但又恨它，可恨的原因又站不住脚，理智上容忍了，而感情上仍然疙疙瘩瘩。喝了荔枝蜜才起了拜访的兴致。然后是听到关于蜜蜂（工蜂）生活劳作的科普知识，在听到蜜蜂辛劳 6 个月就自动死在外边不再回窝时，作者被感动得心灵一颤，于是产生了一种理性概括：要像蜜蜂那样对于生活给予得多，索取得少。最后作者说，当天夜里他梦见自己变成了一只小蜜蜂。

这篇文章最大的优点是外在形象如诗一样集中，内在感情像诗一样强烈，但是最大的缺点也在这里。首先，从散文的写实性来看，文中所写的感情历程并不符合写实性要求，而是带着想象性的概括色彩，不少读者反映感情做作。这很好理解，作者注明是年幼的时候对蜜蜂抱有成见，那是一种幼稚的成见，这种成见只要在少年、青年时期稍稍接触生物学知识就可消除，直到壮年以后，才第一次听到蜜蜂的生活知识是不可能的。即使这样，接近老年的杨朔，在被蜜蜂感动以后夜里做了变成一只小蜜蜂的梦，毫无壮年特点，相反

像一个儿童。一席关于蜜蜂的科普知识的谈话，居然使杨朔的潜意识发生了返老还童的变化，是很滑稽的。这是不真实的，也是不诚恳的，是“为文而造情”。

但是杨朔也可以答辩：这是抒情的假定。

问题就出在这里。在抒情诗的想象中是真实可信的，在散文中就变得不可信，变得做作了。这就是在散文中无限度地追求诗的抒情带来的弊端。杨朔散文中许多叫人感到做作之处，自然也不完全来自诗的想象，也有的来自诗对于感情的强调。这种强调有时采取效果的强化办法，有时采取过程的曲折和层次的递增方式。这二者都可能导致“为文而造情”，为了曲折一些，就制造出一些生活中不可能存在的波折。

对于诗的追求还表现为把意境当作散文唯一的指归。梁衡在《当前散文创作的几个问题》中一针见血地指出这是一种迷信：

> 有一种理论，认为散文必须创造出一个美好的意境才算好散文。许多评论大谈意境。我觉得这可能是画地为牢，人为地束缚散文的手脚。现代小说都有推理、问题、人物心理、情节等各方面的探求，散文为什么只能以意境为唯一的内涵呢？

梁衡指出，如果散文刻意追求意境，可能产生虚假，他说：

> 事实上，那些刻意追求的意境也常常因为其虚假而讨嫌。朱自清并没有让他的父亲过铁道时去拣花，而是伛偻着肥胖的身子，先放下手里的橘子，再爬上爬下（《背影》）。这个意境大概不美，但却催人泪下。作者自己论此文时也说：“我这篇文章只写实，说不到意境上去。”[①]

其实在诗中，也不是完全讲意境的，例如激情的直抒就与意境的含蓄直接冲突。以诗的审美规范去同化散文，把散文的天地限制在20世纪50年代的新诗的一种特殊写法的规范之中，这在当代散文史上是艺术上非常别扭的时期。

十二、诗化想象的程式化

20世纪50年代的新诗主要是一种颂歌、牧歌和战歌的体制。颂歌在新诗中不但成了诗的主题中心，而且成了诗的想象定向。在短短20年中，新诗的想象已经固定在从现实场景向美好的境界升华的绳索上，其特点是以肯定的、美好的属性作为想象固定终点，一旦遇到消极的属性就把它当作敌对的力量向之宣战，因而热情颂歌和战斗的豪情总是联系在一起的，想象的终点永远是在诗化、美化的一方，不管其间是否要经过消极、否定、丑恶的层次，想象的途径大体已经趋向稳定。难怪直至今日散文仍然给人以专门“言好事”的印象，好像专门写“好人、好事、好景”，这是因为颂歌作为想象的定向机制，能很轻易地化

---

① 梁衡：《当前散文创作的几个问题》，《光明日报》1982年12月23日。

消极为积极。在这一点上，不仅年轻的散文作家如此，就连老一辈的散文作家也未能免俗。巴金在十年浩劫过去以后在《随想录》中这样检讨走过来的道路："我当初的确认为'歌德'可以鼓舞人们前进，多讲成绩可以振奋人心，却没有想到，好听的话越讲越多，一旦过了头就不可收拾，一旦成了习惯就上了瘾，不说空话，日子反而难过。"这是因为想象的定式效应已经很强大，成了一种内在的习惯势力，使人不但脱离生活真实，而且脱离自我的真诚。

由于颂歌式散文题材的狭窄和想象的程式化，散文的结构也同样程式化了。梁衡在《当前散文创作的几个问题》中说：现在许多散文的结构常是先写一件物（或景）再喻一个人，最后点明理，抒几句情。这种"物——人——理"的三段式结构几乎成了一种新八股。有一篇散文写拉萨城的一株古柳如何茂盛，突然一个姑娘插进来和作者说话，问起身世，原来是从上海来进藏支边的。作者便慨叹道：啊，你是一株扎根高原的柳！又有一篇，写一条河上坏了的石桥不知怎么修好了，原来是市里的人民代表建议修的——啊，你就是人民和政府之间的桥！这类写法，偶一为之，未始不可，但如果比比皆是，那就成了新框子。在这个框子里，一方面山水风物的自然美得不到充分表现，它只是政治思想的注脚（如那柳树，那石桥）；另一方面人物又得不到深细的刻画，他只能靠景物去暗示（如那位姑娘，那位代表）。这种精巧得像假山似的结构本是一种弊病，但却被视为一种长处，并归到一种创作理论上去，说："散是放得开，但又不散，收归到他所要求的主题上来""写美丽的风光，但又归到人物的精神面貌"。其实，都要这么来归，那还有什么"散"？散文早就被归到一条独木桥上去了。你看，作者不能单独去放歌山水，去彩绘人物，去针砭时弊，去淋漓抒情，只能这样且情且景地唱小调，画小品，造意境，未免太小里小气了。梁衡所批评的这种结构程式本出自杨朔，但是在杨朔尚不失为一种创造，后继的模仿包括杨朔本人的重复却使之庸俗化了。

自然，杨朔对于散文的贡献是不可抹杀的。杨朔的最大功绩是把散文从纪实性的通讯报告、特写中解放出来。由于特殊的历史原因，在20世纪40年代解放区的散文大都变成了通讯和报告，纪实性掩盖了抒情性。这可能与当时强调通讯报告的社会功利目的有关系，"人人要学会写通讯"的口号使这种现象持续了相当长的时间。直到中华人民共和国成立以后，抗美援朝战争开始，情况变化仍然不大。当时最受推崇的是魏巍的《谁是最可爱的人》，这篇文章当时并不叫散文，而叫作"朝鲜通讯"。在50年代初作家的散文往往和通讯和特写（也就是纪实性文学）混在一起，所以到1956年以后出了一年一度的《诗选》和《短篇小说选》，但是没有一年一选的散文，只有《散文特写选》。

通讯特写的纪实性对于散文的审美性能是一种严重的抑制。虽然魏巍在他的通讯报告中渗入了抒情，但那是纪实的附庸。不久，杨朔在追求诗意的过程中又走过了头，刚刚从通讯报告纪实性中解放出来的散文，又被诗的概括性，诗的感情强化方法，特别是颂歌的想象程式和结构程式紧紧束缚起来，束缚的时间和通讯报告差不多相等，直到新时期散文才开始了某种程度的审美复归，冲破了诗的束缚，找到了自己的审美规范。

第三节　审美——抒情散文

一、抒情和审美感受的深度

就审美规范来说，抒情散文的情感和趣味当然是关键的，但是审美规范毕竟只是形式规范，遵循了审美规范并不一定有高度的审美价值。这里还有一个形式规范所难以涉及的问题，那就是散文所表现的情感、个性的深度和质量问题。

散文不能像小说、戏剧那样可以虚构，它要求自然、自由、自在、自得地表现真实的自我情感。巴金提出“说真话”“把心交给读者”，当然不无道理，但是有一些矛盾没有揭示出来：散文中的自我和生活中的自我是相等的吗？真的是文如其人吗？写散文能像胡适在五四时期所说的那样，有什么话，就怎么说吗？胡适的主张，在五四时期是为了反对虚伪，反对瞒和骗的文艺，在今天，也还有抵制伪浪漫主义的矫情和滥情的作用。但是盲目地追随这样的主张，也可能妨碍散文艺术水平的提高。道理很简单，艺术中的情感和原生的感情之间的矛盾是不可忽视的，把原生的情感照搬到散文中去，只能降低散文的品位。只要看 20 世纪 90 年代流行的小女人散文、小男人散文、晚报体散文，就不难看出散文观念模糊所导致的创作上的混乱了。

在散文领域中，作家的自我和作品中的自我的关系长期以来都没有得到充分的澄清。粗糙地理解自我表现，把散文的自然、自由变成了一种自发的放任，这在风行一时的所谓旅游散文中表现得最为突出。不管什么阿猫阿狗，包括一些公费出国的官员，随大流，看风景，眼睛跟着导游，作机械式的旋转，既没有对于自然景观的感悟，又没有人文景观的沉思，更没有调动人格的深层，光凭着文从字顺，就以为有了足够的写散文的本钱。其实，此等散文的想象并没有超出导游小册子的范围，这就导致散文中“卑格”的批量生产。

其实散文的创作不仅仅是一个把表面的感觉记录下来的过程，而且还有一个感觉、情感深化和人格升华的问题。任何一种对于客观世界的感觉，既可能是艺术的，也可能是反艺术的；可能是很高雅的，也可能是很低俗的。例如，要表现下雨的感觉，并非就是把雨的运动形态、它的视觉信息、听觉特征，以最丰富的语言记录下来，这还要看有没有作家情感的深度。真正的散文家，追求感觉深度的艺术家，能在看来是表面的视觉、听觉、嗅觉中，把自我的整个文化底蕴调动起来。如余光中先生的《听听那冷雨》中的听觉：

雨不但可嗅，可观，更可以听。听听那冷雨。听雨，只要不是石破天惊的台风暴雨，在听觉上总是一种美感。大陆上的秋天，无论是疏雨滴梧桐，或是骤雨打荷叶，听去总有一点凄凉，凄清，凄楚，于今在岛上回味，则在凄楚之外，更笼上一层凄迷了。饶你多少豪情侠气，怕也经不起三番五次的风吹雨打。一打少年听雨，红烛昏沉。二打中年听雨，客舟中，江阔云低。三打白头听雨，在僧庐下，这便是亡宋之痛，一颗敏感心灵的一生：楼上，江上，庙里，用冷冷的雨珠子串成。十年前，他曾在一场摧心折骨的鬼雨中迷失了自己。雨，该是一滴湿漓漓的灵魂，窗外在喊谁。

雨打在树上和瓦上，韵律都清脆可听。尤其是铿铿敲在屋瓦上，那古老的音乐，属于中国。王禹的黄冈，破如椽的大竹为屋瓦。据说住在竹楼上面，急雨声如瀑布，密雪声比碎玉，而无论鼓琴，咏诗，下棋，投壶，共鸣的效果都特别好。这样岂不像住在竹筒里面，任何细脆的声响，怕都会加倍夸大，反而令人耳朵过敏吧。

雨天的屋瓦，浮漾湿湿的流光，灰而温柔，迎光则微明，背光则幽暗，对于视觉，是一种低沉的安慰。至于雨敲在鳞鳞千瓣的瓦上，由远而近，轻轻重重轻轻，夹着一股股的细流沿瓦槽与屋檐潺潺泻下，各种敲击音与滑音密织成网，谁的千指百指在按摩耳轮。“下雨了”，温柔的灰美人来了，她冰冰的纤手在屋顶拂弄着无数的黑键啊灰键，把晌午一下子奏成了黄昏。[①]

在人体的众多感觉中，他没有选择通常的视觉，却选择了听觉。经他一听，就听出了这么深邃的感觉来，细雨之声中亦饱含着如此丰富的文化底蕴。从他对于凄清、凄楚、凄凉、凄迷的欣赏中，他看出中国古代文人特有的对于生命节律和消亡的欣赏，从中年、少年听雨，到江上、楼上、庙中听雨，他听出来的已经不仅仅是大自然的声音，而且有从自己的文化记忆中冒出来“亡国之音”，还有那中国古典文学特有的低回。除此之外，他还在大自然无序的声音中，听到了诗：“温柔的灰美人来了，她冰冰的手指在屋顶拂弄着无数的黑键啊灰键，把晌午一下子奏成了黄昏。”这显然是从他自己心灵里冒出来的，是别人所无法听到的，只有受过西方现代派诗学训练过、熏陶过，心灵和耳朵才可能有这样精妙的默契。

不仅他在听雨，而雨也在听他，听他内心深处此起彼落的文化回声。

真正的散文家感觉到的，不仅仅是外部世界的音响，而且是自己内心世界的文化回响。

艺术家之所以为艺术家，就是因为他通过司空见惯的感觉，不仅把自己生命的储存，而且把深层的文化的、诗的，在原生心态中微弱的、模糊的、瞬息即逝的回响，尽可能地

① 余光中：《听听那冷雨》，山东文艺出版社，1994 年，第 14 页。

放大。只有这样，才不会像小女人、小男人散文那样陷于肤浅的、小里小气的感觉而不能自拔。

这并不是说，要求每一个散文家都要有宏大的气魄，关键在于通过感觉把自己灵魂深层的奥秘调动起来。就是像张爱玲那样的作家，她的思想并不开阔，但是她的散文之所以经得起时间无情的汰洗，就是因为，她的感觉真正具有灵魂的深度。

在张爱玲的艺术世界中，她的感觉、知觉，是令人惊叹的。在这个世界中，并非没有诗化的、美化的因子，如果用统计方法去仔细考察，她的散文中这种性质的片段并不是太少的。但值得注意的是，即使在《谈音乐》那样本来最容易引起诗情的题材中，张爱玲的诗化想象与其说是美化的，不如说是灰暗的、阴沉的。在张爱玲之前，不管什么作家看到白玉兰，有谁不会充满了一种美好的感受呢？但是张爱玲不然：

> 花园里养着呱呱追人啄人的大白鹅，唯一的树木是高大的白玉兰，开放着极大的花，像污秽的白手帕，又像废纸，抛在那里，被遗忘了。大白花一年开到头，从来没有那样邋遢丧气的花。[①]

张爱玲之所以是张爱玲，原因之一就是她最擅长于创造这种煞风景的感觉世界。在这个世界上，不但美丽的白玉兰花是肮脏的，而且连交响音乐都是令人害怕的。经她一听，交响乐“紧张”得好像要把观众“扫数肃清铲除消灭”，还严守着格律，把大小喇叭、钢琴、小提琴“一一安排布置”，让她感到好像是“四下里埋伏起来，此起彼应”，是一种“有计划的阴谋”。

她创造性的心理基础，不但表现在她感觉的特异性上，而且在于她特有的深度联想机制上，即使在美好的事物面前她所联想到的也是灵魂深处的那种可怕的积淀。她的感觉不是一般的感觉，而是与灵魂的深度交流。在她最艺术的感觉中，总是一有极其轻微的刺激，灵魂的潜在流量瞬间就会漫溢起来。这种感觉在最为深刻意义上，是心灵的深度的穴位，因而她的感觉，是真正的艺术感觉。她说，音乐使她悲哀，她最怕的是小提琴，而颜色和气味则使她快乐，这是因为声音是要离开人的，而颜色和气味则相反。最令人惊异的是她对于气味的感觉：她喜欢“轻微的霉气”、汽油的气味、烧煳了的牛奶的气味、火腿肉变了味的那种“油哈气”。

人们常说，眼睛是灵魂的窗子，这是一种象征性的说法。其实，在张爱玲那里，感觉才是她灵魂的窗子。敏感的读者可以从她古怪的感觉自然地联想到她这个人的内心与之相对应的阴沉。

当然，她也不像比她晚出的一些前卫作家那样，对于假丑恶也采取完全漠然的态度。

---

① 张爱玲：《张爱玲文集》（第四卷），安徽文艺出版社，1994 年，第 96 页。

她不过是一个对人性恶怀着过分敏感的女性作家，连她自己心灵的丑也并不排除在外，自我暴露和批判，在她的散文中比比皆是。难得的是，她直言不讳地宣称自己即使在战争环境中，也“只顾忙着在一瞥即逝的店铺的橱窗里找寻我们自己的影子”。她非常直率地表述自己对于生活的看法：“生命是一袭华美的袍，爬满了蚤子。”

不管在传统的读者看来，她感觉所牵动的情绪和想象是如何奇特，是如何不健康、灰暗，如何恶毒，作为一个现实的人，是如何叫人感到毛骨悚然，然而作为一个艺术家，我们却不能否认她的感觉是如此深刻，她似乎有一种天赋：轻而易举地表现出那潜藏得很深的、阴暗的、发霉的心理。哪怕是恶毒，也还是一个恶毒的天才。

正是在这样的感觉过程中，读者看到了一个光辉的艺术家和一个阴暗、没落、自私的弃妇之间心理上的张力。

对于散文家来说，最可贵的是这种生命的深度和文化的厚度。在一篇西部旅行的散文中，东北作家刘元举先生写到了死亡。在西部，死亡在许多场合，连坟墓都是没有的，就是有，也是很简陋的，甚至是很凌乱的。而许多重要的人物的死亡都是以失踪的形式表现的。这样的死亡，和东部郑重其事的葬礼和哀乐就有很大的不同。如果让那些滥情的文人来写西部的死亡，不知道读者要忍受多少老化的套语。

在西部旅游和在东部的根本不同就在于，它不但不能保证是一种享受，而且常常是面对着某种危险，包括生命的危险。在死亡的边缘，作者的思绪却异常地活跃起来。在这时，作家难能可贵地表现出他的真诚、他的坦荡、他的自我批判精神。他一点也没有掩饰自己在死亡贴近时的“怯懦”，他说：“我为越来越近的死亡威胁而恐慌不已。”他想到了为了去黄河漂流而牺牲的勇士雷建生和郎保洛：“他们不愿平庸地生，因而选择了壮烈的死。我知道当今世界有多少这样不愿平庸地生的青年，但我却极少见到能够选择壮烈地死的人。我亦如此。”这样的自我批判给人一种心事浩茫的感觉，他所忧虑的不仅仅是自己的生存状态，而且是民族心理素质的病毒。这不是把散文当作纯粹的自我表现的作家的思维触角所能到达的境界；他的目光还扫视了人类的灵魂，分析出人性的脆弱性在于：不大能接受死亡，人的依恋群居是另一大脆弱性。

> 人的脆弱性常常过分看重自己的痛苦和磨难……（我）得老老实实向你承认我的懦怯。尽管我只身奔走黄河也遮掩不了我固有的怯懦。是不是为了掩饰性格的怯懦而有了这次壮行，如同没有死的勇气而故意强化自杀意识？[①]

这样的自我批判已经达到了某种自我质疑，甚至拷问（“拷问”这个词是鲁迅用来形容陀思妥耶夫斯基的创作的）的程度了，这种拷问的严酷性与作家追求人格理想的强烈性恰成

① 刘元举：《西部生命》，春风文艺出版社1996年版，第85页。

正比。

一切人都有某种荣格所说的人格面具，因而所谓表现自我，包括巴金所说的讲真话，是既不切实际，且又肤浅的。因为浮在表面的自我，往往是人格的假象；而人的真正自我，却是需要作家深深地不倦地去探索的。余光中先生在《井然有序》的序言中说道：

> 我不认为文如其人的“人”，仅指作者的体态谈吐予人的印象。若仅指此，则不少作者其实“文非其人”。所谓“人”，更应该是作者内心深处的自我，此一“另己”甚或“真己”，往往和外在的“貌己”，大异其趣，甚或相反。其实以作家而言，其人的“真己”倒是他内心渴望扮演的角色：这种渴望在现实生活中每受压抑，但是在想象中，亦即作品中却得以体现，成为一位作家的“艺术人格”。这艺术人格，才是“文如其人”的“人”，也才是“风格即人格”的“人”。①

关于作家的艺术人格在现实生活中往往是受压抑的，只有在想象中，也就是在创作中，或者如弗洛伊德所说的，在梦中，才能得以体现。这都说得很好，但似乎还可以做一些补充：作家的艺术人格，并不是天然地、完整地存在于作家的内心世界。他在创作过程中，并不是像从银行中零存整取那么简单。实际上，作家在创作作品的过程中，有一个激发的过程，或者用胡风先生的话说，有一个主观拥抱客观的，互相搏斗、互相同化的过程。创作的过程，同时也包含着表现固有人格、使得固有人格升华的过程，只有突破了、提高了固有人格，才可以看到作家深度自我的精神创造的光华。

散文家的自我感觉艺术化，不仅仅包含着自我审视、自我发现，从表层自我向深层自我突进，而且包含着自我批判、自我考问。从这个意义上也可以说，散文创作过程也是一种文化人格升华的过程。

正是因为这样，当代散文并没有达到普遍的自觉，散文领域中的抒情才被清醒的评论家所诟病，因而滥情、煽情才变成了对于抒情散文的一种恶谥。

二、激情和智性

把抒情笼统地摒弃为滥情或者煽情，显然是一种狭隘的误解。这主要是因为对于抒情潮流缺乏清醒的分析。在流行的抒情散文中，感情主要表现为激情、热情，好像除此以外，情感就没有别的状态了。其实，感情是非常复杂的，既可能是强烈的激情、热情（所谓火一样的爱和憎），也可以是温情，这些都是比较鲜明的、有相当强度的感情。还有不太鲜明、不太强烈的闲情，甚至还有一种潜在状态的、可意会不可言传的感情，就是某种程度上的冷酷、冷峻，甚至是无情，也是一种情感状态，而且还是一种深度的表现，这是散文

① 余光中：《井然有序》，《香港作家报》1996年11月1日。

的抒情主体所不应该忽略的。

感情当然是审美的核心，但是只是核心而已，它不但和感觉联系在一起，而且还和智性有着深刻的联系；智性往往隐藏在情感的深层。智性的抽象与情感的感性的矛盾也比二者之间的联系更为突出，因而一般的作家不是忽略了它的存在，就是因为难以克服二者之间的矛盾而牺牲了智性的深度（正如智性散文家压抑了抒情一样）。

在现当代散文中，能把抒情和智性的抽象结合起来的就是别开生面的大家了。

余秋雨之所以在20世纪90年代崛起，就是因为他在自然景观面前，将激情的抒发和智性的文化沉思结合了起来。他以自然景观为意象，使激情和智性相互渗透，把自然景观的赞叹和文化景观的阐释统一起来。

他感觉的穴位主要不在自然景观，而在人文景观。应该承认，他对于自然景观的感受是比较生疏的。即使不得不面对自然景观，难以回避作正面的描绘，他也习惯于以文化景观、人文的历史价值来诠释它。当他面临着三峡，他并没有像郦道元、刘白羽那样美化、诗化其奇丽的感觉。他从白帝城出发，并不刻意对自然景观作准确的描绘，他把情感集中在文化景观的思考上，他想到了李白，又听到了川剧《白帝》托孤的悲怆、凄凉的曲调，仅仅凭着两种文化景观，他就自信地对三峡的自然景观做出了这样的诠释：

> 我想白帝城本来就熔铸着两种声音、两番神貌：李白与刘备，诗情与战火，豪迈与沉郁，对自然美的朝觐与对山河主宰权的争逐。它高高地矗立在群山之上，它脚下，是为这两个主题日夜争辩着的滔滔江流。[①]

大自然本身是不存在什么两个主题的争辩的，两个主题（对大自然的朝勤和对山河主宰权的争夺）是余先生自己对于白帝城文化历史的智性的理解，潮水的意象就成了诗意和智性的载体。凭着情智交融的境界，他奠定了他在中国当代散文史上的地位。

但是余秋雨先生自然也不是十全十美，他的诗意浮想联翩，极尽纵横驰骋之能事，才气不免过分集中在历史、人文景观的还原上，历史文化内涵过分拥挤，影响了他人格的深化。余秋雨先生不得不为此付出了艺术上的代价：在一些对他特别怀有成见的评论家看来，过多的历史文化信息给人一种文化面具之感。

要在抒情中作真正的文化人格塑造，不仅仅需要智性和诗情，而且需要自我解剖的气魄，不论是旅游还是回忆，自我感觉的深度都取决于灵魂纵深带的发掘、提炼，甚至审判。要真正深化自我的个性，不能把自己的注意力局限在感觉的表层和情感的表层——表层往往已经被经典的反复表述所老化。就我国当代散文来说，经典化的表述常常是和诗化与热情（激情）联系在一起的，智性和激情的结合至少在当代散文中，还没有达到经典化的地

① 余秋雨：《秋雨散文》，浙江文艺出版社1995年版，第286页。

步。如何处理散文中的智性，正在成为当代散文的历史课题。

三、冷峻和审丑

被传统抒情散文所美化的只是感情中很小一部分，与激情相对立的还有冷峻。张爱玲的许多散文之所以成为精品，除了因为她的感觉的特殊深度以外，就是因为其中有相当冷峻的成分。

正是因为她的冷峻，她才可能与世俗的实用价值拉开巨大的距离，才能从白玉兰花朵美丽的心理定式中解脱出来，看出其中的肮脏、邋遢，从血肉模糊、令人厌恶的伤口上，看到肌肉的新生的美丽。

从心理机制上来说，冷峻——和经典的、诗化的激情保持距离，是从审美开拓审丑境界的起点。没有起码的冷峻，审丑就只能为审美的自发优势心理所淹没。

冲击审美心理定式的并不是个别的作家，但是成功的并不是多数，有时英勇的冲击，只是在表面上轰轰烈烈，实际上并没有从根本上超越审美。

面对壮丽的河山激发出审美的情感，是轻而易举的，从荒漠残缺的、丑陋的沙碛上是不是就一定能激发出审丑的情思来呢？年轻的散文家刘元举在柴达木无人的沙丘上经历了一次生命的历险，体验了远近无人的恐怖以后，突然发现一只狼，听到狼的号叫，他忘掉了生命的威胁，从心里感到：这是一头美丽的狼。

狼虽然是可怕的，是丑的，但是审美的心理定式却把它美化、诗化了。在大西北丑陋的自然景观面前，他的审美心理机制也保持着稳定性：

> 痛快的裸露无法掩饰它的残缺，西部到处都是残缺。干涸的河床，龟裂的土地，斑秃的骆驼刺，还有到处可见的残垣断壁……对于一个游人来说，你可以不喜欢这种裸露的残缺，你可以把它看得粗俗不堪。你甚至诅咒烈日下的座座残丘，像一万个娼妓，撅起的缺乏弹性的屁股什么的，你可以任意驰骋丑陋的想象力，因为柴达木那片畸形的地貌会不断地刺激着你。但是，我太偏爱这片土地了。正是这种残缺的地形地貌激活了我的才思。在我的眼里，这一大片屁股状的土丘，神圣得好似万千和尚那排列有序的高深莫测的头颅。①

面对丑陋的自然景观进行“审丑”，审出来的却还是美好的心态，这仍然是一种“诗化”，从他的心灵中所激发出来的情感仍然是美的激情。审美不论作为一种生存状态还是价值的自发优势，都是如此的强大。

本来审美这个字眼跟美并没有任何必然的联系。英语的 Esthetics，在古希腊文中，本来

① 刘元举：《西部生命》，春风文艺出版社 1996 年版，第 85 页。

就是与物理学（physics）相对的“感觉学”的意思。日本人把它翻译成“美学”，当然有一定的道理，但是也造成了某种误解。审美好像是美妙感觉和多彩感情的专利，丑陋的对象也属于审美之列，但丑陋的事物所激起来的，如果还是浪漫的感觉，那还只能算是审美。

审丑和对象的美丑的关系不太大，不管对象是美是丑，美是和强烈、丰富、独特的感情联系在一起的，热情的反面，并不是仇恨，而是冷漠。

李斯特威尔在《近代美学史述评》中这样说道：“广义的美的对立面，或者反面，不是丑而是审美上的冷漠。那种太单调、太平常、太陈腐或者太令人厌恶的东西。”在美学领域中，没有丑的对象，只有丑的感情，而在丑的感情中，冷漠是最根本意义上的丑。

不管是在美的对象还是丑的对象面前，如果激发出来的是强烈的激情，那仍然属于审美的情感；如果引发了一种无动于衷的感觉，就突破了审美到达审丑的境界了。即使是激情，富有审美特性，但是如果雷同、重复，个性也会淹没，引发欣赏者的冷漠，就转化为丑。

对于三峡的自然景观，我们已经有了李白、郦道元、余秋雨的诗意盎然的审美杰作，但是有出息的散文家仍然拒绝忍受审美的拘禁，以冲决审美感觉的罗网为务。楼肇明先生从三峡石的自然景观中看到了另一种境界：

> 那不成规划的球形、椭圆形、圆锥形、圆柱形，你挤我压，交叠黏合，隆起上升，沉落倾斜。那经过生命和死亡的大轮回、大劫难的一堆堆岩石的云团，岩石的羊群和牛群，被排闼而来的长江水挤开，在两边站立……岩石被送上旋风的绞刑架，从地质年代的墓坑里被挖到阳光下，让苍天去冷漠地阅读……[①]

也许在中国散文史上，壮丽的三峡还是第一次和墓坑、绞刑架联系起来。那些硕大无比的石块，也许是第一次失去雄伟的气象，被形容为“脱毛的骆驼”“懒惰的家猫无所用心地弓腰”。但是更加重要的是，在面对雄伟壮丽的三峡时，终于有了一种可以称之为冷漠的感情。楼先生并不是以一个诗人的眼光寻求三峡之美，而是以一个自然史学者的眼光去洞察着人类生命苦难的遗迹。三峡不是热情的载体，而是被当作自然和生命兴衰的有点神秘的、“不可解说的文本”，而解读者的情感破天荒、第一遭表现出像苍天一样的冷漠。

从这里，我们看到了不但对象是丑的，而且其所激发起来的情感，也是某种与激情相对的成分——冷漠。对于三峡的地质地貌，他既不是欣赏也不是诅咒，而是以一个地质史家的毫无情感的眼光，冷漠地阅读。

从这里至少可以看出：审丑的关键，是作者情感的收敛，要真正地审丑，必须与传统的热情、温情、激情拉开距离。这不仅是对于感觉的开拓，而且也是对于散文艺术新边疆

---

① 楼肇明：《第十三位使徒》，中国对外翻译公司1995年版，第213页。

的探险。冷峻的情感正是中西古典文学没有来得及充分发展的天地。

正因为此，激情和冷峻、审美和审丑是中国现代文学和艺术的一大历史课题。

其实，审丑早在19世纪末就是一片艺术探险的领域。在诗歌中，早在19世纪末，已有了象征派诗歌的实验，而且产生了经典文本《恶之花》。五四新文学运动一开始，象征派诗人李金发就和浪漫派诗人并驾齐驱地开始了创作实验。而在现代派尤其是后现代派小说中，对于传统古典文学真善美的怀疑和挑战，更是流派纷纭。就是戏剧也有了荒诞派对于真理和善的解构。在小说、诗歌、戏剧中已经有了近一个世纪的探索，而散文却给人徘徊不前的印象，当然，不能忘记，香港、台湾散文家在20世纪八九十年代已经有所实验。其主要特点集中在反抒情、反煽情、反滥情上。比如香港的也斯和台湾的林彧。林先生的《成人童话》中创造出了一个荒谬而无情的境界：

——我的甲期爱情到期到吗？

——你的爱情签账卡来了吧？

——爱情可以零付整存！

还有：

——幸福可以分期付款！

——真理换季三折跳楼大拍卖！①

这里不仅仅是对于传统文学中美好母题的丑化，而且有一种真正意义上的冷漠，正是在这个意义上，可以说，达到了审丑的境界。

第四节　亚审丑——幽默散文

一、审丑和亚审丑

从总体上来说，中国现当代散文中审丑的散文还处于比较自发的阶段。

但是，中国现当代散文并没有在审丑面前完全停滞。只是散文中的审丑与小说，尤其是与诗歌、戏剧中的审丑有着十分不同的表现形式。散文中，和审丑艺术有着割不断的渊源的，集中在幽默散文之中。

当鲁迅以抒情的眼光去表现他自己的时候，他写出了《记念刘和珍君》《从百草园到三味书屋》这样的审美抒情散文经典；当他以幽默的眼光去审视童年的时候，他就写出了《阿长与〈山海经〉》这样的经典。在鲁迅笔下，他的保姆长妈妈，当然是有美好的品性的，

① 郑明娳：《现代散文现象论》，台北大安出版社1992年版，第63—64页。

鲁迅幼年时所向往的《山海经》，什么人都不曾关心到的，长妈妈却在年假回家时，满足了他心灵的神往。如果光有抒情的眼光、审美的感受，就只能把长妈妈歌颂一番了，但是鲁迅深深怀念这位保姆的时候，却充分强调了她的一系列可笑、可恨、丑陋的特性。例如，说话时，用手指点着对方和自己的鼻子，身为保姆，却不能尽职，夏天陪鲁迅睡觉，摆成一个“大”字，占据了几乎整个的床铺，推也推不动。即使鲁迅诉苦，母亲也向她暗示了以后，仍然没有任何改变。此外，长妈妈还非常认真严肃地向鲁迅讲述一些自以为是，却是异常荒诞的故事：太平军（长毛）来到他们那里的时候，全家人都逃走了，只留下门房和煮饭的老妈子。那老妈子向长毛诉说自己的饥饿，长毛就笑着扔过一个人头来，说是给她的食物，却正是那门房的头。从此以后，那老妈子，提起这事，就面如土色。鲁迅接下去写道：

> 我那时似乎倒并不怕，因为我觉得这些事和我毫不相干的，我不是一个门房。但她大概也即觉到了，说道：“像你似的小孩子，长毛也要掳的，掳去做小长毛。还有好看的姑娘，也要掳。”
>
> “那么，你是不要紧的。”我以为她一定是最安全了，既不做门房，又不是小孩子，也生得不好看，况且颈子上还有许多炙疮疤。
>
> “那里的话？！”她严肃地说，“我们就没有用么？我们也要被掳去。城外有兵来攻的时候，长毛就叫我们脱下裤子，一排一排地站在城墙上，外面的大炮就放不出来；再要放，就炸了！”[①]

就是这样的一番话却引起了少年鲁迅的“伟大的敬意”，甚至“空前的敬意”。

这里有着一系列的因果逻辑：长妈妈表面上荒谬绝伦，但是每一推断都有因果逻辑：极其荒谬的前提引出了更加荒谬的结果，更加荒谬的结果又被当作了前提，就此愈推愈谬，愈发胡言乱语。可就是这样的胡言乱语，却引起了少年鲁迅的“敬意”。从整体来说，淋漓地表现了智性的颠倒、逻辑的错位、心灵的愚昧。越是振振有词、自以为是，越是荒谬绝伦。这样的逻辑是典型的幽默逻辑，在幽默学中属于反语之列。

这不完全是审美，因为所表现的事情并不美好，引起的情感也是荒谬的。从这个意义上来说，这与诗化、美化的审美抒情是背道而驰的，因而不是审美的。但是这样的情感，虽然荒诞，可是并不是冷漠的，无动于衷的，而是心照不宣地故作蠢言。从心照不宣所留下的逻辑空白来说，荒谬是以正常的智慧为前提的。荒谬只是在表层，在幽默逻辑的结构的深层中隐藏着对表层逻辑的嘲弄和揶揄。从情感上来说，对于荒谬的表层，并不是严峻的批判，而是无可奈何的调侃，因为长妈妈是出于真诚的迷信，而不是出于恶意的欺骗，

① 鲁迅：《鲁迅全集》，人民文学出版社 1980 年版，第 255 页。

它不带任何进攻性，而且，并没有导致任何有害的后果。

从结构层次上分析，表层的愚味是丑的，但是深层的情感却是美的，这正是幽默在美学上的一大特点。因而就审丑来说，它不是最为充分的，充其量只能说是亚审丑范畴；从审美来说，它也不是最典型的，与一般的审美诗意的、抒情散文有着根本的区别。我们暂且把它归入于亚审丑的范畴。

二、审丑的软幽默——自我调侃

幽默散文一方面是超越审美的，另一方面又是超越审丑的。从超越审美的角度来说，它的视角可以进入丑陋的境界，表现作家对于某种现实无可奈何的心态；但是从审美的角度来看，又不能无限度地让审丑泛滥，只能让审丑的感觉包容在审美的情感之中。这就产生了幽默散文特有的风格——自我调侃。

一种消极现象，如果直接去表示某种批判的意向，并无不可。比如，在南方一个城市里有一条相当清洁的街道，一个非常可爱的孩子，光着脚丫，在冬天的马路上飞跑过去，一面跑，一面还吐着甘蔗渣。一位作家不忍看他这样糟蹋城市的环境卫生，就上前对孩子表示，不可以这样的。孩子乌黑的大眼睛对着她看了好久，没有说一句话，却狠狠地吐了一口甘蔗渣，头也不回地跑了。这位作家无可奈何，但也随即看到在这盛产甘蔗的地方，大人们习惯于咬着二尺来长的甘蔗，随吃随吐甘蔗渣，而整个城市里连一个果皮箱都没有。

这是张洁在20世纪80年代初期一篇散文里写到的情况。如果仅仅写到这里，大概也就是一篇抒情散文而已，但是张洁没有至此为止，而是接着写下去，她说她看到这么多人都旁若无人地吐甘蔗渣，她也要去买一根二尺来长的甘蔗来，一面咬一面吐了。

这就从抒情（对随地吐甘蔗渣极其不满）的境界进入了自我调侃的幽默境界（自己也要随地吐甘蔗渣）。从幽默学来说，就意味着把对于外界世界的无可奈何转入自我贬低。

这是一种常用的转化方法，梁实秋先生的《不亦快哉！》中有相近的表述：

> 烈日下，行道上，口燥舌干，忽见路边有卖甘蔗者，急忙买得两根，一手持就口边才咬一口，即入佳境，随走随嚼，旁若无人，蔗渣随嚼随吐。人生贵适意，兼可为“你丢我拣者”制造工作机会，潇洒自如，不亦快哉！①

梁先生通篇连作11则“不亦快哉”，均为幽默术中“故作蠢言”格：讽喻任狗屎污道、生炉遭烟呛、晨车扰人清梦、小偷小摸等不良社会现象，事情的负面性质与先生之潇洒姿态形成对比，其中世道人心之不古、社会公德之低落与梁先生的淑世关怀亦形成强烈对照，构成怪异，产生喜剧性和幽默感。

① 梁实秋：《雅舍小品》，香港雅文出版社1978年版，第53页。

梁先生对于丑陋的社会现象，没有任何正面指责，却是自我贬低、自我嘲弄、自我调侃，因而降低了对抗性。同时，这种自我贬低、自我嘲弄、自我调侃又显而易见是虚拟的，与其相反的理性是心照不宣的，肯定中的否定，否定中的肯定，都留在了表层和深层的逻辑空白之中，其中的错位和怪异，都由读者自己无声地体味，把读者诱入阅读创造的过程之中。正是由于这样，在幽默学中，自我调侃被美国人认为是幽默的最高境界。也许出于这样的考虑，李敖居然甘心步梁实秋先生之后尘，用和梁实秋差不多同样的命意写了《不讨老婆不亦快哉》《不交女朋友不亦快哉》（当然梁实秋先生也是步金圣叹评《西厢记・拷红》的后尘）。幽默的自我“丑化”和抒情的自我“美化”形成对照，但是幽默的“丑化”只是表层的，而在深层中，却隐藏着情感的美化。

故于艺术而言，正面抒情和正面批判，虽然是散文家通常的选择，然而却并不是唯一的，或者也可以说，并不是最佳的选择。

正是由于这样，在比较宽松的社会环境中，这种幽默的“丑化”，就成了从抒情中解放出来的一条道路。贾平凹在《说话》中，说自己说不好普通话，没有什么了不起，普通话，就是普通人说的话嘛。连毛主席也说不好普通话，大不了，就不去看女人，不去见领导。又自我炫耀，自我安慰：说不好普通话，但是我可以用家乡话骂人，骂得很畅快。

在抒情散文家看来，某些避之犹恐不及的煞风景的素材和母题，在幽默散文家那里，也许会变成灵感的触媒。朱自清先生在《荷塘月色》中，为了营造宁静和谐的诗的意境，舍弃了树上的蝉声和水里的蛙鸣。他明确交代了：“这时候最热闹的，要数树上的蝉声和水里的蛙声；但热闹是它们的，我什么也没有。”可是，余光中先生却以蛙声写出了妙趣横生的《牛蛙记》。他把牛蛙之声写得十分可怕，一会儿如牛魔王，一会儿如鬼推磨，时而其声如毛刷子刷着他的肉体，时而其声如包着橡皮的锯子，折磨他的神经。在他对之无可奈何之时，他自我安慰：如“民主元首”容忍不同政见之宽宏。在他发泄对牛蛙的仇恨的时候，他自我贬低：如“纳粹狱卒”之凶残。等到邻居、友人受到同样的折磨的时候，他又幸灾乐祸地感到自己有了某种“优越感”。

在自我调侃中，对于内心深处的恶劣情绪的发掘，是抒情散文所不能达到的境界。

在这方面走得最远的可能算是柏杨了。他在杂文式的散文中，经常对于国人思想的偏执、弊端，有一种愤激，但是他不从正面进攻，而是以自我调侃之：

> 酒柜大兴，不过现象之一，柏杨先生想当年阔的时候，客厅之中，就也有酒柜在焉。因为我老人家是不吃酒的，所以买了些洋文招贴的空酒瓶，里面灌上些洗澡水，俨然一个伟大的西崽。来访客人，无不肃然起敬。偶尔有个老朋友，硬要来一盅，我就请他来一盅。结果拉了肚子，病不瞑目（没有灌上尿，正是我老人家忠厚之处，读

者老爷不可不知）。[①]

从逻辑上来说，这是一种导谬术，不去证明家家都摆着个洋酒柜的毫无道理，而是把这种盲目模仿西洋人的作风狠狠导入荒谬境地。从幽默散文和作家自我个性的表现来说，则是在自我丑化的过程中，有一种“不怕丑”的魄力。这一点，不但是许多抒情散文家的想象力所不及的，就是一些幽默散文家也没有他这么勇敢：他自称“老毛驴，泼皮胆大”，但就是怕人借书，可偏偏就是有一个朋友借了书，归还无期：

任凭我使出十八般武艺，包括恐吓、哀求，他眼瞪得比我还大。最后忍无可忍，终于在他卧室内人赃俱获，先把书夺回，宣称内急，而他家的厕所是在大门口的，于是我就尿遁而逃。在大门口还听他在诧曰：“真出了鬼，刚才放在茶几上的朗生打火机怎么不见了啦？”呜呼，打火机不见啦，不过略施小计，以施薄惩，以后，如果胆敢借书不还，恐怕床头的那个钻戒也会不见啦。[②]

这本是恶作剧，从道德观念来说，这是恶，但是恶并不一定是丑（冷漠才是丑），而且，这是显而易见的虚拟，不是真正的恶作剧，相反表现了作者在愤激之时，有一种任性、率性、天真。这样就有一点审丑中的审美的意味。不管是审美还是审丑，其功能都是把进攻和批判的尖锐性软化。

正是因为这样，自我调侃才在根本的意义上体现幽默风格，因为幽默本身就是对于情绪的缓解，就是进攻也要让对方在逻辑空白中自己去发现，把进攻也变成自己的发现，从而引发会心的微笑，构成一种共享，自我调侃则更加强化了幽默的共享功能。

三、审美与审丑交融——抒情性软幽默

就中国大陆散文的整体风格而言，在幽默散文中很少有人能像柏杨（还有李敖）那样勇敢到不怕丑的，大多数散文家都是充满了道德理性的，即使有些自我调侃往往也是适可而止，相当含蓄，在性质上是善良的。像孙犁那样的资深作家，即使有所调侃，也总是带着一点理性。他写自己并没有什么特别值得小偷眼红的东西，可是却要学人家的样子，弄了一把相当复杂的锁把门锁上，弄得自己很不方便，当钥匙丢掉的时候，更是十分狼狈，完全是自我折磨。回想自己参加革命的早年，身无分文却心忧天下的心情，不胜感慨系之。而汪曾祺则更有一点佛性，完全没有烟火气。杨绛的文字更具谐趣，即使写最不堪的事，也是温文尔雅的：

我女儿初下乡，同坑的小娃子拉了一大泡屎尿在炕席上，她急得忙用手纸去擦。

① 聂华苓：《柏杨杂文选》，香港文艺风出版社1990年版，第42页。

② 聂华苓：《柏杨杂文选》，香港文艺风出版社1990年版，第43页。

大娘跑来嗔她糟蹋了手纸也糟蹋了粪，大娘“呜——噜噜”一声喊，就跑来一只狗，上炕一阵子舐吃，把炕席连娃的屁股都舐得干干净净，不用洗，也不用擦。

我下了乡才知道为什么猪是不洁的动物：因为猪和狗有同嗜。不过猪不如狗有礼让，只顾贪嘴，全不识趣，会把蹲着的人撞倒。狗只坐在一旁待着；到了时候，才摇摇尾巴，过去享受。[①]

即使写狗舐屁股的这样不雅的事情，仍然节制着行为、效果上的夸张，在文字上，也以文雅的字眼（同嗜、礼让、享受）来构成含蓄的反差。在低俗的事情上争取最大程度的高雅，是许多作家的共同倾向。不仅仅是老作家如此，连年轻散文家中也产生了这种追求的代表——舒婷。

她的幽默，作为一种情绪结构，包含着丰富的成分，可以称之为复调幽默散文风格。不像一般幽默散文以某种程度的“丑化”来表现自己的谐趣，而是在谐趣中美化着她自己的亲情和友情。她的朋友，一个不乏幽默感的作家（据说是张洁）对她说：“你把我挖苦得好不快活！”她用她幽默调侃的语言创造了一个自由的、任性的，不管多么调皮都会受到朋友、亲人赞赏、原谅的真诚的情感氛围。

在似乎任性地“丑化”的，甚至是漫画化的笔墨中，她把她生活的圈子表现得总是充满着美好的诗意。幽默的“丑化”与诗意的美化在许多场合互为表里。在这里，审美和审丑达到了某种交融，也许可以把它命名为抒情性幽默。虽然在中国现代散文史上，美化与丑化结合的抒情性幽默并不一定自她开始，但是在她的散文中得到如此饱和的表现，构成一贯的追求，却是不可忽视的事实。

生活中的丑恶不是她的调侃与嘲讽的对象，人与人的隔膜、个性的扭曲也很难引起她的兴趣，她所欣赏的人物、她所钟爱的品性却有可能成为她幽默调侃的对象。

不管什么大名鼎鼎的作家到了她笔下，莫不一个个有了弄巧成拙的故事或者自作聪明的洋相。越是她所钟爱的对象，她越是有兴致去显示他们的可笑可恨中许多妙不可言的可爱可亲。她用一种嘲讽的，有时甚至是居高临下的姿态，调侃她所热爱的一切，当然也包括自己。表面上对人用语相当挖苦，但是这并不给人以刻薄之感，其奥秘就在于这种挖苦，充分显示出她在浓郁的友情中是多么的任性、多么的放肆、多么的顽皮，她是多么的自由。在这样的朋友圈子里，大家的精神多么的放松，心灵与心灵之间是多么的不设防。

她淋漓尽致地描述了家庭主妇的许多尴尬，但是她并不因此而感到过分的委屈。她每每以一种相当轻松的笔调来表现这种尴尬。她在用流水账式的笔调写了她面对的琐碎家务以后，非常警策地概括道：“做一个女人真难，却也乐在其中。”正是因为这样，她写到极

---

① 杨绛：《干校六记》，北京三联书店 1981 年版，第 37—38 页。

尴尬时，她极自得；在极劳累时，极甜蜜；讲到极倒霉时，掩饰不住极幸运之感；讲丈夫极傻时，流露出极欣赏；说教育儿子极操心时，简直是极自豪；写自已极不走运时，显然极自信，所有这一切，集中起来就是一种幽默的“丑化”和诗情的美化结合得水乳交融的风格。

在中国当代散文中，舒婷以她的散文宣告了：诗的美化与幽默的丑化并不是水火不容的。

四、讽刺性硬幽默——激化矛盾和进攻性

幽默的基本功能是缓解对抗，其性质是把进攻转化为共享，所以从根本上来说，幽默是软的。但是幽默也有它极其强硬的一面，经过特殊处理以后，尽管在字面上是软化了，可是在内容上可能是硬化了。有一个传说：歌德在一条林荫的小道上遇到一个苛刻的挑剔过他的批评家，那位批评家很是傲慢，说：“我是不给蠢材让路的。”歌德却往后一退，说：“我却相反，请。”这从字里上看，歌德让了步，可是在事实上，歌德却是以牙还牙的。在逻辑形式上，自己让路，是屈辱，而在概念内涵上，却意味着骂人，对方才是蠢材。

形式上的肯定和内容上的悖谬，二者之间形成对比——表层的语义悖谬和心照不宣的常识之间的反衬——通常把这称之为反语。

反语和自我调侃一样在表层词语上是贬低自己，但是反语的功能与自我调侃是绝不相同的。自我调侃是善意的、缓和矛盾的，而反语是进攻的，激化矛盾的。

要使幽默在强度、进攻性上有所增加，反语是常用的方式。其操作特点是：故意使语义和意向发生矛盾，使二者在两极化上的对立十分强烈。其显性意味越是荒谬，与之相反的隐性意味就越发鲜明。在西方，有所谓反讽的范畴，其中很大一部分就是反语。鲁迅每当用反语时，往往也就是讽刺的锋芒比较锐利的时候：

> 你说甲生疮，甲是中国人，你就说中国人生疮了。既然中国人生疮，你是中国人，就是你也生疮了。你既然也生疮，你就和甲一样。而你只说甲生疮，则竟无自知之明，你的话还有什么价值？倘你没有生疮，是说诳也。卖国贼是说诳的，所以你也是卖国贼。我骂卖国贼，所以我是爱国者。爱国者的话是最有价值的，所以我的话是不错的。我的话既然不错，你就是卖国贼无疑。[①]

由于显而易见地违反了充足理由律，以绝对主观的、不成逻辑的逻辑将对方层层加码为“卖国贼”，其荒谬之处和潜在的正常理性构成尖锐对照。表面上的层层推理，好像振振有词，实际上层层放大了他的武断和荒谬。反语的肯定语气越是坚决，其否定的效果越是强

① 鲁迅：《论辩的灵魂》，《鲁迅全集》（第三卷），人民文学出版社，第29页。

烈。字面上越是头头是道，否定的意向越是鲜明。如果不是用来针对敌者，而是用来针对同道者，则未免有失宽厚，但在表达某种愤激或某种必要的讥诮时，有其特有的力度。钱锺书先生在散文和小说中，常用尖刻的反语。在《围城》中，主人公方鸿渐和他所钟爱的唐小姐之间有误会，方鸿渐连忙解释说他是“闹着玩的”，唐小姐立刻插进来一系列反语：

方先生人聪明，一切逢场作戏，可是我们这些笨蛋，把你开的玩笑都看得很认真。

唐小姐把自己说成是“笨蛋”，这不是自我调侃，不是缓和矛盾，而是克制不住愤激；把对方说成“聪明”，也不是奉承，而是藐视。这是反语，而不是谦语。把对方放在绝对聪明的极点上，把自己放在绝对愚蠢的极点上，是顶牛。而用了“笨蛋”这样的字眼，明着（显性逻辑）是恭维对方，实质上（隐性逻辑）则是朝着直接对抗的方向，构成一条直来直去的思路。非正即反，别无选择，把一切可能周旋、妥协、缓解的余地都堵死了。幽默反语，其功能取决于表层逻辑与深层逻辑之间的反差强度，反差强度大则回旋余地小。

20 世纪 40 年代梁实秋、林语堂、王力的散文富于智性的幽默趣味，与同时写作散文的钱锺书先生堪称同调。不过钱锺书先生的幽默和梁、林、王诸先生最大的不同在于：梁、林、王先生的幽默中充满了自我调侃的软幽默，而钱锺书先生的幽默中从来没有任何软性的自我贬抑，他的幽默带着很鲜明的讽刺性，有着强烈的进攻性和尖锐性。他在《窗》中，这样分析窗与门的区别：

门是造了让人出进的。但是，窗子有时也可作为进出口用，比如，贼以及小说里私约的情人就喜欢爬窗子。所以窗子跟门有宇宙观的分别……若据赏春来看：有了门我们可以出去；有了窗子，我们可以不出去……一个外来人，打门里进来的，有所要求，有所询问，他至多是个客人，一切要等主人来决定。反过来说，一个钻窗子进来的人，不管是偷东西还是偷情，早已决心来替你做个临时的主人，顾不到你的欢迎和拒绝了……缪塞在《少女做的是什么梦》那首诗剧里，有句妙语，略谓父亲开了门，请进物质上的丈夫，但是，理想的爱人，总是打窗子出进的。换句话说，从前门进来的，只是形式上的女婿，虽然经丈人看中，还得博取小姐的欢心；要是从后窗进来的，才是女郎们把灵魂肉体完全交托的真正的情人……你进前门，先要经过门房通知，再等主人出现，还得寒暄几句，方能说明来意，既费心思，又费时间，哪像从后门进来的直捷痛快？好像学问的捷径，在乎背后的引得，若从前面正文看起，反见得迂远了。[①]

本来门和窗的功能主要是互补的，但是钱先生置之不顾，只把二者的功能孤立地组成一对直接对立的矛盾作为逻辑起点：说门是为了人进出的，窗子则不是，而是为情人和小偷进出的。这种对立是任意的。妙就妙在钱先生偏偏把这不可靠的前提当作天经地义的出发点，

① 钱锺书：《人・兽・鬼》，台湾辅新书店 1987 年版，第 162—163 页。

在两个极端上作片面的演绎。在层层演绎中，荒谬感层层放大。门与窗的任性对立，逐渐变成了人事的荒谬，从偷东西到偷情还有一点戏谑性，也就是有一点软性的幽默，而扯到做学问的投机取巧上去（从书后面的引得看起）就尖锐了。他在另一处所说：

有一种理财学不过是借债不还，所以有一种人的道学，只是教训别旁人，并非自己有什么道德……老实说，假道学比真道学更为难能可贵。自己有了道德而来教训别人，那有什么稀奇？没有道德而也能以道德教人，这才见得真本领。有学问能教书，不见得有学问，没有学问的而偏能教书，好比无本钱的生意，那就是艺术了。并且真道学家提倡道德，只像店家自己存货登广告，不免自夸之讥；唯有绝无道德的人来讲道学，方见得大公无我，乐道人善，愈证明道德的伟大。[①]

从偷东西到偷情，从无本钱做生意到无学问、无道德教书教人，钱先生用了一系列的无类比附，以长驱直入的演绎、所向披靡的力度和旁若无人的果断，把讽刺的矛头指向了知识分子学术和道德上的堕落。钱先生对于同辈人的愤激和刻薄，在中国幽默散文史上可能是首屈一指的，有很强的进攻性的幽默，可以叫作硬幽默。他对于世道人心批判深刻，入木三分，往往在林、梁、王先生适可而止的地方穷追不舍，不惜挥洒他的大笔浓墨，大有不挖到痛处决不罢休之势。

进攻性的强化，也就是智性成分的增加，到一定程度，幽默就变成了讽刺。

第五节　审智——学者散文

一、幽默和知识性的结合

智性需要冷峻，幽默趋于温情，在通常情况下它们是互相冲突的。智性散文作家，要冷峻（不是冷漠）才能有深度，因而在一定程度上，远离抒情和幽默，是常见的现象。

从逻辑上来说，抒情逻辑、幽默逻辑与理性逻辑有着显而易见的矛盾。抒情逻辑是极端化的，带上情绪就意味着片面，与理性的全面性相冲突，思辨的深度就受到限制。幽默的错位逻辑，与理性的思辨和分析更是凿枘难通。理性逻辑的起码规范是概念的一元化（同一律），内涵和外延均不得转移（下定义就是为了防止转移）。幽默逻辑的特点就是概念的偷换（或者用西方的术语来说：不一致——incongruity）。钱锺书如果不偷换从窗子进来偷东西和偷情的概念，不把这两种根本意义不相同的“偷”混为一谈，不把窗子和门的概念的内涵搅乱，他的幽默就无法左右逢源，他的话语也就不能妙语如珠。但是他的幽默也

---

① 钱锺书:《人·兽·鬼》，台湾辅新书店 1987 年版，第 191 页。

因此付出了代价：从思想的全面性上来衡量，他对于知识分子虚荣、作伪的批判并不是十分全面的。

正是因为抒情逻辑的局限，20 世纪 50 年代以来的抒情散文，几乎没有多少是以思想的深邃见长的。小女人散文、小男人散文之所以为人所诟病，有许多原因，思想的肤浅是关键的。舒婷的散文比之一般抒情散文算是有水平的了，但是读者要在她那里获得比较深邃的思想，就注定要失望。余秋雨之所以显得特别可贵，就是因为他在中国当代抒情散文的天地里占绝对优势，开拓了抒情与智性文化思考结合的天地。这是一种不可轻浮地忽略的成就。并不是任何作家都能具备贯通智性和抒情、幽默和深邃的才气的。邵燕祥从 20 世纪 50 年代以来就以针砭时事为务，近年来他坚持社会思想文化的批判，但是从来就与幽默和抒情无缘。当他分析到某一个层次，强调某种针对性的时候，深刻的观念与抒情或能够调和，但是与幽默的错位逻辑却难以相容。他和许多智性散文家，尤其是当代杂文家一样，由于不能在智性和幽默、幽默和抒情之间获得贯通，就只能忍受艺术天地的局促。

但是创作实践仍然表明：智性的深邃和幽默的调侃是可能结合起来的。王小波的散文，并未因为幽默而失去深度。他把思辨和幽默、正理和歪理、审美和审丑，结合得相当成功。在中国当代抒情散文过分轻松，幽默散文又缺乏思想的深度的时候，他树起了智性与幽默结合的旗帜。

他的幽默之所以能够比较深刻，是因为他不像钱锺书那样激烈，那样提倡“偏见”（钱锺书的《写在人生边上》有一篇就是以“偏见”为题的），他总是以比较平和的、避免情绪化的姿态来看待他所痛心疾首的事情。

他的分析比较平静，同时也就能比较从容地在层次上深化。他用一个傻大姐只会缝扣子就自豪地传授于人的故事，比附迷恋国粹的盲目和自大；以诸葛亮在云南砍椰子树的传说，比附中国传统观念中的消极平均主义。在比附中，他以歪理歪推的逻辑见长：以歪导正，从歪打开始，以正着终结；在正常的逻辑中期待失落，逻辑遭到扭曲以后，在异常逻辑中，出奇制胜地在逻辑上又落实了。在逻辑导致荒谬的极点上出现了深邃的洞察，而不是像钱锺书那样的情绪化。

他驾轻就熟地把幽默的戏谑性和理性的全面性和谐地结合起来。对于诸葛亮砍椰子树的传说，他的推理是这样的：

> 人人理应生来平等，但现在不平等了：四川不长椰子树，那里的人要靠农耕为生；云南长满了椰子树，这里的人就活得很舒服。让四川也长满椰树，这是一种达到公平的方法，但限于自然条件，很难做到。所以，必须把云南的椰树砍掉，这样才公平。假如有不平等，有两种方式可以拉平：一种是向上拉平，这是最好的，但实行起来有

困难；比如有些人生来四肢健全，有些人则生有残疾，一种平等之道是把所有的人都治成正常人，这可不容易做到。另一种是向下拉平，要把所有正常人，都变成残疾人就很容易：只消用铁棍一敲，一声惨叫，这就变过来了。[①]

王小波不同于钱锺书的是：相当深刻却又没有钱锺书先生的尖刻。他的幽默总是以一种佯谬的姿态出现。其悖谬的程度带着显而易见的虚拟性。他的轻松姿态又使得他的心态比较平静，不易于陷于钱锺书所提倡的“偏见”。他的幽默风格之所以深邃，还由于：他分析着一切迷误，既不居高临下，也不剑拔弩张，不管是简单的还是深奥的道理，他都不借助高昂的声调，总是相当低调，娓娓而谈。他喜欢在“佯谬”的推理中表现出一种“佯庸”。明明是个王蒙所说的“明白人”，却以某种糊涂的样子出现，说着警策的格言。

这就使他的幽默中渗透着清醒。

当他从荒谬的世道中推出严峻的真理的时候，有意无意地表现得平和中正，这种平和中正和荒谬的严酷性之间形成了反差。他的幽默在某种意义上调和了错位逻辑和理性逻辑之间的矛盾，营造了一种深邃而又从容不迫的风格。

对于散文来说，光有抒情显然是单调的，所以最长于抒情的舒婷才致力于幽默与抒情的结合。光有幽默逻辑也很难作深刻的思考，难免流于肤浅。学者散文的兴起，说明智性正在弥补着单纯抒情和幽默的不足。但是离开了幽默，光凭智性，艺术感染力肯定有限。智性的学者散文，其思考的深度得到了称赞，但却忽略了它缺乏形象、情趣感染力的危机。危机普遍存在着，却普遍地遭到了忽视。在这时候王小波出现了，他为智性散文提供了一条出路：把智性的常规逻辑与幽默的错位逻辑结合起来，使幽默富于思想的深度。

但是智性散文难道只有依附于抒情或者幽默才有出路吗？除此之外，就没有别的可能性了吗？

二、从审美到审智的转化

中国现当代散文艺术积累最为丰厚的是抒情和幽默。作家进入散文的艺术天地最为方便的入门不言而喻就是抒情和幽默，但是不管抒情的审美还是幽默的审丑，在逻辑上、在思想方法上都存在着无可否认的局限。钱锺书对于中国知识分子的讽喻自然很生动，但是比之理性的全面分析来说，还是比较直观的，就是王小波对于中国传统意识的分析。以诸葛亮砍椰子树作类比，从严格理性的角度来看，也还失之浅白。因为从逻辑上来说，类比推理是不能论证任何命题的。这就促使一些把思想、文化的深度看得特别重要的散文作家在抒情和幽默的逻辑局限之外寻求反抒情、反幽默的天地。

① 王小波：《沉默的大多数》，中国青年出版社1997年版，第169页。

学者散文在20世纪90年代的兴盛不是偶然的。

学者散文是一个复杂的概念，其中一部分是纯粹智性的。像周作人晚期的散文，主要是以知识的丰富见长的，未免有一点枯燥。由于周作人的权威，就有了一个比较委婉的概括——苦涩散文。

其实苦涩就是枯燥。紧随其后的20世纪八九十年代的一些学者、教授的作品，总的说来，缺乏艺术家的才气，文化历史信息过分堆积，堵塞了作家的情感，妨碍了情感的自由。此类散文固然有其不可忽视的价值，但是从根本上来说，既不是审美的，也不是审丑的，它只是传达了知识和思想，个性反而被淹没了。就其主要特征来说，是文化和智性价值，并不是艺术价值。由于文化、智性与艺术审美的混淆，张中行枯燥的铺叙和文献检索才被过高地评价。

学理信息过分泛滥的散文，对于理性与感性之间的矛盾视而不见；因而其散文的艺术感染力受到了影响。这对散文家则构成了一种压力，为了抵抗压力，一些作家以苦涩自居，是借口，也是自慰。而另一些作家，便从智性撤退，向抒情靠拢。其中才力不逮者往往陷入滥情（如李元洛的《唐诗之旅》）；而真正具有严肃的智性的，以周国平为代表，他在《自我二重奏·有与无》中这样写道：

> 庄周梦蝶，醒来自问："不知周之梦为胡蝶与，胡蝶之梦为周与？"这一问成为千古迷惑。问题在于，你如何知道你现在不是在做梦？你又如何知道你的一生不是一个漫长的梦？也许，流逝着的世间万物，一切世代，一切个人，都只是造物主的梦中景象？
>
> 我的存在不是一个自明的事实，而是需要加以证明的，于是有笛卡尔的命题："我思故我在。"
>
> 但我听见佛教导说：诸法无我，一切众生都只是随缘而起的幻象。
>
> 正当我为我的存在与否苦思的时候，电话铃呼响了，听筒里叫着我的名字，不假思索地应道：
>
> "是我。"[①]

文章以相当深邃的智慧见长，也不乏一定的感性色彩，有一定的审美感染性质，但是从根本上来说，周国平的散文，智性有余而感性不足。要害是智性的观念缺乏审视的层次，还不足以把读者带到观念和话语的形成和衍生的过程中去。而一旦到了过程中，智性就由于"审"而延长了，"视"的感觉也强化了，向审美作某种程度的转化，也就有了可能。关键的是，把智性观念形成、产生、变异、转化、倒错乃至颠覆的过程在读者的想象中展示出

① 周国平：《守望的距离》，东方出版社1996年版，第28　29页。

来。一般作家没有意识到这一点，也缺乏这样的才力，因而就造成了有智而不审的现象。这就失去了从抽象到具象、从智性到感性、从审智到审美转化的机遇。

“审智”与审美不同之处是：它并不拒绝感性，又不完全依赖于感情；诉诸智性，又不同于纯粹的智性抽象。它从感觉世界作智性的、原生性的命名，由此衍生出多层次的、纷纭的内涵，在概念上作感觉的颠覆，在逻辑上作审美的转化；在似乎非常抽象的分析和演绎中，激活读者为习惯所钝化了的感受；在几近遗忘了的感觉的深层，揭示出人类文化历史和精神流程的档案。

审智功能，本来是散文所特有的，散文本身就是智性和感性、实用和审美的两栖文体。勇敢的散文作家免不了要到文体的边疆作艺术的探险。这是一个充满风险的领域，缺乏必要修养的作家很难避免牺牲。在抽象的说教之中，只有少数作家在灵魂和艺术的双重历险中，能够从容自若、情理交融、率尔成理、着笔成趣，驾驭着稍纵即逝、纷至沓来的智慧，展示他内心丰富多彩的思绪。

南帆的散文正是从审智向审美转化比较成功的代表。

他不满足于直接地从感觉上升为观念，而是习惯于将日常和权威的观念“从另一个意义上重新解释”，从现象的背后、现象的侧面揭示现象所遮蔽了的真相，使现象变成了假象，让读者的观念和话语的内涵都得到更新。他把这叫作“寓意分析”“思想突围”。他给读者审视的是观念和感觉互动的过程。

在他最好的散文中，他层层演化出、派生出的观念虽然属于审智过程，但却超越了现成理性话语的无形的钳制。他善于对智性话语的内涵加以重构，使得智性话语系统地带上审美的感性。在此基础上，他创造了一种南帆式的话语。

在审智向审美的转化中，他善于使本来已经熟悉到丧失感觉的词语突然发出陌生的光彩。光是描述“枪”这样一个普通的机械，他就让许多被用得像磨光了的铜币一样的词语焕发出新异的感觉：“拉动枪栓的咔嗒声如同一个漂亮的句号”“一支枪的扳机在食指轻轻勾动之中击发，一个取缔生命的简洁形式宣告完成”“躯体与机器（按：指枪）的较量，分出了胜负，这是工业时代的真理”“枪就是如今的神话”。他还非常严肃地将枪和男性的生殖器相类比：“两者都隐藏着强烈的侵略性、进攻性；射击的快感与射精的快感十分类似”“男性的性器官制造了生命……枪的唯一目的是毁灭生命……是对于男性器官的嘲弄”[①]。

他的关键词语基本上是普通书面词汇（句号、取缔、真理、神话、快感、嘲弄），他并没有像余光中那样广博地采用从古代书面雅言到日常口语，乃至现代诗歌和复杂修辞话语，

① 南帆：《叩访感觉 · 枪》，东方出版社 1999 年版，第 291 页。

但是这些普普通通的词语不但获得了新异的感觉，而且有了智性的深度。他说，面容固然是个人的标志，手也一样也是个人的标志——难道手书、手稿、手诏不同样是不可更改的个人凭证？手书、手稿、手诏，这样干巴巴的词语，一下子就获得了如此深邃的生命，关键在于，南帆没有借助抒情，也没有依附于幽默，光是从感觉的表层到深层，从话语的内涵到外延的变异和更新中显示了感染的力量。

他的智性话语孤立起来是抽象的，可是统一起来，又充满着饱和的感性。在《说病》中，他对病了的躯体作了感性的描绘以后，这样说："病人意识到，这副躯体是临时租用的，亏欠租金的时候，就会受到某种警告，使用不当就要被收回，灵魂不能从心所欲地使用躯体。上天入地，躯体自有自己的重量。""生病是躯体独有的权利，谁也没有办法剥夺这种权利。"他所谓"使用""租用""警告""收回""权利""剥夺"，所有这些抽象词语的感性和智性一样获得了更新。

这种南帆式的话语和感性转化，不是单层次的、一次性完成的，而是多次反复，在纵深层次上使深邃的抽象和现成话语的感性结合。从重构的、审智的、深度的话语出发，使更为广泛的现成话语获得新的感性生命，审智的抽象和审美的感性是螺旋式逐步递增的。正如通常所说的：感觉到了的不一定能理解，而理解了的却能更好地感觉。深度的审智使原本日常的话语内涵深厚了，而这种深厚的内涵又使日常话语的审美感性获得更新。

《文明七巧板》（上海文艺出版社，1994 年）的第一篇《躯体》可以说是这一方面的代表。在读这篇文章之前，读者对于躯体、自我、肉体、灵魂、神圣、无私、情人、妓女，有着通常的（字典上的、抽象的）理解，但是读完了以后，现在的理解和感觉部分被颠覆、解构了，新的内涵和感觉升华了。

他在论述了躯体是自我的载体和个人私有的界限以后，接着说，传统的文化总是贬低肉体而抬高灵魂。在审智话语的逻辑自然演绎中，他做着翻案文章：肉体比灵魂是更加个人化的。肉体只能个人独享，不能忍受他人目光和手指的触摸；而精神可以敞开在文字中，坦然承受异己的目光的入侵。从这个意义上说，"躯体比精神更为神圣"。只有爱人的躯体才互相分享，互相进入肉体。他得出结论说，"爱情确属无私之举"。

"私有""神圣""无私"，原本的智性意义大部分被颠覆、解构的同时，新的智性就带着新的感性渗透进来了，这是一种智性和感性解构和建构的同步过程。

这还是他的话语成为一种智性话语结构的表面层次。更为深刻的层次是：在感性和智性的重新建构中，他完成了从审智到审美的转化。

南帆的话语虽然是以智性的分析为主要手段的，但是他在话语重新建构的时候，常常摆脱智性的全面和严密，引申出任性的话语。例如，他从纯粹智性来说，爱人、情人允许对方共享肉体，是无私的、神圣的，这样的说法，就并不是客观的、全面的，而是相当片面的，甚至可以说是“不智”的。不言而喻，肉体的共享还有绝对自私和不神圣的一面。这一切被南帆略而不计了（也就是颠覆了），由于颠覆的隐蔽性，读者和他达成了一种临时的默契。这种默契就是以“不智”为特点的，这种“不智”，就意味着一种南帆式的潜藏的审美感性，也就是审美的理趣。

他接着说：一旦爱情受到挫折，躯体就毫不犹豫地恢复私有观念，“他们不在乎对方触碰自己的书籍、手提包或者服装”，而在争吵时尖叫起来，“不要碰我！”如果没有了情感，却仍然开放躯体，就是“娼妓”行为。

尽管没有感情仍然开放肉体，有着许许多多的可能性，例如，许多没有爱情的家庭里性生活并没有停止，没有爱情的偷情，乃至美国式的性开放，相当普遍地存在。但是南帆的“不要碰我”和“娼妓”的话语阐释，具有智性的启示性和经验的召唤性，读者与其与他斤斤计较，不如欣赏他难得的任性。从审智到审美感知也就完成了其转化的任务。

从学者散文、智性散文、审智散文到审智、审美散文，这是一个多层次转化的过程，在中国当代学者散文中，这样的转化才刚刚开始。就是在世界散文史上，一系列的理论问题（如由罗兰·巴尔特提出的“文体突围”）还有待于研究。

第六节　散文诗

一、散文的内在矛盾和品系分化

散文是介于诗和小说之间的形式。就其叙事性来说，它近于小说；就其抒情性来说，它近于诗歌。接近于诗，就要求高度的单纯集中，过分单纯集中又失去了散文的自由。接近于小说，就要求广泛和纵深地展开人物之间的矛盾，而过分强化矛盾又得有情节强化，就可能变成小说的附庸。

散文处在这样的矛盾之中，绝对地保持平衡是不可能的。当它在两个极点之间摆动时，或者比较接近于诗，那就得牺牲一点散文具体的、特殊的感觉和知觉以及某种量的准确性，以成全诗的概括集中，于是就有了散文诗；或者不这样，走相反的道路，牺牲诗的概括集中，提高散文的写实功能，而以一条感情线索使之统一起来，这样就有了抒情散文。如果不用感情线索贯穿，而是用情节线索贯穿那比较“散”的内容，这就是叙事散文。

二、诗的概括性、想象性与散文自由句式结构的统一

把诗和散文统一起来，这就是散文诗所面临的难题。

目前流行的方法，是把那些不能用想象来改造成诗的、具体的、现实的、历史的、科学的成分排挤出去，基本上用诗的构思、诗的想象来抒发感情。

散文诗本来可以有两种发展趋向，一是诗向散文靠拢，二是散文向诗靠拢，但就目前创作的实际趋向来说，它更接近于诗。所以当前的“散文诗”是“散文的诗”而不是“诗的散文”。它与抒情性散文还是有区别的，虽则在当前这种区别不十分清楚，但是最早用散文诗这个体裁写作的是波特莱尔，是他第一个公开亮出了这个牌子。我们现在看他的散文诗和他的诗《恶之花》的区别是很明显的，在诗中他所描写的对象常常是概括的类的特征很强，在想象中变形、变质，而他的散文诗却是写实的，有的甚至还是有情节的。屠格涅夫的散文诗也常常是写实的。他自己并没有把它称为散文诗，是《欧罗巴报》的主编给了他这个光荣。无非是说他的散文像诗一样抒情。这可以说明，在他们那个时候，散文诗和诗的界限是很清楚的，倒是与抒情性散文的界限还不那么明晰，散文的成分比诗的成分显得更突出些。在鲁迅的《野草》中，概括、象征、想象的成分占了压倒优势，写实的成分较少，这已是20世纪20年代的事了。这时散文诗中诗的成分大大发展起来了。到了今天，散文诗越来越接近诗，越来越疏远了抒情性散文。

说当前的散文诗更接近于诗，是因为对于散文的写实性来说，它更着重于通过类的概括和想象表现情绪。它的长处不同于散文，它不具备散文那样较强的描摹能力。即使目前有不少散文诗常常以一种“散文画”的形式出现，以视觉形象为主，但是它仍然不是写实性的“散文画”，而是带着想象性的“散文画”，它的画面是经过情绪的滤色镜过滤过的，是由感情的逻辑重新调动过的。所谓“散文画”其实是“想象画”。当前散文诗之所以是属于诗的，还因为它在总体构思上，不像散文那样散。柯蓝在《我谈〈早霞短笛〉》中说过：“比起一般散文来，散文诗的取材，无论是寓意，或是抒情，或是写景，恐怕更严格些。它要求我们从一些细小的、动人的生活场景中，提炼出一种诗的意境。”这种散文诗的总体形象总是像诗一样单纯集中。从时间跨度来说，它也许是短暂的一瞬；从空间广度来说，也许是大千世界的一点。自然，它的客观内容是不及抒情散文那样丰富的，但它想象的弹性却大大超过了散文。散文诗作家王中才说：“写散文诗，往往把构思中一篇散文的过程铺叙、背景交代等统统抽掉，只留下‘文眼’，着力写好。以很短的篇幅，即可以创造出一篇长散文的意境。因此散文诗较之散文，在时间上有更大的跳跃性，在空间上有更大的容量，

给读者留有更多的想象的余地。”[①]这一点是要做些具体解释的。例如，在一个水库工地上，要进行一次重大的定向爆破，事先打眼、装炮、连同设计等方面都进行了复杂的争论和调查，最后方案确定下来。全工地几千人都离开现场，躲在安全地带，等待这个最后决定工程命运的消息。这个过程要用散文来写的话，将有许多具体的场面和人物的活动，可是散文诗只能从中取一个“小不点儿”。例如柯蓝的散文诗《爆破》就光写此时此地他那心灵的一种微微波动：

> 工地上有几百红旗在摇，人影四散，一片静悄悄……
>
> 此刻是多么的寂静啊！
>
> 我们经过了多少种考验毅力和耐性的寂静！这是一个共同愿望要实现的寂静，一个在狂呼胜利前的寂静，一个风雷滚滚，硝烟四起前的寂静，这是一个双方较量决战前的寂静……
>
> 我爱这样的寂静，正同我爱黎明前的寂静一样。

偌大一个工程，那么纷繁的过程，被作者提炼到只剩下寂静的一刹那，多少复杂的感情都集中到一个寂静的感觉中来。这种寂静的刹那像一个焦点，它集中了生活中那么多的阳光，它是那么单纯，又是那样丰富，它写的是一刹那的寂静，又大大超过了一刹那的寂静。它的意蕴，不但在可见形象之中，而且在形象的不可见的延长线上。

而这正是诗的构思的特点。

但是这种散文诗并不就是诗。它仅仅在形象的单纯、想象的飞跃上是诗的，它在句子结构的组合方式上是散文的。主要是它的句子之间的关系是散文的，是自由地从一种结构形式转到另一种形式上的。在诗中，下句的句子结构形式常常或多或少要受上句的影响。例如：在律诗、绝句中，上句是三五七言，下句也得是这样。在现代自由诗中，句子结构形式常常要与整章整节的句子结构形式在情绪上、在长短上，有种种照应和反衬，或者构成匀称的美，或者杂以参差的美。在散文中，可以不用像诗那样考虑句子之间的音节数量（汉语和法语诗），音节的平仄（汉语诗）、轻重（英语、俄语诗）、长短（拉丁语诗）的统一和变化的关系。在句型的自由转换中，也就是在散文的句子组织中，寓以诗的想象和单纯的情绪，这就是当前散文诗的共同倾向。

就散文诗形象的艺术特性来说，可以分为三类：一类是象征性的，一类是想象性的，一类是写实性的。

---

① 柯蓝等：《散文诗六人谈》，《诗刊》1981年第9期。

三、象征性散文诗

所谓象征性的，就是整篇整首表现一个单独的对象，或者是一种事物，或者是一种人物，但是它们的某一特性，常被当成另一种社会生活属性或精神属性加以描写或展示。这不同于一般文学作品中常见的从特殊的描绘到普通的概括。从特殊到普遍的描绘和概括是在同类事物中进行的，象征是超越同类事物向异类跨越的。这又不同于一般文学，特别是诗歌中的暗喻。暗喻也是在异类中进行的，但在暗喻中，以此物喻彼物（或以物喻心），二者的界限是分得很清楚的，暗喻是架设于二者之间的桥梁。而象征则不同，异类事物（包括心与物）之间的界限是被掩盖起来的，寓意好像是从事物本身升华出来的一样。①它常常是很隐蔽地从自然到社会，从物到心，从客观到理念直接飞跃，而且常常是更直接地伴随着抽象观念的，所以一些西洋或东洋的文艺理论常常把象征定义为使一种无形的、抽象的理念借有形的具象而表现出来的艺术。最常见的是寓言式的故事，如欧洲的伊索寓言、列那狐的故事，后来俄国的克雷洛夫的寓言、中国先秦乃至唐宋古文中的寓言，都是一种理念占优势的形象。

这种表现方式的优点是意象单纯集中，其中隐含的思想很尖锐。但是如果说一切的表现手法都有它的局限性的话，那么象征手法也有它的局限性，主要是它常常思想大于形象，形象常常成为思想的抽象符号，失去了形象本身的独立性。在象征性的形象中，内涵必然超出它的外延，内涵如果和外延相一致，那就没有象征性可言了。例如：太阳，如果它的内涵是太阳系一个发光的恒星的话，它的外延就是我们用肉眼可以直接观察到的唯一的太阳；但是太阳一旦带上了象征性，它的内涵，就超过了太阳的全部属性的总和，它可能有光明的特性，也可能有民主的特性，甚至有少女的特性，而这一切都是太阳的外延所不能容纳的。而象征性形象表现的往往是事物的普遍性，不是事物的特殊性和个性，因此象征形象常有适度地超脱思想，避免成为概念图解的倾向，然而这又造成了象征意义的不确定性，引起纷纭的猜测。在文学史上这是屡见不鲜的事。

正因为象征手法有这样特别不能忽略的局限性，所以它在小说和散文中不能成为主要表现手段，大抵只起辅助作用。自然，有象征派艺术，也有主张一切文艺都是象征的（苦闷的象征），但他们所说的象征包括内容和形式的总体特点，与这里所说的并不完全一致，我们说的是一种表现手法。

象征手法是有明显局限性的，黑格尔在《美学》中用它来表示比较原始的艺术特征是

① 总的说来，暗喻是一种具体的修辞手法，而象征则是总体的效果。——2000 年注。

不无道理的。但是这不等于说，主要运用象征手法不可能写出好作品来，恰恰相反，在特定的社会历史条件下，主要是政治形势或社会环境不容许作家正面表现现实生活，不可能直接表达思想时，象征手法便大大发达起来。另外，当写实手法引起普遍厌倦时，象征手法也可能广泛地发展起来，形成一种特殊的风气。在这种条件下，象征性的散文诗甚至可能出现历史性的杰作，如高尔基的《海燕》、茅盾的《白杨礼赞》、鲁迅的《野草》等。

高尔基笔下的海燕，迎着暴风雨自由翱翔，自然属性被当成迎着革命风暴唤起群众奋勇前进的社会属性加以歌颂。在这里，大自然的现象，从暴风雨到阴云，从闪电到企鹅的一些特点都被社会化了，都带上了社会的象征意义。茅盾的《白杨礼赞》表面上是赞美白杨树的，实际上白杨树的特性被精神化了。他说："那是一种力争上游的树……在北方风雪的压迫下却保持着倔强挺立的一种树。"他还写它"参天直立，不折不挠，对抗着西北风"，写它"伟岸，正直，朴素，严肃"，"是树中的伟丈夫"。这里的技巧在于：树的特点和人的特点、物的特点和精神的特点自然而然地汇合。概括树的词语中有一部分是中介性的，既适合于树，又适合于人，在这以后才有可能容纳一些只适合于人而不适合于树的（"力争上游""伟岸正直""朴素严肃"），而到最后才可以把物的特性丢在一边，直接展示人的精神特性。这种手法，类似作曲法上的"模进"，只有经过"模进"，形象才能隐蔽地飞升到意念。茅盾的《白杨礼赞》在经过"模进"以后，才从物的特点过渡到人的精神领域：

> 当你在积雪初融的高原上走过，看见平坦的大地上傲然屹立着这么一株或一排白杨树，难道你就觉得它只是树？难道你就不想到它的朴质，严肃，坚强不屈，至少也象征了（按：注意"象征了"）北方的农民？难道你竟一点也不联想到，在敌后广大的土地上，到处都有坚强不屈，就像这白杨树一样傲然挺立的守卫他们家乡的哨兵？难道你又不更远一点想到，这样枝枝叶叶紧靠团结，力求上进的白杨树，宛然象征了（按：注意"象征了"）今天在华北平原纵横决荡，用血写出新中国历史的那种精神和意志？

这里明明白白地说明作者用的是象征手法。

象征手法常借大自然的事物表现社会中的人，但也不尽然，也有以人来象征的，如鲁迅的《这样的战士》《过客》《希望》《雪》等。

象征手法，在内容上表现普遍性的概念，并不十分强调特殊性、个性，但是在表现形式上却是追求从别出心裁的一点出发，以不可重复的奇思妙想为贵。

象征手法是文学的基本手法之一，其直接表现生活的能力是比较有限的，因而纯用象征手法的散文虽有历史的名篇，但并不是经常大量出现。这种手法看来很容易掌握，但也很容易被简单化地使用。有时某一事物的特点还未被准确、贴切地刻画，也未有婉转的过渡，便直接上升为思想的符号，作品就显得干瘪。直接的议论淹没了抒情，失去诗意，成为政论色彩或逻辑色彩很浓的文章。

象征派的散文诗以思想的犀利见长，但是这样的作品并不多，常见的散文诗是想象性的，像郭风的《叶笛》：

> 啊，故乡的叶笛。
>
> 那只是两片绿叶。把它放在嘴唇上，于是从肺腑里，从心的深处……
>
> 那笛声里，有故乡绿色平原上青草的香味……
>
> 有太阳的光明。

这不是客观的描写，声音不可能有“香味”和“光明”，这里是诗的想象。同时，这里还是诗的概括，因为这里的叶笛并不是一个特殊的、具体的叶笛，而是故乡普遍存在的叶笛。这里最突出的是乡土情趣。一个热爱乡土的人会因为田野一处笛声之美联想到故乡土地上普遍都是这样的美妙。这种想象之所以动人，一方面因为故乡的田野、青草、阳光是真实的，另一方面因为热爱故乡新生活的心灵充满热情是真诚的。这种真实是经过想象提纯的真实，是客观生活的某一特点和主观感情发生共鸣的结果。

四、想象性散文诗

想象的特性与象征有共通之处，它同样要超越具体的描绘对象。不过，也有不同，象征是越过具体的事或情去通向理念，而想象则越过具体的事或情去扫描剪辑更多的事和情。在这样的过程中，感情能够得到比较自由的表现，故象征贵在深刻精辟的思想，而想象贵在独特奇妙的感情；象征追求深刻的寓意，而想象常有绮丽的画面和奇异的情趣。我们再看看郭风的《风力水车》：

> 那在空中游荡的风，
>
> 你把它呼唤过来；
>
> 那在天上推着云行走的风，
>
> 你把它呼唤过来；
>
> 那在林梢吹着呼哨的风，在树林间捉迷藏的风，
>
> 那从山谷里刚刚跑到我们的田野里来溜达的风，
>
> 你都把它们召集在一起……

这里的风带上游荡的顽皮色彩，这是想象的。本来司空见惯的风，一经这样的想象就变得叫人惊异了，就有了意味深长的含义了。它好像是不真实的，却又是更真实的。美，就是这样产生的。它深入地揭示了生活的意蕴，又采取了充满想象的新异的形式，使读者神思

恍惚了一下，变得更理智了。这里不仅仅是生活，也不仅仅是表现，而且还有作者的心灵对生活的那种天真无邪的孩子的感受（不然就不会把风看得挺调皮的）。这种想象是自由的，又是很严肃的，是富于郭风式的那种稚气的个性特征的。表面上看来是儿童式的单纯的幻想，实际上是说风力水车能把那无所事事、浪荡调皮的力量集中起来去做有益的劳动。

想象性散文诗的局限是它不适应于对生活作现实的、直接的描绘，它要从现实生活腾起想象的翅膀才能显示出它的优越性。对于一个擅长于写作想象性散文诗的作家，无条件地要求他正面写实是没有好处的。

五、写实性散文诗

当前我国文坛上的散文诗都偏重于诗意的追求，因而想象性散文诗占据了优势。目前遭到冷落的是写实性散文诗。写实性散文诗和散文之间只有程度的差别，连波特莱尔的散文诗也有人把它称为散文。在屠格涅夫和波特莱尔的散文诗中写实性的较多，有时还是有情节的，但是一部分有情节的散文诗，其中的情节与一般散文也有些不同。那就是情节很单纯，人物之间的关系也被提炼得很单纯，甚至比童话还要单纯。这类情节常常带有一定程度的寓意性和想象性。寓意性的，如屠格涅夫的《绞死他》。一个女房东向将军告发说他的勤务兵把她的鸡偷了，将军下令绞死那个勤务兵。女房东连忙声称鸡已找到，将军仍然绞死了那个勤务兵。这样的情节显然并不像在散文中那样追求细节的真实，也不像小说那样追求结局的必然性和人物性格同环境之间的相互影响。这个将军似乎并没有个性，但并不概念化，作品的动人之处在于这个形象的寓意性。带一定程度的想象性的写实性散文诗如法国的皮埃尔·罗雅的《比利提斯之歌》，这是作者托名希腊少女比利提斯之名而作，我们举其中的《芦笛》为例：

> 在杜鹃花生日那一天，他送给我一芦笛，是用切得很细的芦叶做成的，用白蜡连接起来，在我的唇上是如此的甜美。
>
> 他把我放在他的膝上，教我如何吹奏，声音是那么轻柔，连我都几乎听不见。我们彼此之间没有什么话可说，虽然我们的歌声都互相应和，而我们的嘴唇也轮流地和芦笛接触。
>
> 天晚了，那和夜晚一起出现的青蛙已经在歌唱了。我的母亲永远也不会相信我逗留得那么久，是为了找寻那失去的腰带。

很明显，这和郭风的《叶笛》写法大不相同，这是有情节的，但在情节的关键处留下了空白，这空白留给读者用想象去补充，因而有点耐人寻味。在字面上较少，在想象中则较多。那少女不高明的谎言，那狐疑中似乎有所发现的母亲，均由读者在想象中去创造。这很有一点像我国的民歌：

> 高高山上一树槐，
>
> 手攀槐树望郎来。
>
> 娘问女儿望什么，
>
> 我望槐花几时开。

不过散文诗究竟不同于诗，《比利提斯之歌》写实性的环境和过程都更具体，有了散文式的具体的过程和环境描写以后才迅速转入女儿和母亲的关系，才用诗一样更单纯、简洁的笔法点染。

本来写实性的散文诗是最富有生活表现力的，可惜在目前，这种写法没有得到充分的发展，至少可以说在艺术上没有取得比想象性和象征性散文诗更高的成就。这也许是复杂环境和过程的具体性与想象的单纯有矛盾。写实性散文诗的作者要善于把读者的想象力和理解力“逼”到一条小路上去，而把其他的路都封锁掉，这正是它与象征性和想象性散文诗那样比较自由广阔的境界不大相同的地方。多数的散文诗作者在写作写实性的散文诗时，常常要情不自禁地以“散文画”为形象的主体，也许这与我国古典诗歌富于视觉形象的传统有关。如陈志泽的《云海》：

> 要不是我手扶着身旁的绿树，要不是我的脚踏着坚硬的岩石，我真怀疑，我也被卷入波涛翻滚的大海了。云浪把群山都席卷了，把树木都淹没了，并正在涌向天际……
>
> 突然，东边透出了亮光，什么时候，太阳庄严地撒下万束金线？云海平静了，浪，仓皇地逃遁了，只遗落一些碎片。本来威武的峰峦，站起来了，依旧那样俏丽！万种神奇复苏了，顷刻间充满了灵性，神采焕发。我，也从迷茫中归来了。
>
> 我轻轻一笑，这一夜聚集的轻飘飘的水汽，它有什么力量呢？

没有诗中常见的那种大幅度想象，也没有直线上升的象征。第一节是云海淹没了一切，第二节是阳光驱散了云浪，在对比中作者的心灵被触动了一下，第三节写作者体验到一种微妙的喜悦，把通常人常常产生而不知珍惜的心灵微波的价值提高了。这种以写实性散文的手法来抒写心灵启示的作品，之所以不完全是散文，主要在于它把平淡的心灵活动变得珍贵而且精致了。

此类作品比之想象性的散文诗有更广阔的天地，同时需要更多的生活实感，也要求比较切实的表现力。没有对生活奥秘的微妙领悟，没有对心灵微波的真切体验，光凭想象的变异和绚烂的文字是不能蒙混聪明的读者的。

一个散文诗的作者要在写实和想象两方面都是能手，散文诗坛应该有写实、象征和想象多种多样的风格。就当前散文诗创作的现状来看，想象性的、象征性的散文最为发达，大海呀，脚印呀，风呀，歌声呀，星星呀，都轻易地带上通行的寓意，而且大多是“第二手”的，是从别人的作品中借来的生活。这自然比较容易，但也最容易出次品。写实性的散文诗要求坚实的生活体验和心灵默察的独到发现，没有这方面的修养，散文诗会变成散文。在这方面功力不足的作者，常常不自觉地滑向散文。还有一个原因是从20世纪50年代以来，散文诗中最大的名家是以想象和象征性散文诗见长的，而且是以颂歌式的想象为主的。由于他们压倒一切的艺术优势，给后来者造成一种错觉，好像只有这样的写法才是散文诗。自然，这就产生了一种潮流，导致了“散文的诗”大为兴旺的景象，但也造成了一种误解：在一般读者乃至作者、编辑的心目中，散文诗成了诗的附庸。

当一种艺术形式向另一种艺术形式越来越靠近的时候，它既可能从另一种艺术形式中汲取生命，也可能逐渐失去自己的生命。20世纪50年代以后，散文诗对诗的过分依赖，导致散文诗越来越失去独立性。它表现生活的能力越来越弱，重大的社会矛盾，严峻的生活冲突，自我的深刻解剖，对不良精神状态的讽喻，对人生真谛的探求，好像都不是散文诗该涉及的事。散文诗的地平线，比之鲁迅《野草》所展示的要狭窄得多，韧性战斗的主题，针砭社会，好像与散文诗绝了缘。如果回溯到散文诗的草创时期，以波特莱尔《巴黎的忧郁》和屠格涅夫的《爱之路》为例，那里面的写实成分无疑比想象的成分更多，散文的成分比诗的成分更多。

第七节　抒情和情趣

一、非诗的写实和散文美

在面临诗的想象的跳跃性与散文过程的连续性、知识性、文献性、新闻性的矛盾时，抒情散文不是采取散文诗那样的方法，不是为了成全诗的集中和想象的概括而牺牲过程的描述和现实的记叙。它不是把散文的“散”排除掉，而是保存散文的“散”，也就保存了散文表现生活的特殊功能，使散文能去表现诗所不能表现的生活。

抒情性散文，自然也尽可能地追求诗意，但是它不是直接向诗意迈进，而是曲折地通过散文向诗进军。它是在散文的形式中，按散文的审美规范去追求诗，因而在抒情散文中所追求的诗，已经不同于在诗中的诗意，这是一种散文化了的“诗”。它不是以诗那种概括的、变异的感觉和知觉见长，它的感觉是散文的感觉和知觉（带着量的准确性的感觉和知觉）。它的抒情既不是诗中的直接抒情，也不是以诗的情绪去冲击感觉和知觉。它的抒情，是一种渗透在散文细致的、现实的感觉和知觉之中的抒情，它的情绪和感觉知觉一样也带着量的准确性。散文的感觉和知觉不像诗那样富于弹性，有较大的延展性，它缺乏变异，对于感情的抒发有较大的制约性。在抒情散文中，作家感觉和知觉的自由是有限的，这就决定了表现感情自由更是有限的。我们来看朱自清散文《背影》中著名的一段：

我说道："爸爸，你走吧。"他望车外看了看，说："我买几个橘子去。你就在此地，不要走动。"我看那边月台的栅栏外有几个卖东西的等着顾客。走到那边月台，须穿过铁道，须跳下去又爬上去。父亲是一个胖子，走过去自然要费事些。我本来要去的，他不肯，只好让他去。我看见他戴着黑布小帽，穿着黑布大马褂，深青布棉袍，蹒跚地走到铁道边，慢慢探身下去，尚不大难。可是他穿过铁道，要爬上那边月台，就不容易了。他用两手攀着上面，两脚再向上缩；他肥胖的身子向左微倾，显出努力的样子。这时我看见他的背影，我的泪很快流下来了。我赶紧拭干了泪，怕他看见，也怕别人看见。

这里的抒情是现实的，不是想象变异的。梁衡说朱自清并没让他父亲弯下腰去拣花，意思是说，在散文中将感觉和知觉用诗的变异性想象来美化是不伦不类的。这里细致描述弯腰、上攀的过程，从诗的审美规范来看是缺乏概括力的，是缺乏诗意的，但是从散文的审美规范来看，恰恰是一种散文美，美就美在这些诗所要回避的过程中。在诗中，细致的描述常常是窒息诗的情致的，而在散文中细致的描述常常是激发诗的情致的，在描述过程中，人物琐细的动作、笨拙的姿态之所以有一种散文美，是因为这里有做父亲的真情。他总是把儿子当小孩子看，而且父亲这样笨拙的真情，是通过儿子经历了情感变化的眼睛去感觉的。

二、强化的描述和淡化的抒情

在散文中，只要让真挚的感情通过现实的感觉自然流露出来，就有诗意了，在诗中还不够，诗有更严格的形式规范。华兹华斯说，一切的好诗都是强烈感情的自然流露。这与其说是诗的特点，不如说是散文的特点。散文更强调感情的自然流露，当然，它不一定强烈，一般说来在抒发感情上散文并不追求诗的强化，但是在对描绘对象的描述上散文是并不回避强化的，这样就形成了一个很别致的特点，那就是强烈的感觉和淡化的抒情的奇妙统一。孙犁有一篇《猫鼠的故事》，写大城市里的猫，养尊处优完全失去了猫的本性——变得不会抓老鼠了。这种猫的特征本来已经很强化了，孙犁并不满足，他在行文中层层强化这一特征：

他对猫失望了，他只好用鼠夹捕鼠。我打住了一只耗子，好心好意地送给邻居（一位养猫的老干部）说：

“叫你家的猫吃了吧。”

主人冷冷地说：

“那上面有跳蚤，我们的猫怕传染。如果是吃了耗子药，那就更麻烦。”

从强化来说，这又提高了一个层次，不但不会捉老鼠，送给它吃还怕不卫生。孙犁接下去写：

有一天，在阳台上盛杂物的筐里，发现了一窝耗子，一群孩子呼叫着：“快去抱一只猫来，快去抱一只猫来！”正赶上老干部抱着猫在阳台上散步，他忽然动了试一试的兴致，自告奋勇把猫抱到了筐前，孩子们一齐呐喊：

“猫来了，猫来捉耗子了！”

老人把猫往筐里一放，猫跳出来，再放再跳，三放三跳，终于逃回家去了。孩子们大失所望，一齐喊：“猫废物！猫废物！”

老人的脸红了。他跑回到家里，又把猫捉回来，硬是把它按进筐里，不松手。谁知道，猫没有去咬耗子，耗子却不客气，把老干部的手指咬伤，鲜血淋淋，只好先到卫生所去包扎。

这是在第三层次上强化了效果，但是这仅仅是在外在感觉和知觉上效果的强化，并没有导致直接抒情的强化。

在老练的散文家笔下，直接抒情用得是很吝啬的，即使到效果强化的高潮，也很少去作强化的直接抒情，相反随之而来的往往是议论。孙犁接下去说：

其实这无足奇怪，因为这只老猫，从来不认识耗子，它见了耗子实在有些害怕。

孙犁宁愿稍作议论而不作抒情，其原因恐怕是防止诗的夸张破坏了散文的自然流露。

所以中国古代散文强调夹叙夹议的传统，但是20世纪50年代以来，散文中抒情的泛滥，已经形成了一种滥情的潮流。

三、审美情趣

在散文中抒情与在诗中抒情的最大不同可能就是散文不但有情而且要有趣，不但有情趣而且有理趣。

散文中的感情强度虽不及诗，但在广度上却超过诗。在淡化的抒情中散文追求一种特殊的趣味，这种趣味不但在质与量上与诗有异，而且在结构上与诗不同。抒情诗总是力图形式完整，各部分形成某种有机的联系，散文却不然，它容许大量随机性成分，而这些随机性成分冲破了完整性，使散文变得散了，不那么统一了，但却使趣味丰富了。孙犁在《猫鼠的故事》结束时这样写道：

城狐社鼠，自古并称。其实狐之为害，远不及鼠。鼠形体小，而繁殖众，又密迩人事。投之则忌器，药之恐误伤，遂使此蕞尔细物，子孙繁衍，为害无止境。幼年在农村，闻父老言，捕田鼠缝闭其肛门纵入家鼠洞内，可尽除家鼠。但做此种手术，易被咬伤手指，终于未曾实验。

这一段“尾声”似与前面写猫的故事毫无关系，但这孤悬的“尾声”大大增加了全文的趣味，其组成成分大约有三方面。第一，作者幼年所闻闭其肛门纵入洞内之法本身是很怪异的，与全文的语言风格相映衬，形成亦庄亦谐的情趣；第二，这种有趣的方法，作者竟未能实行，作为一种即兴的补充，造成一种随机性的趣味；第三，全文本是现代白话文，到这里突然改用许多古代汉语词汇，而且用了一些骈体文对仗的句法，令人想起我国古代笔记小说的文风，增加了文章风格上的趣味。

总的说来，这最后一段是一种议论，一种即兴的补充，与全文在形式上并不严格统一，然而又充满了谐趣。在趣味上与全文是统一的，这种趣味与诗的抒情的不同就在于形式上的不完整与趣味上的完整是对照的。从这个意义上来说，散文——不但形可以散，而且神也可以适当地散一散。

过分外露的抒情不但显得无情而且显得无趣，地道的抒情性散文中的情与抒情诗中的情之不同，就在于情与趣的结合。

诗可以用纯粹抒情而达于上乘，但散文中的抒情如不与一定趣味相结合就可能显得单调而贫乏。有情的不一定有趣。上乘散文常是情趣交融的。

这里有个审美情感的特殊矛盾问题。

通常人有情，但没有达到可以写抒情散文的程度，其原因是他的情与日常的实用观点和科学的认识观点相比，并不占优势。超越于科学的实用价值观念，使感情得到解放，但还不一定有趣，因为从实用的、科学的价值观念出发也可以引起相当执着的感情。趣味性产生于对执着感情的进一步超越。要有趣，就不能太呆，不能太执着。执着对于情是好的，对于趣则是不利的，用超越了执着感情的眼光去看执着的感情就觉得它可笑、可悲、可叹、可爱，执着得有趣了。趣味产生于对实用的、科学的观念的超越，成熟于对执着情感的超脱。

西方有一个笑话说，侍者端了一杯啤酒给顾客，客人发现上面浮着一只苍蝇。笑话设想了几种情况：（1）客人把啤酒倒了就走；（2）客人耸耸肩膀拂袖而去；（3）客人把侍者叫来训斥一通；（4）客人叫侍者把经理叫来，大谈如何改进服务质量；（5）客人把苍蝇捞去，将啤酒一饮而尽。所有这一切都有感情在起作用，但并无多少趣味。笑话说，最后来了个美国人，他对侍者说：今后你们应该把苍蝇和啤酒分开拿给顾客。这位美国人的话说得有趣味，因为他一方面超越了啤酒的实用价值和服务质量的认识价值观念，另一方面又超越了其他一些顾客的感情激动状态。如果笑话再写下去，用这个美国人的眼光去看其他人的激动执着，就更有趣味了。趣味，作为一种主体的审美情操，它要求对客体和其他主体执着感情的距离和超越。张洁的散文《依伯》生动地描写了这种超越。在这篇文章中，她写一个服务态度非常好的炊事员，所做的饭菜竟是非常地难以下咽。从实用价值观念来看，张洁的感受是：

从那儿以后，虽然每每看见面条，便有一种未吃先饱的感觉，但是从审美情趣来说，老炊事员那热忱的服务态度，却更有强大的心理吸引力。但是，只要我再到福建去，我一定要去看看依伯，哪怕再有一碗那样令人生畏的面条在等待着我。

在这里审美感情超越了实用价值观念，感情是有了，但是还没有多少趣味，要有趣味，就得主体的感情进一步超越，在超越过程中也就产生了“第二主体”：

碗筷旁边，还总是放着几瓣小蒜瓣，那蒜瓣和北方蒜瓣比起来，全像得了营养不良症。从这得了营养不良症的蒜瓣上，我猜出这蒜瓣找来得很不容易，因为我是北方人，大约依伯有一种理论依据，认准了北方人若不吃蒜头便活不下去吧？尽管我三番五次说过，我这北方人例外，是不吃蒜头的。或许他以为我是客气，依然固执地坚持着按他的理论办事。我呢，不大忍心让他的理论破产，每餐饭总是硬着头皮吃一瓣蒜，当他看到他的理论终于被实际证明是正确的时候，他那么诚心诚意，开心地笑了，像个孩子。于是，我便觉得即使那瓣蒜辣得我够呛，也还是值得的。

明明蒜瓣对于张洁来说辣得够呛，是没有实用价值的，但是张洁超越了它，这是第一个超越。明明老炊事员的“感情”是反效果的，但是张洁并没有点破它，夸张了他的执着（把它叫作“理论”），这样，动机与效果的矛盾就显得非常突出，带着显而易见的荒谬性，然而张洁却以庄重的词语来表达它，这就构成了第二个主体的精神境界。这实际上不仅仅是作者的自我表现，而且是艺术人格的自我创造。

趣味就是由于超越客体感情而产生的。

以生理上的受苦，换取了感情的享受，趣味不是产生在快感之中，而是产生在非快感之中，以理性的模糊，成全了客观对象感情的执着，趣味不产生于主体认识的精密，而产生于对客体谬误的调和。

第七章

小说审美规范论

第一节　多重感情特征的交织

一、从单层次感情特征到多层次感情特征

形象的胚胎产生于生活主要特征与感情主要特征的遇合。诗的形象产生于生活特征类的概括性和感情特征的个体化，而散文的形象产生于生活特征的个体化和情感的个体化。小说是一种散文艺术，它所描述的生活特征是个体的，感情特征也是个体的，这一点与散文相同，但是在感情特征的构成上与散文又有很大不同。

形象的感情特征，在诗中是很单纯的，那就是诗人自己的感情特征。在散文中，一般来说也是比较单纯的，也就是散文家自我的感情特征，但是在有些比较复杂的散文中，主要是写人的散文中，情况就有所不同。散文家写人，自然要表现散文家的感情，但是他所写的人又有人物自己的感情。这样，在形象中，感情就不是单层次的感情，而是多层次的了。例如，丰子恺抗战期间历尽艰辛逃难到“大后方”，稍有闲暇，把孩子抱在膝盖上，问他最喜欢什么，孩子答：“最喜欢逃难。”

这是很生动的形象。其所以生动，不仅仅由于孩子的感情有特征，很天真，把颠沛流离当作好玩，而且由于丰子恺对孩子这种特殊情感的意外和惊异。在这样的形象中就蕴含着两个层次的感情特征。这双重感情特征的交织就使散文的情感变得复杂，就构成了叙事性。写人的散文不管多么抒情，都与诗距离较远，而与小说比较接近，原因就在这里。

在散文中，生活的具体特征所包含着的感情层次越多、越复杂，越接近小说。在孙犁的散文《谈赠书》中，最后有一段，写到他的一本书出版了，他收到了出版社的赠书和代购的书：想到机关同组的同志，共事多年，应该每人送一本。书送出去以后，竟竞相传言：某某在发书，快去领吧。像那些年发材料一样热闹，使他非常败兴，就再也不愿做这种傻事了。一方面是出于同志之情，而结果败兴，另一方面却感到同志的漠视之情，当作不付代价地获得平均主义的配给。

这就由诗意变成了散文，如果作为一个零件，基本上也具备了小说形象的特性——那就是感情的复合层次。

但是这还不是小说。在散文中最多是双重的感情，而在小说中一般是双重以上的。这种双重感情成分已经到了散文容量的极限，而在小说中，这种双重感情成分还没有达到饱和。在散文形象中，双重感情成分可能已经算得上丰厚，但在小说中，只有双重感情成分可能还是显得单薄。

在小说中，一般说来形象的感情成分往往要包含三个以上的层次。这是因为小说一般要写到两个以上的人物关系，对同一事物、形势，不同的人物如果感情是雷同的，就是诗的抒情，意味着小说的失败；不同人物有不同的感情特征，才有叙事文学的深厚性。而在调节处理这种感情特征的时候，不同的作家也有不同的感情特征。小说形象中至少有两个以上的人物感情特征，加上渗透在其间的作家的感情特征，三者交融起来就构成了小说特有的多层次复合感情。这样，小说形象较之散文就复杂得多了。

小说要写人物的矛盾冲突，这种冲突不是赤裸裸的思想冲突，甚至也不是赤裸裸的性格冲突，而是人物的不同感情冲突。小而言之，人物的一言一行，一个表情、一句口头禅，大而言之，人物的一种选择，都是一种感情的流露。而冲突，就产生于这种从微观的心灵波动到宏观的命运决策之中。高尔基在《我的大学》中写他和几个年轻人自学政治经济学，请一个老师给他们讲课。有一天，老师到时间没有来，几个年轻人便弄了一些酒来开怀畅饮，正喝得起劲时，听到老师的脚步声，他们连忙把酒瓶放到桌子底下去。老师平静地开始讲课，在桌子前走来走去，不知怎的把一个酒瓶碰翻了。老师弯下腰去，看了一下，又直起腰来继续讲课，而听课的年轻人都紧张得要命。作品中的“我”这时的感觉是：恨不得老师把他们大骂一顿才好，但是老师并没有骂。

在这个场面中至少有三种感情成分。第一，老师明明发现了年轻人喝酒，却颇有涵养，不动声色；第二，年轻人害怕老师发现他们喝酒，有一种侥幸和紧张心理；第三，“我”在被发现以后从侥幸变为惭愧，宁愿被公开挨骂，不愿再隐瞒自己的不是。

纯粹从量上看，在小说形象中包含的不同感情层次越丰富越好。在质相近的情况下，超过三个层次的，一般说要比不足三个层次的更具备小说的特点，更能发挥小说的优势。当然，不可能在一切场景中都让人物的言行处于三个以上的感情层次中，但是就主要场景、主要人物的重要抉择而言，作家往往要让它牵动不同人物的不同感情层次，牵动感情层面越多越成功。

在巴金的《家》中，刻画得最成功的形象是觉新，而不是觉慧。就是因为觉新的每一抉择，都比觉慧牵涉更多的感情层面。例如在他妻子临产的时候，陈姨太出于迷信，让他把妻子送到城外去生产。觉新明知迷信，明知有不良后果，却屈从了，这一抉择牵动的感情层次，至少有以下几个方面：首先是陈姨太的邪恶，在她背后是高老太爷的余威；其次是瑞珏的善良忍让；再次是觉慧、觉民的愤激；此外还有觉新自己感情与理智的矛盾；最后，还有作者对于觉新的同情和怜惜。所有这一切都集中到觉新困难的抉择上，抉择越是复杂，悲剧的感染力量越是强大。

当然这种复杂的感情层次，并不一定在同一场景中表现出来，各个层次的感情有一个显现过程，特别是抉择的后果也要有一个过程才能表现出来，因而各种感情层面并不是瞬时的，而是历时的，感情层次并不是面的叠加，而是线索的交错。觉新的抉择牵动全部感情层次的性质强度要等到瑞珏死亡以后才充分显示出来，在这以前，某些层次的性质和强度还是若隐若现的。

因而小说不同于散文之处还在于感情层次不是线性的、静态的延伸，而是多层次与多线索的动态交织。

二、人际关系的亲近与情感差距做反向运动

以上还只是从量的方面来考察小说形象的感情特征。量只能在一定程度上说明问题，但是很有限，比量更重要的是质。决定形象质的深度的，不完全是层次的多少，有些杰出的形象不完全由于感情层次和线索的丰富。《阿Q正传》中绝大部分阿Q式的抉择，如阿Q与王胡打架，摸小尼姑，绑赴法场枪决，其感情层次和线索并不一定都超过三个。小尼姑作为弱者的无可奈何，阿Q明明无理，毫无根据地提出了“和尚动得我动不得”的理由，以及作者对阿Q这种感情逻辑的荒谬性夸张，其牵动的感情层面比觉新的抉择所牵动的要少，但是鲁迅对这些场面的描写比之巴金对觉新抉择的描写并未因此而逊色。这是什么原因呢？

这是因为小说形象中感情特征的质的深度和牵涉的感情层面量的广度有所不同。质的深度的主要表现并不在于量的多少，而是在于不同感情层面之间的差距。即使感情层次并不太多，但是其间的差距相当大，相当曲折微妙而精致，那么这样的小说形象仍然有较强

的感染力。不同的感情层次，虽然数量较多，但是其间差距并不大，或者并不细致微妙，特别是没有曲折变幻的过程，只是在结果上有所不同，形象的生动性就要受到影响。在巴金的《家》中，比起觉新和觉慧，觉民形象的生动性是远远不如前两者的。原因不在感情层次的多少上，而在于觉民的形象中多种感情层次之间差距的幅度上。例如，面临封建包办婚姻的威胁时，他是反抗的，他的行动是躲起来，他所牵涉的感情的层面，首先是对高老太爷权威的反抗，其次是对自我权利的保卫。这在觉新方面没有引起多少强烈的反应，作者对觉民的完全同情也已溢于言表。由于感情差距较小，因而虽然复杂但是并不强烈。比起觉慧的爱情悲剧，觉民的牵涉层面无疑是要更多的，因为觉慧的爱情是秘密的，但是觉慧的形象比之觉民却更有生命力。

这是因为，鸣凤与觉慧之间的关系虽然非常亲近，但心理距离却非常大。在这种情况下，最容易使冲突戏剧化，效果强化。鸣凤受到迫嫁的威胁，本可以直接告诉觉慧，告诉了觉慧，心理距离消失了，爱情有望得救，但是形象的生动性却可能受到损失；而让鸣凤不告诉觉慧，悄悄为他而牺牲，也就保持并且扩大了二者的心理距离，使之产生永远无法沟通的后果，形象的生动性就强化了。

在小说形象中，感情层次之间的差距，是一种心理差距，并不是现实中人际关系的差距。相反，人际关系差距越小，感情的心理差距越大。当作家使这两方面拉开距离时，形象就比较生动。也可以说，人际距离和感情距离越成反比，形象也就越生动。

从创作实践上看，小说家在经营他的形象时，往往遵循着这样一个原则，那就是一方面把人际关系拉近，一方面把心理差距拉开。人际关系距离的缩小，有利于心理差距拉开，所以一般地说，在小说中感情发生冲突，往往是在兄弟、父子、同学、战友、夫妻之间，或者曾经是志同道合，或者曾经是患难与共，或者有过共同的回忆，或者将有同样美好的未来，然而恰恰在这样的人之间，在同样一件事情上，暴露了他们之间的心理差距越来越大。这就是为什么曹雪芹要让薛宝钗成为林黛玉表姐的原因。

人际关系的亲近可以使同样抉择下的心理差距，形成更大的反差效果。对立面由于互相统一而加深了矛盾，人际关系的亲近，本身就孕育着更多扩大差距的机遇。林道静只有嫁给余永泽共同生活，本来潜在的心理差距才会激发出来。涓生和子君在幸福地同居以后，在同样的外来打击和生活的消磨中才可能分化：子君才可能走向死亡，而涓生才可能陷入深深的内疚之中。

小说形象的心理差距是一种内在的差距，有时它以一种外在的动作和语言表现出来。内在心理差距和外在的动作效果是同步增长的。这在古典小说中是很常见的。贾宝玉和薛宝钗的心理差距由于人际关系的亲近而扩大化，最终在行动上表现为贾宝玉弃家出走；安娜·卡列尼娜和渥伦斯基由于人际关系亲近而矛盾扩大化，安娜为了在情感上惩罚他，让他后悔，因而走向死亡的末路。

内在的差距是内容，外在动作总有表现的必然。从这一点上来说，内外差距有统一平衡的一面。但是在不同的发展阶段上，在不同的环境中，在不同的性格中，内在心理差距和外在动作之间的不平衡性更突出。有时是内在差距得到充分的表现，而外在动作的差距甚小。有时是外在动作的差距甚大而内在差距甚小。

在小说史上，两种情况都曾出现过。在一些传奇小说、推理小说，乃至现代、当代的通俗小说中，外在的动作差距大大扩张，而内在心理差距却被淹没。现代许多描写追捕逃犯的电影文学脚本之所以与雨果的《悲惨世界》不可同日而语，就是因为在同一抉择关头，不同的人只有外在动作的生死搏斗，而缺乏心理上、感情上的深刻差距作为基础。在同一抉择关头，当外在动作差距淹没了内在心理差距时，形象就患上贫血症了。

在小说史上还存在着相反的倾向，那就是外在动作差距比较缺乏，或者简直是尽量克制，而内在心理差距层次却非常丰富。19世纪以后，特别是在契诃夫出现以后，为非情节性小说开创了一种内在冲突的广阔天地。同样两个人的一次握手，一次对话，表面上看差距都没有发生，但在内心却发生了根本的转化。陈建功在一篇小说中写男女主人公的两次接吻，第二次与第一次完全不同，第二次说明感情已经不可挽回了，内在心理从微妙的裂痕变成了不可逾越的鸿沟。

在契诃夫的小说《文学教师》中，尼基丁从热恋玛露霞，幸福地结婚，到感觉不能忍受玛露霞的俗气，是从对狗的感觉开始的。起初尼基丁去追求玛露霞时，只是不喜欢她家的那两条狗。后来心理差距扩大了，觉得有一种“动物园的气味”。而刺激他，使他感到不能这样生活下去的直接原因，竟是打牌时别人说的一句玩笑话：你反正是有钱输的。这使他感到人家在暗示他妻子的陪嫁。从外在动作来说，并没有引起与牌客的争执，也未导致与妻子的不和，然而一种潜在的感觉却扩大了他与玛露霞的心理差距。在无声的分化中，爱情的玫瑰不可挽救地枯萎了。

鲁迅写涓生与子君的分裂，并没有着重在外在动作上去作强化的表现。本来可以写局长开革涓生引起家庭冲突，然而这一切都只一笔带过，只写了子君热衷于养小油鸡和小狗的不同感觉，居然导致了爱情的破灭。①

内在心理差距几乎淹没了外在动作差距，但是并没有导致小说形象感染力的削弱。内在心理差距的强调、突出，不但有利于造成一种抒情风格，而且有利于达到一种心理的

① 从小油鸡、小狗的感觉开始形成情感的分裂，与契诃夫笔下尼基丁从小狗的感觉开始与妻子在情感上分化相同，其间有值得研究的线索。

深度。

这一切说明，内在心理差距和外在动作差距，在艺术上的价值是不一样的。内在的差距是基础，一般处于主导的决定性的地位。单纯强调外在动作差距，是通俗叙事文学的基本方法。在武侠小说中，常常因一言不合造成世世代代的仇杀，外在动作性的传奇性，是一种低层次的审美感知。而内在心理差距，有较强的抒情性和深邃性，是严肃文学构成形象的基础，具有高层次的审美价值。

然而，不管是外在的还是内在的，只有集中到感情层次的差距上才有某种审美价值。如果说散文艺术主要是准确辨析感觉和知觉差异的艺术，那么小说艺术就可说是在同样的抉择中辨析人物感情层次差距的艺术。感情差距决定了感觉差距，在散文中是单个系列的感觉辨析，而在小说中是多个系列的感觉系统之间差距的辨析。

一个小说家如果在人物进行命运的关键抉择时，只能看到不同人物的共同感情和感觉，而看不到感情和感觉的差距，不善于把那隐藏在相同相近的外在动作下的不同人物多系列的内在感情差距揭示出来、把这种差距扩大，就永远不可能在艺术上有创造。在这方面，小说家应该从雨果、大仲马、施耐庵那里学一点大开大合的魄力，在揭示、扩张这些差距上缺乏魄力的作家在艺术上可能是萎靡的。

进入小说艺术之门，首先就是进入感情层次差距之门。[①]

三、小说对话中的心心错位

契诃夫写过一篇小说：一对年轻的农奴在果园中谈情，被农奴主觉察，施以毒打。农奴主的女儿，亦正当妙龄怀春之年，闻声赶来。如果契诃夫写这位小姐也参加毒打，自然可以取得某种外在的社会效果，但这样一来就把女儿和父亲之间的心理差距搞模糊了。契诃夫没有这样写，他写女儿赶到现场，见状哈哈大笑。女儿的笑和父亲的怒，与农奴的苦，心理差距扩大了，心理层次就丰富了，艺术效果就强化了。

这种心理差距最典型的表现在小说的对话中。本书在“作家的表达力”中，讲到对话时，特别强调了人物对话的“心口错位”规律。那是一般叙事文学的规律。在小说中这种规律还有特殊性，这就是情感差距。

在对话中，我们叫作“心心错位”。

本书在“作家的形式感”对话部分所讲的心口误差，是光就人物本身的外部表现和内

① 从这个意义上来说，小说《白鹿原》，不管有多少评论家盲目地喝彩，可它在基本审美规范上不可原谅的错误，比比皆是。如，求雨一场，长达数千字，参与的人甚多，然而自始至终，不同的人物都只有一种相同的情感，这种诗化的写法，使小说的审美价值贬值。陈忠实之缺乏才气，于此可见一斑。——2000 年注。

在情感之间的关系而言的。但是小说不像诗，光有作者一个层次的情感；也不像散文，以作者自我的情感为主导，人物的情感系统是一元的。小说中的情感系统是多元的，其层次的复合性在对话中表现得最明显。就拿在“作家的表达力”中所举的海明威的《永别了，武器》的结尾来说，其所以生动，并不仅仅因为它分别表现了主人公亨利和医生各自的“心口误差”。医生一再表示要送亨利到旅馆去，十分担心自己动手术把亨利的妻子弄死了，不能取得亨利的谅解，情不自禁地申述“动手术是唯一的办法”。而亨利一再表示谢绝他送自己回去，实际上暗暗下决心回到停尸房去和妻子的尸体告别。对话之所以生动，除了他们自身的“心口错位”已被读者所洞察以外，还在于这两个人之间虽然口头上顺利地进行着语言的交流，但是他们的思想和情感、动机、注意、感觉和知觉，越来越拉开了差距，一个想关心他，一个想避开他，这就是心心错位。

《红楼梦》中贾芸想弄点香料讨好王熙凤，走后门到贾府混个差事做做，可他没有钱，只好找他开香料铺的舅舅卜世仁赊欠。卜世仁话说得很绝，说是已经立了合同，“再不许替亲友赊欠，谁要犯了，就罚他二十两银子的东西”，而且缺货，拿现银子也买不到许多。这自然是鬼话，明显是“心口误差”，但卜世仁的误差度特别大，他正面不肯帮忙，反面却倒打一耙，责备贾芸：“你小人儿家，很不知好歹，也要立个主意，赚几个钱，弄弄穿的吃的，我看着也喜欢。”这样一来，不但他的“心口误差”度扩大了，而且他与贾芸之间，情感的误差也扩大了。在程乙本《红楼梦》中，曹雪芹这样拉开他们之间的心理距离：

> 贾芸笑道：“舅舅说得有理。但我父亲死的时候，我又小，不知事体。后来听见母亲说，都还亏舅舅替我们出主意办的丧事。难道舅舅是不知道的，还是有一亩地，两间房子，在我手里花了不成？巧媳妇做不出没米的饭来，叫我怎么样呢？——还亏了我呢！要是别的，死皮赖脸地三日两头儿来缠舅舅，要三升米二升豆，舅舅也就没法呢！”

贾芸这里所说的自然有“心口错位”，明明是顶卜世仁，却用那么温和的语气，抽象地肯定卜世仁“说得有理”，具体地摆事实说家道穷。又说没有经常来告贷，这却是真话，并没有多少“心口错位”。这里的对话之所以生动，是因为其中有心与心之间的错位。当对话表面上在顺利地进行，而心与心之间的距离在扩大时，读者对于对话双方内心的洞察就会加深。人物不能直接感知的心灵特征，在这种不对应的错位中最容易显现出来。这时候，即使没有，或者很少“心口错位”，对话仍然是非常生动的。人物的隐蔽情感主要是在那互相不重合的部位显露出来。

在对话中心与心之间的错位是有限度的，并不是误差越大越好，越过了一定限度，距离太大了，心灵之间毫无重合之处，心灵之间的错位就变成了思想的正面对抗。这时，对话的生动性可能变成概念的明确性，对话可能变成对口演讲，就可能出现对话概念化的危机。

在托尔斯泰的《复活》的手稿中，写到聂赫留朵夫第一次到监牢去探看玛丝洛娃，表示忏悔，提出要和她结婚，并且抽泣着哭了。最初的手稿上是这样写的：

> 玛丝洛娃认出了抽泣着开口说话的聂赫留朵夫，她说："德米特里·伊凡尼奇，您为什么到这儿来？您滚出去。那时我恳求过您，而现在也求您。"

她回答新的饶恕和结婚的要求时说：

> 迟了，德米特里·伊凡尼奇，如今，我不配做您的，也不配做任何人的妻子。[①]

这样，两个人物的心理差距拉大了，但他们心灵之间的联系也就没有了。没有联系的差距，就不可能产生那种重合部分与非重合部分的错位效果，对人物内心特征的观察就没有了参照系，因而就很抽象。在对话中，有才能的作家总是尽可能推迟、延宕人物之间用对话正面对抗的爆发点，到了用对话正面对抗的关节就改用叙述语言去概括。托尔斯泰自然不满意原稿中这样简陋的正面思想对抗和概念交锋。在《复活》的第五份手稿中，托尔斯泰作了修改。玛丝洛娃起初没有认出聂赫留朵夫来，很高兴有人来看她，尤其是衣着体面的人。她听了聂赫留朵夫求婚忏悔的话，答道：

> "您说的全是蠢话……究竟是怎么回事，您找不到比我更好的女人吗？您最好别露出声色，给我一点钱。这儿既没有茶喝，也没有香烟，而我是不能没有烟吸的……其实，您在这儿没事可干，这儿的看守长是个骗子，别白花钱。"——她哈哈大笑。[②]

这样两个人物之间就不是没有一点关联，玛丝洛娃虽然与聂赫留朵夫处在两个不同的心理世界中，他真诚的求婚，她却认为是蠢话；但同时又有互相重合之处，她向他要钱来买烟，并且不让他把钱花在看守长身上。因为找到了这样一种联系，托尔斯泰才找到了玛丝洛娃自己的感觉，找到了她与聂赫留朵夫在感觉、知觉、情感逻辑上的错位。同样是对待钱，一个是要用来挽救她，拯救自己的灵魂，一个却用它来买香烟。这也正显示了玛丝洛娃虽然认出聂赫留朵夫，但是她的深层记忆并未完全被唤醒，思想还被表层的妓女职业心态所封冻，这也正说明她的痛苦有多深。

因而在对话中，一方面要层层扩大这种心与心之间的差距，一方面又要抑制这种差距，不让二者失去联系或爆发起来。鲁迅在《故乡》中就是这样来写作品中的"我"与豆腐西施杨二嫂之间的距离的：

> "哈！这模样了！胡子这么长了！"一种尖利的怪声突然大叫起来……我愕然了。

---

① 符·日丹诺夫著，雷成德译：《〈复活〉的创作过程》，内蒙古人民出版社1982年版，第22页。

② 符·日丹诺夫著，雷成德译：《〈复活〉的创作过程》，内蒙古人民出版社1982年版，第22页。

“不认识了么？我还抱过你咧！”

我愈加愕然了。幸而我的母亲也就进来，从旁说：“他多年出门，统忘却了。你该记得罢，”便向着我说，“这是斜对门的杨二嫂……开豆腐店的。”

……

“忘了？这真是贵人眼高……”

“那有这事……我……”我惶恐着，站起来说。

“那么，我对你说，迅哥儿，你阔了，搬动又笨重，你还要什么这些破烂木器，让我拿去吧。我们小户人家，用得着。”

“我并没有阔哩。我须卖了这些，再去……”

“阿呀呀，你放了道台了，还说不阔？你现在有三房姨太太，出门便是八抬的大轿，还说不阔？吓，什么都瞒不住我。”①

从杨二嫂的话中，读者看到，她愈是表现出一种亲近感，愈是强调她与“我”之间关系的密切（大声怪叫，小时抱过），愈是强调不该被忘记，愈是引起“我”与她之间心理差距的扩大，先是“愕然”“愈加愕然”，接着是“惶恐”。杨二嫂为了达到自己的目的，用她认为是奉承人的话来奉承“我”，其实，既不是事实，又带着侮辱性（三房姨太太）。杨二嫂不但没有感到，反而沉醉于良好的自我感觉之中。这样差距的扩展已达极点，如果再强化下去，就要变成“我”的申辩了，而一申辩就宣告心灵与心灵之间重合的部分彻底消失，也就是对话的参照系的消失，对读者的想象激活力的消失，因而鲁迅接下去这样写：

我知道无话可说了，便闭了嘴，默默的站着。

这当然是人物的个性使然，同时也是对话艺术规律在起作用。只要一方抑制着，不直接爆发为概念和思想的对抗，也就是采取弱化的抑制姿态，另一方则仍然可以循着自身的感知系统作情感逻辑的强化递增。鲁迅接下去写杨二嫂的话：

“阿呀，阿呀，真是愈有钱，便愈是一毫不肯放松，愈是一毫不肯放松，便愈有钱……”圆规一面愤愤的回转身，一面絮絮的说，慢慢向外走去，顺便将我母亲的一副手套塞在裤腰里，出去了。②

差距当然就是矛盾，但是矛盾并不是只有绝对对立的一面，它还和统一联系在一起，联系得紧密，矛盾才尖锐；没有联系，没有统一，也就谈不上差距。

有时在特殊条件下，并不是心理差距占据主导地位而是心理统一占据主导地位，也产生了杰出的作品。例如美国作家欧·亨利的著名短篇小说《麦琪的礼物》就并不是在同一

① 鲁迅：《鲁迅全集》（第一卷），人民文学出版社1980年版，第481—482页。
② 鲁迅：《鲁迅全集》（第一卷），人民文学出版社1980年版，第482页。

抉择中发现感情层次的差距，而是不同人物的感情性质的相同。这篇小说写一个贫穷的美国家庭，年轻的妻子在圣诞节把自己最值钱的像金色瀑布一样的头发卖了，为丈夫唯一可以夸耀的怀表买了表链；同时丈夫却把自己的怀表卖了，为妻子买了一把漂亮的发梳。二人的抉择都是放弃自己仅存的、最有价值的东西，二人的感情都是为了给对方锦上添花，其结果是添花无锦，物质上的奉献没有任何实用价值，感情上的奉献却极其珍贵。在这篇小说中，虽然没有像在一般小说中那样强化人物之间的感情差距，在感情上，两个人是一致的，但是两个人并未失去个性。这是因为差距转移了，它不在两个人之间，而在动机与效果之间，用理论语言来说，是实用价值与审美价值的错位。首先是女主人公期待对丈夫有用，丈夫也有同样性质的期待，在实用价值上双方的期待都落空了，这是第一个层次心理的错位。其次，落空的理由恰恰是发现了对方与自己同样奉献出了最宝贵的东西，从审美层次上说，他们的期待并没有落空，而是在更高的层次上，比所期待的更珍贵，这是错位以后的复位。

在这种统一性的确认中，差距处在被抑制地位，占优势的常常是带喜剧趣味的反复出现的误会、不断重复的侥幸、躲也躲不开的好运气，接二连三的好事变成坏事。虽在不同层次上也有心理差距，但总的来说与读者期待差距的心理定式相反，每一个层次都以认同占绝对优势。从中国的某些民间故事到卓别林的电影文学剧本，都由于假定性很强的反复认同，而获得轻松的喜剧效果。

但是这种特殊的风格，由于过分强调统一性，它的审美价值与认识价值的矛盾比较大。由于对内在心理差距过分抑制，它很少有独立存在的价值，在一个完整的作品中它总是要与强调心理错位的倾向结合在一起，有时甚至是在心理错位有了充分基础以后才能有限度地使用。在许多著名的小说中反复地表现不同人物的相同点，往往是在充分表现不同的条件下进行的。

四、在共同情境中拉开心理差距

小说形象的基本特征是在同一情势、同一对象、同一关头，特别是在同一抉择中，凝聚起不同人物的包含着多重错位和复合层次的感情。在量上，层次越多越好；从质上讲，错位幅度越大越好。为了使之显出心理的、内在的、感情的差距，就要在人际关系上接近，越近就越有利于强化差距。

但是光在人际关系上拉近，并不能构成小说。在现实生活中，人与人的感情是不一样的，但是这种不同的内在感情是各不相干的、分散的，由于分散、各不相干，缺乏现成的比照关系，又由于互不联系，缺乏逻辑的连续性，因而人与人之间的内在感情差距是被掩盖了的。从分散的、缺乏联系的表面现象来看，人与人好像都是一样的，好像都在为一个目的、按一种逻辑，循着大同小异的方式在生活着。社会科学所使用的抽象的普遍概念和它所概括的普遍规律都有助于上述印象占据优势。

小说所面对的是没有统一联系的个别的人，既然它不能用科学抽象出普遍性的方法使人与人联系起来，那它用什么方法使这些分散的、缺乏联系的人联系到一起呢？

人际关系的亲近、密切还不能直接构成形象，要使关系密切到相当的程度，达到一种不能自由分离的境地。这种境地的特点就是在同一对象、同一抉择、同一情势下，人物的感情发生直接矛盾，统一的联系强化了，矛盾也强化了。不把不同的人拉到相同的对象面前，放在相同的情境之中，逼迫他们做出互相矛盾的抉择，则人与人之间心理的、感情的差距就可能被淹没了。

人际关系上的密切，提供了纳入共同情境的可能。有了共同情境，本来被淹没的微妙差距就可能激化为感情上的矛盾和冲突。

从这个意义上讲，小说形象的焦点是人物感情的相异性，但是首先找寻的是对象和情境的相同性。没有相同点，相异点会被淹没；有了相同点，相异点才可能显现。

小说的形象细胞中包含着相同点和相异点两极化，这自然不仅仅是小说形象的特性，也是一切形象的基本矛盾。同与异的矛盾，也就是普遍性与特殊性的矛盾，而普遍性与特殊性的矛盾是一切思维（包括逻辑思维）的内在基本矛盾。逻辑思维用舍弃特殊性的科学抽象方法求得普遍性，又用具体分析的方法求得抽象的特殊性，达到在抽象层次上的普遍与特殊的统一。而小说则不用抽象的方法寻求同一性，而将特殊的人放在共同的（也是特殊的）情境前，求出人物内心特殊的感情差异，在特殊的感情范围内尽可能容纳普遍性，以达到在形象层次上的特殊性和普遍性的有限统一。统一之所以是有限的，原因是形象层次上的特殊性不可能与全面的普遍性相重合，只有抽象层次上的特殊性才能与普遍性抽象地重合。

构成小说形象胚胎的第一步是找寻一个共同的情境或对象，把这当作在有限范围内的心理试剂，来检测不同对象的心理差距。

这种共同情境或对象往往就成为小说形象细胞的核心，在有情节的小说中就是“情节核心”。

五、用一个道具作为情境焦点

最简单、最常见的传统的情节核心常常是一个道具。由于道具对于不同人物来说是一个共同的对象，便成为不同心理状态的显示剂。只要有了这种显示剂，各种人物的心理、差距就从隐性变为显性。契诃夫曾经对他的客人说，要写小说很容易，这里有个烟灰缸，我就可以用它写出一篇小说来。这是因为，有了烟灰缸就有了一个构成情节核心的道具，人物的心理就不难激活了。

契诃夫自然并没有写关于烟灰缸的小说，但却写了一篇关于烛台的小说《艺术品》。那是一个铜雕的烛台，座上站着两个裸体女性，这是一件珍贵的艺术品。医生救活了收购古铜器的老太婆斯米尔诺娃的独生儿子沙夏，老太婆派儿子把一个裸女烛台诚恳地送给医生。可是医生不懂得艺术，认为裸体有碍风化，但又不能拒绝，可又害怕家里的孩子，怕引起来就诊的太太和小姐们的惊骇，就把烛台转送给律师朋友。律师与医生不同，是个风流的单身汉，愉快地接受了，发泄了一通欢喜之情，还用手指把烛台到处摸了一个够。但是律师又害怕母亲、诉讼人和自己的仆人看见，只好把它转送给一个丑角演员，弄得丑角演员的化妆室里挤进来许多男人，赞叹个没完，可是一听到女演员敲门的声音，就紧张得不得了。于是丑角演员接受了别人的建议，把烛台卖给了古铜器收购商斯米尔诺娃老太婆。斯米尔诺娃看到这个烛台与她送给医生的那个一模一样，喜不自胜，连忙派儿子沙夏把这个烛台送给医生，好配成一对。当沙夏把烛台送到医生面前时，他激动得发抖，而医生却什么话也没有说，他的舌头不灵了。

由于烛台的贯穿作用，使得医生、律师、演员、沙夏对于此艺术品的心理错位，在强烈对比中表现出丰富的层次。沙夏送裸体烛台，在他认为这是高贵的艺术品，而在医生却毫无艺术感觉，认为裸体有碍观瞻；律师很喜欢这个烛台，但却并不是因为他能欣赏艺术，他用肉欲眼光看裸体，因而心怀鬼胎；丑角还来不及欣赏艺术就被用肉欲观念看裸体的男人们包围了，结果烛台又成了累赘；而沙夏“激动得发抖”，把“另一个”裸体烛台送给医生去配成一对，医生却因此而哭笑不得。

医生、律师、演员的感情错位，由于集中在同一对象——烛台上，得到了强化的表现，构成三种人物三个层次的心理差距，而沙夏对医生的真诚、对医生的不了解产生了第四个层次的心理差距。最后是作者用一个误会（把被当作灾难推出去的裸体烛台误认为是另一个可以配对成双的烛台），使医生预期的摆脱变成无可奈何的接受，使沙夏表达谢忱的兴奋，走向了自身的反面。这双重预期意外的对转，因烛台的巧合产生了一种怪异的喜剧性。

作家的感情与任何一个人物都有差距，每个人之间又各有错位。人与人之间是如此之不容易沟通，借位不但不容易缩短，而且很容易层层扩大。

一件道具成为小说的形象核心，主要是因为它有一种串联作用，这种串联作用主要是提供错位心理的共同凝聚焦点。鲁迅用一个人血馒头把辛亥革命前夕革命青年的牺牲和市井小民的麻木愚昧联系起来；莫泊桑用一条项链，都德使用最后一堂法语课写出经典；苏联作家爱伦堡以一个烟斗作为道具写了七篇短篇小说，都是为了强化各方面的心理差距。

道具在情节核心中的作用，表现在对不同人物潜在感情的激活上。人的感情是一个很复杂的世界，它并不是单层次的，它有它的表层和深层，有着人物本身所意识到的层次和连人物本身也意识不到的层次。处于表层是比较容易被感知的，处于深层和无意识层的情感是不易显现的，只有在强刺激作用下才可能由沉睡状态变为活跃状态，由微妙的内在波动化为强烈的外在表现。处于意识表层的情感，本来是很容易被认知的，但是由于环境、人际关系、个性的作用，人很少把自己的一切感情都像火一样公开。除了小孩子，绝大多数人都对自己的感情加以抑制和虚饰，尽量不让感情的火焰燃烧，至多只让它冒烟，有时甚至连烟都不冒。人的情感是自发性很强的，感情是非理性的，要在社会中正常地生活，就得让感情受理性的抑制。人从幼年就开始学习用理性控制感情。长期被控制，被抑制，被窒息，使得一部分感情死亡了，一部分感情沉睡了，一部分处于被歪曲状态，只有强刺激才能唤醒、激活。作为情节核心的道具，它的主要作用就是刺激人的感情，使死亡的复活，沉睡的苏醒。年近古稀的老人发现一件青年时期的信物而回忆起当年的一段恋情，本来怀着很深的怨恨的恋人竟然恢复了痴迷的恋情。道具能使感情解除控制和戒备，那深层感情因而得以上浮，使人物的心理差距出现某一种动态变幻的奇观。果戈理创作《外套》，首先就是得力于找到作为情节核心的道具。同时代作家安年柯夫回忆说，有一次果戈理听到了官场中一件轶闻：一个很穷的小官吏酷爱打鸟，他节衣缩食，在公务之外牺牲休息时间找额外的工作来做，终于攒到 200 卢布买了支很好的猎枪。当他坐了一艘小船到苏兰湾去打猎的时候，他把宝贵的枪放在船头。当时他简直有些得意忘形，直到他向船头看了一眼，不见了新买的宝贝时，才清醒过来。原来在他的船走过一处芦苇丛的时候，枪被茂密的芦苇带到水里去了。小官吏回到家里，躺在床上就再也爬不起来了，发了高烧。亏得他的同僚们知道了这件事，大伙儿凑钱给他买了一支猎枪，他才算恢复了生命，但是一想到这件可怕的事，他的脸色就白得像死人……

果戈理的小说《外套》就是以这个故事为素材的。不过猎枪是游乐的奢侈品，与主题不合，于是果戈理把它改成了上班所必需的外套（大衣）。这个道具之所以能成为这篇世界著名小说的情节核心，原因是它激活了小官吏感情深层的东西。本来浮在表面的是小官吏对打猎的醉心，可是猎枪的失去却激活了与表层心理（对游乐形式的醉心）相反的东西——心理上的焦虑与紧张，心理上的焦虑和紧张引起了生理上的病症，这是与游乐本身的目的性完全背道而驰的，与通常游乐的心理状态有特别大的差距。

道具作为情节核心的作用不仅是对人物感情深层的激活，而且更重要的是对作家感情深层的激活。安年柯夫回忆说，这件轶闻是有事实做基础的，大家都把它当作笑话，发出了笑声，只有果戈理若有所思地倾听着低下了头。

这个故事激发了果戈理的内心感情，果戈理后来在小说《外套》中表现的大大超过了这个官场轶闻。果戈理的想象力在这件外套的刺激下发生了连锁反应，悲剧性的后果随之而来。外套丢了，主人公去申请补助，被大人物训斥了一顿，他回家去就死了。果戈理还由此生发开去，主人公的幽灵在夜晚时时出现在彼得堡卡林金桥附近，专门注意行人的外套，直到把那训斥了他的大人物的外套剥去为止。

这一切表明，他对于被侮辱被损害的小人物的潜在反抗性有深邃的洞察。小人物潜在的反抗意识，在现实生活中是被抑制的，只有解除了现实的约束，才能以怪诞的形式充分表现出来。这一切在那个官场轶闻中是没有的，它是早就存在于果戈理的感情深处的。这种感情深深沉睡着，如果没有这样一个刺激，也许就永远不会苏醒。

人的想象是一种表象的变异，它受人的优势感情诱导，但是优势感情不能没有诱导的起点，它必须有一个表象作为出发点，才能通过联想的跃迁，在想象中使表象发生变异。如果没有一个情节核心（例如道具式的情节核心），想象就会因没有着落而失去作用。

有了具体道具作为初始表现，不但想象有了出发点，而且有了层层跃迁的层梯。作家心灵深处的情感，并不是受到一个刺激就能苏醒的，每一个层次都是向作家感情结构的一种深入。有了外套，就有了失落，有了失落就引起死亡，这还处于表层。有了死亡又激起了以幽灵作超现实的反抗。处在果戈理感情深层的对小人物的同情和对小人物反抗性的领悟，如果没有外套的失落和主人公的死亡，感情深层也就不能激活。

当然，构成情节核心的并不一定是道具，激活作家深层感情的也不一定是视觉表象。有时它是有形的，例如在《风波》中的辫子和《祝福》中祥林嫂捐的门槛。从一张写满电话号码的纸片，到强盗埋藏在山洞中的珍宝的地图，都可以成为不同人物心理错位的试剂和对于作家感情深层的激活剂。有时它是无形的，从前辈的一句遗言，到情人的微笑，都可以使心灵产生翻天覆地的震荡。有时它是一种生理的、病理的遗传现象，造成了层层的误会，人际关系的逆转。有时它是心理的，都德的《柏林之围》中，情节核心是在失败中的一种凯旋的幻觉，幻觉破灭了，情境和人物命运也就发生逆转。而契诃夫在《苦恼》中所写的是一种因为得不到理解和同情的内心苦痛而寻找宣泄的对象，一旦找到了一匹小马，情景和人物的心灵就发生了迅猛的对转。在幻觉破灭和苦闷宣泄以前，不同的人的心理差距就围绕着各自的核心显现。

第二节　把人物推出正常轨道

一、从冲击静态感觉、知觉到动态地解放感情深层结构

莱辛在《汉堡剧评》中说："没有伪装，不成性格。"①话虽说得绝对了一点，但是有相对的合理性。张洁在《沉重的翅膀》中也说："人是多面体的，而有些侧面，非在必要的时候是不会看到的。"文学创作的任务不能完全脱离认识，除了认识客观生活之外，还要认识主体的情感世界，认识客观生活是通过认识主体去实现的。早在18世纪卢梭就说过人类创造了许多学问，而关于人本身的学问却是最差劲的，但卢梭忘了文学。

形象在表现社会生活相对的、历史的本质方面②，赶不上哲学、历史学、经济学等，这是因为文学形象是个别的，而本质却是普遍的。在个别中当然包含着普遍本质，从一粒沙子可以看世界，从一滴水中可以看大海，但是个别中所包含的普遍本质是有限的，从一粒沙子看到的世界，没有高山大河的壮丽，也没有小桥流水的秀美；从一滴水看到的大海，没有波澜壮阔的浩渺，也没有清流婉曲的幽静。在个别中包含的本质受到个别的空间范围和时间历程的有限性的限制，因而个别中的普遍是不完全的。在个别形象中普遍性越是多，抽象性越是高，而抽象性越高，离艺术形象的具体性、感性的特殊性越远。形象是特殊的，它与普遍本质的统一是很有限的。在形象中，特殊性与普遍性是一对永恒的矛盾，二者之间形成一种反比关系。当特殊性递增时，必然导致普遍性递减。当特殊性递增到无穷大时，普遍性递减到极限趋近于零，就产生了那些缺乏社会认识价值的武侠小说；当普遍性递增到无穷大时，特殊性递减到极限趋近于零，这就产生了公式化概念化的作品。因而对于形象的认识作用我们不能寄予无限的希望。当我们把形象认识生活的相对稳定的本质作用估计得和哲学、经济、历史不相上下时，就等于把形象的特殊性减少到极限趋近于零，那就必然要产生"高、大、全"的人物形象。

形象的优越性在表现客观本质时不能得到充分的发挥，一旦用它去表现人的特殊感情时，它的优越性却是任何社会科学所不能比的。因为文学，特别是小说，不能只是表现人的普遍性，它的生命在于表现人的特殊心理错位。

高尔基说，文学是人学，还得补充一句：文学是人的感情学，小说是人的感情错位

① 莱辛著，张黎译：《汉堡剧评》，上海译文出版社1981年版，第296页。

② 解构主义者颠覆一切客体本质，他们对于绝对本质的怀疑的确不无道理，但他们不能否认，在一定历史语境中，相对稳定的本质还是存在的。——2000年注。

学。[1]小说在认识人的感情和智性的错位关系时，其优越性能得到最充分的发挥。

不论从历史的发生过程还是从个体的发育过程来说，文学都是从表现感情开始的。人通过表现自我而认识自己的感情。神话史诗形式是叙事的，但本质上是抒情的。马克思说：神话是借助幻想征服自然。从反映现实本质来说，这是歪曲，但是对于表现自我来说这是很准确的。人类通过神话不是认识了自然，而是确认了主体潜在的伟大力量和征服自然的信念。

有一个值得注意的现象，那就是在世界文学史上，初期的抒情诗并不是普遍繁荣的，史诗和神话大大地超过了抒情诗的成就，这是因为直接表现主体的感情世界是很困难的。

心理学告诉我们，感情是一种内在机体感觉的综合体验，它不像外在的感觉那样可以定量、定位，甚至不那么容易定性，因而被称作“黑暗的感觉”，对于任何科学来说，都是一个神秘的世界，是一切科学方法都很难奏效的领域。有时普通程度的感情都很难用语言说明，至于非常强烈的激情，连诗人都搞不清是悲是喜，辨不明是痛苦还是痛快。这种内在的机体觉的感情综合体验，并不通过大脑的意识，而是潜伏在无意识的迷蒙云雾之中，尽管人没有意识到它的存在，但是它却起着不可估量的作用。弗洛伊德甚至认为正是处于无意识领域中的这些成分决定了人的意识，有时它变成了潜在的动机和愿望，推动着意识，有时它作为本能瓦解着意志。它不受意志指挥，又在冥冥中主宰着意志的形成；意志一旦形成又往往能制约感情的强度，但是并不能消灭感情，而感情可以违反意志。有时感情还没有来得及定性似乎就瓦解了，但几十年后却变得更强烈。有时意志与感情形成僵持状态，一方面意志强制着感情适应新的现实环境与人事关系，另一方面感情却顽固地抵抗。感情的逻辑与理性的逻辑是如此不可混同，以致中国古典诗话总结出一个规律叫作“无理而妙”。理性逻辑早已被普泛化、理论化了，而感情逻辑仍然处于个体化的特殊形态，在可以预见的未来还没有理论化、规律化的前景。理性逻辑在现代人心理活动中无疑占有很强的优势，感情活动随时可能被理性逻辑所窒息。

正因为这样，直接抒情是很困难的，直接抒写感情往往很容易变成直接表述概念。

史诗与神话之所以较之抒情更早繁荣，是因它们把人的感情活动外化为人的行动，它们借助于想象把内审的、不确定的感情活动显微了、放大了，变成可感的、确定性的动作。

这自然有利于认识感情，但是，这又太间接，太不精密了。有时假定性膨胀起来，完全淹没逼真性，甚至为宗教迷信开辟了道路。在人类理性对客观世界的认识越来越趋向于精确的过程中，史诗和神话的不精确性和间接性就逐渐显出局限，特别是神话与史诗大体都发源于原始思维——氏族的集体表象，缺乏个体的个性特征，因而它最后不得不让位给

① 严格地说，文学是人以情感为核心的包括感觉和智性的动态变幻的关系学。——2000年注。

抒情诗。

抒情诗之所以繁荣，原因在于，它虽然不简单地直接抒写感情，但它找到了主体与客体之间的桥梁——感觉和知觉。当然，直接摹写感觉和知觉，仍然是散文，并不能直接进入抒情境界。抒情诗以感情去冲击感觉与知觉，使之在想象中发生变异，这就是我们在“诗的想象”中所说的表象的变形和变质。变异的表象是受占优势的感情诱导的。变异的表象变成了抒情的直觉，这就弥补了史诗与神话的不足。这样，诗就在表现主体感情世界方面取得了辉煌的成就，并且在世界范围内创造了抒情诗君临一切艺术形式的漫长历史。

但是，在公元十二三世纪以后，抒情诗却日益在艺术上衰落，小说（和戏剧）很快夺取了诗歌的艺术王冠。

这是因为诗在表现主体感情时有一个很大的局限，那就是不能或者很难直接倾泻，往往只能间接地去冲击感觉、知觉。

人的感情是一种多层次的结构，在静态中直接触及的往往是感情的表层，那深深埋藏在意识结构深层，甚至无意识层中的情感，往往是更深刻的，对人更起决定作用的。用静态的直接抒发可能很肤浅，感情的深层无由上浮，因而西欧的浪漫主义诗人并不满足于做抒情诗人，他们常常把最主要的精力用之于叙事诗的创作。而叙事的特点不同于抒情之处，就是它不仅直接抒发现成的感情，而且在矛盾冲突中去冲击意识和情感深层结构，使深层结构失去稳定的常态，迫使感情从意志和感情本身的结构中解放出来。小说是一种叙事文学，在这一点上它与叙事诗相同，那就是把人物放在变化的环境和动荡的命运中考察人物感情结构各个层次的复杂性。

二、把人物推向命运的极端

从某种意义上说，小说家考察人、研究人的感情结构，与自然科学家研究物质的结构并不是没有共通之处的。小说家不满足于对人物感情作静态的宣泄，自然科学家也不满足于对客观物质作静止的考察。英国自然科学家何非说：科学研究的工作就是设法走到事物的极端，而观察它有无特别现象。使事物“走到极端”，才能观察到特别的非常态、非熟知的现象，自然科学的研究就是这样进行的。如何使事物走到极端呢？弗朗西斯·培根说，正如在社会中每个人的能力总是在最容易发生动荡的情况下，而不是在其他情况下发挥出来，所以同样隐蔽在自然界中的事情，只有在技术的挑衅下，而不是在任其游荡的情形下，才会暴露出来。科学家要揭示“隐蔽在自然界中的”事情，要借助“技术的挑衅”使研究对象发生动荡，使之处于一种“极端”的状况，才能产生在常态下所没有的“特殊情况”，被物质的稳定常态所封闭的深刻联系才可能暴露出来。

小说家在以下三点与科学家是一致的：（1）“以技术的挑衅”，打破感情结构的稳定常态；（2）使感情处于某种“极端”状况；（3）捕捉那稳定常态以外的“特殊情况”，发现隐蔽在感情结构深处的秘密。从这个意义上，小说家表现人，正如科学家研究物。不过小说家不能像科学家那样给他的研究对象加温、加压、通电、加入催化剂，而是用一种生活的变故，迫使人物进入极端的、不正常的生活。正等于对金属的加温不达于极端（熔点），它不会从常温下的固体变为高温下的液体一样，人不达到某种极端不可能打破感情深层结构的稳态。

有人说川端康成的方法是把人物放在试管中的方法。其实，这并不是他的发明。左拉早就提出了“实验小说”的理论，并以《贝姨》为例，说明巴尔扎克的方法是“通过情况和环境的加工修改”，好像用“试剂法分析感情”一样，做出一份人物的“实验报告”。[①]

左拉没有信口开河，《贝姨》确如左拉所说的，把人物的感情放在某种试剂中加以分析。这主要表现为把人物放在一种非常的“极端”环境中加以考察：作品中的主人公陆军部署长于洛男爵是个不顾家道败落一味热衷于婚外性关系的好色之徒。在当时，他所生活的阶层中，这是很普通的，如果仅仅这样，还不算处于极端之中，因而还不够鲜明。巴尔扎克为了设置一种极端情境，就在他身边安排了一个不知丈夫底细、一向为丈夫护短的男爵夫人。她对丈夫忠贞不贰，一往情深。就在男爵夫人拒绝了暴发户花粉商的引诱之后，于洛却勾引下属的妻子华莱丽成为自己的情妇。

这已经是相当极端了，但是巴尔扎克并不满足，接着又把这种极端推向了第二层次。华莱丽与丈夫串通好，让治安法官和警察前来捉奸。于洛为了消除自己的笔录口供，只好又去借债，还在华莱丽的逼迫下，提升她丈夫为副科长。这时受于洛委派去非洲的叔叔贪污事发，于洛立即要赔20万法郎，于洛急得昏倒了。于洛夫人为了挽救丈夫，竟想向原先拒绝过的花粉商出卖自己。

这样不但荒唐好色的于洛男爵的处境达到了极端，而且品行端庄的于洛夫人的处境也达到了极端。但这还不是极端的终极，巴尔扎克又进一步把他的主人公在新的层次上推向极端情境之中，来考察他们感情的深层结构。

于洛男爵病了一场，形销骨立，偷偷从家中出走，夫人因之大病一场。可男爵却和一个小姑娘姘居，在一个偏僻地方，开一个绣作店，不断地更换地址，改换姓名，以免被家人发现，但是还是被夫人带回家中。于洛临走时还舍不得那小姑娘。

然而这不是实验的终结。极端情境仍然在向前推进。一天夜晚，夫人发觉于洛不在床上，害怕于洛出事，走到仆人睡的楼上，听到男爵和胖厨娘说：“太太活不了多少时候了，

① 伍蠡甫：《西方文论选》（下），上海译文出版社1979年版，第251页。

只要你愿意，你可以做男爵夫人。”于洛太太受此刺激，三天以后就与世长辞，临终弥留之际她对男爵说：“一刹那之间，你就可以自由，再找一个男爵夫人了。”这是她生平对丈夫唯一的一次责备。于洛离开了家，已经 80 岁，还是和胖厨娘结婚了。

巴尔扎克就这样残忍地、像科学家一样毫不动情地把于洛放在越来越极端的情境中，将他的深层感情结构一层一层剥开，指出他的心灵一层比一层低劣，一层比一层龌龊。同样也把于洛夫人放在越来越极端的情境中煎熬，让读者去阅读她内心感情的深层结构，竟是一层比一层善良、贤淑。

层层递进地逼迫，就是层层递进地挖掘，左拉所说的感情实验的功能就是这样的。

其实，这种实验的、分析的方法不独为《贝姨》所用，在巴尔扎克的全部小说中，几乎都脱离不了这种向极端层层逼迫和层层深挖的方法。严格地说，这也不是巴尔扎克的特殊嗜好，许多小说家都不自觉地遵循着这个共同的规范。不管是左拉还是梅里美，不管是狄更斯还是马克·吐温，不管是曹雪芹还是川端康成，都不约而同地在这样一个无形无声的磁力线的诱导下展开天才的想象。

狄德罗早就意识到了这一点，他说：“人物性格要取决于情境。”虽然他没有在理论上明确指出极端情境的重要性，可是他所举的材料却是与极端情境符合的。他在《美之根源及性质的哲学研究》中说过：如有这样一句台词“他就死去”凭空出现在你面前，因为没有具体环境，你就无法判断，它是否生动。如果你了解到，这是女儿告诉父亲，他的三个儿子在战场上已牺牲两个，剩下的已在和敌人周旋，这是一场关系祖国荣誉的战斗，女儿问父亲，他儿子该怎么办，他父亲这样回答，原来既不美也不丑的台词“由于逐步揭露其与环境的关系，终于成为绝妙好辞”。[①]

狄德罗指出了形象是否生动不能孤立地判断，必须与情景结合起来才行，这是很有见地的，但是他还没有说到点子上。这种情境之所以能使很平常的一句话变得生动，就是因为这种情境是一种极端情境，这里所表现的不是感情的表层而是感情的深层。[②]

三、把人物放在相反的两极化中考验

极端情境在小说中经常表现为层层递进的形式，但这并不一定就意味着方向永远是单一的，是沿着一条直线层层深入内心的，事实也不可能是这样。任何单方向的深刻性都是有限的，真正的深刻往往不在于单方向的延续，而在于反方向的张力之中。感情的深刻性

---

① 文艺理论译丛编辑委员会：《文艺理论译丛》（第 1 辑），人民文学出版社 1958 年版，第 18 页。

② 这句对白生动的原因还在于，父亲不是对一般人讲的，而是对自己亲生女儿这样讲的，这里有个人物间的心理错位问题。参阅本节九中的第一个注释。

与感情的矛盾性是联系在一起的，任何感情的单方面无限强化都可能变成漫画或概念，相反，感情的层次性与感情的两极化性是分不开的。于洛夫人忠于自己的丈夫，尽管丈夫沉湎酒色，她仍然拒绝了暴发户花粉商，不屈从于他的淫欲，虽然她知道这样做的后果是她女儿的陪嫁难以解决。

这是情境的一极，检验出于洛夫人感情的一极。尽管这一极在后来的反复中得以强调表现，但其深度并没有多少增加。而当巴尔扎克把情境向另一极转化，于洛男爵的通奸丑事发作，派到非洲去的叔叔舞弊案暴露，要立即赔出20万法郎，否则便身败名裂。这个打击使于洛当场晕倒，这时于洛夫人为了挽救丈夫，竟然想向暴发户出卖自己，可是暴发户已经有了一个荡妇作为情妇，不可能轻易拿出20万法郎，于洛夫人的打算只好作罢。

巴尔扎克让于洛接二连三地陷入没顶之灾，不过是制造一种极端情境，把于洛夫人感情中的另一极逼出来。神圣的贞女与卖淫妇的两极化在于洛夫人的感情深层是如此和谐地统一于对丈夫的热爱之中。

这与自然科学家把研究对象放在两种相反的条件下进行实验的方法基本上是一致的。有时候对某种物质的性质不明，光放在一极中很可能不起什么反应，或者虽有反应但只能揭示物质的部分属性。如把某种金属放在油中不起什么反应，放在水中就缓慢地起氧化反应，但这还不是全部，再把它放在火中去，它就熔化了。放到水中、火中，或者与酸与碱起反应，多极化反应结合起来提供的信息就要比一极的深刻得多。

人类思维的两极化特点在自然科学中和社会科学中是同样的。任何一种社会科学要深化自己的体系、概念、规律，起码的办法就是揭示其内在的两极化。用分析矛盾的办法深化客观对象和概念的内涵，这就是由黑格尔所总结出来的正反合一的思维模式，爱因斯坦也总结出了类似的两面神思想方法。

四、在情境两极化和情感两极化的不平衡中揭示心灵差距

这对于形象构成来说具有普遍的适应性。在抒情诗中就是在矛盾的两极化中强化感情，在小说中就是在两极化情境中探索人的内心深层结构。在科学研究中两极化是对于客体而言的，在文学中两极化的探索不仅适用于客体，同时也适用于人物和作家主体，因而所谓两极化，严格说来并不只是情境的两极化，同时还包括情感的两极化。情感的两极化包含人物和作家两个方面，情感的两极化常常是由情境的两极化逼出来的，情境的两极化是手段，情感的两极化是目的。

情境的两极化和情感的两极化并不是同步的，情感的两极化比情境的两极化要复杂得多。

巴尔扎克在《欧也妮·葛朗台》中把他的主人公欧也妮和查理放在客观的两极化情境中煎熬，目的是引出情感的两极化。第一个极端情境是查理的父亲破产自杀，风流倜傥的查理来到欧也妮家。查理闻知父亲的死讯哭得死去活来，而他的伯父老葛朗台在经济上却不肯援助查理。这就引出了第一个情感极端。欧也妮为查理流下眼泪，把所有私蓄6000法郎送给了查理，两个人私订终身，海誓山盟，这里包含欧也妮感情的一极和查理感情的一极，二者是没有显著差距的，这里还有巴尔扎克的感情的一极，这就是对查理的同情和对欧也妮的赞赏。由于这一点，巴尔扎克并没有让欧也妮去深究花花公子查理在巴黎和情人阿纳德的行为有多少值得怀疑之处，也没有让查理对欧也妮容貌、行为、举止留下任何不顺眼的印象，整个过程都渗透着抒情诗式极端、纯洁的格调。

如果光写这一极端，即使在量上不断增加，例如让查理临行前和离去以后，双方再增加一些离情的抒写或事态的描绘，只能增加诗意，而不能使小说的审美价值有所增加。巴尔扎克聪明地不作同方向的叠加，而朝反方向的极端深入。

7年以后查理已经发了财。这对查理来说是处于客观境遇的另一个极端。此时他的情感也走向另一极端，他和各种女人花天酒地荒唐地胡混，早已把欧也妮忘得一干二净，心中只有6000法郎的债主。欧也妮收到查理的来信说他已和另一女人联姻，并寄来8000法郎的汇票算是还债。而欧也妮的客观境遇也变了。如果欧也妮也变得无情了，情境与情感的变化就同步了，平衡了；然而平衡不利于剖析情感的丰富复杂，因而在大作家笔下，往往不平衡。欧也妮拥有了那么多的财富，但是她的感情却仍停留在原来的极点上。欧也妮并没有像查理那样忘情，她仍然为查理父亲还去了400万法郎的债务，免除了查理可能因父亲曾经破产而造成婚姻流产的危机。欧也妮还决定和纯粹为了财产而追求她的蓬风结婚，但保持童身。

同样的两极化情境中，不同的人物反应是错位的，因而在感情深处造成两极化也是不相同的，这样就造成了客观的两极化与主观感情两极化之间的不平衡，感情的奇观就在这种不平衡中强烈地表现出来。同时，对于这种不平衡，作家的感情又处在两极化分化过程中，因而使感情的错位更加丰富多彩。

如果说在第一个极端情境中巴尔扎克对于查理还是充满同情的话，那么在第二个极端情境中巴尔扎克对他的感情就充满了厌恶，其中还有些挖苦：查理追求财富，可欧也妮的财富是那样多，他偏偏又把她甩了。而对于欧也妮，在第一个极端中几乎纯粹是赞美，而在第二个极点上就充满了怜惜，但是光是怜惜，也许不平衡的程度还不够，巴尔扎克在叹息巨大的财富并没有给她带来幸福之余，又透露了一点严峻的讽喻。非常富有的欧也妮依旧按着老葛朗台的规程，非到葛朗台允许生火的日子，绝不生火。她的衣着依然与她母亲当年一样寒碜。她住的那所房子，仍然没有阳光，没有暖气，老是阴森森的。可是她办了不少公益事业，用来反驳别人责备她吝啬地生活。巴尔扎克的感情也走向了另一点极端，他揭示出财富不但毁灭了查理那样的花花公子一度苏醒了的人的心灵，而且也窒息了欧也妮那纯洁的心灵。如果她不是那样有钱，她不可能被包围得水泄不通，平静地守着在世等于出家的感情坟墓。

五、在顺境和逆境中检验情感的变异

不论是客观情境的两极化，还是主观心境的两极化，大致都可以划分为顺境和逆境两种。在对人的感情进行检验的过程中，二者并不是同样受到重视的，一般地说，逆境更受作家的重视。列夫·托尔斯泰在《莎士比亚及其戏剧》中说：

> 任何戏剧的条件是：登场人物由于他们性格所特有的行为和事件的进程，要他们处于这样一种环境，在这种环境里，这些人物因为跟周围世界对立，与它斗争，并在这种斗争里表现出他们所禀赋的本性。①

托尔斯泰说的方法，主要是让人物处于逆境的方法，让人物和环境闹别扭，让人物不舒服，走投无路，大祸临头，使人物常常处在一种危机灾难之中。用反复出现的极端的危难来考验人物的智慧、勇气和品性，这在古典英雄传奇和现代侦探小说中是常用的手段。

但是设置极端逆境，只是考验人的一种方法，而不是全部方法。把人物安置在极端顺境中，同样也可以打破人物的深层感情结构的稳定性。例如，平白无故给一个一文不名的衣衫褴褛的青年一张100万英镑的钞票，这是极端的顺境了，也可以像炸弹一样把人生最卑俗、最势利的眼光和最纯洁的爱情都从心灵深处爆炸到生活的表层。这就是马克·吐温在《百万英镑》中玩的花样。马克·吐温不像一般小说家那样，热衷于以逆境考验人，这种用逆境考验的办法曾经被英国作家罗斯金这样形容：写到写不下去的时候，就杀死一个孩子，或者是让成堆的死人和横流的鲜血来迫使人物表层感情结构瓦解。

光是单方面的客观逆境，很难多方面地激发人物的主观心境。

逆境所造成的悲剧性或者正剧性的不断重现，容易使艺术构思老化。也许正因为这样，马克·吐温有时故意回避用逆境考验他的人物，他更乐意以顺境考验他的人物，因而他的作品很少悲剧性的壮烈，更多的是喜剧性的荒诞。当巴尔扎克让他的人物为夺取财产而丧尽了良心，受尽了苦难时，马克·吐温却常常把意外的好运、巨额的财产轻易地放在他的人物面前，结果并不是给人物立即带来幸福，相反把人物弄得手足无措，哭笑不得。在《一个败坏了哈德莱堡的人》中，他笔下的人物，处于顺境中受的精神折腾似乎比逆境中更

---

① 杨周翰选编：《莎士比亚评论汇编》（上），中国社会科学出版社1979年版，第502页。

多。马克·吐温的风格很足以说明，顺境比之逆境对于人物心灵的检验有完全同等的重要性，而在喜剧风格的作品中，也许顺境比逆境更有情节操作价值。

当然，顺境和逆境不是绝对的、不变的，从客观情境来说逆境可以转化为顺境。古典小说中所谓逢凶化吉，遇难呈祥，化险为夷，就是由逆转顺的表现。从主观心境来说，这种转化往往不平衡，客观顺境可能由于主观的感情特异性转化为主观的逆境，这往往是喜剧性的。例如像范进老来中举那样的大喜事转化为发了疯，变成了大倒霉。当然客观逆境也可能由于另一种个性特异性，转化为更严重的灾难，这往往是大悲剧，如像林冲那样被客观逆境逼得走投无路、义无反顾。客观的顺境也可能并不转化为现实的逆境，而是转化为更高程度的心灵的顺境，一般地说，这样单纯顺境的延伸，很难构成深刻的冲突，连主观误会造成的逆境成分都没有，只能产生抒情性。某些意识流小说中有过对于顺境心情的探索，这是一种牧歌式的抒情。

客观的逆境也可能转化为主观的顺境，这时的心理动作往往带着喜剧色调（如阿Q）。长期以来对于顺境和逆境的机械理解束缚着当代作家的才智。这种机械理解主要表现为对客观的顺境和逆境与主观情感逆、顺之间的不平衡完全漠视了，简单地把这主客观之间复杂的变幻当作同步发展，把社会政治环境的变化与心灵状态的变化当成正比例关系，这就给公式化、概念化留下了很大的空间。

在现代小说乃至当代小说中，有一个现象就是喜剧性、幽默感的缺乏。不可忽视的原因之一，就是许多小说被强大的、逆境的悲剧情感和顺境的正剧情感的同步优势束缚住了。对顺境，特别是客观逆境转向主观顺境思路的疏离，使小说家的想象空间受到限制。

六、让人物越出常轨和回归常态

并不是一切逆境和顺境都能使人物的深层情感结构发生动荡，只有极端的顺境和极端的逆境才能引起人物内心极端的动荡。为什么要极端？极端是一种强度的极限，达到这个强度，人物内心深处和作家感情深处的系统稳态才能被打破。只有打破了系统稳态才能使人物越出正常的生活轨道，而人物一旦越出正常轨道，深层感情的秘密就可能以公开的形式暴露出来；这些感情如果不脱离正常轨道，只能永远隐藏在心灵深处，连人物自己都无法想象。

人物在正常的生活轨道上，作家对人物的感情一般保持在常态水平上，一旦人物越出常轨，作家对他的情感也可能越出常轨，也许对于平日深恶痛绝的现象表现出某种理解，甚至同情，而这样的同情和理解是作家自己完全没有想到的。这就构成了双重的发现——对人物和对作家深层情感的发现。

但是如何让人物越出常轨呢？自然科学是用“技术的挑衅”。这种挑衅，在文学创作中通常是某种意外事变。这就是郁达夫在《论小说》中所说的：“救之以偶然事变（accidents）的引入。”例如在伏尼契的《牛虻》中，由于亚瑟向神父忏悔，神父出卖了革命的秘密，亚瑟的恋人琼玛误以为亚瑟因情妒而出卖革命，她打了亚瑟一记耳光。这一耳光把亚瑟打出了生活轨道之外，亚瑟变成了牛虻，天真、纯洁、极端笃信宗教的亚瑟变成了对宗教怀着极端仇恨的牛虻。在屠格涅夫的《贵族之家》中，拉夫列茨基与女主人公的恋爱由于原传已死妻子的归来而破灭，而简·爱与罗切斯特的婚姻由于发现罗切斯特还有一个疯了的妻子而遭遇挫折。在小说中，作家常常依赖种种偶然事变，因而有那么多巧合，那么多冤家路窄，那么多误会。在我国唐宋传奇中，一再出现离魂（死而复生）的奇迹，从《天方夜谭》到中国的民间故事一再出现天赐的财宝，《十日谈》里有那么多天真的少女遇到了淫邪的教士，《水浒传》中有那么多的善良百姓遇上了贪赃枉法的官吏，西方小说中有那么多谋杀、决斗、遗产的争夺、暴发和破产，这一切都不过是为了把人物推出正常生活轨道以外，使他们的表层情感结构瓦解。

偶然事变的特点是后果的严重性，严重的后果迫使人物之间关系发生变化，人物情感内部关系也发生变化。小说所着重的不是那已经发生的变化，而是将变未变之间，那种内部关系和外部关系调整的动势。在这调整的动势中，面对同一事变，不同的人，情感深层做出各个不同的调整，同一事变中包含的情感动态错位越大，情感交织的密度越大，层次越多，形象越是动人。

朱苏进有一个中篇叫《引而不发》，写几十年没有战争的军队，忽然有了消息要做好准备开赴前线了，于是各种年龄、经历、性格的军官、士兵内外关系都动荡起来，都越出了常轨，一系列多层次的越出常轨集中在一个焦点上。但是后来又来了命令，开赴前线的决定已经取消，于是一切又恢复了常态，多种多样的心理越出常轨的目的达到了，行动上是不是要相应地越出常轨就显得很不重要了。可以越出，也可以不越出。行动不越出，而心理却越出了，这就叫“引而不发”。

现代小说不同于古典小说之处就在于这种外在行动与内在心理的不平衡。古典小说，特别是传奇小说，内在的心理与外在的动作往往是同步运行的；近代、现代小说，则常常突出二者的矛盾，感情与行为之间的不平衡，或虚假的统一，有助于透视心灵的潜在动作。

在陀思妥耶夫斯基的长篇小说《白痴》中，有一个很精彩的场面。将军的秘书笳纳追求美丽的娜司泰谢，完全是因为地主托慈基会赠送给她的75000卢布。在生日宴会上娜司泰谢听从了梅思金公爵的意见，拒绝了笳纳的求婚，当众退回了托慈基的75000卢布和将军送她的珍珠。这时富商的儿子罗果静带着娜司泰谢所需要的10万卢布来了。于是娜司泰谢嘲笑了笳纳。娜司泰谢决定跟罗果静走，可她突然转身对笳纳说：“我想最后看看你的灵魂。”（这实际上是陀思妥耶夫斯基要最后“拷问”他灵魂深处的秘密）

用什么办法呢？就是把人物推出生活的正常轨道，使他的行动与情感严重不平衡。

娜司泰谢说：“这里是10万卢布。我现在把它扔到火里去……你当着大家的面，伸手到火里去……要光着手……如果你取出来，10万卢布全是你的！”

把钱扔进火中，在客观情景上是大大地越出常轨了。要当着众人光着手到火中取钱（卖身的钱），主观情感要更大幅度地越出常轨才成。这就是自然科学家所说的“技术的挑衅”。

陀思妥耶夫斯基的这个挑衅，应该说是很艺术的。火舌开始舐着钱包，人们给笳纳让出一条路，有人喊叫，有人屏息，有人画十字。笳纳交叉双手，呆呆地盯住火苗，苍白的脸上露出一丝愚蠢的笑容。他熬不住这精神苦刑，转身向外走去，没走几步便倒下昏了过去。

经过这样一次严酷的感情实验，娜司泰谢得出结论：“……看来他的自尊心比他的贪财心强些。”她用火钳把钱包勾出来扔在笳纳身边，飘然而去。

笳纳的心灵在常轨的自尊心和非常轨的贪财心的两极化磁场中忍受了苦刑，他的内心感情倾向于钱财，他外在的行动倾向于自尊，二者的错位是如此之大，冲突如此之激烈，以致心理的痛苦转为生理的昏厥。意志控制得了行动，毕竟控制不了生理的反应。

这个场面之所以成为世界文学史上的经典场面，不但因为它检验了笳纳感情深层结构的贪婪和虚伪，而且也揭开了表面看来是个放荡女人的娜司泰谢灵魂深层对财富和虚荣的蔑视。除此之外，还牵动了罗果静的情感，特别是爱着娜司泰谢，而娜司泰谢仅仅因为不愿意连累他而拒绝了梅思金公爵等的希望、失望、欢乐和悲抑。

所有这一切都以外在行动和内心感情的不平衡为特点。

越出常轨的形势，对于作家来说，正等于对于画家来说，最重要的是包孕性最强的临界点，而不是已变的顶点，这一点，莱辛在《拉奥孔》中有过论述。抓住这个将变未变的关键，作家就能以少胜多。试想要让一个不肯学习法语的顽童改悔是多么困难，但是都德只把他送到最后一堂法语课上去，他就十分爱惜这即将失去的一课了。引而不发，将变而未变，越出常轨的可能很多，对当事人物来说，选择性很大，对旁涉人物来说，期待性很强，因而心理差距的变易率高，形象的感情层次也丰富。

但这不等于说只有即将越出常轨引而不发的临界点才有表现力。越出常轨到一定限度以后，引起内外关系调整，又恢复了常轨，进入了生活的常态，也并不是没有表现力，问题在于如何驾驭。我国小说中大团圆结局就是以客观环境与主观感情的同步转化为特点，这种同步转化往往把社会功利价值与审美价值混同了。现代小说则强化两种价值观念的差距，因而更着重于常态回归以后二者的非同步发展。心理、情感并未随着实际境遇的回归而回归。

社会功利性与人物情感审美性之间矛盾的揭示，为现代小说的审美规范开拓了更为广阔的天地。

在 19 世纪的批判现实主义小说中有那么多小人物在非常态的境遇中经过一番人生搏斗，虽然化险为夷，但是那美好的心境却永远不能恢复了。王安忆的《流逝》的结局也是以二者不平衡为特点的。

被“文化大革命”抛出生活轨道以外的资本家的儿媳，不得不像小市民一样去排队买菜，去街道加工组做工，忍受生活的煎熬。一旦“文化大革命”像噩梦一样过去了，政策落实了，她又可以回到生活的常轨中去过养尊处优的生活。

王安忆构思精彩之处是不让人物的生活境遇与内心感情同步转化，而是生活境遇转化了，但心境却不能随之转化。主人公发现，她自食其力的生活使她的情感发生了变化，她再也回不到“文化大革命”以前所满足、所向往的感情常态中去了。在客观境遇上恢复常轨，对于作品来说是不重要的，但是要不要让人物的心灵恢复常态就颇费斟酌了。杰克·伦敦在《马丁·伊登》中写马丁成了作家进入了上流社会，感到精神苦闷，又回到工人中去，但是他的精神与当年的朋友却永远隔离了，感情不能回归的苦闷使他自杀了。这个不能回归的结局大大深化了作品的精神内涵。

境遇的回归是可以直接感知的，而感情的回归却不是可以直接感知的，因而二者之间的矛盾往往被忽略。对于二者之间矛盾的发现是文学对人的内心世界认识的某种深化。

当然二者之间的矛盾并不仅仅表现在境遇的回归，感情的不能回归，也可以表现为境遇反复越出常轨，而感情却一直保持在常态不变。像狄更斯笔下的米考伯先生，不断地躲债（不断地越出常轨），可是永远在雄心勃勃地宣扬自己有了不起的发财之道；而米考伯夫人不管生活陷入多大的困境，受到人世多少凌辱，都永远保持着对米考伯先生的崇拜，永远乐观地相信米考伯先生的宏图必将得以大展。从鲁迅笔下的阿 Q 愈是遭受凌辱、迫害，愈是麻木，到契诃夫笔下的宝贝儿，不管换了多少不同的丈夫或情人，也永远以丈夫（情人）的爱好和语言为自己的爱好和语言，都是以生活境遇的越出常轨与思想感情的保持常态，以二者构成鲜明不平衡为特点的。

人物的心灵如果与外在环境的变异一致，那作家自由想象的可能只有一种，然而一旦发生矛盾，由于变异的层次多样，程度各异，常轨与非常轨、主观与客观之间参差错综地交织起来，作家自由想象的可能就会以几何级数增加。自然，客观生活境遇与主观感情的关系也有平衡的一面。物质生活的贫困往往带来精神生活的贫困，左拉在他的《萌芽》中，将这一点写得淋漓尽致，张弦在《被爱情遗忘的角落》里也充分强调了这种一致性，但是这只是问题的一面。

社会功利性与情感审美性的统一，毕竟是有限的，不可忽略的是还有互相矛盾的一面。梁晓声在《今夜有暴风雪》中深刻地表现了这一点。“文化大革命”期间的上山下乡运动无疑是历史的倒退，把广大知青甩出了生活常轨，给他们带来了厄运，甚至扭曲了他们纯洁的热情。但是，即使在这样的厄运中，心灵的变异也不完全是消极的。这个狂热的运动虽然磨炼了知青的心灵，但其中也有悲壮的英雄主义在孕育、生长。这样的作品，与表现农村在推行承包制以后，经济生活水平的上升直接导致精神意志的昂扬的作品相比起来，就深刻得多了。

把物质生活水平上升和下降与精神生活的积极与消极僵化地对称起来，实际上是抹杀了社会功利价值与审美价值的差异和矛盾。西方古典小说中的宗教说教，中国古典小说中的劝善惩恶，我国现当代小说中的政策图解，根源盖出于此。这种庸俗社会学的倾向至今仍然束缚着我国当代一些作家的头脑。简单地把经济生活的高潮与精神生活的上升混为一谈，最多只能产生像《送你一辆金凤凰》这样水平的作品。满足于这种作品，可能导致作家审美价值观念的迟钝。

七、让人物进入假定性熔炉

让人物越出常轨并不意味着一定要求严格的现实性。事实上越出常轨，不管多么现实，都带着某种假定性。有时这种假定性是某种非现实、超现实的梦境。美国作家霍桑写了一个青年大卫・史万在大树下做了一个梦，梦见遇到三个人，一个可以使他发财，一个可以使他获得爱情，一个可以领他走向死亡。这可以说让人越出常轨，进入三种不同的非常轨境界。这种境界，作者坦然指明是梦境。在中国唐宋传奇中，著名的《南柯太守传》，也是把人物放在假定的梦境中去检验。对一个仕途失意、功名之心未灭的人，作者假定让他再度飞黄腾达一番，看他有什么结果，其结果是在现实生活中一顿小米饭还没有煮熟，短暂的梦幻已使主人公大彻大悟了宦海沉浮的虚无。这样的主题自然尚有可以评议之处，但是这种虚幻情境的设置，无疑是很成功的。它在一个短暂的时间里浓缩了一个人半生的体验。这样虚拟想象的集中和奇特，表现了作者艺术家的魄力。

当然，把人物推出生活常轨，很少是这样明显地推向虚拟境界，更多的时候是在现实境界中进行。近代小说的写实性并没有阻碍它的假定性试炼，不管具体场景是多么现实，只要把人物推出正常轨道，实际上，就已经进入了假定的想象境界，或者说，已经意味着在一个假定的想象境界中对人物的内心加以剖析。现实主义作家常常把现实性与假定性结合得十分紧密，总是把假定性掩饰得非常好，但是不管多么巧妙的假定性试炼，仍然瞒不过细心的读者。在莫泊桑的《项链》中，他让一个爱出风头的女人把一条项链丢了，为之付出了十年青春，结果发现项链是假的。而在另一篇小说中，一位太太接受情人的珠宝，明明是真的，可她丈夫却一直以为是假的，直到她死后才无意中发现是真的。这明显是以真真假假来试炼人的情感深层结构。

在现实境界中，人的内心世界由于种种现实社会、道德、伦理关系的制约，自由是有限的，有的只有现实的有利原则，没有多少自由选择的可能。而在别无选择的环境中，人的性格只在一种可能性中得到单侧面的表现；只有把多种选择性放在人物面前，人物性格的多种潜在性能才会萌发起来。即使最后得到的表现仍然是一种，但在多种可能性面前做抉择的过程仍然使性格的多侧面从隐性化为显性。

如果写一个守财奴恋爱，让他爱上一个富甲天下的千金小姐，这是生活常轨，没有任何选择余地，不能使这个守财奴越出生活的常轨，无从进入假定境界。但是狄德罗说了：“如果你写一个守财奴恋爱，就让他爱上一个贫苦的女子。”这样比较容易把他逼出生活的常轨，进入一个假定境界，选择余地较大，因而表现也就可能深刻。果戈理在《塔拉斯・布尔巴》这样带史诗性的英雄主义传奇中，还让一个哥萨克战士爱上了敌人围城中的波兰小姐。

马克・吐温的《败坏了赫德莱堡的人》就得力于用现实的描述手法，提供了一个假定的境界，让人物与人物作互相矛盾，让人物本身作自相矛盾的选择。

小说假定了一个最清高、最诚实的，享有“不可败坏”的声誉的市镇——赫德莱堡。假定的目的是“败坏这个市镇”。虚定的动作主体，是一个被得罪的外乡人，他决计要报复。

假定报复（亦即检验）的方法是：外乡人把一口袋东西送到银行出纳家中，留下一个条子说口袋里装的是金元，这些金元赠给一位使他改邪归正的恩人，不管是谁，只要能说出当初他规劝我的那句话，就可以得到这些金元。马克・吐温就用这个假定对这个市镇上的人心进行试验。报纸上登上这条消息以后，市镇上 19 位“首要公民”和他们的太太都喜气洋洋。大家都想冒充那位不存在的恩人。三个星期以后，19 位首要公民分别收到内容相同的信，信中透露那句话是“你绝不是一个坏人，你去改过自新吧”。到了揭晓的日子，全体居民集合在镇公所的大厅，结果 19 位首要公民中的 18 位当众一一出丑，只有一位，因有某种私人关系保护，没有露馅。于是他被欢呼为“全镇最廉洁的人”。然后，当众打开口袋，原来其中并不是金元，而是镀金的铅饼。

艺术的假定，使赫德莱堡“不可败坏”的美誉轻而易举地被败坏了。如果没有这个假定，要逐个戳穿19位首要公民的假面具是很费周折的，但是一旦让他们受到诱惑，站在假定的不存在的财富面前，他们外表诚实、清高的面具就立即剥落了。在常轨生活中也许一辈子不会暴露的丑恶心灵，在假定境界中很快就昭然若揭了。与其说马克·吐温这篇小说是成功地揭露，还不如说他善于成功地假定。假定性是一种熔炉，作家以非常残忍的客观性去试炼他的人物，考验人物的品德和情感。

当然，马克·吐温在假定过程中，运用了有限的虚幻性。这个外乡人为什么要这样挖空心思拆赫德莱堡的台，是没有充分现实的解释的，这是假定性所允许的，作家有这样的权利充分运用假定性。有时，他可以更加虚幻一些，把人送进梦境，甚至怪诞到突然让人变成了一个大甲虫，全身长出了许多脚。卡夫卡就这样把主人公格里高尔·萨姆沙放进外在形态变异、内心感知不变的假定境界，然后看他与父亲、母亲、妹妹之间的关系如何变异。他失去了人的习惯，失去说话的能力，产生了“虫性”，不肯吃新鲜的东西，而要吃腐烂的食物，然而他仍然保持着人的心理特点和思维能力。他一直自惭形秽，躲在沙发底下不敢见人，偷听隔壁房里家里人对他的议论，为亲人的烦恼而感到悔恨。他的丑陋形状把母亲吓得晕了过去，他父亲气恼不过向他扔苹果，其中一只陷进他肉里，始终没挖出来。由于他不能工作，家庭经济陷入困境，久而久之，最同情他的妹妹对他产生厌烦，向父母提出：“一定得把他弄走。”妈妈用鄙夷的眼光看他爬来爬去。房客们由于发现了他而愤然离去，家里失去了一份房租收入。父亲把这种尴尬处境都归咎于不幸的儿子，妹妹干脆把他的房间一锁了事。格里高尔在所有的亲人都厌弃了他以后，在极端的孤独中悄然死去。

非现实的怪诞和现实性的描绘结合起来构成一种混合的假定性熔炉，这是《变形记》的特点。但是不管这熔炉多么怪诞，可试炼的结果——人与人之间关系的疏离，小人物的孤独感却完全是现实的社会反映。

其实任何假定的境界都是假定性与现实性的统一。而假定，也不一定非得采取某种超现实的怪诞形式。在小说家那里，假定境界就是一种想象境界。每个人都有一个不能自由选择的现实环境，作家去试炼人，就得为人在想象中找到第二种环境，这种环境可以是超现实的梦境，也可以是非常现实的，不过是正常生活轨道以外的一种环境。高晓声要表现陈奂生，让他种田当漏斗户造屋多年不成，并未使他全国闻名，可一旦把陈奂生送进城，住了一次五块钱一天的旅馆，走了一次后门，买到别人买不到的工业原料，这位陈奂生就从此名闻天下了。这是高晓声的突破，也是我国农村题材的突破。当然，关键是在现实性的描绘中尽可能大胆地假定。由于是现实性的描写而不是怪诞的变形，因而外在境遇的变化幅度要较大才能强化内心活动的前后差异。如果光有外在境遇的大胆假定，没有后续的心灵震荡，也不能有如此深刻的表现。

长期以来我国现当代小说由于片面地强调所谓现实主义原则——“按生活本来面貌表现生活”，以致作家在把人物推出生活正常轨道时显得非常拘谨。作家的想象力被摹写现实的无形框框紧紧地束缚着，最突出的要算赵树理和柳青了。他们的人物总是在正常轨道中运行，很少越出常轨，即使让人物越出常轨了，也很少表现出艺术家假定的魄力，因而人物情感深层结构总是很难得到揭示。不管赵树理和柳青怎么竭尽全力，他们总是不能畅吐。

如果拿《三里湾》《创业史》与肖洛霍夫《被开垦的处女地》的第一部和第二部比较一下，无疑肖洛霍夫为人物设置假定境界的气魄要大得多，光是恋爱和革命的关系就复杂得多。拉古尔洛夫是村支部书记，他得过红旗勋章，走集体化道路的态度很坚决，但是他有点“左”倾幼稚病，一个村子的集体化还搞不好，偏偏一大早起来自学英语，准备到非洲去搞“世界革命”。他对富农刻骨仇恨，可肖洛霍夫在他身边安置了荡妇老婆鲁什卡，又偏偏和富农反革命的儿子铁木菲相好。在小说第二部，这个被驱逐的铁木菲潜回村子，打伤了拉古尔洛夫，而鲁什卡却和铁木菲幽会。更加越出常轨的是，组建集体农庄工作的主要负责人达维多夫与被拉古尔洛夫赶走的鲁什卡搞了一阵恋爱，同时农庄里寡妇的女儿华丽雅却真挚地爱着达维多夫，可在很长一段时期里，达维多夫并不知道。

所有这一切都是不止在一个方面越出了生活的常轨。这里的假定性并不是一种单一的假定，实际上是多种假定关系的组合。在这样的假定境界中，人物命运情感的随机变异就较多，在人物面前可供选择的余地就较大，几乎每一个人物情感的每一种变异，都要引起有关人物情感多种变幻的可能。而在赵树理的《三里湾》中，合作化中的矛盾与年轻人的爱情关系被简单化到几乎没有任何随机变幻的可能，人物命运、情感都被一种社会决定性束缚在一个非常狭窄的小天地中，因而许多人物或者说大多数人物成了某种政策观念僵化的图解，缺乏人物自己的生命。

八、调动一个因子，引起情感结构的重组，探索生活的可能性

自然，要将人物送入假定熔炉中，表现出艺术家的气概来，也不一定要像施耐庵、罗贯中、莎士比亚、雨果、大仲马、卡夫卡那样，使情势进入超现实境界，大起大落，乃至让天上神仙、地下鬼魂突然介入，或者让半打以上的人死去，鲜血横流；也可以像契诃夫、詹姆斯、伍尔芙那样，让人物在日常生活中越出常轨。问题不在于情节是否大起大落，而在于是否让人物从无可选择的第一境遇转入有较大选择性的第二境遇。到了非常态的第二境遇中，不管有没有神仙、灾难、变故，灵魂深处的潜在性能就都有泄露的可能了。

要为人物设计第二境遇，自然需要作家有较高的想象力。但是获得这种能力也并不神

秘，只要把人物和环境的系统打乱就成。而要打乱这个系统，也并不需要让全部系统的每一个要素都乱起来，往往只需要打乱一个要素就成了。关于这一点，王蒙在《关于短篇小说的创作》中有过一段很精辟的话：

> 任何事件和人物，都是由各种因子组成的……如果这里边的一个因素发生变化，很可能引起一系列变化，他就不再是他自己了。譬如，他的籍贯本来是北方，河北省，我们设想，改变一下他的籍贯，还是他这脾气，还是他这文化，他变成华侨了，籍贯从广东到了印度尼西亚，那么他的生活经历、性格、遭遇，就会牵一发而动全身，就会有很大的变化。也就是说产生新的排列组合。①

为了充分说明这一点，王蒙还举了一个例子：

> 我曾看过一篇意大利的小说，题目叫作《朋友们》……它的情节很简单，就是描写有一个人死去了。在上午举行埋葬他的葬礼中，他的许多朋友都在那儿讲了许多动情的话，所有的话都是对他的逝世表示悲痛，而且希望他能重新活过来。下边就出现了一个荒诞的情节，这个朋友受到了他好心的感动，当天晚上果然活过来了。他还可以活一个晚上，再回到坟墓里去。当然，大家都知道是假的，就是读者也知道是假的，这里有默契的，不会有人看了真以为只要朋友很悲哀，死人就可以复活。

这就是我们所说的调动一个因子（死而复活），让人物进入假定熔炉，进行试炼，但是许多作家不敢让人物进入这个境界，除了缺乏艺术的胆略以外，还有个缺乏具体方法的问题。这种方法，包括进入的方法和展开的方法两个方面。王蒙为了说明这一点，先简略地介绍了展开的方法，那就让这个暂时复活的人在假定境界中与希望他复活的朋友们发生关系。作者让此人去找那些说了很多好话的朋友，但是他得到的并不是大喜过望的欢呼，相反大家都讨厌他，怕他有损于自己。一个朋友已做好了饭，要不要请他吃饭，都颇费踌躇。他的一个女朋友甚至见他来了，就拿剪刀向他扎去。这篇小说也许并不是最杰出的小说，但在构成假定境界的手法上是很典型的。虽然人是多种因子构成的，但构成假定环境并不需要改变全部因子，王蒙说：

> 当作家的人，他的想象并不是凭空产生的，而是从生活里各种因素里边，改变其中一两个因素，就会产生一种新的面貌，新的奇观。这种改变，我们可以称之为探索生活的可能性。②

这是因为构成一个人和周围的环境的众多因子是一个有机的系统，各个因子之间不是简单的相加，而是互相依存，互相制约，构成一个严密的结构。这种系统的结构有一种稳定的

① 王蒙：《王蒙谈创作》，中国文联出版公司 1985 年版，第 50—51 页。

② 王蒙：《王蒙谈创作》，中国文联出版公司 1985 年版，第 53 页。

功能，在与外界发生联系（交换物质、能量、信息时）时有一种自调节、自组织、恢复平衡的功能。由于这个结构中各个因子是互相联系、互相不可缺少的，一旦其中一个因子发生变异，或者消失，或者增加，都会引起整个结构的内部诸因子之间关系的变动，造成心灵系统的自调节和重新组合，形成新系统。新系统有新的质，新结构产生了新的功能，正因为这样，因子调动的并不是生活现实的摹写，而是生活和心灵可能性的探索。

从这个意义上来说，不管是古典小说中假定性很强的传奇情节，还是推理小说中跌宕多姿、瞬息万变的情节，都不难构成，只要将生活中一个因子加以改变，就能引起一系列的情感连锁反应。王蒙举例说，有时甚至只要改变一个籍贯就成，并非虚言，例如在危急关头认了个同乡而转危为安，在红运当头时由于弄错了籍贯而陷于困境，都不是不可以想象的。

任何一个人只要将他生活系统中的某一因素，哪怕是小小的因素，加以改变，就可能引起生活中全部因素的重新组合。当然，这仅仅是可能，因为系统的结构质变并不是在现实中发生的，而是在作家想象中层层展开的，因而作家就要自觉地在想象中发生连锁反应，不在想象中让可能性层层推进，它最初的因子变异可能就僵化了。例如，一个老秀才考到50多岁还考不中举人，穷得要命，遭人凌辱，突然让他高中举人。这是一个因子的变动，但是光有这个变动还没有什么艺术可言，艺术家的才气主要表现在让这个动因引起种种连锁反应。吴敬梓写范进中举的杰出之处，不在中举，而在中举（大喜）导致发疯（大悲），又由发疯（大悲）引出胡屠户的一巴掌使他神志清醒，而一向蔑视范进的胡屠户却暗暗感到手上发麻，担心天上的文曲星怪罪他了。这一连串的因果链，都是一种可能性的延伸。这不仅仅取决于生活的暗示，而且取决于作家的想象对于可能性的追踪或推演。可能性本带有朦胧、断续的性质，想象又以不确定性为特点，这二者要在层层推演中达到连续而明确，作家的意识和无意识在这里都要投入紧张的运转，在多种乱纷纷的可能性中，在千百个排列组合中探求那最佳的组合。

一般地说，这种潜在的可能性与现实生活间隔的层次越多，形象的探索性能越强。

调动因子最方便的办法就是给人物改换环境。

人物与人物之间的心理结构，是一个开放系统，它不断与环境交换信息和能量。由于与环境交换的信息是在不断变化的，因而人物与人物之间的心理结构也不断发生变化。

改变环境的最著名的办法是把人物送到荒岛异国去。我们暂且不算像在《镜花缘》《西游记》中那样把人送到异国（君子国、女儿国）中去，光算把人送到荒岛上去，世界文学史上就发生过不下五次。笛福、史蒂文森、凡尔纳都把人送到荒岛上去过，不过，有的是渺无人烟的荒岛，有的则是埋藏着金银的宝岛。所有这些人的本性都在荒岛上比之在本土上得到更充分的暴露，但是把人送到孤岛上去以后，对人的心理层次挖掘得最深的还要算苏联作家拉甫列涅夫和英国作家亨利·戈尔丁。

拉甫列涅夫在《第四十一》中，把一个红军战士和一个白军军官送到了没有人烟的荒岛上。恰恰红军战士是个姑娘，而白军军官也很年轻。这两个人本来处在现实的社会环境之中，因而人的社会属性、阶级属性占着绝对的优势，红军女战士对白军军官充满仇恨；一旦到了荒岛上，两个人暂时进入了无阶级社会，在与大自然的斗争中，互相帮助代替互相斗争，互相敌对变成了互相吸引。人的情感深处的自然属性这时被诱导了出来，并占了优势，两个年轻人竟然恋爱起来。

改变生活的一个因子，就探索到人的感情世界的另一个层次，这是与社会属性不同的自然属性。

但是拉甫列涅夫想象的连锁反应并没有终结，相反他继续推动这种连锁反应，探索新的可能性。他让海面上出现了一只船——回到社会现实中去的可能性出现了，热恋的年轻人分化了，各自都希望回到自己的社会阵营中去。结果来的船是白军的，白军军官欢呼起来奔向海滩，红军女战士无论怎样呼唤他回来，他都没有回头，于是红军女战士毅然举起枪把他打死了。这是作家探索到的感情世界的第三个层次。

在阶级社会中，毕竟是人的社会属性是主要的，阶级矛盾是不可调和的。在与世绝对隔绝的条件下，自然属性只是暂时地占有优势，一旦社会条件介入了，人的社会阶级属性便又恢复了。

但是问题又不那么简单，红军女战士扑到白军军官身上去抱头大哭："我的蓝眼睛呀！"这虽然是简短的一笔，但又使作家的探索又深入了一个层次：虽然是阶级矛盾不可调和，但是人的自然属性并未因此而消灭，它处于次要地位，并仍然在起作用。

这就是作家探索到的第四个层次。

用同样的方法，陀思妥耶夫斯基让大学生拉斯柯尼涅柯夫杀死放高利贷的老太婆，作完全自觉的自我检验，这样就写出了《罪与罚》。张贤亮则不仅让他的知识分子主人公在政治上被打成右派，而且让他忍受饥饿的折磨，再让一个声誉不好的女人给他馒头吃，吃饱了又让他读《资本论》，这就是《绿化树》。而在《男人的一半是女人》中，则让他忍受缺乏异性的煎熬，不但检验他心理的反应，而且揭示出他生理的、性功能的变化，从中看出人的社会性与生物性的生存状态。

人的心灵是这样深邃复杂，不同时代的作家永远也不会以前辈作家探索到的为满足。文学对人的心灵、情感世界的探索不同于科学，它不完全是对人的心灵感情世界纯客观的探索，对人物的探索常常与对作家自我心灵的表现分不开，因而即使作家对共同对象接触到共同深度，由于主体素质的不同，探索的结果也有很大的差异。

同样是把人送到荒岛上，儒勒·凡尔纳所表现的是善良的人战胜邪恶的人，为在岛上建设一个文明的、理性的、民主社会而奋斗，并取得了胜利；而亨利·戈尔丁把一群英国孩子送到了荒岛上，探索的结果恰恰相反，妨碍岛上文明秩序建立的不是什么外在的恶魔，而是人内心深处那可怕的野蛮、贪婪和领袖欲。杀死善良孩子的是孩子们自己。最可怕的不是那布满了苍蝇的猪头，而是人性恶。

对人性的探索同时也就是对作家自己心灵的探索。不管多么客观的小说家都不能不在自己的心灵中去探测生活，生活不能不受到自我心灵的制约，因而每一个作家的探索，只要真正说得上是探索，就得有没有止境的冲击。

九、前提条件的充分和氛围浓度的饱和

从创作实践过程看，调动一个因子让人物与环境的系统发生结构质变，包含着两个方面，一是如何巧妙地调动，二是如何创造因子调动的前提条件和后续效果。调动因子自然需要找到那要害的“穴位”，以便牵一发而动全身，最好还得是新鲜的出奇制胜的穴位，因为即使是要害的穴位，也可能因反复刺激而钝化、老化，对作者和读者的想象失去激活能量。我们在上面提到的现实的，虚幻的，以及现实性与假定性相结合的三种方式在历史上是相互交替的，只有在交替中才有不断更新的效果。在古代传奇小说中本来是虚幻的假定性占优势的，到了近代现实主义小说兴起以后，现实的假定性便取而代之，可是到了20世纪中期拉丁美洲文学中，现实与虚幻混合的倾向又有崛起的趋势。但是不管处在什么历史趋势中，每一种方式都不可能变得绝对陈旧，只要在它自身内部有潜在调节运动，就有更新的可能。

因子调动只是一种想象，创作的主要过程在于如何合理地调整各个因子、各个层次之间的结构。如果因子调动没有相应地调整配合，创作就可能陷入胡编乱造。这种调整包括前提条件和后续效果。

首先是前提条件。例如，高晓声要把陈奂生调动到5元钱一天的旅馆中，必须要准备好允许这种调动的前提条件，因为在正常情况下他不可能进入这样的旅馆，一旦进入就必然产生后续效果。没有合理可信的前提条件，则后续效果——系统结构质变就失去了基础。

陈奂生进入旅馆的前提条件是身不由己的，事先不知底细的，这就得让他突然生病。可是即使生病，在一般情况下，他有钱也不一定能进入这样的旅馆，因而还得有个比较大的人物介绍。为不损害这位比较大的人物，还得让这位大人物只是交代司机代办，而本人则匆匆出差而去。如果不将这种前提条件严密地布置好，那么后续结构的质变效果可能失

去根据，显得虚弱，甚至虚假。

调动一个因子并不是目的，目的在于那个预期的质变效果，因而要准确地、周密地布置前提条件。不但在性质上要准确，而且在程度上有分寸。对于未来连锁反应中每一个层次中每一个随机变异都要尽量精确地预期。要让因子调动按人物与环境本身的系统层次自然地进行，使环境对于性格（情感）的作用有充分的必然性。因子调动以对性格的作用自然、必然而充分者为上乘。充分，则结构质变有必然性，氛围比较饱和；不充分，则必然性不足，氛围不饱和。

屠格涅夫的《木木》和莫泊桑的《珂珂特小姐》写的都是下层劳动者养了心爱的狗，引起主人的不满，被迫将狗淹死的故事。莫泊桑在结尾处写车夫弗朗索瓦在河中发现了狗的尸体，疯了。而屠格涅夫只写了农奴盖拉新不辞而别，离开了莫斯科，回到家乡的小屋去了。两者的相同之处是主人命令把狗淹死这一因子调动，引起心理系统结构的质变。莫泊桑写车夫疯了，效果较强烈，屠格涅夫的心理效果较弱，然而就其动人程度来说，弗朗索瓦疯了，远远不及盖拉新大踏步不告而别地走了。《珂珂特小姐》在莫泊桑的小说中并非杰作，而屠格涅夫的《木木》却成了世界短篇小说中的经典性作品。原因就在弗朗索瓦性格之结构质变缺乏充分的前提条件，后续效果的产生也缺乏氛围的浓度。

为了达到后续效果的充分必然性，屠格涅夫设置了一系列的前承条件：第一，盖拉新是个又聋又哑的大力士；第二，他无法用语言表达自己对女佣人塔季雅娜的爱情，而喜怒无常的女主人却把塔季雅娜随便嫁给了一个酒鬼；第三，受到了这样的精神打击以后，他才养了一条狗，这条狗成了他唯一的乐趣，唯一的感情寄托，可这条狗在无意中打扰了女主人，女主人两次严令杀死这条狗。盖拉新最后并没有反抗女主人的命令，但在执行以后，不能用语言表述他的痛苦和反抗，却用行动表达他不能忍受这样的心灵摧残。他离开了莫斯科，回到乡下去了。屠格涅夫为了使这种无声的反叛成为充分必然的结果，运用了一系列的前承条件：这里不但有一个喜怒无常的女主人，还有一个温顺畏怯的、受她保护的塔季雅娜，再加上一个酒鬼以及大家对这个酒鬼的厌恶和畏惧，敬而远之，这就逐步使氛围达到一定浓度。盖拉新不能说话的生理缺陷更加深了他的孤独感和压抑情绪。

当他把感情寄托的对象从一个善良的女人降低为一条忠顺的小狗时，这种氛围的浓度已经饱和，而氛围的浓度达到饱和点时，结构质变就必然而自然了。如果达不到这种饱和度，最终的结构质变就缺乏必然性。

在莫泊桑的《珂珂特小姐》中，狗淹死导致弗朗索瓦疯狂的前提条件是不充分的，除了弗朗索瓦对狗的爱以外，没有更复杂、更深刻的原因。莫泊桑并没有明确地强化珂珂特小姐（狗名）在弗朗索瓦感情中不可替代的地位和特殊的感情作用。他后来疯狂的行为是不够饱和的，读者的情绪也没有激活到相应的强度，因而结局的可信性就比较差。虽然狗淹死的后果在莫泊桑笔下，比在屠格涅夫笔下更严重，但是动人的程度却不及后者。

由此可见，艺术效果并不完全取决于结局的强烈程度，更重要的是取决于结果的必然程度。决定结局必然性的不是结局本身，而是前提条件的充分程度和造成结局的氛围的饱和程度。

造成前提条件，构成氛围的形式，并不限于一般的社会环境的描述。一般社会环境的描述，只有为性格的矛盾焦点服务的时候，才能最大限度地起到将矛盾层层显微放大的作用。构成氛围，设置前提条件，很少是让社会环境直接作用于人物性格的。以环境的因素直接作用于人物性格，常常是概念化的。例如 20 世纪 60 年代流行的通过忆苦思甜使人物转变之类的办法，常常缺乏氛围的饱和性。

一般地说，社会环境的因素使一个或几个性格分化了，而这一个性格或几个性格又去影响了另一个或几个性格。从这个人物性格看，另一个人物的情感是前提条件；从另一个人物看，这个人物的情感又是前提条件，氛围浓度就是这样构成的。

这样一来，设置环境就变成了设置不同性格之间的关系，或者不同情感之间的关系。为了让觉慧脱离那个家，就要让他看到觉新的性格悲剧；为了让贾宝玉出家，就得让薛宝钗有一种“冷香丸”的性格，而林黛玉又得在病态的生理和心理的双重摧残下死去。为了让宋江上梁山，必得有个阎婆惜不惜抓住招文袋里的把柄要挟他。①

茹志鹃在《百合花》中写的小通讯员必须是个“刚开始生活，还没有涉足过爱情幸福”的小伙子，他见了女同志害羞的性格要与一个新娘子联系起来才能得以展示。茹志鹃说：

> 为什么要新娘子，也不要姑娘，也不要大嫂子？现在我可以坦白交代，原因是我要写一个正处于爱情的幸福之旋涡之中的美神，来反衬这个年轻的、尚未涉足爱情的小战士。当然我还要那条象征爱情纯洁的新被子，这可不是姑娘家或大嫂子可以拿得出来的。②

如果没有这样的前提条件，只有性格感情表层的交往，不可能达到后来心理氛围的饱和度。

氛围的饱和是人物与人物之间性格充分交流，多层次地发生连锁性的反应的准备状态。

---

① 俄国形式主义者斯克洛夫斯基有一个“不美满爱情小说”的模式：A 爱上了 B，B 不爱 A，A 设法使 B 爱上了 A，而 A 却不爱 B 了。这是斯氏从普希金的诗体小说《叶夫根尼 · 奥涅金》中抽象出来的。其实，这并非“不美满的爱情小说”的特点，而是一切小说人物关系的通式，前面已经分析过，这就是人物情感拉开距离、错位的规律，详细论述，请参阅拙作《美的结构》，人民文学出版社 1988 年版，第 284—296 页，又见《审美价值错位和幽默逻辑错位》（华中师大出版社 2000 年版）中有关小说形式的论述。——2000 年注。

② 茹志鹃：《漫谈我的创作经历》，湖南人民出版社 1981 年版，第 47 页。

茹志鹃非常细致地说明这一点：

> 这位小通讯员的性格，能向纵深发展，还是在碰到新娘子以后，而且他碰到的不是一个抽象的新娘子，是一位特殊情况下特殊性格的新娘子。如果换一个觉悟不高，或者脾气急躁的，干脆不借；或者换一个觉悟很高，情绪爽朗者，就一口答应，这样一来，一切问题都没有了，性格上的矛盾也没有了，于是两个人物也就没有了。[①]

这说明，提供前提条件就是构成性格关系，而要构成性格关系，就得使性格在敏感的交结点上非常精致地契合。[②]如果只是大致地相对立或模糊地发生矛盾，即使勉强地发展下去，也缺乏揭示人心灵深处那种精微奥秘的功能。茹志鹃继续说：

> 而他碰到的偏偏是这样一位新娘子，又偏偏只有一条新被子。这位新娘子在肯不肯借被子的问题上，不露声色进行了一场内心斗争。当她悄悄改正自己的行为，把被子借出来的时候，又带出一股顽皮相……如果这时要她出来直白道歉，一则无味，二则她也不是这样的人。[③]

更主要的是她道歉了，后来的悲剧的氛围浓度就没了，最后那结构质变（通讯员死了），奉献上被子就因缺乏充分的氛围浓度变成多此一举了。

她忍了一肚子的笑料，不是不好意思的讪笑，而是一种顽皮的笑，亲切的笑。笑这位同志倒霉，正碰上自己没一点思想准备，想不通的时候。

这道出了作家的匠心，为了使结局充分，必然就得设法使双方的心情恰好找不到沟通的机遇。所谓精致就精致在准确地找到了这种心理的错位。

从这个思想脉络推下去，到最后她把新被子劈手夺过来，盖上通讯员的遗体，这一动作就有了内心的依据。

从前提条件（内心依据）到层层推演的过程（氛围浓度加强），直到最终的动作（结构质变），都要有严格的感情的逻辑性。而这种逻辑，不同于理性逻辑，与理性逻辑相比，有点自相矛盾（活着的时候，不肯借；人死了，又主动把被子盖上尸体）。两条特异感情线索的交织，随时都可能产生随机发展，失去控制。作家的任务就是在千百种可能性、随机性的层层推演中，想象出一种前提条件、氛围浓度、质变效果的最佳方案来。

这就是形象的逻辑严密性。

---

① 茹志鹃：《漫谈我的创作经历》，湖南人民出版社 1981 年版，第 47 页。

② 后来我把这种关系叫作心理错位结构。——2000 年注。

③ 茹志鹃：《漫谈我的创作经历》，湖南人民出版社 1981 年版，第 47—48 页。

第三节　情节因果律

一、同层次的情感叠加和多层次的情感因果递进

为了探索人物的情感奥秘，作家不得不把人物推出生活常轨以外，设置一系列的前提条件，使氛围达到饱和度，以期在结尾时产生一种结构质变效果，暴露人物情感深层结构中非常隐秘的奥秘。

结构质变效应是一种强化效应，因为感情是不可直接感知的，特别是它的微量变化更容易被忽视、被混淆，因而强化就是使内在的情感变化表现为外在动作，微量的颤动表现为巨幅的激荡。

在中国小说史上最初的小说可以以魏晋的“志怪”和“新语”为代表，所记都以奇闻、轶事、怪异之事为主。不管是明显的虚构，在流传中不自觉地神怪化了的故事，还是真人真事的记载，都是片段的。这种片段的故事之所以具有小说形象的萌芽性质，就因为其中包含着一个以上层次的特殊感情，而且这种感情在片段中是被强化了的。例如《世说新语》中记载王子猷居山阴夜访戴安道，至其门而不入，理由是乘兴而来兴尽而返。

行动目的是由情感决定的，内在情感比外在动作变化得更快，以至取消了目的。这就把王子猷的情感特征和作者对他的欣赏强化了。

《世说新语》中还有一篇写“王蓝田性急”，叙述他吃蛋，筷子夹不起来，以箸刺之不得，掷地，蛋在地上转个不停，就以木屐去踩它，又没有踩到，便把蛋抓到口中嚼碎，然后吐掉。王蓝田的感情特征是以外在动作的特异性而强化了的：性急到对蛋产生仇恨的程度，以致要采取极端的行动去报复才解恨。同时，作者也在突出王蓝田的可笑中流露出嘲弄的感情。

这样的片段虽有小说的萌芽特征，但还不是小说，还不具备小说形象的根本性质，与小说形式的基本审美规范相去甚远。首先这是因为在这样的片段里感情特征是强化了，但是只是一种简单的直接强化。其次这种强化是表面的，没有原因的，读者不能从这种强化的表面现象深入人物的感情深层结构的秘密中去。本来，把人物推出正常轨道是为了使他的情感深层发生结构裂变，但这样的直接强化没有导致情感深层结构的裂变。

这是因为，这种强化只在感情的同层次上滑行，没有递进，没有深入到原因层次上给读者以启示。

只要人物的强化感情被推向更深的原因层次，形象就向感情深层突进了。至少要像王子猷的故事那样，有一点因果关系，小说形象的胚胎就进一步发育了。

没有层次的递进，不管如何强化感情特征，不过是讲述了一个故事而已。《列异传》中有个《宗定伯》的故事：

南阳宗定伯，年少时夜行逢鬼。问曰："谁？"鬼曰："鬼也。"鬼曰："卿复谁？"定伯欺之，言："我亦鬼也。"鬼问："欲至何所？""欲至宛市。"鬼言："我亦欲至宛市。"共行数里。鬼言："步行太亟，可共迭相担也。"定伯曰："大善。"鬼便先担定伯数里，鬼曰："卿太重，将非鬼也。"定伯言："我新死，故重耳。"定伯因复担鬼，鬼略无重。如是再三。定伯复言："我新死，不知鬼悉何所畏忌？"鬼曰："唯不喜人唾。"于是共道遇水，定伯因使鬼先渡；听之了无声。定伯自渡，漕作声。鬼复言："何以作声？"定伯曰："新死不习渡水耳。勿怪。"行欲至宛市，定伯便担鬼至头上，急持之。鬼大呼，声咋咋，索下。不复听之，径至宛中。着地化为一羊，便卖之。恐其便化，乃唾之。得钱千五百。乃去。于是言，定伯卖鬼，得钱千五百。

这是一个完整的故事，人物的感情被外在动作强化得非常鲜明。只要不怕鬼，鬼就不可怕，但是这位宗定伯为什么不怕鬼呢？这个问题没有回答，因而情感仍然停留在表层，无从向深层突破。这从根本上来说就是发育不全的小说。如果在强化的感情后面揭示了原因，就不同了。《世说新语》中有《周处除害》：

周处年少时，凶强侠气，为乡里所患。又义兴水中有蛟，山中有迹（行走困难的样子）虎，并皆暴犯百姓，义兴人谓为"三横"，而处尤剧。或说处杀虎、斩蛟，实冀"三横"唯余其一。处即刺杀虎，又入水击蛟。蛟或沉或没，行数十里，处与之俱，经三日三夜。乡里皆谓已死，更相庆。竟杀蛟而出。闻里人相庆，始知为人情所患，有自改意。乃入吴寻二陆，平原不在，正见清河，具以情告，并云欲自修改，而年已蹉跎，终无所成。清河曰：古人贵朝闻夕死，况君前途尚可。且人患志之不立，何忧令名不彰邪！处遂改励，终为忠臣。

这里的最后结局是一种深层感情质变的效果，一个市井无赖变成了为民除害的英雄，不但表现了这种变化，而且揭示了变化的原因。周处发现群众误以为自己死了便大规模地庆祝起来，他不能忍受自己被群众当作祸害，于是便悔改了。这样便由结果层次进入原因层次了，由故事进化为情节了。

二、从因果性开始的形式一体化进程

情节，从通俗词源学上看，就是两种以上感情中间的关节。没有两个以上的层次的情感便谈不上情节。

福斯特在《小说面面观》中说，故事是一种低级形式，而情节则是比较高级的。他说：

> 我们曾给故事下过这样的定义：它是按照时间顺序来叙述事件的。情节同样要叙述事件，只不过特别强调因果关系罢了。如“国王死了，不久王后也死去”，便是故事；而“国王死了，不久王后也因伤心而死”，则是情节。虽然情节中也有时间顺序，但却被因果关系所掩盖。又例如：“王后死了，原因不详，后来才发现她是因国王去世而悲伤过度致死的。”这也是情节，不过带一点神秘色彩而已……对于王后已死这件事，如果我们问“以后呢？”便是故事，要是问“什么原因？”则是情节。[①]

沿着时间顺序往后发展，感情多强烈也是在同一层次上滑行。而一旦涉及原因就发现，强烈的感情是由另一种强烈感情决定的。例如，还可以追问下去，王后为什么悲哀致死呢？原来太子不是她生的，而是另一个王妃生的，而这个王妃素来遭受她迫害。[②]

福斯特所强调的因果关系，并不是他的发明，他是从亚里士多德的《诗学》中转借来的。亚里士多德在《诗学》第九章中这样说：

> 如果一桩桩事情是意外地发生而彼此间又有因果关系，那就最能（更能）产生这样的（按：引起恐惧与怜悯之情）效果。这样的事件比自然发生，即偶然发生的事件更为惊人。[③]

一桩桩事件的连续是“意外发生的”，是惊人的。但是亚里士多德说，如果把这些意外的事件用因果关系联系起来，反而能“更惊人”，也就是效果更强烈。

因为任何一次“意外”都是一种情节的“突转”，而亚里士多德说，“突转指行动，按照我们说的原则转向相反方向”，因而读者的“意外”常常是对“相反方向”的“发现”，亦即对人物心理新的方面的认识。在相同方向上的延续，则很难构成对人物心理的新的方面的感知。

“突转”愈是出乎意料，“发现”引起的愈是不随意注意的集中、专注；但是愈是出乎意料，其偶然的随机性也愈强。而绝对的偶然性和随机性则易失去逻辑性，不可能发现在

---

① 福斯特著，苏炳文译：《小说面面观》，花城出版社 1984 年版，第 75—76 页。

② 福斯特的这个定义，由于简明，为许多西方批评家作不同的发挥。如里蒙 · 凯南说，“故事”是指从作品文本的特定排行中抽取出来并按时间顺序重新构造的一些事件。托多罗夫认为，故事是若干叙述命题的一种序列。“典型的”故事总是从四平八稳的局势开始，接着是某一种力量打破了这种平衡，另一种力量产生了反作用，又恢复了平衡。因此，一个故事由两类成分组成，第一类，描写平衡或不平衡状态；第二类，描写一种状态向另一种状态的转变。(《〈十日谈〉语法》) 格雷马斯、布雷蒙大体上也这样理解故事，但托多罗夫、格雷马斯、布雷蒙对故事的理解已接近于情节。笔者从审美价值的操作性考虑，仍然不取他们的说法。——2000 年注。

③ 亚里士多德、贺拉斯著，罗念生、杨周翰译：《诗学 · 诗艺》，人民文学出版社 1962 年版，第 31 页。

情感层次上的递进、深化。正因为这样，愈是意外的发现，愈是需要必然的期待来调节，以便使随机性与逻辑性达到必要的平衡。

亚里士多德在《诗学》中，不论在论述动作时还是论述性格时，都反反复复强调可然律、必然律（因果关系），这是因为他要用必然律、可然律来调节偶然性极强的“突转”与“发现”。

关于必然性与偶然性，在狄德罗的美学体系中则时常以正常或异常的对立统一来表述：“假使大自然从来不以异常的方式把事件组合起来，那么诗人超出一般事物简单平淡的一致性而想象出来的一切就是不可信的了……不过在自然界中，我们往往不能发觉事件之间的联系。同时由于我们不认识事物的整体，我们只在事实中看到命定的、相随的关系，而诗人却要在他的作品的整个结构中贯穿一个明显而容易觉察的联系。”狄德罗在异常的事件中找寻“联系”的说法与亚里士多德强调可然律、必然律、因果性在根本精神上是一脉相承的。狄德罗把这种“联系”规定为“异常与正常”的平衡：

> 很好，加油吧！堆砌吧，在稀奇古怪的情景之上再堆砌上稀奇古怪的情景吧，我同意。不可否认，你的故事无疑会叫人拍案惊奇，但是请不要忘记，你必须用许多正常的事件来补足，来扶持你的奇异之处。而我所重视的正是这些正常的事件。[①]

这是因为太异常了就失去形象本身的联系。他说：“对于他，重要的一点是做到奇异而不失为逼真。”

这和刘勰在《文心雕龙》中所说的“酌奇不失其真，玩华而不堕其实”真是不谋而合。[②]

不过总的说来，关于事件的相随关系如何转化为情节的有机结构，狄德罗在理论上说得相当含混，不如亚里士多德那样明确，但是在实践上，在经验层次上，他又说得比亚里士多德细致。关于这一点，在下面一节还要讲到。

情节的一体化是在一种悖逆效应中产生的。这种悖逆效应在心理上的作用就是既有对正常必然性（或可能性）的期待，又有对异常随机性、偶然性的发现和惊奇。

一切情节都是在必然与偶然、期待与发现的反复运行中，在多个交叉点上形成、发展的。过分的异常偶然，不能导致“发现”向人物心理纵深推进，过分的正常必然，又使发现和惊奇完全消失。因而亚里士多德在《诗学》第十六章中说：

> 一切“发现”中最好的是从情节本身产生的，通过合乎可然律的事件中而引起观众惊奇的“发现”。[③]

---

① 狄德罗著，张冠尧等译：《狄德罗美学论文选》，人民文学出版社 1984 年版，第 164 页。

② 这也与苏东坡所说的“反常合道”相通。——2000 年注。

③ 亚里士多德、贺拉斯著，罗念生、杨周翰译：《诗学 · 诗艺》，人民文学出版社 1962 年版，第 55 页。

不管是多么异常、偶然，只要在“可然律”，也就是在可能性上达到统一，就能在审美的价值和认识的价值上同步深化了。

把因果性、可能性、必然性引进情节，在小说形式的胚胎发育史上有划阶段的意义。它对小说审美规范的形成起了伟大的作用，这个作用集中表现在形式的一体化上。有了因果性的故事，作为一种形式，它各个部分的联系不再是按时间、空间序列的表面相随的关系，而是情感结构上的有机联系。从此，小说作为一种艺术形式具备了不同于任何生活形式的特殊性，那就是它已成为一种普遍形式，它已具备了形式审美规范的一个主要特征——内在的统一性。

小说作为一种艺术形式，以因果性为起点，开始了形式一体化运动，在因果性的深度和广度上做正面和反面运动，这就构成了小说艺术内部矛盾发展的历史动力。由于因果链的作用，小说形象的完整性空前地提高了。小说中形象系列的因果性是突出形象主要特征的根本手段，一切效果都集中到原因与结果的逻辑过程中来了。因果性的优势使时间的延续和空间的连接顺序被瓦解了，生活被重新组合了。在因果链以外的都为形式的统一性所不容，因果性是一种自洽的封闭系统，在这链锁以外的，不与链锁发生联系的，在情节中都将成为赘疣，而在因果链以内的任何重复的部分都会因导致注意松懈而被省略。

小说的审美规范在一条线索上凝聚起来了，一切结果都是有原因的。而没有原因的结局是不美的，没有结局的原因也是不美的。亚里士多德把情节分成两个部分，从开头到转入顺境之前都叫“结”，而所谓“解”就是其余部分。“结”之所以要有那么大的篇幅，就是因为要把找到原因的过程拉长，才有戏可唱。原因与结果之间的关系变成一种很精致的关系，只有原因与结果精致地统一，结才能被解开。

因果的精密性，不但表现在人物关系、心灵关系上，而且渗透到人物与环境的关系，乃至每一个细节中。不但没有原因的结果不成情节，而且缺乏精致的、精彩的原因的结果也不能构成可信的情节。不但在因果链以外的成分是破坏统一性的，连对因果链不起作用的细节道具都可能影响效果的统一集中和主要特征的突出。契诃夫说，如果你在小说第一章中把枪挂在墙上，那么到第二章或第三章就得把子弹放出去。如果不准备放出去，这支枪就没有在墙上出现的充分理由。

当然枪只是个比喻，在小说情节中，任何一种道具，任何一个人物的习惯、心理特性，任何一种风俗的特征，都要受因果律的严密逻辑制约。

情节因果规范的严密性在历史发展过程中达到因果二重性、连锁性的程度，上一环节的结果同时又是下一环节的原因，在因果二重性和连锁性中实现效果层层递增。追求情节性的作品如果不解决如何达到因果二重性和连锁性的问题，就可能事与愿违。情节的形式规范不但排斥偶然的孤悬成分，而且排斥因果非二重性的成分，因为非二重性的因果造成因果链的松弛。一切成分的价值取决于因果的二重性和连续性，只要能使结果同时成为原因就都可以存在，一切不利于因果二重性发生的因素就没有存在的理由，这一点对于那些有两条并列因果关系的情节特别重要。狄德罗说：

谁要同时布置两套情节就必须负责把它们在同一时刻里解决。假使主要情节首先结束，那么余下的一个将无所依附；如果与此相反，插曲性的情节撇下，那么又会发生别的毛病。有些人物或者突然消失，或者毫无道理地再度出现，作品会自行体解或者趋于冷落。①

情节的有机化迫使并列的因果化为连锁的因果。在情节的历史进化过程中，因果律的运用越来越趋于自觉化，自发的、不严密的手法被逐渐淘汰，而严密的手法被逐步创造出来，很快地自觉化、普通化了。在不自觉阶段，通常用补叙来说明原因的手法，后来逐渐被淘汰了，被伏笔插曲取而代之。在《京本通俗小说》中有一篇《碾玉观音》，写郡王家失火，府里一个管绣作的姑娘秀秀，趁乱主动引诱管碾玉的崔宁私奔。照理说这是一种非同小可的勇气，是一个重大的结果，必须有与之相称的，甚至分量上更重的原因与之相联系才成。可是在《碾玉观音》中直到秀秀提着包袱出来撞上崔宁了，才补叙道：

原来郡王当日曾对崔宁许道："待秀秀满日，把来嫁与你。"这些众人都撺掇道："好对夫妻。"崔宁拜谢了不止一番。崔宁是个单身，却也痴心；秀秀见恁地后生，却也指望。②

但是后来郡王忘了，秀秀就采取了私奔的果断行动。这样一个重大的果断行动的原因用寥寥几句叙述，只起到弥补漏洞的作用，而且叙述的仅是一种非常表面的、很不深刻的、很不充分的原因。光一句话没有兑现，一般还不可能导致一个年轻姑娘比男人还要果断地私奔，还得有更充分的条件，逼得她不走不行才成。这里补叙的手法不能启示读者去透视这个姑娘的深层情感结构。读到这篇小说的结尾，读者会看到这是一个人死了，魂也要跟着所爱的人去生活的姑娘，这几句短小的补叙对于那未来的超越现实的神奇结果是太微不足道了。如果是在18世纪西方小说家手中，这几句话就可以演化为几千字的插曲或至少上百字的渲染和伏笔。金圣叹在评点《水浒传》中"武松打虎"时，反复提醒读者注意他手中拿的哨棒，因为到真打虎时，这条哨棒要断掉。有了这样的结果才导致用拳头打死老虎的另一结果。毛宗岗在评点《三国演义》时明确提出要有"伏笔"：

---

① 狄德罗著，张冠尧等译：《狄德罗美学论文选》，人民文学出版社1984年版，第143页。

② 《碾玉观音》为宋话本小说《京本通俗小说》中的一卷，在明朝冯梦龙《警世通言》第八卷《崔待诏生死冤家》中也可以看到。

> 《三国》一书有隔年下种，先时伏着之妙，善圃者投种于地，待时而发，善弈者下一闲着于数十着之前，而其应在数十着之后，文章叙事之法亦犹是而已……每见近世稗官家一到扭捏不来之时，便凭空生出一人，无端造出一事，觉后文与前文隔断，更不相涉。试令读《三国》之文，能不汗颜？①

这与契诃夫所述的先挂枪后放枪如出一辙。

当然在复杂情节中，因果关系并不是单层次的，而是多层次的，因为有了多层次，因果性就复杂化了。随着层次的推进，因果关系也就转化了，在此一层次是原因的，到另一层次成了结果。

在复杂情节中，原因也不是单一的，往往是多元的。许多原因纵横交错地在起作用。这样表面上看有碍于情节的一体化，但是事实上并不是这样，因为不管情节包含多少层次，成为一切层次归结的是总的结果，一切的原因乃至原因的原因都推动这一结果的产生，因而不管结果和原因多么复杂地转化，对于一个完整的情节来说，那最后的结果才揭示出一切原因如何凝聚为一个统一的原因。

从这个意义上说，所谓情节的一体化是以结局为中心的一体化。但在情节中，有时结局是并不重要的，甚至是不完整的，重要的是导致结局的必然趋向。因而在没有结局的情节中，或结局被弱化的情节中，一体化实际上是以高潮为中心的一体化。在高潮以前，一切成为奔赴高潮的原因，在高潮以后则都成为高潮的结果。

对于读者心理来说，最重要的似乎是结果，但是在创作过程中，无疑对原因的探索更为重要。

三、造成原因和结果的两极化分化

作家的创作过程是从获得素材和题材开始的。素材之所以被认为值得写，就是因为它激活了作家心灵的库存。激活的量越大，创作的冲动性越强，但是不管激活的记忆、情绪有多么丰富，都要集中在因果的连锁反应上，才有利于情节的形成。每一组人物、情感、记忆、感觉之间的关系，都是互为因果的关系，这种关系的变化过程就是情节。

高尔基说："情节，即是人物之间的关系、矛盾、同情、反感和一般的相互关系。各种不同的性格、典型、成长构成历史。"高尔基的说法并不十分透彻，人们之间的关系，同情也好，反感也好，达到矛盾的程度也好，如果没有造成一种向相反方向运动的过程，同情、反感没有造成两极化分化，也就不可能向意外的结果突转，也就不能产生对更深层次的原因的发现。

---

① 陈曦钟等辑校：《三国演义会评本》，北京大学出版社 1986 年版，第 15—16 页。

这就是说，要构成情节，必然要有原因与结果在方向上的背离，如果没有因果的反向，就没有情节。

任何一组素材的自然形态，任何一种作家的情绪记忆，都不可能具备现成的因果反向运动，因而要进入情节一体化的境界，首先要找到其中的因果反向运动。哪怕就是一个单一的素材，也是这样。任何一个素材都要被当作一个结果，作为去探寻它原因的起点。有时原因找到了，小说的构思也就具备了。

有一篇土耳其小说，写一个老人天天早上起来上邮电局去探问有没有他儿子的来信，路上人们小心地向他问候，但是他从来没有拿到一封信。作者先把这个当作一个结果加以充分的渲染，然后逐步向读者透露：他儿子早已战死了。原因有了，小说也就结束了。

原因与结果处在反方向上的两个极点上，二者便有机地组合成一个结构。由于结构的功能总是大于要素之和，因而任何结果一旦获得原因，其内容总是大大地超出结果直接表现的范围。上述那篇土耳其小说中那个老人持久而徒劳地奔赴邮局的行动在获得原因之后，这个行动（也就是结果）的内在含义增值了。一方面在主观上是那样满怀热望，百折不挠，一方面是热望必然落空的严峻冷酷现实。奇异的结果是由奇异的感情造成的。作家把这两个极点放在读者面前，把人物非理性的情感放在两极化的空白点中。而读者在受到这两极化的强刺激之后，就用自己被激活了的想象去补充了，甚至溢出了两极化之间的空白。

构成情节要有两极化，但是不管什么素材，很少是把现成的两极化裸露在作家的面前。一切两极化都是隐含着的。一旦一个素材乃至一个细节，其中包含着原因和结果两极化分化的可能时，敏感的作家就揪住它不放，把其中的两极化挖掘出来。特别是在同一细节、同一事件中能检验出不同的结果，探求出不同原因时，这种题材往往得到作家的钟爱。

古典名著的情节往往很少像曹雪芹那样全部出于独立的创造，情节往往是经过不同时代乃至不同国度的作家共同创造的成果。莎士比亚在意大利小说中看到罗密欧与朱丽叶强烈的动机与效果的两极化分化。科尼向托尔斯泰讲了一个故事：妓女萨利亚入狱后，一个贵族青年向她求婚。托尔斯泰听到这个故事以后，过了些日子，写信请求科尼同意自己把它写成小说，因为这里有因果两极化分化的广阔天地。

这样的轶事在中外文学史上不胜枚举。有时一个包含着两极化分化潜在量很大的细节会跨越国界，超越时代，反复地被运用。我国元杂剧中李行道的《包诗制智勘·灰阑记》，并不出名，但剧情到达高潮时，有一个具有因果两极化分化潜在量的细节却使它飞渡关山，在法国文学和德国文学中获得不同的生命。《灰栏记》的高潮是包公断案，矛盾焦点集中在谁是合法继承人（一个孩子）的母亲上。包公巧妙地在地上画一个灰栏，令两个女人分别向两边拽孩子，谁能把他拽出栏外谁便是母亲。双方各不相让。其结果是亲生母亲不忍孩子受苦，放手了。包公据此断定放手的是真母亲，于是这位真母亲所受的一切冤屈一概得到昭雪。

李行道的这个剧本连同这个细节流传到了欧洲，在欧洲文学中与圣经中所罗门王宝剑斩子相提并论。早在1876年就有一部Nolheim da Fonseca改写的《灰阑记》，其后1924年又有克拉蹦改写的剧本，1942年有Johanneo Von Guenther的改写本，1940年布莱希特取灰栏为核心动机写成短篇小说《奥古斯堡灰阑记》，五年以后再写剧本《高加索灰阑记》。

在克拉蹦的《灰阑记》中，用现代戏剧的伏笔在第一幕中就让后来断案的包皇子与这位真母亲在茶楼一见倾心，而且孩子的父亲正是包皇子。这样就为最后灰栏断案的结果，找到了更充分的原因。断案的皇子（后来当了皇帝）不仅是出于睿智，而且是出于感情。克拉蹦保留了灰栏争子的生母屡屡松手的细节，这是因为在这个细节中原因和结果不但是反向的，而且是重合的。断案前摆明的条件是根据拉出灰栏的结果判决儿子属谁，最后拉出灰栏的结果正揭示了她不是亲生母亲的原因。在更深刻的层次上，放手的原因恰恰是母亲把孩子的生命看得比争夺遗产和冤案昭雪更重要。

在布莱希特的《高加索灰阑记》中也保留了这个细节：法官仍用灰栏判定真假母亲。最后的宣判恰恰相反：判定一心为争夺财产继承权的“生母”败诉，尽心尽力为孩子牺牲的“养母”胜诉。以此说明孩子归有母性的人的古训。同样的细节中隐含着相反的原因和结果，使这个情节反复在不同的国度中借不同的语言获得新的生命。

四、审美因果超越实用和理性因果

作家构思情节因果常常不满足于已经表现出来的原因，总是要探求那更充分、更统一、更深刻、更独特、更新鲜的原因。

情节在艺术上的深化与原因上的深化是同步的。狄德罗曾经以自己的创作经验具体地说明过，他如何利用因果律将已有的情节深化，他说了一个情节：父亲有一男一女两个孩子，女儿暗暗爱上了她家中的一个年轻人，儿子迷上了附近的一个不知姓名的姑娘。儿子企图诱惑她，但没有成功。他于是穿着借来的衣服，假装白天要做工，只是晚上去看他所爱的人。父亲发现儿子晚上不回家，认为儿子越轨，因而忧心忡忡。后来发现那个姑娘完全配得上他的儿子，同时又发现女儿所爱的青年正是他心目中的乘龙快婿，就把她许配给他。他就此办成了两门亲事，但是这和他妻舅意见相左，因而产生了冲突，原因呢，已经找到了：因为他妻舅别有意图。光靠这样的动机阐述，固然能使全部情节达到某种程度的一体化，可是并不是很严密的一体化，也不是很深刻的一体化。这样的一体化是勉强的、松散的，没有艺术的深度。狄德罗认为创作要深入进行，就不能满足已有的因果关系，而要更细致、更深入地提出问题，找寻比现成结果更微妙、更复杂的原因。狄德罗一连串提出了 13 个问题：

为什么女儿要暗暗爱上那个青年呢？

为什么她所爱的青年就住在她家？他在这里是做什么的？他是怎样一个人物？

儿子所爱的这个不知名的姑娘是谁？她怎样会落到穷困的境地？

她是哪里人？她出生在外省，为什么到巴黎来了？是什么事情使她待在这儿？

那个妻舅又是个什么样的人？

他在这个家庭里怎么会有权威？

为什么他要反对家长认为合适的两门亲事？

戏剧既不能在两个不同的地方展开，那个不知名姓的年轻姑娘怎样得以进入这个家庭？

父亲是怎样发现女儿和那个住在他家里的青年相爱的？

父亲为什么不愿意透露他的意图？

那个不知名姓的姑娘是怎样使父亲中意的？

妻舅设置了什么障碍来反对父亲的计划？

这两门亲事是怎样冲破障碍而实现的？①

作家在创作过程中要把每一个人物、每一个环节、每一种关系都当成复杂的原因造成的结果，把每一个结果后面隐藏着的一系列多层次的原因找出来。在这样多的人物环节中找出多系列、多层次的原因还不够，还不能让它们各不相干，而要把它们互相联系起来组成一个统一的结构。这么多原因用排列组合的方法，可以组成无数个结构，必须从中确定一种最佳的因果系统。问题在多样的可能因果中，用什么标准来选择最优的一组因果呢？

多种纷繁的因果大致可以分为三类，一是实用价值因果，二是科学认识因果，这二者都是以理性的普遍性为特点的。三是情感的审美因果，这是非理性的，而且是独特的，不可重复的。前二者在生活中占据着优势，而艺术家的任务就是要把受到理性、实用因果压抑、窒息的审美情感因果解放出来。

试以《儒林外史・范进中举》为例：这个片段并不完全是作者虚构，它是有原始素材的。清朝刘献廷的《广阳杂记》卷四中有一段记载，说是明朝末年江苏省高邮县有一个袁医生，医术非常高明，号称神医。有一个江南秀才中举，喜极而狂，大笑不止，求袁医生诊治。袁先生一见就说："病没法治了，你的性命也就是几十天的事。你赶快回去，迟了可能来不及到家。如果经过镇江，务必请你求一位姓何的医生看看。"说后递给他一封致何医

① 狄德罗著，张冠尧等译：《狄德罗美学论文选》，人民文学出版社 1984 年版，第 150—151 页。

生的信。这个人到了镇江狂笑不止的疯病就好了，但还是把袁医生的信送到何医生那里。何医生看了，把信拿给人传看，原来信中写的是：这位老先生高兴得发了疯，弄得心窍张开，再也合不起来，没有什么药可治，所以我吓他一下，说他死到临头，让他心怀恐惧，他的心窍就会自动闭合起来，估计他到了你那里，病就好了。这个病人看了信，朝北向高邮方面跪下磕了两次头，回家去了。

这段故事中作者的最后一句是："吁，其神矣！"用今天的话来说就是："哎呀！袁医生的医道真是棒极了。"这也可以说是这段小故事的主题：称赞袁医生的医道高明。

这件事本身有一点生动性，读起来也相当有趣，但是拿来和《儒林外史》比较，就差得远了。这是因为这个故事的全部旨趣都集中在实用价值方面，就是说明袁医生出奇制胜地用心理疗法治愈了精神疾病。这里实用价值占了压倒的优势，以至于这位新举人为什么开心得发狂，完全不在作者注意范围之内。在治愈的过程中，与之相关的周围人士有什么情感的特点，则完全没有展开，有的只是一个理性的结论：心病就得以心理刺激治之。

而在《儒林外史》中，则展开了一幅多彩的、情感变幻的神妙图景，其神妙性大大超越了医道的神妙性。

在《范进中举》中，吴敬梓把袁医生治病方法改掉了，这说明，在医生看来最重要的东西，在吴敬梓看来是不重要的。他把治好范进的药方改为范进丈人胡屠户的一记耳光。

胡屠户在范进中举以前是最瞧不起他的，甚至在他中了个秀才后还公然嘲笑他。范进意欲考举人向他借旅费，他不但不借，反而当众侮辱他说，举人是天上文曲星下凡的，应该像城里举人府上的老爷那样，一个个方面大耳才是，可是范进却尖嘴猴腮，也不撒泡尿自己照照。胡屠户不顾范进的自尊心，随意地侮辱他的人格，遵循着迷信的、愚昧的逻辑，但他并不因此自惭，反而引以为荣，借以为乐。胡屠户的情感特点显示了未中举的秀才的社会地位是如何低下。

然而等到范进疯了，人家建议他打范进一耳光，告诉范进说他根本没有中，他却不敢了。在他的情感深处，迷信和势利是如此执着，以至于在他硬着头皮打了范进一耳光，使范进清醒过来以后，他却感到他那打耳光的手疼痛起来，手指都弯不过来了。按照他的情感逻辑，凡是中了举的都是天上的文曲星，自己打了文曲星，所以天上的菩萨怪罪了。他的恐惧加深了，他连忙讨了一块膏药贴在自己的手上。

吴敬梓的这一情节设计就把原本的故事从实用的医术转向了不实用的审美情感世界。感动我们的不再是实用的心理治疗方法，而是不实用的情感变幻奇迹。

一个小说家的基本训练就该从这里开始，首先学会把实用价值和情感的审美价值区别开来，再求超越日常实用价值的优势。在处理素材时要善于与实用观念拉开一点距离，让情感的审美价值和它适当地错开，而不让二者混同起来。

不从这个根本上出发，就不可能懂得构思小说情节的三昧。不论你分析哪一篇经典性情节，都不难发现其成功的根本秘诀正在这里。鲁迅的小说《药》也是这样。本来革命烈士鲜血的全部价值在于唤醒群众的觉悟，激发他们的革命感情，然而却被用来当作医治肺病的药物。正是由于这种实用价值和感情的价值拉开了距离，构成了对比，发生了错位，小说才有那么强烈的、震撼人心的力量和发人深思的启发性。契诃夫的《万卡》，写万卡向祖父诉苦，恳求祖父把自己从城里接回去，免除当皮鞋店学徒的种种苦难。如果光有这些内容，则契诃夫与热衷于表述对劳动者同情的民粹派小说家没有什么两样。这篇小说的最动人之处在于：由于万卡写的地址太笼统，信是不可能被收到的。也就是说，其实用价值等于零，可是万卡却以为爷爷一定会收到，并且做着爷爷收到信的梦，也就是说，在他的情感深处，这封信的价值是具有救命的性质的。

正是由于这两种意义，或者说这两种价值拉开了距离，小万卡的情感世界才能得到充分的显现，其形象的感染力才充分地发挥。如果这封信被万卡的爷爷顺利地收到，实用价值提高了，情感的价值就降低了。

我们可以在莫泊桑的《项链》和都德的《最后一课》中看到同样的情况。

从实用意义来说，最后一堂法语课就是一堂，不可能等于两堂，也不可能少于一堂，可从小法兰西的情感世界来说，这一堂课的价值远远超过了一堂课。正是因为它是最后一堂了，他才发现学习祖国语言的权利是多么珍贵。他心灵深处对于祖国语言的热爱一下子被调动起来，本来非常讨厌法语的他，变得非常热爱法语课了。

《项链》也一样，从实用意义来说，那借来的项链使女主人公在舞会上出了一夜的风头，但是由于失去了项链而造成的后果使她付出十年的青春的代价，她由一个爱慕虚荣的女人变成了一个讲究实际的女人。这篇小说构思的焦点在于：那条项链是假货。也就是其实用价值是很低的。如果不是赝品，而是真货，两种价值的差距就缩小了，情感的价值就相对地降低了。

小说写到女主人公发现项链是假货时，为什么戛然而止了呢？这是因为再写下去就完全是实用价值了：把真项链拿回来卖钱，情感上得到某种安慰，这两种价值的距离就缩小了。在女主人公发现项链是假货时，十年的青春和一条假项链的反差已达到极限（在艺术上叫作高潮），接下去就是对于女主人公的补偿了，再往下写就煞风景了。

用同样的道理，我们可以解释《祝福》的妙处：祥林嫂花钱去捐门槛，目的是为了能够参加除夕祭神——端福礼。如果光从实用价值说，她不端不是更轻松吗？她不端不是身体更健康，也不至于被鲁四老爷家解雇吗？

然而从她的情感价值来说，她不能，这就形成了反差。越是不强调实用价值就越是富于情感价值。从日常生活来说，实用是自发地抑制情感的，而从艺术创造来说就要冲破这种自发的抑制。

对于一个立志献身于小说艺术的青年来说，自我训练的根本就是情感的训练，而把情感放在与实用价值的差距中是最好的方法。对实用价值的自发优势进行自觉的防御是十分必要的。

读任何一种文学作品的基本目的都在于开阔自己的感情视野，提高自己对感情的辨析力，丰富自己的情感世界。许多人读文学作品是为了学习文学技巧，这太狭隘了，太肤浅了。不懂得情感的奥秘就不懂得技巧的奥秘，技巧只有在表现人的内心时才有意义。大自然是吝啬的，人被迫遵循大自然的规律，才勉强满足了自身迫切的生理需求。人类征服了物质世界，凭的是自身的理性，而牺牲了自己的情感。情感一部分被抑制着，一部分被压迫着，处于沉睡状态或者叫作潜意识状态。

这种抑制情感的理性与情感既是矛盾的，又是统一的，但主要是矛盾的。

为了不使人们在满足衣食住行时发生暴力争夺，便有了道德的戒律；为了有效地获取生活资料，便有了科学。一个人从懂事开始所接受的就是区别道德的善恶和科学的真伪的教育。这自然是很重要的，不可缺少的，但是对于一个艺术家来说光有这一点是不够的，因为情感的美往往是要超越善与真的。

小孩子看电影往往问大人，某个人物是好人还是坏人。这类问题有时很好回答，有时不好回答——越是简单的形象越好回答，越是丰富的形象越不好回答。这是因为形象越简单，与道德和科学之间的矛盾越小；形象越是丰富，意味着情感越是复杂，与善和真之间的矛盾也越大。

为了说明这个问题，我们举曹禺的《雷雨》中的一个人物繁漪为例。她是周朴园的妻子，可是却与周朴园的大儿子周萍发生了感情，而且有了肉体关系。当周萍要结束这种关系，带着女佣四凤远走矿山时，她为了缠住周萍，不惜从中破坏，甚至利用自己的儿子周冲对四凤的爱情，强迫他出来介入到周萍和四凤之间。

单纯从道德的角度来看，她肯定不是一个善良的女性，相反地是一个道德上有污点的人物，但是在看完《雷雨》以后，观众和评论家却很难把她当作坏人看待。这是因为她在精神上受着周朴园的禁锢（虽然物质生活上她过得很优裕），她炽热的情感在这种野蛮的统治下变得病态了，这就造成了她恶的反抗。她绝不因任何条件而改变她自己的情感寄托，她不把情感寄托当成可有可无的，相反，她把她与周萍的关系当成生命。曹禺在她第一次出场时做了如下的描绘和分析：

她的脸色苍白，面部轮廓很美，眉目间看出来她是忧郁的。郁积的火燃烧着她，她的眼光时常充满了一个年轻的妇人失望后的痛苦和怨望。她经常抑制着自己……她的性格中有一股不可抑制的“蛮劲”，使她能够忽然做出不顾一切的决定。她爱起人来像一团火那样热烈，恨起人来也会像一团火，把人烧毁。①

曹禺在这里所作的，并不是一种道德善恶的鉴定，而是对她情感世界的揭示。你很难简单地说她是好人还是坏人，甚至很难说她的行为是善还是恶的。对这些，作者自然是有某种隐秘的倾向性的，但是那是一种侧面效果。作者正面展示的是这个人物的“郁积的火”，即受压抑的火。这种火有一种潜在状态，便是她外表的忧郁乃至沉静，而其爆发状态，就是以“不可抑制的‘蛮劲’”做出“不顾一切的决定”，“她爱起人来像一团火那样热烈，恨起人来也会像一团火，把人烧毁”。曹禺之所以能用这种情感奇观震惊读者，关键在于他对那些越出道德的善和理性的真的情感并不采取排斥态度，而是当作一种可贵的发现。

一个普通的、有道德观念的人和一个有强烈审美倾向的艺术家的区别就从这里开始。艺术家并不满足于作出道德和科学的评价，他知道这不是他的主要的任务，他所追求的是在此基础上作出审美的评价。从艺术家曹禺看来，这个感情压抑不住、窒息不死，一爆发起来就不要命甚至不要脸的女人才是一个真正的女人，一个充满了生命的女人。而那个害怕自己感情的周萍，则是软弱而空虚的，他总是在悔恨中谴责自己的错误，他缺乏意志和力量，“他痛苦，他恨自己，他羡慕一切没有顾忌敢做坏事的人”。

然而，这个不敢做坏事的人，尽管在道德上是可以肯定的，但在情感上却是苍白的，在审美上也是被否定的。他肯定不是《雷雨》中的正面人物。

要成为一个有出息的小说家，在这一点上是绝不可含糊的——他必须把艺术形象的情感价值放在正面最重要的位置，哪怕这种情感与理性的善和真拉开了某种距离也不要犹豫。

正是在这样的基础上，曹雪芹把林黛玉和薛宝钗放在对称的位置上。她们之间有对立，但基本上不是道德（实用）的对立，而是情感（审美）的对立。

林黛玉的情况有一点和繁漪相似，那就是她为情感而生，为情感而死，情感给她的欢乐大于痛苦。她的情感是这样敏锐，这样奇特，以至于她和她最爱的贾宝玉相处也是充满了折磨。这是因为她爱得太深，把情感看得太宝贵，不能容忍有任何可疑的成分、牵强的成分，更不要说转移的苗头了。

使这样强烈的情感出于她这样一种虚弱的体质，这在曹雪芹可能并不是出于偶然或随意，也许他正是要把情感的执着和生命的存活放在尖锐的冲突中，让林黛玉坚决选择了情感之花而不顾生命之树的凋谢。

---

① 曹禺：《曹禺选集》，人民文学出版社1978年版，第18—19页。

而薛宝钗在道德上并无多少损人利己之心。有些研究者硬把薛宝钗描写成一个阴险的女曹操，这和这一形象本身的倾向是不相干的。薛宝钗的全部特点在于她为了“照顾大局”而自觉自愿地，几乎是毫无痛苦地消灭了自己的情感，不管是她对贾宝玉可能产生的爱，还是对王夫人（在逼金钏儿以后）可能产生的恨。她在人事关系上取得了极大的成功，她克制自己不让自己和任何人冲突，其结果是她自己成了生命的空壳。和情感强烈但没有健康的美人林黛玉相反，她成了一个健康的没有感情的美人。

她时时要服食一种“冷香丸”，其实这正是她心灵的象征：她虽然很美，但是情感已经冷了，没有生命了。

从美学意义上说，情感独特是美，而情感的冷漠则是丑。

用同样的道理，我们可以解释安娜·卡列尼娜与卡列宁的冲突，主要不是在道德上，更不是在政治上，而是在情感的生命上，也就是在审美价值上。卡列宁对安娜说：“我是你的丈夫，我爱你。”安娜的反应却是：“但是爱这个字眼激起了她的反感。”她想：“爱，他能够吗？爱是什么，他连知道都不知道。”这正是托尔斯泰修改安娜这个形象、找到安娜这个人物的生命的关键。在这以前，托尔斯泰原本企图把安娜写成一个邪恶、道德堕落的女人的，而在这以后安娜却变得美了。

在这一点上不彻底的作家往往只能写出格调不高的作品来。中国古代有一些劝善惩恶的小说，在艺术上都是软弱的。新时期的初期，有些曾经轰动一时的小说，如《窗口》《赔你一辆金凤凰》之类，甚至《明姑娘》那样的作品，都很快被读者遗忘了，倒是付了5块钱旅馆费而破坏性地在房间里的沙发上一跳的陈奂生活在了读者记忆里。

自然，让审美价值和实用道德理性拉开距离并不是无条件的，这个条件就是不可直接与道德的善对抗，亦即不可诲淫诲盗。拉开两种价值的距离是为了在错位中充分展示情感结构的奥秘，把作者自己的道德理性结论隐蔽起来，让读者自己在潜移默化中有所感受。

许多作家都希望自己的作品有一个较高的起点，审美价值的相对超越就是高起点的根本。一个作家如能在这一点上不含糊，就说明他有了摆脱公式化、概念化顽症的可能。

在《安娜·卡列尼娜》中，卡列尼娜和渥伦斯基发生了关系，怀了孕，卡列宁并没有张扬，也没有责骂她。她在难产期间几乎死去时，卡列宁与渥伦斯基已握手和解了。她也表示：今后就与卡列宁共同生活下去，不再折腾了。可待她痊愈之后，她却感到：卡列宁一接触到她的手，她就不能忍受了。从科学的理性说，这不是理由，可是从情感和感觉的互动关系来说，这是很充足的理由。

1985年5月19日，中国足球队与中国香港足球队争夺进入世界杯足球赛的入场券，中国足球队只要打平就可达到冲出亚洲的目的。此前中国足球队曾经赢过中国香港队，这次却输了，巨大的心理落差引起了球迷的一场动乱。第二天新华社电讯历数“害群之马”的行径之后这样说：更为恶劣的是，少数人在工人体育场附近故意拦截外国人的汽车，恣意辱骂……北京体育场发生的这一事情，是中华人民共和国成立以来在北京体育比赛中最严重的有损国格的事件。这种愚昧野蛮的行为与首都的地位极不相称。北京的政法部门将依法严惩肇事者。报道的无疑都是事实，从科学的认识来说，肯定都是真实的，但是把科学上真实的事实，拿到艺术中就可能变成假。正因为这样，刘心武在以此事件为题材写的《5・19长镜头》中，虽然其主人公滑志明是当天的肇事者，但是却没有把他处理成一个野蛮的罪犯，而是一个相当善良的人。

刘心武所着力展开的不是他如何破坏，如何犯罪，而是他在感情驱动下的感觉如何变幻，他自己如何“跟着感觉走”，终于懵懂地走向推翻汽车的行动。展现在读者面前的是他变幻的心理层次。

首先是一种倒霉、背时、自卑的感觉：个子小，学历文凭都不如人；好不容易找了个对象，第一次领到家，就被父亲当着人家的面训了一顿，以至于忘了下次约会的时间；借来了录像带，但没有享受到现代文明，因不会放而洗掉了，只好赔人家钱。由于缺乏文化而百无聊赖，他完全凭着浮动不定的感觉来到球场。球迷们起初的狂热自信，在输了球以后承受不了巨大的心理落差，盲目的哄闹以肆无忌惮的发泄为特点，一下子把他这个缺乏主心骨的人长期埋藏在心灵深处的不满勾了出来，但并没有立即发作。等到他走出了球场，由于一个好像是偶然的因素的推动，他才不由自主地卷入掀汽车的行动，最后导致被捕。

他是被缺乏文化和法律观念的麻木感觉牵着鼻子走的，他是被一股自发的、发泄长期郁闷的群众潮流裹挟着走向犯罪道路的。

这里展示的不是他犯罪的外部动作过程及其社会危害性，而是他追求时髦与物质文明的表面感觉和潜在缺乏文化的麻木情绪的互相催生的过程。如果在这两个过程中看不出差别，作品就可能概念化了；如果让这两个过程拉开一点距离，则有可能创造出活生生的形象来。

自然，情感的美对认识的真的超越也是有限的，不能是绝对的、无限的。超越以不歪曲生活的根本性质（或者叫作本质）为限。在拉开距离以后，从根本上歪曲生活的性质无疑是应该警惕的。

事实上，对于艺术家来说，把握真、善与美之间既相统一又相矛盾的分寸是十分重要的。完全否认其间的矛盾，则可能导致公式化、概念化；而无限夸大其间的矛盾，则可能导致诲淫诲盗或胡编乱造。真正的艺术家能游刃有余地控制真善美的互相错位而又不让它们分裂。

任何一个小说家在处理任何一个题材时，都可能遇到审美价值观念是否强大的考验。

一个素材放在面前，就其结果来说，是很动人的，可是把寻找出来的充足理由加上去以后，情节虽完整了，但趣味却完全消失了。

比如有这样一个故事：抗日战争时期，在白洋淀地带，一个老渔民在水下布置了钓钩，引诱日本鬼子来游泳，一个人用竹篙打死了好几个鬼子。

要用这个素材构思情节，首先得寻找原因。

老渔民为什么要这样做呢？自然是出于对敌人的仇恨。

为什么对敌人这么仇恨？自然是因为敌人的残暴，例如日本军杀死了他的亲人之类。

如果这样去构思情节，因果性倒是有了，但肯定不会有什么艺术创造。原因是，这种因果是一种普遍性因果，不管对于什么人，都是一样适用的，没有什么属于这个人物的情感特殊性。要构成动人的情节，其关键不在于寻求因果性，而在于寻求什么样的因果。如果是纯粹理性的因果则与艺术的关系不大。如果要成为艺术品，则必须寻求不同于理性因果律的情感因果。

我们且来看孙犁在《芦花荡》中是如何寻求情感因果的。

在孙犁笔下，这个老渔民之所以要主动去打鬼子，其原因并非直接出于爱国主义的民族意识，其直接原因是他的情感遭到了损害。本来，在白洋淀上，他负责护送干部出入，有绝对的自信和自尊，而恰恰就在他自信万无一失的时候，他所护送的两个远方来的小姑娘中的一个，在敌人的扫射中受了伤。如果从纯理性因果来考虑，多次运送人员，偶尔有人受伤，在所难免，至多在总结工作时做个检查，提出改进的具体方法就成了。如果孙犁也这样考虑问题，就不可能写出小说来了。孙犁之所以不同凡响，就是由于他在普通的理性因果以外，发现了属于这个老人独有的情感因果。

促使这个老人出动的原因是，他对工作特别自信和自尊，他不能忍受信任他的小女孩受伤。他必须用行动在小女孩面前恢复自尊，因而就引出了：他诱使日本鬼子进入布满钓钩的水域，让那两个小女孩隐蔽在荷叶下，看着他把鬼子一个个打死。

这种因果性是独特的，不可重复的。

这种因果性，并不是十分理性的，多少有一点个人冒险。老人并没有要求有关部门掩护，也没有准备在可能的不利的条件下撤退，更没有为小女孩的安全做出万无一失的安排。

从纯粹理性的逻辑来推敲，老人此举也许并不明智，不一定是很符合组织性、纪律性的严格要求的，然而这并不妨碍这篇小说在当时同类题材的作品中出类拔萃。相反，如果完全按照军事行动应该有的那种周密理性来设计老人的行为，这篇小说则可能成为概念化的东西。

光就因果关系而言，科学的理性逻辑要求充足的、普遍性的理由，而情感逻辑要求的则是特殊的、不可重复的、个性化的理由。对于科学来说，任何充足的理由都是应该可以重复验证的，而对于艺术来说，每一个人物都有属于他自己的不可重复的理由，尽管这些理由是可笑的、不通的。科学的理由可能是不艺术的，艺术的理由又可能是不科学的，这是审美价值的一个很重要的特点。要进入审美创造的领域，就得彻底弄清这个道理。这不仅是小说的规律，而且是一切艺术所必须遵循的规律。

共工与颛顼争帝，怒触不周山，致使天不满西北，地陷东南，这是《山海经》对中国地形西北高、东南低、江河东流的解释，这是不科学的，但是无疑是很艺术的。说谎的孩子鼻子会变长，一旦诚实了，鼻子就缩短，这种因果关系也是不科学的，但是却是《木偶奇遇记》的一大创造。这是神话和童话的因果逻辑，它不合科学，然而却被中外古今广大读者所接受，其原因是它与人的情感逻辑相通，就是把人的强烈的主观意愿放在最突出的地位。其实这种现象是一切文学作品的规律，不仅对于神话、童话有效。

小说家在设计情节因果时必须严格地遵循情感因果规律，而不能只根据理性的科学因果规律。正因为这样，祥林嫂之死，如果纯用理性的因果性来分析，是有点奇怪的。给她打击最大的是，虽然她捐了门槛，而在过年祝福之时竟然仍不让她去端“福礼”（一条祭神的鱼）。如果纯从理性逻辑来考虑，不让端就不端，落得清闲，但祥林嫂却为此痛苦得丧失了记忆力，丧失了劳动力，被鲁四老爷家解雇，最后终于死了。

在《祝福》中，“我”曾经向来冲茶的短工问起祥林嫂死去的原因。那个短工很淡然地回答：“怎么死的？——还不是穷死的？”按这个人的看法，《祝福》的情节因果是穷困导致死亡，然而如果真是这样的话，那么《祝福》和当时以及以后许多表现妇女婚姻题材的作品，就没有什么两样了。

事实上，整个《祝福》的情节告诉读者的恰恰不是这样。从表面上看，她是流落为乞丐而后死去的，好像可以说是穷死的，但是她为什么会流落为乞丐呢？因为她丧失了劳动力，连记忆力也不行了，才被鲁家解雇的。她本来不是很健康的吗？不是顶一个男人使唤的吗？她受的精神刺激太强了，她情感上太痛苦了。她痛苦的原因是：生而不能作为一个平等的奴仆，死而不能成为一个完整的鬼（两个丈夫在阎王那里争夺她）。

这不是迷信吗？不是不科学、非理性的吗？然而，祥林嫂不但不因为它是迷信而不相信它，相反她却因它而痛苦，因它而摧残了自己的心灵和身体。

更深刻的因果是，祥林嫂由于对损害她、摧残她的迷信观念缺乏认识而导致死亡。从这个意义上说，审美因果在超越了理性因果以后，在另一个层次上，又回归于更深刻的理性因果。

祥林嫂死于愚昧，死于缺乏反抗的自觉性。

这是一种什么样的迷信，为什么这么厉害呢？

这是不是仅仅是一种对鬼神的迷信呢？也不全是。

因为阎王要分尸给两个丈夫的说法，其前提是女人，包括寡妇，不能第二次嫁人。谁再嫁，谁就得忍受残酷的刑罚。

然而祥林嫂并不要求再嫁，她倒是拒绝再婚，而且反抗了，逃出来了。在她被抢去嫁给贺老六时，她反抗得很“出格”，头都碰破了。

按道理，如果阎王真要追究责任，本该考虑到这一点，因为责任首先不在祥林嫂这一边，而应该在抢亲的策动者——她婆婆那一边。然而，阎王并不怎样重视逻辑问题。

这里还暴露了封建礼教的罪恶和荒谬，从这个意义来说，这种暴露是富于深刻的理性的。

妻子属于丈夫，丈夫死了，妻子不能再嫁，她只能作为“未亡人”等待死亡的到来。任何女人一旦嫁了男人，就永恒地属于这个男人，这是一种得到普通承认的“公理”，所以祥林嫂是没有自己的名字的。她嫁给祥林，就叫祥林嫂。然而后来她又与贺老六成亲了，该叫什么呢？在贺老六死后，她回到鲁镇以后，本该研究一下，叫她祥林嫂好还是老六嫂好，然而鲁迅用单独一行写了一句：“大家仍然叫她祥林嫂。”连犹豫、商量、讨论一下都没有，就自动化地做出共同的反应。这说明“女子从一而终”在普通老百姓心目中如此根深蒂固。

然而这只是问题的一面。

问题的另一面是，她的婆婆违反她的意志要卖掉她，这不是有悖于神圣的夫权吗？然而并不。原因是还有一个族权原则：儿子是父母的财产，属于儿子的未亡人，自然也就属于母亲，因而婆婆有权出卖媳妇。

《祝福》的因果逻辑在超越了理性因果之后，不但写出了封建礼教的残酷野蛮，而且写出了它的荒谬悖理。

更深刻的因果性显示了：祥林嫂之死，其最悲惨处不在于她物质上的贫困和精神上的痛楚，而在于造成物质贫困和精神痛楚的原因竟是自相矛盾的、不通的封建礼教。不但它的夫权主义和族权主义相矛盾，而且它的神权主义又与夫权主义和族权主义互相冲突。然而在一个受害的弱女子如此可同情的悲剧面前，居然没有一个人，包括和她同命运的柳妈以及一般群众（如冲茶的短工）表示出对她的同情，更没有任何一个人表现出对如此荒谬的封建礼教的愤怒，有的只是冷漠。

很显然，在这背后有悲剧的、理性的原因：群众对封建礼教的麻木。正因为此，改造中国人的灵魂才显得特别重要。这正是鲁迅作为一个伟大的启蒙主义者的思想特点。从这里我们可以看到，设计情节因果不仅仅关系到情节的生动，而且关系到理性的深刻。

要达到情节的生动，就要避免纯用理性因果，因为理性因果就是概念化的因果。

要达到思想的深刻就要避免表面的、单层次的因果，以构成多层次的因果，在低级层次上作审美超越，在高级层次上作理性的回归。

任何一个作家，要有真正的艺术创造，就不但得分清这两种不同的逻辑，而且要善于在人物的语言和行动中看到这两种逻辑的互补。

作家创造因果链有两种途径：第一种途径是完全独立的创造，这样，自由天地最为广阔，创造性最能得到发挥，但其难度也最大，因为想象缺乏一个弹跳点，联想缺乏一个媒介，所以完全独立地创造情节的作家是非常难能可贵的。在文学史上，有很长一段时期，这样的作家很少，因而产生了第二种途径——借助旧的因果链作为弹跳点，创造出新的因果链。新的与旧的本质有不同。曹禺处理四凤和周萍之间的关系明显受到《家》中觉慧与鸣凤之间关系的启发。布莱希特从元曲《灰阑记》中获得因果链的反向激发也是如此。《荡寇志》的作者从《水浒传》中获得的启发也属于这一类（姑且不论《荡寇志》的思想和艺术远不及《水浒传》）。作家创造因果链的自由常常在对前人作品的改编中获得。成功的改编并不限于文字的润饰或形式规范的转移，只有在因果链的更新上做出成绩的，才有某种创造的自由，有时一个因果链的更新可能使一部作品在艺术上起死回生。例如我国古典话本小说《警世通言》中有一个很著名的短篇小说《玉堂春落难逢夫》，其情节与冯梦龙编的《情史》卷二中的《玉堂春》，以及《海刚峰先生居官公案传》第二十九回《妒奸成狱》大致相同。《情史》原来的情节是王舜卿因迷恋妓女玉堂春把金钱挥霍一空，不得已离开妓院，流落都下。玉堂春偷偷给他金银，让他盛装重返。《情史》原文是这样的：

> 生盛服仆从复往，鸨大喜，相待有加，设宴。夜阑，生席卷所有而归。鸨知之，挞妓几死，因剪发跣足，斥为庖婢。

这样一种不够光彩、没有情义的行为具有某种无赖的性质，它当然要决定着结果的性质，因而后来王舜卿做了官替玉堂春平反了冤狱，其结果就只能是：

> 王（舜卿）令乡人伪为妓兄，领回籍，阴置别邸为侧室。

偷偷地让玉堂春当个不能公开露面的姨太太，对此，作者发议论说：生非妓，终将落魄天涯。妓非生，终将含冤地狱。彼此相成，卒为夫妇。

作者所强调的因果关系是一种互相报答的交换关系，基本上是实用价值观念在起作用。至于玉堂春在王舜卿落难后对他的一片真情，王舜卿的负情这笔账，在原作中没有什么特别的价值，在因果关系中是被忽略的因素。它既无深远微妙的个性上的原因，也没有在两人感情上引起相应的结果。这说明冯梦龙在撰写《情史》时对于素材的局限性未能充分突破，还没有获得高度的自由，因而《情史》中这一段对于情感世界中的因果关系是比较漠然的。

生活中有许多“突转”，自然有其外在原因，但在情感世界中应有更深刻的原因。在《情史》所记录的素材中，冯梦龙只注意到外在的因果，而对情感世界中的重要关节都一任其有因无果，让它们在因果以外孤悬，因而情节仍然在实用价值领域，不能在感情天地中展开自由的想象，向情感的深层结构突进。而到了冯梦龙编的《玉堂春落难逢夫》中，情况起了根本的变化，他的想象进入了审美价值领域。王舜卿得了玉堂春的资助再至妓院重温旧梦以后，两人山盟海誓一番。王舜卿要离去：

玉姐说：“你败了三万两银子，空手而回，我将金银器皿，都与你拿去罢。”

三官说：“忘八淫妇知道时，你怎打发她？”

玉姐说：“你莫管我，我自有主意。”

这样一改，虽然只调动了一个因子，整个情节的因果性质就发生了根本的变动，并不是王三官（俊卿）偷偷席卷而去，是玉堂春主动提出，而王三官（俊卿）也曾关注拿走金银器皿的后果。这样一来，两个人的关系，就不纯粹是出于实用观念的交换，而是出于相互爱恋的情感了。在这个环节上，产生了这个因，必然在后继环节上导致与之相应的果。这个因是情感的因，而结果必须在情感领域以内去探求，因而整个因果关系，就超越实用价值观念的束缚。不但情节的结果发生了变化，就连情节中原因的原因也发生了变化。玉堂春虽然身为妓女，但在接待王三官之前并未接客，在王三官离去以后也没有再接客，而且在与鸨母的斗争中还取得了很大的胜利（甚至于被王三官称为“守节”）。而后来被卖与山西商人为妾，是被骗的，一直是反抗到底的。如果没有这样一些原因，就不可能引出那样性质的结果。造成玉堂春苦难的根本原因不再是她的妓女身份，而是她对王三官感情的坚贞；推动王三官为玉堂春平反冤狱也并不仅仅是因为当年他流落都下，玉堂春曾经赠金解救，而是出于他对玉堂春的爱恋。摆脱了世俗的实用价值观念的束缚，冯梦龙在因果关系的探索上就获得了更大的自由。

同样的题材可以因不同的因果而构成不同的形象，不同性质的因果链决定了心灵探索的不同层次。作家不可能一下子达到较深的层次，进入较高层次往往是反复探索的结果。

第四节　性格因果律[①]

一、从宿命因果走向情感因果

情感对人类情感世界的深层探测是沿着因果性的逻辑线索进行的，因果性是一种必然性，这种必然性的追求几乎是随着情节的产生而产生的。但是情节的根本要素是“突转”，“突转”必须是偶然的，是出乎意料的，异常的。也就是越出了常轨，超越了必然性的。中国古典小说的初期都把奇与怪（志怪、传奇）作为基本目标来追求，直到清朝蒲松龄还把他的短篇小说叫作“志异”。不管是奇、怪，还是异，都是以偶然性为特点的。纯粹的偶然性为情节提供了绝对自由，但绝对的自由想象具有任意性，凭着任意性并不能产生对人类深层情感结构的认识，因而在情节产生之初对于必然性的追求就制约着偶然性。不论是古希腊的神话史诗还是中国的寓言、志怪、新语、传奇，都力求使情节在必然和偶然的交叉点上发展。

在古希腊的悲剧情节中有所谓命运悲剧，命运就是一种客观必然性，主观上不论如何逃避都毫无用处。最有代表性的就是《俄狄浦斯王》。

俄狄浦斯是忒拜国王的儿子，国王预知这孩子日后会杀父娶母，叫一个牧人把他抛弃在荒山上。弃在荒山是一个偶然性，越出了常轨，是对必然性的直接否定。但是另一个牧人把他接去，转送给科任托斯国王做嗣子，这是第二个偶然性，第二次越出常轨，对必然性的又一次否定。俄狄浦斯成人以后，听神说，他会杀父娶母，他因此逃往忒拜，这是第三次偶然越出常轨，超越必然性。他在路上杀死了一个老人，而这个人恰恰就是他的亲生

① 性格，在英语中是character，20世纪50年代译为性格，目前多译为人物。在这里，我仍取性格，因为它与中国古典小说美学范畴相一致。性格最早出于《水浒传》武大郎与西门庆之口，金圣叹以之为小说评点的核心范畴。西方小说美学，在亚里士多德那里是故事、动作高于人物。西方现实主义文论，包括马列文论，都把性格看成是人物艺术上成功的标志，而西方当代文论则又把人物看得更为关键。罗兰·巴尔特在《叙事作品结构分析导论》这篇论文中明确强调人物从属于行动：“结构分析十分注意避免用心理本质的语言来给人物下定义，至今为止一直力图通过各种假设，不是把人物确定为‘生灵’，而是‘参加者’。”他举例道：“布雷蒙认为，每个人物都可能是自己行为（舞弊、诱惑）的施动者……托多洛夫在分析一篇‘心理’小说（《危险的关系》）的时候，不是从人物出发，而是从他们之间可能发生的、他称之为基本谓语（爱情、交际、帮助）的主要关系出发……格雷马斯建议，不是根据人物是什么，而是根据人物做什么（行动元的名称由此而来），来对叙事作品的人物进行描写和分类。”他最后说：“应当重申，主要的是用人物参加一个行动范围来确定人物。这些行为范围是不多的、典型的、可以进行分类的。”我不赞成从性格倒退到人物，更不赞成从人物倒退到行动去。——2000年注。

父亲。他做了忒拜国王，并娶了前王的妻子为后，而她就是他自己的母亲。正是一系列的偶然，一连串超越宿命必然性的愿望使他最后把自己引向必然的命定的结局。

一系列的偶然性本来应该是对必然性的破坏，对必然性的干扰。在一般情况下，偶然性的干扰愈多，必然性的成分就愈少；偶然的层次愈多，与必然性的距离就越大。但是如果其中有一两个巧合环节，恰恰处在偶然与必然的交叉点上，其结果是偶然层次越多，越可能与必然重合。例如，他杀了一个老人，一般情况下这是一个普通人，自然是偶然的递增，但恰恰是他的父亲，这就巧合了。所谓巧合就是在偶然与必然的交叉点上。如果光有这一个偶然，还只应验了一半的必然，可是偏偏又娶了前王后为妻，这对他来说是偶然的，可又一次处在偶然与必然的交叉点上，这就补足了神所预言的另一半必然性。由于巧合的作用，偶然性的递增，不但没有导致必然性的递降，反而导致必然性的递增。

构成情节就是制造一系列的偶然性，使事态的发展在表面上离开必然性，然而同时又利用巧合（偶然和必然的交叉点上）逐步使偶然性递降，使必然性递增，直到二者最后在一个事件上完全重合。

一切情节的因果性都是在这两种互相矛盾的倾向作用下发展的。二者之间矛盾的调和关键在于巧合，正是巧合使层层递增的偶然转化为层层递降的偶然。

但是巧合本身却是偶然的。巧合的功能又是牺牲偶然，成全必然。这种必然，是一种非常有限的必然。一切文学情节的必然都是有限的，但是在表面上都是非常充分的。这就为宗教迷信的因果报应，也为作家的自由想象留下思维空间。

在中国的小说史上，有一种不满足有限的必然性的倾向，不少作品追求绝对的必然性，这并不限于神魔小说，在英雄传奇、历史演义，在表现市井小民生活的情节中也大量存在。其特点是以一种超现实，甚至于超自然的不可抗拒的神秘力量决定现实生活的必然结局。岳飞被奸相秦桧所害，在钱彩的《说岳全传》中用一种因果报应来解释，当年如来佛讲佛时，正说得天花乱坠，有一个悉心修炼的蝠蝙忍不住放了一个臭屁，被正在莲座上巡飞的大鹏金翅鸟发现，一啄而死，蝙蝠一道冤魂到人间投胎，这就是秦桧。大鹏因轻易杀害生灵，也被佛祖贬入凡间受苦，这就是岳飞。这样一来，岳飞的被害和秦桧的奸邪都得到了必然的解释。可是这样绝对的必然性，正等于绝对的偶然性一样，并不能导致人类对情感和社会生活奥秘的深入了解，反而取消了任何深入了解的意义。

宿命的必然性在许多经典性的古典小说中都有或多或少的表现，例如在《水浒传》的开头，把梁山泊英雄聚义的原因归结为洪太尉到江西信州请张天师祈禳瘟疫，游龙虎山伏魔殿时，不听道士劝告，强开殿门，放倒镇魔石碣，掘起石板，放走了妖魔，致使三十六天罡星、七十二地煞星在人间投胎，注定了一百零八将梁山聚义的必然性。而洪太尉放走妖魔，也不是偶然的。那石碣上早就刻着“遇洪而开”的字样。这样就把一切偶然性都排斥了。这样的绝对必然性的追求在中国小说史上一直没有中断，最严重的是《封神演义》。作者虚构了一系列释教、截教、道教三家大战的曲折情节，但是不管站在拥护纣王暴政的一方，还是站在反纣王暴政的一方，所有的战将死了，都是“一道阴魂飞往封神台去也”，最后由反对纣王暴政的主帅姜子牙对每一个阴魂封以神爵。

迷信的必然性就是这样一种绝对的必然性，这种绝对的必然性是超现实的，是任何现实的力量、人的主观努力所不能抗拒的，因而它又是一种超理性的必然性。它完全否定了现实世界的任何主观战斗精神，因而它又是一种盲目的必然性。

但是，文学毕竟不同于生活，它是一种逼真的幻觉，绝对的、带有盲目色彩的必然性，在文学作品中并不一定完全是消极的宿命。艺术形象是一种审美的认识，毕竟不完全等同于科学的认识，有时某种超越理性的必然性并不否定情感，只是以情感的逻辑超越了理性逻辑，它主观的甚至是稚拙的情感逻辑，往往只是披在现实因果逻辑上的一袭神秘的外衣，其价值不在认识方面，而在情感的虚幻性上。在《红楼梦》中，林黛玉与贾宝玉的恋爱充溢着那么多的痛苦与泪水，作品中解释说这是因为绛珠仙子欠了神瑛侍者天天灌溉的水，因而投生为林黛玉，以泪水归还给神瑛投生的贾宝玉。这种必然性，带着很强的情感的虚幻色彩，它为《红楼梦》中揭示的严峻的社会、思想、情感的矛盾造成一种“间离效果”。曹雪芹并不指望读者执着地信任他这种游戏之笔，他只是为了增加情趣而已。《水浒传》中的情况也一样，形象体系中揭示出来的生活真谛是“逼上梁山”“官逼民反”，三十六天罡，七十二地煞，是被社会环境逼上造反的道路的。施耐庵只指望在“逼”这一点上征服读者，并不指望读者把洪太尉误放妖魔当作更可靠的原因，不过他借此在虚幻的神秘性方面打动读者的情感。

这种虚幻的因果关系，都带着某种主观情感色彩。它表面上是强调客观的必然性，但是这种必然性并不是依理性的客观逻辑，相反的是违反理性逻辑的，它所依据的是情感和愿望，它把主体的动机和愿望，包括困惑和安慰，提高到决定一切的地位，因而这样的必然性就与宿命的必然性有了根本的区别。宿命的必然性是消极的、厌世的，不但否定了人的理性，而且否定了人的感情，而这种必然性是肯定人生，把人的感情作用作为一切结果的总原因来强调。这在民间故事、神话、童话乃至某些叙事诗中是常见的。在埃及和中国的民间故事中，财富出自天赐，但必然归于良善，而用同样的方法，邪恶者必然招来惩罚。在善与恶的斗争中，善良的一方总是通过一系列的必然、注定的巧合战胜了邪恶，这样的必然性主要是善良者的情感在起作用。在欣赏这种作品时，主要是为这种善良的情感逻辑的奇幻所吸引。

宿命的因果是一种客观的绝对性，而情感的因果是一种主观绝对性。在世界文学史上有一个共同的倾向，那就是宿命因果优势逐步让位于主观的情感因果。这是因为，文学形象，它的主要功能在于认识主体的情感世界和认识情感世界与客观生活的关系，当然还有情感世界与情感世界的关系。宿命的必然性毕竟是幻想而已，因此不管它曾占有多么辉煌的统治地位，最终也不能不让位于情感的主观因果逻辑。

正是因为这样，在神话和民间传说由于人类理性的高度发展已经停止再生的时候，童话的创作成就和历史地位却大大地提高了。这是因为童话中有一种纯情感逻辑，这恰恰是构成文学形象的一个基本要素，只要有文学形象存在，这种情感逻辑就必然存在。在世界文学史的发展过程中，还有一个共同的倾向，那就是对外部生活的认识优势，越来越让位于对人类主体感情世界认识的优势，因而情感逻辑不但不因神话、民间传说的衰落而衰落，相反，却在文学中越来越提高了它的重要性。它不仅在童话里显示了它的生命力，而且就是在那最严格地摹写生活的号称自然主义小说的人物性格中显示了它的生命活力。

二、童话情节的因果与小说情节的因果

童话的情感逻辑并不是赤裸裸地直接表现出来的，而是通过事情与事情之间的承续与突转表现出来的。在童话故事中的人物情感往往是类型化的，不论是傻女婿、丑小鸭，还是鱼王子、灰姑娘，都不是以特别鲜明的个性见长的。傻女婿逢凶化吉，丑小鸭自惭形秽，灰姑娘向往幸福，鱼王子有限度的有求必应，都是共性大于个性。但是这并没有导致这些童话的概念化，原因在于，推动童话情节发展的是作者的感情逻辑，而这种情感逻辑是非常特殊的，不可重复的，因而童话中的情感是复合情感，是人物情感的共性与作家个性情感逻辑的结合。从这一点上来说，童话接近于诗（诗是描绘对象特征的类型化与抒情主体感情特征的个性化相统一），因而童话与诗同样属于抒情文学类型。

童话与诗的不同之处在于：它不是静态地将感情倾诉出来，也不完全像诗那样以感情去冲击感觉，使之变异，以显示情感的活跃与生动。童话不完全依靠感觉的奇观，因为不管感觉怎样变异，如果没有情节，感情仍然是静态的，从单层次的平面中流泻出来的。童话借助于情节，情感逻辑便在越出常轨的情境中从因和果两个方面中显现出来，显示了情感的动态奇观，但是这种情感是创作者主体的情感。本来，情节发展过程是主体情感因果与客观事变因果的对应过程，但在童话中，人物情感在动态过程中的变幻的特殊性是被作家的情感淹没了的，因而童话情节的因果是主体情感的单一的线性因果关系。一切结果、一切情节的发展都取决于作家的情感逻辑。作家的情感、愿望、动机和需要，是一切结果的充分原因。

小说情节不同于童话情节之处就在于它不满足于单一主体情感的线性因果关系。人类情感是一个复杂的系统，情感的秘密不但在于主体中，而且也在于情感与情感的系统结构中，人类的认识不能停留在主体的线性因果关系上。光是在主体范围内的线性因果关系是很有限的，或者说是很片面的。因而童话的艺术成就以及重要性从来也没有超过小说。

小说的情节不同童话之处在于，它把主体的情感逻辑和不同人物的情感逻辑交织起来形成一个多维的结构。

在小说情节中，人物的情感逻辑对于人物自身来说，当然是主观的，可是对于作家来说，就是独立于他的情感逻辑之外的客观逻辑。而小说中人物不止一个，不同的人物要有生命，就应该有不同的情感逻辑。人物之间的情感逻辑是相互矛盾的。这样，任何一个人物的情感逻辑都不可能是充分自由的，不但要受到其他人物情感逻辑的制约，而且要受到作家情感逻辑的制约。

严格说来，小说情节中的情感逻辑不但是多维的，而且是层次复杂的。在这多层次、多维的结构中，每一维、每一个层次都是另一维的函数。每一维、每一层次的变动都会牵动其他各维各层的变动，但是这不等于说任何一维、任何一个层次的作用都是平均的。

人物的情感逻辑与作家的情感逻辑总是要发生矛盾，因为人物的情感逻辑是无限多样的，而作家的情感逻辑是永远单一的。虽然作家的情感逻辑或多或少，或从正面美化，或从反面丑化了人物的情感逻辑，但是这种美化和丑化总是有限的。当人物的情感逻辑与作家的情感逻辑发生矛盾时，作家如果过分地去同化人物的情感逻辑，就有陷入情感逻辑雷同，形象化为类型甚至概念的危险。只有当作家的情感逻辑向人物的情感逻辑让步，人物才可能获得自己的生命。

因而在小说情节的因果链中，起主导作用的应该是人物的情感逻辑。任何一个情节的因果，不能光是一般的情感因果，甚至也不应该光是作家情感的因果（如果光是作家情感逻辑的因果就成了童话了）。小说之所以为小说，就是因为它的情节因果主要取决于人物之间情感逻辑的交融。

这就是说，对于任何结果都不能满足于在自我的情感中找寻特殊原因，而应该在人物情感的张力中去找特殊原因。

三、情感的随机变异和逻辑的一贯性

情感的变幻本是不可直接感知的，幸而情感不是一个自足的封闭系统，它联系着人物的感觉和知觉，影响人物的意志行为，这样它才可能被感知。情感因果，包含着人物心理（感觉、知觉、想象、记忆）和行为。读者就从人物的感觉、知觉、想象、记忆和行为中去了解人物的情感。

从心理学上来说，人的行为和心理的特异性、一贯性就是人的性格。

决定人物行为的是人物的心理，决定人物心理的是人的情感和理智。理智是普遍的，理智的逻辑遵循世界共同的法则，因而光有理智的人是没有性格的独特性的。而感情与理性的动态结构，就构成一种随机变异和逻辑一贯性的特点。随机变异性自然是特殊的、不可重复的，逻辑的一贯性就是这种随机变异性的必然性，二者的结合形式是不可重复的。

人物性格就是这种情感的随机性与逻辑性的统一。不论从随机性来看还是从逻辑性来看都是特殊的。就人物组成性格结构的要素而言，都是特殊的；就作家对性格要素的诱导逻辑而言，也是特殊的。所谓人物性格是个性与共性的统一，并不是从情感要素着眼的，而是从情感结构的功能，特别是这种结构与环境的关系着眼的（这一点我们以后还要讲到）。就性格的组成要素而言，不管从哪一方面来看它都是特殊的、个性化的。阿 Q 性格的情感结构不管是他的自尊自大联系着自轻自贱，还是他的排斥异端又联系着向往变革，都是特殊的、例外的。任何赤裸裸的共性都不能作为一个独立的要素进入性格结构，但是多种例外的独特的情感要素结合在一起形成一个有机的结构，其功能则可能产生某种共性。例如阿 Q 从自尊自大到自轻自贱的逻辑与蛮横无理、畏惧权势结合在一起，就看出自高自大只有在权势者、强者面前才转化为自轻自贱，这就不是阿 Q 一个人如此了。这种转化就包含着较多的普遍性。

四、找到人物自己的情感逻辑

从创作过程讲，任何一个故事出现在作家面前，作家首先应该把它当成一个结果，作家的任务就是去寻求特殊的情感导因。找寻独特的情感导因之所以十分艰巨，就在于普遍存在着的对于情感逻辑与理性逻辑的混淆。理性逻辑与情感逻辑的混淆是寻求情感逻辑的最大障碍。情感逻辑与理性逻辑最大的不同就是它是独特的，不是普遍的。人物的行为语言，从普遍的理性逻辑来说可能是不合逻辑的，但对于情感逻辑却是天经地义的。吴乔所说的“无理而妙”，于理性逻辑讲来就是无理的。情人眼里出西施，是没有充足理由的，但是是有情感的，情感本身就是充足理由。不是冤家不聚头，明明是相爱很深，但又互相折磨，是自相矛盾的，但又是生死不渝，始终一贯的。在情感产生之初乃至情感高度兴奋之时都分不清楚甜酸苦辣，陷于一种痴迷的欢畅，是违反同一律的，正是因为不统一、朦胧，才更强烈，这种不确定性好像是首尾不能一贯的，但是又是毫不动摇的。在情感逻辑面前好像形式逻辑的同一律、矛盾律、排中律、充足理由律，都失去了作用。情感辩证法与理性的辩证法也不同，有时它以模糊，难以定性、定位、定量取胜，有时则完全以绝对化片面性取胜。所有这一切集中到一点，就是情感逻辑、结构功能永远是个别性、特殊性、偶然性占着明显的优势。并不是一切人都在使用一种共同的情感逻辑，而是每一个人物都有自己独特的情感逻辑。作家的任务就是为每一个人找到属于他自己的情感逻辑。作家在任何一个故事中所要探求的首先不是对每一个人都适用的理性因果，而是超越了普遍性的特殊的，只适用于一个人的情感因果。

五、性格就是选择

在通常情况下，人的情感和理智是比较统一的。在行为中流露出来的往往是表层的情感，只有当人物进入一种越出常轨的状态，人物的情感与理性的矛盾才会激化起来。在这种情况下，人就不能直接按情感行动，也不能完全按理性的意志行动了，这就导致了行为的选择。亚里士多德在《诗学》中在讲到对话时说过：

> "性格"指显示人物的抉择的话……一段话，如果一点不表示说话的人的去取，则其中没有性格。[①]

亚里士多德说的是对话，其实不仅是对话，任何人物的行动心理都是这样。一般的行为，显示不出什么抉择，情感逻辑往往被理性逻辑所同化，内在的情感被外在的行为平静所淹没。在一般情况下，实用价值观念抑制审美价值观念，人只要靠本能就可适应环境的变化，因而不需要什么选择。在这种无选择的情况下情感逻辑的特异性是潜藏着的，作家自然不能满足这种潜在状态，于是就迫使人物选择。

一般说选择有两种：一种是有意识的选择，一种是无意识的选择。有意识的选择在感情与理性之间，人物的选择是自觉的。为了使隐性的情感化为显性性格，这就得让潜在的情感超越理性的戒备化为外在的动作。其条件是将二者的矛盾激化，使理性的功利和情感的审美发生不可调和的矛盾，使二者处于某种动荡状态，将人物置于情理两难的境地。按理性逻辑的普遍性则只有一种可能，别无选择，按情感逻辑的特异性则当有多元选择。在理性仍然清醒、没有失去控制力的情况下进行的选择是一种自觉的选择，但是选择，就不完全是理性的，甚至不能让理性一直占优势，一直让理性占优势就必然使情感受到抑制。

《三国演义》写得最精彩的并不是诸葛亮，因为《三国演义》表现的诸葛亮理性智慧一直占着优势，这种优势理智很少与情感矛盾，像借东风，就没有情感上的紧张和矛盾，很少处于选择，因而性格并不是最鲜明的，所以鲁迅觉得不满，批评《三国演义》把孔明写得"多智而近妖"，也就是有点神化了。鲁迅在《中国小说史略》中，特别称赞的形象是

---

① 亚里士多德、贺拉斯著，罗念生、杨周翰译：《诗学 · 诗艺》，人民文学出版社 1982 年版，第 24 页。

关云长，这并不偶然，因为关云长的感情时常与理性不统一，时时有选择的余地。鲁迅在《中国小说史略》中曾特别引用过关云长华容道释放曹操那一段。这一段之所以值得称赞，就是因为罗贯中把关云长放在一个困难的选择关头。在这以前，作者已经交代，诸葛亮不信任关云长能完成任务，而关云长主动要求派遣他去，并且立下了军令状。从理性逻辑来说，已经达到了无可选择的地步，可是到了关键时刻，作者偏偏让关云长的感情选择了违背理性的行动。《三国演义》第五十回写到曹操赤壁大败亏输，领着残兵败将屡中伏兵，最后来到华容道，正好遇到关云长率领的伏兵：

操军见了，亡魂丧胆，面面相觑。操曰："既到此处，只得决一死战！"众将曰："人纵然不怯，马力已乏，安能复战？"程昱曰："某素知云长傲上而不忍下，欺强而不凌弱，恩怨分明，信义素著。丞相旧日有恩于彼，今只亲自告之，可脱此难。"曹从其说，即纵马向前，欠身谓云长曰："将军别来无恙！"云长欠身答曰："某奉军师将令等候丞相多时。"操曰："曹操兵败势危，到此无路，望将军以昔日之情为重。"云长曰："昔日关某虽蒙丞相厚恩，然已斩颜良，诛文丑，解白马之围，以奉报矣。今日之事，岂敢以私废公？"操曰："五关斩将之时，还能记否？大丈夫以信义为重。将军深明《春秋》，岂不知庾公之斯追子濯儒子之事乎？"云长是个义重如山之人，想起当日曹操许多恩义，与后来五关斩将之事，如何不动心？又见曹军惶惶，皆欲垂泪，一发心中不忍。于是把马头勒回，谓众军曰："四散摆开。"这分明是放曹操的意思。操见云长回马，便和众将一齐冲将过去。云长回身时，曹操已与众将过去了。云长大喝一声，众军下马，哭拜于地。云长愈加不忍。正犹豫间，张辽纵马而至。云长见了，又动故人之情，长叹一声，并皆放去。

从理性逻辑来说，关云长放走曹操是违反了军法，犯了严重的原则性错误，是不忠于刘备事业的背叛行为，其后果可能危及自身的生命；而俘虏了曹操则是忠于刘家王朝的表现，并可能得到升迁和厚赏。然而关公的情感逻辑则恰恰相反，因为关公还欠着曹操的一笔人情。关公出逃，过五关，斩了曹操六个将官，曹操没有派兵追赶。这笔人情不还就是不义。在忠（理性和共同利益）和义（个人感情）之间，关云长选择了于己、于公都不利的义，显示了他的情感逻辑的彻底性，这就使他的性格达到一个饱和度。毛宗岗在评点到这里时这样分析关云长的感情逻辑：

虽其人之大奸大恶，得罪朝廷，得罪天下，而彼不能害我，而以国士遇我，是即我之知己也。我杀我之知己，此在无义气丈夫则然，岂血性男子所肯为乎？①

从理性的普遍性来说曹操是大奸大恶、人人得而诛之的乱臣贼子，但是情感是一个人

① 陈曦钟等辑校：《三国演义会评本》，北京大学出版社 1986 年版，第 622 页。

的逻辑，在普遍性上是合乎逻辑的，一到个人就不合逻辑了。如果这个乱臣贼子曾经于我有恩遇，视我如国士，则对我来说已不是乱臣贼子，而是我的知己，我如果杀了知己，自己就变成不义。虽然我放了他便是不忠，但不忠是对于别人而言，不义却是对我而言的。关云长性格逻辑的特点就是在忠和义矛盾、理性与情感、功利和非功利矛盾时，总是选择后者，选择对自己不利的方面，感情逻辑的彻底性使关云长的形象达到饱和。

从这里可以看出，情感逻辑产生于人物自身的选择过程中。选择最能显示情感逻辑的强大，因为情感逻辑是人物私有的，所以抓住了情感逻辑也就抓住了人物性格。

但是情感的选择并不一定是这样带着自觉性的，因为情感本身并不是都能意识得到的。大量的情感，处在无意识领域中，因而作为情感的选择包括一种无意识的选择。尽管是无意识的选择，仍然不是没有逻辑性的。失去逻辑性就可能使性格不统一，陷入混乱或者重复交叉。蹩脚的推理小说、武侠小说就是这样。严肃的文学与通俗文学在人物性格情感的描绘上最大的区别就在于逻辑性的有无。

在严肃文学中，情感虽然不完全受理性逻辑约束，但是自有情感本身的逻辑，每一个人物的情感都有特殊的因果。哪怕是疯狂的人，神经不健全的人，情感都有某种逻辑性。文学作品中的疯子、狂人虽然在表面上失去了理性，其情感逻辑也瓦解了，但是在混乱的表面现象背后，那疯狂的情感仍然会超越生理和病理的机能显示出它的因果性来。不管是果戈理笔下的狂人还是鲁迅笔下的狂人，其感情都遵循一种疯狂的、扭曲了的逻辑，但其极端的疯狂语言中恰恰隐藏着最清醒的真理。不管是装疯卖傻，还是被关入疯人院，不管是间歇性的疯狂还是持续性的疯狂，如果要使他有生命，作者就不能把它当作纯粹的生理机能、神经机能的混乱来描述，而应该作为一种心理现象、感情创伤来剖析，必要时强调病态，不过是为了从病态中揭示那种病态感情的特殊逻辑性。

法国新崛起的作家亨利·古龙日 1979 年以后以《永别了，疯妈妈》轰动了法国文坛。作品写德国德累斯顿 1945 年 2 月遭到美英大轰炸，小姑娘儒瓦娜的姐姐被炸死，妈妈莱娜经受不住刺激成了疯子，小姑娘只好领着疯妈妈逃难。对往事的缅怀使妈妈陷入与世隔绝的状态。正当女儿享受着初恋的幸福浸沉在舞会的欢乐中时，疯妈妈突然失踪了。音乐家哥布拉特在一个山坡上找到了她。就在这个地方，这位音乐家爱上了当年的莱娜。当年这里曾经有一个孩子从岩石上滑下去跌死了，孩子的母亲是莱娜的朋友，每逢孩子的忌日，她就找音乐家联系，让儿童合唱队上山为死去的孩子唱歌。后来德国政治形势变化了，这事受到禁止。

音乐家知道，是舞会上孩子们的歌声刺激了莱娜，使她的部分记忆恢复了，因而她能认出当年走过的山路，摸黑走到已经多年不来的山坡。她来到这里好像在等待音乐家，但是除此以外，她的其他记忆仍然不能恢复，对音乐家的一切表示无动于衷，只是重复三个字：歌、路、马。

音乐家后来才明白：在路上，莱娜被苏军的逃兵糟蹋过，这群牵着马的暴徒，使莱娜极为恐惧。后来德国在战争中失败了，莱娜寄居捷克，捷克人民对居住在捷克的德国人进行报复，女儿儒瓦娜又带着疯妈妈躲进一辆救护车逃难。半路上一队苏军哥萨克骑兵突然出现，又使莱娜恐惧的记忆复苏了。她疯狂地跳下车扑向那些骑兵。在枪声中，莱娜死了。

莱娜是个疯子，她有两次越出疯子的常轨的行动。一次是从舞会上独自一人溜到老远的山坡上，另一次是看见哥萨克骑兵，不要命地扑过去。虽然这些都是疯狂中的疯狂，但是很明显，强烈感情激起的片段的记忆成为不自觉选择的原因。

本来，疯子失去意识和情感后，意识是很难恢复的，但是在特定条件的刺激下，感情却片段地恢复了，因而产生了两次无意识的选择：第一次是在欢乐舞会与孤寂的山坡之间选择了山坡，第二次是在安全逃难和复仇之间选择了复仇。这两次选择都是疯狂的，又是不疯狂的，客观条件的强烈刺激唤醒了她在无意识中那最强烈的爱和恨的情感，因而不通过意识，仅凭着无意识便表现为行动。这种行动是个结果，但导致这种结果的原因是无意识中的感情。在无意识中的感情之所以能这样化为行动，就是因为它特别强烈。

无意识的选择所表现的情感强度是有意识的选择不能比拟的，无意识选择所表现出来的情感逻辑比有意识的选择带着更大的深度。无意识的选择是一种自发的选择，因而它往往能暴露人类情感深度隐藏的秘密。有时，脱口而出的一句话，把一生不能解脱的情感纠结道破了；有时，一个无意识的行动把人物自己也没有意识到的情感唤醒了。到达无意识的境界时，往往很难区分选择性与非选择性，因为与感情矛盾的理性、功利考虑只有在意识领域才能存在，而在无意识领域，人的情感就比较充分地被解放了。因而无意识的选择是一种最自由的选择，因为是最自由的，也就成了唯一的选择。所以情感选择的最高境界实际上是用不到选择，没有选择的选择，就成了最好的选择。

六、性格的逻辑起点——人物的一点着迷

要找到构成人物性格的逻辑性，首先得找到人物性格的逻辑起点。一切情感的变异性和统一性都是从这个起点上产生的。正是在这个起点上有着决定人物性格发育、生长、衰亡的胚胎。要找到这个情感的逻辑起点，就得从找到人物感情的不同点开始。英国作家亨利·费尔丁在《汤姆·琼斯》卷十第十一章中说：优秀作家还有这样一种本事，那就是同是一种罪恶或愚蠢推动着两个人，而他能分辨出这两人之间的细微区别。虽然罪恶和愚蠢从理性来看性质是相同的，但是对于情感来说，却是不同的，因人物性格而不同。在巴尔

扎克笔下，写了那么多贪财好色之徒，但是没有两个人是相同的。人物的感情逻辑之所以不同，是因为推动人物心理活动的原因动力是不相同的，关于这一点高尔基曾经说过：不管他是什么样的人——资产阶级也好，农民、工人、贵族也好——每个人总得有他自己的幻想和私欲，就是这些东西支配着人呀。就是这些东西是应该观察的呀！按高尔基的经验，要使人物有性格，有自己的生命，就得找到某种内心的私欲，而这种私欲是和幻想联系在一起的，每个人的私欲不尽相同是和每个人的幻想不尽相同有关系的。人的情感是这样一个奇妙的世界，它不仅孕育着不同的私欲，而且孕育着不同的幻想。同样是贪财，老葛朗台临终弥留之际，看见神父的金十字架，就企图扑上去，结果这样大的动作，送了他的命；而同样是在巴尔扎克笔下的贪婪之徒，高布赛克却不愿意露财。一次，他掉了金币，别人拣起还给他，他否认自己拥有金币的可能，拒不接受。两个人在金钱上同样贪婪，却沉溺在不同的幻想中，老葛朗台对于财富的幻想和高布赛克的完全不同。由于幻想的不同，本来就不同的性格有了更大的差距。

人情感的偏执，很容易使人进入某种虚幻境界，因而要找到人物情感的逻辑起点就不能光注意人情感的现实性，还要注意情感的虚幻性。没有现实感不成，没有虚幻感也不行。由于每个人都习惯于自己特有的虚幻感，因而人往往都把自己的虚幻感当成真实的。退休的面粉商高里奥把偌大的家给了两个女儿做嫁妆，而两个女婿却借口高老头早年在大革命时期与公安委员会有过交往而闭门不纳。当女儿负债，高老头又替她还债，付出了最后一文钱。可是在他中风症发作，生命垂危之际，他的女儿却在舞会中大出风头。高老头一直到死都生活在幻想中，他以为钱能买到一切，也能买到女儿的感情。可是女儿没有来。这引起他的情感爆发，最后他在呼唤着女儿中死去。他的幻觉到死也没有在现实中破灭。

即使最清醒的科学家、事业家，于他情感之所终，也是充满幻觉。在这个有限的领域中，人的幻觉，在情感的作用下，比人的现实感觉要强大得多。美国作家欧·亨利有个短篇小说叫《一个忙碌的经纪人的浪漫史》，写一个经纪人成天忙得不得了，上班时提醒自己，下班时要早一点去向隔壁房间的小姐求婚，不能老是像平常一样，等到走过去，小姐已经走了。这一天，他及时赶到小姐面前，顺利地向她求了婚。他正紧张地等待小姐的回答，可是小姐却说："亲爱的，我们不是昨天已经在教堂结过婚了吗？"原来这个忙碌的经纪人对于结婚的记忆很淡，而争取时间求婚的记忆却很深，因而使他陷于痴迷，这种痴迷的幻觉是人物心灵长期紧张焦虑的结果。要找到人物的着迷点就得找到这种幻觉。斯坦尼斯拉夫斯基在导演《奥赛罗》时，对于埃古这个角色有过如下一条阐述：扮演埃古的演员必须感到自己是个挑拨离间的艺术家，是挑拨这一部门中的伟大导演，他不但为自己的恶毒计划而动心，而且也为执行计划的方式而动心。这一点从客观上来讲是很虚幻的，但从角色的自我欣赏（自恋）来讲恰恰是很真实的。角色在这虚幻的真实境界中是很痴迷的，找到了这个痴迷的一点，人物的情感逻辑就不难自由地展现。正因为他在内心欣赏自己的诡计多端，他才沉醉在自我赞叹之中；正因为自我欣赏，他的内心奥秘才可能转化为公开的动作。

任何小说中有生命的人物，总是在感情的某一个点上，进入着迷的幻想境界，如痴如醉。当然，并不是在一切问题上都着迷，只是在一点上痴迷。《红楼梦》把贾宝玉称为“情痴”，就是说他在感情上痴迷，当然也不是在一切感情上痴迷，只在最核心、最关键的一点上痴迷。贾宝玉就在对待女孩子上痴迷，在别的问题上并不痴迷；在女孩中也不是同样痴迷，而是在某一点上特别痴迷。所谓“痴迷”就是不合理性、不现实，在现实的痛击下不易更改，有非常强大的稳定性和一贯性。

贾宝玉认为男人是土做的，混浊不堪，女人是水做的，纯洁无比，这是极荒谬的，但是这是他感情的幻想境界，他并不认为这不合理、荒谬，他确确实实认为这是很真实的，而且是很执着的。

曹雪芹借《红楼梦》中一个人物之口说他这种人“其聪俊灵秀之气，则在万万人之上。其乖僻邪谬不近人情之态，又在万万人之下”。这就是说纯从理性逻辑来看，这种人物有许多方面是一点也不痴迷的，比一般人要理智、要清醒，但从情感逻辑来看，这种人又非常荒谬、乖张，不可理喻。作家愈强调人物的情感，这种乖张、荒谬愈是突出；而愈是在一点上突出乖张、荒谬，人物性格愈是鲜明。作家的任务正是自由地创造出乖张、荒谬逻辑的不可重复的因果，这种因果逻辑不但不同于理性逻辑，而且不同于古往今来一切人的情感逻辑。脂砚斋在《红楼梦》庚辰本上第十九回双行夹批说：

> 极不通极胡说中写出绝代情痴，宜乎众人谓之疯傻。

蒙古王本侧批曰：

> 天生一段痴情，所谓“情不情”也。

这是一条赞语，正因为是空前绝后的痴迷，正因为从世俗的普遍礼法来说是悖谬的，人物性格才是生动的。

作家在捕捉人物性格的痴迷之点时要有一种艺术家的魄力，从世俗情理的普遍性中解放出来。在这种时刻，理性的分析显出了局限性，艺术家往往要靠直觉去把握。不要怕人物的情感在幻想境界中陷于荒谬，不可解说，只要抓住那幻想境界中似乎不可理喻的直觉就成。脂砚斋就这个问题曾经做过很生动的描述：

> 听其囫囵不解之言，察其幽微感触之心，审其痴妄委婉之意，皆今古未见之人，亦是未见之文字。说不得贤，说不得不肖，说不得善，说不得恶，说不得光明正大，

说不得混账恶赖，说不得聪敏才俊，说不得庸俗平（脱一字），说不得好色好淫，说不得情痴情种。恰恰只有一颦儿可对，令他人徒加评论，总未摸着他二人是何等脱胎，何等骨肉。余阅此书亦爱其文字耳，实亦不能评出二人终是何等人物。后观《情榜》，评曰："宝玉情不情，黛玉情情。"此二评自在评痴之上，亦属囫囵不解，妙甚。

脂砚斋曾力图用理性范畴（贤、不肖、善、恶）和日常用语（混账、恶赖、好色、好淫）阐述贾宝玉的情感，但是不能成功，他发现感情世界充满了自相矛盾、不可界说、朦胧、模糊、不可穷尽的属性，对这种属性他用一个词——"囫囵"，很准确地描绘了出来。不管用什么样的语言都很难准确概括，在这个领域中，就是有些神秘性的东西。对这种神秘性，直觉感受是很重要的，过分地运用逻辑规范，不但无济于事，而且可能无法进入人物情感的幻想境界。

作家如果不能进入人物内心的这种幻想境界，就无法把握人物情感逻辑的关键。在斯坦尼斯拉夫斯基的表演体系中，要求演员进入角色。所谓进入角色就是进入当时、当地角色的心理状态，将演员本来的心理状态消除，达到一种"忘我"的境界。这样才能消灭角色与自我的界限，产生角色的情感，在角色情感自发的推动下行动、思维、想象。作家与演员一样要进入人物的情感境界。要进入这种境界的条件就是把自己本来的心理状态尽可能地消除，如果作家不善于抑制自我的心理，自己占优质的理性观念就必然在想象过程中无声地扼杀人物情感的着迷点，在人物情感的逻辑尚未获得起点的时候就失去了显现的机遇。

七、找到人物变异了的感觉和知觉世界

找到每一个人物情感的着迷点，不过是找到了人物性格的逻辑起点，有了这个准确的逻辑起点就可能高屋建瓴地推演出人物性格的逻辑过程和终点来。但是这种推演并不是数学的或者哲学的推理，也不是抽象地在人物内心单一的逻辑线索上进行的。人物的情感逻辑是在人与人、人与环境之间交换信息的过程中展开的，因而有了情感的逻辑起点还只是有了灵魂，而要使人物活起来，还得赋予他以血肉。

在小说中，不能像在莎士比亚的诗剧中那样让人物把自己的隐衷直接讲出来。小说没有诗剧那样强的假定性，它所描绘的是现实人物，在现实中能够意识到自己着迷点的人物是很少的，能把那种"黑暗的感觉"表达出来的人就更少了。即使人物能把内心的着迷点表述出来，也与小说的特殊规律直接抵触。小说在根本上就不适合用直接抒发的形式对人物心灵作静态的表现，小说的特征是把人物放在动态过程中，因而要表现人物的内心的着迷点就不能完全脱离一定程度的情节性。而情节则是人与人、人与环境之间交流的过程。

人与外界交流的直接桥梁就是人的感觉器官。离开了人的感觉和知觉，无法表现人与人、人与自然的关系；而离开了人与人、人与自然的关系就谈不上情节和性格的因果关系了。

因而，在找到着迷点以后，作家的任务就是为人物找到他自己的感觉和知觉，具体地说是找到那在着迷点作用下变异了的一系列的感觉和知觉，以至想象、语言、思维、动机、回忆。找不到人物特异的感知系统，人物仍然是个幽灵，读者无从感知人物内心的情感奇观。一个作家应该是一个感知的艺术家。

这种感知不是纯粹的生理感知，也不是人物可以不费劲地说明的感知，而是被着迷了的感情冲击后变异了的感觉和知觉。在这种感觉和知觉中，作家不但能揭示出人物的意识和情感，而且能显示出人物无意识领域中的情绪动机等。有时作家似乎是在准确地描绘某种病理的感觉和知觉，但是其中往往交织着心理的、情感的变化。

契诃夫是个医生，他又是作家。他有一篇小说《伤寒》，以医生的准确性写了伤寒患者的症状，但契诃夫更是一个艺术家，他在这篇小说中表现出来的医生的准确诊断是很平常的，可他把生理病态转化为心理病态感觉，使二者交织在变异了的感觉和知觉的幻觉之中。在这方面，他显示了一个感知艺术家的才气。

作品的主人公是一个名叫克里莫夫的军官，他坐在火车上，病状表现为连续不断的感觉和知觉的迷幻。起先，克里莫夫觉得自己身子不知道为什么有点不大舒服，感到回答对面芬兰人的问题是件苦事，他就打心底里讨厌他，甚至想从他手里一把抓过那个咝咝作响的烟斗来，丢在座位底下。一想到芬兰人，他就感到好像要呕吐。他虽然占着整个座位，可是他不能把自己的胳膊和腿安排得舒舒服服。他的嘴里又干又黏，想要点水喝，可他的舌头不肯动弹，他看到别人吃烤肉，觉得那食物和人的嘴巴都惹得他恶心。一个漂亮的女人正在跟一个军官谈话，她一笑就露出整整齐齐的白牙。微笑、白牙、女人本来是能引起人愉快的，好吃的东西（火腿、烤肉）本来能引起食欲的，但此刻却只能引起他作呕的感觉。

艺术家准确地描绘着克里莫夫变异的感觉和知觉，一切描绘都以克里莫夫异常的感知为限，没有任何超出克里莫夫感觉领域的描写，但是字里行间又暗示着在他的感知以外的事物的本来属性（例如烤肉、女人笑、白牙本来并不会令人恶心）在一系列感觉与被感觉对象之间的错位中，提示着感觉的反常和病态，在病态感觉中透露出一种烦躁的情绪。正是这种病态的生理和病态的心理产生了变态的感觉和知觉。

艺术家就是感觉、知觉的魔术师。在同样的事变，同样的命运，同样的时间和空间，同样的姑娘和花朵面前，不同情感的人有不同的感觉和知觉。

这一点在长篇小说中表现得特别明显。

在《复活》中给玛丝洛娃判刑的法官和检察官，每一个人都为自己的事而不同地苦恼着，而当聂赫留朵夫为了玛丝洛娃改判而上下奔走时，从典狱长到法官又都在为自己的事而陷于不同的苦恼心情之中。小说没有诗人那样多的直接抒情的自由，但感觉和知觉的自由却并不比诗人少。一切心灵的微波，甚至是无意识的动机、印象、愿望、欲求都会对感觉和知觉发生影响。作为心理洞察家的小说家的基本智能首先并不是对心理的直接阐述，而是对感觉和知觉的直接抒写。托尔斯泰在《战争与和平》中表现安德来王爵在遭受一系列挫折以后，感到生活在 31 岁已经完结。后来遇到了少女娜塔莎，留下极美好的印象。他在偷听她与女友夜话时，虽然他对自己说她与他的生命是毫不相干的，但是又产生了一种想法，不知“为什么缘故希望她提到他，又怕她提到他”。在意识领域中，他还像往常一样平静，并没有感觉到娜塔莎已吸引了他的感情，但在潜意识领域中已经发生了翻天覆地的变化，娜塔莎的出现已经从根本上改变了他的人生观。这样的变化要用心理分析的办法来写，可能太理性、太枯燥了。托尔斯泰用对比的方法来突出感觉、知觉的变异，显示这场内心变动的巨大。在安德来王爵见到娜塔莎以前，他在路上见到一株橡树：

路旁有一棵橡树。它大概比树林里的桦树老九倍，大九倍，高一倍。这是一棵巨大的，两人合抱的橡树，有些树枝显然折断了很久，破裂的树皮上带着一些老伤痕。它像一个年迈的、粗暴的、傲慢的怪物，站在带笑的桦树之间，伸开着巨大的、丑陋的、不对称的、有瘤的手臂和手指。只有这棵橡树，它不愿受春天的蛊惑，不愿看见春天的太阳。[①]

在托尔斯泰笔下，不可见的感情不但是由感觉表现的，而且往往是由感觉唤醒的。对于老橡树的感觉，唤醒了安德来王爵隐秘的情感，虽然春天来了，爱情幸福也存在于这个世界上，但与老橡树无关，老橡树不接受这种“欺骗”，这使安德来想到自己的生活已经完了，他从这老橡树想到一系列“绝望的、悲哀的”事情。他没有希望，无须开始做新的事情，不用做好事，也不用做坏事。

但是在见了娜塔莎以后，他在回家的路上又见到了那棵老橡树：

老橡树完全变了样子，撑开了帐幕的多汁的暗绿的树叶，在夕阳的光辉中轻轻地摆动着，激动地站立着。没有了生节瘤的手指，没有斑痕，没有老年的不满与苦闷——什么都看不见了。从粗糙的百年的树皮里，没有枝柯，便长出了多汁的幼嫩的叶子，使人不能相信这棵老树会生长它们。[②]

---

① 列夫·托尔斯泰著，董秋斯译：《战争与和平》（第 2 册），人民文学出版社 1988 年版，第 699 页。

② 列夫·托尔斯泰著，董秋斯译：《战争与和平》（第 2 册），人民文学出版社 1988 年版，第 703—704 页。

从心理学来说，是由于感情的变化才引起了感觉和知觉的变化；从创作论来说，应该是找到了知觉和感觉变化的特征才能揭示情感的深层。在许多作家笔下，形象萎缩，并不一定是感情缺乏逻辑的独特性，而是缺乏与之相应的感觉和知觉系统。

从一方面来说是情决定了感，但从另一方面来说，是感决定了情。情是比较单纯的，而感却丰富得多。如果感没有达到某种强度、某种饱和度，情的变化可能被读者认为是做作的，缺乏逻辑性的。如果没有饱和的感觉基础，情的变化会引起读者一种逆反心理，导致读者对情感信息的抗拒。

因此作家不能满足于做情感的艺术家，要把情感的艺术放在感觉和知觉的艺术基础上。

八、把握人物情感、感觉、知觉与动机、记忆、想象、语言、意志的多维动态变异

当然，感觉、知觉牵制的不仅仅是情感，同时还有人物的动机、人物的记忆、人物的意志、人物的想象、人物的思维等。而人物的动机、记忆、意志、思维和人物的情感、感觉、知觉乃至生理的功能都是互相联系的，这多种要素形成的结构是一种有机的系统，任何一个要素的调动都会引起系统内部结构的重新调节、重新组织，正如形容下象棋所说的“一子动，百子摇”。而作家所面临的人的心理，并不是一个要素变动，而是几个要素不断地随机变动。这种变动有时统一在一个结果上。例如，在曹禺的《王昭君》中，有一个孙美人，一直在宫中等待皇帝召见，直到皇帝死了还没有被召见。她的情感、动机、想象都集中在她的感觉和知觉上：到 50 岁了，还在等待皇帝召见，还觉得自己才 20 多岁，而且在水面上照见自己的影子，感到自己还很年轻。在狄更斯的小说《孤星血泪》(《伟大的希望》) 中，那个在结婚时受了男人欺骗的老小姐，虽然一直穿着结婚礼服，坐在新房里，虽然并没有保持住当年的感知系统不变，但那当年对男人的痛恨和报复的情感却几十年没有变。

当然，更复杂的情况，是更常见的，不但情感变了，而且感觉也变了，但是不管怎样变，一切的心理因素从动机到记忆、从语言到动作都无不与人的感知和情绪的变化有深刻的因果关系。

当托尔斯泰写到安娜与渥沦斯基出走到国外又回到国内以后，一切上流社会的社交界对她都关闭了，这时在某种心理补偿规律作用下，她更强烈地想念她的儿子了。可是安娜如何进入那个她离弃了的家呢？自然，她的情绪是怎样特殊，倒不是太难以想象的，但是感知系统如何变异呢？她的动机、记忆、语言，如何在感情和感觉的冲击下发生变异呢？这曾经使托尔斯泰苦闷。托尔斯泰经过反复思考，终于找到了安娜的感觉，他大为高兴起

来："我能用安娜的感觉来感觉了。"

这种感觉的跃迁是创作的必要条件。后来我们在《安娜·卡列尼娜》中看到的描述已经成为最著名的段落了。

在这个片段里，托尔斯泰所显示的不仅有感情与感觉之间的关系，而且有感觉，特别是内部感觉对于动机、记忆的关系。当安娜进入自己的家以后，一种狼狈的感觉和一种欢乐与痛苦的记忆一起涌上了心头，以至于她在一刹那对自己动机的记忆能力竟消失了，她暂时地"忘掉了她是来做什么的了"。记忆的消失在这一点上是短暂的，但另一点上又是相对漫长的，由于内在感觉的高度集中紧张，以至于安娜出了门才感到"她昨天怀着那样的爱和忧愁在玩具店选购来的一包玩具，她都没有来得及解开，就原封不动地带回来了"。

托尔斯泰还描绘了感觉和情感的高度兴奋是如何中断了她接受语言信息和发出语言信息的心理功能。安娜"竭力想开始（和儿子）简单而又愉快地交谈着，但是她不能够"。而她儿子在讲话时，"她听着他的声音，注视着他的脸和脸上表情的变化，抚摩着他的手，但是她却没有听懂他所说的话"。当感情高度紧张、高度集中时，安娜不但不能说话，而且不能动作了，可是同时她却能清醒地感觉到卡列宁走上楼来的声音。这时她的感觉就不但离开了语言，而且离开了她"非走不可"的意志。

托尔斯泰还揭示了感觉对情感的巨大作用。本来在卡列宁没有到来时，安娜含泪对儿子说"他比我好，比我仁慈""再也没有比他更好的人了"，但是这是在没有直接感觉时的情感。托尔斯泰揭示了没有感觉的情感是十分虚弱的，无力的。一旦安娜看到了卡列宁，对卡列宁的直接感觉产生了以后，托尔斯泰这样写：

> 在她匆匆地看了他一眼之后——那一眼把他整个的身姿连所有的细微之点都看清楚了——对他的嫌恶、憎恨和为她儿子而起的嫉妒心情就占据了她的心。[①]

所谓人物的感觉和知觉，并不是静态的、孤立的，而是知觉、情感、记忆、想象、意志、思维、语言各个要素不断在其他要素作用下明灭不定、变幻不息的，它与情感、记忆、想象、意志、思维、语言存在着复杂的多维的连锁反应。

所谓感觉艺术家应该是多种心理因素多维地连锁反应的艺术家。他应该对这一系列的心理要素发生、变异、互补、互动的连锁程序能比较细致地把握，只有这样才能创造出人物的感知系统，让每一个人物活在自己的感情世界当中。

---

① 托尔斯泰著，周扬、谢台素译：《安娜·卡列尼娜》（下），人民文学出版社1978年版，第771页。

九、多元的心理感觉、一元的物理感觉和魔幻的混合感觉的世界

虽然所有的人都生活在同样的物理世界中，但是人物的心理世界不同于人物的物理世界。物理世界是统一的，心理世界却是多元的。物理世界在人物不同的情感中分化为不同的心理世界。不同的心理世界有它各自的自洽性，不是随意能够自由沟通的，但是人物的感知世界的自洽并不意味着封闭，它与其他人物的感觉世界形成一个结构，在更高层次上构成一个大世界。这样它必然要与其他人物的感觉世界交换信息。正是信息的交流，使感觉系统发生自动调节，这时人物的感觉、知觉、想象、记忆、情感、思维、语言之间的关系就有了一种失去常态然后恢复稳态的过程。

小说表现的重点就是调节的过程，作家的任务就是要找到在共同调节过程中那属于不同人的不同感知系统。①这种感知系统的分化在现代世界文学中越来越受到重视，感觉世界的分化规律越来越被现代作家自觉地运用，以至于逐渐形成一种技巧，那就是对同样一件事，作家先后以不同人的感知系统去表现。拉丁美洲魔幻现实主义大师马尔克斯在中篇小说《枯枝败叶》中，对于一个人的死亡，就分别从孩子、母亲、外祖父三个人的感觉系统去表现。整篇小说从头到尾都是这样，三个人的不同感觉世界轮流交替地出现。我国青年作家张辛欣的《在同一地平线上》也是这样。故事是一对青年的离异，也是把不同的章节分配给两个主人公的不同感觉体系。福克纳的《喧哗与骚动》也是把一个家族的悲剧故事由班吉、昆丁、杰芝、迪尔西四个人物分别用自己的意识、感知、想象、记忆的自由流动去表现，犹如四道光谱映照着康普森家族光怪陆离的精神崩溃。

事情是重复的，但感觉是不重复的。

用这种方法更能突出人物感觉世界的自洽性。

掌握了这种规律，作家的想象才能在感觉领域中更充分地展开。

20世纪初，日本的新感觉派曾经把感觉自由加以理论化，提出每一个人都有一个自洽的感觉世界。当然，完全脱离人的意志、思维，追求纯粹感觉世界的分化也不可能深刻。到了50年代，法国新小说派作家罗布·格利叶反其道而行之，把描写事物的物理属性提到了首位。他反对巴尔扎克的方法，反对通过人的角度去描绘现实，主张不带任何主观色彩地去表现事物的纯客观状态。他自称他写的人物心灵是带着“完全的主观性”的，而且在所有的人当中他是最不中立，最不不偏不倚的人。②但他在作品中不厌其烦地描写物理世界，

---

① 这类似托多罗夫所说的从人物之间的平衡状态的打破到恢复平衡的过程。但是我所说的是人物的内在感觉和外部行为语言的不可重复的心理过程，与托多罗夫所说是不同的。——2000年注。

② 王忠琪等译：《法国作家论文学》，三联书店1984年版，第398页。

有时还有意地重复。例如罗布·格利叶的《橡皮》对买橡皮的描写，就重复了五次；在同一作者的《嫉妒》里，写一条被捺死在墙上的蜈蚣留下的痕迹，就重复了十多次。这好像跟以变异的感觉观照同一对象的方法故意唱对台戏。

但是强调物理感觉一元化，抹杀心理审美的多元化是有偏颇的。艺术形象毕竟不是物理现象，而是心物交融的审美世界。没有审美感知的分化，任何生活都不能上升为艺术形象。正因为这样，新小说对客观场景的描写一般是比较冗长而沉闷的，没有特殊爱好、缺乏耐心的读者是读不下去的。我们这里说的是作品的客观效果，但是在主观愿望上，新小说派的代表作家罗布·格利叶说："我们小说中的物从未脱出于人物感知之外显现出来。"[①]

20世纪中期，崛起于拉丁美洲的魔幻现实主义在感知系统的解放上走得最远。它为每一个人物创造一个自洽的感知世界，在这个世界中，把最精确的现实描绘和幻觉世界、神话世界、超现实的鬼魂世界统一起来，把现代派注重内部、感受外部变形与拉丁美洲的神话巫术传统结合起来。1982年瑞典文学院宣布将当年诺贝尔文学奖授予马尔克斯的理由是：

> 他创造了一个独特的天地，即围绕着那个由他虚构出来的马孔多小镇的世界，自50年代末，他的小说就把我们引进了这个地方。那里汇聚了不可思议的奇迹和最纯粹的现实生活。作者的想象力在驰骋翱翔：荒诞不经的传说，具体的村镇生活，比拟、影射，细腻的景物描写，都以新闻报道般的准确性再现出来。[②]

在这样的境界中，作家创造人物感知就获得了更大的自由，为感觉向更加多元的系统发展提供新的推动力。魔幻现实主义从20世纪20年代开始出现，到50年代取得成就。法国新小说派的兴起在20世纪50年代，就目前已经取得的世界性影响和艺术成就来说，魔幻现实主义无疑要大于新小说派（当然，其原因并不限于感觉天地的开拓，还有情节、人物等种种因素）。在魔幻现实主义作品中，人与灵魂交往，人长出猪尾巴，金发女郎变成了生锈的又老又丑的女人等，明明是幻景却并不以幻觉的形式出现，不但不以幻觉的假定性出现，而且与新闻报道般准确性的世俗生活图景融合在一起。这样就为创造人物感觉世界开辟了一条新的途径。

正因为它不完全是幻觉的，因而它并没有回到诗的境界中去，它那魔幻似的感觉不仅仅在感觉世界中而且在情节的因果性上造成怪异的曲折；它也没有回到童话情节中去，因为它的情节发展的随机性不完全取决于虚幻性的变故，同时还有大量现实生活的因果。

但是魔幻和现实毕竟是两个境界，它所提供的感觉自由不是绝对的，离开了拉丁美洲的高度发达的印第安语神话传说的深厚土壤和拉丁语系超现实主义文学的影响，在世界其

---

① 王忠琪等译：《法国作家论文学》，三联书店1984年版，第397页。

② 张国培编：《加西亚·马尔克斯研究资料》，南开大学出版社1984年版，第48页。

他范围内就很难取得那么多的感觉自由。

正是因为这样，魔幻现实主义在20世纪80年代中期对中国当代小说创作发生了一阵冲击波，造就了莫言那杰出的《红高粱》系列以后，就逐渐失去了对中国作家的吸引力。

十、向人物的潜意识和潜感觉深入

不管是现实的还是魔幻的，都是作家创造感知世界的一种途径。至于感知世界的感染力如何，并不取决于作家通过何种途径，而取决于感知世界与人物本身情感世界的统一性和独特性。

对于一个作家来说，他的最终目的是探测人物生活在其中的感知深层结构，至于用什么方法，那并不是最重要的。最重要的是作家要坚决获得人物自己的感觉，而这是要持之以恒地追求的。有时为了获得一个次要人物的感觉也耗费了作家许多的心血。在肖洛霍夫的《静静的顿河》中有一个次要而又次要的角色奥尔加·尼古拉耶夫娜，只在第六卷第五章里出过场。她是白军李斯特尼次基中尉的同事郭尔察科夫上尉的妻子。有一次郭尔察科夫邀请李斯特尼次基到他家中度假，因而李斯特尼次基结识了奥尔加·尼古拉耶夫娜。后来郭尔察科夫受重伤，临死前嘱托李斯特尼次基照顾自己的妻子，其结果是他妻子嫁给了李斯特尼次基。为了找寻李斯特尼次基第一次见到奥尔加·尼古拉耶夫娜时的准确感觉，肖洛霍夫对手稿进行了多次修改。据高莽先生提供的资料，在最初的手稿上李斯特尼次基的知觉是这样的：

> 娇小的脑袋上梳着一个沉甸甸的、高高的发髻，李斯特尼次基端详着女主人。她脸上的线条是柔和的，虽不十分匀称，但却惹人爱看，眼睫毛浓密而清新，薄薄的嘴唇是玫瑰色的，干涩的……

如果光从肖像描写的角度来看，对这个次要人物的“白描”在分量上已经足够了，但是所有这些细节似乎都是松散的，没有在一个主要特征上充分统一起来：高高的发髻，柔和的线条，浓密的睫毛，干涩的嘴唇，都没有充分说明如何“惹人爱看”。这不能说没有李斯特尼次基的感觉和知觉，但是李斯特尼次基的感情特征，也就是着迷点，还是很模糊的。肖洛霍夫显然不满意，在另一页手稿上他继续探索李斯特尼次基的感知着迷点：

> 在午饭的时候，李斯特尼次基才仔细地看清楚了女主人，她脸上的线条是柔和的，虽不十分匀称，但却惹人爱看，可以说她的脸是一张最平常的脸，唯有嘴部特别引人注目：在这金发女人的明亮的脸上长着一张薄薄的、深红色的，由于无名的焦灼而出现干裂皱纹的嘴唇。娇小的脑袋，与她的身材颇不相称，显出一副高傲的姿态，或许由于沉甸甸的发髻才显得高傲……

肖洛霍夫不是追求客观的描述，而是以“惹人爱看”为线索去寻求李斯特尼次基的感觉、知觉系统。首先他把感知限定在一段时间中（吃午饭的时候），李斯特尼次基从容地展开他的感觉和知觉。“无名的焦灼”和“高傲”，渗透在姿态、五官的描述中，显示出李斯特尼次基的感觉、知觉、想象、思维逐渐活跃起来。人物有了自己的感知了，但，是不是很准确，感知世界内部的关系是不是很和谐呢？还谈不上。她为什么给他留下高傲之感？高傲之感、无名焦灼和惹人爱看，如何统一？特别是这一切与李斯特尼次基当时的情绪特征有什么关系呢？这一切都没有充分的暗示，因而显得粗糙，于是肖洛霍夫最后一次进行改写：

> 在午饭的时候，李斯特尼次基才十分认真地看清了女主人，在她匀称的身段和脸上都显出了一种正在逝去的美，这种美在一个度过了三十个春秋的女人身上放着淡淡的光华。但在她的一双透着讥笑意味的，多少有些冷的眼睛里，在她的举止中，仍然保留着尚未消逝的青春。她脸上的线条是柔和的，虽不十分匀称，但却十分惹人爱看，可以说是一张最平常的脸。唯有一种强烈的对比特别引人注目：只有东方的黝黑皮肤的女人才有的薄薄的、深红色的、干裂的、热情的嘴唇，陪衬着她脸颊上的透着红扑扑光泽的皮肤和淡色的眉毛。她兴高采烈地笑着，在露出密密整齐的小牙齿的笑容里流露出一种做作。低低的嗓音略有些沙哑，没有丰富的音调变化。[①]

这样就把整个奥尔加·尼古拉耶夫娜的主要特征与李斯特尼次基的感觉特征结合起来了，客观的信息化作了人物主观的感觉流程。由于与主体感觉结合得紧密，诸多细节形成了一个统一的有机系统。从“正在逝去的美”“放着淡淡的光华”中透露出李斯特尼次基隐隐约约的着迷点。正是在这个着迷点上把冰冷的眼睛、做作的笑容、热情的嘴唇、柔和的线条统一为一种不可分割的直觉，使李斯特尼次基在潜意识中产生一种不由自主地被吸引的感觉，冰冷的眼睛和高傲的姿态，把人物之间的陌生的心理距离拉开，而做作的笑容又显示两者的互相吸引，这成了一个深层情感的张力场。肖洛霍夫就这样进入了李斯特尼次基的自己也没有意识到的心辕意马的潜感觉中。

形成这个特殊的潜感觉，原因是什么？肖洛霍夫接下去写道：

> 两个月以来，除了肮脏的女护士外没有看见过女人的李斯特尼次基，觉得她分外漂亮。

原来这是感觉的相对性起了很大的作用，李斯特尼次基心旌摇荡的性心理从他的感觉中泄露了。这样就摆脱了表面的温文尔雅，接触到人的潜意识中的本能了。最后，肖洛霍夫还在外部效果上把这种本能强化了一下：

> 他看着奥尔加·尼古拉耶夫娜的姿态高傲的，梳着沉甸甸的淡黄发髻的脑袋，常

① 肖洛霍夫著，金人译：《静静的顿河》（第三部），人民文学出版社1990年版，第1030页。

常答非所问。[①]

肖洛霍夫把读者带进了人物潜意识中的潜感觉领域，揭示了这种潜意识和潜感觉如何断断续续地抑制了人的意识和语言。到达了这个境界，作家就不难让人物按着他自己的性格逻辑行动了。

十一、作家的性格逻辑与人物的性格逻辑交融

要找到人物独特的感知境界，一个最关键的问题是不能以作家的感知境界去代替。因为人物的感知境界各有不同，而作家的感知境界却是一样的。人物的个性逻辑是与其特殊的感知境界联系在一起的，脱离了特殊的感知境界就失去了生命。但是这是不是说这种感觉完全是凝固的，作家自我的感知世界与人物的感知世界就绝对没有发生交融的可能呢？

在世界文学史上许多作家都写到过死亡的感觉和知觉，写到过饥饿的感觉和知觉。这种感觉和知觉因人物的不同而不同，但是在相同作家笔下，不同人的死亡往往有某种共同点，而这种共同点常常与作家的个性有关。例如在海明威的作品中死亡是一个很突出的母题，他的感觉往往伴随着心理的扭曲、意识和情感的变态。而在托尔斯泰笔下，不管是在早年的《塞瓦斯托波尔的故事》中的军官柏拉斯库兴的死，还是在《战争与和平》中安德烈的死，以及晚期的《安娜·卡列尼娜》中安娜的死，其间感觉和知觉的程序都是很清晰的，并没有多少心理的扭曲和意识情感的反常，只是思绪、幻觉转移的速度和连贯性有较大的不同。最有代表性的要算写安德烈患坏疽病生命垂危时的情况了，托尔斯泰这样来写安德烈公爵的心理状态：

这些人一个个消失，只剩下一个关门的问题。他站起来向门口走去，想把门闩上。一切都决定于他是不是来得及把门锁上。他连忙向门口走去，可是两腿不听使唤。他知道来不及把门关上了，但还是拼命使出全身力气。他感到魂飞魄散。其实这就是死的恐惧：它就在门外。当他虚弱地无力地朝门口爬去时，那个叫人毛骨悚然的东西正在门外使劲地推，眼看着就要破门而入。那个非人间的东西——死神正要破门而入，得挡住它。他抓住门把手，拼死命抵住门，即使来不及上锁，也得把门堵住，可是他的力气弱得可怜，那叫人毛骨悚然的东西把门推开，接着又关上了。

它再次在门外推，他使出最后所有的力气也没有用，两扇门被无声地打开了，它走进来，它就是死神。于是安德烈公爵死了。

他死了，他记得自己是睡了，他挣扎着又醒了。他觉得死就是一种觉醒，于是心

① 肖洛霍夫著，金人译：《静静的顿河》，（第三部），人民文学出版社 1990 年，1030 页。

灵豁然开朗。[①]

感觉思维活动虽然失去了控制，但是却达到了平时所不能达到的深度，混乱的感觉带着托尔斯泰的理性光辉。这是一种托尔斯泰式的死亡，是与海明威在《乞力马扎罗的雪》中写的死亡的感觉很不相同的。

同样是饥饿，张贤亮在《绿化树》中所写的也带着张贤亮式的哲理和温情，而在杰克·伦敦的《热爱生命》中则充分强调那动物性的、生理的、原始的冲动。主人公在饿得要死的时候在北极圈的沼泽地中跛行，脚上没有一点好肉，身后滴着斑斑点点的鲜血。这地方狼很多，它们宁愿去扑杀那些不会反抗的驯鹿。

只有一头不断喘气的病狼，紧紧跟着他，舐他留在地上的血迹。两个生灵一路爬着，以可怕的耐心等待对方先死。他吃着沼地上的浆草和鲦鱼，提防着那病狼。他的脚踝肿得像碗口一样粗，但比起饥饿引起的胃痛，脚痛就算不得什么了。他偶尔也捞到一条小鱼，狼吞虎咽地吃下去，非但不能果腹，反而更感到饥饿。

后来他装死躺着，等着狼过来。终于他听到狼的呼吸，感到那粗糙的舌头舐他了。他使劲翻身压住它，但已无力把他掐死，就拼命用牙齿咬，咬了半小时才感到有一小股暖和的液体慢慢流进他的喉咙，他又翻一个身，仰面朝天睡着了。以后，他只是无意识地像一条巨大的怪虫蠕动着前进。

在杰克·伦敦笔下，在饥饿与死亡的混合感觉系统中有那么多的原始的、动物性的冲动、生存竞争的残忍，这绝不是张贤亮所能写出来的。张贤亮写章永璘面临长期的饥饿，无非是反复强调了他对文明的追求与自尊心的暂时丧失而已。

由此可见，作家的性格逻辑、感觉境界并不是对人物的性格逻辑、感觉系统绝对不起作用。如果联系到杰克·伦敦充满冒险的生涯和张贤亮坎坷的心理经历，我们可以看到在人物的感觉和知觉中无疑包含着作家的自我感觉和知觉。人物的感知境界受到作家感知境界的规范，或者可以说作家的自我感觉是人物感觉的种子，人物的性格逻辑是作家的性格逻辑的果实。

一方面，人物的性格逻辑绝对不能与作家的性格逻辑等同，一旦等同就可能导致形象生命的丧失；但另一方面，人物的性格逻辑又不能不与作家的性格逻辑发生血肉相连的关系，人物的感知世界虽然要超越作家本人的感知世界，可是归根到底不可能超出作家的想象世界。

正是因为这样，作家的感知系统应该是一个容受性很高的系统，作家的性格逻辑应该

---

① 列夫·托尔斯泰著，草婴译：《战争与和平》（第四部），第1005—1006页。“心灵豁然开朗”在另一个译本中译为“他的灵魂立即亮起来”。

是一个开放性很强的结构，而不是封闭的，作家的感觉力应该带有想象的弹性。

这种开放性和弹性，首先表现在正面，那就是作家明显地把自己的气质给予了人物。作家特殊性格中的一个要素成为人物性格逻辑中的一个重要因子，而这个因子往往成为人物性格逻辑发展的动因。例如托尔斯泰的道德自我完善使得聂赫留朵夫公爵发生顿悟式的转变，他决心向玛丝洛娃求婚。杰克·伦敦的空想社会主义使他的主人公在历尽艰辛进入资产阶级上层社会以后感到精神孤独，最后自杀。这种情况并不限于作家自传性的作品，更多地表现在那些具有精神自传性质的人物形象上，例如安徒生把怀有天才而横遭冷落的感觉和逻辑给了丑小鸭。

作家性格逻辑的开放性和感觉世界的弹性，还表现在反面，那就是作家把他所厌恶的性格因子给予了他的人物，这种因子或者成为人物性格逻辑的核心，或者成为人物感觉变异的诱因。例如鲁迅自己是信奉进化论反对退化论的，他把退化论赋予了九斤老太，使她在任何一件事情上都歪曲地感到世界在退化，在逻辑的荒谬和感觉的迷幻中显示作家的否定倾向。

当然，人物与作家的关系是相当复杂的。正面和反面，肯定因子和否定因子并不一定是直线地起作用，有时是互相交织地或间接地起作用。这种作用的具体情况一般地说很难以逻辑的语言概括穷尽。产生这种现象的原因还在于正反因子不过是作家情感逻辑中的两极化。除了这两极化之外，作家的情感因子还有大量中间性因子，这些因子作用于人物的感觉时，并不显示明确的倾向，因为倾向性一般不在孤立的感觉中，而在情感的逻辑中。

十二、性格因子的部分转移

作家感知世界的弹性是一种功能，决定这些功能范围的，是感觉因子、情感因子和语言因子，三者全称性格因子。首先是感觉因子的多少。如果一个人的耳朵没有经过音乐的训练，他的听觉因子就较少；一个经过素描训练的青年，他的视觉因子就比较丰富。其次起作用的是这些因子在情感冲击下的活跃性、变异性和转移性。如果一个作家感觉很准确，但是不能在情感作用下迅速活跃起来，发生变异，不能从一种过程、一个范围中脱离，转移到别的过程和范围中去，作家也很难灵活地对之进行调遣。最后，这是最主要的，不管是多么丰富、灵活的感觉性能，如果没有语词化的能力，那么这些感觉就只能成为一片混沌，甚至在记忆里也不能很巩固地保存。正是在这个意义上西方文论才把话语看成文学的第一要素，甚至全部要素。

有了把一切混沌感觉语词化的能力以后，感觉的转移就成了关键。任何一种感觉都是处在有机的系统结构之中的，结构功能是稳定的，系统性质也处于稳态。如果作家用自己的有机感知系统代替人物的感知系统，则人物的感知和性格必然如郭沫若笔下的人物一样趋同。有才华的作家不是这样，他只是把他的感知结构中的某些要素给予人物。这样，人物的感知系统和作家的感知系统仍然具有不同的性质、不同的结构功能，但是其中的因子都具有明显的血统关系。

创造力强的作家往往善于作这种因子转移，这包括感知因子、情感因子。转移的因子不同，人物的性格也各不相同。如果不是这样，像刘绍棠那样，常常转移相同的因子，人物即使不与作家的个性雷同，人物与人物也雷同。许多作家陷入自我模仿困境的原因就在于此。作家要找到人物性格逻辑的核心，光是研究素材是不成的，光在素材中发掘性格的逻辑起点是很困难的，还得自我发掘。作家如果能从自我个性中发掘出某些因子，并能将之与模特儿性格中某些因子结合起来形成一个新结构，人物性格的逻辑起点就产生了。1930 年 4 月 9 日高尔基在《致伊·谢·什卡别》中这样说："世间万物（每个人、每件事、每种事物）都有它的特点、意义和形式，应该使您的特点同您观察到的一切特点紧密地联系起来，并融为一体。这样，您（和我）就可以对事物、事件和我们熟知的人，做出新的反映了。"创造人物形象的过程是一个探寻人物特征和探寻自我特征统一的过程，这一点高尔基说清楚了，但他没有说清楚的是，这种主体特征和人物性格特征的统一，不是完全的，而是局部的，换句话说，一方面是作家个性因子的局部转移向人物性格，一方面是作家的大部分个性因子被人物排除。

海明威创造《老人与海》中圣地亚哥的形象的成功，就得力于这种主体局部因子的局部转移。

1937 年海明威在《老爷》杂志上发表过一篇关于一个古巴渔夫的通讯：

> ……一个老人独身在加巴尼斯港口外的海面上打鱼，他钓到一条马林鱼，那条鱼拽着沉重的钓丝把小船拖到很远的海上。两天以后渔民们在朝东方向六十里的地方找到了这个老人，马林鱼的头和上半身绑在船边上。剩下的鱼肉还不到一半，有八百磅重。鱼在深水里游，拖着船，老人跟着它一天、一夜、又一天、又一夜。鱼泛到海面上，老人驾船过去钓住它。鲨鱼游到船边袭击那条鱼，老人一个人在湾流的小船上对付那条鲨鱼，用桨打、戳、刺，累得他筋疲力尽，鲨鱼却把能吃到的鱼肉统统吃掉。渔民们找到它的时候，老人正在船上哭，损失了鱼，他快气疯了。鲨鱼还在船的周围打转。①

这个故事的许多因子都转移到《老人与海》中去了，但《老人与海》与这篇通讯却有根本的不同。主要人物性格逻辑不同。在通讯中，古巴渔夫是为鱼的损失而痛哭，表现了一种

① 董衡巽:《海明威研究》，中国社会科学出版社 1980 年版，第 14 页。

失败的悲哀；而在《老人与海》中，圣地亚哥在鱼受到损失以后，内心没有任何失败的悲哀之感，在口头上也没有承认失败，那个信任他的孩子也没有承认失败。小说的结尾这样写：

在路那边的茅棚里，老头儿又睡着了。他依旧脸朝下睡着，孩子在一旁守护他。老头儿正在梦见狮子。

这在作品中反复出现的梦中的狮子，显示了一种失败的英雄主义。这是老头子性格逻辑的支点，是老头子在逆境中的情感着迷点，也是老头子感知系统的核心。这一切并不是从素材中得来的，而是海明威自己性格中一个因子的转移。为失败而哭泣的弱者变成了一个海明威式的硬汉子。自然，海明威性格中还有其他的因子，如为社会正义的献身、因迷惘而冒险、对死亡的探索等，都没有转移到老头子的性格中。但那些因子，特别是迷惘和死亡的感觉在海明威的其他作品中是反复出现的。

有时作家性格因子的转移不是这样个别的，而是成套的，甚至把自己性格中的主要因子都转移到作品的主人公身上去了，这就出现了自传体小说。即使在自传体小说的主人公身上也还有与作家性格不同的因子。没有一个人物与作家的个性感知系统是完全相同的，小说之所以不是传记，就是因为有这种不同。

这是因为在塑造人物性格的过程中感知要争取自由。相同只有一种可能性，而不同却带来多种可能性。可能性愈多，作家的选择性愈大；愈是单一，作家的自由度愈小。

十三、性格的外在标志和内在逻辑

把握人物的感知系统还不等于成功地刻画了人物性格。人物性格的感知系统是无限的，它不可能百分之百地得到表现，作家只能表现那些最有特点的部分，用丹纳的话来说就是决定一切感知的主要特征。

由于性格的主要特征是决定一切感知特征的，因而它就应该得到强化的表现。一般来说强化有两种。

第一，是量的强化，那就是多次地反复。通常，一个人物性格的主要特征表现一次，肯定是不够的，一般要经过反复表现才能给读者留下较深印象。常见的办法是给予这个主要特征以鲜明的外在标志，使之反复地呈现，这种外在标志常常带有逻辑上的反常性。最起码的做法是给人物一个绰号，或者身体、五官、姿态上某种奇异标记。这在我国古典英雄传奇、神魔小说中是很流行的。《水浒传》甚至给其中的一百零八个人物每人起一个绰号。现代小说常常把人物性格凝聚在一句口头禅上，如像九斤老太那样，从孩子的体重到辫子的有无，从豌豆的硬度到补碗的价格，她都毫无充足理由却振振有词地得出“一代不如一代”的概括。有时人物凝聚在一种装束上，像契诃夫的《套中人》那样，不管晴天还是阴雨，都拿着伞穿着雨鞋，支起大衣领子，甚至耳朵里塞着棉花，把自己的身体、感觉都装在一个套子中，拒绝接受一切外界新鲜的信息。有时性格凝聚在一种表情上。《聊斋志异》中最杰出的短篇小说《婴宁》，女主人公婴宁的全部性格特征就集中在她 20 多次非常奇特的笑上。男主人公追求她，她笑；与男主人公正式相见，一离开屋子就纵声大笑；男主人公要求与她苟合，她坐在树上“狂笑欲坠”；邻家青年勾引她，她也笑，但是她并不浪荡，笑得“狂而中不损其媚”。她的性格的全部深刻内涵都集中在笑上。直到小说结尾时这个笑的性格之谜才揭晓，等她对男主人公确有把握以后，就不但不笑，而且哭着对丈夫透露自己是狐狸的后代（受歧视、无保障的社会地位），从此以后她就不再那样无缘无故地笑了，因为她再也不用以笑来掩饰内心的秘密，引起对方的好感了。

所有这一切都以集中一点、反复表现为特点，集中了还不够，还要反复，否则不能成为作品情节、人物性格的逻辑焦点。在冯梦龙的笔下，唐寅与秋香的故事起因只是秋香一笑，因为没有反复，不能达到某种强度，所以后来的说书人、戏剧家把一笑改为三笑，才成为保留节目。外在标志如纯粹是外在的符号，缺乏内在的深刻性，可能显得肤浅而趣味不高。老舍在《人物的描写》中这样说：

> 以言语、面貌、举动来烘托出人格，也不要过火地利用这一点，如狄更斯的次要人物全有一种固定的习惯与口头语——*Bleak House*（按：《荒凉山庄》）里的 Baganet（按：巴格尼特）永远用军队中的语言说话，而且背脊永远挺得笔直，即许多例子中的一个。这容易流于肤浅，有时还显得讨厌。这在狄更斯手中还可原谅，因为他是幽默的写家，翻来覆去地利用一语或一动作都足以招笑；若我们不是得幽默的效果，便不宜用这个方法。只凭一两句口头语或一两个习惯作人物描写的主力，我们的人物便都有了成为疯子的危险。[①]

外在标志的强化往往与喜剧性的追求有关，过分放纵了这种追求有可能使性格变成漫画。

成功的外在标志往往并非纯粹外在的，它与内在性格逻辑必有深刻的联系。《封神演义》中有个面孔向后的申公豹，这种超现实的外在标志生动地表现了他助纣为虐、倒行逆施的内在性格逻辑特征。外在标志如果脱离、游离于性格逻辑，就变成多余的零件。

许多人物性格并不一定有外在标志，但仍然异常鲜明。这主要是由于性格逻辑的内在强化。

内在的强化是一种质的强化。外在的量的强化是为内在的质的强化服务的。

内在的性格逻辑可以没有外在标志，而外在标志却不能不依附内在逻辑。

---

① 胡絜青编：《老舍论创作》，上海文艺出版社 1980 年版，第 87 页。

内在逻辑强化是从一个着迷点出发，在多个层次上反复表现某种逻辑的特异性，性格的强度随着层次的递进而递增。

在契诃夫的著名短篇小说《宝贝儿》中，女主人公奥莲卡的性格并没有外在标志，其特征集中在一个着迷点上："她老得爱一个人"，不这样就不行，她爱什么人，在精神上就依附什么人，便以什么人的个性逻辑、语言作为自己的思维逻辑和语言。她先爱上露天剧场经理库金，结婚以后就像库金一样埋怨着下雨天和城里人不懂艺术。库金死后，她嫁给木厂经理普斯托瓦洛夫，就专门讲些木材生意的术语，而否定了戏剧："我们是有工作的人，我们没有工夫去看那些胡闹的东西，看戏有什么好处呢？"第二个丈夫又死了，她与一个兽医斯米尔宁同居，他们的关系是秘密的，可每逢兽医有同行来，她在斟茶时就和人家谈家畜的结核病和牛瘟，弄得兽医忸怩不安。等人走了，兽医埋怨她，她惊讶地说："可是沃罗吉奇，那要我谈什么呢？"如果说到这里为止性格特征还只是量的叠加的话，写到下面就进入质的跃进了。兽医回家去了，又剩下她一个人：

> 她什么见解也没有了，她看见周围的东西，也明白周围发生些什么事情，可是对那些东西和事情没法形成自己的看法，也不知道应该说什么好。比方说，她看见一个瓶子，看见天在下雨，或者一个乡人坐着大车走过，可是她说不出那瓶子，那雨，那乡下人为什么存在，它们有什么意义，哪怕拿给她一千卢布，她也说不出来。当初，跟库金或跟库斯托瓦洛夫在一块儿，后来跟兽医在一块儿的时候，样样事情奥莲卡都能解释，随便什么事情都能说得出自己的见解，可是现在，她的脑子里和她的心里，就跟那个院子一样空空洞洞。[①]

性格到了这里就发生了升华。奥莲卡不但在性格上依附于人，不但没有普通意义上的自己的性格逻辑，而且不能没有可依附的性格，不套用别人的性格逻辑，她就失去了思维能力。依附的性格已经不属于性格，而是思维了。这是性格的强化，同时又是性格的深化。

后来兽医和老婆和好了，并且住在她家中，她又把爱转向兽医的小儿子沙夏。在多年的沉默以后，她又有了自己的见解，她时时诉说现在中学里的功课多么难。

这是在又一层次上的质的深化，她爱的对象已经不是男人而是小孩子了，但其执着的程度却有增无减。沙夏不像以前的几个男人那样对她有感情，沙夏甚至怕她给他丢脸，做梦喊着："滚开！"可她仍然无条件地爱着。

这种没有外在标志的内在逻辑的强化，其特点是强化与深化的统一。

强化不管有无外在标志，都意味着偶然性的递增；但是性格的强化是一种逻辑的强化，不单纯是偶然性的递增，而是偶然性与必然性的同步递增。偶然性不管怎样递增也不能完

① 契诃夫著，汝龙译：《契诃夫短篇小说选》，上海译文出版社 1995 年版，第 421 页。

全超越必然性的制约。性格的必然性主要是性格的统一性。亨利·菲尔丁在《汤姆·琼斯》第八卷第一章中说："人物性格当前后一致，不能因为故事转折改变了人物的性格。"贺拉斯在《诗艺》中也说："性格当一贯到底"，"前后一致"。"一贯到底"就是必然的规定性制约着偶然的随机性。

必然性的规定性是一种被偶然性激化了的必然性。这种逻辑必然性是被充分强化的，大到人物自己也无法控制，超出了人物意志的效应范围。一旦进入这种境界，人物就完全按本身的情感逻辑进行抉择，有自己的生命了。

是否进入这种境界的标志在于人物性格是否具备某种高度的自洽性。所谓自洽性就是自足性，是不受性格以外因素控制的。比起人物的意志来说，这种性格逻辑有更强的力量。在马卡连柯的《教育诗》中，有一个善良的角色叫卡里诺·伊万诺维奇，他有一句口头禅，就是"这里，这个，就是这么回事"。有一次演戏，要他演一个角色，这个角色只有一句台词："火车9点要开了。"但是，他上了台，就是无法讲出这句最简单的台词，戏也无法演下去，直到他先说了"这里，这个，就这么回事"之后，才顺利地讲出了那句台词。

这说明性格的必然性、一贯性是如此之强大，任何外在的功利和内在的意志都无法否决它。契诃夫笔下的那个"套中人"别里可夫，40多岁了，遇到一个30多岁的乌克兰姑娘，两个人开始谈恋爱，人们估计"到了这一步他就应该拿掉他的雨鞋和布伞了"。可是契诃夫是这样写的：

> 你只要想一想就明白：这是办不到的。他把瓦莲卡的照片放在自己桌子上，不断来找我谈瓦莲卡，谈家庭生活，谈婚姻是终身大事，常到柯瓦连柯家去，可是他一点也没有改变生活方式。刚好相反，结婚的决定对他起了像疾病一样的影响。他变得更苍白，好像越发缩进他的套子里去了。[①]

这就是情感逻辑的强大必然性在起作用。虽然别里可夫的主观意志是想结婚，可是他的对象是个性格开放型的姑娘，两个人两种情感逻辑是不相容的。结婚的决定与他的情感稳定性直接冲突，因而最后，在一件非常细小的事情上（姑娘骑自行车）发生情感冲突，他们终于分手。

别里可夫最后的死亡正是别里可夫性格逻辑的胜利。

情感压倒意志是小说审美规范的胜利。

性格逻辑本来就是一种独特的情感逻辑，而意志却属于普遍的理性逻辑。情感胜于意志也就是独特性制约了普遍性，占据了优势。不论是宋江坚持要受招安，还是牛虻最后在蒙泰尼里面前垂下了枪口，都是性格逻辑的一贯性所规定了的。在一些20世纪50年代的

① 契诃夫著，汝龙译：《契诃夫短篇小说选》，上海译文出版社1995年版，第343页。

中国小说中，英雄人物的意志往往“战胜了情感”，其实情感几乎是不可战胜的，人物只是在行动上遵循着功利原则，服从了意志，但是在内心深处仍然是情感占据优势。如果一个作家把外在行动与内心情感之间的区别揭示了出来，就在艺术上有了审美价值，如果混淆了二者的区别就可能陷入概念化的泥淖。

情感本来是从人的心灵中发生的，但是一旦发生，就不再完全受主观意志控制了，它发生、发展、变化的逻辑就有自身的客观性了。人的情感，不像人的语言、行动是受人的意志控制的，它不能凭意志召之即来挥之即去。意志充其量不过是控制情感，但却不能使之产生，更不能使之消灭。只有特殊的天才演员才能凭意志产生有限的情感，此外谁也不能做到这一点。

所谓性格逻辑就是情感的优势逻辑。

这种情感优势，在具体人物形象中，包括两个方面：一个是人物本身的，一个是作家的。

人物的意志不能决定人物的情感，作家的意志也不能决定人物的情感。任何一个作家都不能随意给人物设计好一个蓝图，然后像《封神演义》的作者一样匆匆忙忙地把人物送向预定的终点。不管是把人物送上天还是打入地狱，不论是让人物去恋爱还是叛逃，作家的意志比人物本身的意志起的作用要小。《荡寇志》的作者俞万春把《水浒传》里的英雄一个个送上死路，高鹗把贾宝玉送去中举，都因迁就了作家的意志，违背了人物性格的一贯性原则，而使形象失去生命。

作家情感与人物情感的逻辑关系比较复杂，本来形象的情感特征就不是单一的，而是人物情感与作家情感的二重组合。作家情感对于人物情感特征的定性、定量和定向都起着重大的作用。在形象的情感结构中，如果是作家的情感占了优势，可能使文学形象带上抒情性，在方法上一般接近浪漫主义的诗化。

当郭沫若说“蔡文姬就是我”的时候，他是把戏剧当成诗来写的，在诗化这一点上他是成功了，但是在戏剧化这一点上是失败了。小说是叙事文学，一般说诗化是不利于性格的刻画的，作家情感占据了过分的优势会使不同的人物情感雷同化。就是浪漫主义小说作家也要善于抑制自己的情感。作为叙事文学，小说的人物形象毕竟有别于抒情文学，毕竟要让人物的情感占据优势才能发挥小说这种艺术形式的优越性。

十四、从一点着迷到二重组合

一点着迷是性格逻辑的起点，是性格的胚胎，性格内部的一切潜在差异和矛盾都在这里孕育。性格的一切发展，都能从这里找到根据。除了短篇小说（如《变色龙》）或者中长篇小说中的配角（如《水浒传》中的王婆、《大卫·科伯菲尔》中的米考伯先生）以外，人物形象很少是只有单一特征的。人物性格的着迷点不过是人物性格的最重要的特征，也就是丹纳在《艺术哲学》中所说的“主要特征”。它总是和性格的其他特征联系在一起的。主要特征之所以是主要的，就是因为它是决定其他一切特征的。在阿Q的性格中有许多特征，林兴宅曾经用十对矛盾加以概括：质朴愚味、狡黠圆滑，率真任性、正统卫道，自尊自大、自轻自贱，争强好胜、忍辱屈从，狭隘保守、盲目趋时，排斥异端、向往革命，憎恶权势、趋炎附势，蛮横霸道、懦弱卑怯，敏感禁忌、麻木健忘，不满现状、安于现状。阿Q性格具有如此复杂的性格特征，但是这一切都还是现象，决定这一切的主要性格特征，是阿Q的精神胜利法，也就是失败时意志的自我泯灭，情感的自我麻醉。

但凡比较复杂的性格都是这样，在诸多性格特征系统中总有一个主要的决定其他一切的特征，这个要素往往被当作这个性格的标志，如犹豫延宕之于哈姆雷特，对女孩子无条件的肯定之于贾宝玉，怀着真诚的愿望与虚幻的对手斗争而总是失败之于堂吉诃德，性格的主要特征之于性格起一种提纲挈领的作用。自然，性格核心是不能离开其他性格要素而孤立地存在的，离开了其他性格要素，它会变成畸形的漫画。

正因为这样，当性格在情节中展开，在各个性格要素逐渐显示的时候，就有一种刘再复所说的“向心特点”。一切性格要素组成一个以主要性格特征为核心的有机结构。任何一个性格要素都不能游离于主要性格特征之外，更不能背离，各个性格要素都从一个方面显示了、展开了、强化了主要性格特征。如果发生背离、分裂的倾向，那么就使性格逻辑的统一性、完整性受到损害，就是破坏了艺术形式有机统一的基本审美规范。

当性格在情节中展示时，“向心”式的扩散虽然可以在广度上取胜，但扩散如果限于平面，形象仍然如福斯特在《小说面面观》中所说的那样是扁平（flat）的。要使性格立体化还得向纵深发展，这就是刘再复所说的“层递式”的性格，情节的发展与性格的发展是同步的。如果情节的曲折拓开了性格的纵深层次，其审美价值和认识价值就随着这种层次的深入而提高；相反，如果情节的曲折并未导致性格层次的深化，审美的价值和认识价值都会受到局限。严格地说，情节的曲折与性格的深化很难绝对同步，在每一曲折与每一层次上都同步是很困难的，关键在于最后一个曲折。如果在最后一个曲折中能导致性格的层次递进，则仍然有效地提高了审美价值和认识价值。[①]

在我国古典小说和古典戏曲中很强调情节的曲折在三次以上，所以有三打白骨精、三

① 我在这里指出的情节与性格的“层递式结构”，与俄国形式主义者的“梯形结构”可能有些呼应，但在根本上不相同。日尔蒙斯基列举了一种典型的“梯形结构”，即在俄国民间故事中常见的：首先是年轻的勇士出征，然后是中年勇士，最后则是老年勇士等。“梯形结构”的不足是没有把人物的心理层次的深化和情节的进展结合起来考虑。——2000年注。

请诸葛亮、三气周瑜、三打祝家庄、三笑、三看御妹，往往最后一个曲折之后展示了人物心灵新的层次。诸葛亮三请以后才有“隆中对”，展开了诸葛亮的雄才大略；三打白骨精之后唐僧被掳，白骨精才露出了狰狞面目。如果没有最后一个层次的深化，就只能在同一层次上滑行，审美价值就落到那些消遣性的武侠小说的低水平上去了。当然，中国古典小说中情节的曲折也不完全限于三次。在《三国演义》中有六出祁山、九伐中原，这就是大手笔了，因为不管人物性格是否在每个曲折中都有新的因素显现，故事情节都不能不在每一曲折中避免相同或近似（这在中国小说评点中属于“避犯”范畴）。曲折愈多，避同的难度愈大。对于性格的纵深发展也一样，在每个层次上都应保持逻辑的一贯性，同时避免重复，把纯粹量的叠加减少到最低限度。每一层次的深入，对于作家来说都是一次想象的跃迁，对于读者来说都是一重心灵的发现。性格愈是向深层发展，想象雷同的可能性愈大，跃迁的难度也愈大。对于读者来说，性格愈是向深层发展，引起的惊异之感愈强，作品的感染力愈大。

因而，在性格向深层递进时，每一层的重要性并不是相等的，最重要的是那最后一个层次。有时在开头，情节的曲折并未导致性格的层次递进，只是反复表现了读者已知的特征，这时作家好像率领着读者在攻打一个灵魂的城堡，久攻不下处于绝望境地，突然在最后一个曲折中揭开了性格的一个新的层次，人物性格的完整结构显现在读者面前，一切已知的特征获得了新的解释。这种灵魂深处爆发的“革命”，使性格获得了新的性质。从贾宝玉的出家到尼洛夫娜（《母亲》）的散发传单，从马丁·伊登进入上流社会以后的自杀到流放的妓女玛丝洛娃拒绝了聂赫留朵夫公爵而与流放的革命者结婚，都使性格获得了新的性质。

情节的转折是一种反向运动，性格的转折也是一种反向的显现。在转折过程中性格不是同向特征的增加，而是反向特征的发现。在《牛虻》中，由于神父的出卖，笃信宗教的亚瑟被自己的恋人琼玛怀疑因情妒而出卖革命，他被她打了一记耳光。这使得亚瑟伪作自杀现场而出奔南美，等他从南美回来以后，已从一个最笃信天主教的信徒变成了一个极端仇恨宗教的革命者。

人物性格的纵向展开，常常是在两极化反向的分化过程中进行的。同向的叠加不管占去多少篇幅，人物性格仍然很单纯，甚至单薄，而反方向的分化却能在极其短小的篇幅中使人物性格深化。在莫泊桑的《项链》中，由于一条误以为是真的假项链的遗失，使一个非常热衷上流社会交际、爱慕虚荣的少妇，变得异常勤劳俭朴，在家务劳动中耗费了青春年华。而在张洁的《谁生活得更美好》中，那个精神特权分子吴欢先是尽一切可能引起女售票员更多的注目，占有她的好感，但是不能得逞，后来就转而故意冒犯她，力图占有她愤怒的情感。

这一切都是反向的，但并不是分裂的，并没有违背性格的一贯性和统一性的审美规范，因为二者在一个更高的层次上是统一的。这种两极化分化是从一个统一的性格胚胎中从同样的逻辑起点上发生发展起来的。

关于人物性格内在两极化分化和统一的审美规范，托尔斯泰在《复活》第一部第五十九章中有一段很生动的说明：

> 有一个流传得很普遍的迷信，说是每一个人有所独有的、确定的品性。说人是善良的，残忍的，聪明的，愚蠢的，勇猛的，冷淡的，等等。人并不是这个样子。我们讲到一个人的时候，可以说他是善良的时候多，残忍的时候少；聪明的时候多，愚蠢的时候少；勇猛的时候多，冷淡的时候少。或者刚好相反。至于说，这个人善良而聪明，那个人卑劣而愚蠢，那就不对了。不过，我们总是把人们照这样分门别类的。这是不合实际的。人同河流一样，天下的河水都是一样的，每一条河都有窄的地方，有宽的地方。有的地方流得很急，有的地方流得很慢，河水有时澄清，有时混浊，冬天凉，夏天暖。人也是这样。人身上有各种品性的根苗，不过有时这种品性流露出来，有时那种品性流露出来罢了。人往往变得不像他自己了，其实，他仍旧是原来那个人。[①]

托尔斯泰把人物的内心世界看成一个无限丰富的整体，人物的性格特征不是单一的、僵化不变的，而是包含着内部两极化（善良、残忍、聪敏、愚蠢等）甚至多维的有机结构的，在客观条件的作用下，经过作家对人际关系的因子调动，造成结构的反复振荡，而暴露出相反的或不同的方面。

“人往往变得不像他自己了”，这就是说，性格特征在情节进展中发生了变异，甚至向相反的方向转化了；“其实他仍旧是原来那个人”，这就是说不管展示了多少内部矛盾，经历了多少层次的转化，成功的人物性格仍然是统一的。性格的两极化分化，贵在统一。

关于人物性格在两极化分化中统一，毛宗岗在《三国演义》第五十一回四首总评中称赞《三国演义》写人的好处说：“忠厚人乖觉，极乖觉处正是极忠厚处；老实人使心，极使心处正是极老实处。”就矛盾的对立的一面来看，“忠厚”与“乖觉”、“老实”与“使心”是两极化分化；就其统一的一面看，极老实与极使心、极乖觉与极忠厚又是互相转化、互相融合的。极化和融化的统一，是艺术上成功的极境。在同样一个对转，同样一个抉择面前，不但表现了一极，而且表现了另一极，正如《项链》中那个女人，极其俭朴正是极其爱虚荣的结果，而极其爱虚荣的特征（借项链）正隐含着极其贫寒俭朴的处境。当范进中了个秀才，想向丈人胡屠户借点路费去考举人，被胡屠户一口啐在脸上说：

① 列夫·托尔斯泰著，高植译：《复活》，人民文学出版社1979年版，第262—263页。

不要失了你的时了！你自己只觉得中了个相公（秀才），就“癞蛤蟆想吃起天鹅肉”来！我听见人说，就是中相公时，也不是你的文章，还是宗师看见你老，不过意，舍与你的。如今痴心就想中起老爷来！这些中老爷的都是天上的文曲星！你不看见城里张府上那些老爷，都有万贯家私，一个个方面大耳？像你这尖嘴猴腮，也该撒泡尿自己照照！不三不四，就想天鹅屁吃！①

他蔑视范进是因为拿准了范进不是文曲星，因而看不顺眼，觉得他形容猥琐。可是一旦范进中了举，为了治他的疯病，让胡屠户打他一下耳光，吓他一吓，胡屠户却害怕了。勉强打了一下，却暗暗害怕起来：天上的文曲星是怪罪了。而当事情过去以后，他又有另一番得意的语言：

我每常说，我这个贤婿，才学又高，品貌又好，就是城里头那张府、周府这些老爷，也没有我女婿这样一个体面的相貌。你们不知道，得罪你们说，我小老这一双眼睛，却是认得人的。②

表面上是两个极端，从形式逻辑来说是极不相容的，失去了一贯性，但是从情感逻辑来说却是两个极端的互相融合，互相统一，统一于势利、迷信和自夸。

这就是刘再复所说的二重组合原理。

刘再复不但从哲学上、心理学上论证了这个原理，而且在性格的本体结构上进行了分析：

性格二重组合，有两种最普通的状况。为了理论上的方便，我们借用鲁迅的话来概括，一是“美丑并举”（《中国小说史略》），一是“美丑泯绝”（见阿志跋绥夫短篇小说《幸福》的译后记）。前者是指正反两重成分以鲜明的对立状况并存于同一性格中，表现性格的肯定性因素与否定性因素，由此及彼，推移交换，在不同的时间程序上发生。后者则是正反性格因素互相渗透，互相交织，以至彼此消融，即同一时间、同一空间、同一行为中既包含着善，也包含着恶，美中有丑，丑中有美，同一性格元素在不同视角下呈现出双重意义或多重意义，于是，从某种角度上看，善恶美丑界限似乎消失了。③

前者是历时性的性格的两极化分化，后者是共时性的性格的两极化要素的交融。刘再复认为“后一种组合形态则是更带艺术性，更加高级形态的组合”。

这自然是正确的，这是因为人物性格逻辑是一种强化逻辑，在这种逻辑中往往把性格

① 吴敬梓：《儒林外史》，人民文学出版社 1984 年版，第 39 页。
② 吴敬梓：《儒林外史》，人民文学出版社 1984 年版，第 44 页。
③ 刘再复：《论人物性格的二重组合原理》，《文学评论》1984 年第 3 期。

的着迷点、逻辑起点、核心因子的作用强化了，因而在性格的因果链中往往呈现出一种线性的因果关系。这种线性的因导致果的决定关系，不但把人物的性格逻辑简陋化了，而且把作家的情感逻辑粗糙化了。作为对这种倾向的反拨，就是两极化分化和两极化融合的性格特征的崛起，它宣告肯定因子与否定因子之间静态界限的消失，某种固定视角的退隐，代之以多维的复杂性格的网络结构，这是小说形式审美规范的一个重大发展。安娜·卡列尼娜对渥伦斯基的爱，这是一种美，因为这意味着她从卡列宁虚伪、空洞的精神锁链中解放出来；但又是一种丑，因为渥伦斯基是一个精神空虚的家伙。安娜和他的出奔是一种美与丑的化合，读者无法从单一的视角做出简单的判断。不但她与卡列宁的关系是多维的，而且她与上流社会社交界的关系也是多维的，就是她的爱孩子，她对渥伦斯基的不满足、敏感也是多维的，每一维中都包含着互相对立又互相融合的两极化。

十五、从二重组合到三维结构

这种美丑融合，使性格的线性主要特征向性格的系统网络融合。在安娜的性格中，我们很难找到很明显的外在标志，也很难找到内在逻辑的某一个决定一切特征的着迷点。丹纳所说的“主要特征”在这里已经融化在其他一切特征、一切属性之中，安娜的性格已经成为一个浑圆的整体，这就是福斯特在他的《小说面面观》中所说的“圆形人物”[①]。在这种人物性格中，主要特征、一点着迷、性格的核心、性格的逻辑起点已经不需要一个外在标志来强化，也不单纯依靠线性的逻辑特征加以突出。

如果说强调主要特征决定一切的作用，追求的是艺术与生活的区别，那么这种性格系统网络结构追求的则是对生活的认同。

性格塑造达到这个境界，用二重组合两极化分化去解释就不够了。固然，人物性格系统结构之中包含着互相对立的要素，但是也包含着并不对立的要素，要素与要素之间的联系是很紧密的，这种联系并不一定是两两相对的。林兴宅归纳的阿 Q 的性格系统中，有十个要素，每一个要素都包含着对立的两极化，但是要素与要素之间却是并列的：自尊自大与自轻自贱是互相对立的，构成一个要素；它与争强好胜、忍辱屈从组成的要素之间就不存在对立的成分。安娜充满青春生命力、追求感情生活与卡列宁的死气沉沉是对立的，安娜为爱情而生、为爱情而牺牲一切的激情与渥伦斯基感情生活的懈怠也是对立的，生活中并不是只有对立、只有矛盾，同时也有没有发育成矛盾的、并列的、从属的有机要素，它

① 其实“round”应该译成“浑圆”，但花城版《小说面面观》最早出现，译者把“round”译成了“圆形”，为许多论者认同，纷纷引用了。其实“圆形”与“扁形”同样是平面的，原文有立体之意，当以“浑圆”为佳。——2000 年注。

们与对立的要素同样存在于有机结构中。

从系统的角度看，任何一个要素都是另一个要素稳定的必要条件，其功能是统一的：两两相对并不绝对是矛盾，同时也是一种联系。三个以上的要素，也可能并不两两对立，而是并列构成一个有机结构。事实上，在系统的有机结构中，调动一个要素，受到影响的不仅仅是与之相对立的那个要素，还有与之非对立的要素。

两两对立有两种明确的局限。首先，它只能从一个方面揭示性格的内在特性；其次，它所揭示的只限于性格的心理方面的要素，还没有涉及性格形式方面的规范。

我们换一个角度来看性格的本体结构，它是由三个要素构成的，第一个要素是生活的特征，第二个要素是作家情感的特征，第三个要素是形式的审美规范特征。不管是美丑并举还是美丑泯灭，都不纯粹是客观的。生活中的美，经过作家情感的同化和异化可能变成丑（例如花变成罪恶的象征）；生活中的丑，经过作家情感的作用可能变成美（例如死亡变成了涅槃，即永生）。美和丑都不完全是生活的再现，都包含着作家的自我表现，形象中生活的本质莫不是与作家自我的本质交融的结果。没有自我，就没有个性；没有个性，就没有艺术。

但这还只是性格的胚胎结构，不是性格，它还只是一种可能性，还没有转化为现实性，这一切还没有艺术形式，没有经过形式的规范。客观生活特征、主观情感特征，不但要互相影响，而且还要受到形式的审美规范的重新铸造。

不管是美还是丑，在不同形式的审美规范作用下都会有不同的性质和强度。在阿 Q 的性格系统中，起作用的不仅是辛亥革命时期东南江浙农村的生活和鲁迅对中国国民性的特殊认识，而且更重要的是鲁迅把这两个方面的特征用喜剧性的反常逻辑加以改造。

当阿 Q 被绑赴刑场时，沿着喜剧的荒谬逻辑，仍然不觉悟，麻木自欺，死到临头还吹牛：二十年后又是一条好汉。其结果是悲剧的命运化为喜剧的性格。20 世纪 50 年代何其芳在《论阿 Q》中曾委婉地提出过怀疑，是因为没有考虑喜剧形式的审美规范。如果阿 Q 到此时突然觉醒了，怀疑世道不公了，就不是喜剧了。

同样是悲剧命运，祥林嫂就不同，她怀着惴惴不安的心情问《祝福》中的“我”，人死了以后究竟有没有灵魂？当她这样问的时候，存在着受多种形式审美规范诱导的可能性。如果要获得喜剧效果，就可以将这种迷信向显而易见的荒谬和不和谐的方面夸张，但鲁迅没有选择喜剧性形式，他选择的是悲剧性，祥林嫂不能显得可笑，只能在悲痛中死去。悲剧效果要求庄严的毁灭，因此祥林嫂在怀疑灵魂的有无时本来连悲哀也丧失了，可脸上那眼睛居然放出光来，她残余的生命仍然在燃烧着一线希望。同样是祥林嫂的命运，如果让一个长于黑色幽默的作家来写，必然追求一种哭笑不得的性格。

正是从这个意义上，我们说，人物性格是一个三维结构。只有把小说形式的不同审美规范考虑进去，性格内部系统结构的奥秘才可能充分暴露。①

性格是生活、自我和形式要素的三维。任何一维离开了其他两维都不能成其为性格。

没有生活就失去了再现的对象，没有自我就失去了表现的依据。当生活与自我两个要素形成一个统一的性格结构时，既不是统一于生活，也不是统一于自我，而是统一于小说性格的审美规范。生活与自我在审美规范的作用下移步换形，才能进入艺术的想象境界。审美规范使生活和自我都脱胎换骨获得了艺术的生命。不统一于性格的审美规范就不能超越生活与自我，不统一于性格的审美规范，生活与自我的统一只能单纯地统一于认识，有时破坏了审美。概念化在认识上可能是正确的，客观反映是真实的，主观情感是善良的，但是统一起来变成了政治宣传和人伦的教化小说。人物没有自己的感知世界，情感没有着迷点，没有悲剧或喜剧的情感逻辑，人物的情感逻辑可能是一种智性逻辑。没有性格或者性格前后不一贯，有性格但十分单薄，即使主观双方达到某种程度的统一，也并不是艺术的同一。

如果光在自我与生活的两极化中寻求统一，统一于客观生活，变成对生活的摹写；统一于自我，变成强烈感情的自然流露，其实正等于对生活的摹写不是艺术一样，自我感情的自然状态也不是形象，即使有了某种形象性也不一定是小说所要求的性格。真与善的统一不一定美，只有经审美规范才可能进入美的艺术境界。

艺术的美，既不统一于客观，也不统一于主观，而是主观的自我和客观的生活统一于形式的审美规范。任何主观和客观的统一都不一定是艺术，因为非艺术，哪怕是概念、理论，也都是主观与客观的统一。

在文学艺术创作中，人的审美活动的特殊规律在于一切审美活动都要经过具体形式的审美规范。在文艺创作中，人的审美创作活动分化得那样精细，任何在形式上的混淆都会导致对审美创造的破坏。在这个领域，没有一种普遍的审美公式，只有在具体的形式规范下的审美创造，正等于在园艺学上没有普遍的水果，只有具体的苹果、香蕉一样。正等于园艺家用种香蕉的办法去种苹果会导致失败一样，作家凭着诗的审美规范去写小说，准会使形象毁灭。

具体的文学形式是高层次的规范形式，它不是低层次的、只能与一种内容共存亡的原生形式。它的功能不是为一种内容服务一次就消亡的，而是一种普遍形式，在形式中积累

① 严格说来，悲剧性和喜剧性，应该是一种审美规范。

着人类审美创造的历史经验。[①]

任何一种审美创造，如果不经审美形式的规范，就可能是粗糙的，甚至可能向丑转化。经过形式的规范才可能充分发挥审美潜能，甚至使丑转化为美。

小说形式的性格规范首先表现在对主客观要素的配比上。自我表现首先要受到生活的制约，既然是性格刻画，不是自我抒情，客观的生活特征就该占主导地位。作家只有把自我的部分心理因子化为人物性格的因子，并让这种因子在性格因果中起重要作用，使之产生强烈的效果，才能算是在小说中表现了自我。如果不是把自我的心理因子化为人物情感逻辑链中关键的一环，而是让人物成为作家的传声筒，任意让人物去慷慨赴义或轻率地坠入情网，都只能使形象的可信性和可感性受损。

这就是性格的审美规范对自我表现的制约性。自我表现不但要受到生活的制约，而且要受到小说形式的制约，三者必须达到和谐统一的境界，性格塑造才能成功。

小说形式的性格审美规范作用不仅表现为消极的制约，而且表现在积极的强化和创造境界的开拓上。

艺术形式的审美境界是一种假定的想象境界，在这个境界中生活的形态和自我的情感都获得了超越于本身的自由，进行着自由升华和自由创造。这主要表现为对现实形态有限性的超越，主要是一种性格逻辑的超越性。性格的强化和深化是通过性格的逻辑演化进行的，演化的层次越深，现实生活和自我感受自然形态的约束越少，性格按照自身逻辑推动的成分越大，性格的本质越能充分显示出来。

在果戈理的《外套》中，他把巴什马奇金那样的小人物受尽屈辱与损害的生活和精神痛苦，作了相当深刻的反映，而他同情这种小人物的卑微生活，对大人物欺凌小人物也明显流露出不满，但是把这种情绪发挥到极致的，是小说中超现实的怪诞情节，也就是假定性最强的最后一部分。巴什马奇金死了以后，鬼魂一直徘徊在卡林金桥附近，专门剥过往行人的大衣，一直到把那个训斥了他、致他于死命的大人物的大衣剥走为止。

在这个假定境界中，极端消极地忍受屈辱的性格走向了反面，怪异地反抗了。性格两极化分化（或二重组合）并不是平面的相加，而是通过喜剧性的假定境界实现的。

正因为是假定的，因而性格超越生活的现实形态，也超越了果戈理的自我。果戈理在现实生活中是妥协的，但在喜剧性的审美假定境界中，他超越了自我。正是因为这样，许

① 正是因为这样，形式与内容有其不可分的一面，从俄国形式主义者到西方马克思主义都反对形式与内容的二元对立。马尔库塞认为，“形式就是内容，艺术正是借助于形式才成为现存现实中与现存现实作对的作品”，“借助形式，而且只有借助形式，内容才能获得其独一无二性，使自己成为一件特定的艺术作品的内容”。从这个意义上说，形式与内容是统一的，但从形式作为一种普遍范式和具体内容的一次性来说，二者又是可分析的。——2000 年注。

多作家创造了人物性格，性格一旦获得了生命，就既超越了生活，又超越了作家自我的有限心灵。人物按着他自身的性格逻辑发展下去，往往否定了作家的动机，形象背叛了作家的情感。这是性格的审美规范给予性格的权利。聪明的作家不是去强制人物服从自己的意志和情感，相反应该借助审美规范推动人物性格超越有限的自我。

当然，自我对于审美规范也不完全是被动的，在必要的时候，它也要超越审美规范，也就是破坏旧的审美规范，创造新的审美规范，不过这已经不属于形式论的范畴而属于风格论的范畴了。我们将在下一章《风格论》中论述。

第五节　性格审美规范对情节审美规范的冲击

一、性格因果高于情节因果

性格审美规范逐步形成以后，性格的因果性就以极大的优势君临着情节的因果，情节的因果性与性格的因果性就不再相互并列、相互平衡。情节因果从属于性格因果，二者构成一个从属的结构。情节的原因成了表面的原因，性格的原因成了情节原因的原因。情节的果也成了表面的果，是性格的果造成了情节的果，所以高尔基说情节是“各种不同性格、典型成长的历史”。情节的功能完全服从于刻画性格的需要，情节的审美价值完全取决于它对性格的容量和展开性格的深度和广度。

情节失去了独立的审美价值。

情节的推演不但不能与性格的展开发生矛盾，而且不能与性格的展开游离，不管是矛盾还是游离都会破坏小说形象的统一性和性格逻辑的一贯性，导致形象整体的破碎和性格逻辑的断裂。

不但脱离了性格逻辑的情节会使审美价值贬值，就是性格逻辑徘徊的情节也会使艺术感染力受损。性格的审美规范越趋向成熟，情节的重要性越是降低。19世纪现实主义文学在塑造性格上获得空前辉煌的成就以后，那些单纯以情节取胜，或者性格的展示赶不上情节发展速度的小说，在艺术上就逐渐衰落了。时至19世纪，任何小说家如果不用性格武装情节，就不得不在艺术上走向没落。而到了20世纪以后，那些现代武侠传奇（包括金庸的小说）甚至某些推理小说，都不得不落到严肃文学的审美水平线以下去了。

这是因为构成情节的关键是“突转”，也就是向方向相反的两极化转化，也就是让人物越出常轨，进入顺逆两极化情境，在动荡中检测人物心灵黑箱的奥秘，寻求那情感深处的因果关系。而纯粹的情节则表现为一种外在动作，情节的因果关键只是外部动作的因果关系。

首先，从外在动作与情感的关系来说，动作并不是因而是果，是情感决定了人物外在动作，而不是外在动作决定了人物情感的特征。其次，同样的外在动作，可能由不同的情感造成。在同样的接吻中，男女主人公可能相爱也可能不爱，甚至相互仇恨。对于性格来说重要的并不是动作，而是推动这个动作的隐秘情感。对于情节来说，也许一个人毒死了另一个人，这个外在动作是最重要的，只要这个动作的果能成为产生另一动作的因，使情节因果链得以延续就成。对于性格来说，关键不在于一个人杀死了一个人，而在于为什么要杀死一个人，更重要的是杀死了这个人以后，即使没有产生另一个与之相承续的动作，这个人的内心究竟起了什么样的变化。在陀思妥耶夫斯基的《罪与罚》中，杀死放高利贷的老太婆不过是检验拉斯柯尼涅柯夫心灵能不能承受犯罪感的一种手段，虽然是现实的，但从检验人心来说，起了假定的功能。

反过来说，也许这个人可以杀死另一个人，但他一直拖延着，即使什么动作也没有，对于性格也十分重要。动作的最高价值在于暴露情感深层结构的秘密，揭示特异的情感逻辑。情感与动作的统一往往是个表面现象，抓住内在情感与外在动作的矛盾才有利于向内心深处进军。光有动作的因果是比较肤浅的，情节的因果性如果不与性格的因果性交融，就只能在生活和心灵的表面层次上滑行。

这自然不是说情节在展示性格时完全是消极的、被动的。情节的反复突转为性格向纵深层次突进提供了条件，每一次突转都为性格向新的层次深入提供了可能性。在情节与性格高度统一的作品中，情节的推演与性格的深化是同步的。正是因为这样，好故事才如此难得，一旦出现就反复被模仿。

二、情节对性格特征的强化递增和深化拓展

情节对于性格的作用主要表现在两个方面：一是强化递增；二是深化拓展。

情节的功能首先是一种强化功能，任何一个情节的因果关系都是强化了的。艺术形象是生活特征和自我情感特征在假定境界中的结构，这种结构的功能是超过了生活和自我二者之和的。情节的因总是被单纯化，果总是被强调。在生活中原因总不是单一的，而是很复杂的，效果也可能是分散的、微弱的、模糊的、缺乏强度的，但在情节中必须单纯化，才能与效果直接联系起来。效果只有被强化到一定程度才能构成原因与结果的一体化。契诃夫在他的《札记》中写了这样一个故事：一个腼腆的青年来串门儿，住了一夜，晚上忽有一个耳聋的老太婆走进他的房间，拿着一个吸血杯，给他放血（按：俄国民间一种治疗疾病的土方法）。他心想这是照例要办的事，因此没有反抗。到早晨才弄明白，原来是老

太婆弄错了。腼腆是性格特征，但在没有强化效果时是不够鲜明的，把这个青年放在一种越出常轨的情境中，让他受苦，他的腼腆不但没有改变，反而更突出了。由于效果的强化（给他放血），原因也就被强化了（仍然不敢问一下）。这里强化的是情感逻辑，由于害羞，居然任人放血。

完整的情节中，这种情感逻辑的强化是呈递增性的，随着情节的突转，强化的程度递增，一直递增到极化的、无以复加的程度为止。情节的功能就是让效果在连续的环节中被递增性地极化。比如《卖油郎独占花魁》，卖油郎秦钟的要求很低，只要见花魁女一次，代价很大，他得积累多年。这已经是强化的了，但是见了，偏偏又逢花魁大醉，这样，效果就强化递增了。然而秦钟并不因此从世俗功利观念出发去占有她，而是尊重她，这样，情节的强化导致了性格逻辑的极化。

这种极化的特点，是情感的单一因和行为的单一果，因为单一化了，所以便于层层递增地强化。

单因单果从强化到极化是线性的，也是很单调的。如果作家的想象只是在这种直线上运行，就不能避免单调和重复，读者的想象也不可能不因单调的重复而疲倦，因而与性格高度统一的情节力求避免一因一果，或者是从强化到极化的线性递增因果，而是追求在曲折中拓开性格的多方面因子，尽可能地容纳多因、多果。情节的每一次突转，不但外在动作上不能重复，而且在内在性格特征的显示上，也不能重复，而是要逐步增加派生的性格特征，让派生的性格特征与主要特征一起决定后续的动作和情绪。比如武松打虎，主要特征集中在英雄勇力，这勇力的特征是带着超现实性的极化，一个喝醉的人居然赤手空拳打死了一头吊睛白额大虎。为达到这种境地，《水浒传》写武松打虎极尽曲折跌宕之能事。先是武松酒量过人，一般人三碗不过岗，他一口气喝了十几碗。接着是胆量过人，对自己的能力有充分的自信，因而怀疑店家告诉他岗上有虎的动机，这是一个层次。下面的事态从情节上讲是微量的、递增的，但从性格上看却是巨量的拓广和深化。等到看到阳谷县的告示，证明山上确有虎，他想到过回头，但又怕被店家耻笑。他为了保全面子，而不顾生命危险往前走。这是武松性格上的一个新层次，非常自信的英雄却有常人的爱面子心理，但派生的因并没有起到动作上回头的作用，对于动作不起多大作用的被淹没的原因，对于性格却有极大的价值。接下去是经过三个层次，武松凭着超自然的勇力打死了老虎，再拖那虎却拖不动了，原来英雄的神力是有限的，特别是当他走下岗子遇到猎户伪装的老虎时，并没有表现出任何超人的气概，而是胆怯起来了，“这下子完了！”这就拓广了武松的情感世界，显示了一种在勇气上超人，在情感上如常人的双重特征，这双重因子的交织构成武松的情感逻辑。

从外在动作（情节）的因果来说只有一因一果，但从情感的因果来说却是双重的：英雄的胆略和凡人的自尊、胆怯都有，不过后者不占优势。艺术就是在这细微之处见功夫。对于武松心灵深处常人情感的发现不仅是一种拓广，而且是一种深化。英雄与常人的两极化分化又二重组合，把武松性格的深度与广度统一了起来。这就是武松打虎在艺术上高于李逵杀虎的原因。

三、性格对情节的积极功能

情节在为性格服务的过程中，性格并不是完全被动、绝对消极的。性格逻辑的特异性也为情节的曲折诡奇提供了更多的机遇。亚里士多德说过性格就是选择，在同样的突转中，不同的性格就有不同的选择。性格逻辑的特异为情节的创新提供了条件。陀思妥耶夫斯基的人物性格充满了心理变态，因而他的情节也充满了奇妙的突转。在果戈理的作品中人物性格有时很怪异，因而情节也时有怪异性，只要性格是真实的，情节也就获得了可信性。一个小公务员因打一个喷嚏，以为冒犯了一个将军，反复向将军道歉，引起将军的烦厌，惴惴不安，以至于死。如果这小公务员的性格逻辑不饱和，这样的情节就是不可信的。有时人物一个很平常的抉择由于含有特殊的情感逻辑，能使一个老化了的情节焕发出新鲜的生命。流传的传说故事框架早已具备，一旦进入经典名著，有时情节几乎没有什么改变，但是内部的性格逻辑发生了变化，原始情节的因果被性格的因果所代替，粗糙的故事、传说，就上升为艺术的经典了。不管是施耐庵写《水浒传》还是歌德写《浮士德》，不管是雪莱写《被解放的普罗米修斯》还是托尔斯泰写《复活》，原始的神话、艺人的评话、民间传说、官场轶闻，都因性格因果的渗入而获得新的生命，老化的艺术生命得以更新。

自然，性格对情节的积极功能并不限于对情节的推动，更主要的是它破坏了情节的旧规范，推动了新规范的产生。它的作用表现在三个方面：第一，丰富情节原有的递增极化功能；第二，扩大了情节的强化功能；第三，迫使情节走向弱化（关于这一点，以后会正面论述）。

情节是一种连续的因果链，也就是效果的强化递增。除了开头的因和最后的果以外，各个环节上的任何一个因都是前一环的果，任何一个果都是下一环节的因，每一环节都具有因果二重性，因而情节的强化功能就是从因果二重结构中产生的。

四、环状结构和链状结构

情节的发展使因果的连锁性日趋严密，因果二重性充满了每一个环节，甚至在某些环节上凝聚着多维的因果二重性。一个人的死亡，自然有自身的因和直接的果，但是他的死亡又是另一系统因果作用的结果，同时它又作用于第三系统的因果，这样就使因果关系不但二重化，而且多维化了，成为一种多维的二重化结构。维数的增加为情节发展提供了更大的灵活性，这就是为什么在小说中恋爱关系都是三角的缘故。苏叔阳在《故土》中则又增加了一角，变成了四角，因果链就更为丰富了。多维的因果二重性在巴尔扎克的长篇小说中最为常见，任何一个环节不但自身具有二重化的因果性，同时又和与之交叉、并列环节的二重化的因果性互相作用。

以《贝姨》为例，作品一开场就写暴发户、花粉商克勒韦尔趁于洛男爵沉湎酒色，家道中落之际，要挟男爵夫人委身于他，满足他的淫欲。于洛夫人不管于洛如何荒唐，对他都忠贞不贰。后来这个结果被动摇了，原因就不是一个，而是好几个环节在起作用。每一个环节都自成因果，又互为因果。

于洛男爵的女儿奥当斯抢走了贝姨的情人，贝姨为图报复，就把于洛男爵的情妇华莱丽引到花粉商的怀抱去。由于于洛夫人拒绝了花粉商，女儿奥当斯的陪嫁无着。为了筹措资金，于洛男爵派叔叔到阿尔及利亚去做不合法的军秣生意。已经成了花粉商情妇的华莱丽为了使于洛身败名裂，又同丈夫串通好，让治安警察和法官前来捉奸，于洛为了过关又只好去借债。这时于洛派去阿尔及利亚的叔叔舞弊事发，于洛要立即赔20万法郎，于洛当场昏倒。于洛夫人这时竟想向花粉商出卖自己以挽救丈夫。可花粉商已有了华莱丽作为情妇，不会轻易拿出20万法郎，于洛夫人只好作罢。

第一个因果是男爵夫人从拒绝到想主动委身。此事未果的原因，是因为华莱丽已成为花粉商的情妇。而华莱丽之所以能成为花粉商的情妇，本身并不是终极原因，而是贝姨拉皮条的结果。贝姨之所以拉皮条，又是由于于洛的女儿夺走了她的情人。结果引出结果，引出结果的结果便成了原因，一是于洛派叔叔到非洲去舞弊，一是华莱丽让于洛出洋相，这样双重因果的先后作用，成为迫使男爵夫人想出卖自己的原因，又导致出卖不成的结果。双重多维的因果链使得因果关系大为发达起来，每一个环节都在多重因果关系的作用下，与其他环节有机地统一起来，这就是我们通常称赞情节性强的小说常说的：一环扣一环，环环紧扣。也就是效果推效果，层层强化。

对于情节的各个组成部分来说，是多个二重因果的环状结构，但是就整体来说仍然是一个链状结构。所有环状结构的特点是最初一环的结果成为最后一环的原因。例如于洛女儿抢走贝姨的情人，贝姨就让华莱丽把于洛女儿的对象迷住，导致于洛女儿与她的对象分裂。获得情人的结果变成失去情人的原因。当在另一个层次上因与果相重合，就形成了一种环形的逻辑结构。

环状结构的效果强化功能大于链状结构，环状结构的严密性优于链状结构的统一性

（在西方戏剧美学中有开放式与锁闭式两种类型。所谓的“锁闭式”是指只写高潮至结局，对这以前的事用回顾和内省方式交代，与我们所说的环状结构不是同一回事。他们所说的“开放式”指的是把事情从头到尾都正面表现，与我们说的链状结构也不同）。[①]

一个情节中包含的内部环状结构越是饱和，情节越是严密；相反，其链状结构越多，情节的严密性就越降低。

在双重多维的情节结构中，尽管包含许多环状情节结构，如果开头的原因（或结果）和结尾的结果（或原因）不能重合的话，总体上仍然是个链状结果。

有时，一个情节内部并不包含众多环状结构，只是整体情节本身开头和结尾的因果互相重合，于是首尾相衔，成了一种环状逻辑，这个作品仍然是一个环状结构。

环状结构的出现使链状结构大为逊色，以至在一个短时期内风靡全球。

环状结构的首尾因果重合最成功地表现在易卜生的戏剧中。易卜生的戏剧情节，开头的原因往往同时是结果，结尾的结果往往同时又说明了开头的原因。比如《玩偶之家》，因果二重性都集中在那张借据上。娜拉为了丈夫冒签了她父亲的名字，借了钱，让丈夫到海滨去疗养。可当了经理的丈夫却把掌握借据的人开除了，于是这被开除的人就拿着借据来威胁娜拉。从娜拉的角度来看，这张借据正是她爱丈夫的结果：而从丈夫的角度来看，这张借据变成娜拉损害丈夫的原因。

这个由果到因的过程是整个情节的“结”和“解”，所有其他一切因果都是组合在这个环状有机结构之中的，为推动这个环状结构的合拢而存在的。

所有这些多层、多维的环状因果关系都是求异避同的。如果没有丰富多彩、不可重复的性格，情感因果作为情节因果的动因，这种多维、多层的因果必然导致重复。那些为了商业目的而故意拉长的电视连续剧本和现代武侠小说，之所以停留在较低的审美层次上，就是因为它的环状多维结构失去了多种性格逻辑的支撑。

五、从封闭式到开放式

上面所说的都是性格与情节的统一，但是性格因果和情节因果的统一十分有限，性格

① 俄国形式主义者和他们的继承者也有“环形结构”之说。他们所说的这种技巧在于一个故事（充当框架）的散射。一个故事的叙述漫延整个小说，而其余的故事则作为穿插其间的情节。在环形结构里，各个故事大小不等，安排无序；长篇小说本身是一个拖长了的、经常被其他插曲打断的故事。比如儒勒·凡尔纳的长篇小说《怪人的遗嘱》，其中充当框架故事的是主人公遗产的历史和遗嘱中的条件等，人物在参加遗嘱规定的游戏中所作的冒险则成为框架故事的插曲。采用框架法构成的作品，往往是环形结构。（托马舍夫斯基：《主题》）什克洛夫斯基提出另一种环形结构的“公式”：“甲爱乙，而乙不爱甲；当乙爱上甲时，甲却已经不爱乙了。叶甫盖尼·奥涅金和达吉雅娜的关系就是按照这个公式建立起来的。”另外，在叙事作品中，环形结构也常同梯形结构组合在一起。“一般说来，小说乃是由于拓展而变得复杂的环形和梯形结构的结合。”（《散文理论》）录以备考。——2000年注。

因果进入情节因果的环状和链状结构，除了统一的一面以外还有矛盾的一面。

情节主要是一种外在动作的效果，而性格则是内在情感的变幻。内在情感是不可见的，当然有很大一部分可以通过外部动作效果显示出来，但还有很大一部分是不能通过动作显示的。

情节的因果性，首先是动作的因果性，外在效果是它的主要表现手段。对情节来说，最重要的是结局；而对于性格来说，情感的果并不一定以外在动作的效果直接显现出来。同样的结果由于有不同的情感因，而具有不同的性质，动作的艺术价值取决于情感因是否充分。

正因为对于情节来说，重要的是果，所以情节一体化是以结局为中心的一体化。这样，结果就得到强化乃至极化的表现。在中国古典小说中，那些强调情节的作品，不但写了人物命运的结局，甚至写到生了几个儿子，有时连儿子的命运也交代几句才过瘾。《杜十娘怒沉百宝箱》的原始材料本有杜十娘夜间托梦给作者，请他不要写出来。这不但于情节是多余的，而且于性格也是矛盾的，所以后来写这个话本的作者把它删去是非常聪明的处理。

当然，在情节中还有一个重要因素是高潮，但是高潮是为了结局而存在的，是矛盾即将解决尚未解决之际，是原因与结果豁然贯通的临界点。高潮所占的篇幅比结局要多，许多说书艺人懂得利用延宕（期待）的心理“卖关子”。江南的评书艺人说唐伯虎的故事，说到点秋香，说了一个月，秋香还没有下楼。一个月没有下楼并没有揭示秋香感情深层结构的秘密，她仍是被挑选的。这种“卖关子”，不过是拖延结局，引起对结局更强的期待而已。过分着重情节因果必然导致性格因果窒息，甚至强制人物性格去迁就情节。情节的因果自洽了，而性格的因果却分裂了。

对于性格来说，关键不在于有什么样的结局，而在于导致结局的内在情感因。高潮的任务并不在于外在动作的结果，而在于情感因果的饱和。只要情感因果饱和了，情感的因果相洽了，情节的结局是极其次要的事，甚至是可以省略乃至不了了之的，也就是说动作效果是可以不强化的。正因为这样，《聊斋志异》中有些非常优美的女狐最后往往不知去向，情节上没有明确的结局。在西方 19 世纪以后的短篇小说中，情节性结局的脱落，外在动作效果的省略，成为一种普遍现象。“生活的横截面”的结构，在五四时期由胡适从理论上介绍到中国来，引起了极大的振奋。当时莫泊桑的《项链》风靡一时。结尾时女主人公在公园里见到自己的同学，知道了原来那条项链的珍珠是假的，小说戛然而止。从情节的因果性来说，应该直到表现外在结果才能结束。例如，把那条项链取回来等，但是从性格来说，这一切已经很完整：一夜的虚荣（因）导致十年劳苦（果）。这样的结果，是由情感的两极化交融构成的。一则以忧，自己老得连老同学都认不出来了；一则以喜，那项链还可取回补偿。

从实用价值来说结局是一种补偿，从审美价值来说是永远不可补偿了。把结局放在这里，既有强度又有深度，同时又有情感的多维密度，对读者的想象也有高度的激活率。如果再加上如何把项链取回、卖掉等外在动作，会转移对内在情感的注意，降低形象密度，也抑制了读者的想象。如果把情节环节的完整性叫“封闭式”的话，那么情节环节的脱落则可以称作“开放式”(见前面的说明)。

情节的开放式与性格的封闭式的复合结构成了近现代小说的一种普遍审美规范。性格逻辑和情节逻辑同样完整的小说几乎完全绝迹，这是因为二者很难达到同步完整。

情感发展的曲线与情节发展的折线越是不同步、错位，对于人物心灵检测就越有深度，对于读者的想象激活率就越高。

当然也不能把这二者的矛盾绝对化。把矛盾绝对化了，就完全取消了结果，不但情节的果脱落了，连性格的因果也残缺了。

在美国小说中往往有走到这种极端的情况。马克·吐温的《中世纪传奇》就是这样，女扮男装的康拉德去继承王位，未曾加冕就要审判其堂妹康丝坦斯，因为她生了一个私生子。康拉德坐在王位上说：“如果你能供出奸夫可免一死。”其堂妹回答说：“就是你。”康拉德气得晕倒了。要否认康丝坦斯的指控，最好的办法是宣布自己是女人，但古老的法律规定：任何女人在未加冕之前，在宝座上坐一分钟就得判处死刑。如果不用这办法排除身为奸夫的可能，就只能陷于更大的困境，结局如何呢？马克·吐温最后说：下文如何，无论现在或将来，你在任何书中也找不出来。情节的结局对于性格的完整当然次要，可以不完整，但是不完整并不等于说没有任何对结局的暗示或倾向的流露。马克·吐温显然是过分追求出奇制胜了。受到马克·吐温的影响，美国作家弗兰克·斯托克顿写了一个短篇小说叫《女郎还是老虎》。一个小伙子与国王的女儿恋爱，被国王发现，便将他放置在一个竞技场中央。在竞技场的另一边，有两扇同样的门。一个门里是最凶恶的老虎，一个门里是从全国选来的最美的女郎。国王审判的方法就是让这个青年任意走向一扇门。如果是老虎，当然是被吃掉；如果是女郎，当场就可以举行婚礼。在最后这一天，国王、法官分别就座，公主也坐在国王的身边。小伙子在上场前，已得到公主送来的信息，得知届时她会给他做手势，暗示他走向哪边一扇门。当小伙子用眼睛询问公主时，公主很快举起右手，于是小伙子毫不犹豫地走向右方打开了门。小说的结尾是这样的：从这扇门走出来的是女郎还是老虎？我把这个问题留给你们大家。不论是马克·吐温的无结尾还是斯托克顿的无结尾，情节都没有暗示人物内在情感的必然倾向。外在情节完整成为内在感情逻辑多余的累赘固然不好，外在动作情节的不完整使内在情感逻辑的环节脱落，更不好。

但是，类似后者这样的情况是极少的。

这是因为外在完整性比较容易被作家看到，也是比较容易被表现的；而要看到外在的动作效果与内在情感逻辑的不平衡却是不容易的。只有内在情感逻辑的完整性冲破了外在动作、情节的完整性，情感逻辑才能得到突出，审美的价值才能得到更充分的显示。

打破二者的平衡，关键在于结尾。

因为结局对于情节来说，是一体化的核心。结局往往是对开头的深刻说明。开头的“结”（果）不但为结局“解”（因）了，而且在更高的层次上获得新的意义。结局不但是开端的果，而且是开端的因。在环状结构中，结局是在更新的层次上实现因果二重性的统一。

正因为这样，外在动作和内在情感逻辑的不平衡最突出地表现在结尾上。正是在结尾部分，二者分化了，而且这种分化并不限于结尾，还牵制到情节的其他部分。首先是高潮。有时二者的不平衡激化到这样的程度，就外在动作来说没有到达高潮，还处在发展阶段，而情感逻辑却已充分完整了。契诃夫有一篇小说叫《渴睡》，小保姆白天担负繁重的劳动，到夜里十分疲倦了，可老板娘却叫她看护小少爷，只要小少爷一哭，老板娘就打骂她。无法抗拒的生理疲倦与老板娘打骂的矛盾，实在不得解脱，最后她采取果断措施，把小主人掐死了。于是她非常甜蜜地睡着了。

从外在动作来说，情节还在发展阶段，尚未到达高潮，矛盾还未激化到即将转化的临界点上，但是从内心情感来说已经从矛盾的激化转化为矛盾的解决。昏昏欲睡是矛盾的发展，老板娘打骂的威胁推动着这种矛盾的发展，到掐死小少爷达到高潮，而甜蜜地含着微笑睡去则是结局。

只要内在情感逻辑完整，不但外在结局是可以省略的，连高潮也是可以省略的。经常被省略掉的还有开端，契诃夫甚至曾经说过他要写一种小说，只有开头和结尾。我国古典小说中那种有头有尾、环环相扣的传统到“五四”新文学运动掀起时遭到肢解。

六、从连续性和直线性视角中解放出来

在追求性格的潮流冲击下，小说的结构原则有重大的变化。

首先是开端、发展、高潮、结局四个要素的连续性和完整性发生动摇，不连续、不完整的情节要素更自由地组成了更灵活的结构。这就是胡适在《论短篇小说》中所说的生活“横截面”或“纵剖面”的方法。按这种结构原则，在四个要素中只能留下对于性格的必要成分而不是全部。如果说情节的连续是一种因果层递性的强化，那么新兴的片段连缀方式则不仅是层递强化，而且依赖对照和反衬。有时甚至把整个过程都省略了，只剩下开头和结尾。例如鲁迅的《故乡》，只有少年时代天真、聪明、多智的闰土形象和中年时期麻木、

迷信、愚昧闰土形象的反衬，既无中间的发展过程，也无高潮，同样形成了一个有机结构，其形象感染功能大大超过了两个片段之和。

随着结构从事件的连续性中解脱了出来，作家也从全能、全智的第三人称的直接性视角中解放了出来。作家的视角不再追求全方位的概括，这时便出现了第一人称的有限视角：通过一个具体人物的特殊视角，从有限的感受中去观照事件的进程，凡在特殊人物感受范围之外的一概留下空白。这样一来，空间、时间顺序更灵活地被感知的程序所代替，自然，人物情感就处于更加主动的地位。第一人称的感受程序使一切过程都带上特殊角色的感情色彩，这一切都是有利于作家和人物情感逻辑的，亦即人物性格的展示。

视角从全方位的第三人称中解放出来，情节在运行过程中，不再被单一的视角所困了。在情节转折的关头既可以比较自由地转换同一人物的视觉，又可以自由地交替使用不同人的感受。这有利于情感色调的丰富，便于安排空白和暗场，确定重场描写和侧面交代，协调情节发展的节奏，控制情感的显性和隐性，特别是驾驭情节的密度——什么地方一笔带过去十年，什么地方一分钟写上几千字，什么地方让情节处于持续的慢镜头中，几分钟的起床写上几十页（如冈察洛夫的《奥布洛摩夫》），什么地方情节作大幅度的跃进，在短短几行里凝聚着命运多层次的对转。这在小说的结尾部分特别重要。欧·亨利就善于在这个关节上驾驭情节节奏：在小说的开头和中间的主体部分，往往情节疏淡，让读者长久忍受着期待的折磨；在结尾部分情节往往浓密，在短短几行中，让读者享受一连串正反对立的发现的惊异。

综上所述，性格对情节的冲击主要表现为对情节完整性和连续性的肢解和情节视角的转移以及密度的变化。所有这一切都以省略和凝聚为特点：有了对完整性和连续性环节的省略，才有片段的比照和反衬；有了高密度的压缩才有情节的疏密相间，情感的抑扬张弛。

但是省略和凝聚只是问题的一个方面，问题还有一个相反的方面，那就是补余。许多小说都在完整的情节之后又加上所谓的“尾声”，这与省略、凝聚恰恰相反。这种尾声有时是对人物后来命运的交代。例如在《罗亭》中，那个语言的巨人、行动的矮子，后来在1848年法国的七月革命中，手握红旗爬上街垒，被法国士兵开枪打了下来。这个尾声是作家在后来的版本中加上去的。它之所以有力，是因为尾声所揭示的是罗亭终于有了与其怯于行动的性格相反的表现。话虽然很短，却能激活读者大幅度的想象，充溢了大块的思维空白。

有时则不是这样，情节结束了，作家引入一组或一个与情节无关的人物对结局加以评论。海明威在《老人与海》结尾之后又加上了一个“尾声”。老人在海上历经千辛万苦得到的是一副鱼骨头，横在海滩上，这副鱼骨头的尾巴被潮水冲得晃来晃去。这时来了一群旅游者，其中一个女人问明白了这是鲨鱼骨头。这个女人说：

"我还不知道鲨鱼有这么漂亮的，样子这么好看的尾巴呢。"

"我也不知道。"她的男朋友说。

在路那边，老头儿又睡着了。他依旧脸朝下睡着，孩子在一旁守护他。

老头儿正在梦见狮子。[①]

每当有这种"尾声"时，局外人的评论往往是文不对题、不三不四的，这个女人的评论也是这样。她所欣赏的美和老头儿不屈不挠、英勇搏击而失败的经历有很大的距离。这种距离是心理的，又因并未直接构成冲突，所以是隐蔽的。一般说来，这种隐蔽的心理距离越大，越有利于激活读者的想象。海明威接下去写到老头子仍然在梦见狮子，就把这种距离拉得更大了。

在同一对象中寄托的情感层次越多，情感层次之间的差距越大，形象越生动。这种差距是隐性的，不是直接表达出来的，特别富于暗示力和启发性，因而使得尾声有一种尚未结束之感。

本来结局就是矛盾的解决，但是任何情节的结束都不可能穷尽性格和生活的一切方面。作家为了突出性格，在情节结束时，往往有一种"反结束"的倾向，尽可能不给读者以事情、性格已经穷尽的感觉。他不是把部分结局留在空白处，就是在结局之后加上尾声，拉开种种心理差距，让读者的思绪在情节结束处不但不能宁静下来，反而更趋紧张，把读者的审美享受效果尽可能地延长。

当然，要达到延长审美享受效果的目的，在尾声或结局中可以使用的手法是很多的。除了上述几种外，最常见的是作家在情节结束处抒情。像肖洛霍夫在《一个人的遭遇》结尾处非常细致地写"我"在与孩子告别时流了泪，而且非常认真地解释转过脸去不让孩子看到眼泪的原因。

有时不用第一人称抒情，而用描绘。例如在听完了"套中人"别里科夫的故事以后，听的人夜里睡不着，一个人发现，另一个人坐在那儿不断地抽烟，以暗示他在情节结束以后思绪反而更紧张地活跃了起来。这种方法的特点是情节的结束，思绪的延长。情节的结束、情节的封闭性并不妨碍思绪的开放，性格逻辑在虚线上延长。[②]

---

① 信德、仲南编：《诺贝尔文学奖金获奖作家作品选》（上），浙江文艺出版社1984年版，第217页。

② 俄国形式主义者所主张的陌生化，其效果之一，就是延长审美感受的时间。斯克洛夫斯基说："艺术手法，就是使对象陌生化，使形式变得困难，增加感觉的难度和时间长度，因为感觉过程就是审美目的，必须设法延长。"（《作为手法的艺术》）他们以为导致审美观照的延长的唯一方法就是"使形式变得困难"，这是很片面的，有时很平易的形式也可能以回味无穷来使审美过程延长。——2000年注。

七、从情节的强化到情节的淡化

在生活的自然形态中，是没有明显的情节性的，因为生活是分散的，因和果的关系是被淹没了的。情节因果链的构成依赖于效果的强化。强烈的效果使生活和作家的情感中某一因素占据了决定地位，这种决定性从生活的自然形态里是很难直接看出来的，唯有在强化了的效果中才能看清楚。

最清楚的效果自然是可见的动作效果，可光有动作效果是不够的，因为动作是受情感制约的，因而在通常情况下，强烈的动作效果总是和强烈的情感效果相一致的。但是有时并不完全一致，不平衡是常常发生的，有时强烈的情感效果并没有与之相应的动作效果。例如在铁凝的《哦，香雪》中这样描写香雪出现在火车站台上：

> 香雪平时话不多，胆子又小，但做起买卖却是姑娘中最顺利的一个。旅客们爱买她的货，因为她是那么信任地瞧着你，那洁如水晶的眼睛告诉你，站在车窗下这个女孩子还不知道什么叫受骗。她还不知道怎么讲价钱，只说："你看着给吧。"你望着她那洁净得仿佛一分钟前才诞生的面孔，望着她那柔软得好像红缎子似的嘴唇，心中会升起一种美好的感情。你不忍心跟这样的姑娘耍滑头，在她面前，再爱计较的人也变得慷慨大度。

姑娘这个主要特征并没有引起什么小伙子坠入情网，只是一种纯内心的效果，因而这个作品没有什么情节。外在效果的强化递增便于构成情节，内在的心理效果同样可以强化递增，构成一种内心的起伏波澜。它也可以有因果的二重性，形成一种连锁性甚至环状结构。不过外在的动作是可以直接感知的，内心的动作却是很难阐述的，因而在世界小说史上，外部动作构成的情节最先出现，在情节迅速走向成熟了以后，内心动作的重要性才被发现。在我国是英雄传奇、神魔小说行将式微之时，内心动作才被充分地强调了。如《初刻拍案惊奇·序》的作者即空观主人这样说：

> 今之人但知耳目之外，牛鬼蛇神之为奇，而不知耳目之内，日用起居，其为谲诡幻怪，非可以常理测者固多也。①

内在动作的发现为小说打开了新的广阔天地。关于这一点，莫泊桑在《小说》中说得更清楚：

> 如果昨日的小说家是选择描写生活的巨变，灵魂和情感的激烈状态，今天的小说

① 黄霖、韩同文选注：《中国历代小说论著选》，江西人民出版社1985年版，第256页。

家则是描写处于常态的感情、灵魂和理智的发展。[①]

表现常态感情、灵魂和理智有它的难处，它不像非常态那样容易引起外在的强烈效果，容易引起惊奇，内心效果往往比较暧昧而且平淡，所以在相当长一个时期中作家们竞相追逐外在动作的奇异，而忽略了内心效果的奇异。睡乡居士在《二刻拍案惊奇·序》中说：

今小说之行世者，无虑百种。然而失直之病，起于好奇。知奇之为奇，而不知无奇之所以为奇。[②]

无奇之所以为奇，不奇在越出常轨的外在动作，而奇在越出常轨的内在情感。莫泊桑所谓“常态的感情，灵魂和理智”，很难是绝对的常态，只是比之剧烈的突转、超常态来说是常态。所以说它是常态，是由于它没有导致外在动作效果的强化，只停留在内心情感的变幻上。

这内心情感变幻在过程中也可以叠加，也可以在因果逻辑上强化。但是不管情感逻辑如何强化，只要外在动作上没有导致剧烈的突转就谈不上情节的强化。动作没有层层递进地加强，而是平缓地发展，外在效果就弱化了。从情节的角度来看，只要没有外在动作的突转就是情节的淡化。

情节淡化不等于说内心的情感逻辑效果也淡化，有时恰恰相反，情感逻辑效果反而可能强化了。许多现代作家之所以倾向淡化情节的方法，目的就在于强化情节的迅速变幻的外在突转不利于细致地展开情感变幻。

当19世纪末现实主义文学中性格的审美规范已达到成熟阶段的时候，勇敢的艺术革新者就尽可能淡化小说的情节因果，强化人物情感的因果，在非动作性中刻画人物心灵。

一旦情感的因果性代替了情节的因果性成为作品构架，性格逻辑就彻底从情节框架解放了出来。艺术革新家在情节以外开拓了更为广阔的心灵天地，获得了更大的表现自由，作家的选择余地更大了。他的注意力可以从大起大落的外在效果中解放出来，更加凝神地审视内心那个无声而变幻不已的感情世界。在这个世界中，同样有因果逻辑的连续性和效果的叠加。进入这个境界的作家发现，对外在可见的动作效果的过分专注，不利于对内心情感效果的发现。熟悉内心情感效果使作家对外在动作效果的人为痕迹有高度的敏感。

契诃夫说了，并不是经常有这样的情形：丈夫到北冰洋去探险，妻子大叫一声从窗口跳下来。生活中经常是这样：他和她，在饭桌上吃饭，就这样过了一辈子。

没有外在效果就不能写出性格来吗？不是的。谁能在平静的外表下，发现不平衡的内

---

① 中国社会科学院外国文学研究所外国文学研究资料丛刊编辑委员会：《欧美古典作家论现实主义和浪漫主义》(二)，中国社会科学出版社1981年版，第233页。

② 黄霖、韩同文选注：《中国历代小说论著选》，江西人民出版社1985年版，第259页。

心变幻，谁就有了新的突破。比如，一个马车夫已经老了，本来应该停止劳动把位置让给他儿子，可是儿子却死了。从外在情节着眼，则高潮在儿子之死。是什么原因死的？其间有什么巨大的起伏的情势？但是从内心着眼却可以从儿子死了以后着眼，让马车夫仍然在大雪纷飞的夜晚去上班，看他内心有什么变幻。契诃夫的《苦恼》就是这样构思的。

失去儿子的马车夫姚纳内心有无限的苦恼，这种苦恼没法向人诉说。在小说中诉说苦恼的内在追求，其效果是强化了的。只要有人听他诉说一下自己的苦恼，他就轻松了。可是上来一个客人，心不在焉，这增加了他苦恼的程度；又上来三个人，兴高采烈，他们不但不听他诉说，反而侮辱他、打他。可姚纳觉得即使有人骂他，打他的脖儿拐，也能使他把苦恼淡忘。这种特异的情感反复作双向逆反运动：从正面来说，即使有人骂，也比孤独地忍受轻松；从反面来说，一旦打他、骂他、嘲笑他的人消失了，他的苦恼反而增加了，他变得更不能忍受了：

> 他又孤孤单单，寂静又向他扰过来。苦恼，刚淡忘了不久，现在又回来了，更有力地撕扯他的胸膛，姚纳的眼睛焦灼而痛苦地打量大街两边川流不息的人群：难道成千上万的人当中，连一个愿意听他讲话的人他都找不到吗？人群匆匆地来去，没人理会他和他的苦恼……那苦恼是浩大的，无边无际。要是姚纳的胸裂开，苦恼滚滚地流出来，那苦恼仿佛就会淹没全世界似的。可是话虽如此，那苦恼偏偏没人看得见。那苦恼竟包藏在这么一个渺小不足道的躯壳里，哪怕大白天打着火把去找也找不到。①

情感在这样的反复中显示出起伏的节奏来。马车夫一共接过两次客人，心情轻松了两次。回到旅店，大家都睡了，有一个人起身，以为又可以轻松一下，但那人喝了水又睡去了。最后他走到院子里，把他的苦恼讲给小马听，小马安静地听着并且用鼻子闻他的手。情绪节奏开头是紧张，最后是松弛。如果可以用图表表示的话应该是这样的：

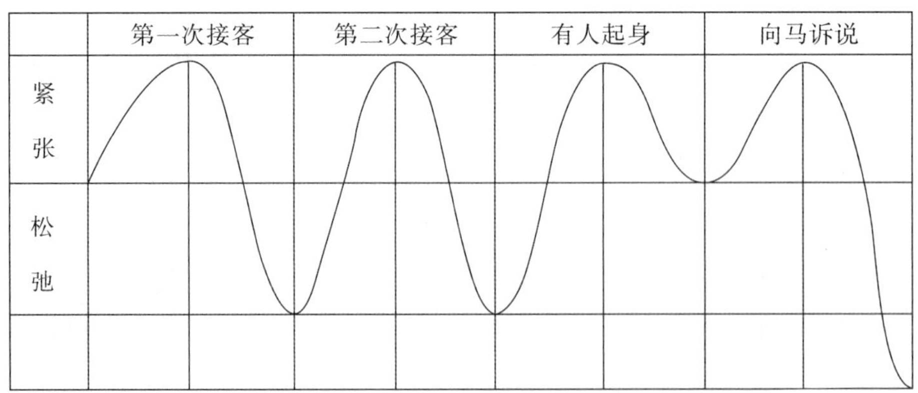

缺乏外在情节的小说，结构的骨架主要依靠情绪的节奏。情绪就是在动态的节奏中强

① 契诃夫著，汝龙译：《契诃夫短篇小说选》，上海译文出版社1995年版，第63—64页。

化了的，它的起伏都有充足的逻辑性和连续性，因而可以发挥出形式的一体化功能来。

情节淡化的小说，主要依靠情绪结构来组织人物的关系。淡化情节主要是淡化外在效果，外在效果有局部的和总体的两个方面；淡化情节也可以强化内在情感效果，情感效果也有局部的和整体的。

这样淡化情节的可能性就有四种：

1. 总体外在效果的淡化，总体内在效果的强化。如上面所讲的契诃夫的《苦恼》。

2. 局部内在效果的淡化，总体外在效果的强化。如阿城的《棋王》。对于棋王这个人的棋艺之高（一个青年能同时打败许多大人）和对棋艺的着迷程度（不计功利），这种外在效果变成情节的支点，是充分强化了的。由于总体外在效果是强化了的，因而这种形式严格来说不完全属于淡化情节，而是接近于淡化情节。就局部来说，作者的内在情绪是抑制的，好像故意用一种平淡的语气叙写一种不平常的情景。例如写青年们在画家家里，显得很挤，阿城这样写：

> 画家住在一个小角落里，门口鸡鸭转来转去，沿墙摆了一溜儿各类杂物，草就在杂物中间长出来。门前又被许多晒着的衣裤布单遮住。王一生领我们从衣裤中弯腰过去，叫那画家。马上就乒乒乓乓出来一个人……画家只是一间小屋，里面一张小木床，到处是书、杂志，颜色和纸笔。墙上钉满了画的画儿。大家顺序进去，画家就把东西挪来挪去腾地方，大家挤着坐下，不敢再动。①

这里只有一个“挤”字，但有着重点的文字都是挤的效果；对这种挤，作家的情感却是十分节约的，好像故意节制，追求一种淡化的、超然的情绪。这种局部的内在淡化与总体的外在强化正成反衬。

3. 总体的外在淡化和局部的内在强化，这种情况与上面所述的情况恰恰相反。

作品的总体因果逻辑是模糊的，甚至是故意弱化的。在总体上，一些外在的重要的因果线索被省略，或者把动作效果写得非常含混，而在局部的场景中并不抑制情感效果，反而强化情感效果，把强化的情感效果作为作品结构的支点。例如宋学武的《干草》，情节的总体效果是故意被弱化的。小说写到了 20 世纪 50 年代对草甸子的盲目开垦，导致了生态平衡的破坏，使得家乡更贫困了。在草甸子上生长起来的大青哥对小草姑娘的爱情，后来就不了了之了。造成这个结果的原因，在《干草》中并没有明确地强调，只是加以模糊的暗示。大青哥几次到外地娶亲不成，有人说原因是早看上了小草姑娘，“可是后来不知道为什么，小草还是嫁给了三十里以外的一个民办教师”。爱情悲剧的原因虽有所提示，但并不肯定，这就是因果关系的一种弱化。后来，作者又回到故乡，竟然在雪下面发现了一片草

---

① 阿城：《棋王》，作家出版社 1985 年版，第 63 页。着重号系笔者所加。

芽，而且写到久已废弃的打草的大扇刀又霍霍地磨起来了。这本已说明草甸子又复活了，可是作者偏偏不愿意把因果关系明确化。当“我”的妻子断定：“我敢打赌，现在草甸子上一定长出了一片新草！”“我”却这样说：“也许是吧。”这是因果的又一重弱化。这种弱化的因果导致外部动作的淡化，其目的是为了内在情感的强化。

这种内在情感效果的强化，可以像在《苦恼》中那样是连续递增的，但也可以不递增，而是反复映衬。宋学武在《干草》中，在情感总体上并不强化递增，在局部内在情感上常常采用反复强化来映衬的方法。例如他一开始就强调“我”的特殊情感，认为草比花香，而且反复证明，多方比较，说明草香胜于花香；在小说中间又强调小草姑娘身上有一股淡淡的香味；后来又在小草姑娘给他准备的干草被中闻到这种香味。这不是因果逻辑效果的递增，而是局部与局部之间的反复映衬，其作用同样是一种强化，草香同样超越了生理感觉，与情感、记忆结合在一起被强化了。《干草》的特点是，在局部上作者的情感是强化的，但在总体上情感又是相当抑制的。

总体动作效果的抑制使情节淡化，总体情感的抑制使情绪弱化，局部情绪效果的反复映衬形成另一种强化，这一切使小说情节弱化和情绪强化形成一种互补结构，造成一种抒情性的旋律。

4. 抒情性最强的是总体和局部情感效果全部弱化。这样的小说更加缺乏动作性，更接近于诗了。我们以何立伟的《白色鸟》为例来说明这个问题。两个小孩在夏日中午的河滩上游泳，蝉声充满了天空，河滩显得苍凉而寂寞。孩子们以一种童真的心灵享受着大自然的和谐与宁静。这时在河那边出现两只白水鸟，在绿色的水草边梳理那白得耀眼的羽毛，那美丽、安详、自由自在的生命征服了孩子，使孩子们气也不敢喘，动也不敢动。孩子们伏在草中窥视，“不敢稍稍对这图画有所破坏”。

这是一幅宁静的和谐图画，大自然的纯净，孩子心灵的纯真，融成高度的统一境界，但是忽然传来了锣声，是“文化大革命”中开斗争会的锣声，把白水鸟惊走了。喧嚣的锣声破坏了这纯净的意境。

在这里，外在的动作和动作效果是没有的，白水鸟并没有十分惊惶失措，只是“从那绿汪汪里，雪白地滑起来，悠悠然，悠悠地远逝了”。动作是柔和的，速度是缓慢的，没有任何突然的急骤转折。小孩子的心境也没有遭到破坏，相反他们还没有意识到锣声对美的破坏。有了这喧嚣锣声的反面衬托，大自然与孩子的心灵更加显得安详与宁静了。

在这里最突出的是人的情感与环境之间的统一，是人与人之间情感的和谐。两个孩子之间情感的差距并没有强化，相反是相互融化了。

当外在动作从局部到整体都以弱化为特点时，如果人的情感效果也弱化，而且弱化到互相失去差距之时，性格就被淡化了。

性格是在强化其与环境的矛盾中，是在强化情感逻辑错位中显示出来的。弱化矛盾和融化差距的结果是人物性格的模糊。

小说就这样被诗化了。《白色鸟》可以说是按诗的审美规范写成的小说。

问题不在于淡化效果，而在于在淡化的效果中没有包含着错位的复合情感。

真正的小说，即使没有外在动作的矛盾，也应该有内心情感的错位，错位越大，越能达到小说所要求的那种情感的多维性。何立伟在《花非花》的结尾处，写一个辛勤劳苦的中学教师在贫病交困中死去了。小说写了悲痛的统一性，很多人一见遗像上的皱纹，便流下眼泪来，悲伤、啜泣，连平时“左”得很的人也一样沉重，就是平时与之感情不和的妻子也痛哭失声。学生干部也在哭。哀乐在奏。

如果光写这些，就只是诗的渲染，还没有达到小说所要求的情感复合性。小说的生命在于不同人物之间的感情错位。何立伟接下去强调了这种错位。在办公室里，两位老师在为挽联上的字句进行无休止的争执（“宵旰劬劳”是“太老气”，还是“很见功底”），以致挽联一个多小时还没有写出来，都要开追悼会了，急得另一个老师直跺脚。教育局局长电话里说要来，却一直没来。然而那个“文革”中发了疯的女疯子却又踅到学校里来叫：“天——呐。”守门的便吆喝她走开。而在哀乐声中，死去的老师的一个女学生（当年还是班干部）提了个菜篮子经过校门口，问明了老师死了，只是淡淡地“哦”了一声，就走了。

这样，在同一场景中，在同一哀乐中，包含的情感就很多，而且在程度上和性质上很有差距，这就不再是诗，而是小说了。正因为这样，情节淡化的小说在20世纪初取得了比情节强化的小说更高的艺术成就，从福克纳到川端康成都立起了辉煌的丰碑。

动作效果和情感效果的弱化，也就是情节淡化，在当代小说创作中形成了一种生机蓬勃的潮流。

这种潮流在台湾文学中表现得相当突出，20世纪50年代以后，不但在创作实践中占据了优势，而且形成了一种淡化的理论。从他们的角度来看，传统小说中那种强化情感效果的方法已经成了老古董。白先勇在《流浪的中国人》中这样把於梨华和巴金加以比较：

“没有根的一代”（於梨华《又见棕榈，又见棕榈》中之人物群像），无疑在鼓舞作用方面（比之巴金）相形见绌，但作为艺术作品而论，却又比巴金大多数缺乏深度、充满陈腔滥调与浪漫色彩的作品优胜。虽然，也许有一天时移世易，“没有根的一代”，这词不再适用，但於梨华笔下那生动真实的情景，对小说中人物心理的细腻描写，将会经得起时代的考验，流传下去。而巴金的《激流三部曲》，到今日不少人已望它的冗长而生畏了。[①]

白先勇所强调的是弱化情感效果，站在弱化的立场上，因而对巴金的强化不能历史地对待。但作为一种艺术追求，弱化正是强化发展到极端的惩罚。对这种新的审美规范，余光中借用英语中的一个字来说明：

> 作品里，感情充沛，文字稠密，一气呵成。偶尔失却控制，也会造成“流露”过分的情形。这种情形，在她早期的作品中，比较常见。了解小说艺术深如於梨华，当然熟知 understatement 的功用，何用我来赘言。[②]

弱化是 understatement，而强化则是 overstatement，从过分强化，到追求弱化，对于文学的审美规范来说是一种突破，一种创新，对于读者来说也是对欣赏心理定式的一种冲击。其实强化、弱化是一种欣赏趣味的历史更替，本无所谓孰优孰劣，但处于交替期的白先勇、余光中则难免有所偏执。

八、非线性因果结构的崛起

情节依仗外部效果的强化。

效果的强化，不可能是全部，而是其中一个极小部分效果的强化。只有这样，因果才较易对上口径，因而情节因果实际上“是把过程从普遍的联系中抽出来，孤立地考察它们”。小说中的因果性，往往是线性的。例如国王死了，王后因悲哀过度也死了，这个结果显然被强化了。在联系原因时，与效果相一致的原因就必须是强化的，因而必然排斥了那些非强化的部分。

贾宝玉结婚了，林黛玉因悲抑而死，其实是不全面的。林黛玉的肺病本来就相当严重，她的感情特别偏狭，再加上她没有父母，寄人篱下，等等，一个结果是无数原因造成的，而在强化了的情节效果中往往只能突出很少一部分。实际上，情节性小说的结构基本上是单因单果或少因单果的关系。这种因果又有某种不可逆性，我们把它称为线性因果式结构。而生活和情感却不这样单纯，这是多因多果互相反馈的多维结构。关于这一点，李超在《电影结构类型新探》中这样说：

> 线性因果结构，由于强调事件与事件之间的因果联系而有明显的长处。如情节连贯紧凑，有向高潮发展的冲力和较强的悬念，对某一具体矛盾和问题可以深入开掘，以及有头有尾、层次分明等。因此，对这种结构不应轻易否定。但是，也应看到这种结构形式固有的弱点和局限。由于线性因果观习惯于把单个现象和矛盾“从普遍的联

---

① 《台湾文学》，内部印行，第 218 页。

② 《台湾文学》，内部印行，第 210 页。

系中抽出来”，一事对一事的关系，看不到整体对局部以及局部之间的相互影响。①

情节本身对于因果的容受性很有限，它为作家的创造提供了自由，同时也为作家错误地阉割生活准备了陷阱。追求情节惊险性的作家不管把因果二重性增加多少维，也不可能穷尽生活和情感的全部丰富性之万一。这是因为，情节的因果性表现为一种必然性，但是这种必然性必须借助于巧合，而巧合是偶然与必然的交叉点上的一个环节，并不是充分的必然性，因而情节的必然性充其量不过是一种可能性。就是巴尔扎克和托尔斯泰也不能不受到它的局限，哪怕是在他们最伟大、最辉煌的杰作中也留下不少任意编造的线性因果关系，当巴尔扎克涉及法国政治，托尔斯泰涉及宗教时，就特别如此。

直到20世纪初小说家们才发现，把因果性的链状结构和环状结构神圣化，对于作家可能成为真正的锁链。作家并不一定非得把全部因果关系放在托盘里奉献给读者不可。因果性是那样复杂，不去直接显示它，只把足够的形象提供给读者，推动读者去思索其中多种可能性，也许更好。20世纪初，世界小说史上的这种新的美学追求，直到20世纪80年代才姗姗来到中国小说界，并在王蒙等人的作品中有了反响。非情节化的小说向情节化小说提出了挑战，一个年轻的小说家西涧在写了一篇名叫《白雨》的小说以后这样谈他的探索和追求：

> 我不知道是否有人想过，生活之所以让人感到许多难分难解的心绪，许多难即难言的等待，许多难以捉摸的情感，许多不得不为而又散散乱乱的动作，这些充满矛盾的许多现象，都是因为生活里流动的含义并不像人们理解的生活的逻辑性那样直线式的简单……生活在当代人眼里已经不再是单一层次的了，它太复杂了，使人们对作品感到亲切动人的，就是和这种复杂相适应的生活本身的多重含义。这种多重含义用传统的拼合式原则已难追求必然性的一贯，作者应该探索的就是这种多义而一贯的认识及表达，读者可以自己寻找认识可能性。作者更应该努力从质朴的生活原型中寻找其中往往并现的多种可能性，发现那些由于观察理解的角度不同而使一件事具有多重含义……一种只能提供单一含义的叙事方法毕竟离今天的生活远矣。②

是不是越出因果范畴就不能创造出新的审美规范呢？在这一点上现代派作家的气魄是很值得惊叹的。他们把作家的想象力从单一的因果规范中解放出来，作家的创造获得了更大程度的自由。不论在川端康成的作品中，还是福克纳的作品中，因果性已不是人物性格逻辑的唯一支点。

因果链的断裂和因果环的解体并没有导致形象一体化的崩溃。形象化为一个更复杂的

---

① 李超：《电影结构类型新探》，《电影艺术参考资料》1984年第13期。

② 西涧：《也来自生活》，《南方文学》1984年第10期。

内外交织的过程，这样更接近于恩格斯所说的“一幅由种种联系和相互作用无穷无尽地交织起来的画面”。作家在这幅画面中显示的不是单一的因果主题而是多维的人生妙谛，既有形而下的丰富感觉和知觉又有形而上的多维意蕴。

这类小说不像传统小说那样，以连续性强化效果去突出偶然性和新奇感，而是在一条无形而又可感的方向上，展示一些似无联系的成分，这些偶然成分是平淡的、不奇异的。这样有利于形象成为多项因果关系的复合体，以诱导读者对主题作多样的解读。

意识流小说就是在这样的背景上产生的。不过，意识流小说家比一般现代派小说家更内向，更着重于人的心理，他们认为作者要表现的不是事情的逻辑过程、事情本身，而是人物感觉上对事情的“反应”。这就是感觉、印象、想象、意识之流。

英国作家伍尔芙的《墙上的斑点》，主人公看见墙上有个斑点，看来看去弄不清它是钉子还是别的什么，思绪“一哄而上”：如果是钉子，则是为挂肖像，由肖像想到只会选那一类画的房客，但斑点不像钉子，“我”感到自己认识世界是无力的，由此“我”想到宝石和人生的短暂以及变幻无常。后来“我”稳住了自己，第一个瞬息即逝的念头是莎士比亚。同时在想象中美化自己，后来又想起伦敦的星期天午后的散步。许多印象都有某种幻影的味道。接着“我”又由斑点是凸出的想到圆形古冢。由古冢想到文物的发现，由此又想到什么是知识，欣赏衣框，赞赏自外的世界，由衣框又想到树、森林、草地、小河、母牛、鱼群等一系列大自然生动的景象。想象由此到达高潮，那里鸟鸣、虫舞、太阳高照、树倒、风狂、热闹非凡；然后转入低潮，有人问要不要出去买报纸，“我”清醒过来，原来那墙上的斑点，不是钉子，而是蜗牛。小说到此结束。

小说的核心只有一个，那就是斑点是不是钉子，以此为核心，“我”的自由联想向四面八方作爆炸式的辐射。虽然没有因果逻辑的强化，但是也使人物情感的深层结构发生动荡，使一些潜在的无意识活动游到了意识的表层。

从这个意义上来说，意识流作为一种审美规范，并不是失去理性的表现，而是因果逻辑过分简单化的一种反拨，它追求的是自由联想的内心深度。从内心深度这一点来说，它与情节的功能是一致的。它对于情节、性格的审美规范是一种突破。

但是意识流毕竟缺乏必要连续性，因而效果不能递增，很难引起读者的内在注意持久的定向集中，因而作为一种影响巨大的文学流派，它存在的时间是比较短暂的，大约在20世纪初到中叶，才风行了不到50年的时间，它所取得的成就总的来说不如强化情节和性格因果的小说。

它出现的意义，也许在于过渡。它打破了情节因果的狭隘程式，但它并没有建立更有生命力的模式，因而很快就为拉丁美洲的魔幻现实主义小说所取代。

在魔幻的现实主义小说中，情节因果的强化和感觉、情感、意识的自由得以比较自然地结合。魔幻现实主义汲取了情节效果强化的优长，又融会了感觉、知觉、注意、想象思维变幻的自由，因而迅速取得了超过意识流派的成就。

第六节　性格与环境的关系

一、性格是社会环境“逼”出来的

如果小说光在性格刻画上取得成就，那它的认识价值、美学价值还是比较有限的。人类的认识还要深入，艺术还要提高，人们不能满足于《天方夜谭》中那种财富出于神灵、归于良善的主观逻辑，也不能停留在《十日谈》那天真的倾向：教士表面的寡欲掩盖不住淫邪的内在贪欲，包括肉体在内的对幸福的追求乃是合乎人的天性的。人们要问，诸葛亮七孔玲珑的心窍，那惊人的智慧是从哪里来的？人们要认识自己，也要认识社会和自己的关系。人们在小说中不断地追问：是什么样的客观条件造就了那些充满了惊人智慧和超人勇力的英雄？在小说史上，人类认识自己和认识社会的发展速度是不平衡的，这是一个矛盾，但正是这个矛盾推动了认识的发展。人类不但要认识主观世界，而且要认识客观世界，要认识这二者之间的关系。人类必须找到通过认识自我的内心世界去认识社会的途径，必须解开命运、性格与社会之间关系的谜，以便寻找出那必然的内在规律，达到更加自由地生活的目的。

在这个过程中，人类探索着那决定性格、命运的必然性。人类在这方面，似乎是在黑暗的隧道中摸索，通向智慧的桃花源的路，是如此崎岖而曲折。有时，我们在宋元话本中看到一线光明，性格与社会经济条件有了联系，但并不明确，更没有作为一种普遍规律得到充分强调。有时又如坠入云里雾中，一种神秘的、纯粹的偶然性成了人物命运的转折点（例如：死而复生之类）。有时明显可以看出作者在追求必然性，然而又大都是因果报应的迷信教条。所有这些看来相反的倾向，其偏颇是相同的，那就是把人的命运、人的性格和社会环境分裂开来，孤立地去解释人的命运的变幻。这自然不利于深入揭示生活的真谛。

经过漫长的积累，小说终于有了突破，不但在刻画性格上取得了辉煌的成就，而且在解释造成这种性格的原因方面，有了规律性的发现。《水浒传》出现了，它在性格的现实性和深刻性上比之《三国演义》有了发展。金圣叹在《读第五才子书法》中说：“〈水浒传〉写一百八人性格，真是一百八样。”又在《第五才子书·序三》中说：“叙一百八人，人有其性情，人有其气质，人有其形状，人有其声口。”在中国美学史上第一次提出性格的概念是和《水浒传》联系在一起的，这并不偶然。然而《水浒传》超越前人的成就并不仅限于此。金圣叹在七十回本《水浒传》第一回“总评”中说：“开书未写一百八人，而先写高俅者，盖不写高俅，便写一百八人则是乱自下生也；不写一百八人，先写高俅，则乱自上作也。”金圣叹把“乱自下生”和“乱自上作”机械地对立起来，有其偏颇之处，但是在看到《水浒传》人物命运与社会政治环境的因果关系上，是深刻的。通常在民间，口头上把《水浒传》的内容归结为“官逼民反”“逼上梁山”，这和金圣叹的说法是一致的。

人物性格的逻辑必然是社会环境逼出来的。它不是人物主观随意行动的照录，也不是作者任意调遣的结果。林冲、杨志、武松、宋江，本来都没有想到上梁山。林冲起初是逆来顺受，连老婆给人调戏、自己在野猪林险遭杀害都忍了，但最后还是上了梁山。杨志最初更是以将门之后而自豪，蔑视、咒骂梁山，与梁山为敌，但最后也不得不上了梁山。宋江虽然与梁山有友好的关系，但他一直千方百计躲避上梁山之路，其结果还是上了梁山。不同的英雄走向梁山的道路各有不同，但总的说来，都是社会环境逼迫的结果。当特殊的、个别的、似乎不可重复的性格一旦与社会矛盾挂起钩来，就显出了内在的普遍性。人对自己、对社会的认识就这样大大地深入了，小说的性能也发展了，从认识奇妙的性格的艺术变为认识性格与社会环境奇妙关系的艺术。这时候，小说就发展到了它比较成熟的阶段，也就是现实主义的阶段。

二、特殊环境中的特殊个性就是典型

恩格斯在1888年给哈格纳斯的信中，曾经把现实主义归纳为“除了细节的真实性以外，还要求典型环境的典型性格（又译‘典型人物’）”。一般论者都着重从典型性格的共性和个性这一对矛盾中去分析。其实对现实主义的方法来说，第一个层次首先是环境与性格之间的矛盾。恩格斯在那封信中强调，环境对人物性格的作用在于：“环绕着这些人物并促使人的行动。”[①]环境和人物之间的关系是一个“促使”与被“促使”的关系。

共性与个性的关系是矛盾的第二个层次。个性是特殊的，但是不管它多么特殊，只要在特殊的环境中找到它的根源，就是具有普遍性的，或者是典型的了。为什么林冲原来那样逆来顺受，后来却变得那样义无反顾呢？在火烧草料场以后，来到柴进庄子门口，他甚至变得蛮不讲理了。这是因为环境逼得他杀了人，断绝了重建家园的一切希望。他过去之所以忍辱负重，是因为他的高级军官的社会地位；他后来坚决反对招安，是因为他失去了这个地位。这样，在《水浒传》中人们对性格与社会环境关系的认识无疑是大大深化了，

① 中共中央马克思恩格斯列宁斯大林著作编译局：《马克思恩格斯选集》（第四卷），人民出版社，第462页。

艺术的说服力也大大提高了。人物性格不再像在《三国演义》中那样是与生俱来的，很少发生变化的了，而表现为一个矛盾消长变化的过程。这种变化不是由偶然性神秘地决定的，而是在社会环境的作用下（“逼迫”“促使”）有其客观的不可避免的必然性的。这就是小说中的典型性。

现实主义之所以叫作现实主义，不仅表现在它的细节是空前真实的（不能离开历史条件讲绝对化的细节真实，不能要求《水浒传》没有一点神秘化的成分），而且在于人物性格和社会环境都是特殊的关系。在双重特殊的作用下，它的逻辑却是普遍的。

双重特殊转化为普遍就是典型化的逻辑。

祥林嫂因年终祝福时，不能端福礼，精神受到那样大的打击，以至于走上了死亡的道路，这好像是很不普遍、不可重复的，但是又是必然的，这是环境逼迫的结果。因为这环境本身的荒谬野蛮也是很特殊的，所以祥林嫂的悲剧才是典型的。按照封建礼教的夫权来说，妻子属于丈夫，丈夫死了，不得改嫁；然而按族权来说，儿子属于父母，儿子死了，婆母可以出卖媳妇。在媳妇被强制出卖以后，世俗的舆论却按神权的观点，认为到了阴间她将受到残酷的惩罚，而活在阳世，她又受到人们的歧视。灵魂的酷刑，终于使她的精神受到摧残，直到肉体上丧失了劳动力，从而失去谋生能力。

在《祝福》中，并没有黄世仁，那杀死了祥林嫂的是以封建礼教为准绳的偏见，而这种偏见则是极其特殊地弥漫在中国社会中的。祥林嫂是被环境逼迫走上了死路的。离开了环境去研究人物的个性与共性的关系，可能使理论家变得胆怯起来，害怕个性的特殊性、偶然性。离开了共性、必然性的容忍范围，因而产生了从共性出发，把个性当作点缀，把偶然性当作胡椒面撒一下的倾向。其实不管性格多么特殊多么偶然，只要与特殊环境发生了恩格斯所说的那种“促使”与“被促使”的关系，或许《水浒传》中那种“逼”与“被逼”的关系，就有它的必然性和普遍性了。巴尔扎克宣称，他喜爱写“例外”人物，他还说，“偶然是世界上最伟大的小说家。若想文思不竭，只要研究偶然就行。”（《人间喜剧·前言》）在巴尔扎克笔下有那么多畸形的、例外的贪财好色之徒，但是，正是这些畸形人物却成了世界文学史上鼎鼎大名的艺术典型。其妙诀在于这种畸形人物正是畸形社会子宫中孕育出来的。巴尔扎克揭示了畸形的社会关系，特别是畸形的财产关系，如何把人与人之间的关系，把人的内心世界扭曲得不成样子。不要担心怪异性格缺乏典型，只要能揭示出怪异环境的决定作用，就一点也不怪异了。

人物性格的共性和个性并不是一种简单的从属关系，而是在环境作用下的函数曲线方程。个性与共性的联系并不是直接的，而是通过环境的作用，以环境为媒介的。例外性格可以转化为例内性格，关键在于什么样的环境条件。例外环境中的例外性格，并不是像季莫菲也夫在《文学原理》中所说的那样，是浪漫主义的特点，其实许多现实主义的杰作正是善于把例外转化为普遍的。果戈理笔下的乞乞科夫买死魂灵还不够例外吗？马克·吐温让王子与贫儿交换身份还不够例外吗？伏尼契让笃信宗教的亚瑟变成特别憎恨宗教的牛虻，还不够例外吗？但是在例外环境的作用下，这一切从似乎纯粹的偶然转化为充分的必然。

三、在自然科学理论的冲击下

18、19 世纪自然科学和社会科学迅猛发展给文学以巨大的冲击，恩格斯所说的环境与性格的关系，已经不仅是对现实主义创作的原则概括，而是现实主义作家的自觉信念了。巴尔扎克在《人间喜剧·前言》中说："动物是这样一种元素，它的外形，或者说得更恰当些，它形式的种种差异，取决于它必须在那里生长的环境。动物的类别，就是这样差异的结果。""在这一点上，社会和自然相似。社会不是按照人类展开活动的环境，把人类陶冶成无数不同的人如动物之千殊万别吗？"[①]"在新教徒作家看来，女子只有一个，但是天主教作家（按：巴尔扎克自认属于这一行列）却在每一个新环境里都发现一个新女子。"[②]

19 世纪现实主义作家常常受到达尔文主义的影响，达尔文有关生物适应环境，受到自然环境选择的学说给了当时作家以莫大的鼓舞和启示。他们把这种自然科学的理论运用到人与环境的关系上去。

左拉在《〈鲁贡·马伽〉家史札记》中说："我的信条是，人总是人，好坏是由环境决定的。"[③]他在《论"小说"》中说得更清楚："我们认为人不能脱离他的环境，他必须有自己的衣服、住宅、城市、省份方才臻于完成，因此我决不记载一个孤立的思维或心理现象而不在环境之中去找寻它的原因和动力。"他还认为："环境描写……并不淹没人物，而几乎仅限于决定人物。"[④]自然，左拉的环境概念有明显的局限，但是在探求对人的科学认识方面，他是很勇敢的。和左拉差不多同时，莫泊桑在《小说》中说："客观的作家不啰唆地解释一个人物的精神状态，而要寻求这种心理状态在一定环境里使得这个人必定完成的行为举止。"[⑤]显然，他们曾以自然主义标榜自己的作品，但是这里所说的性格与环境的关系是符合现实主义精神的。在自然科学伟大理论的推动下，19 世纪的西欧文学大师取得了辉煌的

① 王秋荣编：《巴尔扎克论文学》，中国社会科学出版社 1986 年版，第 58 页。

② 王秋荣编：《巴尔扎克论文学》，中国社会科学出版社 1986 年版，第 68 页。

③ 约翰·霍华德·劳逊：《戏剧与电影的剧作的理论与技巧》，中国电影出版社 1978 年版，第 69 页。

④ 中国社会科学院外国文学研究所外国文学研究资料丛刊编辑委员会编：《欧美古典作家认现实主义和浪漫主义》（二），中国社会科学出版社 1981 年版，第 224 页。

⑤ 中国社会科学院外国文学研究所外国文学研究资料丛刊编辑委员会编：《欧美古典作家认现实主义和浪漫主义》（二），中国社会科学出版社 1981 年版，第 236 页。

成就。

但是自然科学的成就，包括达尔文主义在生物学方面的自然环境选择说，本身是有局限的。它只在现象和经验层次上对生物的发展做了某种说明，它能涉及的只限于生物发展的外因。对生物本体在细胞、分子水平上的复杂机制，当时还不可能涉及，因而把这样一种理论直接用来指导创作不能不产生偏颇。

首先就表现在把环境这种因素看成是决定性格的唯一因素。环境是一种普遍因素，而性格是特殊的。普遍只能是特殊的一部分，普遍小于特殊，因而不可能提供特殊的充分理由。其次，环境对于人物性格的发展充其量不过是外部原因，性格的变化应当由其内部结构、内部矛盾、内部自调节的功能来说明。过分迷信环境就必然过分迷信普遍的外因。现实主义早期的权威解释往往就带有这样的特点。他们往往不是把典型当作特殊性格在特殊环境中的产物，而是把典型当作普遍环境的普遍性格。高尔基可以说是这方面的代表，他为现实主义下了这样的定义："现实主义到底是什么呢？简括地说，是客观地描写现实。这种描写从纷乱的生活事件、人们的互相关系和性格中，攫取那些具有一般意义、最常重复的东西，组织那些在事件和性格中最常遇到的特点和事实，并且以之创造成生活图景和人物典型。"①高尔基对环境和普遍性的强调，往往是片面的，他还说过要写一个资本家、一个小铺老板、一个工人，就要从几十个资本家、小铺老板、工人身上汲取那最有代表性的特点。

这样的代表性，事实上几乎成了平均数。这样孤立地强调普遍性，必然导致概念化。

这和文学形象的基本审美规范是不相容的。文学的生命在于个性，越是在同样的环境中，人际关系越亲近，越是要拉开心理距离。如果环境对性格是唯一决定的因素，那么同样的社会环境、同样的家庭出身就只能产生同样的性格了，这并不符合事实。西方科学家做过这样的比较，把同一个家庭的双胞胎，分别放在不同环境中抚养，与放在同一家庭环境中抚养的相比较，其结果是放在同一家庭中抚养的个性差距更大。

达尔文主义的生物学对于这样重要的现象，显得无能为力。鲁迅早年曾信奉过的达尔文主义，是一种社会化了的达尔文主义，但是在文学创作上涉及环境与个性的关系时，他对环境决定论是有怀疑的。他在《孤独者》中，就表现出他曾经思索过环境如何通过人的性格的内因来起作用。作品中有这样一段对话：

> "孩子总是好的，他们全是天真……"
>
> "那也不尽然。"我只是随便回答他。
>
> "不，大人的坏脾气，在孩子们是没有的。后来的坏，如你平日的攻击的坏，那是

① 高尔基著，缪灵珠译：《俄国文学史》（中），上海译文出版社1979年版。

环境教坏的……”

“不，如果孩子中没有坏根苗，大起来怎么会有坏花果？譬如一粒种子，正因为内中本含有枝叶花果的胎，长大时，才能够发出这些东西来……”[①]

人的个性的种子究竟是什么呢？这就是生活摆在小说家面前的一个谜，也是对环境决定论的一个挑战。

事实上伟大的作家在创作中从来也没有简单地遵循环境决定论的信条，在巴尔扎克、左拉、莫泊桑笔下，往往把同样家庭出身的、同样社会环境中成长起来的人写得各不相同。小说形象的基本审美规范在创作过程中比之抽象的生物学原理要强有力得多，稍有形象感觉的作家凭着直觉就能感受到它的力量。

从社会科学的角度来说，人的本质就是社会关系的总和，这是马克思的话；但是从文学的角度来说，光写出人的社会关系的总和，就只能是现象。作为文学形象，人的本质与人的个性、人的选择分不开，人的个性、人的选择才是人的社会本质的核心，正是在个性中集中着作为一个人的个体的本质特征。因为文学表现的对象不是社会的群体，而是人的个体，社会群体的本质只能是探求人的个体本质的向导，并不能代替个体的本质。在文学中人的个体本质，不仅仅是客观对象的忠实摹写，同时又是作家自我本质的外显。总之，在小说中，人物个性的本质，既是社会群体和个体本质的有限统一，又是人物和作家自我本质的有限统一。

因而光从社会本质的客观方面和群体方面，也就是光从环境对个体本质的决定作用方面去表现人，只能表现人的、形象的表面。

人的性格除了有环境决定的一面以外还有人的自然属性，性格是人的社会属性和自然属性的统一。由于对环境的机械理解，不能回答人的个性之谜，这就使左拉想求助于遗传，但遗传性不能离开社会性。

性格是一个人对待现实的独特态度，以及与这相适应的行为方式。两者结合以后形成的性格特征，有相当的稳定性。作家就利用这种稳定性，去想象人物性格逻辑的一贯性。

人的性格是一种超稳定的结构，人的思想观点可以改变，人的性格，人的行为方式、情感特征在社会实践中虽然能够发生变异，但是其基本核心很难根本改变。

这是因为人的性格与人的个体生理机制的特征有密切的关系。人的大脑活动有三种基本特征，即强度、灵活性和平衡性，这三种特征与肾上腺素和血清素的配比有直接的关系。这三种特征组合起来大致可以分成四种类型。第一种，强烈的不平衡，容易兴奋，相当于古希腊学者猜想的胆汁质；第二种，强烈、平衡而灵活，相当于古希腊学者所说的多血质；

① 鲁迅：《鲁迅全集》（第二卷），人民文学出版社 1980 年版，第 92 页。

第三种，强烈、平衡而灵活性较低，相当于古希腊学者所说的黏液质；第四种，弱型、不强烈，相当于古希腊学者所说的抑郁质。气质是性格的生理基础，但还不是性格，生理基础有了一定的社会内容以后才能成为性格。胆汁质的人性急；多血质的人灵活，在社会活动中可以表现为活泼机智，也可以表现为动摇，有冷热病；黏液质的人行为虽迟缓，却可以表现为刚毅镇定，也可以表现为呆板、顽固；抑郁质的人可以表现为爱好思索，也可以表现为疑虑重重。同样类型的气质可以表现为积极的性格，也可以表现为消极的性格。

生理气质是由遗传决定的，它是不能改变的，但是气质获得什么样的社会内容，却是后天的，是由社会实践决定的。

同样的生理气质，在社会实践过程中，也会向不同的方向分化。决定这种分化的既不完全是遗传的、生理的气质，也不完全是社会环境，而是人的自我调节，或者用存在主义的话来说：选择。

这种调节或选择在几个方面进行，这几个方面的动态结构就是性格的心理结构，人的性格就是在自我调节的过程中显示出来的。

第一，是性格在社会交往中的调节。人对现实和对自我的态度有相对的稳定性，人的性格首先表现为人能不能随着环境的变化调节自己的态度，也就是稳定性与灵活性如何微妙地转化。

第二，是性格与意志特征。它主要表现在人对自己的行为自觉调节方式和水平上，突出表现在意志的四个品质上，即自觉性（即独立性、目的性）、果断性、自制力和坚持性以及其程度。这里起关键作用的是动机与行为之间矛盾而又统一的关系。

第三，性格的情感特征，情感的强调，稳定性、持久性和主导性感情，都是决定人的性格的重要因素。情感强度的稳定性和持久性都与人的意志有关系，情感与意志在矛盾中如何通过调节达到统一，是性格特征的另一个重要方面。

第四，性格的理智特征和人的感知、记忆、想象与思维等属于认识方面的特征强烈地影响着人的性格。人的情感、意志、社会交往、对现实的态度，与人的理智有密切而复杂的矛盾，人在这种矛盾中自我调节的特点不同，人的个性也不同。

一切传统小说中所表现的人物性格，实际上都是某种自我调节过程。人物在社会环境中越出常轨也就是人物的意志、情感、理智各要素组成的系统失去了结构稳态，各要素之间的关系要重新组合，形成一种新的稳态结构。

传统小说在表现人物性格时，表现得最深刻的是人的情感。实际上，传统小说的性格逻辑不过是一种情感优势的逻辑。当它与意志、理智发生矛盾时，情感不管是否服从于对方，它总是按着自身的逻辑保持一贯的个体特征。

在传统小说中，情感与社会环境的因果关系表现得比较深刻。在心灵内部关系上，情感与意志，特别是情感与理智的矛盾表现得较为突出，伟大作家都是表现环境与性格的矛盾，情感与理智、意志的矛盾的能手。

但是情感为什么有那么大的能量，以至于理性只能暂时地战胜它，不能真正征服它？为什么在《第四十一》中那个击毙了她自己的恋人（一个白军军官）的红军女战士马柳特加，又伏到他尸身上大哭起来呢？为什么在革命斗争中那样坚强的牛虻一见到蒙泰尼里就把枪口垂下了呢？这一切，为什么在传统小说中都作为一个普遍经验中的现象加以反复的表现？情感的内在机制究竟是什么呢？它的奥妙究竟如何呢？这还是有待解决的问题。

四、环境的虚化

早在20世纪以前，左拉已经注意到情感的生理特征问题，但是他把卢贡·马卡尔家几代人的个性归结于遗传与归结于环境是互相矛盾的。在这前后的作家曾经从生理的、病理的、药理的许多方面去进行探索，并且写了许多小说、电影文学剧本，似乎都没有得到很大成功。这就刺激了20世纪一批新兴的小说家，他们决心对人的情感本体进行彻底的考察。他们甚至放弃了传统小说那种让人物越出常轨的动态手法，有时直接把人物放在静态下考察，为了深入了解精神情感本体的微妙，暂时避免将它与外在事物相混合，把外部世界当作是对内部世界的“异己”力量，当作某种干扰，这样有利于对于内部世界的凝神观照，因而产生了一种倾向，那就是社会环境的虚化。

社会环境虚化的倾向不但在一些情节淡化的意识流的小说中成为共同的特点，而且在卡夫卡那样情节并不淡化的作品中也成为一种显著的标志。在卡夫卡的作品中，人物所处的社会环境，特别是政治环境的特点是并不重要的。在他笔下，已经不把巴尔扎克、托尔斯泰那样的政治编年史式的环境刻画当成一种目标来追求了。卡夫卡的《城堡》写的是主人公为了进入城堡做了徒劳无功的努力。城堡作为主人公挣扎的环境，不知在什么时代，什么国度，只是一个抽象的官僚政治的象征。在卡夫卡这一类作家看来，这样虚化的环境有利于表现人类精神的内在实质，不像现实主义的真实细节和典型环境那样缺乏概括力。他们认为自己的任务是突破这种表面现象直取内在心灵的实质，所谓“剥掉人的外皮，以便看到他深藏在内部的灵魂”[①]。

在我国新时期的小说中，也开始有某种环境虚化的苗头。在20世纪80年代，这种虚化，还只限于环境的政治标志，还没有达到卡夫卡他们那种全面虚化的程度。在很长一段时期，我国当代文学偏执地把社会环境的丰富内涵缩小为政治斗争，把环境仅仅当作某种

① 托勒语，转引自《译林》1979年第1期，第328页。

政策的体现，因而不善于表现社会环境的丰富内涵成为我国当代文学的一大缺陷。政治环境的虚化，总的说来，是有利于人物内心情感世界的充分表现的。

社会环境的虚化，的确也为人物性格深层结构的揭示提供了新的可能性。在许多现代派作家的笔下，人物的性格不仅仅在情感与意志之间的矛盾中展开，同时，我们还可以看到，那心灵深处原始的、自发的冲动，人的自然本能是如何作用于人的情感和意志。人的情感意志不再简单地作为社会活动的结果而存在，同时也是人的自然属性在社会环境中的一种升华，作家在这里发现了比性格逻辑更复杂的心理结构。试举法国诺贝尔文学奖获得者弗朗索瓦·莫里亚克的《爱的荒漠》为例来说明这一点。

医生的儿子雷蒙是个自卑的中学生，有一次在电车上看到一个穿丧服的寡妇，被她吸引而没有在任何异性面前的羞愧之感。以后他们经常在电车上相见，她也用安详的目光占有这个少年的面孔。雷蒙感到这个女人用既有灵性又有兽性的眼睛盯着他。后来在交谈中，雷蒙了解到这个女人就是有个姘夫的玛丽亚，而玛丽娅也了解到雷蒙就是一个经常和她幽会的医生的儿子。

小雷蒙萌生了占有她的念头，而玛丽娅则觉得爱上这样一个纯洁的中学生是犯罪，但一种本能的冲动仍然使她竭力怂恿雷蒙到她的乡间别墅做客。后来，她又后悔了，写信叫雷蒙别来。可到星期天，玛丽娅却发疯似的等待着他的到来。终于传来了他的脚步声，她没有力气站起来。他来到她面前，她也不敢呼唤他，她内心的情欲起伏翻涌，使她晕头转向，但是她口中冒出的话却是冷静而严厉的："你没有收到我的信？"玛丽娅浑身战栗，她体会到一种含着眼泪的高尚的爱。她镇定地把雷蒙送到门口，没有约定下次见面的时间。此后的几天，玛丽娅坠入了情欲的深渊，她的爱变成一种窒息，一种痉挛。但当后来雷蒙疯狂地要在肉体上占有她时，却被她推开了。玛丽娅心碎了，电车上纯洁的孩子，变成了小无赖。她终于从二楼上跳了下去……

从莫里亚克的小说中，我们看到人的内心深处的矛盾多于社会环境的矛盾。在这里人的自然属性对人的社会属性不像在传统小说中所表现的那样，只起着微不足道的作用，相反它起着相当重要的作用。玛丽娅虽然有着搞姘头的坏名声，但她仍然有着某种纯洁的心灵，在二者惊心动魄的搏斗中揭示了人性的丰富性。

在这种创作潮流的影响下，我国20世纪80年代产生了郑万隆探索性心理的系列小说。但是这种探索在取得成就的同时，有时又过分淡化了社会环境，忽略了人类与社会环境的关系，有时陷入了孤立地、抽象地探索人的情感本能的罗网之中。这自然使他们的视野受到相当明显的局限。至于张贤亮的《男人的一半是女人》、王安忆的《小城之恋》等则与社会时代人的心理结合了起来，产生了更大的影响。

五、性格的淡化

将环境虚化，对人物内心的深层结构进行探索时，往往突破了性格因果的规范。因为性格逻辑，主要是一种情感逻辑，而西方现代派小说所探索的不仅仅限于人的情感的因果性，而且还深入到决定情感的潜在的动机、记忆、注意、想象、联想中去，同时还对人的原始本能冲动与情感、意志的关系做了比较深刻的发掘。这样的发掘有一部分是以意识流的手法写出来的，有时则在比较传统的情节中加以表现，不论是福克纳的《喧嚣与骚动》，还是乔伊斯的《尤利西斯》，不论是莫里亚克的《爱的荒漠》，还是川端康成的《古都》《雪国》，都已经超越了性格因果的追求，他们追求的是比性格因果更深的，包括无意识领域中的心灵隐秘。

这是因为性格因果长期占据小说结构的核心，一切都围绕它旋转，导致某些人物的性格因果不但凌驾于环境之上（像张洁的《爱是不能忘记的》），而且凌驾于一切生活的描绘之上。有时性格倒是很有特点的，它有自己独特的逻辑性，但是前提条件不充分，氛围浓度也不足，性格就不能不呈现出某种瘫痪状态。如周立波《山乡巨变》中的那个“亭面糊”，从性格逻辑来说是十分独特而鲜明的，但是总是给人一种脱离了生活氛围、缺乏可信性之感。我国当代文学在 20 世纪五六十年代曾经出现一些轰动一时的人物形象（如像王汶石在 20 世纪 50 年代末写的“张腊月”那种从外表到内心都男性化的人物和杜鹏程笔下那在任何艰难困苦中都不考虑个人利害得失的“延安人”），之所以很快被新时期的读者淡忘，原因倒不在于他们的性格及独特的逻辑，他们的感情并不是没有他们个性的特点，而是这种情感特征、情感逻辑不但离开了生活的氛围，而且离开了人物的内心与外界唯一的通道——感觉。人物独特的情感逻辑得不到自己感觉、知觉、回忆、注意、想象、联想等一切可感性描述的支持，因而就不能不失去感染读者的媒介。苏联作家拉甫列涅夫的名作《第四十一》有非常强烈而不可重复和情感逻辑，是一部不可多得的优秀作品，但是人物没有与情感逻辑相称的感觉、知觉、注意、动机、回忆、想象、联想等描述，给读者印象最深的是情感的外在效果——动作，而不是情感的内部机体觉的变幻，因而《第四十一》还不能成为世界文学的经典性作品。

与此相反，有时，有些作家并不着力于情感逻辑的追求，而是着力于人物内在感知系统的变幻，反而构成了饱和的氛围浓度，形象的可信性大大增强了。

性格强化走到了极端就引出了性格淡化的结果。

早在 19 世纪末，这种物极必反的倾向就露出了端倪。契诃夫以他既没有情节也没有人物性格的《草原》宣告了对性格因果的挑战。在《草原》中动人的并不是情感的逻辑性，而是情绪、感觉、知觉变幻的连续性。到了意识流小说家手中，人的内部机体觉和外部感觉系统之间的关系更成为表现的中心。它的重要性不但很快超过了情节的因果性，而且超越了时空的连续性，以自由联想串联起来的人物的感觉、知觉、注意、记忆、想象、语言成为形象的主体。这时，作家不用设计大起大落的情节，也不用把人物推出生活的常轨，就能揭示出隐藏在心灵深处，在那黑暗的、无意识的底层的奥秘。

正是因为这样，20世纪初叶到中叶，在西方文学中，性格一度从世界文学的注意中心滑落到了边缘。这一历史时期审美规范主要体现在那些性格淡化的作品中，而不是强化性格的作品中。这种性格淡化的趋向，到了20世纪五六十年代很快渗透到苏联、东欧和中国的台港文学中。直到粉碎“四人帮”以后，才在我国当代最敏感的作家如王蒙、孔捷生、张洁、郑万隆的部分作品中有了反响。

20世纪80年代初，当王蒙把他那既无情节也无性格的小说《春之歌》《夜的眼》《海的梦》奉献给文坛的时候，立即就引起了巨大的震动。读者很快就分化为推崇与反对的两派，以至于王蒙不得不几次解释这种以情绪化代替性格化的缘由：

> 林彪、“四人帮”千方百计地亵渎着人的尊严，抹杀人的价值，根本不准人们有什么心理活动，不准人有什么感觉、趣味、想象、憧憬……使人变得粗暴、呆钝、麻木。在这种情况下，我们的文学作品注意一下写人的心理活动——情操、意境、精神世界，对于培养社会主义新人，对于提高精神文明，对于完成崇高而又艰苦的“灵魂工程师”的使命，当是很有意义的。①

王蒙力图让人物的心理在环境刺激下，显示意识的活动，无意识的潜动，人物的心理不受作者的干扰，也不完全以情感逻辑去组合，充分放任人物联想的自发性和隐秘性。这样做是为了避免情感的逻辑性过分鲜明使读者过分被动。这一切都是为了给读者以“很大咀嚼、回味、想象以至推理分析的余地”。王蒙主要是从文学与社会的关系来为这种情绪化或性格淡化辩护的。从文学形象的内部机制来看，这种淡化正是小说审美规范内在生命活跃的表现。如果没有这种强化到淡化的进程，小说的审美规范就僵化了，就没有生命了。当然性格淡化并不是终点，由于性格淡化带来了小说形象的一体化结构趋于松懈，而这是违背形式的审美规范的普遍规律的，因而性格淡化倾向至今没有得到性格强化那样广泛的读者。环境虚化、性格淡化的小说，迅速被拉丁美洲的魔幻现实主义小说所取代。

在魔幻现实主义小说中，环境强化了，人物的感觉获得了更加大幅度的自由，现实的感觉和魔幻的超现实的感觉融合在一个情感和动作的逻辑线之中，人物的性格又有了某种

① 王蒙：《关于“意识流”通信》，《鸭绿江》1980年第2期。

强化的显示。

当然，魔幻现实主义并没有解决现实感觉与超现实感觉的矛盾，但是它弥补了性格单纯虚化的不足。作家莫言在《透明的红萝卜》中，一方面强化那个老铁匠的性格效果，他保守到这种程度，以至于小铁匠用手去试试他淬火的水温，他竟用烧红的铁去烫他；另一方面作品的线索、许多情感的线索是不了了之的，也就是有因无果的，或者说那个果是朦胧的、神秘的。

在情节、环境、人物性格的虚化方面走得更远的是残雪、格非和孙甘露，他们从根本上瓦解了上述一切。在残雪的小说中，前面的片段并不预示后来的片段，人物如同鬼魅一样时隐时现，小说中的意象是并存的，而不是互相说明的。在有些小说中，故事虽有眉目，但其过程没什么逻辑的因果性，人物之间的互相折磨没有什么缘由，连对话都是不连续的、断裂的，前后缺乏相关性。人物说话，不是为了应答，而是出于自发的愿望。也许，残雪要显示的正是人物之间互相折磨和互不沟通，正是她所理解的人类生存的荒谬和悲剧。

这就不是一般小说的规范所能容纳得了的，其中显示的已经主要不是情感世界，而是越过情感的审美了，以感觉行为、语言的片段直接显示一种智性：对于人的生存状态的概括。这种追求就融入了现代派散文和现代派诗歌中审智和审丑的潮流。

第八章

风格论

第一节 形象三维结构的局限性

一、无限的生活和有限的情感自由

形象是生活特征、自我情感特征和形式特征（规范）的三个要素的组合。当这三个要素形成一个结构时，就产生了形象。形象的功能并不等于三个要素之和，而是大大地超过了三个要素。这是因为，这三个要素并不是在现实境界中进行叠加，而是在想象的假定境界中进行化合，每个要素都因其他要素的存在而获得了新的性质，正等于氢、氧和硫化合为硫酸后就获得了不同于氢、氧和硫的性质。这是形象获得生命的关键，也是作家创造力得以发挥的关键。

艺术之所以与镜子式的罗列和铺叙不能相容，就是因为形象的三维结构的功能不但要对生活进行分解、选择，而且要对生活进行同化和建构。

文章理论中的所谓生活，就是在作家的感情境界中成熟了的经验，如果没有在感情中成熟就不算生活。并不是客观生活有多宽广，形象的领域就有多宽广。作家的情感世界总是要小于现实世界，只有在这两个世界重合的地方，形象才可能产生。在作家情感世界以外，不管有多么伟大壮丽的生活波澜，仍然不能化为形象的胚胎。从世界文学史上看来，只有那最容易激活作家心灵的生活，才能在形象中得到比较充分的展现。

有一个奇特的现象，那就是战争和爱情在文学中往往得到最充分、最辉煌的表现，这恐怕与它们对人心灵的激活程度比较强有关。而劳动，除了在原始神话中，很少能吸引一代又一代的作家持久不懈的热情，这可能是因为，在神话时代，在人类生活中最激动人心的恐怕要算与大自然做斗争了。在人类刚刚拿起工具从大自然分化出来，与大自然相对抗的初始阶段，人的全部价值观念都服从于与大自然做斗争的实用价值观念，人的情感世界最核心的部分都离不开劳动。与大自然做斗争的每一环节都关系到个体和群体的人的生死存亡，可以说，在当时没有任何一种生活像劳动斗争那样更能叫人感到惊心动魄的了。在人的生存和安全都没有得到充分保证的时候，人对异性的追求也只能局限于种族的繁衍和发展，而种族的繁衍和发展也还是为了更有力地与大自然搏斗。正因为这样，在原始神话中，包括在维纳斯金苹果的故事中，是谈不上后来我们所理解的爱情的。

爱情主题的产生起码应该在人的安全和生理需要能得到基本满足以后，人的审美价值观念逐渐地超越了实用的（种族繁衍和满足动物本能的）价值观念。正是因为这样，爱情主题和战争主题一起，成了人类文学历史上最基本的主题。战争中的英雄起初还是以勇力、智能这样的实用价值为判别准则的，但是，越到后来，勇力和智能的英雄越来越把最辉煌的地位让给了情感的英雄。在《水浒传》中，坐在第一把交椅上的竟是一个既无勇力也没有多少谋略的宋江；而在《三国演义》中，孔明的光辉不仅仅因为他多智，而且因为他竟忠于一个没有多大本领的刘备和一个完全无能的阿斗。

实用价值与情感审美价值的不平衡比之二者的平衡看来更能激起一代又一代作家的想象。在我国古典小说中甚至出现了穆桂英主动嫁给被她打败了的杨宗保的传奇，武功不高明的程咬金（《说唐》）、牛皋（《说岳全传》）、胡大海（《大明英烈传》）、猪八戒（《西游记》）、李逵（《水浒传》），就是打了败仗、犯了错误也是可爱的。在两种价值观念的不平衡中，作家的情感、作家的自我得到比较充分的表现，作家的个性得到比较充分的自由。

而在劳动领域中，这种自由是很少的，至少比之爱情、战争领域中少得多。劳动是一种沉重的负担，完全为实用的价值观念所拘，因而很少有把劳动当作某种审美享受的作品产生。只有在不劳动的人的情感中，劳动才能变成审美对象。如陶潜将他的审美情感赋予劳动，在高尔基的《福玛·高捷也夫》中，福玛从他为脱离劳动而苦的情感特征出发，劳动才有了审美价值。

只有超越了（哪怕是在很微小的程度上超越了）实用价值，人的情感才能获得审美的自由。而至今人类物质文明的发展还非常有限，物质生活的需要仍然是人类生活的第一要义，因而人为的情感，从根本上来说，所能获得的自由还很有限。人类的审美情感领域还非常狭小，因而在形象领域中所表现的生活也只能是非常有限的。除了爱情战争以外，劳动、科学在艺术中还没得到充分自由的表现。

就是那已经得到较多表现的爱情和战争，距离真正的审美的自由表现，还相当遥远。当现实生活中的爱情还受实用价值观念束缚的时候，在艺术中就很难彻底超越。

无限的生活受到有限的情感自由的局限，艺术所表现的生活就不得不相当有限。

二、无限的情感世界与有限的形式规范

自我的情感，当然是无限丰富的。雨果曾相当夸张地说，世界上最广阔的是海洋，可比海洋更广阔的是人的心灵。马克思也说，精神是“世界上最丰富的东西”。但是并不是人的精神有多广阔，艺术世界就有多广阔。恰恰相反，艺术中用形象表现出来的人的精神世界，特别是人的情感世界是非常有限的。

这是因为情感世界比之智性世界更加复杂而缥缈，更加难以做定性、定量、定位的描述和概括。人的审美感情活动要超越于科学的认识活动才能达到某种自由，而超越了科学的客观的态度，纯用情感观照，是很困难的。人类迄今仍然缺乏直接准确地对情感加以描述的手段。

人的大脑神经活动是个“黑箱”，人的情感审美活动就更是“黑箱中的黑箱”。人用直接抒情的办法，容易流于概念，又很难充分表现。人用间接诉诸行动效果的办法，情感世界变成了想象中的空白，任由读者去任意填补。被感情冲击的感觉，是不可穷尽的，而且还有同果异因的问题，对读者的想象准确地诱导。抒情文学只能表现人的情感结构表层已被主体感知到的活动，因而人又借助于叙事文学，用情节打破情感结构稳态，把人物推出常轨，来揭示人物情感深层的奥秘。但是情节的构成，主要依靠因果关系，它要表现出因果的严密逻辑，要显示充分的必然性。而实际上，情节不可能表现出充分的必然性，因为情节因果链的构成要借助巧合，在巧合的作用下使偶然性向必然性转化，但是巧合本身又是偶然的，因而，情节因果的必然性实际上只是一种组织得很严密的可能性而已。

艺术形式，作为形象的第三维，为形象功能的提升起了巨大的作用，但是它不能从根本上改变形象本身的局限性。

形象不管如何改变自己的形式，形式不管如何进化，形式的审美规范不管如何积累，它都不能从根本上消除形式本身的局限性。人类甚至可不断创造新形式，但不能消灭形式的局限性。任何形式的积极功能都是和消极功能联系在一起的，形式的任何优越性都和它的局限性成为一种不可分割的互补关系。

人类生活在一个并不完美的世界上，不但客体世界是不完美的，而且人类的主体世界也是不完美的；人类认识客观世界使用的思维工具就更加不完美。大脑反映客观物质世界，运用概念或者话语，但是概念或者话语只能从一个方面反映事物的属性，而不能穷尽事物

的全部属性。因而列宁说，在概念形成的过程中就可能走向唯心主义和僧侣主义。西方现代的话语说，任何概念、话语都有揭示对象部分奥秘和遮蔽对象另一部分奥秘的双重性质。人类运用推理来扩展对物质世界的认识，但推理是靠不住的，因为推理不是运用归纳法，就是运用演绎法。归纳要求穷尽一切事物，但事物是不可穷尽的，人的生命和经验都很有限，无法不遗漏某些重要现象。而演绎则要求有一个无所不包的大前提，如果这个大前提已经有了，可靠了，则演绎也就用不上了，因为无所不包的大前提已经把一切特殊对象都笼括在内了，而演绎的目的是从已知的普遍的大前提，推演出特殊事物的未知属性。在特殊事物属性未知之前，普遍的大前提是不能成立的。至于人类所经常用的证明，也不可靠。据波普尔的学说，证明永远不可能全面，永远不可能排除日后发现反例，而任何一个原理只要一个反例就失去了普遍规律性的价值。

至于文学形式则更是如此，几乎没有一种形式的功能是没有残缺之处的。

但是人类的认识（科学和艺术）仍然在进化。这是由于人类并不因为工具和形式不完美，或者没有完美的希望就不去改进它。从某种意义上说，几千年的文明史，就是人类不断改进生产工具、认识工具和艺术形式的历史。

第二节　风格是对三维结构的超越

一、风格产生于对形式审美规范的超越

有限的形式保证着有限的情感经验上升到审美层次，任何一个作家都不可能直接从生活开始。

直接从生活开始就是从零开始。如果每个作家都从零开始，从原始人的壁画和原始人的神话和诗歌开始，人类的审美情感、审美经验就无法积累，无从进化了。因而每一个作家都得从前代遗留下来的文学作品，从当代文学作品中、从文学形式中继承审美的经验和审美的技巧，获得摆脱科学认识和实用价值观念的自由。但是学习和继承，并不是作家的全部任务，更不是主要任务，因为艺术生产正如人类自身的生产一样，如果不能进化就不能适应新的环境，在生存竞争中就要被淘汰。人类社会环境的变化比之自然环境的变化要迅速多了，人类情感的变化又比人类社会的变化迅速多了，而艺术形式的发展则比人类情感和人类社会缓慢得多，有时一种艺术形式从草创到成熟，要耗费几百年（如中国古代的律诗），而人类社会在这几百年中可能经历了好几个历史阶段。

正因为这样，艺术的发展，并不是永远以形式的更迭为标志。相反，艺术的进化往往

需要形式的相对稳定，也就是审美规范的相对稳定。但是这种稳定，不是静态的，而是动态的。形式时时刻刻遭到内容的冲击，形式与内容的矛盾是永恒的。生活和情感是无限的，形式的表现功能则是有限的。内容是最活泼的因素，而形式规范却是不可能随着内容而同步变化的，它永远落后于内容。任何一个天才作家都不可能像技术革新能手那样，不断地创造新形式，但是他又不能满足于运用传统形式，表现那已经被表现过的生活特征和情感特征。

在一般情况下，作家既然不可能不断创造形式，那就只能扩展形式的表现力。换句话说，在形式没有根本变化的漫长过程中，对于作家来说，最可贵的就是对固有形式规范的某种突破，这种突破哪怕是微小的，对于文学来说就是一种创造了。在共同的形式规范下，凡是能表现新的生活、新的情感、新的主题、新的情调，对形象、意象作新的组合等，虽然没有摧毁旧的形式规范，也没有建立新的规范，但是他创造了一种风格。

风格，就是一个作家异于其他作家的标志。这种标志，对于固有的审美规范来说，是一种突破，对于作家来说是创造力的表现。如果没有突破，就没有风格，也就没有创造。

审美规范一旦在形式中稳定下来，它就表现出一定的强制性。它即使与内容发生矛盾，也仍然长期地迫使内容就范。并不是每一个作家都能在形式规范面前取得主动和自由的，相反，绝大多数作家在受到形式规范与内容相适应的那些部分诱导的同时，又屈从于形式规范不适应内容的那一部分，被它钳制。由于受到钳制，形式规范的稳定性就抑制了内容的灵活性，这就出现了形式程式化、人物类型化、情感定型化的现象。因袭的形象不但对作家造成了一种心理定式，使得作家的想象力受到无形的束缚，而且对读者也造成某种心理定式，以至于产生了只有习惯了才可以接受的趋向。[①]

要冲破规范的消极惰性，就不但要冲破作家的陈旧文学观念和艺术趣味，而且要有冲破读者的陈旧欣赏习惯的勇气。正因为这样，马雅可夫斯基在进行新风格的创造时，明确宣言：“要给庸俗的社会趣味一记响亮的耳光！”

也正因为这样，对于一个作家来说，最重要的不是遵循了旧的规范，而是追求新的规范。不管这种规范是朦胧的还是明确的，只有带来了新信息的作家才是有希望的。列夫·托尔斯泰曾经这样说过：

> 实际上，当我们阅读或者思考一个新近作家的一部艺术品的时候，在我们心理产生的一个主要问题经常是这样的：“喂，你是个什么样的人呀？你在哪一点上跟所有我认识的人有所区别？关于应当怎样看待生活这一点，你能够对我说出些什么新鲜的东

① 如果不用“形式”这样的范畴，而用20世纪90年代流行的“文类”范畴，也是可以的，但是那样就很难把问题在互相限制又互相补充的意义上展开。——2000年注。

西来呢？”……如果是一位熟知的老作家，那么，问题就不在于你是什么样的人，而是：“喂，你还能够对我说出些什么新鲜的东西来呢？你现在是从哪一方面向我阐明生活的呢？”①

托尔斯泰在这里反复强调的是“新鲜的东西”，而形式的审美规范则是相对恒定的，因而“新鲜的东西”总是要在某些方面冲击恒定的规范的。这是问题的一个方面，问题的另一个方面，是风格不但是“新鲜的东西”，而且是自己的、独特的东西。屠格涅夫曾经这样说：

> 在文学天才身上……不过，我以为，也在一切天才身上，重要的是我敢称之为自己的声音的一种东西。是的，重要的是自己的声音。重要的是生动的、特殊的、自己个人所有的音调，这些音调在其他每一个人的喉咙里发不出来的。②

风格是作家自己特有的东西，而审美规范却是普遍适应的东西，因而任何一个作家要把自己特有的东西，主要是尚未在这种规范中出现过的东西，不打折扣地表现出来，就不可能对形式规范绝对顺从。绝对顺从必然使自己特有的东西遭到损失，因而真正有风格的作家必然要对普遍的审美规范有所冒犯。只是顺从于普遍规范而不敢作任何超越的作家必然是没有风格的作家。完完全全、百分之百地遵循现成的审美规范写成的东西，只能是一些“大路货”，是不可能有任何创造性的。而创造性，必然意味着对审美规范的拓展和丰富。

对于审美规范的冲击，并不简单表现为外部形式（如诗的格律、章回小说的开头和结尾的程式）的冲击，外部的冲击，主要表现在形式的容量上，而真正的冲击则在内部。任何一种审美规范，都是对无限的生活、情感的一种限制。从题材到主题，从情调到结构，越是趋向成熟的形式，其规范越是严格。这种规范并不是写在书面上的条文和法规，而是凝聚在影响最大、最具权威性与经典性的作品中和读者对这些作品的欣赏习惯中的，这种规范的稳定性是一直深入到作家和读者的潜意识或无意识之中的。正因为这样，自觉的突破愿望往往不一定能奏效，要有非同凡响的魄力和才华才能触动那个社会欣赏趣味的无意识积淀的深层结构。

有风格的作家之所以难能可贵，其原因就在于此。

风格，就是对形式规范有限性的突破。首先是形式本身的突破，形式想象的惯性的突破。当词的形式规范已经成熟，其内容长期局限于红巾翠袖、浅斟低唱、儿女情长的领域中。如果一个作家仅仅善于重复这些母题和情调，那他就是没有创造性、没有风格的作家。当苏东坡把宏伟的历史观感、雄伟壮丽的山河、豪迈不羁的情感和人生短暂的苦闷带进词

① 赫拉普钦科：《作家的创造个性和文学的发展》，上海人民出版社 1977 年版，第 69—70 页。

② 赫拉普钦科：《作家的创作个性和文学的发展》，上海人民出版社 1977 年版，第 70 页。

的领域，他就不但创造了自己的风格，而且丰富了词的表现力，也就扩大了词的审美规范。尽管苏东坡也写了大量儿女情长的词，在数量上还大大超过了豪放风格的词，但是人们还是习惯于把他归入豪放派词人之列。他对词的贡献主要也在于这种豪放词，这种以男子汉的气概唱大江东去的豪情给后世的词人以启迪，而那些别人也写得出来的表现女性化的温情的词在后代读者心目中容易被忽略、淡忘。虽然，这种豪放的历史感在唐诗中，特别是在古风歌行中早已有所表现。在苏东坡时代，继续用古风歌行、律诗、绝句表现豪放历史感的诗人对后世就没有产生过什么影响，原因就在于他们没有扩大古风歌行、律诗、绝句的容量，而苏东坡却突破了词的审美规范的森严边界。当我国当代小说在20世纪六七十年代受到极“左”的文艺路线的束缚，以单一色调去表现正面人物和反面人物时，刘心武在1977年末发表了《班主任》，他塑造了一个品行端正的团支部书记谢慧敏，但是在对人类文化遗产的蔑视上，在精神生活的贫乏方面，竟和她所反对的小流氓宋宝琦在根本上是一致的。这样刘心武就创造了一种新的风格，突破了20世纪70年代在人们潜意识中积淀着的关于塑造人物的审美规范。《班主任》为20世纪80年代我国当代小说审美规范的大解放吹响了进军的号角。

对形式规范容量的突破积累到一定程度就必然导致对规范内部机制的突破。在任何一个时代的任何一种文学形式中，规范都表现为一种内部机制的求同趋向，这种趋向由于某种长处而保留下来，成为作家想象的无形的、透明的罗网，形成一种“无声的命令”，使作家不自觉地在已经遍满脚印的道路上徘徊。这种自发的趋同性不但表现在内容上，而且表现在艺术技巧艺术形象的结构方法上。当小说发现了情节一体化的因果链状和环状结构时，就造成了一种假象，好像在这以外不可能存在任何其他的一体化手段。当契诃夫在《草原》中显示了一种无情节结构，以一种情绪的一体化代替了情节的一体化时，他就突破了情节一体化的审美规范的内部机制。

契诃夫在写给德·瓦·格利戈罗维奇的信里，这样描述他写作中篇小说《草原》时的追求：

> 我描绘着平原，淡紫色的飞鸟，等等。每个章节都可以构成一篇独立的短篇小说，所有的章节，又像卡德里尔舞里的五个人一样，以非常接近的近似关系紧密地联系在一起。我力求做到使这些章节都发出共同的香味，带有共同的声调。我把一个人物贯串在所有的章节里面，这样，我就可以容易做到这一点。①

契诃夫的风格创造突破了情节一体化的审美规范，有了契诃夫这样的小说以后，人们才发现，原来为了达到形象一体化的目的，情节的连锁性并不是唯一的手段，不用层层递进的

① 赫拉普钦科：《作家的创造个性和文学的发展》，上海人民出版社1977年版，第144页。

情节，而同类的色彩、趣味、情调、感觉、知觉，用一个孩子情绪的连贯性也可以使不同的生活场景、人物之间不同的关系紧密地连成一个统一性很强的整体。

在我国古典小说史上，有头有尾，一环扣一环，是情节从松散进化到严密的一个重要阶段。经过多年的积累，这种环环紧扣的结构就成了情节的审美规范。但是到了“五四”新文学运动掀起时，鲁迅首先起来发难，把这种环环紧扣的规范打破。他在自己的小说中，时常以并不直接相连的生活的横断面的组合来构成形象：在《祝福》中似乎脱落了环节；而在《故乡》中则只剩下开端和结局两环，连高潮这个传统的环节中心也放到幕后去了；在《狂人日记》中，则简直毫无环节的脉络可言。可鲁迅的小说在形象的一体化方面仍然达到了很高的水平。

文学形式的现成规范是一种巨大的习惯势力，这种势力甚至会在语言、叙述的观点、描写的色彩方面构成一种固定的趣味。囿于这种固定的趣味，作家就不可能有任何创造性的风格。要追求风格，不能没有向这种固定趣味挑战的勇气。在梅里美的长篇小说《查理第九时代轶事》中，有一章叫作《读者和作者间的对白》，梅里美设想读者努力说服作家采用常见的、众所周知的写法，去渲染那些历史名人和名城的宫廷生活，写那些大人物的丰功伟绩。梅里美把读者对现成审美规范的绝对驯服想象得傻乎乎的。他笔下的读者与作家的对话：

“动手写吧。开头第一句，我来给你出主意：‘客厅的门打开了，可以看得见……’”

“可是，读者先生，在马德里城堡里不曾有过客厅——商场倒有的是……”

“好吧，那么就写：‘一间巨大的厅堂里挤满了人，在人群里可以注意到……’”

“您打算注意到谁呢？”

“见鬼！当然，头一个是查理第九啦。”

“第二个呢？”

“等一下。您起初先得描叙一下他的服装，然后描绘他的身材如何，相貌如何，最后再描写他的精神面貌。现在所有一切浪漫主义者们所用的处方就是这样。”

梅里美没有和他的读者妥协，他用草草几笔写了查理第九等几个历史人物，但是这些人物一点也不显得伟大，而是一些不讨人喜欢的有许多毛病的人。

这样一来就带来了新的审美趣味，旧的审美心理定式被打破了，新的审美心理定式开始孕育。任何一个有创造风格的作家总是要在冒犯读者的审美心理定式中获得主动的。有时旧的审美心理定式是这样顽强，以至于对作家构成某种压力。但是正直的艺术家是不会在这种压力下屈服的，这一点在我国新时期的诗歌史上表现得最为明显。当舒婷、北岛、顾城、杨炼、江河等人的诗侵犯了诗歌传统的审美规范时，竟引起了那么大的风波，以至招来了泰山压顶式的攻讦。但是近几年实践证明：这种新的审美价值观念，为受到假大空毒害的新诗带来了新的生命，而且在短短几年中以他们的风格为标志，新诗进入了一个崭新的时代。

二、风格和人的统一性与矛盾性

超越形式的审美规范，才有风格，凭什么去超越呢？凭作家的自我，因为普遍的审美规范的管辖范围是普遍的主体情感，自我的特殊情感总是要大于普遍的审美规范。如果不能超越，自我就不能得到充分的表现，特别是那不同于普遍情感的属于作家特有的那一部分情感。只有充分表现了作家的个性才可能创造新的风格。马克思曾经引用法国作家、生物学家布封的名言"风格就是人"（或译"风格才是人""风格就是人本身"）。布封的原文出自他1753年8月25日在法兰西学士院为他当选为院士而举行的入院典礼上的演说，这句话出自现在《论文章风格的演说》的结束处：

> 只有写得好的作品才是能够传世的作品，里面所包含的知识之多，事实之奇，乃至发现之新颖，都不能成为不朽的确实保证。如果包含这些知识、事实与发现的作品，只谈论些琐屑对象，如果他们写得无风致，无天才，毫不高雅，那么，它们就会是湮没无闻的。因为，知识、事实与发现都是很容易脱离作品而传入别人手里，它们经更巧妙的手笔一写，甚至于会比原作还要出色些哩。这些东西是身外物，风格却就是本人。①

布封讲的虽然并不完全是文学，但是他把一切文章的内在成分分为客观的和自我的两个方面，却是符合文学形象构成的普遍规律的。特别是他把主观的成分看成是价值所在，更与文学形象的感染力主要在主观情感的特殊性相一致。在布封看来，风格，不在于客观的材料（乃至发现），而在于主观个性，这是一个得到青年马克思的热烈称赞的观点。马克思引用布封的这句名言来驳斥普鲁士反动当局的书报检查制度，"只允许一种色彩，就是官方色彩"，"你们并不要求玫瑰花和紫罗兰散发同样的芳香，但你们为什么要求世界上最丰富的东西——精神只能有一种存在形式呢？"接着马克思把风格归结为一种更具体的内涵："我只有构成我的精神个体性形式。""风格就是人"，风格就是"我的精神个体性形式"。马克思这样一发挥便回避了布封的这句名言中隐藏的暗礁。

"风格就是人"，把作家文学作品的风格和作家人格之间的统一性做了充分的强调，这自然是有理论价值的实践指导意义的，因为文学形象不但再现生活而且表现自我。如果这

① 布封：《论文章风格的演说》，《译文》1957年6月号。

个自我的人格卑下、气质庸劣、才学枯窘，那么此人的文章一般来说，格调不高。正是在这个意义上，古典文论十分强调文章的诚实和诚恳，“修辞立其诚”，反对“为文而造情”。刘勰在《文心雕龙·体性》中说：

夫情动而言形，理发而文见，盖沿隐而至显，因内而符外者也。然才有庸俊，气有刚柔，学有浅深，习有雅郑，并情性所铄，陶染所凝，是以笔区云谲，文苑波诡者矣。故辞理庸俊，莫能翻其才；风趣刚柔，宁或改其气；事义浅深，未闻乖其学；体式雅郑，鲜有反其习；各师成心，其异如面。[①]

文章不但是生活的反映而且是作家心灵的肖像，因而作家的自我、作家的人格与作品的风格是统一的，因为“各师成心”，才使文章风格“其异如面”。

但是这种统一性是有限的，还是无限的？是不是可以把文章的风格和作家的人格看成是完全等量的、同质的？

诗本性情，若系真诗则一读其诗而其人性性情入眼便见。“大都其诗潇洒者，其人必岂快；其诗庄重者，其人必敦厚；其诗飘逸者，其人必风流；其诗流丽者，其人必疏爽；其诗枯瘠者，其人必寒涩；其诗丰腴者，其人必华赡；其诗凄怨者，其人必拂郁；其诗悲壮者，其人必磊落；其诗不羁者，其人必豪宕；其诗峻洁者，其人必清修；其诗森整者，其人必严谨。”这是从明代文论家江盈科的《雪涛诗评》中摘引来的。江盈科显然把作家的自我与作品的风格关系看成是等量而同质的，一点矛盾也没有。这样，无疑是把问题简单化、粗糙化了。

作家的自我固然与作品的风格有同一性，但是同一性并不是问题的本质，而是现象。作家的自我与作品风格的矛盾如果不是普遍存在的，那么作品的风格创造就像母鸡下蛋那样是非常容易的事了。事实上作家的自我与作品的风格不相统一是一种普遍的事实，巴尔扎克早就意识到了这一点：

拉伯雷——一个有节制的人——却在他的生活中驳斥了自己风格的无节制以及自己作品的形象……他喝的是白开水，却颂扬新酿的酒，正像布里亚－萨瓦兰（按：法国作家，1755—1826）一样，他吃得很少，却赞美丰富的食物。大不列颠可以引以为自傲的是富有独创性的现代作家，马图林（按：爱尔兰小说家，1782—1824）也是这样的。马图林是一个神父，留传给我们的有《夏娃》《美尔莫特》和《贝尔特拉姆》等作品，他自命风流，殷勤体贴，尊敬妇女。这个在其作品中专门描写灾祸的人，每到夜晚，就变成了巴结献媚妇女的人，就变成了花花公子。布瓦洛也是这样，他的柔和

① 刘勰著，周振甫注：《文心雕龙注释》，人民文学出版社 1981 年版。

文雅的谈话跟他那大胆诗句的讽刺精神是不相称的。[①]

文不如其人的情况，在古今中外的文学史上是一个普遍现象。造成这种情况的原因就是弄虚作假，在作品中美化自己。连隋炀帝那样的人也写了许多爱民的诗句，连李后主那样的人都有时以渔父自况，阮大铖是一个政治小丑，可是《燕子笺》写得并不俗气。在中国古典诗歌的衰微期，中国诗坛上作伪之风的炽烈，可能是世界文学史上少见的。到了五四新文学运动崛起的时候，刘半农在《诗与小说精神之革新》中曾经非常愤激地指出，当时的古典诗坛完全是“假诗的世界”：明明是贪名爱利的荒伧，偏偏写些山林隐逸的诗意；明明是没有什么感情，偏偏写些送别的诗；明明处于青年有为的时期，偏偏写些悲观的情绪，好像这个世界害得他好苦。

为什么会造成这种情况呢？这是因为自我的意志、认识、情感、人格并不等于艺术，而在艺术中能够表现自我的人是不可多得的。关于这一点克罗齐早就有过论述。

风格即人格说只有两种可能；如果它借风格就是具有风格方面的人格，即只指表现活动方面的人格，那就是完全空洞无意义的。

这是自然的，如果风格即人的实践活动，那就与文学作品无关，因而是没有意义的。

如果要想从某人听到而表现出来的作品，去推断他做了什么，起了什么意志，即肯定知识与意志之中有逻辑的关系，那就是错误的。

这也是自然的，因为生活中所表现的是生活的层次，而作品中所表现的是艺术的层次，二者是有矛盾的。克罗齐接着说：

许多艺术家传记中的传说，都起源于风格即人格这一个错误的等式。好像一个人在作品中表现了高尚的情感，在实践生活中就不可能不是一个高尚的人；或是一个戏剧家在剧本中写的全是杀人行凶，自己在实践生活中就不可能没有一点杀人行凶的事。艺术家抗议道：“我的书虽淫，我的生活却正经。”不但没有人相信，反而惹到欺骗虚伪的罪名。可怜的梵罗城的妇女们，你们谨慎得多了，你们看到但丁的黔黑的面孔，就以为他真正下过地狱！你们的猜测至少还是一种历史的猜测。[②]

克罗齐尖锐地指出了作品内容与作家人格之间的根本区别，但是他把问题简单化了。风格即人的风格，并不完全指作品的内容，更重要的是一种总的倾向，一种特殊的情调。写杀人行凶、写淫乱放荡，并不是风格的主要标志，风格在于作品对于杀人行凶，淫乱放荡的情绪（是津津乐道还是厌恶之情溢于言表）。光有生活的特征、题材的特征还不能构成形象，还得有作家的情感特征，再加上形式的审美特征（包括意象、符号特征），才能构成形

---

① 赫拉普钦科：《作家的创作个性和文学的发展》，上海人民出版社 1977 年版，第 83 页。

② 克罗齐著，朱光潜等译：《美学原理 · 美学纲要》，外国文学出版社1983年版，第62—63页。

象。生活的特征在进入形象时，是被情感和审美规范决定的，因而风格主要不表现在题材的特征上，而表现在如何通过题材特征来表现自我情感特征以及如何驾驭、突破形式的审美规范特征上。

风格之所以不等于人，甚至不等于人的情感，这是由于：并不是每一个人都具有充分表现自我的才能，也并不是每个有表现自我能力的人都有充分驾驭、突破形式的审美规范的能力的。

从风格的历史发展来看，人的情感世界是一个非常复杂的世界，直到今日世界文学史的表现还是非常有限的部分。从某种意义上来看，世界文学史就是一种不断在广度上拓展、在深度上增加的表现人内心世界的历史，这个过程是积累性的、递进的。当古典主义君临艺术世界时，文学所表现的人类内心世界主要是理性世界。当浪漫主义崛起时在文学中引起了感情的解放，但是用那种直接倾泻的方法表现是有限的，解放并没有达到人类情感的深层。现实主义的高度繁荣使人类对情感的较深层次以及这种深层情感与社会环境的关系，有了进一步的发现。而现代主义的贡献则是对人类情感的更深层次——那无意识的领域，人的本能、原始的冲动，包括智性的挖掘，历史的积淀都开始显露出来。

这种表现的进化和深化过程永远不会终结。每一次进化，都产生了一批有风格的作家，他们都对现成形式的审美规范进行过一次英勇的突破。而每一次突破都很少是平平静静的，往往伴随着剧烈的震荡，有时甚至会产生像对雨果的剧本《欧那尼》那样满场的嘘声和戈蒂叶穿着红背心去保卫新的美学风格的全武行的搏斗。

艺术的进化主要靠那些敢于打破传统审美规范、追求创造性风格的艺术家，没有这些艺术风格上的探险家，人类的文学就只能永远在原有的层次上徘徊，甚至发生退化。尽管一代又一代才华横溢的作家不断更新着文学的风格，但文学中已经表现的人类情感仍然是很少的一部分，艺术形式的潜在衍生性能仍然没有得到充分的发挥。像人类的情感世界是深不可测的一样，艺术形式的潜在衍生性能也是不可穷尽的。正因为这样，文学留给作家的创造风格天地是十分广袤而深远的。

从风格的个体发生历程来看，即使那些才气过人的作家，有风格的作家，他们所表现出来的也只是他们情感世界的一部分，而不可能是全部。舒婷在诗作中表现得那样忧伤，那样追求人与人之间的内心世界的沟通，那样厌恶把人们隔开的无形的“墙”，但是在生活中，她却充满了自我保卫意识，以尖刻的言辞防止被进攻，同时她又那样调皮而乐观。然而在诗里这一切却好像都不存在。这倒不是她不想表现，而是她所掌握的那特殊审美规范不适于表现这样的人格。

每一个作家都要尽可能拓展表现自我的广度，但并不是每个作家都能幸运、顺利地达到自己的目的。严峻的现实是作家们往往在一个方面顺利表现了自己的一部分，自由地驾驭了形式的一方面，创造了一种新鲜的风格；而在情感的另一个方面却失去了自己，在形式的另一个方面又失去了自由，写出一些没有风格的作品来。有时，一个作家终其一生也只能在一个有限的方面取得胜利，而在其他方面即使百折不挠地探险，也终究没有突破，只留下歪歪斜斜的脚印给后来者以莫大的启示。

三、从回归自我到超越自我

一个作家的成熟，一种艺术的形成，一个民族文学的划阶段的重大的进展往往开始于一个方面的风格的创造。我国新时期的诗歌在粉碎“四人帮”以后有过突飞猛进的发展，起始于所谓“朦胧诗”的诞生（虽然朦胧诗这个说法并不科学，也并不慎重，但由于已为大家习用，姑妄用之）。“朦胧诗”表面上给人一种雾中看花的感觉，事实上它并不朦胧，它代表着新一代人新的人生价值观念和审美价值观念。在这种观念诱导下，年轻一代的诗人找回了上一辈诗人长期失去了的真实自我，一种没有涂上人工油彩的自我。他们不像20世纪五六十年代的诗人那样不敢相信自己的眼睛和耳朵，他们用自己的眼睛、耳朵和手掌重新审视、倾听、抚摩这个从诗国中放逐已久的自我，重新创造了适合于表现这种自我的意象，革新了意象组合的原则、内心节奏的模式。于是他们创造了一种新的风格，在新诗史上揭开了充满神奇色彩的一页，从而丰富了新诗的审美规范。在传统诗歌想象力的极限以外，在审美世界以外，年轻一代的诗人找到了一个新的世界，在传统诗歌想象规范以外，他们发现了新的色彩、旋律和节奏。

每一种风格的创造都意味着一部分自我的回归。在诗人、作家把自己的，而不是别人的感觉、知觉、想象、动机、情绪表达出来之前，人们对自己的这种感受是不清晰的、模糊的、不真切的，甚至于好像是不存在的。加西亚·马尔克斯身体健壮、性格活泼、好客、慷慨而幽默，但是这并不是他的灵魂的全部。他在小说中写了那么多孤独之后，孤独才进入审美的领域。凡在传统审美规范以外的自我，都是一种自在的世界，并不属于艺术的世界。没有风格的作家、诗人往往只能在被经典作家、影响最大的作家的作品中挪用自我。尽管每一个作家本来所要表现的是特殊的自我，但是缺乏风格创造力的作家只能意识到、体验到那已经被他人艺术化了的自我，因而他们往往只能重复表现别人已经表现过的个性，或者是自己的个性与别人的个性重合的那一部分，因而在他们的作品中，他们的个性往往是别人的个性反复翻印的模糊的影像。这个模仿的过程，对于每一个初入文坛的作家和诗人都是不可避免的，但是处在这个阶段的作家都是没有风格的作家。

如果作家的想象满足于在流行的、公共的审美规范之内活动，就意味着满足于丧失自我的个性。要有风格，要有创造，就得突破这个公有的规范，让一部分在规范以外的自我在艺术中获得生命，使个性的自我放逐化为个性的自我回归。

多回归一分自我的个性，就多一分风格。任何未经艺术表现过的个性都有某种原始形式，要从原始形式上升为艺术规范形式，就要经历重重的艰难曲折。原始形式对作家的想象有一种自发的约束力。艺术家要冲破这种约束，就要打破某种传统的心理定式，没有不拘一格的想象力是不成的。

在风格创造的过程中，艺术家对形式的驯化能力十分重要。要突破形式规范的局限，常常得借用姐妹艺术的形式规范，还得驯化那些借用的规范，使之与固有的规范达到某种和谐。这是一种相当精致的劳动，一下子就十分成功的是很少的，有时要经历一代又一代漫长的历史时期。例如韩愈的以文为诗虽然扩大了诗的描绘及抒发性能，但是诗的概括力和想象力受了损害。五四时期，白话新诗借用散文的自由节奏以打破古典诗歌的固定节奏，半个多世纪过去了，多少有才能的诗人经历了艰难竭蹶的劳顿，仍然未能使散文的节奏驯服。

要使自我的个性回归，就得驯化形式。缺乏驯化形式的能力，就不可能使个性风格化。

驯化形式的困难在于形式并不是无限的，而是有限的，它只能容纳与它性能相适应的成分。即使与形式相适应的成分，也不能直接升华为艺术风格。作家的生活经历、情感经历都具有某种原始形式，而这种形式不是艺术的，它与艺术的规范形式的矛盾是永恒的。风格与自发性是不相容的，风格是有目的的创造。

“强烈感情的自然流露”，永远成不了诗，因为强烈感情中有许多成分永远是非诗的，因而在创作过程中，作家和艺术家不但要驯化形式，而且要驯化自己；不但要超越形式规范，而且要超越自我。超越自我是超越形式规范的一个重要条件。易卜生在《诗人的任务》中这样说：

> 鼓舞过我的，有的只是在偶然的、最顺利的时候活跃在我的心间，那是一种伟大的、美丽的东西。可以说，它高于日常的自我。我之所以受鼓舞，是因为我要正视它，要让它变成我的一部分。
>
> 可是，我也被相反的东西鼓舞过，反省起来，那是我自己天性中的渣滓沉淀。在这种情形下，创作好比洗澡，洗完之后我感到更清洁、更健康、更舒畅。……我们之中有没有这样的：他心里不时感到并且意识到，自己的语言与行动、意愿与责任、实践与理论之间发生矛盾？换句话说，我们之中有没有这样的人：他并没有，至少有的

时候没有满足于利己，却又半自觉、半好心地向他人、向自己掩饰自己的行为？①

易卜生在这里所说的主要是从道德上着眼的。艺术家在生活中有伟大的、高贵的情操，也有与之相反的渺小的、丑恶的情绪和冲动，而这一切在人际交往中，乃至面对自己内心时都是被掩饰了的。在创作过程中，如果任一切自然流露，即使与艺术形式的审美规范不发生矛盾，也可能降低了自我形象并污染了作品情调。正因为这样，易卜生强调在创作过程中要清洗自己灵魂中沉淀的渣滓，把伟大、美丽、纯洁的心灵奉献给时代和人民。

创造风格的过程，不但是一个自我回归、自我发现的过程，而且是一个自我净化、自我超越的过程。这种超越，当然是自由的，它不但表现了作家的自我个性，而且使自我个性在艺术境界中升华。

风格是人格的升华，艺术是人格的创造。因而简单地把作品风格归结为等于人，不但于艺术规范不合，而且于社会道德规范也不合。

但是作家的风格创造、自我超越与形式超越的自由是相对的，在某种意义上，它还是不自由的。

不管什么样的作家，不管如何超越，都不可能是凭空的，其超越性必然受到社会政治、文化、伦理气候的诱导，总是受到社会历史条件的制约，因而个人风格创造与时代风格是不可分割的。任何作家，在超越时，如果无视这一点，就有可能脱离真实，成为落伍者。相反，一个有使命感的作家，就要有意识地与时代保持一致的步伐，把个人风格与时代风格统一起来。

不管作家怎么超越，都是在民族文化的气候中，在民族文化的心理引力场中运动，总是要深深地受到这种心理文化氛围的熏染。

从这个意志上来说绝对自由的自我表现是一种空想。弗洛伊德在《作家与白日梦》中说作家把自己心灵的一部分分配给他的人物。莫泊桑说，不论你写国王、妓女、菜市女商人、小偷还是别的什么人，你都只能设想假如自己当了国王、妓女、小偷、菜市女商人应当如何，所有这一切都有相当严重的片面性，因为他们把作家的自我表现看得好像是绝对不受任何约束的。其实，给作家的自我以限制的是民族文化心理结构。弗洛伊德的学生荣格，发展、补充了弗洛伊德的学说。他认为自我表现的自由是有限的：

艺术是一种天赋的刺激因素，它包容了整个的人，并使人成为自己的工具。艺术家不是一个赋有力求达到其目的的自由意志的个人，而是容许艺术通过自己以实现它的目的的这样一个人：作为一个人，他可能具有一定的心情、意志和个人的目的，可

① 中国社会科学院外国文学研究所外国文学研究资料丛刊编辑委员会编：《外国现代剧作家论剧作》，中国社会科学出版社1982年版，第3—4页。

是作为一个艺术家，他是一个更高意义上的人——他是一个“集体的人”，表现并形成人类的无意识心理生活的这样一个人。[①]

在生活中的作家的自由要大于在艺术形象中的作家的自由。在艺术中的作家应该是民族集体意识（没有意识的意识，潜意识或无意识）的表现者。艺术家的个性和“集体的人”并不完全是统一的，而是充满着矛盾的。为了充分表现出民族的集体意识，一方面要充分调动作家的自我的一部分，另一方面又不得不抛弃作家自我的另一部分，以便让作家的自我与民族的集体的心理和谐地统一起来。容格这样说：

每一次当创作力量占据上风的时候，人类生活就趋向、形成一种潜意识的东西来对抗积极的意志，自觉的“我”就被地下潜流冲走，成为不过是一个对事件束手无策的观察者罢了。结果，作品成为诗人命运所系的东西，并决定着诗人的心理发展。不是歌德创造了浮士德，而是浮士德创造了歌德。[②]

这就是说，在创造过程中，作家不仅表现自我，而且要创造自我。不仅是作家创造了作品的风格，而且作品也帮助作家创造了自我的风格。容格所说的显然比易卜生所说的更加深刻，他不像易卜生那样单纯从道德的角度提出问题，而是从心理的角度，从意识深处个体与集体的心理机制之间的矛盾出发，因而在理论上达到了一个更高的层次。

在文学风格的创造过程中，自然是作家的个性与民族集体心理的历史积淀越是融洽无间越好。

从这个意义上完全可以说，愈是民族的，就愈是创造的，愈是创造的，愈是世界的。

哥伦比亚的加西亚·马尔克斯在他的小说《百年孤独》中没有囿于个人情感的有限经历和情感世界的有限边界，也没有满足于表现他在生活中的幽默、活泼和内心深处的孤独感，他在虚拟的马孔多小镇中，把它的百年兴衰和拉丁美洲的神话结合在一起，死人复活，活人升天，鬼魂与活人对话，地毯腾空而去，天降花雨，正因为这样，艺术境界大大超越了马尔克斯本人的心灵境界，小说才产生了世界性的巨大影响，获得了 1982 年的诺贝尔文学奖。

当然，作家在风格创造中超越自我，并不是一帆风顺的，有时由于超越不当也可能失去了自我。我国当代著名诗人郭小川在生前最引起社会重视的是他的抒情诗和政治鼓动诗。在这些作品中诗人展示了非常广阔的生活图景和色彩斑斓的内心热情，其中充满了血与火的颂歌和慷慨激昂的旋律。但是在他的大部分叙事诗中，他深入到另一种深沉的内心世界，其中有来到延安，与革命队伍的集体生活格格不入而自杀者（《深深的山谷》），有革命战士

① 赫拉普钦科：《作家的创作个性和文学的发展》，上海人民出版社 1977 年版，第 73 页。

② 赫拉普钦科：《作家的创作个性和文学的发展》，上海人民出版社 1977 年版，第 73 页。

的妻子在后方医院中艰难地战胜了感情的动摇（《白雪的赞歌》），还有受冤的共产党人以忠贞的行动感动了土匪奸细和逃兵（《一个与八个》）。表面上看，郭小川在政治鼓动诗和抒情诗中超过了他在叙事诗中表现出来的那种淡淡的失落之感以及灵魂深处的“小我”；但是在郭小川的政治抒情诗辉煌的色彩中并不是没有空泛之作，自我与时代与民族精神表面上的结合掩盖着内在的裂痕。事实上他那些叙事诗才深刻地表现出了他的艺术风格。

自我的超越也不是绝对的，完全绝对的超越，必然导致虚妄和风格的虚假。

风格创造不是一种风格即人的线性结构，而是一个复杂的系统，它至少包含着两个子系统，一个是自我对形式规范的超越和认同，一个是自我对个性的超越和认同。这两个子系统都包含着互相矛盾的因素。当各个因素都互相有机地联系在一起，形成一种“张力”时，作家对任何一个因素的调动都导致系统的其他因素的协同。因而风格的更新与嬗变往往并不需要全部因素的变化，只要有个别因素的变化就足够了。作家只要调动其中一个因素，风格的系统就发生了结构质变，创新的风格就是这样发生、这样演化的。

附录一

修订版前言[①]

本书完成于1985年底，1987年底由春风文艺出版社出版时，由于篇幅长达65万字，800多页，虽然书价不足5元，但是在当时已经是有点吓人，只印了5000册。几个月以后，就已售缺，多年来我本人和出版社都不断收到大量求购的书信，但因为销售渠道的原因，重版的事拖延了下来。

13年后，海峡文艺出版社提出重印此书，并列入"闽派文论丛书"，使我感到十分荣幸。重读当年的《后记》，我觉得有必要全文引述于此：

> 20世纪50年代初期，当我还是一个天真的少年，我的心就被文学震慑了。很快，文学就成了我生命的一部分。我不敢相信自己具有作家那样非同凡响的气质和才华，但是对那创造摄人心魄的罗网的事业却是心醉神迷，我把热情和青春奉献给了文学。自然，我不满足于阅读、陶醉，我总是强迫自己反复探寻那构成形象的奥秘。我怀着极其虔诚的心情去读那些世界文学史上的经典著作，凭着我孩子气的纯真，我想在反复阅读中窥破那神秘的规律。但是，我往往大失所望，我只能被形象所俘虏，而不能主动地解剖那些形象，勘破形象构成的天机。于是我开始如饥似渴地阅读我所能接触到的一切文学评论文章和文艺理论书籍，然而我的失望更大。当时，我读的那些文章没有一篇能使我那饥渴的心感到丝毫的满足。我发现凡我所能理解，并且是不费力气就能举一反三的东西，那些文章就大讲而特讲，凡我所不能理解、梦寐求索的东西，那些文章不是一笔带过就是空谈一气。有那么多的文章异口同声地说形象是如何重要，

① 《文学创作论》于1987年由春风文艺出版社出版，此前之打印稿为福建师大中文系和解放军艺术学院文学系之讲义。2000年改由海峡文艺出版社出版，做了诸多修订，补充了一些注释。

可是没有一篇文章告诉我，形象是怎样构成的。当时我已经在化学课本上读到门捷列夫的元素周期表。一想到元素周期表，我对人的聪明和智慧就惊叹不已，可是一看到文学理论，作为一个人我又变得自卑。一个最蹩脚的化学家都知道水是由氢和氧组成的，一旦成为水，氢的可燃性质、氧的助燃性质就走向了反面——灭火。当时的文艺理论告诉我形象就是生活。可是，形象既然与生活没有区别，为什么那么多有生活的人不能创造形象呢？形象与生活的区别究竟在哪里呢？作为一个中学生，我始终不能为那些堂皇的理论所折服。

进入大学中文系以后，我学到了更多的文艺理论，所有理论都在强调生活与形象的统一性，当时我几乎有点愤懑，在我看来这就好像没完没了地强调氢和氧的性质与水的性质没有区别一样。我深深感到强调形象与生活的共同性就掩盖了形象与生活的特殊矛盾，这样的理论事实上都是一些系统的空话，对培养作家构成形象的能力是没有什么切实效用的。任何统一性都是矛盾的统一，掩盖了矛盾就混淆了本质。我开始怀疑这些理论出了大问题，但是当我向同学诉说这种怀疑时，我被告知，理论就是理论，它不能管那么多实践的事，而且当时的苏联人、美国人也都是这样主张的。

然而我并不服气，我对那些脱离创作实践，对作家的构成形象不起积极作用的理论始终采取怀疑甚至是不能忍受的态度。文艺理论的生命来自创作实践，理论的权威应该在指导实践的过程中确立。当创作对理论采取敬而远之的态度时，这不是创作者的愚昧，而是理论的架空。后来有一次，我得到一个信息，说绝大部分作家都对这种理论采取调侃态度，有世界闻名的大作家甚至把这种理论家比作牛虻、虱子，我有一种心花怒放的感觉。那时正是夏末，我看见一个卖冰棍的，有十支冰棍卖不出去，我欣然把这十支烂冰棍买了下来，非常痛快地吞了下去。

粉碎“四人帮”以后，我一连好几年有机会在解放军艺术学校文学系、福建师大中文系和一些作家创作学习班讲课，我总是怀着某种不安的心情，每当我意识到我所讲的与我在大学里所不能忍受的那些空话有某种共同性时，我总禁不住感到心慌、脸红，甚至有某种冒汗的感觉。

我的信条是凡于创作无用的于理论也无用，为了于创作者有用，我宁愿牺牲一点理论的森严性，宁可败坏理论家的胃口，也决不败坏作家的胃口。我当然也追求理论的系统性、严密性、自洽性，我把我最宝贵的年华、最宝贵的热情都献给了理论，正因为这样，生命不应该白白奉献，生命的价值应该换取创作的价值。

文艺理论与文艺创作的脱离，不管有多少理由，都不是可以夸耀的事。当然理论可以是理论家世界观的一种表现，理论家和作家一样有表述自己看到的世界的权利，这种权利不应该只属于作家。但是，最好的理论应该是既表现了理论家自己，又能给作家以具体的帮助，这好像是体育理论，当然应该有体育评论员，对每一场比赛、每一个运动员加以评论，不同的评论员有不同的选择。光有评论员还不够，还得有教练员，最大的功勋并不属于评论郎平的评论员，而属于培养了郎平的教练员。最好的评论员起码应该是一个称职的教练员。如果一个国家一个教练员也没有，却充满了见解独特的评论员，那这个国家的体育运动水平是很难迅速提高的。

最好的评论员不应该为自己只会评论而不会当教练而自豪。

当然，我并不敢僭越到这种地步，以为自己已是一个称职的教练，但是我要选择这个目标。

作这么冗长的引述，目的不过在于说明，我并不准备借此次机会把这十多年来的中国当代文论的全部成就都囊括进本书。首先，这是不现实的。从20世纪80年代中期以来，西方文论大规模引进、中国当代文论全方位飞跃，个人的才力和精力不可能那样博大精深。其次，即使有那样的可能，它与我这本专著的性质也不完全相容。最后，我将利用这次机会，尽可能让这本书和当代中国文论的前沿话语以及我在本书初版以后的研究成果接轨。

本书并不是一般的文学理论著作，而是一本创作论，是专门研究作家创作心理以及驾驭形式的特殊规律和技巧的，可以说是一本审美形象本体论专著。我设定的目标是：揭示作家创作的特点，着重在其与一般哲学社会科学家、自然科学家创造过程的区别，在许多方面，还尽可能争取有一点操作性。

摆脱哲学认识论的附庸状态，寻求文学理念的独立，是我在20世纪80年代开始文学理论研究的出发点。我针对的是我国文坛正统派教条主义理论，清算的历史任务远远还没有完成。可是在20世纪90年代引进的某些西方文论，却又把文学的最高任务设定为哲学的诠释，甚至对加缪那种极端的把文学当作哲学的图解的说法也趋之若鹜，一些评论家宣称文学评论的任务就是要对文学作品做出哲学的阐释。许多说法令我想起20世纪30年代早期所谓的“辩证唯物主义创作方法”。为了坚持文学形象和创作本体的独立，我不得不“横站”在20世纪80年代和20世纪90年代文学理论之间。

20世纪80年代正统文学理论的核心是认识论和文学工具论。虽然在抛弃了“辩证唯物主义创作方法”多年以后，反复强调文学创作方法不同于哲学的特殊规律，20世纪50年代末和20世纪70年代中期还有过热闹一时的关于形象思维的讨论，但是从概念到概念的讨论，近乎文字游戏，所谓文学艺术的特殊性规律仍然是一个谜。其原因是，论者始终没有摆脱文学形象是政治意识形态化了的“现实”的反映和相应的宣传工具这类说法的窠臼。文学反映论，虽然加上了典型、形象等限定，但是，从根本上来说，总是不能从现成观念的演绎中，从公式化、概念化的顽症中解脱出来。

不管在哲学上有多少大师和权威为这一学说作历史文献的支持，其最大的悖论在于，号称辩证唯物主义，却违反了唯物主义的基本原则，它不是从形象本身出发的，也无视形象本身的内外部矛盾，而是从观念出发的。更为严重的是，学术和政治双重权威的话语遮蔽作用，造成了文学理论的某种失语状态。

车尔尼雪夫斯基在19世纪60年代的大学毕业论文中提出的一个命题“美是生活”，本是很肤浅的，他粗糙地把美和原生状态的真统一起来。这种观念统领了中国文学理论数十年。从方法论来说，这种学说是把美、文学形象和生活的统一性作为追求目标。从亚里士多德到黑格尔，从车尔尼雪夫斯基到泰纳，阐释者把感性的生活、未经主体同化的生活，不但当作文学的出发点，而且当成终点。这就暴露了其思路是单向的，从逻辑上来说，是线性的。

说到本质，我要请20世纪90年代的反本质主义者们原谅，暂时不要和我讨论本质是否存在的问题，但是，也正是因为考虑到本质的多元，本质的历史性变幻，本质由于主体的种种不同而变异，我删除了原书中我早就感到不妥的第三章“本质论”。

20世纪50年代末，朱光潜先生为了挽救正统文学理论的尴尬，提出了美是主观和客观的统一，结果仍是徒劳，因为主观和客观就是统一了，说的也只是到达真的途径，并没有为艺术的美揭示出什么特殊的奥秘。在追求统一性的思想方法的长期统治下，层出不穷的文学理论在很大程度上成为自恋的独白，不管体系多么堂皇，批判的声势多么凶暴，对于作家的创作和读者的欣赏，常常毫无用处，甚至造成干扰和误导。

由于我本是一个作家，我开始研究文学理论问题的时候，就不由自主地倾向于对这种既缺乏深度，又几乎毫无实用价值的理论敬而远之。我努力追求的是：揭示出形象构成的系统奥秘，争取对于作家，至少是对有志于从事文学——这种灵魂冒险工作的人有用、有启发，防止滥用神秘玄虚的概念，使人家害怕，让人家头晕。

从方法论来说，我首先抓住矛盾，而不是统一。

为了把这一点贯彻到底，我删除了当时向传统文学理论妥协的原书第一章“真实论”。这一章非常肤浅，是我在全书完成以后，听从了一个友人的建议，为了避免全书夭折而加上去的外衣。如今恢复了我原来的第一章“假定论”。

文学与生活的第一层矛盾就是假定。在英语里，文学的虚构作品（fiction）和纪实作品有基本的区别。这也是我在理论上基本的出发点。

1985年，我在《文学形象的三维结构和作家的内在自由》中是这样开始正面向胡风的机械论发难的：“如果有人问花是什么，我们回答说花是土壤，我们会遭到嘲笑，因为我们混淆了花和土壤最起码的区别，或者用哲学的语言说，是掩盖了花之所以为花的特殊矛盾。同样，如果有人问酒是什么，我们回答说，酒是粮食，我们也会遭到嘲笑，因为粮食不是酒，这个回答没有触及粮食如何能转化为酒的奥秘。然而，在文艺理论领域中，当人们问及形象是什么，美是什么时，我们却不惜花费上百年的时间重复这样一个命题：美是生活。”“形象之所以成为形象就是因为它不再是生活，正如酒之所以为酒，因为它不再是粮食。”①

这种矛盾不仅仅存在于表面的感性中，而且深藏于文学形象的内部结构中。

作家的创作过程作为特殊研究对象，应该有特殊的思路和逻辑；作为一种学术体系，首先应该有自己的逻辑起点。我所理想的这种起点，不但是一个起点，而且是概念系统的基本生长点，由此而衍生出来自成体系的观念和范畴，这种范畴应该是自洽的，互相补充，又相互构成张力的，既不可任意抽取其中的一个成分，又不可随意增加任何成分。任意地把流行的、现成的概念凑合在一起，不可能是科学的体系。仅仅沿着自身观念单向地、线性地演绎，也不能达到科学自洽性的要求。作为学术，它的逻辑展开不仅仅是逻辑的，同时还要与文学形象的内外结构和基本形式的历史发展是统一的。从形象结构的逻辑起点上，作分析的和综合的、逻辑的和历史的展开，这是我在方法论上的追求。

20 世纪 80 年代以前正统的文学理论的逻辑起点是哲学的，没有自己的逻辑起点，更没有自洽的体系。20 世纪 90 年代引进的西方文论的“语言转向”，如符号学、结构主义、解构主义、话语学说，甚至连拉康的所谓话语革命，尽管在哲学理念和传统文学理论上南辕北辙，但是在方法论上和正统文学理论是比较一致的：不是从文学形象和创作过程本身，而是从文化哲学的大前提出发，向文学作单向的演绎。在漠视文学创作本身的艺术特殊规律方面，20 世纪 90 年代的文论在某些领域走得更远。

从逻辑方法来说，演绎法是他们的基本方法，但是他们没有考虑到演绎法的局限在于：结论已经包含在大前提中。有了周延的毫无例外的大前提，才能演绎，这就意味着已经把文学的性质和奥秘肯定下来了。既然所要证明的已经确定，也就取消了演绎的必要。如果所要证明的还不能确定，周延的、无所不包的大前提就不能成立，而没有周延的大前提，则演绎不能进行。这本是逻辑史上的常识，同时也是人类思维本身的悖论。正是因为这样，人类的一切文化积累，一方面是一种进步，一种思想的“澄明”，另一方面又是一种“遮蔽”，隐含着某种僵化。因而，我们不能不对自己的思维工具——尤其是演绎法的“遮蔽”性，保持警惕。事实上，西方文化大师很清楚这一点，因而他们敢于对任何现成的、天经地义的基本概念、范畴、话语进行“去蔽”。

---

① 孙绍振：《美的结构》，人民文学出版社 1988 年版，第 9、11 页。

可是，只要接受他们的“去蔽”理论，就不能不面临演绎法本身的悖论：如果对一切现成观念、话语都要进行“去蔽”，那么“对一切进行去蔽”本身也属于“一切”之列，则也应进行“去蔽”；而从纯粹理论角度而言，“去蔽”的结果，可能是否定了“去蔽”。不管什么样的批判性理论，它都是以全面的姿态出现，但是这种全面只限于对外，从来都是把自身排除在外的。一旦这种全面的批判性把自身包括进去，悖论就产生了。这在辩论术中叫作“自我关涉”。西方大师们就像中国武侠小说中的某些英雄，不管他有多么超人的武功，但是他总有一个软弱的穴位，只要轻轻一点往往有致命的后果。

正是西方大师的话语“去蔽”理论给了我们对他们的“去蔽”加以“去蔽”的权利。如果把这一点坚持到底，就有可能在悖论的恶性循环中不能自拔，陷入绝对虚无的相对主义。

于是，当悖论以黑色幽默的姿态戏弄着我们的时候，唯一可行的办法就是回到事实，从某种程度上可以说是回到形象的本体的直觉中去，东方和西方的大师们就是这样做的。

在西方科学史上，当人们为燃烧现象是不是燃素的作用而争论不休之时，是拉瓦锡的实验明确了氧的概念，开辟了现代科学的伟大时代。我们不能想象，人们研究水的时候，像我们正统文学理论家那样，一味执着于水的来源，而不是研究水本身的结构。如果科学家们反复纠缠于水是天上掉下来的，还是地上冒出来的，为它和土壤、金属的普遍共性，旷日持久地争辩不休，人类科学的伟大发展是不可能完成的。解决问题的关键是直接从水出发，揭示出水的分子是氢、氧的结构，这种结构促成了水灭火的性质。

这证明了一个简单的方法论：当演绎法不能解决问题的时候，唯一的出路就是研究对象的本体结构。

而我们正统的文学理论，却用了近一个世纪的时间强调生活和形象的线性的一致性。当代西方文化大师则把话语、语言和文学形象的一致性当作天经地义的前提，对于文学形象本身的结构却缺少加以揭示的兴趣。

据我的研究，文学形象显然并不由生活或者由话语一个元素构成，它是一种三维结构，是由生活的主要特征——以情感为核心的心理特征和文学形式的特征构成的一种复合结构。

正是因为这样，在本书第一章强调了文学与生活的矛盾以后，接着就是第二章“形象论”。

在形象的结构中，不但生活只是一个要素，就连作家的情感也只是一个要素。生活的客观特征和作家的主观情感特征猝然遇合，构成了形象的胚胎，就像精子和卵子相结合以后形成的胎儿一样，其性质和功能，就既不同于精子，又不同于卵子了。从生活来说，它的价值是真实，从情感来说，它的价值是真诚，二者的原生状态都是属于真的价值范畴。

但是真的并不一定具有美的价值，二者结合上升到美，只是某种可能，因为这其间有一个假定的作用，假定有种种可能（例如导致呓语），只有通过审美规范形式的作用才能把假定性落实、升华为艺术美的价值。

这样，我就从认识论转向了价值论，从工具论转向了目的论，从目的论延伸出形式论。

从价值论来说，这已经不是正统文学理论所说的认识价值的真，而是艺术假定的审美价值。

由于形式这一维相当丰富而且复杂，为了论述方便，我把它放在了第三章“智能论”之后的第四章中。

形式是一个复杂的范畴，有其丰富的层次。如果把普遍性和特殊性的形式规范加以混淆，则可能导致审美价值的贬值；相反则导致升值。

在“形式论”这一章中，只讲到形式规范的普遍性特征。

普遍形式层次下的三种特殊形式层次——诗歌论、散文论、小说论，则分别在第五章、第六章、第七章中展开。

我的研究方法主要是从经典作品中进行归纳，当然归纳和演绎法一样，也有局限，也隐含着悖论。为此我不能不适当运用演绎法来补救。这并不是自觉的，许多大师的理论前提影响着我。审美价值论，就是经过朱光潜，从康德、克罗齐那里，被我用“六经注我”的方法，加以改造的结果。

康德的学说对于许多文学理论家来说，本来并不陌生。但是由于马克思并不是康德的学生，马克思在青年时代是青年黑格尔派，因而对于康德是比较疏远的，所以列宁在总结马克思主义的三个来源与三个组成部分时，讲到马克思的哲学来源于德国古典哲学，只讲到黑格尔的唯心主义辩证法和费尔巴哈的机械唯物主义，连康德的名字都没有提起。这导致了我国正统的文学理论拘于黑格尔的理性认识价值，而对审美价值与认识价值的矛盾缺乏了解的许多恶果。

把形式作为形象三维结构的一维也是从经典作品的欣赏中体会到的。这一部分在本书占的篇幅最大，约有三分之二。

在这本书出版以后，我注意到卡西尔的《人论》、苏珊·朗格的《情感与形式》，它们虽然强调了形式的作用，但是并没有把形象作为三维结构，找到其审美价值与升值和贬值的结构功能。而一度风行一时的“有意味的形式”，在我看来不免太玄乎，不如从作品中直接抽象获得的更深、更丰富。

当然，我也注意到了，形式规范并不是僵化的、固定不变的，而是开放的，其规范性是历史的，随着历史的发展而发展变化的。因而，形式总是在不断积累和不断突破的过程中变幻的。

形式是一种历史积累和规范，而作家的创作，不遵循规范则难以达到时代的平均水准，而满足于平均水准，又可能有违突破创造的本意。故而，作家都必须越过规范。有限的超越，意味着风格，风格不仅仅如布封所说的那样简单地指人，而且是“人格——形式——生活”三维结构的独特调整和创造。当风格的超越达到一种极限，形式本身就可能发生质变，甚至可以说是崩溃。此时形式规范的更迭就开始了。①

在论述具体形式规范的三章中，诗歌、小说部分改动甚少，只有散文部分有较大改动，其中有一半是此番重新写作的，我指的是第三、四、五节，即审美、审丑、审智三种散文的论述。

本书最初写作于1983年，那时我由于一篇“崛起”而受到全国性的大批判，文章发表受阻，由于教学需要，我就集中精力把原来的讲授提纲化为文字，等到形势缓和了以后，《形象论》(原名《形象的构成》)得以发表在沈阳的大型杂志《春风》上。一位很有远见的老总特别青睐，让编辑邓荫柯先生来信表示愿意承担出版任务。当时，我所完成的文稿还不及全书的十分之一。全书的写作持续了两年，到1985年底才完成。

我应该承认，我的形象的三维结构、审美价值论和审美形式论，一开始并不很明确，写到下半部，我才豁然开朗，有了一种体系化的感觉。当春风文艺出版社邀请我去沈阳做文稿的最后修订时，我提出将本书的第一部分重新改写。编辑先生却为难了，理由很简单：等到你把前半部分修改完毕之后，可能又觉得后半部分要修改了。

这次修订对于理论体系上的不够自洽的前半部分，修改相对较大，但是为了尊重历史，我并没有推倒重来。除了删去两章以外，只做了少量的重写。在某些地方，我只改换了一些不够完善的材料，有些地方则保持原状。理论上不足之处，在文后加上注解。有些烦琐的材料则做了无情的删节。

在删节方面，我做得不够坚决，因为一些读者反复向我表示，本书中的材料和微观分析往往是精华。这样的声音使我手软，但同时又使我为增加了读者的负担而抑制不住内疚。

最后还有一点内疚，就是当时引述的文献材料有时没有规范的注解。如今，尽可能补齐，但有些材料却遗失了，这一切只能有待他日再次修订了。

2000年2月28日

① 关于审美价值论和形式论的详细论述，请参阅我的《审美价值结构及其升值和贬值运动》，载《美的结构》。

附录二

莫言谈孙绍振[1]

赖瑞云

当年的学员，后来成为著名评论家、作家，提升为解放军艺术学院副院长的朱向前回忆说：

记得近30年前——1984年秋，由于我的引荐，徐怀中先生特邀福建师大的孙绍振教授北上首届军艺文学系，讲述他那本即将问世的洋洋60万言的填补当代文学理论批评空白的开山巨作《文学创作论》……当时还是副教授的孙先生光荣地登上了军艺文学系的讲坛，获得了和丁玲、刘白羽、吴组缃、王蒙、李泽厚、刘再复等诸多大师、大家同台竞技的机会。他以一部60万字的《文学创作论》为教材，连讲一周，且深受欢迎，创造了在文学系开讲的最高纪录（按：因为其他大家都只讲一次），至今无从打破。其中原因之一，是有一部皇皇60万字的巨著做本钱。原因之二，是他的“本钱”真管用。也就是说，他的理论对于创作是有用的。事后，莫言同学不止一次地在不同场合谈到孙先生的理论对他的创作的启发和影响。宋学武同学还直接以孙先生的理论术语“心口误差”为题，创作了一篇短篇小说，发表于《上海文学》。可见孙氏理论在作家中确实深入人心。（须知这个文学系还培养了李存葆、钱钢、王海鸰、阎连科、麦家、石钟山、柳建伟等诸多当代中国文学的名家呀。包括一位诺贝尔文学奖得主，一位卡夫卡文学奖得主，四位茅盾文学奖得主，二十余位鲁迅文学奖得主）这是孙氏理

① 孙绍振自云：“回想起来，当年我提出‘教练式’的文学创作论，是有点冒失的，因为，20世纪最主流的机械唯物论和狭隘功利论的理论，尤其是80年代以来，从西方输入的前卫理论，都是哲学化、美学化的，以超越创作实践为学术高度为准则，占据了理论制高点，甚至有某种霸权话语的姿态。我的‘教练式’理论直到21世纪初，响应者寥寥，权威文学理论家不屑一顾。幸运的是，我在解放军艺术学院的教学对作家的影响越来越显著，特别是30年后，莫言得了诺贝尔奖，我的理论生命力得到了实践的雄辩的证明。为了说明这一点，谨将本篇作为本书附录。”

论的胜利，也是文学理论家孙绍振先生的光荣。[①]

早在1988年，朱向前就在《文学评论》第2期《“灰”与“绿”——关于〈文学创作论〉的自我对话》一文中，说孙绍振《文学创作论》给予他刺激、启发的主要是“大量的艺术感觉、审美经验和悟性把握”。

> 孙著是一本“在森严壁垒的理论之间戳了一个窟窿的于创作切实有用的好书”……孙绍振亦借此创造了一个在军艺文学系讲课最系统持久（一连5个半天）的纪录，至今无人能及，而且深受好评。此后多年，莫言等人都曾著文忆及当年听孙先生讲课时所受到的震动和启发。[②]

孙先生后来回忆，他刚去上课时，也领教过学生们给的“下马威”（按：当时军艺作家班的学员个个身手不凡。上课很自由，学生可以来，也可以不来）……上第一节课的时候，比较惨，35个学员，只有8个人来听（后来听说，是系里规定组长一定不可缺席），“我只好硬着头皮讲……一堂课上完以后，同学们开始纷纷转告说‘昨天那个人讲得好’。等到我第二次再上课时，大家都来了，一下子有点座无虚席的样子，我的虚荣心得到很大的满足。”[③]

学期末了，对学员的民意测验，孙先生得到了最高票。第二年，学校经费紧张，机票涨了，北京以外的老师就全免了，只有孙绍振例外。到了1987年，《文学创作论》出版，班上每人一本，算是正式课本了。连着去了五年，直到解放军艺术学文学系停止招收本科生为止。

2003年莫言在《莫言王尧对话录》中谈到作家要有“超越故乡”“同化生活”的能力，这样说：

> 我记得在军艺读书时，福建来的孙绍振先生对我们讲：一个作家有没有潜能，就在于他有没有同化生活的能力。有很多作家，包括“红色经典”时期的作家，往往一本书写完以后自己就完蛋了，就不能再写了，再写也是重复。他把自己的生活经历写完以后，再往下写就是炒剩饭。顶多把第一部书里的边边角角再来写一下。新的生活、别人的生活很难进入他们的头脑，进入了也不能被同化……[④]

莫言获诺奖后的第二年，2013年12月来参加“福清元素文学创作沙龙”活动。26日，会议主办方对孙绍振与莫言的师生情完全不知晓，孙先生又迟到了，坐在第一排的边角。但是，莫言却发现了他。他的开场白没有他人开场白惯常有的“尊敬的某某领导”，而是

---

① 朱向前：《超越“更有难度的写作”》，《解放军艺术学院学报》2013年第4期。

② 朱向前：《“灰”与“绿”——关于〈文学创作论〉的自我对话》，《文学评论》1988年第2期。

③ 筱娅：《孙绍振莫言的1984》，《东南快报》2014年2月24日。

④ 莫言、王尧：《莫言王尧对话录》，苏州大学出版社2003年版，第204页。

"亲爱的孙绍振老师和各位来宾"，紧接着，专门细述了孙先生在军艺讲课给他留下的深刻印象，给予他的"非常大的影响"。莫言这样说：

> ……刚开始学写作，还是有一些基本规律。无论什么样的天才，都是会碰到各种各样的困难，需要很多老师的帮助。一个人从文学爱好者变为文学读者，再发展到作者再到作家，有个人的奋斗，这是必然的，也有老师的重要作用。刚才，我为什么特别提起孙绍振老师？就是1984年到1986年，我在北京的解放军艺术学院上学期间，孙老师给我们讲过七次或者八次课，给我留下了非常深刻的印象。孙老师在课堂上跟我们讲诗歌，讲台湾的诗歌，讲余光中的诗歌，讲唐诗，讲宋词。我虽然是写小说的，但是，孙老师的课给了我很多的感受，很多的启发。孙老师对很多诗歌意境、诗意的分析，对我文学语言的改善、对我小说意境的营造，发挥了非常大的作用。……在我们解放军艺术学院文学系里，在我一个班的同学里边，提到孙绍振老师的课，大家都记忆犹新。在每个学期结束的时候，学校会做调查问卷，"本学期，哪位老师的课给你印象最深？受到的教益最大？"孙老师的得票最高。[①]

第二天（12月27日），莫言在讲话中又将孙老师的讲授"对我文学语言的改善、对我小说意境的营造，起到了非常大的作用"以及"孙老师的得票率是最高的"这最重要的两点重复了一遍。[②]最后与孙绍振握别时，还说"感谢栽培"。

2017年8月解放军艺术学院30年纪念座谈会上，徐怀中先生介绍了当时的师资，主要靠外聘，于是念了一串名单，包括著名作家丁玲、刘白羽、魏巍、汪曾祺、林斤澜、王蒙、张洁、刘心武……著名学者教授吴祖缃、王瑶、李泽厚、吴小如、袁行霈、严家炎、张炯、谢冕、叶朗……加上孙绍振在内共45人。紧接着，莫言发言。

> 莫言：刚才我们老主任（徐怀中）列举了这么多名字，听到这些名字的时候，他们讲课的形象生动地在我脑海里浮现出来。我觉得我可以列出很多个名字，他们的讲课直接对我的创作产生了影响。
>
> 比如说孙绍振，来自福建师范大学，我记不清他给我们讲了四课还是五课，其中有一课里面讲到五官通感的问题。他讲诗歌，比如说我们写诗，湖上飘来一缕清风，清风里有缕缕花香，仿佛高楼上飘来的歌声。清香是闻到的，歌声是听到的，但是他把荷花的清香比喻成从高楼飘来的歌声。还讲一个人曼妙的歌声余音绕梁三日不绝。绕梁是能够看的一个现象，也就是把视觉和听觉打通了。讲一个人的歌声甜美，甜实

---

① 据《福建日报》2014年1月7日《"学生"莫言》及"视频连接2013年12月26日莫言在'福清元素文学创作沙龙'活动会上的发言"。

② 同上。

际上是味觉，美是视觉，他用味觉词来形容声音。他给我们讲诗歌创作中的通感现象，这样一种非常高级的修辞手法，我在写作《透明的红萝卜》这一篇小说的时候用上了，这个小说里的主人公是小黑孩，他就具有这样一种超常的能力，他可以看到声音在远处飘荡，他可以听到别人听不到的声音，甚至可以听到气味，这样一种超出了常规、打破了常规的写法是受到了孙先生这一课的启发……[①]

孙绍振不仅对莫言，而且对军艺许多青年作家产生了很大影响，除了前文所提及的宋学武。有案可稽的是，2020年，他与作家岳南出席江西一个会议，孙绍振已经不记得他了，可是他特来认师，表示感激，特别提出他在军艺讲学获得成功的原因，乃是一般的理论和作家都有隔膜，“你的理论与作家没有隔膜”。2020年，孙绍振在花地接受花地文学榜文学评论金奖时，作家麦家也是获奖者，孙绍振不记得当年的小青年了，但是，麦家却从背后赶来说“我是你的粉丝”，所有这一切都足以证明30多年前朱向前所说，孙绍振《文学创作论》“最贴近创作实践”。也正是因为这样，莫言30年后重回母校，他已经以《透明的红萝卜》的通感为基础，发展成为“跨界大通感”。往事并不如烟，回忆的怀恋中洋溢着感恩。

① 徐怀中、莫言、朱向前：《不忘初期许可待：三十年后重回军艺座谈实录》，《人民文学》2017年第8期。根据莫言此回忆及上文朱向前回忆，孙先生给军艺首届作家班上课应为1984年秋。筱娅《孙绍振莫言的1984》记为6月，经与孙先生核对，孙认为，应以莫、朱回忆为准。